读客

读客外国小说文库

读客激发个人成长

永恒火焰 I

[英]肯·福莱特 著

王林园 译

江苏凤凰文艺出版社
JIANGSU PHOENIX LITERATURE AND ART PUBLISHING, LTD

献给埃马努埃莱：

四十九年的阳光

日间，耶和华在云柱中领他们的路；夜间，在火柱中光照他们，使他们日夜都可以行走。

《出埃及记》13：21，圣言释译

目 录

五／ 140

内德明白玛格丽生不如死，对此又气又忧。他真想带上她一起远走高飞。夜里，他不断幻想两个人趁黎明时分溜出王桥，隐匿在森林之中。

六／ 166

他们都不过是孩子，如今被错误的婚姻所束缚，无望解脱。阳光照不到他们了，宏大的教堂里阴暗冰冷。

七／ 194

广场上，人群纷纷散去，只剩内德还站在那儿。日头升起来了，却照不到那冒着黑烟的尸首，因为它被笼罩在教堂冰冷的阴影下。

八／ 212

内德出了教堂，现在木已成舟，希望化为泡影。今生与她缘尽于此。内德觉得不会再爱第二个人，这辈子会孤独终老。

引　子

我们在王桥主教座堂前给他执行绞刑。行刑通常都选在这里。说到底，要是不能当着上帝的面杀人，那十有八九就不当杀。

郡长把他从会馆地牢里押上来。只见他双手绑在背后，昂首挺胸，脸色苍白，但显出大义凛然、宁死不屈的神情。

围观人群冲他叫骂、赌咒；他眼里仿佛看不到那些人。但他看见了我。我们目光相接，短短一瞬，却仿佛过了一辈子。

他这一死是我一手造成的，他清清楚楚。

我找了他几十年。他策划了一场野蛮血腥的阴谋，打算一举炸死本国一半的重臣，包括大半个王室。因为我，他才没能得逞。

我一生的使命就是揪出他这种谋逆之徒，其中许多凶徒已经绳之以法——罪大恶极之徒，不仅要受绞刑之苦，之后还要开膛破肚、五马分尸。

不错，我经历过许多次了：目睹一个人死去，知道谁也不比我的干系重；死法纵然残忍，但终究是他罪有应得。我效忠于国家，我所热爱的祖国；效忠于国君，我愿为之鞠躬尽瘁的君主；也效忠于一种原则：我坚信，每一个人都有权利自由思考上帝。

我把许许多多的人送进了地狱，他是最后一个，却让我想起了第一个……

Part 1

*1558*年

一

内德·威拉德顶着暴风雪返回家乡王桥。

他搭乘的驳船载满了安特卫普布料和波尔多葡萄酒，从库姆港缓慢地逆流而上。他坐在船舱里，觉得终于快到王桥了，于是紧了紧裹在肩头的法式斗篷，兜起风帽遮住耳朵，迈到露天甲板上，向前张望。

他大失所望：眼前只有漫天大雪。他心痒难搔，要瞧一眼王桥城的样貌，于是就盯着落雪，心里抱着希望。瞧了一阵子，他总算如愿了。雪小了，天上出乎意料地露出一抹晴空。他的视线越过近旁的树冠，瞧见了主教座堂的钟楼——高四百零五英尺，凡是王桥文法学校的学生都熟记于心。尖塔上的石雕天使俯视着整个王桥市，此时天使翅膀边缘积了雪，原本鸽子灰色的羽毛尖儿一片洁白。他正瞧着，一束阳光打在雕像上，落雪折射出亮光，如同赐福；这一刻转瞬即逝，雪又密起来，天使看不见了。

接连一阵子，映入眼帘的只有树木，但这会儿他忙着想心事。离家一年，终于要和母亲团聚了。他可真想母亲啊，但他不会告诉母亲，因为十八岁的男子汉须得自立自足。

但他最想念的还是玛格丽。内德为她倾心，可惜时机糟糕透顶：几周后，他就要离开王桥，前往法国北岸的英属加来港，待上一年。内德和雷金纳德·菲茨杰拉德爵士家的这位小姐自幼相识，他向来很喜欢这个聪明狡黠的姑娘。长大后，她那股调皮劲儿又添了一种诱惑，上教堂的时候，内德发觉目光不由自主地追着她，同时嘴巴发干、呼吸短促。除了盯着她看以外，他一时不知要不要有进一步举动，她毕竟比自己小上三岁。她可没有这么些顾虑。两人躲在王桥墓园菲利普院长高大的坟冢后亲吻。四百年前，就是这位教士主持修建了主教座堂。那个吻缠绵热烈，绝非儿戏，可吻过之后，她却哈哈笑着跑开了。

第二天，玛格丽再次吻了他。他动身去法国的前一晚，两个人互诉衷肠。

最开始那几周，两个人以信传情。他们认为时机还不成熟，因此把恋情瞒着双方父母，所以不好公开写信。内德跟兄长巴尼吐露秘密，于是巴尼就成了他们的中间人。可惜后来巴尼也离开王桥，去了塞维利亚。玛格丽也有个哥哥，叫作罗洛，不过她可信不过这个哥哥，不像内德对巴尼那样。通信就这样断了。

虽然少了音信，但内德的感情丝毫不减。他听别人讲起年轻人三心二意，因此常常自省，等着自己热情消减，却发现没有。在加来住了几星期，堂亲泰蕾兹对他表露爱慕之情，还说愿意证明自己一片真心，凭他喜欢。但内德不为所动。事后想来，内德自己也有几分诧异，放在从前，要是有个脸蛋漂亮、胸脯丰满的姑娘让他吻，他哪肯错过机会呢？

可如今，他添了另一桩心事。拒绝泰蕾兹之后，他一度以为，分别的这段日子，自己对玛格丽此情不渝；可现在，他又担心起这次见到她后会如何。活生生的玛格丽是不是和记忆中一样迷人？重逢之后，他的爱会不会荡然无存？

而她呢？一年时间，对于十四岁的少女是很漫长的——对，现在十五岁啦。说不定断了音信之后，她的热情渐渐转淡。说不定她在菲利普院长的坟冢后又亲了别人。万一她如今对自己毫无爱意，内德一定难过失望。可就算她爱恋依旧，真实的内德可又符合她金色的回忆吗？

雪又小了，他看出驳船正驶过王桥西郊。两岸矗立着一间间工业作坊，都是耗水的行业：染色、布料漂洗、造纸、屠宰。都是些臭气熏天的行当，因此西郊租金低廉。

麻风病人岛映入眼帘。其实几百年都没有出过麻风病人了，但这个名字保留至今。近端立着凯瑞丝医院，创立医院的这位凯瑞丝修女在黑死病肆虐时拯救了全市。驳船驶近了，内德瞧见医院后面梅尔辛桥优雅的双拱；这座南北走向的桥连接了小岛和陆地。当地流传着凯瑞丝和梅尔辛的爱情故事，冬天一家人围着壁炉，一代代口耳相传。

码头熙熙攘攘，驳船缓缓靠进泊位。一年之间，城市似乎还是老样子。内德暗想，王桥这种地方变也是不疾不徐的：教堂、桥梁、医院都是要久经风雨的。

他把挎包甩在肩头，船老大递过一只小木箱，这是他仅有的行李，里面装了几件衣服、一对手枪、几本书。他提起箱子，辞别船长，迈上码头。

他朝水边那间宽敞的石头仓库走去，那就是家族生意的枢纽。没走几步，就听见一个熟悉的苏格兰口音喊：“哟，这不是咱们内德吗。回来了，欢迎！”

说话的妇人是珍妮特·法夫，替母亲管家的。内德见到她由衷地高兴，不由得露出灿烂的笑脸。

“我刚买了鱼回来，给你母亲做晚饭。”珍妮特身材瘦削，简直像拿木条捆成的，但她喜欢把别人喂得饱饱的。“也有你的份儿，”她慈爱地打量内德，“模样变了。脸好像瘦了，肩膀倒是宽了。布兰奇婶婶家吃得饱吧？”

“吃得饱，不过迪克叔叔让我帮他铲石头。”

“做学问的哪好干这个？”

“我倒无所谓。”

珍妮特提高嗓门喊：“马尔科姆，马尔科姆，快瞧是谁！”

马尔科姆跟珍妮特是一家子，他是威拉德家的马夫。只见他一跛一跛地从坞边走过来：多年前，他少不更事的时候被马踢伤了。他亲热地跟内德握了握手，说道：“老橡子没了。”

“那可是哥哥最宠的马呀。”内德忍不住想笑：马尔科姆还是老样子，牲畜的消息排在人前头。“我母亲都好吧？”

“太太身体好着呢，感谢主。你哥哥也好，上次收到信说的——他不是写信的行家，而且西班牙来的信得走一两个月。小内德，行李给我吧。”

内德还不想立刻回家，他另有打算。他对马尔科姆说：“麻烦替我把箱子先抬回去。”他灵机一动，想了个托词，“就说我去教堂，感谢主保佑我平安归来。然后就回家。”

“好。”

马尔科姆一瘸一拐地走在前头，内德则踱着方步，边走边观察从小就熟悉的这些建筑。微微还有些落雪，房顶一片洁白，但路上车水马龙，脚下的积雪都踩成了稀泥。他经过声名狼藉的白马酒馆，每到周六晚上，这里打架斗殴是家常便饭。他沿着主街的上坡路来到教堂广场，经过主教府，在文法学校前勾起旧思，驻足片刻。透过窄窄的尖顶窗，可以看见一排排书架映着灯火。他在这里学会了识字算术，懂得判断是动手还是逃跑，还学会了被白桦树条打屁股的时候忍着不哭。

教堂南侧连着修院。国王亨利八世解散修道院之后，王桥修院渐渐衰败，景象凄凉：屋顶残破，墙垣倾颓，窗间野草丛生。这些房舍现今归现任市长所有，也就是玛格丽的父亲雷金纳德·菲茨杰拉德爵士，但他放任不管。

所幸的是，教堂维护得很好，一如既往地高大坚固；它是这座生气勃勃的城市的象征。内德从西门进到中殿。他要感谢主保佑自己平安归来，这样刚才对马尔科姆就不算扯谎了。

教堂不仅是敬神之所，素来也是生意场。默多修士摆了一托盘小瓶子，信誓旦旦地说装的是巴勒斯坦圣土。一个内德不认识的男子在兜售暖手用的热石头，只要一便士。还有乐姑娘，她裹着红裙瑟瑟发抖，还在做旧营生。

内德仰望肋状拱券，觉得仿佛一群人向天国伸出手臂。每次一进教堂，他就会想起当初修建教堂的男男女女。其中许多名字都载于《提摩太书》，这本书记载了修院历史，上学时念过的：建筑匠师汤姆及其继子杰克、菲利普院长、梅尔辛·菲茨杰拉德（他除了架桥还修建了中央钟楼）、无数的采石工、和泥浆的妇人、木匠、釉工，这些平凡人完成了这件壮举，超越了自身的卑微贫寒，创造出一件永恒的美好。

内德在祭坛前跪了一分钟。能平安归来，是该心怀感恩的。从法兰西到英格兰路程虽短，但总有船只遭遇不幸，总有人丧命。

不过，他并没有心思久留。接着要去玛格丽家走一趟。

主教座堂广场北面、正对着主教府，坐落着贝尔客栈，再往北，立着一间新起的房舍。这块地归修院所有，内德因此猜测盖房子的是玛格丽的父亲。看得出来，这会是座富丽堂皇的建筑，看那一扇扇凸窗、一座座烟囱就知道了。这将是王桥最宏伟壮观的宅子。

他沿着主街一直走到十字路口。玛格丽现在的家占据着路口一角，和会馆隔街相望。这是间木架结构的大宅，论地价也是全镇最高的，只是不如新居美轮美奂。

内德踏上门阶，有些犹豫。一年来，他无时无刻不在盼望这一刻，但终于盼到了，却觉得满心忐忑。

他伸手敲门。

应门的是老女佣娜奥米，对方把他引到大厅。娜奥米是看着内德长大的，可这次看到他却仿佛心事重重，好像来的是个可疑的陌生人。他说想见玛格丽，娜奥米说得去问一声。

内德瞧着壁炉上方挂的耶稣受难画像。王桥市民家里的挂像分两类：一是《圣经》典故，二是贵族的正式肖像。内德曾见过法国一些富贵人家里挂着异教神祇画，像是爱神维纳斯、酒神巴克斯，背景是世外奇林，神身上的袍子好像随时要飘落。

玛格丽家里有些不同寻常。受难像对面的墙上挂的是一幅王桥地图。这东西内德可是头一次见，他饶有兴致地研究起来。地图上画得清清楚楚：本镇由南北走向的主街和东西走向的商业街分成四份。主教座堂和昔日的修院盘踞在东南角，恶臭熏人的作坊区位于西南角。凡是教堂都打了标记，一些房舍也一样，包括菲茨杰拉德和威拉德两家。河水由北向南，划分出东郊，之后转过一道弯往西，形状似狗腿。从前河水也标志着南部地界，不过自从架起梅尔辛桥，镇子就扩展到河对岸，如今那里已经形成一片不小的居民区。

内德发觉，这两幅图正好代表了玛格丽的父母。挂地图的是她做官的父亲，而挂受难像的则是她虔诚的天主教徒母亲。

有人进客厅来了，却不是玛格丽，而是她哥哥罗洛。罗洛个子比内德高，样貌英俊，一头黑发。内德和罗洛当初是校友，但一向不和；罗洛要长内德四岁。罗洛是全校最聪颖的学生，所以负责管教低年级学生，不过内德不吃他那一套，也从不服从他的权威。更糟糕的是，很快大家就发觉，论聪颖，内德至少不逊于罗洛。两个人拌过嘴也动过手，后来罗洛毕了业，去了牛津王桥学院。

内德藏起厌恶、压下怒气，礼貌地寒暄："我瞧见'贝尔'旁边起了房子，是令尊在盖新宅子吧？"

"是啊。现在这个地方有些过时了。"

"想来是库姆的生意不错。"雷金纳德爵士出任库姆港海关司库，这份差事获利颇丰，当初玛丽·都铎继承王位后，感念爵士忠心，以此作为嘉奖。

罗洛答非所问："这么说，你从加来回来了。怎么样？"

"学到不少东西。家父在那儿有码头和仓库，由迪克叔叔打理。"内德的父亲埃德蒙十年前过世了，之后生意就一直是母亲接管。"我们把英格兰的铁矿石、锌、铅等从库姆港运往加来，继而销往欧洲各地。"加来的业务是威拉德家族生意的根基。

"没受打仗妨碍吧？"英法两国正在交战，不过罗洛显然是假慈悲，他巴不得威拉德一家倒霉运呢。

内德轻描淡写："加来防守严密，"他心中有疑虑，语气却透着信心百倍，“周围设有要塞，自从加来成为英格兰领土后，两百年来都安然无恙。”他终于耐不住了，“玛格丽在家吗？”

“你找她有事不成？”

问得很不客气，不过内德假装没察觉。他打开挎包。“我从法国带了一份礼物给她。”他说着就掏出一条光闪闪的淡紫色丝巾，叠得整整齐齐。“我觉得这颜色正配她。”

“她不愿意见你。”

内德皱起眉头。什么意思？“我相当肯定她愿意。”

“那我就想不通了。”

内德字斟句酌：“罗洛，我对令妹爱慕有加，相信她也对我有意。”

“你很快就知道，你不在的这段时间情况有变，小内德。”罗洛的语气高高在上。

内德并不当真，他当罗洛不怀好意，存心吓唬自己。“无论如何，还是请叫她一声吧。”

罗洛面露微笑，这下子内德有些慌了。从前念书的时候，罗洛一奉命令鞭打低年级的学生就会露出这种笑。

只听他说：“玛格丽已经许了人了。”

“什么！”内德怔怔地瞧着他，又惊又痛，仿佛屁股上吃了棍子。他来之前的确心中惴惴，但做梦也没想到会听到这种消息。

罗洛不接话，只满脸笑意地迎着他的目光。

内德脑子里冒出的第一个念头是：“是谁？”

“她要嫁的是夏陵子爵。”

“巴特？”内德觉得不可思议。历数本郡所有的年轻男子，说到俘获玛格丽的心，头脑迟钝、不通风趣的巴特·夏陵是最不可能的人选。虽说他有朝一日会承袭伯爵之位，在许多姑娘眼里这一点就够了，但玛格丽不一样，内德敢打包票。

或者说，至少一年前敢打包票。

他问："不是你瞎编的吧？"

话一出口，他马上知道问得蠢。虽说罗洛手段卑鄙、气量狭小，但他可不傻，才不会编这么个容易被戳破的故事，不然到时候不是要出尽洋相了。

罗洛一耸肩："明天伯爵家设宴，届时就会宣布订婚的喜讯。"

第二天是圣诞节第十二日[①]，倘若夏陵伯爵摆宴席，那就一定会邀请内德一家。要是罗洛没有撒谎，那么内德到时候就会亲耳听到婚配的事。

"玛格丽爱他吗？"内德冲口而出。

罗洛想不到内德会问这种问题，这下轮到他吃了一惊："这种问题我干吗要跟你讨论？"

答得含含糊糊，内德于是猜测答案是"否"。"你怎么好像鬼鬼祟祟的？"

罗洛傲慢地扬起头："你快走吧，免得我又得打你屁股，像从前那样。"

"咱们不是学生了，"内德回敬，"究竟谁被打屁股，说不定你还料不到呢。"他真想跟罗洛打一架，这会儿在气头上，也无暇理会可有把握打赢。

---

① 即1月5日。圣诞期（Twelvetide）指从12月25日到1月5日的十二天（如无特殊说明，本书注释均为译者注）。

罗洛可要谨慎一些。他走到门口，替内德拉开门。“再会。”

内德迟疑不定。没见到玛格丽，他还不想走。要是知道她的房间在哪儿就好了，他尽可以奔上楼去。可在别人家里随便拉开寝室门查看，倒显得傻乎乎的。

他拿起丝巾，装回挎包里。“这事还没完。你们不能一直锁着她，我会跟她说上话的。”

罗洛假装没听见，依然耐心地扶着门。

内德恨得牙痒痒，真想揍他一拳，却只能按捺住冲动：如今他们都是成年人了，怎么还能为这点鸡毛蒜皮的事动手？他实在想不出办法。犹豫了好一会儿，还是不知道该如何是好。

那就只好走人了。

只听罗洛说：“慢走，不送。”

内德沿着主街走回家，没多远就是他出生的地方。

威拉德的家宅在主教座堂西侧，隔着主街。这些年来宅子不断扩建，却毫无章法，现如今洋洋洒洒地占了几千平方英尺的地。好在屋子住着舒服自在，壁炉都砌得老大，餐厅也宽敞，供一家人尽情享用饭菜，另外还有上好的羽毛褥垫。家里住着爱丽丝·威拉德和她两个儿子，再就是内德的奶奶。

内德迈进家门，看见母亲坐在前厅的写字桌前——出了码头仓库，这里就是她的账房。瞧见儿子，她立刻站起身，抱住他亲吻。内德一眼瞧出母亲比一年前又添了秤，但决定不说为好。

他环顾四周，屋里一点也没变。母亲最爱的那幅画依然挂在那儿。画中是耶稣和那位行淫时被拿的妇人，一群虚伪的法利赛人把她围在中央，一心要用乱石将她打死。爱丽丝常爱引用耶稣的那句话："你们中间谁没有罪，先向她投石吧！"这张画也带了些情色意味，因为那妇人袒胸露乳，引得内德懵懵懂懂的年纪一度做过似真似幻的梦。

他又望向窗外，目光掠过集市广场，落在主教座堂优雅的墙面，只见尖顶窗和尖拱勾勒出长长的线条。这不变的景色伴着他每一天，只有头上的天空随四季变化。这让他觉得心安，这种感觉模糊但强烈。凡人生老病死，城市盛衰，兵革互兴，但王桥主教座堂屹立不倒，直至审判日。

"听说你去主教座堂拜过了，真是个懂事的孩子。"

内德不敢欺瞒母亲。"我还去了菲茨杰拉德家。"

他瞧见母亲脸上失望的神色一闪而过，于是说："没回家先去了那儿，妈你不会不高兴吧？"

"有一点儿，"她直言不讳，"不过我该记得年轻人情窦初开时候的心思。"

母亲四十八岁了。埃德蒙过世后，大家都说她会改嫁，那时候小内德八岁，担心继父残忍无情，怕得要命。她守寡守了十年，内德估计母亲会这样终老。

内德又说："罗洛说玛格丽许给了巴特·夏陵。"

"哎呀，我就担心呢。可怜的内德，我真替你难过。"

"她父亲凭什么有权安排她的婚事？"

"有些事上的确是做父亲的做主。你父亲跟我不用操这个心，我没有女儿……活下来的。"

内德清楚，巴尼之前，母亲生过两个女儿。王桥主教座堂北面的墓园里立着两块小小的墓碑，内德再熟悉不过。

他开口说："做妻子的应该爱丈夫。你总不会逼着女儿嫁给巴特这种废物吧。”

“是，想来我是不会。”

“那些人究竟哪里不对劲？”

“雷金纳德爵士最看重身份和威信。他是市长，在他看来，市议员的职责就是下令，再确保令行禁止。你父亲当市长的时候，总说市议员就该为百姓做事。”

内德不耐烦地说：“不过是对同一件事看法不同罢了。”

“并非如此，”他母亲答道，“根本是两个世界。”

“我才不要嫁给巴特·夏陵！”玛格丽·菲茨杰拉德冲母亲嚷嚷。

玛格丽又气又恼。整整十二个月了，她苦苦等着内德回来，没有一天不惦着他，想念他似笑非笑的表情和金棕色的眼珠。她刚从下人那里听说他回王桥来了，并且来找自己，可他们竟然瞒着她，让他走了！她气家人故意骗自己，无助地啜泣起来。

“我又不是叫你今天就跟夏陵子爵成亲，”简夫人劝道，“只是叫你去跟他说说话。”

母女俩在玛格丽的卧室说话。房间一角立着一张祷告台，玛格丽每天两次跪在台上，面对墙上的十字苦像，一边拨牙雕念珠串一边祈祷。房间其余的摆设可谓奢华：一张四柱床，床上铺着羽毛褥垫，挂着色彩鲜艳的床帘；一只橡木雕柜子，挂着她数不清的裙子；一张挂毯，织的是森林一景。

这些年来，这房间见证了母女间的多次争吵，但玛格丽如今长大成人了。她身材娇小，但身高体重都已胜过母亲——简夫人瘦瘦小小，但性格坚毅；从前每次争吵都是以简夫人得胜、玛格丽蒙羞结束，但她觉得今非昔比了。

她开口说："何必多此一举？他是来提亲的，要是我去和他说话，他准要会错了意。等他发现真相，只有更气。"

"那就客客气气的。"

玛格丽根本不想谈巴特。她质问："内德来了怎么不告诉我？那叫失信于人。"

"我知道的时候他已经走了。只有罗洛一个人见到了。"

"罗洛还不是听你的意思。"

"子女应顺应父母之命，"她母亲回答，"你记得诫命吧：'应孝敬父母。'这是你对主应尽的义务。"

这一点，玛格丽短短的一生中一直想不通。她清楚天主要求自己孝顺父母，可她天生固执叛逆——大人常常这么训斥她——她觉得做个孝顺女儿真是难得紧。不过，每次听到大人引用这条诫命，她总会压抑本性，选择顺从。上主的旨意高于一切，这一点她清楚。于是她开口道歉："对不起，母亲。"

"去和巴特聊聊吧。"简夫人吩咐。

"是。"

"先把头发梳一梳，宝贝。"

玛格丽心中又是一阵不服气。"我的头发好得很。"她撂下这句话，没等母亲开口反驳就迈出了房间。

巴特穿着崭新的黄色齐膝短裤在客厅里等着。他正拿着一块火腿逗几条狗，但就是不肯让狗吃到嘴。

简夫人跟着玛格丽下了楼，并嘱咐说："带夏陵子爵去书房，请他瞧瞧藏书。"

玛格丽怒气冲冲："他对书才不感兴趣。"

"玛格丽！"

巴特却说："我很愿意欣赏欣赏藏书。"

玛格丽耸耸肩。"请随我来。"她引巴特进了隔壁房间，故意没关门，但母亲没有跟进来。

父亲的藏书摆了三层书架。"神啊，你家有这么多书！"巴特嚷嚷，"全都看完，那一辈子就不用干别的了。"

藏书约莫五十本，除了大学和教堂藏书阁，一般人家的确不会有这么多，这代表了富贵。有些书是拉丁文和法文的。

玛格丽强打精神尽地主之谊。她抽出一本英文书："这本《欢愉之消遣》[①]，你或许感兴趣。"

巴特瞥了一眼，凑近了。"欢愉的确是不错的消遣。"他自以为口齿伶俐，自得非凡。

玛格丽退后一步。"这是一首长诗，讲的是骑士的成长。"

"哦。"巴特立刻没了兴趣。他顺着书架看去，抽出一本食谱。"这个要紧，做妻子的得保证丈夫吃得好，你说呢？"

"自然。"玛格丽绞尽脑汁，琢磨有什么可聊的。巴特喜欢什么？没准是打仗吧。"都说和法兰西这场仗是女王挑起来的。"

"怎么是她的错？"

"他们说西班牙和法兰西交战是为了争夺意大利，这场争斗本来和英格兰无关，咱们给卷进去，纯粹是因为玛丽女王陛下嫁给了西班牙国王腓力，不得不支持他。"

---

① 1509年出版，作者斯蒂文·霍斯（Stephen Hawes，？—1523）。

巴特点点头。“做妻子的必须以丈夫为重。”

“所以女孩子挑丈夫得格外仔细。”巴特压根儿听不出她话中带刺，玛格丽接着说，“有人说咱们女王不该嫁一个外国君主。”

巴特厌倦了这个话题。“咱们别谈国事了。这些事该留给做丈夫的操心。”

“做妻子的对丈夫竟有这么多义务，”玛格丽知道话里的讽刺巴特根本听不懂，“我们得给他们准备饭菜、以他们为重、国事交给他们……幸好我没有丈夫，日子过得轻轻松松。”

“不过每个女子都需要一个男人。”

“咱们谈别的吧。”

“我说正经的。”他闭上眼睛酝酿，显然在回忆打好的腹稿。只听他说：“你是世上最美丽的女子，我爱你。请嫁我为妻。”

玛格丽的反应发自肺腑：“不！”

巴特一脸茫然，他不知道该怎么接口。显然，他满以为会得到另一个答案。隔了一会儿他才开口说：“做我的妻子，有朝一日可是伯爵夫人！”

“那么你就该娶一个全心全意盼着那一天的姑娘。”

“你不盼吗？”

“不。”她不想伤了他，但很难办到：他听不懂委婉含蓄。“巴特，你孔武有力、相貌英俊，想必也勇敢无畏，可惜我永远不会爱你。”她一下子想起内德，跟他在一起的时候，她从来不用费尽心思琢磨该聊什么。“我要嫁的人，又聪敏又体贴，并且在他眼里，妻子不只是仆婢中的一把手。”她暗想：好了，就算是巴特也不会听不明白吧。

他一下子冲过来，抓住她两只胳膊，快得来不及反应。他手劲很大。“女人喜欢受控制。”

“谁教你的？相信我的话，我就不喜欢。”她想挣开，但不够力气。

巴特把她拉到近前，张口就吻。

要是别的时候，她把脸别过去也就是了。嘴唇并不疼。可她还在为没见到内德的事伤心愤恨，一时间脑袋里想的都是见面后的情景：她和内德亲吻，抚弄他的头发，让他的身体贴近自己。他仿佛近在眼前，而巴特的拥吻如此可恶，她竟慌了神。她想也没想就抬起膝盖，用尽全力撞他胯下。

巴特吃了痛，也吓了一跳，纵声哀号。他松了手，弯下身子，痛得直哼哼，两只眼睛闭得紧紧的，双手捂在大腿之间。

玛格丽朝门口跑去，却看见母亲进来了。看来她一直守在屋外听着。

简夫人一瞧巴特，马上明白过来。她转向玛格丽：“你这傻丫头。”

玛格丽大喊：“我不要嫁给这个蛮人！”

父亲也进来了。爵士身材高大、一头乌发，和罗洛一样，不同的是，他脸上雀斑点点。只听他冷冷地说：“我说嫁给谁，你就嫁给谁。”

这句话预示着不祥，玛格丽怕起来。她这才觉得父母心意坚决，自己怕是低估了。刚才真不该逞意气。她叫自己冷静，跟父母讲道理。

她恢复理智，但语气激动：“我又不是公主！咱们是乡绅，可不是贵族。我的婚姻不必是政治联姻。我是商人之女，我们这种人犯不着包办婚姻。”

这话激怒了雷金纳德爵士，他气得满脸雀斑都涨红了。“我可是堂堂的骑士！”

“可不是伯爵！”

“两百年前，先祖拉夫尔·菲茨杰拉德受封为夏陵伯爵，和巴特一样。拉尔夫·菲茨杰拉德是杰拉尔德爵士之子、建桥匠人梅尔辛的兄弟。我血管里流淌的是英格兰贵族的血。”

玛格丽心下沮丧。她面对的不只是父亲不可动摇的意志，还有他引以为傲的家族声誉。这两者加在一起，她真不知道自己怎么能赢。但有一件事她必须坚持：绝不能示弱。

她转身望着巴特。他总不会想娶一个不情不愿的新娘吧？她开口说：“承蒙错爱，夏陵子爵，但我要嫁的人是内德·威拉德。”

雷金纳德爵士一惊。“哼，你休想，我凭十字架起誓。”

“我爱的人是内德·威拉德。”

“小小年纪，哪里懂得爱。况且威拉德那家子根本就是新教徒[①]！”

“他们跟大家一样，都去望弥撒。”

“那也不行，你是嫁定了夏陵子爵。”

“我不嫁。”玛格丽声音很轻，但语气坚决。

巴特疼痛稍减，只听他咕哝着说：“我就知道她难对付。”

雷金纳德爵士说：“只需要一只铁腕就够了。”

---

① 新教徒（Protestant），本意为抗议者。新教是反对罗马公教（即天主教）的基督教宗派，传入我国时曾自称基督教。

“她需要的是挨鞭子。”

简夫人劝道：“好好想想，玛格丽，你日后可是堂堂的伯爵夫人，生了儿子就是伯爵！”

“你们只关心这个，对不对？”她不由自主，不服地喊了起来。“你们就盼着孙子当上贵族！”她看着父母的表情，知道自己猜中了。她不屑地说：“哼，你们把我当母种马，幻想着攀亲附贵，我不干！”

话一出口，她就意识到造次了。这句侮辱恰好触碰到父亲最敏感的心事。

雷金纳德爵士解下腰带。

玛格丽怕得连连后退，结果撞到了写字桌。雷金纳德爵士伸出左手，一把揪住她的后颈。

她瞧见腰带的铜搭扣，吓得失声尖叫。

雷金纳德爵士把她按在桌子上。她拼命想挣脱，但父亲身强体健，按着她毫不费力。

她听见母亲的声音：“请回避一下，夏陵子爵。”她不由得更怕了。

门砰地关上了。她接着听见皮带在空气中嗖的一声，落在大腿后侧。裙子太薄，不抵什么用。她又尖叫起来，这次是因为痛。接着是第二下、第三下。

母亲发话了：“我看这就够了，雷金纳德。”

雷金纳德爵士答道：“省了棍子，坏了孩子。”这是句残忍的俗语，人人都相信抽鞭子是为孩子好，只有孩子例外。

简夫人说：“经文里其实并不是这么说的。‘不肯使用棍杖的人，实是恨自己的儿子；真爱儿子的人，必时加以惩罚。’说的是儿子，可不是女儿。”

雷金纳德也用经文来回敬：“另一句箴言则曰：‘对孩童不可忽略惩戒。’是吧？”

“可她已经不是‘孩童’了，况且咱们都清楚，这个办法对玛格丽没用。惩罚只会叫她愈发顽固。”

“那你说怎么办？”

“让我来。等她冷静下来，我会跟她谈谈。”

“那好。”玛格丽以为这下子结束了，却听见皮带嗖的一声，落在她吃痛的腿上，热辣辣的。她又尖叫一声。紧接着，就听见父亲的靴子重重地踏在地板上，迈出了门。这才算结束。

内德拿准了会在斯威森伯爵的家宴上见到玛格丽。她父母总不能不让她去赴宴吧，不然就等于说婚事出了岔子。玛格丽不露面，大家一定要议论。

泥路上的车辙印结了冰，内德骑的矮种马小心翼翼地踩着险恶的路面。马身上的热气让内德身上暖乎乎的，但手脚都冻麻了。母亲爱丽丝骑了一匹宽背母马，和他并辔而行。

夏陵伯爵府叫作新堡，跟王桥隔了十二英里路。冬日里，这一程耗了将近小半天，内德急得要死。他一定得见到玛格丽，除了渴盼见到她的脸孔，也是想问问究竟是怎么个鬼情况？

新堡遥遥在望。说到“新”，那是一百五十年前的事了；不久前，伯爵在这片中世纪城堡的废墟间起了一座新宅。古老的城垛是灰石垒成，材料和王桥主教座堂一样；这一天，雾凇结成的彩带花环装点其上。再走几步，内德听见一片欢声笑语：高声寒暄、朗朗笑声，还有一支乡下乐队：冷冰冰的空气里飘来深沉的鼓声、活泼的小提琴和哀怨的笛音。这片喧闹声昭示着熊熊炉火、热气腾腾的饭菜和助兴的美酒。

内德踢马催它快跑，他迫不及待地要进去问个究竟，省得总悬着一颗心。玛格丽爱不爱巴特·夏陵，是不是要嫁给他？

小路直通正门。城墙上的老鸦冲来客不怀好意地呀呀叫。吊桥早已拆掉，护城河也填上了，只有门楼的射口还保持原貌。庭院里闹哄哄的，挤满了衣着鲜艳的宾客、马匹车架、伯爵府忙碌的下人。内德驾马穿过庭院，将马交给一位马夫，随着众宾客进了屋子。

他没见到玛格丽。

庭院尽头矗立着一座新式砖楼，和古老的城堡建筑相连接，剩下的一侧是小圣堂，另一侧是酿酒作坊。新楼是四年前盖的，不过内德只来过一次，他瞧着那一排排大窗、一个个烟囱，又一次暗暗赞叹。论豪华，王桥最富有的商人也望尘莫及，其规模在本郡首屈一指。不过想必伦敦有些宅子还要恢宏，虽然内德还没去过伦敦。

亨利八世在位期间，斯威森伯爵反对他同教宗决裂，一度落得家境萧条，不过五年前，忠坚天主教徒玛丽·都铎继位为女王，斯威森时来运转，再次得宠，大富大贵、大权在握。这次宴请该是极尽奢华。

内德迈进屋子，来到大厅。大厅有两层楼高，因为开着高窗，冬天里室内也亮堂堂的。护墙板是涂了亮漆的橡木，挂毯上织的是狩猎场景。宽敞的房间两头各立着一座高大的壁炉，木柴烧得正旺。四面墙中有三面围着长廊，内德在路上听到的乐声就是从这里传来的，这会儿乐师正兴高采烈地弹奏。剩下的那面墙上挂着斯威森伯爵父亲的肖像画，画中人执手杖，意指权力。

一群客人正在跳欢快的乡村舞，八人一组，手握着手围成一圈转圈，不时停下舞步，从圈子里跳进跳出。还有一些人三三两两地交谈，为了盖住乐声和踏步声，不得不扯着嗓门。内德拿起一只盛了热苹果酒的木杯，环顾四周。

有一群人离跳舞的宾客远远的。是船主菲尔伯特·科布利一家，他们一律穿着灰黑色的衣服。王桥的新教徒算是众人皆知的秘密，谁都知道有这么一群人，也猜得出有谁，但并不公开指认——内德暗想，这倒有几分像那些偏好男人的男人，也是半遮半掩的。新教徒并不承认其信仰，否则会遭受折磨，直到他们宣布放弃信仰；要是怎么也不肯，那就要给烧死。要是直接问他们信什么，他们会支吾其词。新教徒也参加天主教圣事，这是律法规定的。不过，对于伤风败俗的曲子、袒露胸脯的裙子、酒气熏天的司铎，他们是敬而远之的。此外，也没有法律规定不许穿灰扑扑的衣服。

屋里的来客内德差不多都认识。年轻一些的，男子是他在王桥文法学校的同窗，女子则是主日出了教堂被他扯过头发的。至于长辈，都是当地的头面人物，也是熟面孔，他们总在母亲的房子里进进出出。

他四处张望，寻找玛格丽，结果瞧见一个陌生人：只见这个男子三十多岁，长鼻子，不深也不浅的棕色头发，已经露出谢顶的迹象；胡子按时兴的式样修得尖尖的。他又矮又瘦，穿了一件暗红色外套，价格不菲，但样式朴素。他正和斯威森伯爵以及雷金纳德·菲茨杰拉德爵士两个人说话，这两位都是当地的要人，内德瞧着他们的态度，不禁心生好奇。他们显然不欢迎这位尊贵的来客，只见雷金纳德抱着膀子、身子向后仰，斯威森则两腿岔开、双手叉腰，可是他们又在凝神听他说话。

乐师奏出一段装饰音，一曲终了。屋子里静了些许，内德趁机问菲尔伯特·科布利的儿子丹尼尔："那个人是谁？"他指着红衣男子。

丹尼尔比内德年长几岁，身材胖胖的，衬着一张白皙的圆脸。他答道："威廉·塞西尔爵士，他是替伊丽莎白公主打理产业的。"

伊丽莎白·都铎是玛丽女王同父异母的妹妹。内德说："我听过塞西尔这个人。他是不是一度官拜国务大臣？"

"不错。"

那时候内德还小，对政治并不大上心，不过他记得母亲提过塞西尔这个名字，语气充满崇敬。玛丽·都铎青睐天主教徒，塞西尔的信仰热忱不合她脾胃，所以继位之后立刻革了他的职，如今塞西尔负责替伊丽莎白打理财务，没从前那么煊赫。

那他来这儿干什么？

母亲准会想知道塞西尔的来访。客人总带来消息，而爱丽丝对消息最为痴迷。她总教导两个儿子，消息要么意味着财富，要么能救人于危难。内德在人群里寻找母亲，却瞧见了玛格丽，立时把威廉·塞西尔抛在了脑后。

玛格丽的模样叫他吃了一惊。她不像长了一岁，倒仿佛成熟了五岁。那头卷曲的乌发盘成了复杂式样，上面又扣了一顶男式软帽，帽子上插了一支俏皮的翎羽。她脖子上围了一圈小巧的白色飞边，衬得面孔仿佛在发光。她个子小，却不纤瘦；身上穿了件蓝天鹅绒裙子，上半身是正时兴的硬挺紧身胸衣，却无法完全掩盖那逗人喜欢的圆润身材。她的表情一如既往的丰富。只见她面露微笑、眉毛扬起、脑袋一歪，接二连三地摆出惊讶、困惑、不屑、喜悦表情。他发觉自己又在盯着瞧了，像从前那样。有那么一阵子，这房间里就像没有别人了。

他回过神，推开人群，向她走去。

玛格丽看见他了，只见她面露喜色，他不禁高兴起来；紧接着她的表情变了，快过天色说变就变的春日；现在她的脸上愁云密布。看他走近，她惊恐地睁大眼睛，似乎叫他走开，他装作没看见。非问个明白不可。

内德张开嘴，但她抢先说："一会儿他们玩'猎牝鹿'，你就跟上我。这会儿什么也别说。"

"猎牝鹿"是年轻人在宴席时玩的一种捉迷藏游戏。内德听她主动相约，精神为之一振。虽然如此，但没有得到明确的答案，他还是不想走开。他问道："你爱上巴特·夏陵了？"

"没有！快走——一会儿再说。"

内德激动不已，但他还没问完。"那你要嫁给他吗？"

"只要我还剩下一口气就会说：'见鬼去吧'。"

内德笑了。"那好，这下我安心了。"他心满意足地走开了。

罗洛把妹妹和内德·威拉德的一举一动都看在眼里，手心里捏了一把汗。交谈时间不长，但显然很要紧。罗洛担心起来。昨天玛格丽挨教训的时候，他一直在书房门外听着，他认为母亲说得对，惩罚只会叫玛格丽愈发倔强。

他不希望妹妹嫁给内德。罗洛一向讨厌内德，但这不是主要原因。关键是威拉德一家对新教的立场太宽和。亨利国王背弃天主教会，埃德蒙·威拉德高高兴兴的。诚然，玛丽女王反其道而行之，他的样子也不像苦恼万分——这一点也是叫罗洛不高兴的地方。他容不得谁对信仰马马虎虎。人人都该把教会的权威视为至高无上的。

此外，还有一个重要原因：妹妹嫁给内德·威拉德，对菲茨杰拉德的声誉无益，不过是两大商贾之间的联姻而已。相反，巴特·夏陵则能令家族跻身贵族之列。在罗洛心中，除了上主的旨意，菲茨杰拉德的家族声誉重于一切。

舞跳完了，府里的下人搬来桌板和支架，拼成一张"T"形桌，横木沿着一面墙，长木一直抵到屋子对面，摆好后开始摆盘碗。罗洛看出这群下人举止懒散，把陶杯和面包往白桌布上随便一扔了事。这自然是因为府里缺少一个女主人——伯爵夫人过世两年了，斯威森还没有续弦。

一个下人过来传话："菲茨杰拉德少爷，您家老爷请您过去，正在爵爷的客厅。"

下人把罗洛引到一间偏厅，只见屋里摆着一张书桌、一本账簿，显而易见是斯威森伯爵打点生意的地方。

斯威森的座椅大得可以媲美王座。伯爵生得高大英俊，巴特就随了他；不过经年享受佳肴美酒使他如今大腹便便、鼻子通红。在四年前的哈特利林地一战[①]中，他左手的好几根手指没了，

① 1554年，因玛丽女王决意嫁给西班牙国王腓力，托马斯·怀亚特（Thomas Wyatt）起兵造反。1月28日，约五百名叛军与女王军队在哈特利林地交战，最终战败。

但他丝毫也不掩饰这一残缺，恰恰相反，他好像还颇引以为豪。

斯威森旁边是罗洛的父亲菲茨杰拉德爵士。爵士身材高瘦、雀斑点点，和斯威森一比，仿佛熊罴身边的豹子。

巴特·夏陵也在座。另外还有爱丽丝和内德，这叫罗洛有些错愕。

威廉·塞西尔坐了一张矮凳子，正对着这六个本地人。座次的意义一目了然，但不知怎的，罗洛觉得塞西尔才是主人。

雷金纳德对塞西尔说："您不介意我叫上我的儿子吧？他从牛津大学毕业，还在伦敦的律师学院研习过法律。"

"我很高兴见到下一代的年轻人在场，"塞西尔语气和善，"议事场合我也会叫上我的儿子，虽然他只有十六岁——接触得越早，学得越快。"

罗洛仔细打量塞西尔，瞧见他右脸颊上长了三颗痦子，棕胡子已经有些斑白。爱德华六世在位期间，他年纪尚不足三十岁，却已经大权在握，如今不到不惑之年，却已透出运筹帷幄之气，着实不像这种年纪应有的。

斯威森伯爵不耐烦地挪动身子。"威廉爵士，今天来了一百位客人，究竟有什么要紧事，叫我从自家桌上离席，还是请开门见山吧？"

"这就说到了，爵爷，"塞西尔答道，"女王并未怀孕。"

罗洛又惊又忧，忍不住闷哼一声。

玛丽女王和腓力国王迫切地想有个继承人，承袭英西两国的王位。可惜两国相隔遥远，两位君主又忙于各自的政务，难得有时间相聚。此前，女王宣布明年三月将诞下王子，两国百姓都欢欣雀跃。现在看来事情出了岔子。

罗洛的父亲雷金纳德爵士面色阴沉："这不是第一次了。"

塞西尔颔首说："这是第二次假孕。"

斯威森困惑地问："假孕？什么意思？"

"并非流产。"塞西尔语气凝重。

雷金纳德跟着解释说："她求子之心迫切，自以为怀孕了。"

"原来如此，"斯威森答道，"无知妇人。"

爱丽丝·威拉德不屑地哼了一声，但斯威森完全不觉异样。

塞西尔说："女王陛下可能无法生育，如今我们不得不考虑这个现实。"

罗洛的脑海里浮现出种种后果。玛丽女王是忠坚的天主教徒，西班牙国王也同样虔诚，他们翘首以盼的这位子嗣自然会恪守天主教义，可想日后会倚重菲茨杰拉德一家。但若是玛丽无后，那这算盘就白打了。

罗洛猜想，塞西尔老早就想到这一层了。只听他说："到新主即位，这期间，一国之安危可谓悬于一线。"

罗洛悚然心惊。英格兰可能再度奉行新教，这么一来，这五年来菲茨杰拉德家的荣华富贵可能化为乌有。

"我希望提早打算，保证下一任君主顺利即位，不必流血。"塞西尔的语气通情达理，"我来找在省城里呼风唤雨的三位——本郡伯爵、王桥市长以及本镇头号商人——希望各位助我一臂之力。"

听他的口气，不过是一位尽心尽力的下人在为主子打算，但罗洛已经瞧出他表里不一，根本是个危险的叛逆分子。

斯威森问道："我们怎么能助您一臂之力？"

"答应扶持我的女主人伊丽莎白。"

斯威森语带挑衅："你这是认为伊丽莎白会继承王位喽？"

"亨利八世陛下育有三名子女，"塞西尔像个学究似的，把人尽皆知的事数了一遍，"王子爱德华六世幼年即位，未及留后而早夭，于是王位由亨利的长女玛丽·都铎继承。道理避无可避。倘若玛丽女王也和爱德华国王一样无后，那么王位的继承人自然是亨利的二女儿——伊丽莎白·都铎。"

罗洛认为是时候开口了。这种危险的无稽之谈决不能不加辩驳就放过，而自己是几人之中唯一一个律师。他极力模仿塞西尔，轻声细语、以理服人，可惜结果差强人意，语气中还是透出一丝警惕。"伊丽莎白不是合法的继承人！亨利和她母亲的婚姻无效，亨利同发妻的离婚未得到教宗准许。"

斯威森接口："私生子不能继承财产和头衔，人人都晓得。"

罗洛皱了皱眉。当着伊丽莎白的谋士直呼她是私生子，不仅粗鲁，也多此一举。很不幸，斯威森这个人向来举止粗暴，而罗洛以为，和这个沉着镇定的塞西尔为敌未免草率。此人眼下可能失了宠，但有一种不怒而威的气派。

塞西尔没理会这句无礼之言。"离婚是国会批准的。"他彬彬有礼，但毫不示弱。

斯威森又说："听说她偏袒新教？"

罗洛寻思这才是关键。

塞西尔微微一笑。"她曾多次对我表露，倘使成为女王，最大的心愿就是不再让国人因为信仰而丧命。"

内德开口了："这样很好。谁也不想见到再有人被烧死。"

罗洛暗想，威拉德一家人就是这个德行：只求太平，毫无立场。

塞西尔那句模棱两可的答话也惹恼了斯威森伯爵。他问：“天主教还是新教？两个必选其一。”

“不然，”塞西尔答道，“她的信条是宽容。”

斯威森愤愤然。“宽容？”他轻蔑地重复，“对异端邪说？对渎神之语？不敬神？”

在罗洛看来，斯威森如此愠怒情有可原，不过这个论点在法律上可站不住脚。对于英格兰王位的继承人选，天主教自有主张。“全天下都认为，王位的正统继承人是另一个玛丽，苏格兰女王。”

“此言差矣，”塞西尔显然预料到了，“玛丽·斯图尔特不过是国王亨利八世的甥孙女，伊丽莎白·都铎可是他的亲生女儿。”

“私生女。”

内德·威拉德又开腔了：“有一次我去巴黎，亲眼见过玛丽·斯图亚特。我没有跟她说上话，当时我在罗浮宫的一间外殿，看到她经过。她身材高挑，美若天仙。”

罗洛不耐烦：“说这八竿子打不着的话干什么？”

内德却还不住口：“她十五岁。”他目光直直地盯着罗洛。“和令妹玛格丽一般年纪。”

“年龄无关紧要——”

内德提高嗓音，盖住他的话：“有些人认为十五岁的年纪连选夫君都嫌小，又何谈做一国之主。”

罗洛倒吸一口气，他父亲愤愤不平地闷哼一声。

塞西尔皱了皱眉，无疑听出内德话里有话，外人不懂内情所指。

内德又说："我还听说玛丽会讲法语和苏格兰语，但几乎不通英语。"

罗洛答道："从法律上看，这些都无足轻重。"

内德不依不饶。"还有更糟糕的。玛丽和法兰西太子弗朗索瓦立了婚约。本国百姓既然不满当今女王嫁给西班牙国王，倘若下一个女王嫁给法王，岂不是更加不忿。"

罗洛答道："这种事由不得本国百姓做主。"

"无论如何，凡有疑惑，必起纷争，百姓迟早要举起镰刀斧头，把意见不吐不快。"

塞西尔插嘴说："我就是不愿这种情况发生。"

罗洛听出这其实是句威胁，不禁怒从心头起，但还没来得及开口，就听斯威森问："伊丽莎白这丫头人品如何？我还没见过本人呢。"

正统身份的话头被他岔开了，罗洛愠怒地皱起眉头。塞西尔倒是欣然答道："我认识的女子中，数她教养最好。她可以用拉丁语对答如流，如同说英语一般，此外还会讲法、西、意语，并会写希腊文。她并非世人口中的美人，但自有其迷人之处，使得人人都认为她极可人。她继承了父亲的非凡意志，会是位有决断的君主。"

罗洛暗想，这塞西尔显然是迷上了她，但这并不是最糟糕的。伊丽莎白的反对派只能依赖法理，因为除此以外再没有立足点。听上去，伊丽莎白凭年纪、智慧、意志都足以胜任英格兰女王。她或许是新教徒，但有自知之明，不会招摇，让他们抓不到把柄。

想到由新教徒做女王，罗洛不寒而栗。她铁定不会倚重天主教家族。菲茨杰拉德家可能再也不复当年的荣华富贵。

斯威森说道："不过呢，要是她嫁给一个坚定的天主教夫君，把她治得服服帖帖的，那兴许也可以接受。"他色眯眯地痴笑起来，罗洛厌恶地想打哆嗦，连忙忍住。看样子斯威森想到把一位公主管得服服帖帖，起了色心。

塞西尔干巴巴地回答："我记在心上了。"这时传来一阵铃声，宾客该入席了。他站起身说："我只想请各位不要急于下决断。请给伊丽莎白公主一个机会。"

雷金纳德和罗洛等其他人先出了屋子。雷金纳德说："我瞧着咱们的立场都跟他挑明了。"

罗洛摇摇头。有时候他真希望父亲的脑筋别这么直来直去。"塞西尔来之前就晓得，父亲和斯威森这样的忠实天主教徒无论如何也不会答应扶持伊丽莎白。"

"应该吧。他自然消息灵通。"

"显然也足智多谋。"

"那他这次来是为什么？"

"我就在琢磨这事，"罗洛答道，"依我看，他来是为了查探敌人的实力。"

"呀，"做父亲的一惊，"我可没想到这一层。"

"咱们也入席吧。"

席间，内德一直定不下心，巴不得吃喝完毕，快点开始"猎牝鹿"的游戏。终于等到撤甜点了，他却瞧见母亲用眼神示意自己过去。

他瞧见母亲和威廉·塞西尔爵士聊得起劲。爱丽丝·威拉德身材矮胖、精力充沛，这天穿了件金线绣花的王桥红裙子，价格不菲。她脖子上挂了一条圣母的圆形挂坠，免得被人斥为新教徒。内德有点想假装没瞧见。这会儿下人正在收拾桌子，戏班子忙着准备，游戏马上要开始了。他还不晓得玛格丽的打算，但无论如何他都不肯错过。可他也知道，母亲固然慈爱，但也一向严厉，容不得不从，于是起身走到她身边。

爱丽丝说："威廉爵士有几个问题想问你。"

"荣幸之至。"内德客套道。

"我想打听一下加来的近况，"塞西尔开门见山，"听说你刚从那儿回来。"

"我是圣诞节前一周启程的，昨天刚到。"

"加来对本国商事至关重要，这一点不需要我向你们母子赘述。法兰西有一小块地盘仍然由我们控制，这也关乎国家骄傲。"

内德点头说："自然也让法国人大为光火。"

"当地的英国人士气如何？"

"不错。"内德口中这样答，心中却忐忑起来。塞西尔的问题自然不是因为闲来无事、一时兴起，而是事出有因。此刻想来，他才发觉母亲脸色凝重。他接着说："动身的时候，大家还在为八月份在圣康坦大败法军而兴高采烈[①]，也觉得英法之战不会波及他们。"

"也许自信过头了。"塞西尔喃喃地说。

---

① 1557年，意大利战争期间，西班牙在英军的支援下，在圣康坦击败法军。

内德皱起眉头："加来四周都是要塞：桑加特、弗雷坦、涅勒——"

塞西尔打断他："倘若要塞失陷呢？"

"城中配有三百零七口加农炮。"

"你对细节很上心。即便如此，市民能抵住围攻吗？"

"粮食够维持三个月。"走之前，内德把这些都打听好了，他知道母亲想听到详尽的消息。他转身面对爱丽丝。"母亲，怎么回事？"

"元旦那天，法国兵攻下了桑加特。"

内德大吃一惊。"怎么会？"

塞西尔代爱丽丝答道："法军在附近几个城镇秘密集结，趁加来卫戍部队不备发动了袭击。"

"法国军首领是谁？"

"吉斯公爵弗朗索瓦。"

内德惊呼："疤面！他可是个传奇人物。"这位公爵是法兰西最了不起的将领。

"眼下加来城一定是被围了。"

"但还没有失守。"

"这是目前所知，不过上次接到消息还是五天前的事。"

内德再次面向爱丽丝。"迪克叔叔也没信吗？"

爱丽丝摇头说："加来被围，有信也捎不出来。"

内德想到几个亲戚：婶婶布兰奇，厨艺比珍妮特·法夫高明多了，不过内德绝不会跟珍妮特说这话；堂兄弟阿尔宾，跟他年纪相仿，教他隐私部位的法语词以及各种非礼勿言之事；还有对他有意的堂姐妹泰蕾兹。他们能活下来吗？

爱丽丝轻声说："咱们的一切所有差不多都在加来。"

内德眉头一皱。果真如此？他问："不是还有货物运到塞维利亚吗？"

塞维利亚是西班牙港市，腓力国王的军械库，再多的金属也填不满这只胃。内德父亲的表侄卡洛斯·克鲁兹住在那儿，爱丽丝的货物他尽数买下，统统用来制造加农炮和弹丸，用以维持西班牙无休无止的战争。哥哥巴尼就在塞维利亚跟着卡洛斯帮忙，操持家族生意的另一支，和内德在加来的任务一样。不过海路又长又险，只有近处加来的仓库满了，才会往塞维利亚发船。

爱丽丝答道："没有。眼下和塞维利亚没有货船往来。"

"那要是加来失守……"

"那就几乎一无所有。"

内德本以为对这份生意了如指掌，从不曾料想会这么快就毁于一旦。他有种感觉，像一匹可靠的马突然一个趔趄，自己险些从鞍上跌下来，冷不防地叫他明白生活变幻莫测。

铃声响起，游戏开始了。塞西尔笑着说："谢谢你的消息，内德。年纪轻轻的就如此一丝不苟，着实难得。"

内德受宠若惊。"能为您效劳是我的荣幸。"

丹·科布利那个美丽动人的金发姐妹露丝打旁边经过，招呼他说："快来，内德，开始'猎牝鹿'了。"

"来了。"他嘴上应着，却没有动。他一时不知所措。本来还迫不及待地想和玛格丽说话，可听了刚才的消息，他哪还有心情玩什么游戏。他对母亲说："估计咱们也无能无力。"

"先等等消息——可能要等上很久。"

一时间谁也没说话，气氛抑郁。接着塞西尔开口说："对了，我正要找个人帮我替伊丽莎白小姐打点，得是一个年轻人，跟公主的随从一并住在哈特菲尔德宫，我要是不得已去伦敦或者别的地方，就暂代我的职务。我知道你是注定了替母亲打理家族生意，不过内德，要是你认得哪个年轻人，有几分像你，聪颖、可靠、细致入微……不妨举荐给我。”

内德点头答应：“自然。”他疑心塞西尔其实是想招揽自己。

塞西尔接着说：“这个人也须得认同伊丽莎白对宗教的宽容态度。”已经有数百名新教徒惨死在玛丽·都铎女王的火刑架上。

内德自然认同。之前在伯爵书房争论王位继承问题的时候，塞西尔一定也察觉了。数百万英国百姓也认同：不管是天主教徒还是新教徒，都为残杀而心寒。

“刚才说过，伊丽莎白多次向我提及，倘若她当女王，最大的心愿就是不再让国人因为信仰而丧命，”塞西尔重复一遍，“依我看，这个宏愿值得为之奉献。”

爱丽丝有些不忿。“威廉爵士，您说得是，我的两个儿子注定了要打理家族生意。内德，你去吧。”

内德转过身，四下找玛格丽。

斯威森伯爵请了一支巡回剧团，这会儿他们正沿着大厅里的一面长壁搭台子。

玛格丽瞧着他们忙活，布雷克诺克夫人和她并肩而立，也瞧得目不转睛。苏珊娜·布雷克诺克夫人三十岁的样子，模样迷人，笑容可亲，她是斯威森伯爵的堂亲，也是王桥的常客，在那儿有住所。玛格丽之前就认得她，并觉得她性格随和，也不那么盛气凌人。

戏台子底下垫着酒桶，上面铺木板。玛格丽说："看着有点晃。"

"我也这么想！"苏珊娜附和。

"您知道要演什么戏吗？"

"玛利亚·玛达肋纳的生平。"

"啊！"玛利亚·玛达肋纳是妓女的主保圣人。对此司铎总是要纠正一句：从良的妓女，不过这位圣女还是魅力不减。"怎么演？这班伶人都是男人啊。"

"你以前没看过演戏吗？"

"没看过这种专业伶人在台子上演的，只见过宗教游行和露天表演。"

"女子角色一向都是男人演，他们不许女人登台演戏。"

"为什么不许？"

"啊，我猜是因为咱们天生低等，身体娇弱、见识短浅。"

玛格丽听出她话里的揶揄。她喜欢苏珊娜说话坦率，大多数成年人听到难堪的问题，只会用泛泛的老生常谈敷衍，但她可以信赖苏珊娜直言不讳。

玛格丽胆子大起来，心里话冲口而出："您嫁给布雷克诺克勋爵是不是被逼的？"

苏珊娜扬起眉毛。

玛格丽立即发觉造次了。她急忙说："对不起，我无权问您这种问题，请见谅。"泪水在眼眶里打转。

苏珊娜耸耸肩："你的确无权问我这种问题，不过我也还没忘了十五岁时的心思。”她放低了声音，“他们要你嫁给谁？”

“巴特·夏陵。”

“啊，主啊，苦了你。”她对自己这位堂侄毫不维护。

听了这句体己话，玛格丽愈发自怜。苏珊娜一阵沉思后说：“我嫁人是家里安排的，这并不是什么秘密，不过没人强迫我。我们相见之后，我觉得他人品很好。”

“可您爱他吗？”

苏珊娜又迟疑着没答话。看得出，她在谨慎和同情之间犹豫不决。“这一点我不好作答。”

“是，当然，我得赔个不是——再一次。”

“不过看得出你很苦恼，所以不妨跟你说说心里话。但你得发誓不说出去。”

“我发誓。”

“布雷克诺克跟我像朋友。他对我照顾有加，我也竭尽所能讨他开心。而且我们还育有四个可爱的儿女。我过得心满意足。”她顿了一顿，玛格丽等着那句答案。好一会儿苏珊娜才说：“不过我也知道，世上有另一种幸福，爱恋着一个人也为对方所爱慕的那种狂喜。”

“是！”听苏珊娜明白自己的意思，玛格丽万分喜悦。

“这种快乐并非人人有幸得到。”她语气庄重。

“但就应该如此！”玛格丽忍不了一个人求爱而不得。

一瞬间，苏珊娜显得郁郁寡欢。“也许吧，”她轻声说，“也许。”

玛格丽瞧见内德穿了件绿色的法式紧身上衣从苏珊娜身后走来。苏珊娜顺着她的目光望去，敏锐地问：“你想嫁的人是内德·威拉德？”

“是。”

“好眼光。他很不错。”

“他再好不过了。”

苏珊娜微微一笑，透出一丝忧郁。“希望你能如愿。”

内德朝苏珊娜鞠躬行礼，她一颔首，却转身走了。

这时伶人在房间一角扯起一道帘子。玛格丽问内德：“你说这是做什么用的？”

“好像是在帘子后面换戏服。”他压低声音，“什么时候能详谈？我等不及了。”

“游戏快开始了，到时候跟上我。”

菲尔伯特·科布利手下那个英俊的书记员多纳尔·格洛斯特被选为“猎人”。他一头乌黑的鬈发，生得唇红齿白，但无法打动玛格丽的心——玛格丽嫌他软弱，不过她也知道，有好几个姑娘巴不得让他找到。

在新堡玩这个游戏再合适不过了：这儿的秘密角落比兔子洞还多。新宅和旧堡相连的地方尤其如此，冷不防冒出只柜橱，蓦地横着一截楼梯，还有旮旯犄角、奇形怪状的房间。“猎牝鹿”是小孩子常玩的游戏，玛格丽小时候总搞不懂怎么十九岁的哥哥姐姐也那么热心。如今她明白了，少男少女是要借这个机会亲热。

多纳尔合上眼睛，用拉丁文念起天主经[①]，其余的年轻人急急忙忙去找地方藏好。

① 全文为：我们的天父，愿你的名受显扬；愿你的国来临；愿你的旨意奉行在人间，如同在天上。求你今天，赏给我们日用的食粮；求你宽恕我们的罪过，如同我们宽恕别人一样；不要让我们陷于诱惑，但救我们免于凶恶。阿门。

玛格丽早就想好了要去哪儿。她提前查探过藏身处，为的就是找一个隐秘之所和内德长谈。她出了大厅，匆匆踏上通往旧城堡房间的走廊，心里知道内德会跟上来。到了走廊尽头，她迈进一扇门。

她回身一望，瞧见了内德——倒霉的是还有别人。这可麻烦了：她得跟内德单独在一起。

她穿过一间小储藏室，爬上一段旋转石阶，又沿着一小段楼梯下楼。她听得见身后的动静，但她在这儿他们看不见。她又折进一条过道，知道尽头是封死的。照明的只有墙上托架里的一根蜡烛。过道中间辟了一座巨大的壁炉，本是中世纪的烘焙房，如今早已废弃，烟囱也在盖新房的时候拆掉了。壁炉旁边的石拱后藏着一扇门，进去就是巨大的烤炉；烛光幽暗，几乎看不出有门。玛格丽轻手轻脚地钻进烤炉，又收好裙裾。烤炉里出乎意料地干净，探查的时候她就发觉了。她掩上门，只留一条缝隙，往外瞧去。

内德冲上过道，巴特紧随其后，另外还有动人的露丝·科布利，十有八九是看中了巴特。玛格丽沮丧地呻吟一声，怎么能让内德甩开其他人呢?

三个人从烤炉旁飞快地走过，没有看见门。不一会儿，他们发现此路不通，又原路折返，顺序掉了过来：露丝打头，跟着是巴特，内德走在最后。

机会来了。

等巴特和露丝都看不见了，玛格丽叫道："内德！"

内德停下脚步，迷惑地四下张望。

她推开烤炉门："进来！"

他不需要第二声召唤。他爬进烤炉，玛格丽掩上了门。

里面黑黢黢的，两个人相对侧躺，玛格丽感觉到他的身体贴着自己。他一言不发地吻她。

她贪婪地回吻。无论如何，他还爱着自己，这一刻，别的她都不在乎了。她原来担心内德在加来会把自己给忘了，她以为内德会结识些法国姑娘，成熟而有趣，把王桥的小玛吉·菲茨杰拉德比下去了。但是，他的拥抱、亲吻、抚摸让她明白，他的心没有变。玛格丽喜不自胜，双手抱着他的脑袋，张开嘴，体验舌尖的纠缠，身体紧紧地贴着他。

他翻身把她压在身下。这一刻，她心甘情愿地把自己交给他，为他献出童贞，不曾想被打断了。只听咚的一声，好像是他踢到了什么东西，接着就听见木板砰的一声掉落，她一下子看清了烤炉内壁。

两个人都吓了一跳，不再亲热，开始四下张望。原来是烤炉的后壁倒了，显然隔壁还有一个房间。玛格丽惊恐地想到，也许有人看见了她和内德的一举一动。她坐起身，朝洞口望去。

没有人。她瞧见一面墙，墙上的射口透出一线余晖。原来只是旧烤炉后面的一块狭窄地方，起新居的时候给封住了。过去也没有路了：只能从烤炉这一面过去。地上散落着一块木板，自然是用来堵洞的，刚才内德兴奋之下不小心踢掉了。玛格丽听到人语声，不过是从外面院子传来的。呼吸顺畅了：没人瞧见他们。

她从洞口爬到那处小间，内德也跟着爬了进去。两个人好奇地四下张望，内德说："咱们可以在这儿待一辈子呢。"

这句话把玛格丽拉回现实，她这才惊觉，刚才险些犯下不可宽恕的大罪。情欲让她差一点忘了是非对错。她暗暗庆幸有惊无险。

她把内德引到这儿来是为了找他商量，不是为了吻他。她开口说："内德，他们叫我嫁给巴特。咱们该怎么办？"

内德答道："我也不晓得。"

罗洛瞧出斯威森已经醉得不轻了。只见公爵瘫坐在戏台对面的大椅子里，右手还握着酒杯。一个年轻女仆替他续杯，他趁机伸出那只残缺的左手捏她胸脯。女仆吓得失声尖叫，连忙退开，酒洒得到处都是。斯威森哈哈大笑。

一个伶人上了台子，开始念开场诗，大意是说为了讲述悔罪的故事，须得呈现罪孽，因此提前赔个不是，请大家莫要见怪。

罗洛瞧见妹妹玛格丽跟内德·威拉德一起偷偷溜进来，不悦地皱起眉头。罗洛这才察觉，原来这两个人是趁"猎牝鹿"幽会去了，无疑做了不少好事。

罗洛真摸不透这个妹妹。玛格丽笃信教义，可又总是不服管教。这怎么说得通呢？对罗洛而言，宗教的本真就是要服从权威。新教徒也就是这里不对：他们自以为有资格自作主张。但玛格丽可是虔诚的天主教徒啊。

一个叫作"不忠"的角色露脸了，其特征是鼓鼓囊囊的裤裆布。他挤眉弄眼，说话时用手遮着嘴，眼珠滴溜溜地转，怕被其他角色听见。

台下哄堂大笑，谁都认得这种人，这个形象不过是夸张些罢了。

罗洛叫之前和威廉·塞西尔的一番谈话害得紧张不安，不过这会儿他又觉得是过虑了。伊丽莎白公主十有八九是个新教徒，但担心她也为时过早。毕竟，玛丽·都铎女王不过才四十一岁，并且身体康健——除了两次子虚乌有的怀孕；她掌权数十年也不在话下。

玛利亚·玛达肋纳出场了，显然这位圣徒还没有悔罪。只见她裹着一袭红裙，脚步轻快，不停摆弄项链，向“不忠”抛媚眼，她嘴唇上该是涂了什么红染料。罗洛很是诧异，因为刚才他没瞧见剧团里有女人。此外，还有一个原因：他虽然没看过演戏，不过很肯定女人是不许登台的。戏班子好像总共有四个男人和一个约莫十三岁的男孩。罗洛大惑不解，对着玛利亚·玛达肋纳直皱眉；接着他恍然大悟，这个角色身高体型正对得上那个小男孩。

其余观众也纷纷想明白了，开始交头接耳，有的赞叹，有的诧异。罗洛也听见清晰的抗议声，他四下张望，发现是角落里的菲尔伯特·科布利一家。天主教徒对戏剧采取放任态度，认为只要宣扬宗教寓意就不必深究，但有些忠坚新教徒却看不惯。一个小男孩装扮成女人，这种事最叫他们愤愤不平，何况这个女子又百般卖弄风骚。一家人都铁青着脸，但罗洛瞧出有一个人例外，就是菲尔伯特那个年轻机灵的书记员多纳尔·格洛斯特，他和其余观众一样纵情大笑。罗洛和镇里的年轻人都清楚，多纳尔迷上了东家的漂亮女儿露丝。罗洛猜想，多纳尔信新教完全是为了赢得露丝的芳心。

戏台上，“不忠”把玛利亚搂在怀里，给了她一个淫邪的长吻。观众笑得前俯后仰，起哄声、倒彩声此起彼伏，其中以年轻男子最为起劲。他们这会儿也看出玛利亚是小男孩扮的。

菲尔伯特·科布利可不觉得好笑。他生得虎背熊腰、又矮又壮，头发稀疏、胡子蓬乱。这会儿他气得满脸通红，挥拳叫嚷，但是听不清喊什么。起初谁也没理会，等两个伶人吻毕、笑声渐消，大家这才扭头看是谁在大喊大叫。

罗洛瞧见斯威森伯爵猛然发觉骚动，一脸愠怒。罗洛暗想，麻烦这就来了。

菲尔伯特住了口，对家人说了什么，随即朝门口走去，一家人跟在他后面。多纳尔也跟上了，但罗洛瞧出他一脸不情愿。

斯威森站起身，朝他们走去。“你们给我好好待着！”他大吼，“我可没准谁离席。”

台上的演员不再演戏，开始瞧台下的热闹。罗洛觉得这种角色对调怪讽刺的。

菲尔伯特停下脚步，转身对斯威森喊：“我们绝不留在这座索多玛的宫殿！”说完又转身继续朝门口走。

斯威森大骂：“你个自视清高的新教徒！”然后冲菲尔伯特跑去。

斯威森的儿子巴特连忙拦在父亲面前，举起一只手，想要息事宁人。他高声劝阻：“父亲，让他们走吧，犯不上动怒。”

斯威森猛地推开儿子，扑到菲尔伯特身上。“我杀了你，凭十字架起誓！”他掐住菲尔伯特的喉咙，想要把他扼死。菲尔伯特跪倒在地，斯威森跟着弯下腰，左手虽然残疾，力道却越来越重。

一片哗然。几个人拽着斯威森的袖子，想把他拉开；可他终究是堂堂伯爵，就算铁了心要杀人，他们也还是怕下手重了伤到他，不敢用全力。罗洛冷眼旁观，他才不管菲尔伯特是死是活。

内德·威拉德头一个当机立断。他用右手臂勾住斯威森的脖子，手肘内侧抵着他的下巴，向后上方用力一拖。斯威森只好向后退，放开了菲尔伯特。

罗洛想起来，内德一向是这副德行。上学的时候就是个没皮没脸的家伙，个头小，打架却爱拼命，不怕跟年长的学生对着干，罗洛不得不奉命用一捆白桦枝给他一两次教训。后来，内德长大了，变得手长脚长，虽然个子还是比常人矮，不过高大的学生也学乖了，知道他的拳头惹不起。

内德马上放开斯威森，机灵地退到人群里。斯威森气得大吼大叫，回头看是谁敢以下犯上，却哪里分辨得出来。罗洛猜想他最终总会知道的，不过到时候也醒酒了。

菲尔伯特站起身，揉揉脖子，跌跌撞撞地迈向大门。斯威森没留意。

巴特抓住父亲的手臂，劝道："再满上一杯酒，看戏吧。一会儿'私欲'要上场了。"

菲尔伯特等人走到了门口。

斯威森气呼呼地瞪着儿子，瞪了好一会儿，好像忘了该生谁的气。

科布利一家出了大厅，宽大的橡木门砰地合上了。

斯威森大喊："接着演！"

一班演员又演起来。

二

皮埃尔·奥芒德的生计是顺走巴黎市民手头的闲钱，赶上今天这种举国欢庆的日子，事情就好办得多。

巴黎上下一片喜气洋洋。法国军队攻下加来，收复了两百年前莫名其妙被英国蛮子抢走的这块土地。都城的每家酒肆里，人人都在为吉斯公爵“疤面”举杯，庆祝这位大将军替国家一雪前耻。

巴黎大堂区的圣埃蒂安酒馆也不例外。一个角落里，几个年轻人正在掷骰子，赢的人就以疤面的大名提酒。门口处，一桌士兵大肆庆祝，好像加来是他们攻下的。另一个角落里，一个妓女喝醉了，伏在桌子上昏睡，头发散落在一摊酒里。

这种喜庆场合对皮埃尔来说正是绝佳的机会。

皮埃尔在索邦大学念书。他自称出身香槟，父母出手阔绰，生活费不少给。事实上，父亲一个子儿也没给他。母亲为给他置办赶路的新衣用尽了毕生积蓄，如今已经不名一文。家里指望他做些文书工作糊口，譬如誊写法律文件，不少学生就是这样过来的。但皮埃尔贪图享乐，花钱如流水，弄钱得另想法子。这天他穿了件时兴的蓝色紧身上衣，衣袖开衩，露出里衬的白丝绸。这种行头，誊写一年的文书也买不起。

他旁观几个人玩骰子。看样子都是些纨绔子弟，生在珠宝商、律师、建筑匠师之家。其中那个叫贝特朗的把把赢，起先皮埃尔以为遇到了同行，贝特朗也是个骗子，于是留神观察，想瞧瞧他是怎么出老千的。看到最后，他判定贝特朗没耍手段，纯粹是手气好。

皮埃尔的机会来了。

贝特朗赢了五十多里弗赫，那几个朋友输得精光，起身告辞。贝特朗要了一瓶葡萄酒、一块芝士，皮埃尔见机凑过去。

“我祖父的表亲就是个幸运儿，像你。”他装着轻松友好的口气，从前百试百灵。“他逢赌必赢，打过马里尼亚诺战役[1]都活下来了。”皮埃尔随编随说，“他娶了个穷人家的闺女，看中她生得美，他很中意，后来太太的叔父给她留了一间磨坊。儿子后来当了主教。”

“我可不总是走运。”

皮埃尔暗想，看来贝特朗还不是蠢得无药可救，不过骗动该不成问题。“我敢打赌，有个姑娘一直不待见你，后来却亲了你。”他发现大多男子少年时都有这番经历。

贝特朗却以为皮埃尔料事如神。“对！克洛蒂尔德——你怎么晓得？”

“我说过了，你是个幸运儿，”他凑近了，压低声音，好像跟他吐露秘密似的，“祖父的表亲老了以后，有一天，从一个叫花子那儿知道自己为什么交了一辈子好运。”

贝特朗哪里忍得住：“为什么？”

---

① 1515年9月13日至14日，意大利战争期间，法国军队与米兰公爵属下的瑞士雇佣军在伦巴第的马里尼亚诺村附近交战，最终法军获胜。

“叫花子告诉他：‘令堂怀你的时候，施舍给我一便士——所以你这辈子都有好运气。’这件事千真万确。”

贝特朗一脸失望。

皮埃尔竖起一根手指，像要表演戏法似的。“接着叫花子脱下那身脏兮兮的衣服，原来他是个——天使！”

贝特朗惊疑不定。

“天使为祖父的表亲赐福，之后张开翅膀，回归天国。”

皮埃尔把声音压得更低了，对贝特朗耳语：“我猜令堂也曾给布施于天使。”

贝特朗还没有喝醉，答道：“没准。”

“令堂是不是心地善良？”皮埃尔知道，几乎没人会回答“不”。

“家母堪比圣徒。”

“这就是了。”皮埃尔想起自己的母亲，要是她知道儿子靠骗钱为生该多么失望。他替自己开脱：是贝特朗自找的，他好赌又贪杯。但是，即便在假想中，这个理由也不能令母亲释怀。

他强迫自己别再想了。这不是扪心自问的时候：贝特朗要上钩了。

他于是又说：“有一位长者——不是令尊——曾提点过你，至少一次。”

贝特朗诧异地睁圆了眼睛。“我一直搞不明白拉里维埃先生为什么肯为我出这么多力？”

“他是你的天使派来的。你有没有险些受伤或是死掉的经历？”

“五岁那年走丢过一回。我以为家在河对面，差点淹死，幸好一个托钵修士路过救了我。”

“那可不是修士，而是你的天使。”

“不可思议——你说得对！”

“令堂帮过一个下凡的天使，所以这个天使一直在守护你。我就知道。”

皮埃尔接过酒杯和一角芝士。白吃白喝总是欢迎的。

他念书是为了谋个神职，因为靠这个法子能跻身上层社会。不过才入学没几天，他就发现学生已然分成两类，命运截然相反。贵族和富商家的年轻少爷会当上修道院长和主教，其中有些已经定好了要接管哪处俸禄丰沛的修院或是教区，因为这些职务根本属于某个家族的私产。相反，省城医生和酒商家聪敏好学的学生只能在乡下当神父。

皮埃尔属于后一类，但他铁了心要跻身第一类。

起初，区分尚不明显，皮埃尔一早就紧紧地贴着贵族圈子。没多久，他就改掉了乡下口音，模仿贵族那种慢吞吞的腔调。他交上了好运。有一次，家境优渥的维尔纳夫子爵出门忘了带钱，于是问他借二十里弗赫，答应第二天还。皮埃尔统共只有这么多积蓄，但他瞧出这个机会独一无二。

他二话不说就把钱给了维尔纳夫，像完全不当一回事。

翌日，维尔纳夫忘了还钱。

皮埃尔困窘万分，但一言不发。当天晚上，他买不起面包，只能喝稀粥充饥。可维尔纳夫隔天还是忘了还。

皮埃尔仍然不提起。他知道，要是自己开口叫维尔纳夫还钱，维尔纳夫和那些朋友就立刻明白他不是他们的一分子，而他渴望被接纳，比果腹更甚。

过了一个月，那位贵公子才漫不经心地提起：“我说奥芒德，那二十里弗赫是不是一直没还你呀？”

皮埃尔动用了极大的意志，开口答道：“好家伙，我哪儿记得。算了得了。”接着他灵光一闪，又加了一句，“你显然是缺钱哪。”

其他同学哄笑起来，大家都知道维尔纳夫富甲一方；皮埃尔凭借这句打趣，在圈子里站住了脚。

维尔纳夫掏了一把金币给他，他数也没数，直接塞进口袋。

他被接纳了，但这就意味着他事事都得学他们的样子：穿戴、出门雇马车、豪赌、在酒馆里吩咐好酒好菜，好像这些都不花钱似的。

皮埃尔到处借债，不得已才还，并且学着维尔纳夫那样对钱财漫不经心。可有时候，他需要搞现钱。

他感谢上苍，世上有贝特朗这种蠢货。

贝特朗一杯接着一杯，皮埃尔不疾不徐、稳稳当当地提起那宗独一无二的买卖。

买卖每次都不一样。这次他说有一个傻瓜德国佬——故事里的蠢人总是外国人。此人从姑姑那儿继承了几件珠宝，要卖给皮埃尔，开价五十里弗赫；他不知道的是，这些宝贝值好几百里弗赫呢！皮埃尔手头没这么多现钱，不过要是出得起，能赚上十倍。故事不必十分可信，关键看怎么讲。贝特朗表示有兴趣，皮埃尔必须表现出万般为难；贝特朗说想买下，他就要露出紧张的神色；贝特朗提议他从自己赢来的钱里拿五十里弗赫，代自己去把东西买下来。

贝特朗求他收下钱，皮埃尔正要收入囊中，从此和贝特朗后会无期，就在这时，寡妇博谢纳进来了。

皮埃尔极力维持镇静。

巴黎城住了三十万人，他琢磨自己不大可能跟从前的冤家狭路相逢，况且他总是仔细地避开他们常去的地方。这回真是倒霉到家了。

他别开脸，可惜反应慢了一点，还是被认出来了。妇人指着他尖声喊："是你！"

皮埃尔恨不得杀了她。

寡妇博谢纳四十岁年纪，风姿绰约，笑容爽朗、身体康健。皮埃尔的年纪只有她的一半，但当初是他主动引诱对方的。而她呢，不仅热情地教给他欢爱的种种技巧，让他大开眼界，更重要的是，他每次开口借钱，她都爽快答应。

等偷欢的兴奋淡去，她受够了他总伸手要钱。这种时候，换做是有夫之妇，也只能不了了之，跟他斩断情丝，安慰自己就当花钱买了个教训。已婚妇人不敢揭皮埃尔的短，不然自己的丑事也藏不住。寡妇就不一样了。皮埃尔察觉博谢纳太太跟自己反目成仇，她不管跟谁都叫苦连天。

不能让她惹得贝特朗起疑心，他做得到吗？很难，不过再不可能的事他也做过。

他得尽快把她支出去。

他对贝特朗耳语："这可怜的妇人是个疯子。"接着他站起身，鞠了一躬，冷然客套说，"博谢纳太太，鄙人一如既往地为您效劳。"

"那好，把欠我的那二百一十二里弗赫还来。"

糟糕。皮埃尔心下一慌，想瞧一眼贝特朗的表情和反应，可那样一来就显得自己心焦，只好强迫自己别看。“明天早上就还给您，烦请知会一声住址吧。”

贝特朗醉醺醺地嚷：“你刚才还说连五十里弗赫都出不起！”

越发糟糕了。

博谢纳太太问：“干吗等明天？现在不行吗？”

皮埃尔强自装出漫不经心的样子。“谁会在口袋里装那么多金子？”

“你说谎是个行家，可你休想再骗我。”

皮埃尔听见贝特朗诧异地闷哼一声，该是有点明白了。

皮埃尔还是决定演下去。他挺直了腰，一副被开罪的样子。“太太，我可是皮埃尔·奥芒德·德吉斯。您兴许听过这个姓氏吧。我向您保证，家族名誉使然，我绝不骗人。”

门边那一桌有位士兵正为“法兰西加来”举杯，突然扬起头仔细打量他。皮埃尔瞧见此人右耳缺了大半，该是打仗负的伤。他一时不安起来，但强迫自己专心应付寡妇。

只听她说：“我才没听过你这姓氏，但我知道你没有名誉可言，小混账。把钱还我。”

“您会拿到的，我保证。”

“那现在就让我跟你回家。”

“只怕恕难从命。家母德沙托讷夫夫人会认为您去拜访不合适。”

“你娘才不是什么德夫人哩。”那寡妇一脸鄙夷。

贝特朗说：“我以为你是住校的大学生呢。”他渐渐醒酒了。

没戏了。皮埃尔知道，贝特朗是骗不住了。他把火气都发泄在这个年轻人身上，生气地骂道：“哼，下地狱去吧。”然后又转身面对寡妇博谢纳。想起她身体的温暖和重量、她的愉快放荡，一阵悔恨涌上心头。他马上硬起心肠，对她说："你也是。"

他披上斗篷。真是白费工夫。明天还得从头来过。可要是再叫他遇上哪个冤家呢？心情糟透了。这一晚真倒霉。又有人欢呼"法兰西加来"。加来见鬼去吧。他朝门口走去。

不承想，那个耳朵残缺的士兵突然站起身，拦在门口。

皮埃尔暗想，主在上，这又是哪一出？

他傲然说："让开，不要多管闲事。"

士兵站着不动。"刚刚听你说你叫皮埃尔·奥芒德·德吉斯。"

"不错，所以最好给我让开，免得我家里找你的麻烦。"

"吉斯家不会找我的麻烦，"男子的语气沉着自信，叫皮埃尔紧张起来，"本人是加斯东·勒潘。"

皮埃尔琢磨一把推开他，拔腿就跑。他上下打量这个勒潘。约莫三十岁，不如自己高，宽肩膀，那双蓝眼睛透着冷酷无情，受伤的耳朵表示他不乏打斗经验。这样的人没法轻易推开。

皮埃尔强迫自己继续装着那副高人一等的语气："怎么，勒潘？"

"我吃的就是吉斯家的饭。本人是家族护卫队队长。"皮埃尔心下一沉。"我以吉斯公爵的名义逮捕你，罪名是假充贵族之名。"

寡妇博谢纳插嘴说："我就知道。"

皮埃尔应道："好家伙，我要叫你知道——"

"留着跟法官说去吧，"勒潘语气轻蔑，"拉斯托、布罗卡尔，把他拿下。"

皮埃尔还没来得及应答，桌前的两个士兵已经起身，一语不发地站在他两边，抓住了他两只手臂。两人的手仿佛铁箍，皮埃尔索性放弃挣扎。勒潘对两人一点头，他们就押着皮埃尔出了酒馆。

他听见寡妇在身后嚷：“最好绞死你！”

天黑了，不过狭窄蜿蜒的中世纪巷子里挤满了欢庆的人群，他们高唱爱国的曲子，欢呼“疤面千千岁”。

拉斯托和布罗卡尔大步流星，皮埃尔只好加快脚步跟上，免得被当街拖着走。

不知道会怎么处罚自己？想想就心惊胆战。冒充贵族可是大罪。就算免过重罚，以后又怎么是好？贝特朗这种笨蛋、容易上钩的有夫之妇并不难找，不过受骗的人越多，他就越容易被捉到。他这种营生还能维持多久？

他瞧着两个士兵。那个叫拉斯托的年长四五岁，没有鼻子，只剩一圈瘢疤围着两个小洞，无疑是刀伤。皮埃尔盼他们俩一会儿无聊了，放下戒心，手上抓得不那么紧了，他好挣脱了逃跑，混进人群里脱身。可惜两个人一路小心谨慎，手上力道不减。

他问道：“你们要带我去哪儿？”谁也没有费神回答他。

这会儿他们讨论起剑斗来，看来是继续之前在酒馆的话题。拉斯托说：“别朝心脏使劲儿了，剑尖容易打滑，戳进肋骨，顶多是皮肉伤。”

“那你说瞄哪儿？咽喉？”

“太小不好瞄。我就瞄小腹。肚子中剑不会立马咽气，但身子跟瘫了一般，疼得他脑子里一片空白。”他大笑起来，声音尖细。想不到这个凶神恶煞的男人会发出这种动静。

皮埃尔很快就知道去哪儿了。他们拐进了圣殿旧街，皮埃尔知道吉斯家的新宅邸就建在这儿，占了整片街区。他从前常幻想着登上这些亮泽的台阶、迈进大厅。可惜他们走的是花园门，接着从厨房门进了屋子，又爬下楼梯，进了一间散发着芝士臭味的地下室，里面堆满了酒桶和箱子。两个人粗暴地把他推进一个房间，门砰地关上了。他听见插门闩的哗啦声。他试着推了推，果然开不了。

地窖里冷得很，还散发着酒馆茅房的浊臭。外面走廊里点了一支蜡烛，微弱的烛光从门上的栅栏窗照进来，皮埃尔看出房间里铺着硬土地面，头顶是砖砌的圆顶，总共只有一件家什：一只用过却没清理的夜壶——怪不得臭。

想来真是不可思议：一眨眼，这条命就变成了一坨屎。

看来得熬上一夜了。他坐在地上，背贴着墙。早上，他会被带到法官面前。得想想脱身之策才好。得编个故事打动法官。只要说得入情入理，说不定能免于重罚。

可他意志消沉，根本编不出什么故事，脑子里转的念头净是往后该做什么。有钱人的日子叫他乐此不疲——赌狗输了钱、大把大把地打赏给酒馆女侍、买羊羔皮做的手套——每一次的刺激都难以忘怀。他是不是与此无缘了？

最令他开怀的是大家伙把他视为一分子。谁也不知道他是个私生子，生父同样是私生子。谁对他也没有屈尊俯就的意思，出去玩乐的路上还常常喊他。有时候他们在大学区吃完一间酒馆换另一家，他因为什么事落在后面，总有人记着：“奥芒德哪儿去了？”之后大伙会停步等他赶上去。现在想起来，他几乎要落泪。

他紧了紧斗篷。躺在冷冰冰的地上睡得着吗？他希望上庭的时候能像个货真价实的吉斯人。

火光突然亮了，走廊里有动静。门闩一拉，紧接着门推开了。“起来。”说话人粗声粗气。

皮埃尔挣扎着站起身。

手臂再次被紧紧地抓住，他断了逃跑的念头。

加斯东·勒潘守在门口。皮埃尔又装出从前的傲慢。“是要放了我吧，我要听你赔罪道歉。”

“闭嘴！”勒潘喝道。

勒潘在前面带路，沿着过道上了后楼梯，接着穿过一层，迈上主楼梯。这下皮埃尔彻底懵了。他被当成罪犯押着，却像客人一样被带进公爵府的正厅。

勒潘领着他进了一个房间，只见地上铺着织花地毯，窗前垂着厚重的彩锦窗帘，壁炉上挂了一幅巨大的油画，画中是个体态丰满的裸身女子。两个衣着高贵的男子坐在软垫扶手椅上，轻声争论什么问题。两个人之间摆了一张小桌子，上面放了一壶酒、两只酒杯，还有一只碟子摞满了炒货、果干和小糕点。有人进来了，他们却毫不理会，还在交谈，不在乎谁听见。

这两个人显然是兄弟俩，身材魁梧，都是金发金须。皮埃尔认出来了。他们可是法兰西大名鼎鼎的人物，仅次于国王。

其中一个男子两边脸颊上留着骇人的伤疤，是一杆长矛刺穿面孔留下的。传说当时矛头卡在脸上，他策马赶回营帐，大夫拔出尖矛的时候，他哼都没哼一声。他就是吉斯公爵弗朗索瓦，绰号叫疤面。再过几天，他就年满三十九岁了。

另一位是他弟弟洛林枢机主教夏尔，兄弟俩同月同日生，相差五岁。他身着和祭司职分相称的鲜艳红袍。夏尔十四岁就晋升为兰斯总主教，如今身兼众多俸禄丰厚的教职，其身家在法兰西数一数二，光是一年收入就高达三十万里弗赫，叫人咋舌。

多年来，皮埃尔常常幻想着见到这对兄弟。论权势，王室以外，就非二人莫属。想象中，两人视他为重要谋士，几乎同他平起平坐，在政治、财务乃至军事问题上听取他的意见。

现在他的愿望可以说实现了，可惜是以犯人的身份。

他细听两人的对话。只听夏尔枢机轻声说："自从圣康坦战败之后，陛下的威望一直没能彻底恢复。"

"但我这次加来大捷自然有所助益！"弗朗索瓦公爵驳斥。

夏尔摇头说："虽然拿下一局，但整场仗却占下风。"

皮埃尔心中恐惧，却也听得着迷。法西两国交战，是为争夺意大利半岛的那不勒斯王国及其他诸邦的统治权；西班牙有英格兰支持。法国从英格兰手中收复加来，但尚未夺取意大利各城邦。这笔买卖不划算，但这话可没几个人敢公开说。两兄弟对其权势自信不疑。

勒潘借谈话的空当禀告说："两位大人，冒名顶替的家伙带来了。"两兄弟闻言抬起头。

皮埃尔振作精神。从前也遇见过棘手的情况，他总能靠着花言巧语和似是而非的理由脱身。他提醒自己，就当这是一次机遇。靠着警醒和机变，说不定能逢凶化吉。"晚上好，两位大人，"他端着架子，"今日意外得见，荣幸之至。"

勒潘骂道："没问你话就闭嘴，王八蛋。"

皮埃尔转头对他说："枢机面前，请收起你的污言秽语，否则我要叫你吃教训的。"

勒潘气坏了，但当着两个主子，又不敢对他动手。

两兄弟交换了一个眼神，夏尔饶有兴致地扬起眉毛。皮埃尔出其不意——好兆头。

开口的是公爵。“你假充是我们家的人。这可是重罪。”

“鄙人诚惶诚恐，请大人原谅，”不等他们回答，他一口气说下去，“家父是托南克·莱·茹安维尔——一个挤奶女工的私生子。”他痛恨讲起这段往事，因为这是确有其事，而他深以为耻，可他别无他法，“据说她的情人是个年轻少爷，吉斯家的亲戚。”

弗朗索瓦公爵半信半疑，哼了一声。吉斯家族的祖宅就坐落在香槟区茹安维尔，和托南克·莱·茹安维尔离得很近，从名字也看得出来。不过不少女人未婚生子，都把账赖在贵族情人头上，但话说回来，通常也不假。

皮埃尔又说：“家父在当地文法学校念过书，后来做了司铎，这还要多亏大人先父的提点。愿他老人家在天国安息。”

皮埃尔清楚，这个故事入情入理。贵族家庭虽然不会公开承认私生子，却常常会帮一把手，就像一个人看见一条狗一瘸一拐的，会不经意地俯身替它拔掉爪子上的刺。

弗朗索瓦问：“司铎不得娶妻，又怎么会生下你？”

“家母是他的管家妇。”司铎终身不可娶妻，不过通常会找情妇姘居，“管家妇”是大家心照不宣的委婉说法。

“这么说你是双重的私生子喽！”

皮埃尔臊红了脸，这也是真情实感。他以出身为耻，这一点不必装假。不过，公爵这句话也叫他得了信心，这说明他的话被当了真。

公爵接着说："就算你这段家传掌故不假，你也没有资格借我们的姓招摇撞骗——你自然晓得吧。"

"我知道做错了，"皮埃尔承认，"但我从小就敬仰吉斯家的大名，我愿意全心全意侍奉大人左右。我知道大人理应责罚我，但请大人——许我以功补过。交代一个任务给我，我发誓，一定办得妥妥帖帖。什么事我都愿意做——不管什么事。"

公爵不屑地摇头："我想不出你能派上什么用场。"

皮埃尔万分绝望。他这番话说得诚心诚意，可惜没能奏效。这时夏尔枢机却开口了："说起来，倒真有一件事。"

皮埃尔心念一动。

弗朗索瓦公爵略显不悦："真的？"

"不错。"

公爵做了个"请便"的手势。

夏尔枢机说："巴黎有些新教徒。"

夏尔是忠坚的天主教徒。这不足为奇，毕竟教会给他那么多好处。他这句话也不假。巴黎是天主教的重要据点，每到主日，就有传教士站在讲道台上宣讲地狱之火、怒斥异端邪说，吸引了大批教众，但还是有那么一小撮人，愿意听些批判司铎坐享教堂俸禄却不为会众服务的言论。有些人对教会的腐败深恶痛绝，明知是犯罪，也甘冒危险去参加秘密的新教礼拜。

皮埃尔装作义愤填膺。"这种人就该处死！"

"会办的，"夏尔答道，"不过得先把他们找出来。"

"交给我！"皮埃尔马上接口。

"还有他们的妻子儿女、朋友亲戚，一并查出姓名。"

"我在索邦有几个同学有些异教的苗头。"

“打听出在哪儿能买到批判教会的书籍和宣传册子。”

售卖新教文本可是死罪。“我可以透口风，”皮埃尔说，“假装自己发自肺腑的困惑。”

“最要紧的，我要知道新教徒亵渎天主的集会地点。”

皮埃尔想到一件事，皱起眉头来。夏尔想得到这类情报，该不是刚才几分钟之内突发奇想。“想必大人已经派了人手打听这些事了吧。”

“你不必知道他们是谁，他们也不知道你。”

这么说，探子数目不详，他皮埃尔只是其中之一。“我一定是最出色的！”

“是的话，自然重重有赏。”

皮埃尔简直不敢相信就这么交上了鸿运。他大喜过望，生怕夏尔改变主意，只想立刻退下，但他得做出冷静沉着的样子。“多谢枢机大人信任。”

“哼，别以为我信任你，”夏尔的语气流露出不经意的轻蔑，“不过要完成铲除异端这个重任，手头能用的工具只好都用了。”

皮埃尔不想让这句话做收尾，得让两兄弟刮目相看才行。他回忆刚才进来时两人的对话，索性壮着胆子说：“枢机大人，我同意大人刚才的话，得替国王陛下赢回民心。”

对皮埃尔的胆大妄为，夏尔脸色不定，似乎不知该勃然大怒还是一笑置之。最后他只淡淡地说：“是吗？”

皮埃尔一鼓作气。“眼下需要一场盛大、奢华、色彩缤纷的庆典，让大家忘掉圣康坦之耻。”

枢机微微颔首。

皮埃尔见状有了底气，又说："譬如王室婚礼。"

两兄弟面面相觑。弗朗索瓦说："我看这混账东西有几分道理。"

夏尔点头说："有些人比他精明，却不如他明白政治。"

皮埃尔喜不自胜。"多谢大人。"

夏尔却对他没了兴趣，端起酒杯说："没你的事了。"

皮埃尔朝门口退去，一眼瞥见勒潘。他脑筋一转，又转回身对夏尔说："大人，等我查出新教徒的敬礼场所，是直接呈给您，还是交给某个下人？"

枢机酒杯举在唇前，闻言略一思索。"务必交给我本人。不得有误。下去吧。"他饮了一口酒。

皮埃尔迎着勒潘的目光，得意扬扬地咧嘴笑了。"多谢。"说完就出了门。

西尔维·帕洛前一天来鱼市就注意到了那个英俊的年轻人。他可不是鱼贩子：衣着那么讲究，蓝色紧身上衣开衩，露出白丝绸内衬。昨天她瞧见男子买了鲑鱼，但挑也不挑，并不上心，显然不是买来自己吃的。他对自己频频微笑。

西尔维很难不为之窃喜。

男子相貌堂堂，一头金发，微微蓄着金色胡须。估摸着二十岁年纪，比自己长三岁。他举止透着一股自信，叫人着迷。

她其实有一个仰慕者。莫里亚克一家是父母的相识，他家父子二人都是矮个子，也是插科打诨的角色。父亲叫吕克，可谓人见人爱，人缘极佳；他是做船货经纪的，生意兴隆兴许是为此。

可惜虎父犬子，他儿子乔治，也就是西尔维的仰慕者，远不及父亲，只会说些蹩脚的玩笑、笨拙的打趣。她就盼他离家闯荡几年，成熟些才好。

一月里一个寒冷的上午，这位陌生的仰慕者在鱼市上第一次跟她搭话。塞纳河畔积雪未消，鱼篓里的水结了薄薄一层冰。冬日里饥肠辘辘的海鸥在头顶盘旋，瞧见有这么多鱼却吃不到，发出无奈的鸣叫。年轻人开口问："怎么看鱼是不是新鲜？"

"看眼睛，"她答道，"要是鱼眼浑浊，那就不新鲜。清亮的才好。"

"像你的。"他接口。

她咯咯笑了。至少口齿伶俐。乔治·莫里亚克只会说些傻乎乎的话，譬如"有人亲过你吗？"

她又说："再就是扯开鱼鳃瞧。里面应该是粉红湿润的。啊，天哪。"她掩住嘴巴。他怕要打趣说还有一样东西里面也是粉红湿润的。她感觉自己羞红了脸。

他挂着淡淡的笑意，只说："我会记在心上的。"她着实感激他这么有分寸。显然不像乔治·莫里亚克。

他一直站在她身边，看她挑了三条父亲最爱吃的小鳟鱼，付了一苏六便士。她提着篮子往家里走，他也一直跟着。

"请问贵姓大名？"她问。

"皮埃尔·奥芒德。我知道芳名是西尔维·帕洛。"

她喜欢坦白，于是问："你一直在跟踪我？"

他神色尴尬，迟疑了一会儿才答道："是，算是吧。"

"为什么？"

"因为你这么美丽动人。"

西尔维自知生了一张惹人好感的脸孔：神色坦率，白皙的皮肤衬着一双蓝眸子，但她不自信长得美丽动人，于是问："只是因为这个？"

"你观察入微。"

果然另有原因。她忍不住心下失落。是虚荣让她以为他为自己的美貌而倾倒，虽然念头转瞬即逝。看来她也只有和乔治·莫里亚克将就了。她说："实话实说吧。"她努力掩饰失望。

"你听过鹿特丹的伊拉斯谟没有？"

当然听过。西尔维感觉小臂上的汗毛立了起来。刚才这几分钟，她竟然忘了一家人都是罪犯，一旦被抓就是死刑。那种时刻提心吊胆的感觉一下子又回来了。

她不至于笨到直接回答，就算提问的人是自己心仪的对象。她思索着托词。"怎么问起这个？"

"我在大学念书，课上听说这个伊拉斯谟是个邪恶之徒，是新教的始作俑者，可我倒想亲自读一读。图书馆里没有他的书。"

"这种事我又怎么会知道？"

皮埃尔一耸肩。"令尊是印书的，对吧？"

他果然是在跟踪自己。不过他不可能知道实情。

西尔维一家人肩负着上帝赋予的使命。他们的神圣任务就是帮助同胞接触到真信仰，而方法就是卖书：自然主要是《圣经》，译为法语的《圣经》，这样每个人都能读懂，明白天主教会是如何大错特错。此外，还有伊拉斯谟等学者的论述作品，行文条理清晰，给那些领悟较慢的读者。

每次卖出这种书，一家人都冒着可怕的风险：是会没命的。

西尔维答道："你怎么会以为我们卖那种东西？那可是违法的！"

"有个同学这么以为的，仅此而已。"

原来只是传言——不过也够她忧心的了。"那，请你转告他，我们没那种东西。"

"好吧。"他好像很失望。

"难道你不知道？凡是印刷场地都随时有人搜查，就是要找违法书籍。我们那里被搜过好几次了，我家的声誉没有污点。"

"可喜可贺。"

他又陪着她走了几步，然后停下脚步。"无论如何，能认识你总是幸事。"

西尔维说道："慢着。"

买违禁书籍的顾客大多是他们认识的人，都是肩并肩在秘密地点瞻礼敬神的善男信女。少数是认识的教友介绍来的。就算卖给这些人也有风险：要是他们被捕并遭拷问，十有八九会和盘托出。

不过新教徒要冒的险还不止如此，最危险的就是向陌生人宣讲信仰。但要传播福音，这是唯一的法子。西尔维的毕生使命就是劝天主教徒改宗，而现在机会就在眼前。要是任他走开，说不定就再也见不到他了。

皮埃尔看上去真诚可靠，跟她搭话的时候也是小心翼翼，似乎是真心害怕。另外，他跟大嘴巴、轻浮鬼、傻瓜、酒鬼似乎都不沾边。她想不出理由拒绝他。

不过，她这次冒险比往常多了几分心甘情愿，也许因为这个可待发展的教友是个迷人的年轻男子，并且似乎对自己有意？她告诉自己，这个问题无关紧要。

她冒着一死的风险，并祈祷上帝保佑。

“下午到店里来，”她开口说，“带四里弗赫，买一本《拉丁语法》。无论如何也不要提伊拉斯谟。”

她突然当机立断，似乎叫他吃了一惊，但他还是答道：“好。”

“日暮时分在鱼市等我，”届时河边该空无一人了，“带上那本《拉丁语法》。”

“然后呢？”

“然后就信靠主。”她没等他回答，转身就走。

回家的路上，她祈祷这个决定是正确的。

巴黎城分成三大块。最大的一部分叫作新城区，位于塞纳河北面，也叫右岸。河南面，也就是左岸，面积小一些的，叫作大学区，又因为大学生都通晓拉丁语，因此也叫拉丁区。中心的小岛叫作城区，西尔维一家就住在岛上。

西尔维家笼罩在圣母院的阴影下，一层是店面，书籍都锁在网格柜子里；一家三口住在楼上；印刷厂房则设在后院。西尔维和母亲伊莎贝拉轮流照看店面，父亲吉勒不擅长和顾客打交道，就负责在印刷间忙忙碌碌。

西尔维在楼上的厨房里准备饭菜。她做了洋葱大蒜煎鳟鱼，又把面包和葡萄酒摆上桌。阿猫菲菲不知从哪儿冒了出来，西尔维给猫喂了一只鱼头，猫咪优雅地嚼起来，先吃掉了鱼眼睛。上午的事叫她忧心。那个学生会来吗？来的会不会是法院的人，带了一队兵，以异教的罪名把一家三口通通逮捕？

吉勒先吃，西尔维替他布菜倒酒。父亲高大魁梧，因为常年举着铺满铅字模子的厚重橡木印版，手臂和肩膀练得发达有力。发脾气的时候，他左臂一挥，就推得西尔维跌在房间另一头。这天鱼肉又薄又嫩，他心情愉快。

父亲吃完了，换母亲吃，西尔维去看店面。母亲吃完后过去替她，但西尔维没胃口。

西尔维吃过饭，也回到店铺里。这会儿没有客人，伊莎贝拉立刻开口问女儿："你怎么忧心忡忡的？"

西尔维讲了皮埃尔·奥芒德的事。

伊莎贝拉有些焦虑。"你应该约他见一次面，多了解了解，再请他到店里来。"

"我也知道，可我哪有理由约他见面？"西尔维看母亲投来一个别有深意的眼神，于是说，"我不懂得打情骂俏，妈妈你也知道。对不起。"

"我倒高兴着呢。都是因为你这孩子太诚实。算了，咱们得冒风险，这是咱们必须背的十字架。"

西尔维说："希望他不会一时问心有愧，一股脑儿都说给告解牧师了。"

"更有可能心里害怕不来了。说不定你就再也见不到他了。"

西尔维并不希望这种情况，但嘴上什么也没说。

这时有客人来了，母女的谈话便到此为止。西尔维好奇地打量这个来客。来买书的大多衣着光鲜，毕竟穷人是买不起书的。来的这个年轻人衣着算得上得体，不过样式朴素，穿的也很旧。他身上厚重的外套沾满尘土，结实的靴子上蒙着灰，显然是赶了远路。他一脸疲惫，还显得心事重重。西尔维生出恻隐之心。

“我想找吉勒·帕洛。”是外省口音。

伊莎贝拉答道：“我去叫他。”她穿过店铺，去了后面的印刷间。

西尔维心中好奇。这个远道来的客人找父亲，除了买书还能有什么事？她试探地问：“您是远道而来吧？”

他还没回答，这时又有客人来了，西尔维认出他是圣母院的教士。西尔维和母亲一向小心，见到神父总忙不迭地招待。吉勒则不然，不过，他对谁都是粗声粗气。西尔维招呼道：“下午好，拉斐尔总执事。我们一向盼着您来光顾。”

那个风尘仆仆的年轻人突然一脸愠怒。西尔维猜他是不是对总执事有什么不满。

拉斐尔问：“这里有没有《圣咏集》[①]？”

“当然有。”西尔维说着打开柜锁，取出一本拉丁文《圣咏集》。她琢磨拉斐尔要的不会是法语译本，虽然索邦的神学院已经允许其刻印。她猜测总执事是要买来送人的，他手里肯定有全本的《圣经》嘛。她说：“这一本十分精美，适合做礼物。书脊的压印图案是金叶子，文字是双色印的。”

拉斐尔打开翻看。“的确赏心悦目。”

“五里弗赫。价格再公道不过。”对普通百姓而言，这可是一笔不小的财富，不过总执事可不是普通百姓。

这时候又来了第三个客人，西尔维认出是皮埃尔·奥芒德。西尔维瞧见他那张微笑的脸，喜悦之情油然而生，同时她又盼自己没看错人，他的确小心谨慎。要是他当着总执事和一个神秘陌

---

① 新教译为《诗篇》。

生男子提起伊拉斯谟，那可要大难临头了。

母亲从屋后走出来，对旅人说："我丈夫一会儿就来。"她看见西尔维在招呼总执事，就问剩下的客人，"先生，请问想找些什么？"

西尔维朝母亲使眼色，眼睛微微张大，暗示这个新客人就是之前提起的那个学生。伊莎贝拉几乎不易察觉地一点头，表示心里有数。母女之间的无声交流十分娴熟，这是和吉勒共同生活培养出来的。

皮埃尔说："我想找一本《拉丁语法》。"

"稍等。"伊莎贝拉打开相应的柜子，取出语法书，递给客人。

吉勒出来了。店里有三个客人，其中两个都有人招呼，他自然以为第三个就是找他的人，便开口问："什么事？"他一向态度生硬，伊莎贝拉不想让他守在店里就是这个原因。

旅人迟疑着没回答，好像很不自在。

吉勒不耐烦："你找我？"

"嗯……请问有没有法语的圣经故事，带插图的？"

"怎么没有，这是本店销路最好的书。不过你问我女人就是了，干吗把我从印刷间拽出来？"

西尔维不止一次地希望父亲对客人亲切些。不过事情的确蹊跷：他指名道姓地找父亲，询问的却是这么普通的事。她瞧了母亲一眼，见她微微皱着眉头，看来也察觉出有什么不对。

她瞧出皮埃尔也在留心两人的对话，显然和自己一样好奇。

总执事不客气地驳斥："听圣经故事应该去找堂区司铎才对。要是自己去读，准保要领会错的。"他把金币放在柜台上，准备买下《圣咏集》。

西尔维暗暗接口，或者领会对了。从前普通百姓读不懂《圣经》，司铎说什么就是什么——他们正中下怀，最怕的是上帝圣言的光芒照亮他们的言行。

皮埃尔奉承地接口："圣者所言甚是——恕我一介学生斗胆发表意见。必须坚定立场，不然每个补鞋匠、织布工都要自立宗派了。"

补鞋匠和织布工这些独立经营的手艺人似乎尤其容易受新教影响。西尔维猜想，原因是他们有空闲思考，也不像农户那么惧怕司铎和贵族。

她也忍不住诧异。皮埃尔之前表明对禁书感兴趣，这时却对司铎满口恭维。她好奇地望向他，瞧见他对自己挤了挤眼。

他的一举一动真是叫人陶醉。

西尔维别开目光，捡了一张粗布方巾，替总执事包好《圣咏集》，又系上绳子。

旅人听了总执事那句责难，头一昂，语带挑衅："法兰西有一半市民一辈子也见不到司铎。"这话是夸张了些，但的确有太多的司铎只领俸禄，从不去堂区。

总执事自然心知肚明，他无言以对，拿起《圣咏集》，气冲冲地走了。

伊莎贝拉问那个学生："要不要替您包起来？"

"有劳。"他掏出四里弗赫。

吉勒问旅者："这书你到底要还是不要？"

旅者弓着身子，仔细翻看插图。"别催我。"他语气坚定。他适才不怯于和总执事争辩，现在看来对吉勒的恫吓也面不改色。此人外表邋遢，但看来不容小觑。

皮埃尔接过包裹走了。现在店里只剩这一个客人了。西尔维有种大潮退去的感觉。

旅者啪地合上书，直起身子说：“我是日内瓦的纪尧姆。”

西尔维听见母亲低低地倒吸一口气。

吉勒态度大变。他握起纪尧姆的手说：“欢迎之至。快到里面来。”他领旅者上楼去了起居室。

西尔维半懂不懂。她知道日内瓦是信奉新教的独立之城，由伟大的约翰·加尔文带领。从日内瓦到巴黎，隔着二百五十英里路，至少得走两周。她问母亲：“他来这儿做什么？”

伊莎贝拉解释说：“日内瓦的牧师学校专门培养传教士，把他们派到欧洲各地，播撒新福音。上次来的那位叫阿方斯，那会儿你十三岁。”

“阿方斯！”西尔维想起了那个一腔热情的年轻人，从来不理会自己。“我当时总不明白他干吗住在咱们家。”

“他们把加尔文的著作还有别的作品带过来，让你父亲抄印。”

西尔维觉得自己真傻。她从来没想过这些新教书籍是哪儿来的。

伊莎贝拉提醒说：“天要黑了。你快去给那个学生拿伊拉斯谟吧。”

“妈妈你觉得他怎么样？”西尔维边穿外套边问。

伊莎贝拉露出知女莫若母的微笑。“是个英俊的小鬼，啊？”

西尔维问的是皮埃尔人品是否可靠，并非样貌；但转念一想，她并不想聊这个话题，只怕吓到自己。她不置可否地咕哝一声，出门去了。

西尔维朝北穿过塞纳河。圣母桥上的首饰铺、帽子铺准备打烊了。到了新城区，她上了圣马丁街，这是南北走向的主干路。几分钟之后，就踏上了城墙街。名字叫街，其实是条背街的巷子，一边靠着城墙，另一边对着几家民居的后门，再就是一处荒芜的花园，竖着高篱笆。她走到一所房子背面的马厩，停下脚步。房主是个老妇人，家里没有养马；马厩没开窗子，也没粉刷过，看上去修修补补、半显破败，其实垒得十分结实，大门坚实，挂着不起眼的重锁。多年前叫父亲买了下来。

门框旁及腰高的地方，有半块松动的砖。她查看四下无人，就抽出砖头，从洞里摸出一把钥匙，又把砖头塞好。她打开门锁，进了屋子，回身关好门，又上了门闩。

墙上的支架放了一盏烛台。西尔维随身带了火绒盒，里面装了打火石、一片大写字母D形状的钢片（刚好能套在她纤细的手指上）、一些干木屑和一段亚麻布。她把打火石往钢片上一蹭，火花随即飞溅到火绒盒里，点着了木屑，很快就烧出火苗。她就着火焰点着亚麻布，点亮了蜡烛。

烛光摇曳，照亮了靠墙堆放的旧木桶。木桶从地面一直摞到顶棚，遮住了整一面墙。大部分木桶装的是沙子，一个人抬不动，不过有几只桶是空的。看上去没有两样，不过西尔维分得出。她迅速挪开一摞空桶，从空隙迈到后面。木桶后藏着几只木头箱子，装的都是书。

对帕洛一家人来说，最危险的当口就是禁书在吉勒的工作间印刷装订。要是赶在这个时候被搜查，那一家人就必死无疑。书籍一印刷完毕，就会装在箱子里——为掩人耳目，最上面摆上天主教所称许的毫无指摘的书籍，然后用推车运到这间仓库，这时印刷间又开始印制合法书籍。大部分时间里，圣母院旁的家里跟非法东西一点不沾边。

至于这间仓房，只有三个人知道：吉勒、伊莎贝拉和西尔维。西尔维十六岁上父母才告诉她的。印刷工人是清一色的新教徒，但就连他们也毫不知情，只以为印好的书交给了一个秘密批发商。

西尔维找到那只标有SA字样的箱子。这本《西勒诺斯·亚西比德》[①]该算得上伊拉斯谟最重要的著述了。她捡了一本书，从旁边的一摞方布上拿了一块，把书打成包裹系好。她把木桶挪回原位，书箱子又看不见了，外人看来，这不过是间堆了半屋子木桶的仓房。

她又踏上圣马丁街，路上反复想那个学生会不会来。他如约去了书店不假，不过兴许过后又生了惧意。还有更糟糕的，他说不定会带了官家来逮捕她。死她自然不怕，真正的基督徒视死如归，她怕的是遭严刑拷打。她仿佛看到烧得通红的铁钳子夹到肉里，忙默祷起来，驱走这骇人的画面。

岸边的夜静悄悄的。鱼贩子收了摊铺，海鸥飞去别的地方觅食了。河水轻柔地拍打前滩。

皮埃尔提着灯笼在等她。烛光从下面照亮他的脸，英俊得邪气。

---

① *Sileni Alcibiades*（1515）。Silenus（Sileni为复数形式）是古希腊神话中的森林之神，酒神的伴侣兼导师。Alcibiades是雅典政治家兼将军，也是柏拉图《会饮篇》中的人物。本书评述了教会改革的必要性。

她举着书，但没有给他。“这件事跟任何人都不能说。我卖书给你，可是会被处死的。”

“我明白。”

“你也一样，要是你接过去，也是要搭上性命的。”

“我知道。”

“要是你打定了主意，那就拿上，把语法书给我。”

两个人交换了包裹。

“再会了，”西尔维跟他道别，“记着我的话。”

“我会的。”他信誓旦旦。

他俯身亲吻她。

艾莉森·麦凯匆匆穿过图尔内勒行宫冷风阵阵的走廊，她刚接到惊人的消息，要转达给自己最好的朋友。

这个朋友不得不履行一个从未许下的诺言。虽然多年来都有所准备，但真的来了，还是叫人吃惊。这既是喜讯，也是噩耗。

巴黎东部的这座中世纪建筑恢宏但破败。虽然陈设华丽，却又阴冷又不舒服。它地位显赫，却乏人过问，就像现任主人卡泰丽娜·德美第奇[①]，贵为王后，但不及国王的情妇受宠。

艾莉森走进一间偏厅，终于找到了。

只见窗前地上坐着两个十几岁的孩子，正借着冬日时有时无的阳光玩纸牌。从衣着饰物看来，两人富可敌国，却在为了争几个铜板斗得不亦乐乎。

---

① 一般称为凯瑟琳（Catherine），考虑作者沿用其原名（Caterina），译文也采用意大利语音译。

其中那个男孩子十四岁年纪，但看上去要显得幼小一些。他个头没蹿起来，一副病恹恹的样子。他正在变声，说话还有些口吃。这就是弗朗索瓦，亨利二世国王和卡泰丽娜王后的长子，也是法兰西的储君。

另一个女孩子容貌姣好，一头红发，今年十五岁，个子已然高得惊人，比大多男子还高半头。她叫作玛丽·斯图亚特，是苏格兰女王。

那年玛丽五岁，艾莉森八岁，两个人被迫从苏格兰来到法兰西；人生地不熟，语言又不通，两个小女孩吓得不知所措。体弱多病的弗朗索瓦成了她们的玩伴，三个孩子结下深厚的友谊，是那种患难与共的情谊。

艾莉森总觉得玛丽需要呵护。玛丽有时候任性固执，需要有人劝着。两个姑娘都喜欢弗朗索瓦，觉得他像无助的小猫小狗。弗朗索瓦则把玛丽当仙女一样崇拜。

现在，三个人的友谊马上要面临考验，说不定要就此中断。

玛丽抬起头，面露微笑，但一瞧见艾莉森的神情，立刻警觉。“怎么了？”她说法语已经不带丁点儿苏格兰口音，“出了什么事？”

艾莉森冲口而出：“复活期第二主日那天，你们两个就要结婚！”

“这么快！”玛丽叹道。两个姑娘齐齐地望着弗朗索瓦。

玛丽五岁时就和弗朗索瓦订了婚约，就在她来法国前不久。订婚纯粹是政治联姻，王室的婚姻一向如此；这场婚约是为巩固法兰西和苏格兰的联盟，以共同抗衡英格兰。

两个女孩渐渐长大，怀疑这婚事要无疾而终了。三国之间的关系可谓瞬息万变，伦敦、爱丁堡和巴黎的谋臣常常论起玛丽的其他夫君人选，却一直没有定论。直到现在。

弗朗索瓦好像痛苦万分。“我爱你，”他对玛丽说，“我想娶你为妻——等我长成男子汉的时候。”

玛丽同情地握住他的手，但他没忍住，眼泪夺眶而出，接着挣扎着站起身。

艾莉森劝道：“弗朗索瓦——”

他无助地摇摇头，跑出了房间。

“唉，天哪，”玛丽叹道，“可怜的弗朗索瓦。”

艾莉森掩上门，现在没有外人了。她伸手拉玛丽站起来，两个人握着手坐在鲜艳的栗褐色丝绒沙发上。静默了一会儿，艾莉森问：“你怎么想？”

“这辈子他们一直提醒我是女王。但我根本没真正当过女王。才出生六天就继承了苏格兰王位，可他们时时把我当婴儿对待。可等我和弗朗索瓦结了婚，他日后成为国王，那我就是法兰西王后——货真价实的，”她渴盼地双眼放光，“我盼着这一天。”

“可弗朗索瓦他……”

“我知道。他这么贴心，我也爱他，可要是跟他同床共枕，然后，你知道……”

艾莉森激动地点头。“想都不敢想。”

“或者我们婚后可以装样子。”

艾莉森摇头说：“那可能要被判婚姻无效的。”

“那我这个王后也当不成了。”

“不错。”

“怎么突然定了？有什么原因？”

艾莉森是从卡泰丽娜王后那里听来的，王后可是全法国消息最灵通的人。“是疤面向国王进言。”吉斯公爵是玛丽的亲舅舅。加来大捷后，一家人都意气风发。

“疤面舅舅怎么关心起来？”

“想想看，要是吉斯家出了一位法兰西王后，那家族不是更加脸上有光吗。”

“疤面是个武将。”

“不错，这主意自然是别人出的。”

“可弗朗索瓦……”

“说到底，一切都要看小弗朗索瓦的，是不是？”

“他还这么小，”玛丽叹道，“又这么虚弱。夫妻之事，他做得来吗？”

“我不知道，”艾莉森答道，“不过到复活期第二主日你就该有答案了。”

三

耗过了一月，到了二月，玛格丽和父母依然僵持不下。雷金纳德爵士和简夫人主意已定，玛格丽非嫁给巴特不可，但她口口声声说绝不肯念婚姻誓词。

罗洛很气这个妹妹。她能借此机会让一家和贵族天主教徒结为姻亲，可她却偏偏看上了那个偏袒新教的威拉德一家子。这种背叛之举，亏她也敢想——尤其眼下女王青睐的都是天主教徒。

菲茨杰拉德家是镇里数一数二的人家，派头也配得上这个身份——主教座堂钟楼里敲响大钟，轰鸣响彻全镇，昭示弥撒即将开始，罗洛看着一家人站在客厅里，穿上最暖和的衣服，心中骄傲。雷金纳德高大清瘦，脸上的雀斑反而为他平添了一种威严。他披了件厚重的栗褐色大氅。简夫人瘦瘦小小，尖鼻子，眼神锐利，什么也逃不过她的眼睛。她穿了件毛滚边的外衣。

玛格丽的个子随了母亲，不过身材丰满。她还在生闷气，从那次去伯爵家赴宴之后，她就一直给关在家里。可是到底没法老拘着她，尤其是今天，王桥主教亲自主持弥撒，他是家里的重要盟友，得罪不起。玛格丽虽不高兴，但显然决定要打扮得漂漂亮亮的。她穿了件王桥红外衣，还配了帽子。过去一年左右，她出落成镇里最美的姑娘，连做哥哥的也察觉了。

家里的第五口人是罗洛的姨奶奶。她原本是王桥修院的修女，国王亨利八世勒令关闭修院之后，她就搬来住在菲茨杰拉德家。她住在顶楼，把自己那两间房改成了小小的修女院，卧室四壁萧然，客厅当作小圣堂。她这份虔诚叫罗洛敬畏有加。人人还是喊她做琼修女。如今她上了岁数，身子不好，走路得拄两支手杖，但是朱利叶斯主教主礼，她非去不可。女仆娜奥米会搬一张椅子过去给她——站一小时她可撑不住。

一家人出了门。他们的房子坐落在主街的十字路口一角，正对着会馆，位置优越。雷金纳德爵士停下步子，望着对街的景色。挨挨挤挤的房屋仿佛下楼台阶，一直延伸到河边。稀疏的雪花落在茅屋顶和炊烟袅袅的烟囱上。他的表情在说：我的镇子。

看到市长一家沿着主街徐徐向南走来，邻居们纷纷恭敬地寒暄，家境殷实的开口招呼早安，没身份的一语不发地碰碰帽子。

日光下，罗洛瞧见母亲的衣服有虫蛀的洞眼，只盼着没人看出来。很不幸，父亲出不起钱置办新衣。雷金纳德爵士担任库姆港海关司库，但近来生意萧条。法国佬夺下了加来港，战事没完没了，海峡的往来船只少之又少。

去教堂的路上，又路过家里财务紧张的另一个由头：家里的新宅。名字都取好了，就叫“修院门”。新宅立在集市广场北面，这块地原本和修院的院长宅是一片，不过如今连修院都不在了。工事慢到几近停滞，匠人大多已经离开，替付得起工钱的人家干活去了。外围竖起了简陋的木围墙，免得好奇心重的人进去探头探脑。

教堂南面那片修院建筑也为雷金纳德爵士所有，其中包括回廊、修士的厨房和寝室、修女院，再就是马厩。亨利八世解散修道院后，修院财产或赠予或卖给当地的要人，修道院就成了雷金纳德的产业。这些建筑大多有年头了，数十年来无人修葺，现如今摇摇欲坠，椽子上鸟雀筑了巢，回廊间爬满荆棘。雷金纳德大概要把地方卖给教区参议会。

夹在这两块荒地之间的主教座堂傲然耸立，数百年来屹立不变，就像它所代表的天主教信仰。过去这四十个年头，新教徒一直企图改变这里传承多年的基督教信条。罗洛诧异这群人为何如此妄自尊大，这就好比在教堂墙壁上安新式窗户。真理亘古不变，就像这主教座堂。

一家人穿过高大的西拱门，进到教堂，里面好像比外面还冷。长长的中殿两侧，石柱和拱券排列得一丝不苟，罗洛每次见到就觉得心安，相信这井然有序的宇宙是由一位理性的神祇掌管的。尽头，冬日的阳光微微照亮宽大的圆花窗，彩玻璃昭示着世人最终的命运：天主主持末日审判，邪恶之徒在地狱受罚，良善者升入天国，平衡得以恢复。

祈祷开始了，菲茨杰拉德一家沿着侧廊来到交叉甬道前。远远地，他们注视众位司铎站在主祭台上主持仪式。他们周围聚的都是本镇数一数二的家族，包括威拉德和科布利两家，还有本郡的要人，其中最尊贵的要数夏陵伯爵和公子巴特，还有布雷克诺克勋爵夫妇。

唱经乏善可陈。王桥主教座堂里激动人心的合唱延续了数百年，结果修院关闭、唱经班解散，一切化为乌有。几个修士重新组织了唱经班，可惜心已经散了。曾经的唱经班立志以动人的圣乐赞美天主，甘愿奉献一生，那份严肃的狂热一去不返了。

会众期待的还是戏剧性的一幕，譬如举扬圣饼；朱利叶斯主教讲经时，大家都做出洗耳恭听的样子，以示恭顺，不过大多时间里都在谈天。

罗洛气恼地瞧见玛格丽狡猾地跑掉了，和内德·威拉德聊得好不热闹，帽子上的翎羽随着脑袋左摇右晃。内德穿得也很正式，套了那件法式蓝外套，见到玛格丽显然是兴高采烈。罗洛真想冲这不要脸的小子踢一脚。

罗洛只好退而求其次，过去和巴特·夏陵攀谈，说事情会水到渠成，两个人随即聊起这场仗。加来失守，受损害的不只是贸易。玛丽女王和那位外国夫君越发不得人心。罗洛不认为英格兰会出现第二个新教徒君主，不过玛丽·都铎对天主教伟业毫无助益。

仪式结束后，菲尔伯特·科布利那个圆胖的儿子丹过来找他。科布利一家是清教徒，罗洛确定他们来望弥撒并非出于本愿。他们一定对造像油画深恶痛绝，闻到焚香味也巴不得捏起鼻子。这些人，这些无知、粗俗、愚蠢的凡夫俗子也有资格对宗教发表意见，想到这一点他就气得发疯。要是这种浅薄幼稚的想法生了根，文明就要瓦解。这些人就该乖乖听命令。

跟丹一起的是乔纳斯·培根，他高瘦结实、满面风霜，是王桥商人雇用的众多船长之一。

丹对罗洛说：“我们有一批货想卖。你可有兴趣？”

像科布利这些船主常常提前卖掉船货，有时候会联系几个买主，卖出四分之一或八分之一。船主通过这个办法来凑足出海的资金，同时也让买主分担风险。买家有时候能赚回十倍的钱，也可能血本无归。从前景气的时候，雷金纳德爵士靠这个办法赚了不菲的利润。

“兴许有。”罗洛答道。这不是真心话。父亲没有现钱，不过罗洛想听听这笔买卖是什么。

丹说：“圣玛加利大号从波罗的海返航了，船上装满了皮草，上岸值五百多镑。你要是想看舱单也没问题。”

罗洛一皱眉。“船要是还在海上，你又怎么知道？”

培根船长常年对着海风呼喊，嗓子粗哑，只听他答道：“我在荷兰岸边遇见的。我那艘飞鹰号走得快。我顶风停船，仔细问过了。圣玛加利大号要泊在港口小修，再有两周就到库姆了。”

培根船长名声不佳；许多船长都如此。水手在海上的所作所为没人能看在眼里，大家都说他们干些杀人越货的勾当。不过他的说法倒可信。罗洛点点头，又问丹：“那你们怎么现在就要卖掉？”

丹白胖的脸上浮现出狡猾的神色。“我们急着用钱，好做另一笔投资。”

他不肯细说，这也是人之常情：他要是有笔大好买卖，自然不想让别人占了先机。虽然如此，罗洛还是半信半疑。“你们这批货不会有什么问题吧？”

“不会。我们愿意给这批皮草保价，五百镑，不过四百镑就给您。”

数目不小。富农地主一年约莫进账五十镑，生意兴隆的王桥商人也会以一年盈利二百镑为荣；四百镑是笔巨额投资，不过才两星期就稳赚一百镑，机会实在难得。

这么一来，菲茨杰拉德家欠下的债款也就能还清了。

不幸的是，他们拿不出四百镑——就连四镑也凑不齐。

罗洛还是敷衍说：“我去跟父亲商量一下。”他知道这笔买卖做不成，不过要是雷金纳德爵士听说儿子一个人做决断，说不定要大为光火。

“务必尽快，”丹说，“我第一个来找您是出于尊重，看在雷金纳德爵士是市长的面子；我们还可以找别人。而且明天钱就得到手。”他说完就和船长走了。

罗洛放眼四周，瞧见父亲倚着一根凹槽柱，于是走过去说：“刚才我在和丹·科布利说话。”

“嗯，怎么？”雷金纳德爵士瞧不上科布利一家子。其实没谁瞧得上他们：他们自以为比一般人圣洁，之前看戏提前退场的事也惹得所有人不悦。“他有什么名堂？”

“有批船货要卖。”罗洛向父亲转述一番。

雷金纳德听完说：“他们愿意给皮草保价？”

“五百镑——叫咱们投四百镑。我知道咱们没这个钱，不过还是知会您一声的好。”

“不错，咱们的确没这个钱，”雷金纳德若有所思，“不过说不定有法子弄到。”

罗洛想不出来，不过父亲一向善于随机应变。他不是那种苦心经营的商人，但眼光敏锐，善于抓住预见以外的好买卖。

父亲能不能一举解决一家的烦恼？罗洛想都不敢想。

罗洛想不到父亲竟去和威拉德一家攀谈起来。爱丽丝是数一数二的大商人，市长常常有事同她商量，不过两个人相互没有好感，而菲茨杰拉德拒绝了内德这个女婿，两家的关系也不会因此好转。罗洛心里好奇，于是跟上了父亲。

雷金纳德轻声细语：“威拉德太太，我有件事情想对你说。”

爱丽丝是个矮矮胖胖的妇人，举止得体。“请讲。”她彬彬有礼。

“我需要四百镑周转，很快就能还上。”

爱丽丝吃了一惊，顿了一顿才说：“那可以去伦敦，要么去安特卫普。”尼德兰安特卫普市是全欧洲的金融之都。她又说：“我们有个亲戚在安特卫普。不过这么大笔数目，他能不能出得起，我也说不准。”

“今天就要。”

爱丽丝眉毛一挑。

罗洛心中有愧。不久前才轻辱过这家人，现在却要低声下气地借钱，罗洛觉得好没面子。

但雷金纳德没有放弃。“爱丽丝，数遍王桥的商人，能即刻拿出这笔数目的非你莫属。”

爱丽丝问：“恕我多嘴问一句，您要这笔钱做什么？”

“有人找我买一批昂贵的船货。”

雷金纳德没说卖主是谁，罗洛猜想父亲是怕被爱丽丝抢先买下。

雷金纳德又说：“船两周就到库姆港。”

这时候内德·威拉德插了进来。罗洛愤愤地想，不消说，他瞧见菲茨杰拉德求威拉德帮忙，心里自然得意。不过内德一本正经地问：“那主人为什么现在就卖？”他狐疑地问。“只要再等两周卸货，就能赚足全额。”

雷金纳德听一个后生敢质疑自己，脸色愠怒，但还是忍着不悦答道：“卖家急需现款，用作另一笔投资。”

爱丽丝说：“这么一大笔钱要是赔了，这个风险我担不起——您也理解吧。”

"不会有风险。只要两周多一点，定然还上。"

罗洛心知这话说得荒唐。风险一向存在。

雷金纳德压低嗓音说："爱丽丝，咱们街坊邻里的，有事相互照应。你的船货到了库姆港，我会行个方便，你明白吧。你也要帮我一把。这是王桥的规矩。"

爱丽丝似乎大吃一惊，过了一会儿罗洛才琢磨明白。父亲明里说邻里相互照应，暗中却是威胁。弦外之音是，倘若爱丽丝不答应，那么雷金纳德就要在港口找她的麻烦。

双方沉默许久，爱丽丝思考对策。罗洛猜得出她在想什么。她不想借钱，但是又不敢得罪雷金纳德这种要人。

最后她开口说："我需要抵押。"

罗洛心里一沉。一无所有的人是拿不出抵押的。这等于变着法子拒绝。

雷金纳德答道："我以海关司库的职务做抵。"

爱丽丝摇头说："不能说让就让，得有宫里的许可——你一时也拿不到。"

罗洛知道爱丽丝说得不错。雷金纳德怕要露底，让人知道走投无路了。

雷金纳德又问："那修院怎么样？"

爱丽丝还是摇头。"我不想要您盖了一半的宅子。"

"那么就南边那一半，回廊、修士的寮房和修女院。"

罗洛以为爱丽丝绝不会答应。旧修院的房舍空了二十多年，如今想修也太迟了。

出乎意料的是，爱丽丝突然一副饶有兴趣的样子："兴许……"

罗洛插嘴说：“可是父亲，您知道朱利叶斯主教打算让教区参议会把修院买回去——您也基本答应转手了。”

亨利八世贪婪成性，把教堂的财产通通据为己有；虔诚的玛丽女王打算将这些财产物归原主，无奈国会硬是不肯通过立法，原因是大多议员都从中获利。末了，教会决定以低价买回去。罗洛以为，热心的天主教徒有责任出一分力。

雷金纳德答道：“没关系。债款不会拖欠，所以抵押不会被没收。主教会如愿的。”

“那好。”爱丽丝答道。

她还有话说，显然在等着什么，却不肯开口。雷金纳德猜中了她的心思，说道：“利息也不会亏了您。”

爱丽丝答道：“我倒想多收利息，不过借钱收利等于取利，不仅犯了罪孽，也违了律法。”

她说得不错，不过这只是句遁词。法律禁止取利行为，但有空子可钻，欧洲各大商业市镇每天都发生。爱丽丝看似谨小慎微，其实不过是做做样子。

“嗯，这个嘛，我相信咱们有法子解决。”雷金纳德语气轻快，好比这是无伤大雅的欺骗。

爱丽丝警觉地问：“您的意思是？”

“譬如借款期限内我把修院让给您使用，过后再从您手里租回来？”

“那么每月租金八镑。”

内德一脸着急。显然他不希望母亲答应。罗洛明白内德的理由：爱丽丝为了这八镑的租金，可能损失四百镑。

雷金纳德佯装愤慨。“什么，那等于一年百分之二十四——

不止，还是复利！”

“那就算了吧。”

罗洛心里燃起了希望。爱丽丝为什么对利率斤斤计较？自然是有意借钱喽。罗洛瞧见内德有些惊慌失措，看来他也这么觉得，并且他不看好这宗买卖。

雷金纳德沉思良久，最后答道：“那好。一言为定。”他伸出手，两人握手成交。

父亲的精明叫罗洛肃然起敬。一个几乎一文不名的人，却能投下四百镑的买卖，靠的是胆识。圣玛加利大号的货物能让家族财务转活。谢天谢地，菲尔伯特·科布利急需现钱。

“今天下午我会把文书拟好。”爱丽丝·威拉德说完就走了。

这时候简夫人走过来说：“该回家了，午饭要准备好了。”

罗洛四处寻找妹妹。

玛格丽不见踪影。

等菲茨杰拉德一家走远了，内德立刻问母亲：“妈妈，你干吗答应借这么多钱给雷金纳德爵士？”

“因为要是我拒绝，他会找咱们麻烦。”

“可他有可能还不上！咱们会落得一无所有。”

“不会，咱们有修院。”

“就是一堆破房子。”

“我要的不是房子。”

“那……”内德皱起眉头。

“想想看。”

不是房子，那想要什么？“地？”

“接着想。”

“市中心的地段。”

“一点不错。那是全王桥最值钱的地方，何止值四百镑，关键是物尽其用。”

“是，”内德答道，“可是妈妈打算用来做什么——起房舍，像雷金纳德那样？”

爱丽丝不屑地说：“我不稀罕住宅邸。我要建一间室内的集市，每天都开张，不管刮风下雨。我把铺位租给摊贩——烤糕点的、做芝士的、手套裁缝、鞋匠。那儿，紧邻着主教座堂，一千年都有钱赚。”

内德觉得这简直是天才的主意。所以母亲想得到，他想不到。

然而，他还是有一丝担忧。他可信不过菲茨杰拉德那家人。

接着他又想到一层。“这是不是应急的法子？以防加来那边一无所有？”

爱丽丝为打听加来的消息想尽了法子，可惜自从被法国攻下以来，就一点风声都不得。可能法国人收缴了全部英国财产，包括威拉德家存储丰富的货仓，也可能迪克叔叔一家两手空空，正在投奔王桥亲戚的路上。加来的繁荣主要依靠英国商人的贸易活动，因此还有一线希望：法王决定不动外国人的财产，让他们继续经营生意。

糟糕的是，没有消息就是坏消息。一个月过去了，却没有一个英国人从加来逃出来给家里报信，这就意味着没有几个人生还。

“室内集市无论如何都值得办起来，”爱丽丝答道，“不过你说得对，我在想，倘若加来的情形真是预料的那样坏，那也该另做打算，做别的买卖。”

内德点点头。母亲一向有远见。

“不过，这也未必成真，”爱丽丝最后说，“雷金纳德要是没有特别诱人的买卖，也不会自降身价，来求我借钱了。”

内德的思绪已经转到别处去了。刚才和雷金纳德讨价还价，叫他一时忘了菲茨杰拉德家他唯一真正关心的那个人。

他在会众里寻找，却没瞧见玛格丽。她已经走了，不过内德知道她去了哪儿。他穿过中殿，不想显出急匆匆的样子。

他虽然心事重重，却也忍不住再次为拱券的乐章赞叹。低矮的拱券仿若低音音符，稳稳地打着拍子反复，廊台和高窗上的小拱则是高音和声，奏着同一个和弦。

他紧了紧斗篷，出了教堂向北，往墓园的方向走。这会儿雪下得紧了，菲利普院长高大的陵墓顶上积了一层雪。这座墓十分庞大，从前内德和玛格丽躲在后面亲热，也不必担心被人瞧见。传说菲利普院长对那些受情欲引诱的男女态度宽容，内德想，这位早已作古的修士要是知道坟墓后有一对年轻人亲吻，应该不至于灵魂不宁。

不过玛格丽发现了另一个幽会的地方，比墓园要稳妥，之前望弥撒的时候，两个人匆匆说了几句话，她趁机告诉给他。内德循着指引，来到玛格丽父亲的新宅，绕到背面，瞧着四下无人，就从木篱间的豁口溜了进去。

雷金纳德爵士的新居里，地板、墙壁、楼梯、屋顶都已完备，只是没开门窗。内德进了屋，直奔意大利大理石铺成的大楼梯，上了一处宽阔的楼梯平台。玛格丽在这儿等着他。她裹了一件红大衣，满脸期待的神色。他把玛格丽拥在怀里，两人动情地亲吻。内德闭上眼睛，嗅着她的体香：她脖子散发着温暖的芬芳。

喘息的时候，他说："我很担心。母亲刚刚借了你父亲四百镑。"

玛格丽一耸肩。"这是常有的事。"

"借债容易引发口角，咱们俩的事只有更糟。"

"怎么可能更糟？再吻我。"

内德吻过好几个姑娘，但从没有谁像玛格丽这样，她是唯一一个想什么说什么的女孩子。按说女子要由着男子主动，在亲密关系上尤其如此，不过玛格丽似乎并不晓得。

"我喜欢你这样吻我，"内德过了一会儿说，"谁教你的？"

"没人教我！你把我当什么了？况且这哪还分什么对错，又不是账目。"

"你说得对。每个女孩子都不一样。露丝·科布利喜欢对方用力捏她的胸脯，她好过后回味。而苏珊·怀特呢——"

"够了！我才不想知道你那些相好的。"

"我逗你的。你是独一无二的，所以我爱你。"

"我也爱你。"他们再次拥吻。内德敞开斗篷，又解开她的外套纽扣；两个人的身体紧贴在一起，几乎不觉得冷。

一个熟悉的声音传来："立马给我停下！"

是罗洛。

内德心虚，先是一惊，随即镇定下来：凭什么不许他吻一个爱自己的姑娘？他松开怀抱里的玛格丽，故意慢慢转过身。他才不怕罗洛。“罗洛，别费心给我下命令了，这儿又不是学校。”

罗洛没理他，对玛格丽喝道：“你马上跟我回家。”一副义愤填膺的架势。

玛格丽从小忍着长兄的呼呼喝喝，对违抗他的意愿也是驾轻就熟。“你先走吧，”她说得随随便便，微微听得出一丝不自然，“我马上回去。”

罗洛气红了脸：“我说马上。”他一把抓住玛格丽的手臂。

内德说：“罗洛，你快放开她——没必要动粗。”

“你给我闭嘴。这是我妹妹，我愿意怎么样你也管不着。”

玛格丽努力挣扎，但罗洛抓得更紧了。玛格丽嚷：“快放手，弄疼我了！”

内德跟着说：“我可警告过你了，罗洛。”他不想动武，但也绝不会由着他恃强凌弱。

罗洛拽住玛格丽。

内德揪住罗洛的外衣，把他从玛格丽身边扯开，又用力一推，罗洛一个踉跄，向后跌去。

这时内德看见巴特迈上了楼梯。

罗洛站稳了，威胁地竖起一根手指，边走向内德边说：“你好好听着！”抬脚踢向内德。

这一脚瞄着内德胯下，但他微微一闪，只被踢中了大腿。这一下力道不轻，但他此时怒火中烧，几乎不觉得疼。他握紧双手，拳头砸在罗洛的脑袋和前胸，三下、四下、五下。罗洛向后躲闪，准备回击。他个子更高、手臂更长，但内德怒火更旺。

内德隐约听见玛格丽在尖叫：“住手，住手！”

内德逼着罗洛退到楼梯口，突然觉得背后一股力气把他定住了——是巴特。内德的两只手臂被按在身体两侧，像被绳索捆了；巴特无论身高力气都胜过内德和罗洛。内德怒不可遏，拼命挣扎，可惜力不从心。他猛地意识到，自己要狠狠挨一顿揍了。

巴特按着内德，罗洛一阵拳打脚踢。内德想躲闪，无奈动弹不得，只得忍着罗洛的拳头落在脸上、小腹，脚踢在胯下，一下下地疼。巴特开心地大笑。玛格丽大喊大叫，想阻止哥哥，却是徒然：她虽然凶巴巴的，毕竟不如哥哥又高又壮。

过了一会儿，巴特厌倦了，止住笑声，一把推开内德，任他跌倒在地。内德想站起来，一时力不能支。他一只眼睛睁不开，用另一只眼睛看见罗洛和巴特一人一边，架着玛格丽下了楼梯。

内德咳嗽起来，吐出一口血。他用那只没肿的眼睛瞧见血里有颗牙。他吐了。

浑身又是一阵剧痛。他想站起来，但疼得受不了。他干脆躺在冰冷的大理石上，等着疼痛止住。他喃喃咒骂："王八蛋，王八蛋。"

"你跑哪儿去了？"罗洛刚把玛格丽带进家门，简夫人开口就问。

玛格丽大喊："罗洛让巴特按住内德打他——什么禽兽能做出这种事来？"

"冷静。"母亲劝道。

"再看罗洛，还在捏关节——竟然还引以为荣！"

罗洛答道："我引以为荣，因为我做的是对的。"

“你凭自己不敢跟内德打架，是不是？”玛格丽伸手指着跟进来的巴特，“得拉他做帮手。”

“到此为止吧，”简夫人说，“有人要见你。”

“我谁也不见。”玛格丽只想一个人躲在房间里。

“不要不听话，跟我来。”

玛格丽的叛逆劲儿蒸发殆尽。她眼睁睁看着心爱的人挨打，而原因是自己爱他。她觉得分不清是非对错了。她无精打采地一耸肩，跟在母亲身后。

母女俩来到简夫人的客厅，这是她平日里打理家事、指挥仆婢的地方。屋子里陈设简朴，只有几把硬椅子、一张写字桌、一张祷告台。桌子上摆着简夫人收藏的一套牙雕圣像。

来客是王桥主教。

朱利叶斯主教可能有六十五岁了，身材清瘦，动作敏捷。他的头发已经掉光了，玛格丽总觉得他那张脸像骷髅。他那双淡蓝色的眸子闪着智慧的光。

玛格丽见到主教吃了一惊。他找自己能有什么事？

简夫人说：“主教有话要跟你说。”

“坐吧，玛格丽。”朱利叶斯说。

她乖乖听命。

“我从你出生起就认得你啦，”只听他说，“你从小接受基督教的教育，是一个好天主教徒。父母以你为荣。”

玛格丽一言不发。她眼里看见的不是主教，而是罗洛狠狠打内德可爱的面庞。

“你做祷告、望弥撒、每年告解一次。你令天主满意。”

这是不假。玛格丽生活里的其他一切都一团糟——哥哥招人痛恨，父母做事残忍，自己还许给了一个禽兽，但她自认面对天主无愧于心。这算是些许安慰了。

“可是，”主教话锋一转，“你似乎一下子把学到的教诲都忘光了。”

这话让她回过神来。“不，我没有。”她愤愤然。

母亲斥责她：“主教让你说话再开口，不然不许说话，小孩子别放肆。”

朱利叶斯纵容地微微一笑。“不要紧，简夫人，我明白玛格丽心里不痛快。”

玛格丽盯着他。他是主基督活着的圣像，是所有基督徒在尘世的牧人。他的言语来自天主。他要指责自己什么？只听他说：“你似乎忘了第四诫。”

玛格丽顿时羞愧难当。她听懂了主教的意思，垂头望着地面。

“玛格丽，念第四诫。”

她咕哝：“应孝敬你的父亲和你的母亲。”

“大声些、清楚些。”

玛格丽抬起头，但不敢看主教的眼睛。“应孝敬你的父亲和你的母亲。”

朱利叶斯点头说：“这一个月来，你没有孝敬父亲和母亲吧？”

玛格丽点点头。是真的。

“遵守父母之命，是你神圣的义务。”

“我错了。”她哀恸地轻声说。

“单单悔罪是不够的，是吧，玛格丽？你明白的。”

“我该怎么做？”

“你必须不再犯罪恶。必须顺从。”

玛格丽终于抬头迎着他的目光。“顺从？”

“这是天主的旨意。”

“真的是？”

“真的是。”

他可是主教。他知晓天主的旨意，并且转告于她。她再次垂下头。

“我希望你现在和父亲谈一谈。”朱利叶斯说。

“必须谈吗？”

“你知道这是必需的。我想你知道自己该怎么说，是不是？”

玛格丽哽咽着说不出话来，只点点头。

主教对简夫人打了个手势，对方过去开了门，等在门口的雷金纳德迈进门，瞧着玛格丽：“嗯？”

“对不起，父亲。”

“理应如此。”

一时间谁都没有说话。大家都在等她开口。

她最终说：“我答应嫁给巴特·夏陵。”

“好闺女。”

玛格丽站起身问：“我可以走了吗？”

简夫人提醒：“你是不是该感谢主教，引你重新踏上天主恩宠之路？”

玛格丽转身对朱利叶斯说：“多谢主教。”

“好了，”简夫人说，“这回可以走了。”

玛格丽出了房间。

周一上午，内德隔着窗户瞧见了玛格丽，一颗心怦怦跳。

他站在客厅里，任玳瑁猫淘淘用脑袋蹭着脚腕。他当时给小猫取名叫淘姐儿，如今它已经是个老妇，瞧见他回家，高兴而不失矜持和威严。

他目送玛格丽穿过广场，进了文法学校。她每周三天去给一班小孩子上课，教他们认数字、字母还有主基督行的神迹，算是为上学打基础。整个一月她都没有现身，看样子她现在又回来上课了。罗洛陪她来的，显然是个护卫。

内德终于等到了这个机会。

他从前也恋爱过。他没有犯下淫乱之罪，有那么一两回差一点；他一度以为对苏珊·怀特动了真心，又以为对露丝·科布利喜欢得厉害。不过，爱上玛格丽之后他就明白，这一次不同。对玛格丽，他盼的不只是跟她躲在菲利普院长的坟墓后面亲热。这他自然想，不过他也想跟她共度悠闲的长日，聊戏剧、绘画、王桥的家长里短、国家大事；抑或跟她肩并肩地躺在绿草青青的河畔，静静地晒太阳。

他恨不得立刻奔出房门，冲到市集跟她说话。他强忍冲动，要等到中午下课再去找她。

他在仓库耗了一上午，忙着登记账目。哥哥巴尼最讨厌这个活儿——巴尼学字母学得很吃力，直到十二岁才认字。内德却津津有味：账单、收条，锡、铅、铁矿石的吨量，去往塞维利亚、加来和安特卫普的航次，价目、收益，一张书桌、一管羽毛笔、一瓶墨水再加一本厚厚的清单账簿，国际贸易的帝国就浮现在他眼前。

但此时此刻，这个帝国行将分崩离析。威拉德家的主要业务设在加来，财产十有八九已被法王没收。王桥的存货虽然价值不菲，但战乱期间，海峡间通船受阻，很难卖出去。因为没活干，他们不得不打发了几个伙计。内德记账，也是为核算结余，看可够付清未结的欠款。

今天的活儿总被打断，谁都要问他那只黑眼圈是怎么回事。他实话实说，重复对母亲说过的话：巴特和罗洛因为他亲吻玛格丽把他揍了一顿。没人为之震惊，甚至也不惊讶。年轻人动动拳头并不稀奇，周末尤其如此；周一上午瞧见谁挂了彩着实平常。

只有奶奶愤愤不平。“那个罗洛是只狡猾狐狸，”她说道，“打小就小心眼，如今成了个睚眦必报的大块头。你可得提防他。”爱丽丝瞧儿子被打掉了一颗牙，失声痛哭。

晌午了，天色明亮起来，内德出了仓库，踏上泥泞的主街。他没有回家，而是朝文法学校走去。刚走到门口，就听见教堂敲响了正午的钟声。毕业才不过三年，他却觉得比那个少年老了几十岁。当初那些让他痴迷的事，像考试、竞技、较劲，如今想来，只觉得琐碎可笑。

罗洛从市集那边走过来，内德猜他是来接玛格丽回家的。罗洛瞧见内德，似乎吃了一惊，露出一丝惧意，紧接着恶狠狠地说：“离我妹妹远点。”

内德早有准备。“看你有没有这本事，软绵绵的乡巴佬。”

“你是想让我把你另一只眼睛也打肿吧？”

“我倒想你试试。”

罗洛打起了退堂鼓。“大庭广众的，我不跟你动手。”

“那是自然，”内德一脸轻蔑，“尤其是你没带那个大个儿帮手巴特。”

玛格丽走出学校，见状吃了一惊。“罗洛！老天爷，你又想打架吗？”

内德盯着她，心提到嗓子眼。她身材娇小，光彩照人，下巴高高昂着，绿眸子闪着叛逆的光，少女的嗓音气势夺人。

“不许你和威拉德家的小子说话，”罗洛喝令，“马上跟我回家。”

“可我有话要跟他说。”

“我绝对不许。”

“别拉我，”她猜中了哥哥的心思，“讲点理吧。你去站在主教府门口，那儿听不见我们说话，但能瞧见。”

“你没什么可跟威拉德说的。”

“别说傻话。昨天的事我得告诉他，这你没法否认吧？”

“没别的？”罗洛半信半疑。

“我发誓，我一定得告诉内德。”

“不许叫他碰你。”

“你去主教府门口那儿站着。”

内德和玛格丽瞧着罗洛走出二十步，转过身，站在那儿虎视眈眈。

内德问：“昨天打完架出了什么事？”

“我领悟到一件事。”玛格丽说着，泪水涌上了眼眶。

内德有种不祥的预感。“什么领悟？”

“顺从父母之命，是我神圣的义务。”

她泪流满面。内德从口袋里掏出一块亚麻布的镶边帕子，这是母亲缝的，上面绣着橡子图案。他用帕子替她轻轻地擦眼泪，她却一把夺过帕子，在脸上胡乱擦了擦说："再没什么可说的了，是不是？"

"啊，有啊。"内德勉强镇定。他晓得玛格丽虽然性格冲动任性，其实潜心向教。"和你痛恨的人同床共枕，难道不是罪？"

"不是，教义里没有这一条。"

"那应该有。"

"你们新教徒总妄图改变天主的律法。"

"我不是新教徒！难道是为了这个？"

"不是。"

"他们做了什么？怎么说动你的？你是不是被逼的？"

"他们只是点醒了我的义务。"

内德觉得她有什么瞒着没说。"是谁？谁点醒你的？"

她迟疑起来，好像不想回答，随即微微一耸肩，似乎觉得事已至此也无关大碍。"朱利叶斯主教。"

内德怒不可遏。"哼，他不过是替你父母做个人情！他是你父亲的老朋友。"

"他是主基督活着的圣像。"

"耶稣才不会对婚姻的事指手画脚！"

"我相信耶稣希望我顺从父母。"

"这根本不是什么主的旨意。你父母利用你的虔诚，骗你满足他们的私心。"

"你要是这么想，我为你难过。"

"就因为主教的一句话，你就真打算嫁给巴特·夏陵？"

“因为这是天主的旨意。我要走了，内德。以后你我越少说话越好。”

“怎么？咱们住在同一个镇子，去同一间教堂——怎么就不该说话？”

“因为我的心要碎了。”玛格丽匆匆走了。

四

塞维利亚码头熙熙攘攘，巴尼·威拉德沿着滨水区，查看早潮时分瓜达基维尔河上有没有英格兰来的船只。他心急如焚地盼消息，不知叔叔迪克是生是死，家业是否化为乌有？

河面上吹来一阵冷风，不过头顶是一片晴朗的深蓝，旭日照着他晒得黝黑的脸，热度灼人。想起英国阴冷潮湿、乌云密布的天气，他估摸自己怕是再也没法适应了。

塞维利亚横跨在一处河湾之上。水湾内侧，淤泥和沙石形成的宽阔河滩从水滨向高处延伸至坚实的地面，那里成千上万座房舍、宅邸和教堂挨挨挤挤，形成了西班牙第一大城市。

沙滩上到处是人群和牛马。有从船上卸货的，也有驾车来往船上装货的；买卖双方扯着嗓子讨价还价。巴尼放眼瞧着泊靠的船只，细细分辨英语开放的元音和轻柔的辅音。

船舶有种魅力，叫他的灵魂为之欢唱。这辈子他最快乐的日子就数乘船来这儿。虽然饭难吃水难喝，船底臭烘烘的，风暴吓得人肝胆俱裂，他对大海的热爱却没减少半分。海风鼓起船帆，船乘风破浪急速航行，那种感觉真叫刺激，比得上男欢女爱。嗯，几乎比得上。

和镇里的房屋一样，水边的船只也是密密排列，一律船头朝内，船尾向外。巴尼对库姆港码头再熟悉不过，再繁忙也不过五条、十条船，而塞维利亚通常有五十条。

巴尼特地早早赶到水滨，其实事出有因。他寄宿在表兄冶金匠人卡洛斯·克鲁兹家。腓力二世国王无休无止地征战，塞维利亚则是武器制造的重要城市，金属永远供不应求。巴尼母亲运来的金属，卡洛斯通通包揽：门迪普丘陵来的铅制成铅弹，康沃尔矿区产的锡用来造船上盛食物的罐子器具，最重要的则是铁矿石。不过塞维利亚进口的铁矿和金属也有其他来源，譬如英格兰南部和西班牙北部；卡洛斯也得从这些船主手里买货。

巴尼停下脚步，望着一艘刚到的船轻巧地泊船入港。这船看着眼熟，巴尼心中升起一丝希望。只见这艘船约莫一百英尺长，二十英尺宽；这种狭长构造的船只快速敏捷，深受一些船长喜爱。排水量估计在一百吨左右。这是艘三桅船，共五张方形帆，用于借足风力；中桅上另挂了一张大三角帆，方便操控方向。这定然是艘灵便的快船。

他琢磨这说不定是飞鹰号，王桥菲尔伯特·科布利手下的船，随即就听见水手喊话，说的是英语，心里于是有了把握。只见一个四十岁上下、一把大胡子的光头小个子蹚着浅滩走上沙滩，巴尼认出此人是乔纳森·格陵兰，常常给培根船长当大副的。

巴尼等乔纳森把船绑好：只见他选了一根深深钉进沙滩的桩子，用绳子一端绑住。在家的时候，乔纳森他们要是路过王桥主教座堂对面的威拉德家，总不愁一两杯酒招待，因为爱丽丝·威拉德对来自五湖四海的消息百听不厌。巴尼小时候最爱听乔纳森说话，听他讲起非洲、罗刹国还有新大陆，有的地方太阳常年不落，还有的地方积雪千载不化。他讲物价、讲政治，夹杂了阴谋和海盗、叛乱和掠夺。

巴尼最喜欢听乔纳森当上水手的经过。十五岁那年，一个周六的晚上，他在库姆港快乐水手酒馆喝醉了酒，第二天醒来发现自己离海岸两英里，正在去往里斯本的船上。之后整整四个年头，他再没见过英格兰一眼，不过等他重归故土，积蓄已足够买一间房子。他把这段经历当作警世之言，可在小男孩巴尼听来，这是一段了不起的历险，总盼着能给自己遇到。巴尼如今长成了二十岁的男子汉，但还是一想到大海就兴奋。

飞鹰号拴稳了，两个人握手寒暄。乔纳森诧异地笑着说：“你戴了只耳环，像个外国人。这是西班牙的风尚吗？”

“也不是，”巴尼答道，“是土耳其玩意儿。就当是我一时兴起吧。”巴尼戴耳环是为着一点浪漫的意思，也因为能吸引女子侧目。

乔纳森一耸肩：“我这是头一次到塞维利亚。怎么样？”

“我喜欢——烈酒美人俱全。不过先说我家有什么消息？加来到底怎么样了？”

“培根船长捎来了令堂的信。不过没什么新鲜的，都还在等可靠消息。”

巴尼垂头丧气。“要是加来的英国人得到赦免，衣食住行照旧，那到现在信也该捎到了。等的越久，就越说明他们已经被俘，或者更糟糕。”

“大家都是这么说的。”这时只听飞鹰号甲板上有人大喊乔纳森。“我得上船去了。”他说。

“有没有铁矿石给我表亲卡洛斯？”

乔纳森摇头说："船上都是羊毛。"这时又听见喊他的声音，语气透着不耐烦。"稍后再把信给你。"

"去我们那儿吃饭吧。离水滨最近的城区，能看见冒烟的地方就是。名字叫埃尔阿雷纳尔，就是'采砂场'，国王的枪炮就是那儿造的。就说找卡洛斯·克鲁兹。"

乔纳森攀着绳索爬回船上，巴尼也就走了。

加来的消息——或者说杳无消息——他并不吃惊，但心情难免抑郁。母亲的大好年华都用来经营家族生意，想到她的心血被人白白窃取，巴尼又气又难过。

他在水滨问了一圈，都没有铁矿石可卖，于是在特里亚纳桥掉头折返，踏上狭窄蜿蜒的小路。此时，各类商贩纷纷出门准备开张，路上熙来攘往。塞维利亚比王桥繁华许多，可气氛却显得阴沉沉的。西班牙是全天下最富庶的国度，同时又至为保守：法律明文禁止花哨的打扮。富人一身黑衣，穷人穿的是褪了色的棕布衣服。巴尼觉得讽刺：说到极端，天主教和新教倒是不分上下。

在城里赶路，就数这个时候最安全：小偷扒手大白天的一般都在呼呼大睡，等到了下午晚上，大家小酌几杯放松警惕，他们最容易得手。

快到鲁伊斯家了，巴尼放慢脚步。这是间惹人注目的新砖房，宽敞的二楼并排开了四扇大窗。晚些时候，窗前会罩上格栅，身材臃肿、气喘吁吁的佩德罗·鲁伊斯先生坐在窗前，仿佛芦苇地里的蛤蟆，隔着屏障观望过往行人。现在时候尚早，他还没起床，窗户和格栅也都敞开着，让室内通通早晨清冽的空气。

巴尼一抬头，果然如愿以偿：他瞥见鲁伊斯先生十七岁的女儿耶柔玛的倩影。他脚步更慢了，目光没离开她：那白皙的皮肤、浓密卷曲的乌发，最迷人的是那双大眼睛：清澈明亮的棕色眸子，上面衬着两道黑眉毛。她对巴尼嫣然一笑，谨慎地摆一摆手。

家境优渥的小姐不该站在窗前，更别说对路过的男子挥手了。要是被人发现，那可有苦头吃了。可她还是大着胆子，每天早上这个时候都守在那儿。对她来说，打情骂俏至多只能如此。想到这里，巴尼一阵欣喜。

他经过鲁伊斯家，又倒退着往回走，脸上一直挂着笑。他绊了一跤，险些摔倒，随即做个了鬼脸。她咯咯笑了，抬手掩着朱唇。

巴尼并没有把耶柔玛娶回家的意思。他才二十岁，不想这么早成家立业，就算想，他也不确定耶柔玛就是适合的人选。他只想结识她，趁着四下无人和她肌肤相亲，偷得香吻。可惜西班牙人对女子管得比英国还严；巴尼冲她比一个飞吻，暗想吻到真人大概没什么指望了。

这时就见她扭过头，似乎听到人呼唤，很快她就从窗边走开了。巴尼也只好不情愿地走了。

卡洛斯家离得不远，巴尼的念头由相思转到早饭，过程之快，自己都有几分羞愧。

克鲁兹家的入口立着一道宽阔的拱券，直通到院子里，而院子就是冶炼的场地。院墙边堆放着成堆的铁矿石、煤炭和石灰石，中间用简陋的木板隔开。庭院一角拴着一头牛，炉子立在中央。

卡洛斯的非洲奴隶埃布里马·达博正忙着引火，为第一批冶炼做准备。只见他凸出的黑额头上全是汗珠。巴尼在英格兰也见过非洲人，在库姆港这些港市见得更要多一些，不过他们都是自由之身：英国法律没有限制奴隶的条款。西班牙则不同，塞维利亚的奴隶成千上万，按巴尼估计，占了人口十分之一左右。这些奴隶中有阿拉伯人、北非人、一些美洲土著，再就是和埃布里马一样，来自西非曼丁卡地区。巴尼善于模仿，已经学会了几个曼丁语词。他听见埃布里马跟人打招呼说的是“I be nyaadi？”也就是问您好。

卡洛斯背对着门站着，正在研究新垒好的砖炉。他听人说起一种炼炉，上面加铁矿石和石灰石，底部鼓入空气。三个男人谁也没亲眼见过，趁有空的时候盖了个大概的样子，想试来看看。

巴尼和卡洛斯说西班牙语。“今天水滨买不到铁矿石。”

卡洛斯则一心一意地琢磨新炉子。他搔了搔弯弯的黑胡子。“得想办法把牛套上，好让它拉风箱。”

巴尼皱着眉头说：“我想不出具体法子，不过只要轮子够多，让牲口拉什么都不成问题。”

埃布里马听着两人对话，插嘴说：“用两套鼓风袋。一个充气的时候另一个吹。”

“好主意。”卡洛斯称赞说。

煮饭的炉子也设在院子里，离正房近一些。卡洛斯的奶奶一边搅锅一边呼唤：“孩子们，快洗手去，饭好了。”她是巴尼的姨奶奶，巴尼称她贝琪奶奶，不过塞维利亚人都叫她埃莉萨[①]。贝琪奶奶一副古道热肠，生的并不美，脸上长了一只歪歪的大鼻

① 都是伊丽莎白的昵称。

子。她肩背宽阔，手大脚大，已经六十五岁了，年纪不算轻，但身材并未走样，并且精力充沛。巴尼想起在王桥时听奶奶提起："我那个妹子贝琪年轻的时候是个惹祸精，所以给送到西班牙去啦。"

真想不出。如今的贝琪奶奶谨慎精明，她私下里曾提醒巴尼说，耶柔玛·鲁伊斯的眼睛紧盯着自己的算盘，铁定会挑一个比巴尼有钱得多的女婿。

卡洛斯的母亲难产而死，他是奶奶带大的。他父亲一年前过世，就在巴尼到来的前几天。三个男人住在拱券的一头，屋主贝琪住另一头。

饭桌也摆在院子里。除非天气冷得厉害，不然白天他们就在屋外吃。早饭吃的是洋葱炒蛋、小麦面包，配一壶淡酒。几个男子身强力壮，还要干一天的重体力活，饭量都不小。

埃布里马和他们同吃。换在大户人家，奴隶是决不能和主人同桌的，不过卡洛斯是干力气活的工匠，埃布里马每天同他并肩挥汗劳作。埃布里马从来恭恭敬敬的，毕竟尊卑有别。

巴尼听了埃布里马对新炼炉出的妙点子，很是敬佩，吃饭的时候就问他："你对冶金很在行啊，是跟卡洛斯的父亲学的？"

"我父亲是个铁匠。"埃布里马答道。

"啊！"卡洛斯也大感诧异，"不知怎的我就没想过非洲人也打铁。"

"不然我们打仗的剑是哪儿来的？"

"也是，那么……你后来怎么成了奴隶？"

"因为和邻邦打仗，我被俘虏了。在我们那儿，俘虏一般都会充作奴隶，给打赢的一方干农活。我的主人死了，他的寡妇把我卖给了阿拉伯的奴隶贩子……后来，赶了很长一程路，我就到了塞维利亚。”

巴尼之前没打听过埃布里马的身世，有很多问题想问。埃布里马想不想家？抑或更愿意待在塞维利亚？他约莫四十岁年纪：沦为奴隶时有多大？可想念亲人？这时，却听埃布里马问：“威拉德先生，恕我斗胆有个疑问。”

“请讲。”

“英格兰有奴隶吗？”

“不算有。”

埃布里马迟疑着问：“这话怎么说，‘不算有’？”

巴尼略一沉吟。“我的故乡王桥有位葡萄牙来的珠宝商人，叫罗德里戈。他买进上好的布料、花边和丝料，钉上珠子，做成头饰、围巾、面纱等小玩意儿。女人抢着买他的货，不少富家太太从英格兰西边大老远地赶过来。”

“他有一个奴隶？”

“他五年前到王桥落脚的时候，身边带了一个马夫，是个叫艾哈迈德的摩洛哥人。艾哈迈德对付牲畜很有一套，一传十、十传百，镇里谁家的马病了，常出钱请他去看。后来罗德里戈听说了，叫艾哈迈德把钱如数交出来，对方不肯，罗德里戈就去值季法庭告他，说艾哈迈德是他的奴隶，钱该归主人，可法官蒂尔伯里判道：‘艾哈迈德没有违反英格兰律法。’罗德里戈输了官司，钱还归艾哈迈德。现如今艾哈迈德有自己的房产，兽医的生意蒸蒸日上。”

“也就是说，英国人可以养奴隶，但要是奴隶离开主人，主人没法抓他回去？”

“一点不错。”

看得出，埃布里马动起了心思。或许他梦想着去到英格兰，重归自由。

这时谈话被打断了。卡洛斯和埃布里马突然紧张起来，一齐瞧着拱券入口。

巴尼顺着他们的目光一看，瞧见三个人影。为首的是个宽肩膀的矮个子，衣着华贵，小胡子油腻腻的。他身后左右两侧各跟着一个高个子，隔了一两步的距离，不过衣着普通，应该是下人，要么就是打手。这三个人巴尼都没见过，但他一眼就看出来：都是恶棍。

卡洛斯小心地打招呼，语气不卑不亢：“桑乔·桑切斯，您早。”

“卡洛斯，我的朋友。”桑乔应道。

在巴尼看来，他们可不像朋友。

贝琪奶奶起身招呼：“桑切斯老爷，请坐吧。”说的是客套话，语气却不热络。“我替您备些早饭吧。”

“不必了，多谢，克鲁兹太太，”桑乔说，“来杯酒就可以了。”

他占了贝琪奶奶的位子，两个手下立在一旁。

桑乔先聊起了铅和锡的价格，巴尼于是知道他也是位冶金匠。桑乔随即讲起跟法国的这场仗，又说城里正闹一场哆嗦发热的疫病，不论穷富都被夺了性命。卡洛斯生硬地应答。他们都放下了刀叉。

桑乔总算进入正题。“卡洛斯，你干得不错，”语气高人一等，“令尊过世——愿他的灵魂安息——我当时想你没法靠自己把生意撑下来。不过你那会儿二十一岁，又出了徒，该试一试，但我不看好你能成器。你倒是一鸣惊人。”

卡洛斯一脸警惕。他平平淡淡地客套说：“多谢夸奖。”

“一年之前，我跟你出价一百埃斯库多，想买下你这份生意。”

卡洛斯挺直腰板，摆正双肩，下巴一扬。桑乔伸手替自己开脱：“我知道，价钱是低了些，不过我当时想，没有令尊经营，就值这么多。”

卡洛斯冷冷地说：“根本是看不起人。”

两个打手身子一僵。从“看不起人”到大打出手不过是一眨眼的事。

桑乔却依然一副老好人模样——巴尼暗想，这倒难为他了。桑乔没有为得罪卡洛斯道歉，反而一副宽宏大量的口气，倒像是卡洛斯轻辱了自己。“你这么想我也不怪你，只是我有两个儿子，我想让他俩各有一份营生。现在我愿意出一千埃斯库多。”他好像怕卡洛斯不会数数似的，又补充说，“这可是原来数目的十倍。”

卡洛斯答道：“还是太低了。”

巴尼第一次开口。他问桑乔：“何不给另一个儿子再起一个炼炉？”

桑乔傲慢地瞧着巴尼，好像终于看见有这么个人，又似乎他不该擅自开口。卡洛斯代桑乔答道：“西班牙大多数行业都由‘公所’管理，有点像英国的会馆，不过要保守些。公所对炼炉的数目有限制。”

桑乔接着说：“这些规矩能确保高水准，淘汰不法从业者。”

巴尼接口："也保证市价不会被便宜货拉低，是吧。"

卡洛斯提醒说："巴尼，桑乔是塞维利亚冶金会馆的执事。"

桑乔并不把巴尼放在眼里。"卡洛斯，我的朋友、街坊，问题很简单：叫你出让这爿生意，开价多少？"

卡洛斯摇头说："不卖。"

桑乔显然想怒斥一句，但他忍住了，挤出一个笑。"我愿意开到一千五埃斯库多。"

"一千五埃斯库多也不卖。"

巴尼瞧见贝琪奶奶一脸警惕。她显然对桑乔有所畏惧，担心卡洛斯开罪他。

卡洛斯也瞧出来了，于是语气和善了一些。"不过承蒙您看顾，多谢好意，桑乔街坊。"礼数尽了，听着却不诚恳。

桑乔揭下面具。"卡洛斯，你会后悔的。"

卡洛斯语气轻蔑。"桑乔，你何出此言？倒像是威胁了。"

桑乔不置可否。"要是生意遭了殃，你准要追悔莫及，不如拿了我的钱。"

"我愿意冒这个险。我得干活了，国王的军需官等着用铁呢。"

桑乔发觉被打发了，气得要命。他站起身。

贝琪奶奶说："老爷，这酒你还中意吧——是我们最好的酒。"

桑乔才懒得回答区区一个妇人的客套话。他对卡洛斯说："稍后再聊。"

巴尼瞧出卡洛斯想讽刺一句，但只默默点了点头。

桑乔转身要走，突然瞧见了新炉子。"这是什么？又添了炉子？”

“旧炉子得换了，”卡洛斯也站起来，“有劳您登门造访，桑乔。”

桑乔没动。“我看你的旧炉子好得很。”

“新的造好了，旧的自然会拆掉。我和您一样，对规矩一清二楚。再会吧。”

“新的瞧着奇怪。”桑乔不依不饶。

卡洛斯不再掩饰恼怒。“我对传统式样做了些改进，‘公所’没规定不许吧。”

“后生，别动气，我只是问问而已。”

“我也只是送客而已。”

对这句无礼之言，桑乔竟然没气得跳脚。他眼睛一眨不眨地盯着新炉子，瞧了足有一分钟，然后才转身出门。两个打手也跟着走了；这两个人从头到尾没说话。

等桑乔走远了，贝琪奶奶说：“他不是好人，这个敌树不得。”

“我有数。”卡洛斯答道。

当晚，埃布里马和卡洛斯的奶奶同睡。

在三个男人起居的那半边房子，卡洛斯和巴尼睡楼上的床，埃布里马在一层打地铺。这天晚上，埃布里马躺了半小时，听着屋子里寂然无声，这才起身，轻手轻脚地穿过院子，来到埃莉萨住的那一边。他钻进被窝，两个人亲热一番。

她是个又老又丑的白种妇人，不过四下漆黑，她的身体柔软温暖。最重要的是她对埃布里马一向照顾有加。他并不爱她，这辈子都不会爱，不过满足她的要求并不是什么难事。

之后埃莉萨睡着了，埃布里马躺在她身边，回忆起两人关系的开始。

十年前，他被装上奴隶船，运到塞维利亚，卖给了卡洛斯的父亲。他无依无靠，又思念家乡，只觉得万念俱灰。一天主日，大家都去了教堂，卡洛斯的奶奶——巴尼管她叫贝琪奶奶，埃布里马则叫她埃莉萨——撞见他一个人啜泣。出乎意料，她吻着他的眼泪，把他的脑袋按在自己柔软的胸脯前。他渴望关怀，于是如饥似渴地向她示好。

他随即发觉埃莉萨不过是在利用自己。她可以随心所欲地甩掉他，但他不行。不过话说回来，能拥在怀中的人也只有她一个。十年来，他过着背井离乡的孤独生活，从她那里得到了安慰。

她扯起鼾声，他于是溜回自己的床上。

每天晚上入睡前，埃布里马都要想一想自由。他畅想自己有一处房产，家中有妻子，兴许还有几个儿女。他口袋里装着劳作换来的钱，身上的衣服是自己挑中买下的，而不是旁人穿过不要的旧衣服。他随心所欲地出门，尽兴了再回家，不会为此挨鞭子。他总盼望入睡后梦到这样的日子，偶尔会如愿。

他睡了几个时辰，天一亮就醒了。这天是主日。上午他要和卡洛斯去教堂，晚上要去一个获得自由的非洲奴隶开的酒馆，拿自己那一点点赏钱赌上几把。但此时此刻，他有一份秘密的义务要履行。他穿好衣服，出了门。

他从北门出了城，沿着河岸向上游走。天越来越亮。走了一个小时，他来到一处僻静的角落，这段河边长着一片小树林，他从前来过。他开始行水礼。

从来没人发现过他，不过就算发现也无所谓，他看上去不过是在沐浴而已。

埃布里马不信被钉在十字架上的主。他只是做做样子，为了日子好过些；他在西班牙领洗，归入基督教，但他并没有被蒙蔽。欧洲人不知道，神其实无处不在：海鸥、西风、橘子树，其中最伟大的当数河神：埃布里马之所以晓得，是因为他长大的村子就临着一条河。虽然不是同一条河，他也不知道这儿离出生地隔了几千英里，但神明依旧。

他低声吟诵神圣的祷词，身子没入水中，感到宁静渗入灵魂，于是让回忆从内心深处浮现。他想起父亲，一个精壮的男子汉，棕皮肤上留着一道道黑色的烧伤疤痕，那是烊金烫伤留下的。他记起母亲，裸着上身在菜地里除草。还有姐姐，怀里抱着一个婴儿，那是他的外甥，可他没机会看那孩子长大成人了。对埃布里马如今讨生计的这个城市，他们连名字都没听说过，但他们崇拜同一个神。

河神安抚了他的忧伤。礼成之时，神赐给他最后一份恩典：力量。埃布里马走回岸上，水从皮肤上滴落，他看见日头升起来了，于是心里知道，不会很久了，他能忍下去。

主日这天，巴尼和卡洛斯、贝琪奶奶还有埃布里马一起去了教堂。巴尼觉着他们一群人显得与众不同。卡洛斯是一家之主，虽然大胡子、宽肩膀，但到底嫌年轻了些。贝琪奶奶不年轻，但也不显老：她头发灰白，身材却没有走样。埃布里马穿着卡洛斯不要的旧衣服，但走起路来挺胸抬头，竟然有几分盛装去瞻礼的模样。至于自己呢，一副红胡子，威拉德家典型的金棕色眼珠，耳环足以吸引诧异的目光，更引得年轻女子频频侧目——这也是他戴耳环的初衷。

塞维利亚主教座堂比王桥的还要宏伟，彰显出西班牙教廷的傲人财富。中殿高大非凡，两侧各有两条侧廊，还有两排小圣堂，整个教堂看起来像是方形的，足以轻松装下城里的任何一间教堂。主祭台前聚了一千名教众，但看上去却微不足道，众人应答祷告文的声音消散在空旷的穹顶。祭坛上方装饰着巨幅镀金群雕，自七十五年前开始，至今还没能完成。

望弥撒既能荡涤灵魂，也是有用的社交场合。人人都来参加，特别是有头有脸的人物。有些人平时见不到，在这里可以趁机说上话。体面的姑娘甚至可以和单身男子搭话，而不会累及名誉，不过姑娘的父母也在紧紧盯着。

卡洛斯穿了件镶毛领的新外套，他跟巴尼透露，今天打算向意中人瓦伦蒂娜·比利亚韦德的父亲提亲。他已经拖了一年，知道全镇的生意人都在观望他如何打理父亲的生意，现在他自忖时机成熟。桑乔前一天登门，证明大家认可他的业绩，并且至少有一个人乐意接手。现在向瓦伦蒂娜提亲正是时候。要是她答允，他除了能娶到心中所爱，也和塞维利亚的上流人物结了亲戚，省得桑乔这种人虎视眈眈。

一行人刚迈进教堂高大的西门，迎面就遇见比利亚韦德一家。卡洛斯对弗朗西斯科·比利亚韦德深鞠一躬，接着冲瓦伦蒂娜露出热切的微笑。巴尼瞧见这位小姐皮肤白里透粉，一头金发，不似西班牙女郎，更像英国人。卡洛斯偷偷告诉巴尼，等他们成了亲，他要为太太盖一座高大凉爽的新居，院子里有喷泉，花园里绿树成荫，不让太阳晒到她花瓣一般的脸颊。

瓦伦蒂娜也对巴尼露出愉悦的微笑。父亲、长兄和母亲把她看得死死的，不过她对卡洛斯流露出喜悦之情，这倒没办法阻止。

巴尼也有意中人要去讨好。他放眼四周，瞧见了佩德罗·鲁伊斯和女儿耶柔玛；家中女主人已经过世。他挤开会众，对佩德罗鞠躬行礼，对方正气喘吁吁，虽然从他家到教堂没有几步路。佩德罗是个学者，他跟巴尼讨论地球有否可能绕太阳转动，而不是太阳绕地球转动。

比起他的学问，巴尼更关心他的女儿。他把一百支蜡烛的笑容投向耶柔玛；对方也报以微笑。

他开口说："我看见主礼的是令尊的朋友罗梅罗总执事。"罗梅罗最近步步高升，据说是腓力国王的心腹。巴尼知道罗梅罗是鲁伊斯家的常客。

"父亲爱和他争论神学问题，"耶柔玛说着，面露厌恶之色，压低声音说，"他对我纠缠不休。"

"罗梅罗？"巴尼警惕地望向佩德罗，不过对方正和一个邻居行礼，目光暂时从女儿身上移开了。"纠缠不休，什么意思？"

"他说盼着我嫁人以后做我的朋友，还伸手摸我脖子。吓得我一身鸡皮疙瘩。"

巴尼暗想，这位总执事显然是对耶柔玛动了邪念，但可以理解：巴尼也动了同样的心思。不过他知道这话还是不说为妙，只附和说："真叫人倒胃口。色心未戒的神父。"

他突然瞧见石屏栏后有个人影，只见他白袍黑氅，是多明我会的修士。这是要讲道了。巴尼不认得这位神父，只见他高高瘦瘦，脸颊苍白，一头蓬乱浓密的直发；看样子约莫三十岁，这个年纪一般不够资格在主教座堂布道。之前祷告的时候巴尼就注意到他了，他似乎沉浸在神圣的神魂超拔之中，激动地吟诵拉丁祷文，双眼闭合，苍白的脸孔扬起向天；相比之下，剩下大部分司铎就像在履行乏味的苦差事。巴尼问："那人是谁？"

佩德罗这会儿已经把注意力重新投在女儿的追求者身上。他答道："阿朗索神父，新来的宗教裁判官。"

卡洛斯、埃布里马和贝琪奶奶也聚到巴尼身边，大家都往前凑，想仔细瞧瞧这位传道员。

阿朗索开始布道，首先提及入冬以来夺走百余人性命的哆嗦热病。他宣布，这是天主的惩罚，塞维利亚人须吸取教训，扪心自问。他们究竟犯下何等严重的罪孽，令天主如此动怒？

答案是他们容忍身边的外邦人。这个年轻神父历数异教徒的亵渎之举，越发激动。犹太人、穆斯林和新教徒的字眼从他嘴里吐出来，仿佛是污秽之言。

可他说的能是谁呢？西班牙历史巴尼是了解的。1492年，费尔南德和伊莎贝拉两位"天主教君主"向西班牙犹太人下了最后通牒：要么改信基督教，要么滚出国门。之后，穆斯林也遭到同样的粗暴对待。国内的犹太会堂和清真寺通通改为基督堂。巴尼没见过西班牙有新教徒——据他所知。

他把这通布道当作夸夸其谈，但贝琪奶奶却忧心忡忡。她低声说："要糟糕了。"

卡洛斯接口问：“怎么会？塞维利亚又没有异教徒。”

“既然开始搜捕女巫，那必然得找出几个女巫。”

“可根本没有异教徒，他上哪儿找去？”

“你瞧瞧四周，他一准说埃布里马是穆斯林。”

“埃布里马明明是基督徒！”卡洛斯愤愤然。

“他们会说他重归原来的宗教，那就是叛教之罪，比从来没归入基督教恶劣多了。”

巴尼暗想贝琪奶奶大概猜中了：不管事实如何，就凭埃布里马的黑皮肤，他就是现成的靶子。

贝琪奶奶又冲耶柔玛父女的方向一点头：“佩德罗·鲁伊斯家里有伊拉斯谟的书，还常常跟罗梅罗总执事争论教义。”

卡洛斯答道：“可佩德罗和埃布里马都来了，来望弥撒！”

“阿朗索偏说他们日落之后关紧门窗，做异教礼拜。”

“可阿朗索总得有凭有据吧？”

“他们会认罪。”

卡洛斯大惑不解。“凭什么要认？”

“换了你也要认的：被剥光衣服，用绳子绑住，绳子慢慢收紧，最后勒破皮肤，肉都给勒下来——”

“别说了，我懂了。”卡洛斯打个哆嗦。

巴尼好奇起来。贝琪奶奶怎么知道宗教裁判所的酷刑？

阿朗索讲到激动处，呼吁人人加入这场新十字军东征，铲除他们中间的不信者。布道完毕，圣餐开始了。巴尼瞧着会众的脸色，他们似乎都被布道惹得心神不宁。大家都是忠诚的天主教徒，但只想过太平日子，不希望什么东征。和贝琪奶奶一样，人人看出山雨欲来。

仪式结束后，圣职人员鱼贯退出中殿。卡洛斯对巴尼说：“我要去找比利亚韦德，我琢磨需要有个朋友壮胆。”

巴尼欣然答允，跟在他身后。卡洛斯走到弗朗西斯科面前一鞠躬。“先生，可否打扰一下，我有件要紧事找你商量？”

弗朗西斯科・比利亚韦德和贝琪奶奶年纪相仿，瓦伦蒂娜是他跟第二任太太生的。他处世圆滑、自视甚高，但并不拒人于千里之外。他和善地微笑：“请讲。”

巴尼看出瓦伦蒂娜一脸腼腆。做父亲的还蒙在鼓里，但她已经猜到了。

卡洛斯说：“先父过世有一年了。”

巴尼以为弗朗西斯科会喃喃道一句“愿他的灵魂安息”。听人提起过世的亲人，这是习惯性的礼节，但出乎意料，弗朗西斯科一语不发。

卡洛斯接着说：“我那间作坊井井有条，生意蒸蒸日上，这是有目共睹的。”

“可喜可贺。”

“多谢。”

“小卡洛斯，你想说什么？”

“我二十二岁，身体康健，收入牢靠，想结婚了。我会和妻子和睦相处，让她衣食无忧。”

“我相信。所以……”

“我不胜惶恐，请您许我去府上拜会，期望博得您女儿瓦伦蒂娜的垂青。”

瓦伦蒂娜脸泛红云。她哥哥闷哼一声，似乎气愤不过。

弗朗西斯科・比利亚韦德立即态度大变。“绝不可能。”语气之决绝，着实出乎意料。

卡洛斯惊诧不已，好一会儿说不出话来。

“你好大的胆子，”弗朗西斯科接着说，“我女儿！”

卡洛斯回过神来。“可……敢问为什么？”

巴尼也在琢磨这个问题。弗朗西斯科没有理由自认高人一等。他是个香水商，这个行当兴许是比冶金高雅几分，但还不是自己制造并售卖，和卡洛斯没两样。他又不是贵族。

弗朗西斯科迟疑着说：“你血种不纯。”

卡洛斯大惑不解。“因为我祖母是英国人？荒唐。”

那位兄长怒喝：“说话当心点。”

弗朗西斯科说：“我不必站在这儿听人骂我荒唐。”

巴尼瞧出瓦伦蒂娜一脸焦灼，显然她也没料到父亲会愤然拒绝。

卡洛斯不知所措：“等一下。”

弗朗西斯科态度坚决。“咱们谈完了。”他说着就转过身，拉起女儿的胳膊，朝西门走去；母子俩跟在后面。巴尼知道没必要追上去，不然出丑的是卡洛斯。

卡洛斯又悲又气。虽然血种不纯这句侮辱无理可笑，但还是一样伤人。在西班牙，“不纯”一般指犹太人和穆斯林，巴尼还没听过祖籍英国的人被冠上这个帽子，不过说到势利眼，那也没什么道理好讲。

埃布里马和贝琪奶奶也围过来。贝琪奶奶立刻瞧出卡洛斯神色异样，狐疑地望向巴尼。巴尼喃喃地说：“瓦伦蒂娜的父亲一口回绝。”

“该死。”贝琪奶奶叹道。

她同样气愤，但看不出诧异。巴尼脑子里闪过一个念头：她早料到了。

埃布里马同情卡洛斯的遭遇，想做点什么让他振作起来。到家之后，他提议试试新炼炉。他这样想：择日不如撞日，况且说不定能叫卡洛斯忘了被拒之辱。基督徒不得在主日做工或经营买卖，这是自然的，不过这也算不得做工，不过是试验罢了。

卡洛斯觉得这点子不错。他动手引炉子，埃布里马把几个人琢磨出来的挽具给牛套上，巴尼负责混合碎铁矿石和石灰石。

风箱有点毛病，几个人只好琢磨新法子，好让牛鼓动风箱。贝琪奶奶本打算准备一餐丰盛的主日午餐，见状只有作罢，端上了牛奶和腌猪肉，三个男人站着吃了。等一切准备就绪的时候，日头已经西斜。炭火借着一对风箱烧得灼烫，埃布里马动手填铁矿石和石灰石。

起先什么动静也没有。牛不紧不慢地兜圈子，风箱一呼一吸，烟囱烧得火烫，几个人静静等待。

卡洛斯听两个人讲过这个炼铁的法子，一个是诺曼底来的法国人，还有一个是瓦隆来的尼德兰人；巴尼在英国时也听一个苏塞克斯人提起过。这三个人都言之凿凿，说这样炼铁比普通法子快上一倍。可能有些言过其实，不过也够叫人激动了。听说熔铁要从炉子底部涌出，巴尼便垒好了石槽，连着院子地上挖好的铸模，让铁浆直接流进去。可惜没人画得出炉子的草图，所以大家只好靠猜的了。

还是没见到铁。埃布里马不禁琢磨是哪儿不对。兴许该把烟囱垒高点儿。他觉得关键是温度得上去。或者该用木炭，烧起来比煤炭热，不过全国的木材都要留着给国王造船，价格不菲。

有效果了。只见半月形的熔铁从炼炉的排口涌出来，缓缓流进石槽。先是迟疑不定的一段，随即变成徐徐的一股，接着喷涌不断。三个男人齐声欢呼。埃莉萨闻声过来查看。

烊金起先颜色发红，转瞬就变成灰色。埃布里马仔细观察，觉得炼出来的是生铁，还得精炼成熟铁，不过这不成问题。铁上面还蒙着一层东西，看着像熔玻璃，是炉渣无疑，得另想办法分离掉。

出铁的确快。熔铁源源不断地涌出来，像拧开了龙头似的。只须不断从上端添煤、铁矿石和石灰石，就有流动的财富从另一端汩汩而出。

三个人相互祝贺，埃莉萨端来一瓶酒。他们端着酒杯，一边啜饮，一边高兴地注视熔铁凝固。卡洛斯恢复了些神采，提亲被拒的失望一扫而光。也许他会拣这个欢庆的时刻宣布埃布里马自由了。

片刻之后，只听卡洛斯说："埃布里马，添炉子吧。"

埃布里马放下酒杯，答道："这就来。"

新炼炉叫卡洛斯大获成功，但不是人人都高兴得起来。

炼炉每天从日出烧到日落，从周一到周六。卡洛斯专心炼铁，把生铁卖给精炼作坊，免得自己麻烦；铁矿石耗费见长，巴尼就负责寻找卖家。

军需官甚是满意。他时时为武器不足而犯难：眼下正同法意两国交战，海上要对付苏丹舰队，还要防御美洲海盗的盖伦船。塞维利亚的锻造铺和作坊供不应求，公所又严禁扩大产量，军需官只好依赖异邦弥补不足——美洲掠来的银子眨眼就用光了，就是这个原因。现在出铁如此之快，叫他兴奋不已。

不过塞维利亚别的铁匠可没这么兴高采烈。卡洛斯的收入是他们的两倍，这一点他们都瞧在眼里。定然有条规矩禁止这种做法吧？桑乔·桑切斯正式向“公所”投诉，执事会须得定夺。

巴尼忧心忡忡，但卡洛斯不以为然，说“公所”不可能跟军需官唱对台戏。

之后阿朗索神父找上门来了。

他们正在院子里做工，就见到阿朗索大步跨进门，几位年轻司铎簇拥在他身后。卡洛斯倚着铲子，直视这位宗教裁判官，一派镇定自若，但巴尼看得出他心中忐忑。贝琪奶奶也从屋子里走出来，一双大手叉在腰间，站定了，准备对付阿朗索。

他们凭什么给卡洛斯冠上异端罪的帽子？巴尼想不明白。可要不是为这个，阿朗索又来干什么？

阿朗索不急着开口，先不紧不慢地环顾院子，他扬着窄窄的尖鼻子，像一只猛禽。他的目光落在埃布里马身上，这才开口：“那个黑人是不是穆斯林？”

埃布里马自己答道：“神父，我出生的村子没有听见过主耶稣基督的福音，也从没有人提过穆斯林先知之名。我是个愚昧无知的外邦人，祖祖辈辈如此。但在漫漫旅途中，天主之手指引我，我在塞维利亚领悟真道，就在主教座堂领洗，归入基督教，为此我每天都在祷告中感谢天父。”

这番话恳切可信，巴尼猜测埃布里马不是第一次说了。

可阿朗索却不满足。他问："那你为什么要在主日做工？难道不是因为你们穆斯林的圣日是周五？"

卡洛斯答道："主日并没人做工，每周五我们都劳作一整天。"

"我在主教座堂初次布道的那个主日，有人看见你们引了炉子。"

巴尼暗暗赌咒。他们被人瞧见了。他查看周围的房舍：无数扇窗子都对着院子。该是某个邻居告发的——也很可能是哪个眼红的冶金匠，甚至说不定就是桑乔。

卡洛斯答道："但我们不是在做工，只是试验罢了。"

这个解释就连巴尼听着都觉着牵强。

卡洛斯慌忙解释："神父，您看，这种炉子是从烟囱底部鼓风——"

阿朗索打断他："你的炉子我一清二楚。"

贝琪奶奶这时开口了。"不知道神父怎么会对炉子一清二楚呢？兴许是从我孙儿同行的对手那儿听来的？神父，是谁向您说他的坏话？"

看阿朗索的神色，巴尼知道贝琪奶奶料中了。阿朗索没有作答，而是发起攻势。"老妇人，你生在信奉新教的英格兰。"

"这话不对，"贝琪奶奶底气十足，"我出生的时候，在位的是虔诚的天主教徒亨利七世国王。他那个新教徒儿子亨利八世还在尿床，我们一家就离开了英格兰，把我带到塞维利亚。我再就没回去过。"

阿朗索把目光投向巴尼。巴尼心下惧怕，感到一阵彻骨的寒意。这个人掌握着生杀大权。只听阿朗索说："你自然不同，你一定从小就被教养成新教徒。”

巴尼的西班牙语还没流利到跟人争辩神学，于是就事论事地答道：“英格兰不再信奉新教，我也不是新教徒。神父，您可以把这里搜个遍，绝没有查禁的书籍，没有异教文章，也没有穆斯林的礼拜毯。我床头挂的是十字苦像，墙上的画像是列日的圣于贝尔，冶金匠的主保圣人。圣于贝尔曾经——”

“圣于贝尔的事迹我清楚。”有什么事他阿朗索不知道，还要别人来教？他显然受了冒犯。不过，他的指控通通没有落实，巴尼以为他大概要泄气了。他手头的消息不过是有人在主日做事，至于是不是做工却不能肯定；钻这个空子的人，全塞维利亚自然不只有卡洛斯一家。只听阿朗索说：“但愿你们今天对我说的话句句属实，没有掺假。否则你们的下场就和佩德罗·鲁伊斯一样。”

他转身要走，但巴尼还没听说耶柔玛和她父亲出了什么事，忍不住问：“佩德罗·鲁伊斯怎么了？”

阿朗索瞧他惊疑不定，面露得色。“他被捕了。我在他家里搜出一本西班牙文《旧约》，这是违法的；另外，还有一本异教的《基督教要义》，是罪恶之城日内瓦那个鼓吹新教的约翰·加尔文写的。依照常法，佩德罗·鲁伊斯的全部财产已经被宗教裁判所没收。”

卡洛斯听了并不吃惊，这么看来阿朗索那句“常法”并非胡说。巴尼却震惊不已。“全部财产？那他女儿可怎么活？”

“凭主施恩，众生皆如此。”阿朗索转身走了，几个随行跟在身后。

卡洛斯似乎松了口气。“耶柔玛的父亲出了事，我很难过。

不过我看咱们没让阿朗索得逞。”

贝琪奶奶却说：“别这么笃定。”

“这话是什么意思？”

“你不记得你祖父、我的亡夫了？”

“他过世的时候我还是个婴儿呢。”

“愿他的灵魂安息，他本是个穆斯林。”

三个男人一齐诧异地望着她。卡洛斯难以置信地问：“你的丈夫是个穆斯林？”

“不错，他本来是。”

“我爷爷，何塞·阿拉诺·克鲁兹？”

“他本名是优素福·哈利勒。”

“你怎么会嫁给一个穆斯林？”

“当年西班牙驱逐穆斯林，他决定留下来，归入基督教。他学习教义，并以成人的身份领洗，和埃布里马一样，何塞是他新取的教名。为了表示诚心入教，他决定娶基督徒做妻子，也就是我。我那时十三岁。”

巴尼问：“和基督徒结合的穆斯林很多吗？”

“不多。他们一般只和自己人谈婚论嫁，即便改教之后也是。我的何塞与众不同。”

卡洛斯好奇奶奶的感情经历。“你当时知道他从小是穆斯林吗？”

“起先不知道。他从马德里移居到这里，这件事没跟任何人提过。不过常常有人从马德里过来，总有人知道他原本是个穆斯林，那往后事情就瞒不住了，不过我们尽量不声张。”

巴尼实在按捺不住好奇。“你才十三岁？你爱他吗？”

“我对他又爱又敬。我长得一直不好看，而他相貌堂堂，性格又温柔、善良、体贴。那真是天国的日子。”贝琪奶妈聊起了心事。

卡洛斯又说：“后来爷爷过世……”

“我恨不得跟他去了。他是我一生的挚爱，我绝不想再嫁。”她一耸肩，“孩子们需要照料，我整天忙里忙外，没空心碎而死。然后还有你，卡洛斯，才出生就没了娘。”

巴尼有种直觉，贝琪奶奶虽然有问必答，但好像有什么话藏着没说。她绝不想再嫁——事情真的这么简单？

卡洛斯猛然醒悟。“弗朗西斯科·比利亚韦德不许我娶他女儿，就是这个原因？”

“不错。你奶奶是英国人，他并不在乎，他说‘不纯’，指的是你那个穆斯林爷爷。”

“该死。”

“不过最糟糕的还不是他。看样子阿朗索也知道优素福·哈利勒的事，今天上门不过是个开头，相信我，他还会来的。”

阿朗索走后，巴尼赶去鲁伊斯家打听耶柔玛的情况。

应门的是个年轻女人，看上去是北非人，显然是个奴隶。巴尼瞧她生的应该很美，只是现在肿着脸，愁的满眼血丝。他大声说：“我要见耶柔玛。”女人手指按在唇上，示意他噤声，又招手请他跟上，引他去了屋后厨房。

他本以为会见到厨子和一两个女佣准备饭菜，可厨房冷清清的。他回想起阿朗索说宗教裁判所例行公事没收嫌犯的财产，却没想到下手如此迅速。佩德罗的仆婢已经尽数被打发了，至于奴隶，应该会卖掉，她就是为这个才痛哭的吧。

只听女奴说：“我叫法拉。”

巴尼不耐烦：“你带我到这儿来做什么？耶柔玛在哪儿？”

“小声些。耶柔玛在楼上，罗梅罗总执事来看她了。”

“我不管，我有话跟她说。”巴尼说着就往门口走去。

“求您别去。要是罗梅罗见到，会惹上麻烦的。”

“我不怕麻烦。”

“我去把耶柔玛叫过来。就说邻居妇人来了，非见她不可。”

巴尼略一迟疑，接着点头答应，法拉就出去了。

他环顾四周。刀锅壶盘，什么都没有，屋子被扫荡一空。宗教裁判所连人家的餐具都卖？

等了几分钟，就见耶柔玛来了。她样子大变，不像十七岁，好像突然成熟了许多。那张动人的脸孔上面无表情，如同面具，眼睛失了神采，橄榄色的皮肤好像灰蒙蒙的，纤细苗条的身子一直哆嗦，像在发烧。看得出，她在拼尽力气掩饰悲愤。

巴尼朝她走去，想拥抱她，但耶柔玛向后退去，并伸出手，像要把他推开。

巴尼不知所措地望着她问：“情况如何？”

“我走投无路，”她答道，“父亲入狱，我再没有别的亲人了。”

“令尊怎么样？”

“我也不知道。宗教裁判所的犯人不得联系家人，不得联系任何人。他身子不好，走几步路就气喘吁吁，你也见过。他们很可能要——”她说不下去了，垂头望着地面，接着深吸一口气，很快镇定下来。“很可能要对他用水刑。”

巴尼听人说过。施刑的时候会把犯人的鼻孔堵住，令他无法用鼻子呼吸，然后强迫他张开嘴，一罐接一罐地往喉咙里灌水。犯人吞下水后，肺中胀满，疼痛难忍，吸入气管的水会叫他窒息。

“他会没命的。”巴尼惊恐莫名。

“他们已经没收了他全部的积蓄和家当。”

“那你有什么打算？”

“罗梅罗总执事请我去他家里。”

巴尼大惑不解。事发仓促，他同时有好几个疑问。他问：“给他做什么？”

“我们刚刚谈的就是这件事。他希望我替他收拾衣衫，包括定制和取放法衣、看着洗衣妇。”她谈起这些实实在在的问题，情绪显然没那么激动。

“不要去，”巴尼说，“跟我走。”

这话是冲口而出，完全不经头脑，她也知道。“去哪儿？我又没法跟三个男子同住。你们的祖母自然没有顾忌。”

“我在英格兰有个家。”

她摇头说：“我对你的家一无所知。对你都几乎一无所知。况且我也不懂英语。”她露出温柔的神色，但转瞬即逝，“也许，倘若没发生这件事，你会向我献殷勤，向我父亲提亲，也许，我会嫁给你，跟着学说英语……谁知道呢？我承认这样想过，可要我跟你私奔，去一个陌生的国度？行不通。”

巴尼发觉她比自己理智多了，可还是忍不住说：“罗梅罗是要你给他当见不得光的情妇。”

耶柔玛定睛望着巴尼。巴尼瞧出，她那双大眼睛里透着一股冷意，是他从前没见过的。他不禁想起贝琪奶奶说过：“耶柔玛·鲁伊斯的眼睛紧盯着自己的算盘。”可总该有个限度吧？只听耶柔玛反问：“倘若是呢？”

巴尼目瞪口呆。“这话你竟然也说得出？”

“我两天两夜不眠不休，反反复复在想这件事。除此之外，我走投无路。你也知道无家可归的女子会落得什么下场。”

“沦为妓女。”

她并不为所动。“所以我有三条路，要么跟你逃到未知的地方，要么在街上卖身，要么住进一个堕落但富有的神父家，坐一个见不得人的位子。”

“你想过没有？”巴尼试探地说，“或许揭发你父亲的人正是罗梅罗，目的就是逼你就范？”

“是他无疑。”

巴尼又一次大惊失色。她处处比他想得远。

只听她说：“几个月前我就知道，罗梅罗想收我做情妇。我本以为最悲惨的命运不过如此，现在看来，却是我求之不得的最好出路。”

“是他一手造成的！”

“我知道。”

“但你还是愿意答应，睡在他的床上，一切一笔勾销？”

“一笔勾销？”她棕色的眸子里精光四射，那是仇恨的光，像烧沸的酸液。“绝不。我可以逢场作戏，但总有一天，他会受制于我。等到那一天，我要报仇雪恨。”

新炼炉建成，埃布里马的功劳不亚于另外两位，他暗暗希望卡洛斯会还自己自由，以示感激。可炉子一天天、一周周烧下去，他的希望渐渐渺茫，这才明白卡洛斯根本没动过这个念头。埃布里马把冷却的生铁锭搬到平板推车上，横竖交错着叠放，免得运送路上晃动，这期间他就一直琢磨接下来怎么是好。

他本盼着卡洛斯自然而然地提出来，可既然无望，那他只好自己开口。他不喜欢求人："恳请"就意味着他配不起——但他配得起，对此他底气十足。

兴许该拉上埃莉萨替自己说话。她对他有情，以他的利益为重，对此他有把握；至于她这份情是不是深厚到还他自由？日后她晚上要同他欢爱，他也许不会招之即来呢。

思来想去，他打定主意：和卡洛斯开口前，还是跟她商量为妙。到时候无论结果如何，至少对她站在哪一边心里有数。

那什么时候跟她说呢？云雨之后？还是趁之前说好，那时她欲火焚身。他暗暗点头。就在这个当口儿，恶徒冲了进来。

总共有六个人，个个提着棍棒和锤头。他们一语不发，扬起棍棒，冲埃布里马和卡洛斯劈头就打。"干什么？"埃布里马喊道，"你们想干什么？"他们并不理会。埃布里马抬手护着自己，手上着了重重的一下，紧接着脑袋也挨了一棍，瘫倒在地。

打他的恶人又去追卡洛斯，卡洛斯正往院子另一头跑。埃布里马怔怔地瞧着，头上这一下让他昏昏沉沉。只见卡洛斯抓起一把铁锹，铲进炉子里流出的烊金，冲几个袭击者扬去。其中两个疼得大叫。

虽然寡不敌众，埃布里马却一时以为他跟卡洛斯两个没准能占上风；可卡洛斯第二铲子还没下去，就被两个歹徒打倒在地。

他们着手破坏新炼炉，挥起铁头大锤狠命砸下去。埃布里马看见心血遭破坏，拼着劲儿站起来，冲袭击者奔过去，一边大喊："休想——你们不能这么做！"他推开一个暴徒，任他跌倒在地，又死死拽开另一个，想保护他的宝贝。左手使不上力，他只剩一只右手，好在力气大。眼见索命的锤子砸下来，他只好向后退。

拼了命也要保护这炉子。他操起一只木铲，又冲他们奔去。他一铲砸中一个恶棍的脑袋，紧接着背后挨了一下，正中右肩，他手一软，掉了木铲。他急忙转身，闪过接下来的一击。

一根棍棒就要挥落，他不住后退，同时眼角的余光扫见炉子已被砸烂了。烧红的煤块和滚烫的矿石滚落一地。牛受了惊吓，粗声粗气地叫唤，动静叫人心酸。

埃莉萨从屋子里奔出来，冲几个恶徒尖叫："放开他们！滚出去！"袭击者见是个老太婆，放声大笑，刚才被埃布里马推倒的那个人爬起来，把她从背后一把抱住，举在半空。这人又高又壮——六个人都是——她怎么拼命挣扎也无济于事。

两个男人坐在卡洛斯身上，一个按住埃莉萨，一个看着埃布里马，剩下的两个又挥起锤头，风箱被砸坏了——那是埃布里马、卡洛斯和巴尼三个人绞尽脑汁才想出来的。埃布里马直想哭。

炉子和风箱都被砸毁了，其中一人抽出一把长匕首，去割那牛的咽喉。这费了一点工夫：那畜生的脖子肌肉雄健，那人只好用刀刃锯进肉里。牛挣扎着要摆脱砸烂的风箱。那人一刀割开了静脉。风箱立刻不动了；血从伤口喷出来，像一股喷泉。牛缓缓倒地。

六个男人来如疾风，去亦如闪电。

巴尼浑浑噩噩地出了鲁伊斯家，感叹耶柔玛竟变得如此精于算计。抑或她一向有股子狠劲，只是他没瞧出来。又或者人经历了可怕的变故是会变的——他不知道。他觉得自己一无所知。谁知道呢：说不定河水大涨，把整个城市都淹了。

他机械地挪动双腿，一进卡洛斯家，再次大惊失色：卡洛斯和埃布里马被人打了。

院子里，卡洛斯坐在椅子上，任贝琪奶奶替他包扎伤口。他一只眼睛肿得睁不开，嘴唇红肿，还弯着腰，好像腹痛难忍。埃布里马躺在地上，一只手抓着另一边腋窝，头上的绷带血迹斑斑。

两人身后是新炼炉的残骸。炉子废了，变作一地碎砖。风箱成了一摊乱糟糟的绳子和柴火。牛倒在血泊中，断了气。巴尼恍惚中想，牛的血可真多啊。

贝琪奶奶正拿蘸了酒的布条替卡洛斯擦拭脸上的伤。见他回来，她站直身子，嫌恶地把脏布往地上一扔，说道："我有话说。"巴尼这才看出她一直在等自己回来。

他抢先问："出了什么事？"

"别问些蠢问题，"她不耐烦，"出了什么事，一目了然。"

"我问是谁干的？"

“那几个人我们都没见过，差不多能肯定，都不是塞维利亚本地人。你该问的是，他们是谁找来的，答案是桑乔·桑切斯。就是他煽风点火，让大家眼红卡洛斯，想接收生意的人也是他。我打包票，就是他跟阿朗索打小报告，说埃布里马是穆斯林，还在主日做工。”

“咱们接下来怎么办？”

卡洛斯边站起身边答：“咱们拱手认输。”

“你的意思是？”

“咱们能斗过桑乔，也能斗过阿朗索，但两个一起，咱们不是对手。”卡洛斯走到埃布里马身边，握住他的右手，拉他站起来；埃布里马左臂显然受了伤。“我答应卖给他。”

贝琪奶奶却说：“事已至此，怕也未必太平。”

卡洛斯一惊：“这怎么讲？”

“桑乔遂了心愿会罢手，但阿朗索可不会。他一定要抓个活人做祭品，不然就等于承认自己做错了。他既然说你有罪，那就一定要惩罚你。”

巴尼说：“我刚去见了耶柔玛，她说他们会对他父亲动水刑，要是轮到咱们头上，咱们通通都要认罪的。”

贝琪奶奶说：“巴尼说得不错。”

卡洛斯问：“那还能怎么办？”

贝琪奶奶叹口气说：“离开塞维利亚，离开西班牙，今天就走。”

巴尼大吃一惊，但也知道她说的在理。阿朗索随时可能派人来拿人，那时候想走也来不及了。他忐忑地望向连到院子的拱券入口，只怕他们已经立在那儿了。没有人，暂时还没有。

今天走得掉吗？兴许——倘若有船趁下午的晚潮起航，倘若船上缺人手。至于去哪儿，也只有听天由命了。巴尼抬头瞧瞧日头，已经过了晌午。“要是真这么打算，那就耽搁不得。”

虽然情况危急，一想到出海，他精神不禁为之一振。

埃布里马第一次开口：“不走的话，咱们必死无疑。我是首当其冲。”

巴尼问道：“贝琪奶奶，那你呢？”

“我这把岁数，赶不得远路。况且他们并不把我放在眼里——区区一个妇道人家。”

“那你有什么打算？”

“我有个妯娌住在卡蒙娜。”巴尼想起夏天里她曾去那儿走亲戚，住了几个星期。“走去卡蒙娜，一上午就到了。就算阿朗索打听出我在哪儿，估计也懒得找我麻烦。”

卡洛斯打定主意。“巴尼、埃布里马，去屋里拿上要带的东西，然后回来集合，数一百个数。”

他们的东西都不多。巴尼拿上小钱袋子，塞在腰间衬衣下。他蹬上最结实的那双靴子，披上厚斗篷。他没有剑：长柄剑沉手，是沙场上用的，能刺穿敌人盔甲上的薄弱部位，但近身打斗不方便转圜。巴尼把两英尺长的西班牙匕首收在鞘中，这是把弧形柄、钢质的双刃匕首。街头打斗中，要夺人性命，这种匕首比剑管用。

几个人聚在院子里。卡洛斯穿了那件毛领子的新外衣，底下佩了剑。贝琪奶奶啜泣不止，卡洛斯跟她拥抱作别，巴尼吻了吻她的脸。

这时贝琪奶奶对埃布里马说：“再吻我一次，我的爱人。”

埃布里马伸手拥抱她。

巴尼皱起眉头，卡洛斯惊叹："喂——"

贝琪奶奶热烈地亲吻埃布里马，手埋在他的黑发里；卡洛斯和巴尼目瞪口呆。吻毕，只听她说："我爱你，埃布里马。我不想你走，但我不能让你留下，死在宗教裁判所的酷刑室。"

埃布里马答道："谢谢你，埃莉萨，你对我这么好。"

两个人再次拥吻，之后贝琪奶奶一扭身，奔回屋子里。

巴尼心里全是问号：搞什么鬼？

卡洛斯满脸不可思议，可现在没时间发问。"走吧。"他催促。

"慢着，"巴尼亮出匕首，"要是路上遇见阿朗索的手下，我不会让他们活捉回去。"

"我也不会。"卡洛斯碰了碰剑柄。

埃布里马掀开斗篷，只见他腰带间插了一把铁头锤子。

三个人迈出家门，向码头出发。

他们时刻提防阿朗索的手下，不过离家越来越远，危险也渐渐消失。纵然如此，一路上他们引得人人侧目，巴尼才想到几个人模样狰狞，卡洛斯和埃布里马鼻青脸肿，伤口还在流血。

走了一会儿，卡洛斯问埃布里马："我奶奶？"

埃布里马镇定自若。"奴隶总是要陪主人睡觉的。你准知道的。"

巴尼插嘴说："我就不知道。"

"我们在集市聊天，差不多每个人都是主人的娼妓。除了那些上了年纪的，不过奴隶一般也活不到很大年纪。"他望着巴尼，"你那个相好她爹佩德罗·鲁伊斯就睡法拉，不过得法拉在上面。”

“那法拉哭就是因为这个？因为佩德罗不在了？”

“她哭是因为自己要给卖掉，换一个陌生人睡她了。”埃布里马又转头对卡洛斯说，“弗朗西斯科·比利亚韦德，不屑当你岳父那一位，总买男童奴隶当娈童，等他们长大就转卖给农户。”

卡洛斯还没回过神来。“这么说，每天晚上我睡觉的时候，你就在奶奶屋里？”

“也不是每天晚上，就是她叫我的时候。”

巴尼问：“你反感吗？”

“埃莉萨虽是个老妇人，不过温暖又善良。我庆幸不用伺候男人。”

巴尼觉得自己白活到现在，一直还是个无知小儿。他知道神父有权逮捕人、将他折磨致死，但没想到会把犯人的财产一并夺走，令他一家一无所有。他想不到总执事会把一个女子带回家当情妇养。他更不知道这些男男女女竟是如此对待奴隶。这就好比住在一所房子里，别的房间他从来没进去过，里面住的都是他见也没见过的陌生人。发觉自己竟这般无知无觉，他觉得晕头转向，天翻地覆。而现在，他命悬一线，正没头没脑地赶路，要离开塞维利亚、离开西班牙。

三个人赶到码头。沙滩上一如既往地忙碌，放眼都是脚夫、推车。巴尼扫视一周，估摸泊船在四十艘上下。一般船长爱趁早潮起航，方便航行一整天，不过也总有一两条选在下午起航。不过这会儿眼看要退潮了，说话间就要开船。

三个人匆匆赶到岸边，查看哪艘船准备即刻出海：舱口关闭，船长在甲板上指挥，船员升帆解缆。切尔沃号——就是“鹿”的意思，正驶出泊位，船员撑起长竿，避免和左右两侧的帆船剐蹭。还来得及上船，但动作要快。卡洛斯两手围在嘴边做成喇叭状，大喊：“老大！有三个精壮水手，用不用？”

“不用！”对方喊话回来，“满员了。”

“那三个船客呢？会付钱的。”

“装不下了！”

巴尼猜测这船长有什么不法勾当，不想叫不认识或者信不过的人瞧见。这片水上最惯常的交易是私运美洲银子，好逃避赋税。至于海上掠夺倒不常发生。

几个人沿着河岸查看，可惜运气不佳，好像没有船要出发了。巴尼焦急万分。这下可怎么办？

他们一直走到海港下游尽头。这里立着一座要塞，唤做金塔，可以扯起一道铁索，横跨在两岸之上，以防海上来的私掠船袭击泊船。

要塞之外，有个人正站在木桶上呼吁青年人参军。“现在入伍，人人都有一餐热饭、一瓶美酒，”他冲围观者吆喝，“那边那艘船是何塞与玛利亚号，这两位圣人会保佑这条船，保佑船上的每个人。”他伸手一指，巴尼瞧见他一只手是铁打的假肢，应该是打仗的时候断了手臂。

巴尼顺着他手指的方向，见到一条三桅盖伦船，炮口森然，甲板上已经挤满了小伙子。

铁手又说：“今天下午就出海，要去的那个地方有邪恶的外邦人等咱们铲除，姑娘又俏丽又热情，小伙子们，这可是我的亲身经历，明白我这话吧？”

围观人群会意地哄笑。

“体弱多病的我不要，”他语气轻蔑，“胆小如鼠的我不要。娇里娇气的我也不要，我这意思你们都晓得吧。这份活儿，只给强壮、勇敢、坚强不屈的，只给真正的男子汉。”

何塞与玛利亚号甲板上有人大喊：“全体上船！”

“最后一次机会了，小伙子们，”他大喊，“如何？是在家里守着娘亲，吃面包喝牛奶，对人唯命是从，还是跟着我铁手戈麦斯队长，做个男子汉，闯荡四方，名利双收。只要迈上那船梯，天下就都是你们的。”

巴尼、卡洛斯和埃布里马你瞧我、我瞧你。卡洛斯问：“去还是不去？”

巴尼答道：“去。”

埃布里马答道：“去。”

三个人走到船前，爬上船梯，迈上甲板。

两天之后，他们驶进大海。

埃布里马从前走过许多海路，但从来都是俘虏，铐着链子，不得走动。这是他头一次在甲板上眺望大海，不禁满心振奋。

应征而来的船员无事可做，纷纷猜测此行的目的地。船长一直不肯透露：属于军事机密。

埃布里马还有另一个疑问悬而未决：他的未来。

登上何塞与玛利亚号之后，他们先在一个军官那儿登记。军官坐在桌子后，面前摆了一本账目。他问：“姓名？”

“巴尼·威拉德。”

军官记下后又问卡洛斯："姓名？"

"卡洛斯·克鲁兹。"

他又记下一笔，然后瞧了一眼埃布里马，把笔放下了。他的目光从卡洛斯投向巴尼，又投回卡洛斯，然后说："军队里不许带奴隶。军官可以，不过得自掏腰包供奴隶温饱。应征入伍的士兵自然办不到。"

埃布里马仔细研究卡洛斯的表情。卡洛斯眼睛里闪出绝望之色：他避不开了。他迟疑片刻，只有一个答案："他不是奴隶，是自由的。"

埃布里马一颗心不跳了。

军官点点头。重获自由的奴隶虽然罕见，但不是闻所未闻。"那好。"他答道。他望着埃布里马问："姓名？"

事发突然，过后埃布里马也拿不准自己到底是个什么身份。巴尼没有庆贺他重获自由，卡洛斯也不像施恩于他的样子。军队显然会以自由人的身份对待埃布里马，但是不是做样子呢？

他自由了没有？

他拿不准。

五

玛格丽的婚事延期了。

加来失陷后，英格兰全面备战，巴特·夏陵受任率一百名士兵驻防库姆港，喜事只有缓一缓。

在内德·威拉德看来，延期就是希望。

王桥等镇紧急修缮城墙，伯爵纷纷加固城堡。各港口刮掉滩头古炮上的铁锈，勒令当地贵族以身作则，保护民众免遭可怕的法军蹂躏。

百姓纷纷归罪于玛丽·都铎女王。她是始作俑者：不该嫁给西班牙国王。要不是因为她，加来依然是英国人的地盘，英格兰不会和法兰西开战，哪还用垒什么城墙、备什么滩头炮?

内德心中暗喜。玛格丽和巴特尚未成婚，那就还有转机，说不定巴特会变卦，会战死，会死于席卷各地的哆嗦热病。

他非玛格丽不娶，就这么简单。纵然世上美女如云，在他眼里却都不值一提：他认定了玛格丽。至于何以如此笃定，他自己也想不通，他只知道玛格丽生生世世都在，像主教座堂。

她的婚约只是一时受挫，并非溃败。

巴特率舰队在王桥集合，定于圣周前的周六乘驳船去往库姆港。出发这天早上，一群人聚在河边为他们送行。内德也来了：

他得亲眼看到巴特确实走了。

天气虽冷，却阳光明媚，水滨一派节庆的气氛。梅尔辛桥以西，河下游两岸以及麻风病人岛四周泊满了河船和驳船。再远处的洛弗菲尔德郊区，仓库和作坊挨挨挤挤，争抢地盘。王桥这段河可容吃水浅的船舶通航，一直驶入海岸。自古以来，王桥就是英国数一数二的商埠，如今和全欧洲都有生意往来。

内德来到屠宰场码头，瞧见近岸有一艘大驳船正入港下锚，该是要载巴特和军队去库姆港的。二十个船工从上游摇过来，只升了一张帆，这会儿艄公用长竿把船引进泊位，他们就倚着船桨歇息。一会儿船顺流而下，虽然多了一百名船客，但会省力一些。

菲茨杰拉德一家沿着主街来到码头，欢送这位未来的女婿。雷金纳德爵士和罗洛并肩而行，一老一少，同样又高又瘦、自以为是，仿佛同一个模子里印出来的。内德向他们投以痛恨兼轻蔑的目光。玛格丽和简夫人跟在后面，两个人一般娇小，一个动人，一个刻薄。

依内德看，罗洛不过把妹妹当成攫取权力和威望的棋子。对家中女子持这种态度的男人不在少数，但在内德眼中，这和亲情背道而驰。倘若说罗洛对妹妹有感情，那也和对马的感情差不多。他可能舍不得，但可以随时卖掉或者拿来交易。

雷金纳德爵士也好不到哪儿去。至于简夫人，内德以为她未必是铁石心肠之人，但她为了家族利益不惜牺牲亲人的幸福，说到底也和父子俩一般残忍。

内德用目光追随着玛格丽。她走到巴特身边，巴特得意扬扬，有王桥一等一的美人做未婚妻，他引以为傲。

内德留神观察她的一举一动。她还是那副打扮：鲜艳的王桥红外衣配羽毛小帽，但好似变了一个人。她站得笔直，动也不动，虽然在和巴特说话，表情却仿佛一尊雕像。她一言一行都透出心意已决，却没了神采。那个小调皮鬼消失了。

可一个人怎么会说变就变？她的调皮劲儿一定是藏起来了。

他明白玛格丽生不如死，对此又气又忧。他真想带上她一起远走高飞。夜里，他不断幻想两个人趁黎明时分溜出王桥，隐匿在森林之中。他时而计划着走去温彻斯特，隐姓埋名结为夫妻，时而想去伦敦安顿下来，做个什么买卖，甚至想着去库姆港搭船去塞维利亚。可是，他要想救她走，前提是她愿意被救走。

船夫纷纷下船，就近去屠宰场酒馆解渴。一个船客跳下船，内德见了不禁大吃一惊。只见此人裹着一件脏兮兮的斗篷，挎着一只破旧的皮挎包，神情疲惫而坚忍，一看就知道是远道而来。是阿尔宾，内德在加来的表亲。

两个人一般年纪，内德住在迪克叔叔家的那段日子，他们成了亲密无间的朋友。

内德连忙奔向码头。“阿尔宾，是你吗？”

对方用法语答道：“内德，可见到你了，总算能松口气了。”

“加来情况如何？都这么久了，我们却还一点确切消息都没有。”

“全是噩耗。父母和妹妹惨死，财产也都没了。法王没收了仓库，全部归法国商人。”

“我们早担心如此。”威拉德一家的担忧成了真，内德不禁灰心丧气。他尤其难过的是母亲一生的心血毁于一旦，她怕要承受不住。阿尔宾更加可怜。“叔叔婶婶和泰蕾兹的事，请节哀。”

“谢谢你。”

“快跟我回家，这些情况还得说给我母亲听。”内德不想那一刻来临，但事已至此。

两个人踏上主街。阿尔宾说：“我侥幸逃了出来，可是身无分文，就算有钱，正打着仗，也没有船从法国到英国的，所以你们一直收不到消息。”

“那你是怎么过来的？”

“第一件事就是逃出法国，我溜到尼德兰境内，但没有路费，还是回不了英国。我只好去找住在安特卫普的叔叔。”

内德点头说：“扬·沃尔曼，父亲的表亲。”内德在加来的时候，扬恰好去走亲戚，所以他跟阿尔宾都认得。

“我就徒步去了安特卫普。”

“那可有一百多英里地啊。”

“苦了我这双脚。中间走了不少弯路，险些饿死，但总算赶到了。”

“辛苦了。扬叔叔自然收留了你。”

“他真是太周到了。他端了牛肉和酒给我充饥，海尼婶婶替我包扎伤脚。叔叔又替我找了从安特卫普到库姆港的船，付了船费，买了一双新鞋送我，又给了我一笔旅费。”

“到了。”两个人走到威拉德家门口，内德陪阿尔宾走进客厅。爱丽丝坐在窗前的桌子旁，正借着光亮记账目。炉火烧得正旺，她裹了一件滚了毛边的斗篷。她有时候会说，做记账的活儿，谁也暖和不起来。“妈妈，阿尔宾来了，刚从加来赶来。”

爱丽丝放下笔。“你来太好了，阿尔宾。”她又叫内德，

“去替你堂哥备些酒菜。”

内德去厨房吩咐管家珍妮特·法夫准备酒和点心，又回客厅来听阿尔宾讲述来龙去脉。阿尔宾说的是法语，母亲听不懂的地方内德帮着解释。

内德忍不住想哭。母亲坐在椅子上，听到情况之残酷，胖胖的身躯仿佛缩小了。小叔子连同其妻女惨死，仓库以及存货通通归了法国商人，迪克的家被陌生人占了。“苦命的迪克呀，”爱丽丝轻声叹道，“苦命的迪克。”

内德劝道：“母亲请节哀。”

爱丽丝强打精神坐起身子，勉强乐观地说：“咱们还不是一无所有。我至少还有这间房子和四百镑。另外，还有圣马可教堂旁边那六间屋子。”圣马可那几间茅屋是爱丽丝的父亲留给她的，有一小笔租金收入。“大部分人可一辈子都没见过这么多财富呢。”她突然又愁起来，“我真后悔把那四百镑借给了雷金纳德·菲茨杰拉德爵士。”

“借了好，”内德答道，“他要是还不上，修院就归咱们了。”

“说起这事儿，”母亲问阿尔宾，“你有没有听说一艘英国船，圣玛加利大号？”

“啊，听说了。就在法军进攻前一天，那艘船停在加来修缮。”

“那船呢？”

“也被法王扣下了，和加来的其他英国财产一样，都是战利品。舱里堆满了皮草，直接在码头拍卖，统共卖了五百多镑呢。”

内德和爱丽丝彼此对望。这真是晴天霹雳。爱丽丝说："这么说，雷金纳德的投资收不回来了。天哪，我看他未必能熬过这一关。"

内德接着说："修院也收不回去了。"

爱丽丝神色郁郁："要有麻烦了。"

"我知道。他一定大发牢骚，但至少咱们有新生意了，"他精神一振，"可以从头开始。"

爱丽丝一向礼数周到。她对阿尔宾说："你大概想洗一洗，换件干净衬衣吧。需要什么，尽管跟珍妮特·法夫说，之后咱们用饭。"

"谢谢你，爱丽丝伯母。"

"应该是我向你道谢才对。你赶了这么远的路，让我总算得到了消息，虽然是噩耗。"

内德打量母亲。虽然早有准备，但听到消息到底不免震惊。他绞尽脑汁，想法子让母亲振作起来。"不如现在就去瞧瞧修院吧。盘算怎么安排地方，诸如此类的。"

她似乎不为所动，但又强打精神说："也好。现在归咱们了。"她说着站起身。

母子二人出了家门，穿过集市广场，来到主教座堂南面。

亨利八世国王勒令解散修院的时候，内德的父亲埃德蒙在任市长，爱丽丝告诉内德，埃德蒙同保罗院长——事后念起，他是王桥的最后一位修院院长了——早看出苗头，共同筹划保住学校。两人将学校从修院分离出来，实行自治，还拨了一笔款。再追溯到两百年前，凯瑞丝医院就是这么保住的，埃德蒙也是效法前人。就这样，镇子里仍留下一间好学校、一间声名远播的医院。至于修院其他部分，早已是一片废墟。

大门锁了，院墙倾圮，昔日的厨房背面有一处断壁，母子二人踩着瓦砾踏进院内。

看来他们不是第一个。内德看见地上有一堆余烬是新的，旁边还散落着肉骨头和一只烂掉的酒囊。看来有人在这里过夜，十有八九是为私会。屋里一股霉味，地上堆满了鸟雀粪和老鼠屎。爱丽丝环顾四周，郁郁不乐地说："修士最爱整洁了。没有什么一成不变，除了变化。"

虽然陈设破败，内德却涌起跃跃欲试之感。现在这里属于他们，任他们大展拳脚。母亲真精明，能想出这个法子——家里正需要一条出路。

母子俩走进回廊，站在野草漫漫的香草园子中央，近旁立着修士用来净手的喷泉，如今也已经损毁。内德查看拱廊四周，经历了数十载的风雨，许多石柱、拱顶、栏杆、拱券依然屹立不倒。王桥的石匠果然技艺了得。

爱丽丝开口说："就从这儿起，在西墙开一条拱道，这样从集市广场就能瞧进来。回廊可以分成一间间小铺子，正好用上凹壁。"

"那总共能分成二十四隔，"内德数了一遍，"一个做入口，所以是二十三隔。"

"大伙可以进到方院里四处挑选。"

母亲的畅想，内德也看到了：一个个摊铺，摆着各色布料、新鲜蔬果、靴子和腰带、芝士和酒；小贩叫卖声声，讨好客人、收钱找零；衣着光鲜的客人一手攥着钱袋子，一边同邻居聊天一边挑选，看看、摸摸、闻闻。内德喜欢集市，因为集市代表繁荣。

"起先呢，不用太麻烦，"爱丽丝接着说，"自然得打扫一番，不过桌子和需要的东西可以让那些小贩自己预备，等开了张，有了盈余，再计划修缮建筑、重铺屋顶、院子里铺上地砖。"

内德突然觉得有人。他猛地转身。教堂南门敞开着，朱利叶斯主教立在回廊里，利爪般的双手撑在干瘦的腰间，蓝眼睛恶狠狠地盯着他们。内德心虚了，虽然他根本没犯什么错：他早就发觉，神父就有这种威力。

爱丽丝过了一会儿才看见主教。她诧异地哼了一声，然后喃喃地说："迟早得过这一关。"

朱利叶斯愤然怒斥："你们两个以为自己在做什么？"

"日安，主教大人。"爱丽丝说着就向他走去，内德跟上了。"我在查看自己的产业。"

"这又是什么意思？"

"修院如今归我所有。"

"胡说，归雷金纳德爵士所有才对。"主教死僵的脸上浮现出轻蔑之色，但内德瞧出他表面气势汹汹，其实心里惊疑不定。

"雷金纳德借了钱还不了，而他又将修院给我做抵押。他买下一批船货，但这艘圣玛加利大号已经被法王扣押，他的钱是没指望了，所以这片产业就归我所有。自然了，我希望跟主教您打好邻里关系，也想和您商讨一下我的计划——"

"慢着。抵押怎么能归你？"

"恰恰相反。王桥是贸易城镇，向来以信守契约闻名。本镇繁荣依赖于此，自然也包括您。"

"雷金纳德说好了要把修院卖给教会——况且这本来就归

教会所有。”

“那么雷金纳德爵士把修院抵押给我，是违背了对您的承诺。果真如此，我也很乐意将这片地卖给您，倘若您想买。”

内德屏住了呼吸。他清楚这并非母亲的初衷。

只听爱丽丝又说：“只要还上雷金纳德欠下的数目，这儿就归您了。四百二十四镑。”

“四百二十四镑？”朱利叶斯主教似乎觉得数目蹊跷。

“不错。”

内德暗想，修院的价值可不止这个数。要是朱利叶斯还有点头脑，那就会一口答应。不过兴许他出不起。

主教愤愤然：“雷金纳德可是说好了按原价卖给我——八十镑！”

“那自然是一笔虔敬的馈赠，并非生意。”

“你也该效法于他。”

“雷金纳德这种低价卖出的习惯，或许就是他现在身无分文的原因。”

主教岔开话题。“那你打算用这片破房子做什么？”

“还没有想好，”爱丽丝答道，“容我先想想，再来跟您商量。”

内德猜测母亲不想过早透露，免得朱利叶斯鼓动大家反对集市，害得计划夭折。

“不管你有什么打算，我都不会让你得逞。”

内德暗暗接口：不可能。每个市议员都清楚，本镇迫切需要地方供市民做买卖，其中有几位正为场地犯愁，等新市场一开张，准保头一个租摊位。

爱丽丝语气平和："希望能和您同心协力。"

朱利叶斯气焰嚣张："当心被逐出教会。"

爱丽丝镇定自若。"教会为了拿回修院产业想尽了办法，但国会就是不许。"

"你敢亵渎教会！"

"修士奢侈懒惰、贪赃枉法，百姓对他们的尊重荡然无存。当初亨利国王能顺利解散修院，就是为此。"

"亨利八世是邪恶之徒。"

"主教大人，我希望能做您的朋友兼同盟，但不能为此牺牲自身及家人的利益。修院归我所有。"

"胡说八道。修院归天主所有。"

罗洛请巴特·夏陵手下的一班士兵喝酒，替他们送行。他没有钱，但必须跟未来的妹夫打好关系。他可不希望对方悔婚，因为这次联姻关乎菲茨杰拉德一家的前途。玛格丽是未来的伯爵夫人，要是她生下儿子，那就是下一任伯爵。菲茨杰拉德家几乎要晋升贵族了。

可惜，这梦寐以求的一跃还没起跳：订婚毕竟不等于成婚。说不定任性的玛格丽又要让那可恶的内德·威拉德怂恿着造反。她明摆着不情不愿，说不定巴特傲气受挫，断然悔婚。总之，罗洛没钱也得撑足面子，好巩固跟巴特的关系。

这事可不轻松。郎舅间的友谊，既掺了敬重，还要点缀上巴结。这难不倒罗洛。他举起啤酒杯说："兄弟！愿天主的恩宠保护你强壮有力的右臂，祝你击退可鄙的法国佬！"

效果不错。战士们欢呼着举杯。

这时传来一阵摇铃声，大家端起酒杯一饮而尽，陆续上船。菲茨杰拉德一家站在码头上对他们挥手送别。等驳船看不见了，玛格丽和父母返回家中，罗洛又进了屠宰场酒馆。

他注意到有一个人没在庆祝，而是独自坐在角落里，一脸郁郁不乐。只见他头发乌亮、嘴唇饱满，是多纳尔·格洛斯特。罗洛来了兴趣：多纳尔性子怯懦，懦夫自有其用处。

他又叫了两大杯新鲜啤酒，端来坐在多纳尔旁边。两个人身份天差地别，做不了亲密无间的朋友，不过两人同龄，又是王桥文法学校的同窗。罗洛举杯说："法国佬必死。"

多纳尔答道："他们不会打来的。"但他也跟着喝了。

"你这么有把握？"

"法王没那个钱。他们嚷嚷着进攻，也可能搞搞突袭，打了就跑，至于指挥舰队横跨海峡，国库可承担不起。"

罗洛以为多纳尔这番话并非无凭无据。毕竟，说到船舶费用，王桥镇数他的东家菲尔伯特·科布利最清楚。科布利和各国均有生意往来，应该也清楚法国王室的财务情况。他说："那就更该庆祝喽！"

多纳尔闷哼一声。

"瞧你的样子好像得了什么噩耗似的，老同学。"

"是吗？"

"当然，不关我的事……"

"告诉你也无妨，反正很快要传的人人皆知。我向露丝·科布利提亲，但她回绝了。"

罗洛十分诧异。大家都认定了多纳尔和露丝会喜结连理；

毕竟伙计娶东家的闺女是天底下再平常不过的。“她父亲不同意？”

“我能给他当个好女婿，就凭我对生意了如指掌。可惜菲尔伯特嫌我不够虔诚。”

“啊。”罗洛想起在新堡看戏的那一幕。多纳尔显然是乐在其中，科布利一家拂袖而去，他的确一脸不情愿。“可你说你是被露丝回绝了。”罗洛本以为多纳尔模样英俊多情，会是女子梦寐以求的对象。

“她说一直把我当兄弟看待。”

罗洛一耸肩。爱情里没有道理可讲。

多纳尔精明地盯着他：“你对女子没什么兴趣嘛。”

“对男子也没有，这是你的言外之意吧。”

“一时想到而已。”

“没有。”罗洛打心底里搞不懂男女之事有什么大不了的。自渎不过像吃蜂蜜，带来些许甜头，但想到和女人或者男人交媾，他只觉得有些可厌。他宁愿独善其身。要是修院还在的话，他说不定就当了修士。

“真走运，”多纳尔酸溜溜的，“一想起废了那么些工夫讨好她——假装不爱喝酒、跳舞、看戏，去跟他们做无聊的礼拜，跟她母亲聊家常……”

罗洛脖子后起了一层鸡皮疙瘩。多纳尔刚才说“去跟他们做无聊的礼拜”。科布利一家是那种自以为有资格对宗教发表意见的危险分子，这一点罗洛早就知道，只是对他们在王桥的亵渎之举，他此前一直无凭无据。他兴奋莫名，极力掩饰，装出漫不经心的口气：“想来那些礼拜确实无趣。”

多纳尔立时反悔："我想说的是聚会。他们怎么会做礼拜呢，那可是异端之举。"

"我明白你的意思，"罗洛答道，"不过也没有规定不准大家聚在一起祷告、讲道、唱赞美诗。"

多纳尔举起酒杯送到唇前，又放下了："瞧我胡诌呢，"他眼神慌张，"一准是喝多了。"他费力地站起身。"我得回家了。"

"别走，"罗洛连忙阻拦；他还想继续打听菲尔伯特·科布利的聚会，"喝完再走嘛。"

多纳尔却慌了神。"得回去睡一觉，"他咕哝，"谢谢你请我喝酒。"说罢就摇摇晃晃地走了。

罗洛啜饮啤酒，沉思起来。不少人猜测科布利一家和亲友秘密信奉新教，不过他们一向行事谨慎，即便有非法之举，也丝毫不露马脚。而只要他们不声张，那就不算犯法。不过，举行新教礼拜仪式，那就不同了，不仅犯了罪，也违了法，将处以火刑。

多纳尔怀恨在心，加上酒后失言，透了口风给他。

多纳尔明天酒醒了之后定然会矢口否认，说自己醉话连篇，罗洛拿他也没办法，不过这个消息总有一天能派上用场。

他得和父亲说一说。他喝光了酒，起身离开。

他刚走回商业街的家门口，正巧遇见朱利叶斯主教。

"我们欢送士兵去了。"罗洛兴高采烈。

"别提那些了，"朱利叶斯语气暴躁，"我有事找雷金纳德爵士。"

显然正在气头上，谢天谢地不是冲着菲茨杰拉德一家。

罗洛引他进了大厅，说："我马上去叫父亲，您先坐在这儿烤烤火。”

朱利叶斯挥手叫他快去，接着不耐烦地来回踱步。

爵士正在小睡。罗洛叫醒父亲，说主教在楼下等着。雷金纳德呻吟一声，起身下床。“我要更衣，你去给他斟酒。”

几分钟之后，三个男子在大厅里落座。朱利叶斯开门见山：“爱丽丝·威拉德收到加来的消息，圣玛加利大号被法国扣押，船货都拍卖了。”

罗洛心里一沉。“我就知道。”这是父亲的最后一搏，他赌输了。现在可如何是好？

雷金纳德爵士怒不可遏。“搞什么鬼？船怎么会在加来？”

罗洛答道：“乔纳斯·培根跟咱们说了，他碰见那艘船的时候，船长打算去港口小修，所以才耽搁了。”

“可培根没说他们要去加来港。”

“没有。”

雷金纳德雀斑点点的脸气得变了形。“但是他心里有数。我打赌菲尔伯特也知道，所以才把船货卖给咱们。”

“菲尔伯特自然知道，那个满嘴谎话、表里不一的新教徒骗子，”罗洛怒火中烧，“这是抢劫。”

主教说：“果真如此，你们能从菲尔伯特那儿把钱要回来吗？”

“没门，”雷金纳德答道，“像咱们镇子，契约一立就决不许食言，就算买卖有诈也不行。契约是神圣的。”

罗洛是法律出身，他知道父亲说得没错。“值季法庭也会判定交易合法有效。”

朱利叶斯又问：“要是你的钱收不回来，你欠爱丽丝·威拉德的钱能还的上吗？”

“还不上。”

“而你把修院抵押给她了。”

“是。”

“上午爱丽丝·威拉德跟我说修院如今归她所有了。”

“叫她害眼疾。”雷金纳德赌咒。

“也就是说她所言不虚。”

“是。”

“雷金纳德，你可是说好了要把修院归还给教会的。”

“朱利叶斯，别跟我诉苦了，我刚亏了四百镑。”

“威拉德说是四百二十四镑。”

“不错。”

朱利叶斯似乎认为这个数目很要紧，罗洛还没琢磨出个所以然，苦于没机会问。父亲急得坐不住，在房间里来回踱步。“我发誓我要跟菲尔伯特算账，叫他知道，诓骗我雷金纳德·菲茨杰拉德绝没有好下场，我要亲眼看着他遭殃。办法嘛我还没想到……”

罗洛突然灵光一闪，张口说：“我想到了。”

“什么？”

“我知道怎么跟菲尔伯特算账。”

雷金纳德站定了，眯起眼睛瞧着罗洛。“你有什么主意？”

“菲尔伯特那个书记员多纳尔·格洛斯特，今天下午在‘屠宰场’喝醉了，他刚在菲尔伯特的女儿那儿碰了一鼻子灰，怀恨在心加上酒后失言，说科布利一家跟朋友一起礼拜。”

朱利叶斯主教怒不可遏。“礼拜？没有神父主持？那可是异教！”

“我一追问，多纳尔马上改口说就是些聚会，然后一副心虚的样子，不肯再说了。”

主教说：“我早就怀疑那些鼠辈秘密搞那些新教仪式。那地点、时间，还有哪些人？”

“我也不知道，”罗洛答道，“不过多纳尔知道。”

“他会松口吗？”

“兴许会。他跟露丝求爱不成，对科布利一家也不必忠心耿耿了。”

“那就问问看。”

“我去找他，我找奥斯蒙德跟我过去。”奥斯蒙德·卡特是守卫长，身材高大，嗜好暴力。

“那你怎么跟多纳尔说？”

“我就说现在怀疑他崇拜异教，除非坦白交代，否则就要拉去受审。”

“能吓得住他吗？”

“还不吓得他屁滚尿流。”

朱利叶斯主教若有所思：“说不定可以趁此机会灭灭新教徒的威风。很不幸，现在天主教会处于守势。加来失守，害得玛丽·都铎女王民心尽失；王位的正统继承人苏格兰女王玛丽·斯图尔特不久又要在巴黎举行婚礼，那个法国夫君会招致英格兰百姓反对。而威廉·塞西尔爵士那伙人正东奔西走，鼓动大家拥戴亨利国王的私生女伊丽莎白·都铎。所以呢，眼下打击王桥的异教徒，有助于振作天主教徒的士气。”

罗洛寻思：这么说，我们既报了仇，也履行了天主的旨意。

他心中一阵痛快。

父子俩所见略同。雷金纳德说："去吧，罗洛，马上。"

罗洛披上外衣，出了门。

会馆就在街对面。郡长马修森的厅堂设在一层，他手下有个书记官保罗·佩蒂特，负责处理信函，并把文书依序仔细存放在柜子里。马修森对菲茨杰拉德一家并非唯命是从，偶尔还会顶撞雷金纳德爵士，称自己乃是为女王效力，并非为市长卖命。幸好这天郡长人不在，罗洛也不打算派人请他。

他直奔地下室。奥斯蒙德和手下的守卫正准备周六当晚的值夜。奥斯蒙德头戴一顶贴合的皮头盔，更是一副存心找碴儿的架势。他刚换上及膝靴子，正在绑鞋带。

罗洛对奥斯蒙德说："我得找你跟我去审一个人，一个字都不用你说。"他本来还想说"装出吓人的样子就行"，话到嘴边就觉得多余。

两个人迎着夕阳沿着主街向南，罗洛开始犯寻思：他跟父亲和主教两人信誓旦旦，说多纳尔会告饶，不知料得对不对？这会儿多纳尔要是醒了酒，说不定没那么好对付了。要是他硬说自己喝醉了胡说八道，矢口否认自己去过什么新教礼拜仪式，那要证明起来就难了。

两人走到码头，迎面遇上苏珊·怀特，她跟罗洛打招呼。苏珊是面包店主的女儿，跟罗洛同岁，生着一张心形的脸孔，性格讨人喜欢。早几年两个人亲吻过，对男女之事也略有尝试。也就是在那时候，罗洛发觉自己对男欢女爱并不热衷，不像多纳尔·格洛斯特和内德·威拉德那些人。最终他和苏珊不了了之。他也许还是会娶妻，只为了有个人替自己打理家中琐事，不过既然要娶妻，那身份总该高过面包店主之女吧。苏珊对他没有怀恨在心，她并不缺相好。只见她一脸同情："你们的船货赔了，真可惜。感觉很不公平。"

"的确不公平。"消息这么快就传开了，但罗洛并不惊讶。王桥一半居民都多多少少涉足海上交易，人人都爱打听船运的消息，不管是喜是忧。

"接着就要交好运了，"只听苏珊说，"反正都这么说。"

"借你吉言。"

苏珊好奇地打量奥斯蒙德，显然在琢磨他跟罗洛在一起是要搞什么名堂。

罗洛不想走漏风声，于是告辞说："失陪，我有要事在身。"

"再会！"

罗洛和奥斯蒙德接着朝多纳尔家走去。他住在西南边那片工业区，俗称"皮革染坊"。东北两面历来是人人向往的住宅区；梅尔辛桥上游河水清澈，土地历来归修院所有。自治市议会把工业作坊统一挪到下游，王桥所有的脏活，像皮革鞣制、纺织品染色、洗煤、造纸，都把污水倾倒在这片河段，数百年如此。

罗洛想到第二天是主日，教堂里免不了七嘴八舌，圣玛加利大号的消息到傍晚就该人尽皆知了。不管是像苏珊一样报以同情，还是嘲笑雷金纳德爵士犯傻上当，总之对菲茨杰拉德一家人是可怜中夹杂着轻蔑。罗洛仿佛听见那群人放马后炮："人家菲尔伯特狡猾着呢，什么时候给过你便宜？雷金纳德爵士就该有盘算。"想到此处，罗洛心头一紧。他最恨被人瞧不起。

不过，等菲尔伯特因为异教罪被捕，他们就要变调子了：是菲尔伯特罪有应得。他们准会说："骗雷金纳德爵士可没有好果子吃——菲尔伯特就该有盘算。”家族恢复了名誉，罗洛向人提起自己的姓氏，胸中又会充满骄傲。

但得想办法让多纳尔交代。

罗洛领着守卫长走过码头，在一间小房子前停下脚步。开门的妇人和多纳尔一样，生的唇红齿白。她认出是奥斯蒙德，惊叫道：“老天保佑！我家孩子犯了什么事？”

罗洛一把推开她，迈进屋子，奥斯蒙德也跟着进去了。

妇人说：“他喝多了，我代他赔个不是。他叫人家伤了心？”

罗洛问：“你男人在家吗？”

“他过世了。”

罗洛倒忘了这一点，那更好办了。“多纳尔人在哪儿？”

“我去叫他。”她说着转身要走。

罗洛一把抓住她的胳膊。“我跟你说话，你要听仔细了。我没吩咐你去叫他，我问的是他人在哪儿？”

妇人的棕眼睛闪出怒火，罗洛一时间以为她要抢白说自家里想做什么就做什么；她压下怒意，自然是怕儿子为此吃苦头。她垂下眼帘说：“在睡觉。楼上第一扇门。”

“你在这儿等着。奥斯蒙德，你跟我来。”

多纳尔和衣趴在床上，只脱了靴子。房间里一股酸臭味，不过看样子他母亲已经清理过了。罗洛摇醒多纳尔，对方还一副睡眼蒙眬，但一看到奥斯蒙德，一骨碌坐直了，嚷嚷着：“主耶稣基督救我！”

罗洛坐在床边说：“基督会救你，但你要实话实说。多纳尔，你摊上麻烦了。”

多纳尔不知所措。“什么麻烦？”

"你不记得之前在'屠宰场'跟我说什么了？"

多纳尔一脸慌张，回忆着说："嗯……模模糊糊……"

"你说你跟科布利一家去做新教礼拜。"

"我可没说过！"

"我已经禀报给朱利叶斯主教，你要以异教罪受审判。"

"不要！"审判的结果很少是无罪。普遍认为，要是无辜，一开始就不会摊上麻烦。

"还是实话实说的好。"

"我句句属实。"

奥斯蒙德插嘴说："要不要我打一顿，他就招了？"

多纳尔吓得魂飞魄散。

这时门口传来他母亲的声音。"奥斯蒙德，谁你也别想打。我儿子是遵纪守法的市民，本本分分的天主教徒，你要敢碰他，倒霉的是你。"

这是虚张声势——奥斯蒙德打人，从来不会倒霉。不过多纳尔却有了底气，好像没那么怕了。"我从来没去过什么新教礼拜，不管是跟菲尔伯特·科布利还是别人都没去过。"

格洛斯特太太说："醉话不能做凭据，你非要当真，最终是自己让人笑话，小罗洛。"

罗洛暗地里诅咒一声。竟然叫格洛斯特太太占了上风。看来不该来多纳尔家里问话，他有母亲撑腰。不过这也好办。他罗洛要替一家人报仇雪耻，才不会让区区一个妇人挡住路。他站起身说："多纳尔，把靴子穿上，跟我们到会馆走一趟。"

格洛斯特太太说："我也去。"

罗洛说："你不许去。"

格洛斯特太太眼里写着挑衅。

罗洛又说："要是让我在那儿看见你，就连你一起逮捕。多纳尔去亵渎主的礼拜，你一定知情，那可是犯了包庇之罪。"

格洛斯特太太再次垂下眼帘。

多纳尔蹬上靴子。

罗洛和奥斯蒙德押着他踏上主街，向北走到十字路口，从地下入口进了会馆。罗洛派了一个守卫去叫父亲。没过几分钟，雷金纳德爵士同朱利叶斯主教一起到了。雷金纳德一派和颜悦色："怎么，小多纳尔，希望你有所觉悟，对咱们全盘交代吧。"

多纳尔声音微颤，却不肯示弱。"喝醉酒时说了什么，我都不记得了，但我清楚事实，我从来没去过新教礼拜。"

罗洛又担心起来，怕没法叫他松口了。

雷金纳德说："有样东西要给你瞧瞧。"他说着来到一扇大门前，拔掉沉重的门闩，打开门说，"过来瞧瞧。"

多纳尔不情愿地走了过去，罗洛也凑了过去。只见里面的房间没开窗户，屋顶高高的，地面是硬土；屋里散发出陈旧的血腥味和粪臭味，像进了屠宰场。

雷金纳德问："看到棚顶的钩子没有？"

大家都抬头望去。

雷金纳德说："你的双手会反绞着绑在背后，系手腕的绳圈往钩子上一套，把你整个人吊起来。"

多纳尔呻吟一声。

"当然了，疼得你生不如死，不过肩膀还没那么容易脱臼——没那么快。脚底下绑上大石头，让关节越发疼痛难忍。要是昏死过去，就往脸上泼冷水，把你弄醒——别指望解脱。下边不断加重，疼得越来越厉害，这时候手臂才脱臼。都说这是最可怕的。”

多纳尔脸色煞白，但还不肯就范。“我是王桥市民，没有宫里的命令，你不能对我用刑。”

这话不假。要用刑，得有枢密院准许；虽然底下常常对这条规矩视若无睹，但王桥人人晓得自己的权利。要是没有准许就对多纳尔用刑，一定闹得沸沸扬扬。

“傻后生，准许我说拿就拿。”

“那就去啊。”听他嗓音尖细，确是害怕，但还是铁了心不松口。

罗洛心下黯然：怕是只能放人了。为了恐吓多纳尔认罪，他们已经穷尽了办法，可惜还是功亏一篑。看样子菲尔伯特是不会遭报应了。

这时朱利叶斯主教开口了。“小多纳尔，我看你跟我该安安静静地聊一聊。不在这儿，跟我来。”

“好吧。”多纳尔紧张不安。罗洛看出他心里忐忑，但只要能离开地下室，他什么条件都愿意答应。

朱利叶斯带着多纳尔出了会馆；罗洛和雷金纳德跟在后面，隔了几码的距离。罗洛琢磨不出主教葫芦里卖的是什么药，莫非他有办法替菲茨杰拉德氏挽回颜面？

一行人沿着主街来到主教座堂。朱利叶斯引着他们穿过中殿北侧的一扇小门。唱经班正在做晚祷；教堂里光线昏暗，烛火在拱券上映出鬼影幢幢。

朱利叶斯拿了一根蜡烛，把多纳尔引到一间小圣堂；只见里面有一张小祭坛，后面挂着一幅较大的耶稣受难画像。朱利叶斯把蜡烛放在祭坛上，烛火照亮了画像。他背对祭坛站着，吩咐多纳尔面对自己，好让他看着十字架上的耶稣。

朱利叶斯示意罗洛和雷金纳德不要进去，于是父子俩就立在外面，不过里面的一言一行都能听到看到。

只听朱利叶斯对多纳尔说：“我希望你忘记尘世的责罚。你也许要受刑，并且因为异教罪而被烧死，不过今天晚上，你最该怕的并不是这些。”

“不是？”多纳尔惊疑不定。

“我的孩子，你的灵魂岌岌可危。不管你今天在‘屠宰场’说了什么都不要紧，因为主洞察一切真相。主知道你的所作所为。你在地狱里受的苦，会比你在这尘世上一切的苦都要重百倍。”

“我知道。”

“但主也赐予我们罪得赦免的希望，你知道吧，时时刻刻。”

多纳尔一语不发。罗洛想观察他的表情，但烛光闪烁，看不分明。

朱利叶斯又说：“多纳尔，有三件事，你须得告诉我。你告诉了我，我会赦免你的罪，主也会。倘若你欺瞒我，你将下地狱。你须得做出决定，就在此地、此刻。”

罗洛瞧见多纳尔微微仰头，凝视画中的耶稣。

朱利叶斯问：“他们在哪里做礼拜？什么时候？都有什么人？你须得告诉我，现在就说。”

多纳尔啜泣一声；罗洛屏住呼吸。

“先说哪里吧。”朱利叶斯说。

多纳尔一言不发。

“罪得赦免的最后一次机会，我不会问第三遍。在哪里？”

多纳尔松口了：“在寡妇波拉德家的牛舍。”

罗洛静静地吐出一口气。秘密揭穿了。

波拉德太太在南郊的夏陵路有一小块地，附近没有别的房舍；没人听见那群新教徒礼拜，大概就因为这个缘故。

朱利叶斯又问：“什么时候？”

“今天晚上。总是周六晚上，日暮降临的时候。”

“他们趁黄昏溜到街上，好掩人耳目，”朱利叶斯说，“世人爱黑暗甚于光明，因为他们的行为是邪恶的[①]。但主都看在眼里。”他抬眼望窗上的尖拱。“天就要黑了。他们都到了吗？”

“到了。”

“都有谁？”

“菲尔伯特·科布利夫妇，还有丹和露丝。菲尔伯特的姐妹和科布利太太的兄弟两家人。波拉德太太。酿酒商埃利斯。石匠兄弟。鞋匠以利亚。我就知道这几个，可能还有别人。”

“好孩子，”朱利叶斯说，“好了，再过几分钟，我会为你赐福，然后你就可以回家了。”他竖起一根手指警告说，“这次谈话，不要告诉任何人——我不想他们知道我的消息是怎么来的。回去还正常过日子，明白没有？”

“明白，主教大人。”

朱利叶斯望向小堂门口的罗洛和雷金纳德。他的语气变了，不再低沉温和，而是干脆威严。“立刻赶去牛舍，逮捕那些异教

① 《若望福音》3：19。

徒，一个也不能放过。快！”

罗洛转身要走，这时听见多纳尔低声问：“主啊，我把他们出卖了，是不是？”

朱利叶斯顺畅地接口：“你拯救了他们的灵魂，还有你自己的灵魂。”

罗洛和父亲小跑着出了教堂，沿着主街奔到会馆，先去地下室吩咐守卫，又过街回到家，各自佩了剑。

一群守卫带着自家的棍棒，形状大小各异。奥斯蒙德带了一捆结实的绳子，用来绑人。两个守卫提着灯笼。

去寡妇波拉德家有一英里路。罗洛说：“骑马快一些。”

他父亲答道：“摸黑也快不到哪儿去，而且怕马蹄声惊动了那些新教徒。我可不想让哪个魔鬼从咱们指缝里溜掉。”

于是一行人沿着主街往南进发，途中经过主教座堂，引得众人不安地观望。显然有人惹了大麻烦。

罗洛担心有人偏袒新教徒，猜到了他们的目的，快跑过去通风报信。他不由得加快脚步。

经过梅尔辛双拱桥，到了洛弗菲尔德郊区，沿着夏陵路往南。相比市区，郊区又静又暗。幸好道路笔直。

寡妇波拉德的家朝着街面，但牛舍离街较远，占地约一英亩。沃尔特·波拉德在世时养了一小群奶牛，过世之后，他的寡妇把牛卖掉了，所以如今有一间上好的砖舍闲置。

奥斯蒙德打开宽宽的门栏，一行人踩着从前奶牛去挤奶棚踏出的小径。屋里没有光亮：牛舍又不需要窗户。奥斯蒙德对一个提灯笼的守卫耳语：“快速查看四周，看有没有别的出路。”

剩下的人朝宽敞的双开门走去。雷金纳德爵士比一个“嘘”

的手势，大家凝神静听。屋里传出喃喃声，有几个人在诵唱。罗洛听了一会儿，听出里面念的是天主经。

用的是英语。

这正是异教崇拜，证据确凿。

提灯笼的守卫巡视回来，悄声说："没有别的出入口。"

雷金纳德一推门，好像里面闩着。

响动惊动了里面的人，瞬间悄无声息。

四个守卫合力撞开门，雷金纳德和罗洛踏了进去。

只见四张长凳上坐了二十个人，前面摆了一张普通方桌，桌上铺着白布，摆了一条面包和一只杯子，盛的应该是酒。罗洛心下骇然：他们竟然私自举祭！他曾有所耳闻，但做梦也想不到会亲眼见到。

菲尔伯特立在桌子后，紧身衣裤外罩了件白袍。他竟然充起了司铎——教会根本没有授予他圣秩。

闯入的人呆望着眼前的亵渎之举，会众也呆望着他们，两边的人皆不知所措。

雷金纳德回过神来。"这是信奉异教，一目了然。你们都被捕了，谁也跑不掉，"他顿了一顿，"尤其是你，菲尔伯特·科布利。"

六

婚礼前一天，艾莉森·麦凯受召去见法兰西王后。

当时艾莉森正在侍候新娘子苏格兰女王玛丽·斯图亚特。艾莉森煞费苦心地替玛丽去除腋毛，总算没有弄出血点。她正在往腋窝抹油舒缓皮肤，就听见有人敲门，接着玛丽的侍从女官进来了。这个女官叫作韦罗妮克·德吉斯，十六岁，是吉斯家的远房亲戚，身份不算煊赫，好在她生得花容月貌、端庄得体，极有魅力。韦罗妮克对艾莉森说："卡泰丽娜王后派人来传话，说要立刻见你。"

艾莉森走出玛丽的房间，赶往卡泰丽娜的住处。她在古老的图尔内勒行宫中一间间阴沉沉的房间中穿行，韦罗妮克一路尾随，问道："你看王后找你是什么事？"

"一点头绪也没有。"韦罗妮克也许只是出于好奇，也许别有用心，要刺探消息，好报告给玛丽那两个位高权重的舅舅。

韦罗妮克说："卡泰丽娜王后对你青眼有加。"

"凡是对可怜的弗朗索瓦好的人，她都青眼有加。"虽然嘴里这样说，艾莉森还是忐忑不安。王室不必言出必行，召见是好是坏，其实说不准。

迎面遇见一个年轻男子跟她们搭话。艾莉森并不认得这个人。只见他对韦罗妮克深鞠一躬：“德吉斯小姐，和您邂逅真是太好了。在这座凄凉的古堡里，您无异于一道阳光。”

艾莉森没见过他，不然一定会有印象：他相貌堂堂，一头金色鬈发，那件金绿相间的紧身上衣十分讲究。举止也迷人——不过他的兴趣显然在韦罗妮克身上，而不是自己。只听他说：“韦罗妮克小姐，鄙人能否为您效劳？”

“不必，多谢了。”韦罗妮克的语气透出一丝不耐烦。

男子又对艾莉森作揖说：“麦凯小姐，见到您三生有幸。我是皮埃尔·奥芒德，有幸替吉斯小姐的叔叔洛林枢机主教夏尔办事。”

“是吗？”艾莉森答道，“办什么事？”

“枢机大人书信庞杂繁冗，由我代劳。”

这么说皮埃尔不过是个书记员，那他向韦罗妮克大献殷勤，倒是高攀了。不过常言道好运眷顾勇者，这位奥芒德先生的确不乏“勇”。

艾莉森借机甩掉尾巴。“我得走了，免得王后久等。再会，韦罗妮克。”还没等韦罗妮克来得及回答，她就溜掉了。

王后倚在一张长沙发椅上，旁边五六只小猫爬来滚去，追着她逗猫的一条粉丝带。听见艾莉森进来，卡泰丽娜抬起头，报以友善的微笑，艾莉森悄悄松了一口气：看来不是因为出了什么麻烦。

卡泰丽娜王后年轻时五官平平，如今人到四十岁，身材已经发福。她又爱打扮，这天穿了件黑裙，上面缀满大颗珍珠，美虽不美，但极尽奢华。王后拍拍沙发，艾莉森坐下了，几只小猫在两人中间玩耍。这种亲密让艾莉森由衷喜悦。她抱起一只黑白花的小不点儿；小猫舔了舔她套在无名指上的珠宝，又试探地咬了她一口。小牙倒是尖利，不过下颌没力气，咬人并不疼。

卡泰丽娜问："新娘子如何？"

"出乎意料地冷静，"艾莉森边抚摸小猫边答，"有一点紧张，不过盼着明天快点来。"

"她是否清楚要当众失去童贞？"

"清楚。她觉得害臊，但撑得住。"艾莉森脑海里随即浮现出一个念头：倘若弗朗索瓦可以。她怕惹卡泰丽娜不悦，没说出口。

倒是卡泰丽娜坦白说："只是不知道可怜的弗朗索瓦做不做得到。"

艾莉森没接话：这可是如履薄冰。

卡泰丽娜探过身子，声音低沉紧迫："听着我的话。无论如何，玛丽必须假装已经圆房。"

法国王后找她商量这件私密之事，艾莉森深感满足，同时也意识到问题重重。"那或许不好办。"

"证人也不是什么都要亲眼看到的。"

"即便如此……"艾莉森瞧见小猫伏在膝头睡着了。

"弗朗索瓦必须把玛丽压在身下，要么肏她，要么假装肏她。"

卡泰丽娜用语直白，艾莉森不禁吃了一惊，随即意识到此事极为要紧，容不得模棱两可的含蓄。"那么谁来指点弗朗索瓦？"她也决定就事论事。

"我来。但玛丽那一边就由你去说。她信任你。"

这话不假；王后都看在眼里，这让艾莉森心情舒坦，觉得甚是骄傲。“需要我跟玛丽说什么？”

“她必须高声宣布已献出童贞。”

“要是他们非找大夫查看，那该怎么办？”

“咱们自然有所防范。我找你来，就是为此事，”卡泰丽娜说着从口袋里拿出一个小玩意儿，递给艾莉森，“瞧瞧这个。”

那是个小口袋，拇指指甲盖般大小，摸着像软革，开口端较窄，折了一折，还用细丝系着。“这是什么？”

“天鹅膀胱。”

艾莉森莫名其妙。

卡泰丽娜又说：“现在是空的，明天晚上会装了血交给你。口系得很紧，免得渗漏。玛丽须将这膀胱藏在睡袍之下，等圆房之后——不管是真的还是装的——她要扯开绳结，把血抹在床单上，让所有人都看得清清楚楚。”

艾莉森点点头。好办法，床单上的血迹历来是圆房的证据。人人心照不宣，再不会有谁怀疑。

卡泰丽娜这样的女人手段就是如此高明。艾莉森满心钦佩。这些女子头脑精明但不留痕迹，藏在幕后运筹帷幄，叫男子以为一切都在自己的掌握之中。

卡泰丽娜问：“玛丽会照办吗？”

“会。”艾莉森信心十足。玛丽从不缺乏勇气。“可是……证人也许会瞧见这个膀胱。”

“等血流光之后，玛丽就要把东西塞进阴道，越深越好，等到没人的时候再偷偷取出来扔掉。”

“可不要掉出来才好。”

“不会——我知道，”卡泰丽娜冷然一笑，“玩这个把戏的女人，玛丽不是第一个。”

“那好。”

卡泰丽娜抱起艾莉森膝头的小猫；小猫张开了眼睛。“都清楚了？”

艾莉森站起身。“是，清楚，事情简单直接。需要点胆量，不过这一点玛丽从来不缺。她不会辜负陛下。”

卡泰丽娜微笑着说：“很好，有劳你。”

艾莉森突然冒出一个念头，不由得皱起眉头。“到时候需要新鲜的血。这得从哪儿弄呢？”

“啊，我也没主意呢，”卡泰丽娜把粉丝带绕在黑白花小猫的脖子上，打个蝴蝶结，“会有办法的。”

皮埃尔趁王室大婚这天向西尔维·帕洛的父亲开口，请这位不近人情的父亲将爱女嫁给他。

一五五八年四月二十四日主日，巴黎上下人人盛装打扮。皮埃尔穿着那件露出白丝里子的蓝色紧身上衣。他知道西尔维喜欢自己这样打扮：比起她父母那群严肃持重的朋友，他赏心悦目多了。他猜测西尔维之所以迷恋自己，也为了衣着的缘故。

他出了左岸的大学区，走去北边的城岛。狭窄的街道上人头攒动，一种期待之情在空气中蔓延。小贩们搭起摊铺，叫卖姜饼、牡蛎、橘子和葡萄酒，准备大赚一笔。一个小贩向他兜售宣传婚礼的印刷册子，共有八页，正面印着新人的木版画，可惜只大略相似。叫花子、妓女、街头卖唱的都和皮埃尔同路；巴黎人最爱庆典。

对这场王室婚礼，皮埃尔心满意足。这是吉斯家族的神来之笔。玛丽的两位舅舅疤面公爵和夏尔枢机已然权倾朝野，但也不乏对手：蒙莫朗西和波旁两家联手，可谓是吉斯家的劲敌，而这桩婚姻将使得吉斯成为一人之下万人之上。假以时日，作为家中外甥女的玛丽自然会当上法国王后，届时吉斯家就是皇亲国戚。

皮埃尔日盼夜盼，想分得一份权力。为此，他要为夏尔枢机办妥一件大事。他已经搜集到不少巴黎新教徒的姓名，其中一些是西尔维家的朋友。他把这些名字都列在一个黑皮本子里——黑色正相契合，因为这些人都要上火刑架。不过，夏尔最想知道的是新教徒礼拜的地点，可对秘密教堂所在，皮埃尔连一处都没探听出来。

他要走投无路了。枢机按他收集到的名字打赏，同时答应查到地点额外有赏。不过，皮埃尔看中的并不是钱——纵然他时刻为钱不够用而烦恼。夏尔还有别的眼线。共有多少人皮埃尔不清楚，他清楚的是，自己绝不满足于只是其中之一，他要做到卓然不群。仅仅对枢机有用是不够的，他要做到对枢机必不可少。

每到主日下午，西尔维一家便不知去向，无疑是去做新教礼拜。可惜吉勒一直没叫皮埃尔同去，只是模糊地暗示。凡此种种，令皮埃尔决定赶在这天放手一搏：去西尔维家提亲。他琢磨，要是帕洛一家答应把女儿许配给他，那就不得不带他去礼拜了。

他已经向西尔维提过：她随时愿意嫁给他。至于她那个父亲，可没这么好哄。皮埃尔说今天向吉勒提，西尔维表示赞同。这一天是订婚的好日子。王室大婚，浪漫的心情感染了每个人，没准连吉勒也不例外。

当然了，皮埃尔并不想娶西尔维为妻。太太是新教徒，那他在吉斯家的大好前程非断送不可。况且他也并不喜欢她的性格：认真过了头。不错，得娶一个能帮自己往上爬的太太。他相中了韦罗妮克·德吉斯，出身于籍籍无名的吉斯家旁系，故此他猜测这位小姐同样野心勃勃。要是今天和西尔维定了亲，那就得搜肠刮肚地想理由拖延婚期。不过总会有办法的。

他听见内心深处有一个声音，虽不响亮却惹人讨厌：一个可爱的年轻女子会为他伤透了心，这么做邪恶又残忍。从前骗过的那些人，譬如寡妇博谢纳之流，或多或少是自找的，而西尔维则单纯无辜，不过是爱上了皮埃尔精心假扮的这个人。

但这个声音不足以叫他改变心意。他已经迈上了通往荣华富贵的大道，这些疑虑不会叫他就此停步。同时，这声音叫他发觉，自从离开托南克·莱·茹安维尔来巴黎之后，变化竟如此之大，简直像改头换面了。他暗想，这样最好，从前我微不足道，不过是穷光蛋乡下神父的私生子，但以后，我会是个举足轻重的人物。

穿过小桥就到了城区，这是塞纳河上的小岛，岛上的巴黎圣母院巍然耸立。教堂西面的广场就是弗朗索瓦和玛丽行礼的地方。此时广场上架起了十二英尺高的露天台子，起于总主教府，穿过广场，通到圣母院门前，这样巴黎百姓可以远远观礼，同时王室一家及宾客又触不可及。台子周围已经聚集了不少群众，各自寻找适合观礼的地点。圣母院那一端扯起了华盖，使新人免受骄阳炙烤；华盖的料子是绣了鸢尾花的蓝丝绸，一眼望不到边际。皮埃尔想到耗费，忍不住打了个冷战。

皮埃尔瞧见吉斯公爵疤面站在台子上：他是今天的司仪。

公爵和几个提早来占好位子的小贵族起了争执，命令他们让开。皮埃尔挤到台子近前，对弗朗索瓦公爵深鞠一躬，但对方没瞧见他。

皮埃尔又朝圣母院北面那排房舍走去。因为是安息日，吉勒·帕洛的书店没有开门，对街的店门上了锁，不过皮埃尔轻车熟路，绕到背面的印刷间入门。

西尔维跑下楼来迎他。寂静的印刷间里，两人得以片刻的独处。西尔维搂住他的脖子，张开嘴吻他。

皮埃尔暗暗诧异：假装倾心是如此之难。他把舌头探进西尔维嘴里热吻，隔着她裙子的紧身胸衣揉捏她的胸脯，但完全没有干柴烈火的冲动。

吻毕，她兴高采烈地说：“他心情好着呢，上去吧。”

皮埃尔跟着她来到楼上的起居所，见到吉勒和伊莎贝拉夫妇以及纪尧姆围坐在桌旁。

吉勒体壮如牛，脖子粗、肩膀宽，颇有力拔山兮的气概。皮埃尔听西尔维略略提过，吉勒有时候会对妻女和学徒动粗。要是叫他发现自己是天主教派来的奸细，不知会怎么样？他极力把这个念头抛开。

皮埃尔先向吉勒鞠躬行礼，表示对一家之主的尊重。他开口寒暄：“帕洛先生早安，您一切都好吧！”

吉勒哼了一声算是回答，但并不是因为格外讨厌皮埃尔，他就是这样打招呼。

对于皮埃尔的殷勤，伊莎贝拉则较买账。皮埃尔对她行吻手礼，她满脸笑容，请他坐下。伊莎贝拉和女儿西尔维一样，鼻梁挺直、下颌宽阔，一看就知道性格坚毅。虽然算不上美人，说端庄大抵是不错的。皮埃尔想象她一时兴起，扮一副媚人模样。母女俩一般的坚毅勇敢。

纪尧姆则摸不透。他二十五岁年纪，肤色苍白，总是专心致志。他来书店那天皮埃尔也在，而他随即在帕洛家安顿下来。他手指上染着油墨，伊莎贝拉含糊地说他是大学生，可他又不在索邦的任何一所大学，皮埃尔也没在上课的时候见过他。他究竟是付租金的房客还是家里的客人，西尔维一家支吾以对。他谈话的时候口风也很紧。皮埃尔很想探探他的底，又担心对方察觉自己在打探，惹人怀疑。

皮埃尔进屋的时候，瞧见纪尧姆刚合上手里的书，看似漫不经心，但还是透出一丝不自然。这会儿书摆在桌子上，纪尧姆一只手按在书上，似乎不想别人翻看。他没准是在给帕洛一家人讲经。皮埃尔凭直觉认为，那是本违禁的新教书籍。他假装没留意。

寒暄过后，西尔维说："爸爸，皮埃尔有话要跟你说。"她向来直截了当。

吉勒说："那就说吧，后生。"

皮埃尔最恨人家用"后生"这种纡尊降贵的词称呼自己，不过此刻只能不动声色。

西尔维说："还是私下说好。"

吉勒说："我看没必要。"

皮埃尔也想私下说，但他装出无所谓的样子。"我很乐意当着大伙的面说。"

"那好。"吉勒说。纪尧姆正要起身回避，又坐下了。

皮埃尔说："帕洛先生，我愿娶西尔维为妻，请您答允。"

伊莎贝拉低声惊呼。应该不是诧异，她自然有所预料；所以应该是惊喜。皮埃尔瞥见纪尧姆一脸震惊，忍不住想他或许暗暗对西尔维有意。吉勒则一脸恼怒，怪人扰了他平静的安息日。

吉勒不加掩饰地叹了口气，集中精神面对眼前的任务：询问皮埃尔。他语带嘲弄："你是个学生，拿什么娶妻？"

"您的担忧也是人之常情。"皮埃尔语气亲切；粗鲁无礼还不足以叫他乱了方寸。他侃侃而谈，说谎不费吹灰之力。"家母在香槟有一小块地，虽然只是几座葡萄园，但租金尚可，我们不愁没收入。"他母亲给一个乡下神父当管家妇，身无分文，皮埃尔讨生活全靠头脑机敏。"等完成学业，我想从事律师的职业，令妻子生活无忧。"这两句话相对属实。

吉勒听完不置可否，又接着问："你的信仰呢？"

"我是基督徒，希冀得到启迪。"他料到吉勒会问，早已想好答案——只希望不要显得太顺口。

"说说你所希冀的启迪吧。"

这个问题不好回答。皮埃尔不能公然说自己信仰新教，因为他并没去过礼拜会，但又必须清楚地表明自己有心改宗。他开口说："我有两个困扰。"他装出若有所思的困惑语气。"第一是弥撒。教会称饼和酒是由耶稣的圣体和圣血变成，但是无论眼观、鼻嗅、嘴尝，都不像体和血，那么何来'变'之说呢？听上去倒像玄学。"这些论调，皮埃尔听一些偏袒新教的同学讲过。说心里话，他认为争论这种空泛抽象的问题简直不可思议。

吉勒一定全心认同，但不动声色。"第二呢？"

"神父普遍从穷苦农人手中收取什一税，生活奢侈，该尽的神圣职责却不去尽。"这一点惹得最虔诚的天主教徒也怨声载道。

“你说这些，可要被关进大牢的。你竟敢在我家里宣扬这些异端邪说？”吉勒一副愤愤不平的样子，虽然装得不像，但不知怎的，还是叫人害怕。

西尔维壮着胆子说：“爸爸，不用假装了，他知道咱们的身份。”

吉勒大怒：“你告诉他了？”他壮硕的大手攥成拳头。

皮埃尔急忙说：“不是她告诉的。显而易见。”

吉勒涨红了脸。“显而易见？”

“只要留心观察——府上该有却没有的东西。床头没有挂十字苦像，门边没有供奉圣母的神龛，壁炉架上没有挂圣家庭像。太太的裙子上没钉珍珠——几颗珍珠的钱您并不是出不起。女儿只穿棕色外衣。”他迅速一伸手，抢过纪尧姆压在手下的书，打开来说，“主日上午还在家里读法语的《马太福音》。”

纪尧姆第一次开口：“你要揭发我们？”他一脸惊恐。

“不，纪尧姆，我没有这种打算，不然直接就带城守上门来了。”皮埃尔转头直视吉勒，“我想加入你们的行列，我想成为新教徒，我还想娶西尔维为妻。”

西尔维说：“爸爸，求你答应了吧。”她跪在父亲身前。“皮埃尔爱我，我也爱他，我们会非常幸福的。皮埃尔还会和我们一道传播真福音。”

吉勒松开拳头，脸色也正常了。他问皮埃尔：“你愿意？”

“不错，倘若你们接纳我。”

吉勒瞧着妻子，伊莎贝拉几乎不易察觉地一点头。皮埃尔暗想，无论表面如何，她才是一家之主。吉勒露出笑脸，这可着实少见。他对西尔维说："那好。嫁给皮埃尔吧，愿上帝为你们的结合赐福。"

西尔维跳起来，先拥抱父亲，又热烈地亲吻皮埃尔，这时屋外传来一阵欢呼，是圣母院外等待的人群。皮埃尔说："他们也赞许咱们的婚事呢。"一屋子人都笑了。

他们凑到窗边，正好看到广场。婚礼仪仗队正缓缓走过高台。打头的是御前侍卫队，俗称"瑞士百人队"，袖口是双色条纹，头盔上插着翎羽。皮埃尔向下望的时候，长长的乐手队伍正走过来，有的吹笛，有的敲鼓；乐队之后跟着大臣，每个人都穿戴一新，远远的一团红、金、亮蓝、明黄、淡紫交相辉映。西尔维兴奋地嚷："皮埃尔，这好像是为咱们庆祝呢！"

人群突然鸦雀无声，原来是各位主教来了。只见他们手捧镶珠宝的十字苦像和盛放圣髑的灿烂金匣。皮埃尔认出了夏尔枢机，只见他身披红袍，手里捧着镶满宝石的金圣爵。

总算盼到了新郎——十四岁的弗朗索瓦太子一脸张皇失措。他瘦小体弱，纵使衣帽上镶满珠宝，看起来仍不像一位国王。和弗朗索瓦并肩而行的是纳瓦尔国王安托万，波旁家族之首，也是吉斯家的劲敌。皮埃尔猜测，安托万受此殊荣是为制衡吉斯家而有意为之，兴许正是向来精明仔细的卡泰丽娜王后安排的。

群众一片沸腾：只见亨利二世国王和驰骋疆场的民族英雄疤面公爵一左一右，拥着新娘走来。

新娘一身纯白礼服。

"白的？"伊莎贝拉从皮埃尔肩膀后望去。守丧才穿白色。"她竟然穿白色？"

艾莉森·麦凯原本不赞成这身白礼服。按法国习俗，白色代表守丧；她担心白礼服会惹得百姓哗然，另外也衬得玛丽·斯图亚特愈发苍白。不过玛丽有股犟脾气，有时候固执己见，活脱脱是个十五岁少女，在衣着打扮上尤其如此。她说要穿白色，连讨论的余地都没有。

幸好奏效了。白丝绸映衬着玛丽的童贞纯洁，仿佛放出光来。白裙外面那条淡蓝灰色的丝绒披风映着四月的阳光熠熠生辉，仿佛圣母院旁波光粼粼的水面。拖裙是同样的料子做的，十分沉手；艾莉森对此有数：捧拖裙的女傧相共有两个，她就是其中之一。

玛丽头上戴着金冠冕，上面镶满了钻石、珍珠、红蓝宝石。艾莉森猜她一定迫不及待地脱下这死沉的玩意儿。她胸前垂着一块镶珠宝的硕大挂坠，她管这坠子叫“伟大的亨利”，因为是亨利国王的赏赐。

一头红发、皮肤雪白的玛丽仿若天使下凡，无人不为之着迷。她扶着国王的手臂缓缓走过高台，所到之处，观礼的层层百姓一阵欢呼，像掀起一波海浪，随着新娘向前涌。

夹在这些王公贵胄之间，艾莉森微不足道，但她沐浴在好姐妹的荣光之中。从记事起，玛丽和艾莉森就常常憧憬各自的婚礼，而眼前的排场比想象的还要奢华，它证明了玛丽此生的意义。艾莉森喜不自胜，为这位朋友，也为自己。

新娘走到华盖处，新郎在这里等候。

新娘新郎并肩而立，滑稽的是，新娘显然比新郎高出一头多。人群间有些不安分的，跟着大笑起哄。一对新人跪在鲁昂总主教面前；画面没那么可笑了。

国王从手上退下戒指，交给总主教；婚礼仪式开始。

玛丽的声音清晰而明亮；弗朗索瓦怕被人嘲笑口吃，嗓音压得低低的。

艾莉森一下子记起初见玛丽，她那时穿的就是白裙。艾莉森的父母不久前死于疫病，她跟守寡的贾尼斯阿姨住在冷冰冰的房子里。贾尼斯阿姨跟玛丽的母亲玛丽·德吉斯是朋友，对方为表亲切，邀请这个孤女去和四岁的苏格兰女王一同玩耍。玛丽的房间里，炉火熊熊燃烧，到处是软蓬蓬的垫子和漂亮玩具，叫艾莉森一时忘了自己是孤儿。

她去得越发频繁。小小的玛丽很崇拜这个六岁的朋友，艾莉森则觉得自己逃开了贾尼斯阿姨家的阴冷气氛。这样快乐地过了一年，突生变故：玛丽得去法国。艾莉森伤心不已，这时玛丽初露王者之气，预示了长大成人后的性格：她发了一通脾气，非要艾莉森同去不可，最后果然如愿以偿。

海浪颠簸，两个人挤在一张铺上，夜里抱在一起相互安慰；日后遇到难事或是害怕，两人依然如此。几十个衣着五颜六色的法国人，嘲笑她们说苏格兰方言时喉咙里咕噜噜，她们握紧了手。万事万物都陌生得怕人，这时候轮到艾莉森来拯救玛丽了：帮她学说不熟悉的法国词，学做文雅的宫中礼节，夜里玛丽哭泣，她就不住开解。艾莉森知道，童年时这份无间情谊，两个人一辈子也忘不了。

礼成。金戒指终于套在玛丽的手指上，总主教宣布两人结为夫妇，群众欢呼一片。

两名提着皮袋子的掌礼官掏出一把把钱币，向百姓扔去。群情沸腾，不少人跳起来抢，接着又蹲下身子抓抢漏掉的。广场远处的人群也跟着往前挤，推搡中有人大打出手。跌倒的被践踏，站着的被挤倒，受伤的尖叫喊痛。艾莉森目不忍视，但不少贵族宾客捧腹大笑，看这些平头百姓为几个散钱斗个你死我活。在他们眼中，这场面比斗牛还精彩。掌礼官撒光了钱袋子。

总主教朝圣母院走去，准备主持婚配弥撒。一对新人跟在他身后：他们都不过是孩子，如今被错误的婚姻所束缚，无望解脱。艾莉森跟在两人身后，替玛丽捧着裙裾。阳光照不到他们了，宏大的教堂里阴暗冰冷；艾莉森不禁沉思，生在王室之家，虽享尽荣华富贵，却独独不得自由。

西尔维和皮埃尔穿过小桥向南走去，一路上她紧紧搂着皮埃尔的手臂，像怕被人抢了去。她这辈子都要这样搂着他。他聪明伶俐，和父亲一样，性格又远比父亲宜人。他还风度翩翩：浓密的头发、淡褐色的眼珠、迷人的微笑。她也喜欢他的穿着打扮——新教徒不屑这种浮华的装束，但她却为之心动，对此她心中不无愧疚。

而她最爱的是他对真福音和自己一样的虔诚。他全凭自己思考，看穿了天主教司铎的害人说教。自己稍加指点，他就摸索到真理之道。他还甘冒生命危险，同自己一起前去秘密的新教教堂。

婚礼既成，群众纷纷散去，帕洛一家动身前往他们的教堂——新教教堂。这一次又多了一个皮埃尔·奥芒德。

婚事有了着落，西尔维又添了新烦恼。和皮埃尔同房会如何？几年前，她来月事的时候，母亲曾讲给她男女之事，至于个中感受，母亲却一反常态地扭捏。西尔维满心憧憬：皮埃尔的双手抚摸自己一丝不挂的身体，他的重量压在自己身上，看到他的私密部位。

她赢得了皮埃尔的心，但能不能拴住他一辈子？母亲说父亲连跟人打情骂俏都不会，不过有些男子婚后不久就冷落妻子，而皮埃尔呢，永远不愁没有女子投怀送抱。要让他像现在这样痴情于自己，她或许要费些心思。也许要仰仗他们共同的信仰，因为他们将要为传播福音同舟共济。

什么时候办喜事呢？西尔维盼着越快越好。皮埃尔提过，倘若母亲身体允许，想请她从香槟过来观礼。他言辞含糊，西尔维也不愿催他，她对自己如此心急感到害臊。

伊莎贝拉十分满意这桩婚事。西尔维有种感觉：妈妈也很乐意她嫁给皮埃尔。当然啦，不该这么说，只是……

父亲也掩饰不住喜悦。他神色轻松、和颜悦色，这就等于是快活了。

纪尧姆态度酸溜溜的，这让西尔维猜到他对自己有意，没准暗中也筹划着提亲。唉，他迟了一步。要是没有结识皮埃尔，她也许会喜欢纪尧姆，毕竟他聪敏又严肃。可是，在他的目光注视下，她怎么也不会觉得头上发晕、腿上发软，非坐下不可。

最叫她开心的是皮埃尔这天上午也由衷地高兴。他脚步轻快，不住地微笑，走过大学区圣雅克大街时，他不时取笑路人和建筑，逗得她开怀大笑。他也抑制不住订婚的喜悦。

她还知道，能同去新教礼拜，也令他开心不已。他不止一次地问她教堂所在，听她说不便透露的时候，他一脸失落。现在终于不用瞒着他了。

她迫不及待地想把他炫耀一番。她为皮埃尔而自豪，盼着把他介绍给每个人。大家一准会喜欢他，但愿他也会喜欢他们。

他们出了圣雅克大门，进了郊区，不再沿着大路，而是走上一条不显眼的小径，朝林地走去。走出一百码，大路看不见了，就见到两个壮汉，一副守卫模样，不过没有佩带武器。吉勒对两人颔首，又用拇指一指皮埃尔说："他是跟我们一起的。"一行人脚步不停地走了过去。

皮埃尔问西尔维："那两个是什么人？"

"他们遇见不认识的人就拦下。要是有人散步晃到这边来，他们就说这片林子是私有领地。"

"那林子是谁的？"

"林子归尼姆侯爵所有。"

"那侯爵也是教友？"

她犹豫片刻，认为对他不必再守秘密。"是。"

西尔维知道，新教徒中有不少贵族，和普通百姓一样，他们同样可能为此上火刑架，不过贵族有皇亲国戚撑腰，不论犯了什么罪都容易逃脱惩罚，异教罪也不例外。

几个人走到一间小屋前，看样子这是座废弃的狩猎小屋。下层的窗户上了窗板，大门四周杂草丛生，看样子多年没人走过。

西尔维知道，法国有几个新教徒居多的镇子，教徒在真正的教堂里公开礼拜，不过还是有佩带武器的守卫保护。巴黎不在此列。都城由天主教徒牢牢掌控，到处是依靠教会和王室为生的人，新教徒被视为眼中钉。

他们绕到背面，穿过侧面的一扇小门，进到大厅。西尔维猜想，曾几何时，这里曾为狩猎队伍摆上丰盛的宴席。如今的大厅寂静而阴暗，地上摆了一排排椅子和长凳，正对着一张铺白布的桌子。约有一百个教徒。和往常一样，朴素的陶盘里盛着饼，大壶里装着酒。

吉勒和伊莎贝拉落座，西尔维和皮埃尔也坐下了，纪尧姆则坐了一张单椅，面向会众。

皮埃尔对西尔维耳语："这么说纪尧姆是神父？"

西尔维更正说："牧师。不过他是暂时的，贝尔纳才是牧区牧师。"她指给他看：贝尔纳是个五十多岁的高个子，面容严肃，头发灰白稀疏。

"侯爵来了吗？"

西尔维环顾四周，瞧见了身材臃肿的尼姆侯爵。"第一排，"她低声说，"围着宽大的白领。"

"旁边那个是他女儿？披着暗绿色斗篷、戴帽子那个？"

"不是，那是侯爵夫人，叫路易丝。"

"好年轻。"

"二十岁，是续弦夫人。"

莫里亚克一家三口也在：吕克、让娜夫妇，还有儿子乔治，也就是西尔维的追求者。西尔维瞧见乔治瞪着皮埃尔，又是诧异又是嫉妒。看得出，他知道自己不是皮埃尔的对手。西尔维容许自己片刻的骄傲之罪。皮埃尔比乔治称心多了。

会众齐唱赞美诗。皮埃尔悄声问："没有唱经班？"

"我们就是。"西尔维最爱亮开嗓子用法语唱赞美诗了。追随真福音，这是众多乐事之一。在天主堂，她觉得自己只是看演出的旁观者，但在这里，她可以参与其中。

皮埃尔称赞："你嗓子真美。"

西尔维知道这是真话。事实上，她的歌喉悦耳动听，常常有犯骄傲罪之嫌。

随后是祷告和恭读经文，一律用法语，最后是领圣餐。饼和酒并不真是体与血，只是象征而已，这倒合情合理得多。最后，纪尧姆开始布道，大肆抨击教宗保禄四世的种种恶行。八十一岁的保禄狭隘保守，推行宗教裁判所，勒令罗马的犹太人佩戴黄帽，新教徒乃至天主教徒无不痛恨。

礼拜结束，大家把椅子大略摆成一圈，开始另一项集会。西尔维向皮埃尔解释："这叫'团契'。我们讲讲新闻，讨论各种各样的话题。女子也可以开口。"

纪尧姆率先开口，他的消息叫西尔维、叫所有人都吃了一惊：他要离开巴黎了。

他表示很高兴能为贝尔纳牧师以及众长老助上一臂之力，依照日内瓦的约翰·加尔文所定下的原则来重组会众；过去几年中，新教在法国的传播可谓令人瞩目，部分归因于加尔文各信众间组织严谨、纪律严明，巴黎圣雅克郊区的牧区就是其中一例。教众讨论明年召开首次全国新教会议，这份信心叫他尤为振奋。

不过自己作为传教士，还要去服务其他教区，下礼拜日就要动身离开。

虽然大家知道他不会一直留下，但这未免突然。在此之前，他压根儿也没提过要走的事。西尔维忍不住觉得，决定如此仓促，兴许和自己订婚有关。她告诫自己，这绝对有虚荣之嫌，连忙祈祷谦逊之德。

吕克·莫里亚克挑起了不和谐之音。"纪尧姆，你这么快就走，我很舍不得，因为还有一件要紧事尚未谈到，也就是我们宗派内的异端一事。”很多小个子男人都好勇斗狠，不过吕克只是表面如此，他其实最崇尚宽容。只听他又说：“加尔文下令将米格尔·塞尔韦特推上火刑架，令本会众间不少教友震惊不已。”

西尔维知道吕克所指，每个教友都知道。塞尔韦特是一位新教徒学者，因为反对加尔文的三位一体论，后在日内瓦被处死。这一举动令吕克·莫里亚克等新教徒心寒，他们一直坚信，只有天主教才残害持异见者。

纪尧姆不耐烦：“那是五年前的事了。”

“可一直没有个解释。”

西尔维起劲地点头。对这件事，她深有感触。新教徒要求持不同信仰的国王主教予以宽容，自己怎么反倒去迫害他人？可竟也有不少教徒希望效仿天主教徒，严惩异端，甚至有过之而无不及。

纪尧姆大手一挥。“教派内须严肃纪律。”显然不想讨论下去。

这种敷衍搪塞让西尔维怒不可遏，她大声说：“但也不该相互残杀。”平常团契时她很少开口，虽然女子可以说话，但并不鼓励晚辈直言。不过西尔维现在已许了人，况且这个话题她无法沉默以对。她接着说：“米格尔·塞尔韦特以道理和著述为武器，那就应该以道理和著述予以反击，而不该诉诸暴力！”

吕克·莫里亚克激动地点头表示赞同，听到有人热烈支持，他备感高兴，倒是几个年长妇人一脸不悦。

纪尧姆不屑地说：“这并不是你自己的主意，而是卡斯特利奥的论调——也是个异端分子。”

这话不假。这句话是西尔维在塞巴斯蒂安·卡斯特利奥那篇题为《是否该处死异教徒》的宣传册子上读到的。不过她读过的可不止这一篇。父亲印的书她都读过，对于新教神学家的著述，她的了解可不亚于纪尧姆。她于是说：“我也可以引述加尔文。加尔文写道：‘对被教会所驱逐者落井下石，诚非基督教之义。’当然了，他写这话的时候，自己被斥为异教分子遭到迫害。”

她瞧见几个教友不满地皱起眉头，发觉自己的话有些造次了——这是嘲讽伟大的约翰·加尔文言行不一。

纪尧姆说：“你太年轻，不懂其中深意。”

“太年轻？”西尔维的火气上来了。“我冒着生命危险，卖你从日内瓦带来的书时，你可没说过我太年轻！”

众教友七嘴八舌起来，贝尔纳牧师站起来息事宁人：“这件事上，一个下午也争不出个答案。不如让我们托纪尧姆回到日内瓦后将这些困惑转达给约翰·加尔文。”

吕克·莫里亚克并不满意。“那加尔文会给咱们回答吗？”

“自然会。”至于何以如此胸有成竹，贝纳尔并没有交代理由。“现在我们以祷告来结束团契。”他合上双眼，抬头冲天，即席念起祷词。

气氛一片安静，西尔维也冷静下来。她想起之前巴不得马上把皮埃尔介绍给每个人认识，听到自己这样说：我的未婚夫。

最后一句“阿门”之后，大家三三两两地交谈起来。西尔维为皮埃尔引见。能嫁给这么个美男子，她抑制不住地骄傲，又得拼命掩饰自得。实在太难了，她幸福洋溢。

皮埃尔一如既往地得体。他对男子恭恭敬敬，无伤大雅地恭维较年长的女性，对年轻姑娘则殷勤有加。他仔细听西尔维的介绍，留心记着所有人的名字，并礼貌地询问他们家住何处、以什么为生。新教徒一向欢迎新教友，都努力让他有宾至如归之感。

岔子就出在西尔维替皮埃尔引见尼姆侯爵夫人路易丝时。路易丝生在香槟一个富庶酒商家里，样貌娇美、身材丰满，之所以博得已到中年的侯爵另眼相看，十有八九是因为天生丽质。她性格严肃，总端着架子。西尔维猜测这是她刻意培养的，毕竟她不是贵族出身，尚不适应侯爵夫人的身份。不过她要是给惹恼了，一张利嘴能叫你恨不得找个地缝钻进去。

皮埃尔错在把她视为同乡。他亲切地说："我也是香槟人呢。"他笑着又说，"咱们在省城就是一对乡巴佬，夫人跟我。"

这当然不是实情，无论是他自己还是路易丝，都没有一点乡下人的影子。他这句话不过是打趣罢了，可惜他挑错了题目。他哪里知道？但西尔维晓得，路易丝最怕被人看作乡巴佬。

路易丝立刻态度大变。只见她脸色煞白，露出轻蔑之色。她昂起头，仿佛闻到什么臭味；为了让近旁的人都听得清清楚楚，她提高嗓音，冷冰冰地说："就算在香槟也该叫年轻人懂得尊卑有别。"

皮埃尔臊红了脸。

路易丝转身低声和别人交谈起来，用背对着皮埃尔和西尔维。

西尔维窘得要死。眼看着侯爵夫人和未婚夫结了仇，而她确信这个结是解不开了。更糟糕的是，不少教友都听得真真切切，不等陆续走光，就要传得人尽皆知。西尔维担心他们以后都不会诚心接纳皮埃尔，不觉垂头丧气。

她瞧了皮埃尔一眼。只见他嘴角扭曲，写着忌恨；目光灼灼，满是憎恶，好像恨不得杀了路易丝。这还是第一次见他露出这种表情。

老天，西尔维偷偷感叹，他这辈子可别这么看我。

到了就寝的时候，艾莉森已经精疲力竭，相信玛丽也一样。只是最难的一关还没过。

就算以巴黎王室的标准看来，庆典也极尽奢华。喜宴设在总主教府，酒足饭饱之后，宾客尽数前往古王宫参加舞会。路程虽短，因为被百姓围个水泄不通，竟耗了几个小时。这是场化装舞会，其间还有各式表演，譬如十二匹机关马，可供众位小王子、小公主骑乘。最后是自助晚宴，艾莉森这辈子从没见过哪个房间里摆这么多糕点。现在总算安静下来，只剩最后一项仪式了。

对玛丽这项任务，艾莉森满心怜惜。和弗朗索瓦行床第之欢，想想就不是滋味，毕竟他就像兄弟一般。此外，万一有什么差池，那可是当众出丑，必定成为欧洲每个城市的谈资。那时候玛丽准恨不得死掉。艾莉森一想到好友要承受这般奇耻大辱，就不寒而栗。

艾莉森清楚，这种重担是王室子女不得不肩负的，这是他们为享尽荣华富贵而要付出的代价。而玛丽这一次是孤军奋战，没有母亲供她依靠。玛丽·德吉斯代替女儿统治苏格兰，就算女儿大婚也不敢离开，因为苏格兰人桀骜不驯，天主教政体已岌岌可危。艾莉森有时候想，也许面包店主的女儿更无忧无虑，可以倚在门道里和风流的小学徒亲热。

新娘子圆房前，由几名女官替她沐浴更衣。艾莉森也在其中，她得找机会跟玛丽独处片刻。

侍从女官先替她脱掉礼服。玛丽不免紧张，瑟瑟发抖，但样子美极了：高挑、苗条、白皙，玲珑的胸脯、纤长的秀腿都恰到好处。几个女官用温水替她沐浴、梳理淡金色的耻毛，又洒上香水，最后替她套上绣了金线图案的睡袍。她又套上缎子便鞋，戴上蕾丝睡帽，最后披上轻薄的细羊毛斗篷，免得从梳妆室到寝殿的路上受凉。

玛丽准备就绪，可那几个侍女都不像要退下的样子。艾莉森不得不对玛丽耳语："叫她们去外面候着——我有话单独跟你说！"

"怎么了？"

"相信我——求你！"

玛丽应付自如。"有劳几位姐姐，我想理一理心绪，请让我和艾莉森单独待一会儿。"

几个女子一脸不高兴，毕竟，论身份，大多数都比艾莉森尊贵。不过既然新娘有如此之请，谁也无法拒绝，她们只好不情愿地鱼贯而出。

终于只剩艾莉森和玛丽两个人了。

艾莉森效仿卡泰丽娜王后，直言不讳。"要是弗朗索瓦不肏你，就不算圆房，婚姻可能以无效告终。"

玛丽自然明白。"倘若如此，我这辈子也当不上法国王后了。"

"一点不错。"

“可我也不知道弗朗索瓦行不行！”玛丽一脸焦灼。

“谁也不知道，”艾莉森说，“所以，无论今天晚上成与不成，你都要装作成的样子。”

玛丽点点头，一脸决绝；艾莉森之所以爱她，这是原因之一。玛丽答道：“知道了。可他们会不会相信？”

“会，只要你按照卡泰丽娜王后说的做。”

“她昨天召见你，就是为这件事？”

“不错。她说，你要让弗朗索瓦伏在你身上，至少要装作肏你。”

“这倒可以，只是未必能让证人信服。”

艾莉森从裙子里掏出一样东西。“王后让我把这个交给你。可以装在睡袍口袋里。”

“里面装了什么？”

“血。”

“谁的血？”

“我不知道，”其实她猜也猜到了，“不用管是哪儿来的，要紧的是到哪儿去——婚床的床单。”她叫玛丽看开口处绑的细线。“只消一扯，绳结就开了。”

“这样他们就会相信我失了处女之身。”

“但这个袋子万万不能让人看见，所以过后要马上塞到身体里，过后再取出来。”

玛丽露出惊恶交加的神情，不过只短短一瞬，随即显出勇敢无畏的本色：“好。”听到她这么答，艾莉森真想哭。

敲门声响起，门外一个女人说：“弗朗索瓦太子正等着玛丽女王。”

“还有一件事，”艾莉森低声道，“万一弗朗索瓦不成，你也决不能告诉任何人，不管是你母亲还是你的告解神父，连我也不要说。无论什么时候，你都要羞赧一笑，说弗朗索瓦做了新郎应做的事，可谓尽善尽美。”

玛丽缓缓点头。“不错，”她若有所思，“你说得不错。既然要保密，万无一失的法子只有一个：一辈子缄口不提。”

艾莉森拥抱一下玛丽，接着说：“不用担心。你说什么弗朗索瓦都会照做，他对你一往情深。”

玛丽镇定心神：“走吧。”

玛丽由众位女官簇拥着，缓步走下楼梯，来到正门前。她依次穿过瑞士雇佣兵的大守卫室和国王的候召大厅，在所有人的目光注视下，来到太子寝殿。

房间中央立着一张四柱床，除了上等白床单，床上别无他物。床的四角都垂着厚重的锦缎和蕾丝帘子，现在系在床柱上。弗朗索瓦站在床边，里面穿了麻纱做的长衬衣，外面披着华丽的长袍，头上的睡帽太大，趁得他格外幼稚。

床四周有约十五个男子和几个女子，或站或坐。玛丽的两位舅舅弗朗索瓦公爵和夏尔枢机就在其中；另外，就是国王与王后，以及朝中几位重臣和身居要职的司铎。

艾莉森没想到会有这么多人。

他们本在低声交谈，一看到玛丽就住了口。

玛丽停下脚步问：“一会儿要放下厚帘子吗？”

艾莉森摇头说：“只放下蕾丝帘子，他们必须亲眼见到。”

玛丽咽了一口唾沫，又勇敢地往前走。她挽起弗朗索瓦的手，用微笑鼓励他。弗朗索瓦一副吓坏了的表情。

玛丽脱掉便鞋，任斗篷滑落在地上。在这些穿戴整齐的人面前，她只穿了一件白睡袍，艾莉森忍不住觉得她仿佛一件祭品。

弗朗索瓦好像不会动了。玛丽帮他脱掉外袍，把他领到床边。这对少男少女爬到高高的床垫上，拉起唯一一张床单盖在身上。

艾莉森拉下蕾丝窗帘；这对新人勉强有点隐私。两个人的脑袋露在外面，床单下的身体形状也清晰可见。

艾莉森大气也不敢喘。她瞧见玛丽凑到弗朗索瓦身边，对他耳语。外人一个字也听不见；玛丽大概是告诉他该做什么，或者怎么假装。两人亲吻起来。床单扯动，但看不出究竟。艾莉森心疼玛丽。她想象自己当着二十个人的面献出童贞。无论如何也做不到。但玛丽一往无前。艾莉森看不到这对新人的表情，她猜测玛丽是在安抚弗朗索瓦，让他放松。

接着玛丽翻身平躺，弗朗索瓦则伏在她身上。

艾莉森紧张得难以自持。能成吗？要是不成，玛丽又能不能蒙混过去？这些过来人真能被瞒过去吗？

屋子里一片死寂，只听到玛丽对弗朗索瓦的喃喃私语，声音极低，听不清说了什么。或许是亲昵之语，同样可能是详尽的指示。

两副身体笨拙地扭动。依照玛丽双臂的姿势，似乎在指引弗朗索瓦进入——抑或是假装。

玛丽大喊一声，短促而尖利。艾莉森听不出是真是假，但其余的人喃喃表示认可。弗朗索瓦吃了一惊，不敢再动。玛丽在床单下搂着他安慰，拉着他贴近自己。

新人又扭动起来。艾莉森从没见过男女之事，是真是假根本无从分辨。她偷偷瞧周围一众男女的神情。有的紧张，有的着迷，有的窘迫，但是没有起疑。他们似乎认为目睹的的确是交媾，不是哑剧。

她也不知道这事要多久。她没想过这个问题，玛丽也没有。凭直觉，她觉得第一次应该很快。

约莫一两分钟之后，被单下猛地一动，弗朗索瓦的身体好像抽搐起来——要么就是玛丽为了做样子，自己在动。接着两个人放松下来，一动不动。

一众男女悄无声息。

艾莉森屏住呼吸。成了吗？要是不成，玛丽可记得那个小袋子？

片刻之后，玛丽推开弗朗索瓦，坐起身子，在床单下扭动身子，显然是把睡袍褪下来遮住腿；弗朗索瓦也是一般动作。

玛丽口气威严："拉开蕾丝帘子！"

几个女官急忙照做。

帘子系好后，玛丽做戏般地掀开上层床单。

只见下层床单上印着一抹血迹。

朝臣拍手相庆。木已成舟，房事已成，一切圆满。

艾莉森仿佛卸下重担，浑身乏力。她也鼓掌欢呼起来，心里却在琢磨这到底是真是假。

她这辈子都不会知道真相。

七

内德气得要命：雷金纳德·菲茨杰拉德爵士拒不将旧修院的所有权转移给爱丽丝·威拉德，就是不肯签字。

雷金纳德身为商埠的市长，此举出人意料，也极不利于本城声誉。大多市民为爱丽丝鸣不平；他们常常签契约，要是不能履行，同样承担不起。

爱丽丝不得不将雷金纳德爵士告上法庭。

内德毫不怀疑法院会判定契约有效，只是等开庭等得心焦。母子二人都迫不及待地盼室内市场开张。日复一日、周复一周，威拉德一家没有收入。幸亏爱丽丝有圣马可堂区那排房舍，租金勉强维持生活。

内德气冲冲地问："何苦呢？雷金纳德不可能得逞。"

"自欺欺人喽，"母亲答道，"他投资失利，想怪在所有人头上，除了他自己。"

值季法庭一年开庭四次，由两名治安法官主持、一名治安书记官协同审理重案要案。爱丽丝的案子安排到六月，也是当天的头一宗。

王桥法院坐落在商业街，与会馆毗邻，本是一间民宅。公堂是餐厅改建而成；其他房间则给各法官和书记官做书房；地下室充当大牢。

内德陪母亲来到法庭。不少居民已经赶到，正三三两两地交谈。雷金纳德爵士和罗洛已经到了。内德看见玛格丽没来，倒松了口气，他不想玛格丽目睹父亲受辱。

内德端着架子，向罗洛颔首。他无法再和菲茨杰拉德以礼相待，这场官司让他不必再假装。要是在路上遇见玛格丽，他还是主动打招呼，玛格丽却总显得难为情。虽然诸多变故，内德依然爱他，并且相信她也没有变心。

丹·科布利和多纳尔·格洛斯特也到了。案子或许会提到不幸被扣的圣玛加利大号，科布利一家不想错过和他们有关的消息。

寡妇波拉德牛舍里被捕的新教徒均已获释出狱，只有菲尔伯特·科布利还关在地牢里：他是头目无疑。朱利叶斯主教已经审讯过。明天他们一干人等将出庭受审，不过审判的不是值季法庭，而是独立司法的教会法庭。

多纳尔·格洛斯特逃过一劫，因为他当时没跟东家去寡妇波拉德那儿。据说他因为喝多了回了家，合该走运。内德怀疑供出新教礼拜地点的人正是多纳尔，不过有好几个人亲眼看见他当天下午醉醺醺地出了屠宰场酒馆。

书记官保罗·佩蒂特高喊肃静，接着就见两位法官走进公堂，坐在屋子一角。主审法官罗德尼·蒂尔伯里从前是位布商，不过洗手不干了。他穿了件鲜艳的蓝色紧身上衣，戴了好几只大戒指。他是坚定的天主教徒，法官一职是玛丽·都铎女王钦点的，不过内德认为今天的案子不容偏私，毕竟和宗教无关。助理法官塞伯·钱德勒同雷金纳德爵士相熟，不过内德还是觉得事实摆在眼前，他没有徇私的余地。

陪审员宣誓：共十二名，都是王桥市民。罗洛立即踏步上前说："今天由我代家父陈词，望庭上准许。"

这也不算出乎意料。内德知道雷金纳德爵士急躁易怒，要是发起火来，官司没准就要吃亏。罗洛同父亲一般精明，并且懂得自持。

蒂尔伯里法官颔首说："菲茨杰拉德先生，据本官所知，你是伦敦格雷律师学院法律出身的。"

"是，庭上。"

"好。"

审判即将开始，这时朱利叶斯主教罩着法衣进来了。他到场也不难解释：他也希望得到修院的房舍，此前雷金纳德答应低价让出，他自然盼着雷金纳德能想办法解除这份契约。

爱丽丝也上前一步。她自己陈词，并将签字封印的文契呈给书记员。"有三点事实，雷金纳德爵士无法否认，"她语气有条不紊，表明不过是据实以告，"第一，他在契约上签了字；第二，他拿了钱款；第三，他未能在约定时间内还钱。民妇请法庭裁决：他丧失抵押，清清楚楚。毕竟，这正是抵押的意义。"

爱丽丝对胜诉成竹在胸，内德也想不出法庭有什么理由判雷金纳德无罪，除非这两个法官被收买了——可雷金纳德哪儿来的钱收买他们？

蒂尔伯里礼貌地向爱丽丝道谢，又问罗洛："菲茨杰拉德先生，对此你有什么可说的？本案看起来一目了然。"

雷金纳德却抢先说："我被人耍了！"这话冲口而出，他雀斑满布的脸涨得通红。"菲尔伯特·科布利明明知道圣玛加利大号往加来去了，十有八九收不回来。”

内德相信这话大概不假。菲尔伯特像条活鱼似的，滑不溜秋。但即便如此，雷金纳德的理由也不足为据。即便菲尔伯特骗他在先，那也没理由叫威拉德一家赔吧？

菲尔伯特的儿子丹大喊：“胡说！法国国王要做什么，我们哪可能知道？”

“你们准听到了风声！”雷金纳德冲他吼。

丹对以经文：“《箴言》有云：‘通达人隐藏知识’。”

朱利叶斯伸出枯瘦的手指着丹，怒不可遏：“让无知愚民读英文圣经，就是这个结果：他们引天主金言，为罪行开脱！”

书记官站起身喊肃静，堂上这才住了口。

蒂尔伯里说：“谢谢你，雷金纳德爵士。不过，且不管你的钱是否被菲尔伯特·科布利或是第三方骗了去，你和爱丽丝·威拉德的契约并不因此作废。倘若这就是你的理据，那么显然证据不足，本庭将判你败诉。”

一点不错，内德全心赞同。

罗洛马上接口说：“庭上，这并非我们的理据。家父适才抢白，请庭上恕罪，他心中不忿，请多包涵。”

“那么你们的理据又是什么？我很想知道，相信陪审团也一样。”

内德也一样。难道罗洛早有妙计？他好恃强凌弱，不过也不是空有蛮力的傻瓜。

“简而言之，爱丽丝·威拉德非法放利。她借了四百镑给雷金纳德爵士，却要求对方偿还四百二十四镑。这其中含了利息，触犯了律法。”

内德猛然想起母亲和朱利叶斯主教在废弃的修院回廊里说话的事。爱丽丝提到债款的具体数目，朱利叶斯当时好像有些诧异，不过最后什么也没说。此刻朱利叶斯也来听审。内德一阵忐忑，不由得皱起眉头。母亲和雷金纳德爵士订下的契约措辞谨慎，利息的事没有落在纸上，不过“取利”介于合法与非法之间，这是人尽皆知的。

爱丽丝语气坚定：“并没有要求付利息。契约中写道，雷金纳德以每月八镑的租金抵付修院的继续使用，直到偿清借款，或抵押被没收。”

雷金纳德愤愤然：“我干吗要交租金？那地方我从来就没用过！这根本是变相的取利。”

爱丽丝说：“这条件可是您提的。”

“我给人骗了。”

书记官又喊道：“肃静！请对本庭陈述，不得相互交谈。”

蒂尔伯里说：“多谢你，佩蒂特先生，正是如此。”

罗洛说：“契约中含有违法条款，法庭不能判其有效。”

蒂尔伯里答道：“好了，这一点本官自然了解。所以你请本庭裁定的问题是，契约规定的借款额以外的数目究竟属于租金还是变相的取利？”

“不，庭上，我不是想请大人裁定。请庭上准许，我想请一位权威证人出庭作证，证明这切实是取利。”

内德莫名其妙。他这话是什么意思？

两位法官也是莫名其妙。蒂尔伯里问：“权威证人？你指的是谁？”

“王桥主教。”

来听庭审的人诧异地交头接耳，显然谁也没料到。蒂尔伯里法官也露出惊异的表情。他很快镇静下来说："那好。主教大人，您有什么话说？"

内德心下一沉：人人都知道朱利叶斯站在哪一边。

朱利叶斯缓步走到堂前，掉光了头发的脑袋高昂着，尽显主教的尊严。他的话果然不出所料："所谓租金，显而易见是把利息变个说法。在契约规定的期限内，雷金纳德爵士并没有使用有关土地及房舍，并且也没有打算要用。这不过是为了掩饰取利之罪及违法之举。"

爱丽丝说："反对。主教并非不偏不倚的证人。雷金纳德爵士曾答应把修院让给他。"

罗洛说："你不会是暗示主教欺诈不公吧？"

爱丽丝答道："我暗示你问猫儿要不要把老鼠放走。"

听审的人群哈哈大笑，他们都欣赏辩才。蒂尔伯里法官却没笑。"论罪过，本庭无法反驳主教，"他语气严肃，"这样看来，陪审团不得不判定契约无效。"他一脸不悦，因为他和大家一样，明白这一判决可能波及王桥商人的多份契约，可惜罗洛逼得他毫无选择余地。

只听罗洛说："庭上，现在不仅仅是契约无效的问题。"只见他露出幸灾乐祸的表情，内德心下一沉。罗洛接着说，"事实证明爱丽丝·威拉德触犯了法律。我提请法庭履行义务，依1552年《统一法案》予以制裁。"

内德不知道法律规定的制裁内容。

爱丽丝说："取利一事，民妇愿意认罪，但有一个条件。"

蒂尔伯里答道："那好，请讲。"

“公堂上还有一个人，和民妇一样犯了法，他也得受到处罚。”

“你是指雷金纳德爵士？犯罪的只有放贷者，与借贷者无关——”

“不是雷金纳德爵士。”

“那是谁？”

“王桥主教。”

朱利叶斯一脸愠怒。“爱丽丝·威拉德，你说话要当心。”

爱丽丝说：“去年十月，你预先将一千头羊的羊毛卖给寡妇默瑟，每头十便士。”寡妇默瑟是镇里第一大羊毛商。“到今年四月才剪羊毛，寡妇默瑟随后将羊毛卖给菲尔伯特·科布利，每头十二便士，比她付给大人的款额多两便士。大人为了提早六个月拿到钱款，因此以每头两便士的价格做抵押，付了四成年利。”

听众喃喃称是。王桥的头面人物大多都是商人，自然会算利率。

朱利叶斯说：“受审的不是我，是你。”

爱丽丝充耳不闻：“今年二月，大人从伯爵的采石场买下石料，用于扩建主教府。价格是三镑，但伯爵的采石场工头提出先付款后交货，则每镑便宜一先令，大人欣然允诺。一个月后，石料通过驳船运到。这样算来，大人提前付钱，等于收取了伯爵六成利息。”

大家听得津津有味，内德听见堂上一阵哄笑，还夹杂着稀稀落落的掌声。佩蒂特喊了声“肃静”。

爱丽丝接着说：“今年四月，大人卖掉了韦格利一间面粉磨坊——”

“这些都与本案无关，”朱利叶斯打断她，“你声称旁人犯下类似的罪行，不管是真是假，都不能令自己脱罪。”

蒂尔伯里说：“主教说得不错。我请陪审团裁定爱丽丝·威拉德取利罪名成立。”

内德还抱着一线希望，只盼陪审团中的商人会反对。然而法官已经下了明确指示，哪有人敢说个不字。片刻之后，十二个陪审员纷纷点头。

蒂尔伯里说：“现在裁定量刑一事。”

罗洛又开口了：“庭上,1552年《统一法案》白纸黑字，罪犯连本带利一并丧失，此外，‘依情节处以罚款并缴纳赎金’，条款如是说。”

内德大喊：“不！”利息没了，母亲不会连四百镑本金都损失掉吧?

王桥的乡亲也认为不公平，只听下面一片骚动。保罗·佩蒂特再次大喊肃静。

听众好不容易安静下来，但蒂尔伯里沉吟不语。他扭头同会审的法官塞伯·钱德勒低声商议，又示意佩蒂特也过去。堂下众人一语不发，气氛紧张。治安书记官都是律师出身，佩蒂特自然不例外。三个人似乎争执不下，佩蒂特连连摇头反对。最后蒂尔伯里耸耸肩，坐正了；塞伯·钱德勒点头表示满意；佩蒂特重新落座。

蒂尔伯里发话了：“法律就是法律。”听他这么说，内德明白母亲彻底毁了。“爱丽丝·威拉德的借款连同额外的租金或利息一并丧失。”民怨沸腾，他不得不提高嗓音，“此外不必再罚。”

内德望着母亲。爱丽丝垂头丧气。在此之前，她斗志昂扬，然而在教会的淫威之下，她再不服也是枉然。她一下子垮了：目光呆滞、面色苍白、茫然不知所措，就仿佛被受惊的马撞倒在地。

书记官高喊：“下一个案子。”

内德和母亲出了法庭，沿着主街回家，一路沉默不语。内德的世界天翻地覆，牵涉之广，他一时难以消化。六个月前他还胸有成竹：这辈子从商，预备迎娶玛格丽。可现在，他丢了饭碗，玛格丽也要嫁给巴特为妻。

母子俩进了大厅。爱丽丝说：“还不至于饿死，圣马可的房子还在。”

内德没想到母亲竟然如此悲观。“不打算另起炉灶了？”

爱丽丝疲惫地摇头说：“我眼看就五十岁啦——没那个精神头了。何况我反思过去这一年，头脑看来是不行了。去年六月份开战之后，我就该把一部分生意从加来分出来，着力打理塞维利亚的业务才对。还有，我无论如何也不该把钱借给雷金纳德·菲茨杰拉德，不管他怎么威逼利诱。现在呢，我什么家业都没给你们兄弟俩留下。”

内德答道：“哥哥不会在意，他反正更愿意出海。”

“不知道他现在人在哪儿呢？要是打听到，得把消息告诉他。”

“八成在西班牙入伍了。”贝琪奶奶来了封信，说巴尼和卡洛斯被宗教裁判所盯上了，不得不匆匆逃离塞维利亚。贝琪奶奶也拿不准他们的去向，不过听一个邻居说，好像看见他俩在码头听一个队长征兵。

爱丽丝郁郁不乐："可内德你又怎么办呢？你从小就跟我学经商。"

"威廉·塞西尔爵士曾说想找个我这样的年轻人替他效力。"

爱丽丝面露喜色。"可不是，我都忘了。"

"没准他自己也忘了。"

爱丽丝摇头说："我看他什么事都不会忘。"

内德好奇起来。不知道替塞西尔办事、当伊丽莎白·都铎的手下会是什么滋味？"也不知道伊丽莎白会不会当上女王？"

母亲突然语带怨愤："她要是当了女王，说不定能少几个盛气凌人的主教。"

内德心里升起一线希望。

爱丽丝说："我可以写一封信给塞西尔，你看需要吗？"

"说不好。我说不定会直接登门拜访。"

"他说不定直接打发你回家。"

"是啊，说不定。"

翌日，菲茨杰拉德家再接再厉。

天气炎热，但午后的王桥主教座堂南面耳堂凉爽宜人。有头有脸的市民都来旁听宗教法庭审判。

这天受审的是寡妇波拉德牛舍里被捕的新教徒。人人都清楚，以异教罪受审的人中，极少有无罪获释的；大家关心的是量刑的轻重。

菲尔伯特·科布利的罪名最严重。内德赶到教堂的时候，科布利还没有出庭，只见到他太太止不住地哭泣。娇俏的露丝·科布利双眼红红的，丹也一反常态，那张圆脸上神情肃穆。菲尔伯特的姐妹和科布利太太的兄弟在旁边安慰。

一切听凭朱利叶斯主教发落。这是他的法庭，他既是原告，也是法官——没有陪审。他身边坐的是年轻的咏礼司铎斯蒂文·林肯，给他打下手、递文书、做笔录。斯蒂文旁边是王桥总铎卢克·理查兹。总铎的职务独立于主教，不必听主教命令，因此法外开恩的希望都落在卢克身上。

众新教徒一一交代亵渎之罪，宣布放弃信仰，免受刑罚之苦，只须缴纳罚款。大多数当即付给了主教。

丹·科布利乃是二号头目——朱利叶斯一口咬定，因此罪加一等，判处屈辱的游街：脱去衣裤，只剩一件长衬衣，扛着十字苦像，并诵念拉丁文天主经。至于罪魁祸首菲尔伯特如何处置，人人心中忐忑。

大家突然扭头瞧向中殿。

内德顺着众人的目光，见到头戴皮盔、脚蹬及膝靴的奥斯蒙德·卡特，他和另一个守卫合力抬着一把木椅，椅子上好像放了个包袱。内德定睛瞧去，发现那居然是菲尔伯特·科布利。

菲尔伯特身材壮实，个子不高却有股威严。眼前的他两条腿搭在椅子边上，两只手臂也软软地垂在身体两侧，他闭着眼睛，疼得直哼哼。

内德听见科布利太太惊叫起来。

两个守卫将椅子放在朱利叶斯主教对面，退后站好。

椅子有扶手，菲尔伯特没有向两侧歪倒，但身子坐不直，顺着椅子直往下滑。

他的家人连忙围过去。丹抱着父亲坐回椅子上；菲尔伯特疼得大叫。露丝撑着父亲的腰，扶他坐直身子。科布利太太哭哭啼啼："哎呀，菲尔，我的菲尔，他们这是把你怎么了？"

内德这才明白，他们给菲尔伯特上了拉肢架。犯人两条手臂分别被绑在两根柱子上，脚腕上也绑着绳子，另一端连着绞盘。绞盘带动绳索缩紧，犯人的四肢就有撕扯之痛。神父折磨人不得见血，因此想出这种酷刑。

显然菲尔伯特忍痛不肯抛弃信仰，于是一直经受酷刑，最后双肩和两髋都脱臼了。现在他已经是残废一个。

朱利叶斯说："菲尔伯特·科布利已经招供：他教唆轻信之徒信奉异教。"

林肯司铎亮出一纸文书。"这是他的口供，已经签字画押。"

丹·科布利走到法台前。"给我看看。"

林肯犹豫不决，用目光询问朱利叶斯。法庭没有义务满足犯人之子的请求，不过朱利叶斯大概不想继续违反民意，于是一耸肩；林肯把文书递给丹。

丹翻到最后一页，瞧了瞧说："这不是我父亲的字迹。"

他展示给周围的人。"你们都认得我父亲的笔迹，这不是他写的。"

其中几个人纷纷点头。

朱利叶斯不悦："他拿不动笔，需要帮忙，这显而易见。"

丹说："你们吊着他，一直到——"他哽咽了，眼泪从脸上滚落。他强忍着说下去："你们吊着他，一直到他写不了字，又假称这是他签的字。”

“假称？你胆敢说主教撒谎？”

“我是说父亲绝不会供认异端罪。”

“你又如何知道——”

“他从不认为自己是异教徒，他要是承认，那只有一个理由：屈打成招。”

“在循循善诱之下，他认识到自己误入歧途。”

丹做戏般地指着不成人形的父亲。“王桥主教循循善诱，就是这般下场？”

“本庭容不得你放肆！”

内德·威拉德插嘴说：“拉肢架在哪儿？”

三个神父一语不发地盯着他。

“菲尔伯特被上了拉肢架，一目了然——至于在哪儿？是在这间主教座堂，在主教府，还是法院地牢？拉肢架究竟在哪儿？我看王桥市民有权利知道。本国律法禁止酷刑，必须有枢密院批准。在王桥对犯人用刑，是谁批准的？”

好一会儿没人说话，最后斯蒂文·林肯开口说：“王桥没有拉肢架。”

内德思索片刻说：“也就是说，菲尔伯特受刑是在外地。难道这就能不了了之？”他一指朱利叶斯主教，“就算他是在埃及受的刑也不行——只要是你下的令，你就是施刑的人！”

“肃静！”

内德以为该说的都说了，于是转身退下。

这时卢克总铎站了起来。他年满四十岁，高个子，微微有些驼背，灰白的头发有些稀疏，态度斯文有礼。只听他说：“主教大人，我恳请你宽大为怀。菲尔伯特信奉异教、愚昧无知，这确然无疑，可他依然是基督教徒，只是在崇拜主的路上误入歧途。谁也不应因此被处以极刑。”他说完这番话后重新落座。

旁听的市民齐声称道。虽然他们大多是天主教徒，不过在前两位国君统治时都曾改信新教，因此人人自危。

朱利叶斯主教瞪了总铎一眼，目光满是轻蔑，对他的恳请置之不理。他说：“菲尔伯特·科布利罪名成立，他不仅信奉异教，还散布异端邪说。依照成例，现判他被开除教籍，火刑处死。明日拂晓，由执法当局行刑。”

死刑一般分几种。贵族通常是砍头，这法子死得最快，倘若刽子手手法熟练，保证立时毙命；就算笨手笨脚，多挥几下斧头，顶多一分钟就砍断了脖子。叛国贼先受绞刑，不等咽气，再开膛破肚，最后凌迟。要是偷盗教产，则要受剥皮之刑；刀子磨得极锋利，有的行家能完整地剥下整张皮。异教徒则是活活烧死。

虽然大家隐隐有所预料，但听到宣判还是毛骨悚然，堂上一片鸦雀无声。王桥还没有烧死过异教徒。内德暗想，教会终于越过了雷池，他感到周围的人也有同感。

菲尔伯特突然开口了，他嗓音洪亮，出乎意料地激昂，想必在为此积攒力量。“我感谢上帝，我的痛苦即将结束。朱利叶斯——你的痛苦还尚未开始，你这个亵渎上帝的恶魔。”众人听了这句诅咒，惊得倒吸一口气；朱利叶斯火冒三丈，霍地站起身。然而，被判刑的罪人陈词，这是法庭允许的。“你不久就要坠入地狱，朱利叶斯，那是你应该待的地方，你的折磨永无休止。愿上帝降罚，你的灵魂永不得超生。”

垂死之人的诅咒尤其令人动容；即便朱利叶斯认为诅咒是无稽之谈，也不禁又怒又怕。只见他浑身哆嗦，大喊：“把他押下去！通通退出本堂——宣判完毕！”他一转身，气冲冲地从南门走了。

内德和母亲走回家中，一路心情沉重，一语不发。菲茨杰拉德家大获全胜。他们把欺骗自己的人置于死地；不仅窃取了威拉德家的财产，还硬是拆散了女儿和内德。他一败涂地。

珍妮特·法夫切了冷火腿，晚饭算是对付过去。爱丽丝连喝了好几杯雪莉酒。等珍妮特收完桌子，她问内德：“你决定了去哈特菲尔德吗？”

“还没想好。玛格丽还没嫁呢。”

“就算巴特明天就翘辫子，他们也不会让她嫁给你。”

“她上周满十六岁了。再过五年，她就可以自己做主了。”

“可你不能无所事事，像船等风一样，一直等下去。不要为这点挫折蹉跎一生。”

内德知道母亲的话在理。

他早早上了床，躺着想心事。目睹过今天判刑的可怕场面，去哈特菲尔德的心意更加坚定，可还是下不了决心——去了就等于放弃希望。

到了后半夜，他才迷迷糊糊睡着。他被什么动静惊醒了。他从窗户一望，看见集市广场上有几个人影，借着六支火把的光亮，他们的一举一动看得清清楚楚。他们在为火刑运干柴。其中一个是马修森郡长，他身材魁梧，腰间佩了长剑，在旁指挥：神父有权判一个人死罪，但无权行刑。

内德披上外套，出了家门。清晨的空气中飘着木头烟味。

科布利一家已经到了，不久，大多新教徒也纷纷赶到。不出几分钟，广场上就挤满了人。天蒙蒙亮，火把似乎黯淡了，此时主教座堂前的广场聚了不下一千人。守卫看着人群，不让他们靠得太近。

广场上本来一片嘈杂，一看到奥斯蒙德·卡特从会馆出来，立刻鸦雀无声。只见他和另一个守卫用一把木椅抬着菲尔伯特走过来。两个人不得不从人群中挤出一条路来；众人不情不愿地让开，似乎想拦住椅子，可又没那份胆量。

科布利家的女子失声痛哭，眼睁睁地看着无助的一家之主被绑在地上的木桩。菲尔伯特双腿废了，不住地下滑，奥斯蒙德只好把他绑得紧紧的。

守卫在他周围堆起柴火，朱利叶斯主教用拉丁文念祷告。

奥斯蒙德拿过一支早前用来照亮的火把，面对菲尔伯特站定，等着郡长马修森指示。马修森一只手举在半空，叫他稍等，然后望向朱利叶斯。

静默之中，科布利太太纵声尖叫，家人连忙拉住她。

朱利叶斯一点头，马修森垂下手，奥斯蒙德点燃了菲尔伯特双腿周围的柴火。

干木柴瞬间引燃，火苗如同小鬼，快活地噼噼啪啪。火焰炙烤之下，菲尔伯特虚弱地叫喊。浓烟滚滚，近处的百姓纷纷后退。

很快空气中又飘出另一种气味，既熟悉又刺鼻：这是烤肉的味道。菲尔伯特不住地尖叫，时而大喊："耶稣带我走，主带我走！现在，发发慈悲，现在！"然而基督还不肯带他走。

内德曾听说有些慈悲的法官准许犯人的亲人在他脖子上挂一

袋火药，让他死个痛快。朱利叶斯显然没这份善心。菲尔伯特的腿烧着了，却迟迟死不了。他痛苦的呼喊叫人耳不忍闻，那不像人声，倒像一头畜生惊恐的嘶叫。

菲尔伯特终于没了动静。也许是心脏不跳了，也许是被浓烟窒息，也许是脑袋烧坏了。火还没熄，菲尔伯特的尸体烧得焦黑。那气味熏人欲呕，不过耳边总算清净了。内德感谢主：总算结束了。

在我短短的一生中，从没见过如此惨烈的一幕。我想不通为何会有这种暴行，也想不明白上帝为何置之不理。

母亲说过一句话，此后许多年，一直在我耳边回响：“一个人要是坚信自己在执行上帝的旨意，并且为此不惜任何代价，那他就是世上最危险的人。”

广场上，人群纷纷散去，只剩我还站在那儿。日头升起来了，却照不到那冒着黑烟的尸首，因为它被笼罩在教堂冰冷的阴影下。我想到威廉·塞西尔爵士，想到圣诞第十二日我们说起伊丽莎白。他是这样说的：“她曾多次对我表露，倘使成为女王，最大的心愿就是不再让国人因为信仰而丧命。依我看，这个理想值得为之奉献。”

当时听来，我只当是一个热忱的愿望。但目睹过这一幕，我转念寻思，这真的可能吗？伊丽莎白真能除掉朱利叶斯这等固执己见的主教，结束我刚刚目睹的这种惨剧吗？持不同信仰的人不再相互杀害，真会有这么一天吗？

可玛丽·都铎驾崩之后，伊丽莎白真能继承王位吗？这大概就要看有什么人辅佐她了。威廉·塞西尔精明强干，但只有他一个是远远不够的。她需要一支精锐之师。

我或许是其一。

想到这里，我的精神为之一振。我望着菲尔伯特·科布利的尸骸，坚信世事不必如此。英格兰自有仁人志士，力图阻止这类暴行。

我愿意和他们为伍。我愿意为实现伊丽莎白宽容的宏愿而战。

只愿不再有火刑。

我主意已定，就去哈特菲尔德。

八

内德从王桥徒步前往一百英里外的哈特菲尔德。是会得到接见、安排事做，抑或碰一鼻子灰、打道回府，他一点把握也没有。

最初两天，他和几个去牛津的学生同行。赶路的通常结伴而行，孤身的男子可能会遇到盗匪，落单的女子更是危险重重。

内德受母亲的言传身教，遇到每个人都攀谈一番，不管消息有用没用：羊毛、皮革、铁矿石和火药价格多少；哪里闹瘟疫、起风暴、发大水；谁人破产、哪里暴乱；贵族的婚丧嫁娶。他每晚在客栈投宿，常常要睡通铺。

他出身商贾之家，习惯了自己睡一间屋子，这种体验并不好受。好在有学生做旅伴不愁闷，从市井笑话到神学讨论，转换自如。七月天气和暖，好在没下雨。

没人说话的空当儿，内德就担心起哈特菲尔德宫的未卜前程。他盼望自己正是他们要找的年轻随从，对他以礼相待，不过塞西尔也许会回一句“哪个内德”？要是被拒之门外，他还没有下一步的打算。像条丧家犬一样夹着尾巴返回王桥，他脸上挂不住，索性直接去伦敦，在都城里碰碰运气。

到了牛津，他投宿在王桥学院。这是了不起的菲利普院长主持修建的，作为王桥修院的前哨，后来脱离修院独立，但一直为王桥学生提供膳宿，也欢迎王桥来的旅人来投宿。

从牛津去哈特菲尔德，这一程的旅伴可不好找。大多都是往伦敦去的，和内德不同路。等待期间，他初尝大学的魅力。他爱听学生们热烈讨论各式各样的题目，像伊甸园位置所在，人为什么不会从圆形的地球上掉下去。大多学生的出路都是神父，还有一些会当律师、大夫等。母亲曾说大学里学到的东西对从商无益，如今他对母亲的断言产生了怀疑。母亲固然明智，但并非无所不知。

到了第四天，等来了一队前往圣奥尔本斯主教座堂的朝圣者，这一程走了三天。从圣奥尔本斯到目的地还有七英里地，他豁出去了，决定只身前往。

哈特菲尔德府本归伊利主教所有，后被亨利八世国王没收，偶尔给子女做行宫。内德知道，伊丽莎白大半童年就在这儿度过，当今女王玛丽·都铎，也就是伊丽莎白同父异母的姐姐，有心把她安顿在这儿。哈特菲尔德在伦敦以北二十英里外，走路要一天，快马加鞭也得半天。这样伊丽莎白既不在伦敦，眼不见心不烦，同时相隔又不算远，方便监视她的一举一动。伊丽莎白虽然不是囚犯，但来去也不能随心所欲。

远远地就看到矮坡顶上的宫殿了。这座红砖建筑上镶着铅玻璃窗，乍一看就像一间宏伟的牛舍。他爬上矮坡，来到拱门入口前，这才看出宫殿是四合构造：四座房舍相连接，正院围在中央，足以容纳数座网球场。

内德瞧见院子里那么多马夫、洗衣妇、小厮忙忙碌碌，不禁越发忐忑。他意识到，虽然伊丽莎白失宠，但毕竟是王室血脉，手下仆婢众多。想必不少人都愿意替她办事，说不定每天都有人来讨事做，被下人打发走。

他走进正院，环顾四周。大家各忙各的，谁也没理会他。他突然想到塞西尔也许不在。他要找帮手，一个原因就是不必整天留在哈特菲尔德。

内德瞧见一个老妇人静静地剥豌豆，于是趋前客套："大娘您好。敢问威廉·塞西尔爵士在不在？"

"问那个胖子。"妇人拇指一伸，指着一个衣着体面、体格魁梧的男子；内德刚才没注意到这个人。"汤姆·帕里。"

内德于是走到男子面前说："帕里大人您好。我想求见威廉·塞西尔爵士。"

"求见威廉爵士的人多着呢。"

"麻烦您通报一声，说是王桥来的内德·威拉德，他听了一定高兴。"

"是吗？"帕里一脸狐疑，"王桥来的？"

"不错，我走过来的。"

帕里不为所动。"我没觉得你会飞。"

"劳烦您帮个忙，替我通报一声？"

"要是爵士问内德·威拉德找他什么事，我又怎么说？"

"他和我还有夏陵伯爵在圣诞第十二日商谈过秘事。"

"威廉爵士和伯爵，还有你？你在那儿做什么，倒酒吗？"

内德强笑着说："不。不过如我所言，是件秘事。"

内德暗暗琢磨，要是再叫对方这般无礼地纠缠下去，就要显得自己是走投无路，于是干脆地说："多谢您的好意。"说完就转过身。

“得了，犯不着生气嘛。跟我来吧。”

内德跟着帕里进到屋子里。室内阴沉沉的，显出几分破败。看来伊丽莎白虽然坐享王室俸禄，但收入显然不够修葺宫殿。

帕里打开一扇门，探头进去问：“威廉爵士，有个王桥来的内德·威拉德，您见是不见？”

只听里面的声音答：“叫他进来吧。”

帕里转身对内德说：“进去吧。”

这间屋子十分宽敞，但装饰并不奢华。这不是会客室，而是打理公事的地方，架子上摆满了账簿。塞西尔坐在写字桌旁，桌上摆着笔、墨、纸和封蜡。他身穿黑色的天鹅绒紧身上衣，夏天穿似乎嫌热；不过他一直坐着，内德则是顶着太阳赶路来的。

“啊，对，我想起来了，”塞西尔见到内德说，“爱丽丝·威拉德的小子。”

他的语气既不算友善也不算冷淡，只是有些疲惫。“令堂还好吧？”

“威廉爵士，家母如今倾家荡产，大部分产业都在加来。”

“有好些善良的百姓都遭逢这般厄运。向法国宣战，实非明智之举。那么你来找我做什么？我也没法把加来抢回来。”

“爵士和我见面的时候，是在夏陵伯爵的宴席上，您当时说要找一个像我这样的年轻人，帮您替伊丽莎白小姐办事。母亲当时回答说，我注定了接手家族生意，无缘为您效力——现在生意没了。不知道爵士可曾找到人……”

“找到了。”内德心下一沉。这时只听塞西尔又说：“可惜不是个好人选。”

内德精神一振，真心诚意地说：“倘若爵士不弃，这是我的荣幸和福分。”

“说不好。这个差事呢，可不是那种靠嘴皮子就能拿俸禄的。需要下功夫的。”

“我不怕下功夫。”

“可能吧，不过实话实说，一个养尊处优的少爷，如今家道中落，这种人一般不是好帮手。他习惯了发号施令，现在听别人吩咐，还得立刻照办、勤勤恳恳地办，或许不习惯。他只想拿钱罢了。”

“我想要的不只是钱。”

“是吗？”

“威廉爵士，两周前，王桥烧死了一个新教徒——第一个。”内德知道自己不该感情用事，但他情不自禁。“我亲眼看着他惨死，脑海里响起您说过的话，您说伊丽莎白的心愿是不让任何人因为信仰而丧命。”

塞西尔点点头。

“我想要的是她当上女王，”内德语气激动，“我想要的，是在我们这个国度，天主教徒和新教徒不再相互残杀。待时机成熟，我想和您一起辅佐伊丽莎白登上王位。这是我来找您的真正原因。”

塞西尔紧盯着内德，仿佛要瞧进他的内心，看他这番话是否发自肺腑。过了好一会儿，他才开口说：“好吧，就先让你试试。”

“谢谢您，”内德热切地答道，“我保证，您绝不会后悔。”

内德还对玛格丽·菲茨杰拉德念念不忘，可要是能和伊丽莎白同床共枕，他一刻也不会犹豫。

其实说起来她并不是国色天香。鼻子嫌大、下巴嫌窄、双眼凑得太近。奇怪的是，她有种魅力，叫人无法抗拒：才智超群，令人称奇；一言一行惹人喜爱，像只小猫；喜欢打情骂俏，毫不害臊。虽然她颐指气使，偶尔大发雷霆，魅力也分毫不减。就算被她厉声责骂，她手下的男男女女依然对她忠心耿耿。内德认识的人里，谁也比不上她半根指头。她叫人一见倾心。

她和内德说法语，模仿他结结巴巴的拉丁语，得知他没法陪自己练习西班牙语时满脸失落。她准许内德在自己的藏书里随便挑，条件是要和自己交流心得。她会询问自己的财务状况，对账务的了解不亚于内德。

短短几天，内德对两个关键问题有了答案。

第一，伊丽莎白没有密谋除掉玛丽·都铎女王。相反，她对叛国之举深恶痛绝，内德相信她是真情流露。不过，她确是在有条不紊地筹备，招揽势力，以期在玛丽驾崩之后登上王位。塞西尔在圣诞节期间前往王桥就是其中一步。他和伊丽莎白的诸位同盟分别前往英格兰各大重要城镇，估量她的支持者——以及反对者。内德对塞西尔越发钦佩：此人运筹帷幄，为女主人的前程打算，对每个问题都深谋远虑。

第二，伊丽莎白信奉新教；塞西尔说她并无强烈的宗教倾向，只是托词罢了。她照常望弥撒，参加天主教的每一项礼仪圣事，但都是做样子、掩人耳目。她最爱读的书是伊拉斯谟的《新约释义》。最能说明问题的是詈语，她用的那些字眼在天主教徒看来至为不敬。有外人的时候，她稍稍收敛，“圣血”只说“血”，“圣痕”只说“根”，“玛利亚”就说成“玛丽”。私底下，她肆无忌惮，常说“去他的弥撒”，还有她最爱说的一句，“圣体！”

上午，伊丽莎白同先生上课，内德就在塞西尔的账房里整理账簿。伊丽莎白名下的产业不少，内德的主要职责是保证租户按时如数缴纳租金。

午饭过后，伊丽莎白较为闲适，有时候喜欢叫她最宠信的下人一起聊天。大家坐在“主教客厅”里——就数这间屋子里的椅子最舒服。客厅里摆着棋盘，还有一台维金纳琴，伊丽莎白偶尔会弹奏一曲。家庭教师内尔·贝恩斯福德每次都在场，有时候也能见到汤姆·帕里，他是负责替伊丽莎白管账房的。

这个私人圈子并没有对内德敞开，不过有一天塞西尔不在，伊丽莎白吩咐他过去讨论庆祝二十五岁寿辰的事。她的生日是九月七日，再过几周就到了。是在伦敦摆一场隆重的宴席（得有女王的准许），还是在哈特菲尔德静静地过一过？大家可以随心所欲地说。

讨论得正热闹，这时来了一位不速之客。

只听一阵马蹄嘈杂，几匹马奔进拱门入口，进到了中央的正院。内德凑到铅玻璃窗前，透过烟灰色的玻璃张望。来了六个人，骑的强壮矫健的名贵马匹。伊丽莎白的马夫从马棚走出来，牵了马。内德定睛瞧着为首的那个，细看之下，不禁吃了一惊：“是斯威森伯爵！他来这儿做什么？”

内德的第一个念头是伯爵之子巴特和内德深爱的玛格丽婚事有变。这真是异想天开。就算婚约取消，伯爵也不会大老远地来通知内德。那又是什么事？

来客跟着下人进了门，脱掉沾满灰土的斗篷。等了几分钟，就有下人进到客厅通报，说夏陵伯爵想求见伊丽莎白小姐。伊丽莎白吩咐带他进来。

斯威森人高马大，嗓门震天，他一进来，无人不心生敬畏。内德、内尔和汤姆三人站起身，伊丽莎白坐着没动，似乎是彰显自己乃王室血脉，虽不如斯威森年高德劭，地位却在他之上。斯威森深鞠一躬，语气透着亲昵，像叔叔见了侄女。“我很欣慰，见到小姐如此康健、如此美艳。”

伊丽莎白答道：“大驾光临，真是意外之喜。”虽然是句恭维，但语气透着警惕。她显然信不过斯威森；内德暗想，这正是明智之举。玛丽·都铎女王登基之后，斯威森等忠心的天主教徒跟着飞黄腾达，也担心英格兰再次奉行新教，故此不愿伊丽莎白继承王位。

“如此美艳，快满二十五岁了！”只听他接着说，“我等精力充沛之人，实在不忍见到如此美人独自入眠——小姐会原谅我直言不讳吧。”

“会吗？”伊丽莎白冷冷地回道。她从不以轻薄玩笑为乐。

斯威森察觉伊丽莎白语气冷淡，于是扫视旁边立着的下人。他显然在琢磨打发掉他们，方便得手。他认出内德，微微吃了一惊，不过什么也没说。他接着对伊丽莎白说：“能不能私下说句话，亲爱的？”

这种自以为是的套近乎并不能打动伊丽莎白。她是家中次女，还被有些人视作私生女，对轻慢不敬格外敏感。斯威森这种蠢人可理解不了。

汤姆·帕里说："伊丽莎白小姐不得与男子独处——这是女王的命令。"

"胡说八道！"

内德真希望塞西尔没走。做下人的顶撞伯爵，后果不堪设想。他突然冒出一个念头，也许斯威森知道伊丽莎白手下的要人外出，所以才挑了这天赶来。他打的是什么主意？

斯威森说："伊丽莎白不用怕我。"他放声大笑。内德不寒而栗。

伊丽莎白受了冒犯。"怕？"她提高了嗓音。她最恨旁人把自己当成需要保护的弱女子。"有什么可怕的？我当然可以和你私下说话。"

几个下人不情愿地退下了。

门一合上，汤姆就问内德："你认得他——他这个人如何？"

"斯威森凶残成性，咱们得守在这儿。"他看得出汤姆和内尔两个人都等着自己做主。他迅速盘算起来。"内尔，你去厨房吩咐给客人备酒。"要是不得不闯进去，端酒是个好借口。

汤姆又问："要是咱们进去，他会怎么对付咱们？"

内德想起那次看戏的时候斯威森看到清教徒离场的反应。"我亲眼见过他对冒犯他的人下狠手。"

"上帝保佑咱们。"

内德把耳朵贴在门上，听见两种声音：粗声粗气的是斯威森，尖锐有力的是伊丽莎白。具体说什么听不清，但语气虽然不甚热络，至少心平气和。他断定眼下伊丽莎白没什么危险。

内德寻思斯威森究竟为何而来。他不请自来，一定和王位继承有关。一个手握重权的朝臣关注伊丽莎白，只能是为这个原因。

内德想起，不少人认为解决之道是将伊丽莎白嫁给一个坚定的天主教徒。这是认定伊丽莎白在信仰上会听凭夫君做主。据内德对她的了解，他知道这个办法行不通，不过确实有人坚信不疑。腓力国王就曾替亲戚萨伏依公爵求亲，但伊丽莎白回绝了。

难道斯威森是为此而来？有可能。他这次来兴许是为勾引伊丽莎白，更有可能是要和她长时间独处，留下私通的话柄；伊丽莎白为了保全名誉，只得答应嫁给他。

打这种主意的人，他也不是第一个。伊丽莎白十四岁那年，四十岁的托马斯·西摩就对她动手动脚，想把她娶到手。后来西摩以叛国罪被处决，不过罪行不止是对伊丽莎白图谋不轨。内德猜想，斯威森有勇无谋，极有可能要同一个把戏。

屋里的气氛突然变了。伊丽莎白语气威严冷酷，斯威森则截然相反，语气亲昵，几近猥亵。

万一有什么不测，伊丽莎白可以大声呼救。可她从来不向人求救，何况斯威森完全有力气让她发不出声音。

内尔端着托盘回来了，托盘上放着一壶酒、两只高脚杯和一盘点心。内德打手势，示意她别进去。他低声说："还不是时候。"

隔了一分钟，就听见伊丽莎白似乎惊呼一声，接着是什么东西嘭地摔在地上，叮当作响。内德猜想是盛苹果的大碗。他犹豫片刻，等着伊丽莎白喊叫。可是里面寂然无声。内德一时不知如何是好。寂然无声比什么都可怕。

他忍无可忍，一推门，从内尔手里抢过托盘，迈进房间。

只见屋子一角，斯威森紧抱着伊丽莎白亲吻。内德刚才果然不是过虑。

伊丽莎白扭着头，躲避他的亲吻，内德瞧见她两只小手攥成拳，捶打斯威森宽阔的后背，可惜无济于事。她明显是被强迫的。内德暗想，斯威森认为求爱不过如此。他准以为女子会被蛮力所征服，在他的怀抱中瘫软，爱上他不可抗拒的男子气概。

就算世上只剩他斯威森一个男人，伊丽莎白也不会动心。

内德高声说："伯爵，给您备了薄酒。"他怕得哆嗦，但极力装出轻快的语气，"不如来一杯雪莉酒吧？"他把托盘摆在窗前的桌子上。

斯威森扭头瞪着内德，残疾的左手紧紧攥着伊丽莎白纤细的手腕。"滚出去，小王八蛋。"

他竟然不肯罢手，内德暗暗心惊。被人撞破，斯威森怎么还不收敛？就算是伯爵，犯下强奸罪照样要被处决，何况还有三个人证——汤姆和内尔都站在门口，只是吓得不敢进去。

但斯威森一向刚愎自用。

内德知道无论如何都不能出去。

他勉强控制住颤抖，倒了一杯酒。"厨房还特意备了点心。您远道而来，一定饿了。"

伊丽莎白说："斯威森，放开我的手。"她想要挣脱，无奈他力气太大，虽然他用的是缺了两根半手指的残手，她还是挣不开。

斯威森一只手按着腰间的匕首。"威拉德小子，马上给我滚出去，不然凭主起誓，看我不割断你的喉咙。"

内德知道他说到做到。他在家里发起脾气，曾数次伤过几个下人，事后都以威逼利诱私了。倘若内德还手伤了伯爵，是要掉脑袋的。

但他现在无论如何也不能扔下伊丽莎白。

想到匕首，他灵机一动，说道："马棚里打起来了，"他边想边说，"爵爷的两名同伴起了争执，好在几个马夫把他们拉开了，其中一个看样子伤得很重——刀伤。"

"他妈的骗人！"斯威森喝道。话虽如此，他其实并没把握，犹豫之间，欲火冷了。

内尔和汤姆怯懦地跟进来，内尔蹲下身子，收拾水果碗碎片，汤姆则应和着说："斯威森伯爵，您的人流了不少血。"

斯威森恢复了理智，似乎寻思若是伤了伊丽莎白三个下人，难免不会有麻烦。他的勾引之计告吹。他一脸震怒，但也只好放开伊丽莎白。

伊丽莎白揉着手腕，立刻退得远远的。

斯威森不服气地闷哼一声，大步出了门。

内德看逃过一劫，简直要瘫倒在地。内尔轻轻抽泣。汤姆·帕里端起酒壶灌了一口酒。

内德说："小姐，您最好带着内尔回到房间锁好门。汤姆，咱们俩也该马上回避。"

"不错。"伊丽莎白说道。她没有马上离开，而是走到内德面前，轻声说："马房里没有人打斗，是吧？"

"没有，我一时情急，只想到这个借口。"

她微微一笑："内德，你多大了？"

"十九岁。"

"你为了我险些送命。"她踮起脚，迅速在他唇上印下轻柔的一吻。“谢谢你。”

她出了房间。

大多数人一年沐浴两次，春秋各一次，不过公主何等讲究，伊丽莎白沐浴起来频繁得多。沐浴十分费事，众女仆得把两只把手的浴桶从厨房火上抬进公主寝室，脚步不停地爬上楼，免得水凉掉。

斯威森走后第二天，伊丽莎白吩咐沐浴，仿佛要把恶心洗掉。那一吻之后，她没有再提斯威森的事，但内德相信自己赢得了她的信任。

内德也知道自己得罪了一个手握大权的伯爵，他暗暗希望斯威森不会一直记仇。他虽然脾气暴躁、有仇必报，好在忘性也大。要是侥幸，他不久又要遇见劲敌，把对内德的愤恨抛诸脑后。

斯威森前脚刚走，威廉·塞西尔爵士后脚就回来了。翌日上午，他和内德处理正事。塞西尔的书房和伊丽莎白的房间设在同一个翼，他吩咐内德去汤姆·帕里那儿取伊丽莎白另一所房产的支出账簿。内德取了沉甸甸的账本，回来的路上正好经过伊丽莎白寝室那条走廊；女仆不小心，地板上溅了不少水。他路过门口，瞧见门没关，一时犯傻，竟朝房里瞥了一眼。

伊丽莎白刚从浴桶里迈出来。木桶隔在屏风后，她走到房间另一头拿白麻大毛巾擦身子。按说该有个女仆立在浴桶旁捧着毛巾，门自然也该掩上，显然有谁开了小差，而伊丽莎白对懒散的下人从来不耐烦。

内德从没见过女子一丝不挂。家中没有姐妹，他从没有跟哪个相好的肌肤相亲，也不曾在花街柳巷流连。

他身子一僵，呆望着。热水微微冒着热气，从她纤巧的肩膀滑落，小巧的胸脯、圆润的臀部、结实的大腿——因为骑马而练得肌肉紧致。她皮肤呈乳白色，耻毛是一片灿烂的金赤。内德明白非礼勿视，却瞧入了迷，动弹不得。

她瞧见他在门口，吃了一惊，随即镇定下来，伸手抓住门边。

她微微一笑。

片刻之后，她掩上了门。

内德的心怦怦乱跳，像敲起了大鼓；他急匆匆地穿过走廊。他说不定会为这件事丢了差事，套上足枷，或者挨板子——或三者兼有。

可是她那微微一笑。

笑容透着温暖、友善，还有一丝挑逗。内德想象一个女子赤裸身体，对丈夫或是情郎露出这般笑容。这个笑容仿佛是说，这惊鸿一瞥是她的赏赐。

对这件事，他守口如瓶。

当晚，他等着被痛斥一番，然而一切风平浪静。

伊丽莎白也缄默不语，无论是对他还是对别人。渐渐地，内德明白自己不会受到责罚。接着他又怀疑事情并没有发生过，更像是一场梦。

但那一幕，他一辈子也忘不了。

玛格丽在刚落成的新家修院门里第一次和巴特亲吻。

雷金纳德·菲茨杰拉德爵士、简夫人和罗洛自豪地引斯威森伯爵到处参观，玛格丽和巴特跟在后面。法军入侵的危机已过，巴特解了职务，从库姆港回来了。玛格丽知道，父亲已如约将修院卖回给座堂参议会，虽然卖得很便宜，建成新家所需的资费却足够了。

这是座宏伟壮观的新式建筑，矗立在集市广场之上，和主教座堂一样，用的是灰白色的石灰石。墙上大窗成排，房顶密密排着高烟囱。房子里仿佛处处是楼梯，壁炉不下几十座。眼下新漆味还没散干净，几处烟囱呛烟，好几扇门关不合，不过住人没有问题，商业街旧居的家具已经叫下人移了过来。

玛格丽不想住在新家。在她心里，修院门永远散发着血腥和欺诈的臭气。为了盖这间房子，菲尔伯特·科布利被活活烧死，爱丽丝·威拉德一无所有。菲尔伯特和爱丽丝的确犯下罪过，受罚也是罪有应得，但玛格丽一向黑白分明，不肯混淆是非：惩罚这般严厉，其实是私利驱使。朱利叶斯主教如愿得到了修院，玛格丽的父亲大赚一笔，但那是不义之财。

女孩子家的本不该想这些事情，可她情不自禁，并且愤怒不已。主教和身份显耀的天主教徒行为不检，正是新教崛起的一个原因——他们难道看不出来？可说来说去，她除了生闷气，根本无能无力。

一行人走到长廊，巴特拖着步子，突然伸手抓住玛格丽的手肘，把她往后一拉，等到前面的人走到看不见了，就俯身吻她。

巴特身材高大、仪表堂堂又衣冠楚楚，玛格丽明白自己必须爱他，因为这是父母之命，而依顺父母则是主的旨意。于是她张开嘴吻他，由着他上下其手，揉捏自己的胸脯，甚至把手伸在双腿之间。想到新家尚未建成时内德曾在这里亲吻自己，她越发痛苦。她想象亲吻内德时的那种感受，虽然并不奏效，不过总算好受了些。

吻毕，她突然发现斯威森站在一旁。

“我们还想你俩跑哪儿去了。”他说着会意地一笑，还色眯眯地挤了挤眼睛。玛格丽想到他一直站在那儿偷看，心里一阵不舒服。

众人聚在雷金纳德爵士的客厅，讨论婚礼事宜。好日子选在一个月之后；玛格丽和巴特要在王桥主教座堂行礼，喜宴设在新家。玛格丽选了一条淡蓝色的丝质礼服，配一顶精致的头饰，是自己偏爱的活泼式样。斯威森不厌其烦地追问她的衣饰打扮，好像他是新郎似的。新娘的父母也要裁制新衣，另外还有一百件事得拿主意。除了饭菜酒水，还安排了戏目，雷金纳德爵士给新家的所有来客备了啤酒。

大家正商量喜宴该安排哪出压轴戏，这时马夫长珀西带了一个风尘仆仆的年轻人进来。珀西禀告：“爵士，伦敦来了信使，说此事耽误不得。”

雷金纳德望着信使问：“什么事？”

对方答道：“老爷，是戴维·米勒的一封信。”米勒替雷金纳德打理伦敦的生意。只见信差掏出一个薄薄的皮夹子。

“小子，直接说吧。”雷金纳德爵士老大不耐烦。

“女王抱病在身。”

“什么病？”

“大夫查出女王的胞宫出现症瘕，导致腹部肿胀。”

罗洛立刻说：“啊！假孕的事……”

“女王病情严重，有时不省人事。”

“苦命的女王。”玛格丽感叹。对于玛丽·都铎，她是又爱又恨。女王意志坚决，潜心向教，令人佩服，可她烧死新教徒却有失仁厚。为什么不能虔诚而仁慈，像主基督？

罗洛忧心忡忡：“下了什么诊断？”

“据我们所知，她兴许能撑几个月，但无法治愈了。”

玛格丽瞧见罗洛脸色微微发白，过了一会儿才悟出原因。只听他说：“这个消息糟到不能再糟了。玛丽·都铎没有子女，年轻的玛丽·斯图亚特偏又嫁给了那个法国病秧子，继承权上占了弱势。如今伊丽莎白·都铎成了最佳人选，咱们为了收服她想尽了办法，可惜功亏一篑。”

罗洛说得不假。玛格丽脑筋转得没哥哥那么快，不过听他这么一说也就明白了，父亲和伯爵也一样——英格兰有重陷异教之险。她不禁打个寒战。

斯威森说：“决不能让伊丽莎白继承王位！不然可要大难临头了。”

玛格丽抬眼瞧着巴特，却见他一脸厌烦。这个女婿不耐烦政治，一门心思想着养马逗狗。她怒从心头起：两个人以后就得聊这些！

雷金纳德说：“可玛丽·斯图亚特嫁给了法国太子，英国百姓不想又摊上一个外国人做国王。”

“这事轮不到英国百姓说三道四，”斯威森哼了一声，“现在就宣布玛丽·斯图亚特是下一任君主。等到她即位，百姓不习惯也习惯了。”

在玛格丽看来，这纯粹是痴人说梦。显然父亲有同感：“咱们是可以说，可他们会信吗？”

罗洛答道：“说不准。”他好像若有所思。玛格丽看得出，罗洛也是突发奇想，但他言之成理：“尤其是获得腓力国王支持。”

“不错，”雷金纳德爵士说，“首先得说服腓力国王。”

玛格丽看到一丝希望之光。

罗洛答道：“那咱们就去求见腓力国王。”

“他人在哪儿？”

“在布鲁塞尔，指挥大军同法国作战。不过仗差不多要打完了。”

“咱们不能耽搁，万一女王真的病重。”

“不错。咱们从库姆港乘船去安特卫普——丹·科布利每星期都有船过去。从安特卫普到布鲁塞尔，骑马不过一天。回来还赶得及婚礼。”

玛格丽觉得荒唐。为办成这件事，还得靠一个忠坚的新教徒丹·科布利。

罗洛寻思：“不知道腓力国王会不会接见？”

斯威森答道：“不会不接见我。英国也是他的领土，我可是数一数二的贵族。况且他当年在温彻斯特大婚之后，返回伦敦的路上曾驾临过新堡。”

雷金纳德、罗洛和斯威森三个男人你看我、我看你。雷金纳德说：“那好，咱们就动身去布鲁塞尔。“

玛格丽没那么忧心了，至少不是束手无策。

罗洛起身说：“我这就去找丹订船，事不宜迟。”

内德·威拉德本不想回王桥参加玛格丽的婚礼，可只能勉为其难。这次有秘密任务在身，以参加婚礼为由再妥当不过。

时值十月，他顺着七月的路线折返，不过这次骑了马。这件任务刻不容缓；女王病体垂危，一切都刻不容缓。

母亲憔悴了，不是身体消瘦，而是意志消沉。六月里母亲说“我眼看就五十岁啦——没那个精神头了”，但内德并没有当回事。三个月过去了，她依然郁郁不乐，精神萎靡，内德不禁想，母亲是再也无法撑起家族生意了。他恨得咬牙切齿。

但山雨欲来。朱利叶斯主教和雷金纳德爵士这种权贵人物大势将去，而内德正是推动变革的一分子。能为伊丽莎白效力，内德喜不自胜。塞西尔和伊丽莎白都很赏识自己，那次违抗斯威森后，就更加受器重。每次想到他们将携手改天换地，内德胸中就涌起跃跃欲试之感。不过首先得辅佐伊丽莎白登上王位。

他和母亲站在集市广场上，等着看新娘。一阵凛冽的北风吹过空旷的广场。按照惯例，新人要在教堂门廊处交换誓词，随后步入教堂，开始婚配弥撒。王桥街坊见到内德回来，都热络地打招呼。大多数人都为内德一家鸣不平。

斯威森和巴特立在人群前排，巴特穿了件新裁的黄色紧身上衣。新娘还没出现。不知她是喜是忧？新郎不是内德，她是不是心如死灰、一生无望？抑或她见异思迁，和巴特子爵夫唱妇随？内德真不知道哪一种情况更糟糕。

不过他这次来并不是为了玛格丽。他在人群里寻找那些新教徒，看见丹·科布利了。该办正事了。

他装作漫不经心，踱着步子穿过广场，来到教堂西北角，在丹身边站定了。短短三个月间，丹模样大变：他清减了不少，脸盘瘦了，表情也更严肃。内德不禁暗喜：这次的任务就是说服丹率领军队。

这绝非易事。

寒暄过后，内德引他走到宽大的扶壁之后，压低声音说：“女王命不久矣。”

“有所耳闻。”丹语气警惕。

内德瞧出丹并不信任自己，不禁心下沮丧，但也明白事出有因。威拉德一家由天主教改信新教，复又改信天主教，惹得丹不满。现在他拿不准威拉德一家站在哪一边。

内德说：“继承人要么是伊丽莎白·都铎，要么是玛丽·斯图亚特。眼下，玛丽才十五岁，嫁了一个年纪比自己还轻的病秧子。要是她当上女王，一定大权旁落，任由那两个姓吉斯的法国舅舅摆布，那两兄弟可是忠坚的天主教徒。你需要防着她。”

“可伊丽莎白不也去望弥撒？”

“她当上女王后也许还是会去——谁也说不准。”这话并不属实，伊丽莎白的亲信都清楚，时机一旦成熟，她就会公开宣布自己信奉新教，要摆脱教会的束缚，这是唯一的办法。不过，未免打草惊蛇，惹得敌对势力提防，他们一直没有走漏风声。内德现在了解，朝野之上，每个人说话都是虚虚实实。

丹答道：“果真如此，下一任国君是伊丽莎白·都铎还是玛丽·斯图亚特，我又何必操心？”

“倘若伊丽莎白当上女王，她不会烧死新教徒。”这话不假。

丹想到父亲的惨死，双眼要喷出火来，但他勉强镇定。“说起来容易。”

“切实想想，你希望新教徒不受残害。伊丽莎白不仅是最佳的希望，还是唯一的希望。”内德猜想丹未必相信这话，但他的眼神说明他领悟到内德说得不错。内德觉得离目标近了一步，心中暗喜。

丹不情愿地问：“你跟我说这些是什么意思？”

内德不答反问：“目前王桥的新教徒有多少？”

丹一脸倔强，没有答话。

内德语气迫切。“你得信任我。回答我！”

“至少有两千。”丹总算松口了。

“什么？”这是意外之喜，“我还以为顶多几百个。”

“有好几群信众。六月之后，又多了不少人。”

“因为令尊的遭遇？”

丹一脸愤恨。“主要因为令堂的遭遇。现在大家做生意都提心吊胆，不敢交易。他们并不关心什么新教殉道者，但是教会断了他们的财路，这就忍无可忍了。”

内德点点头。丹这话有道理。很少有人执着于教义的是是非非，不过人人都要讨生活，而教会横插一脚，注定要惹得群情激愤。

内德说：“我特地从哈特菲尔德赶回来，就是有一个问题要问你。丹，我问这个问题就可能惹上麻烦，所以回答前请三思。”

丹一脸惊恐。“我不想卷入什么谋逆之事！”

但这恰恰是内德的打算。他说：“这两千名新教徒中，你能组织多少身强体健之人，在女王驾崩之后，拥护伊丽莎白，和玛丽·斯图亚特的势力作战？”

丹别开目光。“我哪儿知道。”

内德知道他没说实话。他凑近了，加重语气：“要是有一群贵族天主教徒，兴许由斯威森伯爵率领着，集结大军攻入哈特菲尔德，将伊丽莎白囚禁，恭候玛丽·斯图亚特跟那两位说一不二的舅舅从法国抵达，你难道袖手旁观？”

“四百名王桥人也无济于事。”

这么说有四百人，这正是他要打探的消息。比预想的要多，他暗暗高兴。他开口说：“你以为英格兰英勇无畏的新教徒只有你们？”他把嗓音压得更低了。“像你们这样的教徒，全国上下每个城市都有，他们愿意远赴哈特菲尔德，为伊丽莎白而战，只等她一声令下。”

丹的脸上第一次呈现出希望的光——虽然只是复仇的希望。“果真如此？”

这并非虚言，只是有几分夸大其词。内德说：“倘若你笃信教义，并渴望信仰的自由，不必时刻担惊受怕，怕因信仰而被活活烧死，那你就必须为此而战，是真刀真枪地战斗。”

丹沉吟着点头。

“还有一件事。你要盯紧斯威森伯爵和雷金纳德爵士。一旦有什么风吹草动，譬如囤积武器，立刻派人快马加鞭到哈特菲尔德送信给我。尽早得到消息，是制胜的关键。”

丹没有接口。内德紧盯着他，等他答复，盼望他答应。丹总算开口了：“我得考虑考虑。”说完就走了。

内德心下沮丧。他以为十拿九稳，丹为了为父报仇，会一口答应率领王桥民兵队拥戴伊丽莎白，对此还向威廉·塞西尔爵士言之凿凿。看来是托大了。

他失望地穿过广场去找母亲，走了一半发现和罗洛·菲茨杰拉德撞了个正着。罗洛开口问：“女王有什么消息？”

不消说，人人都在惦记。

内德答道：“病情垂危。”

“听传言，伊丽莎白当上女王后会允许信奉新教。”听他的口气，仿佛是问罪。

“有这种传言？”内德不打算跟他讨论，抬脚就走。

罗洛却挡在他面前。“甚至要像她父亲一样，奉异教为国教，”罗洛扬起下巴，气势凌人，“是不是真的？”

“你听谁说的？”

“想想看，”罗洛和内德一样，对对方的问题充耳不闻，“要是她敢这么做，谁会反对？自然是罗马。”

“可不是。教宗对新教徒的策略是一个不留。”

罗洛双手叉腰，气势汹汹地探过上身。这个姿势内德再熟悉不过，罗洛是在示威。“西班牙国王也要反对，而国王陛下是天底下最富有、最厉害的角色。”

“也许吧。”西班牙不会这么轻易下决断，不过腓力国王阻挠伊丽莎白，的确有这个可能。

“还有法国国王，天底下第二厉害的角色。”

“嗯。”不错，这个敌人也是实实在在的。

“葡萄牙国王和苏格兰女王，这就更不必提了。”

内德本想装作不屑一顾，无奈罗洛句句切中要害。要是伊丽莎白真的把想法付诸实践，那么全欧洲都会与她为敌；而内德清楚她主意已定。这些他并非不晓得，但罗洛针针见血，令他不寒而栗。

只听罗洛接着说："至于谁会支持她？瑞典国王和纳瓦尔女王[1]罢了。"纳瓦尔是夹在西班牙和法兰西之间的蕞尔小国。

"你真会危言耸听。"

罗洛凑近了，咄咄逼人。他仗着身材高大，威胁地俯视内德。"和这么多厉害人物对着干，她一定是蠢到家了。"

内德答道："罗洛，你给我让开，不然我发誓，我要用这双手把你举起来扔到边上去。"

罗洛神色迟疑。

内德一只手搭在罗洛的肩膀上；外人看来，兴许是友好的手势。他说："我不会说第二次。"

罗洛推开内德的手，不过让开了。

内德说："对恃强凌弱之徒，伊丽莎白和我就这么对付他们。"

这时只听小号齐鸣，接着新娘现身了。

内德屏住呼吸。她真是美若天仙，她穿了件淡天蓝色的礼服，配着深蓝衬裙。夸张的高领子像把扇子，衬着她卷曲的秀发；镶满珠宝的头饰上斜插了一支翎羽。

内德听见身边的姑娘喃喃称许。他瞥了一眼，看见个个一脸嫉妒。他这才发觉，玛格丽得到了她们的如意郎君。巴特可谓是本郡姑娘梦寐以求的夫婿，她们都以为玛格丽拔得头筹。这可真是大错特错。

雷金纳德爵士陪着新娘，一身丝质紧身上衣绣着金线，华贵非凡。内德愤愤然：他花的是母亲的钱。

---

① 瑞典国王古斯塔夫一世（Gustav I），1523—1560年在位；纳瓦尔女王胡安娜三世（Jeanne d'Albret），1555—1572年在位。

玛格丽穿过广场，内德望着她娇小无助的身影踏上西侧的宽阔石阶，仔细琢磨她的表情。她此刻在想什么？只见她嘴角挂着矜持的微笑，不时左顾右盼，对亲友颔首，似乎自信而骄傲。但内德明白她的性子。玛格丽并非文静的淑女，她天生顽皮淘气，爱笑爱闹。大喜之日，她没有欢欣雀跃。她是在演戏，就像扮作玛利亚·玛达肋纳的少年。

玛格丽从内德身边走过，瞧见了他。

她不知道内德会来，不禁大吃一惊。只见她慌张地瞪大眼睛，随即别开目光，但一时不能自持。微笑消失了，她脚下一个趔趄。

内德不自觉地伸手去扶，可惜跟她隔了五码远。雷金纳德爵士扶住女儿的手臂，可惜迟了一步，手臂也不够有力。玛格丽脚下不稳，跪倒在地。

人群里一阵惊呼。这可是坏兆头，成亲途中跌倒，这可是最大的霉头。

玛格丽跪了片刻，喘息着，努力镇定，家人急忙围拢过来。不少人踮起脚，想看看围在中间的新娘子如何了，内德也是其中之一。离得远的人瞧不清楚，纷纷交头接耳。

只见玛格丽站了起来，看样子稳稳当当。她脸上又呈现出之前的从容表情。她环顾四周，脸上挂着不好意思的笑，像在嘲笑自己笨手笨脚。

她迈开步子，又朝教堂门廊走去。

内德没有动，他不必凑近了观礼。心爱之人要把一生托付给另一个男子。玛格丽一向言出必行，在她眼里，誓言是神圣的。她要是说“我愿意”，就绝不反悔。内德明白，从此与她无缘了。

宣誓过后，众人鱼贯进入教堂，参加婚礼弥撒。

内德口中附和，抬眼望着雕栏拱券，可这一天，就连永恒不变的圆柱和弧线的交错韵律也没能安抚他受伤的灵魂。巴特会令玛格丽郁郁寡欢，内德知道。他脑海里不住地浮现出一个念头，无论如何也挥之不去：今天晚上，那个穿黄色紧身上衣的榆木脑袋巴特，就要和玛格丽同床共枕，那正是内德自己梦寐以求之事。

弥撒终了，两人正式结为夫妇。

内德出了教堂，现在木已成舟，希望化为泡影。今生与她缘尽于此。

内德觉得不会再爱第二个人，这辈子会孤独终老。他庆幸至少有一份新的差事，为之奉献一生。他愿意为伊丽莎白鞠躬尽瘁。既然这辈子不能和玛格丽厮守，那就全心全意地献给伊丽莎白吧。诚然，她对宗教的宽容理想可谓惊世骇俗，天底下几乎所有人都以为，信仰自由就是放任无度，也是痴人说梦。不过在内德看来，一大半人都在痴人说梦，只有拥护伊丽莎白的人才是清醒的。

失去玛格丽，日子纵然索然无味，但总不至于蹉跎。

那次支开斯威森伯爵，他让伊丽莎白刮目相看；这一次，他要再次令她侧目。一定要说服丹·科布利和王桥的新教徒，把他们收入麾下。

广场上冷风阵阵，他四下寻找丹。丹刚才没有进教堂去望弥撒。他应该在考虑内德的提议吧。他要权衡多久？内德瞧见丹立在墓园里，于是朝他走去。

菲尔伯特·科布利自然没有坟墓：异教徒不得按基督徒下葬。丹站在祖父母亚当和底波拉夫妇的墓碑前。他开口说："火刑之后，我们偷偷收了些骨灰，"他满脸泪痕，"黄昏时来埋到了土里。到了最后审判日，我们会重逢。"

内德并不喜欢丹这个人，但也忍不住为他难过。"阿门。但审判日遥遥无期，这期间我们要在尘世上完成上帝的使命。"

"我帮你。"丹说。

"好样的！"内德心满意足。这次总算马到成功，没有辜负伊丽莎白的期望。

"我当时就该立刻答应，只是现在太过小心。"

内德以为这也情有可原，但既然丹打定了主意，那就不必再沉湎于过去。内德换作就事论事的口气："你需要选出十个人做队长，每个人手下四十个人。不必人人有剑，但得吩咐他们配一把好用的匕首或者锤头。铁链当武器也不赖。"

"你对新教徒民兵队都是这么说的？"

"一点不错。手下的人必须训练有素。你得找一个地方带他们操练列队行军。听起来也许可笑，不过只要能让他们统一行动就是值得的。"这并非经验之谈，而是塞西尔教他的。

丹犹豫着说："列队的话，怕有人会看见。"

"所以要格外小心。"

丹点点头。"还有一件事。你说想知道斯威森和菲茨杰拉德父子的一举一动。"

"求之不得。"

"他们去了布鲁塞尔。"

内德大吃一惊。"什么？什么时候的事？"

“四周前。他们搭的是我的船，所以我才知道。他们在安特卫普下了船，我们还听见他们雇了人引路，要去布鲁塞尔。回程搭的也是我的船。他们担心赶不回来，婚礼怕又要延期，不过三天前就回来了。”

“腓力国王此刻在布鲁塞尔。”

“我听说了。”

内德学着威廉·塞西尔的思路寻思起来。脑海中的多米诺骨牌接连倒下。斯威森和菲茨杰拉德父子去见腓力国王所为何事？讨论玛丽·都铎驾崩后的王位人选。他们对腓力说了什么？女王该由玛丽·斯图亚特来当，而不是伊丽莎白·都铎。

他们一定是请腓力拥护玛丽。

倘若腓力答应，那伊丽莎白就麻烦了。

塞西尔听说后心烦意乱，叫内德越发忧心。

“我没指望腓力拥护伊丽莎白，只是以为他不会卷进来。”塞西尔忧心忡忡。

“他不支持玛丽·斯图亚特，有什么理由？”

“他担心英格兰受制于玛丽的两个法国舅舅，而他不希望法国势力滋长。因此，他虽然希望咱们下一任国君是天主教徒，但又犹豫不决。我不希望他被人说服，拥戴玛丽·斯图亚特。”

这一点内德却没想到。塞西尔考虑问题总比自己周密，真是了不起。内德虽然一点就通，但各国外交的错综复杂，他觉得自己永远摸不透。

塞西尔一整天愁眉不展，思索如何劝服西班牙国王置身事外。之后，他带着内德去见费里亚伯爵。

这位西班牙大臣夏天里来过哈特菲尔德，内德见过他。伊丽莎白欣然同他会面，认为这次拜访就表示其主腓力国王没有公然反对自己。她对费里亚伯爵使出了浑身解数，他告辞的时候，对她有些动心。然而，各国关系一向瞬息万变。费里亚对伊丽莎白着了迷，但这未必作数。他是个老到的外交官，一向彬彬有礼，但做事冷酷无情。

塞西尔带内德到伦敦见他。

论大小，伦敦城无法和安特卫普、巴黎或者塞维利亚媲美，不过英国贸易蒸蒸日上，伦敦就是其心脏所在。出了伦敦城往西，一条大路沿着河流走向，连接着座座滨河的宫殿和花园大宅。出了伦敦城走两英里，就到了伦敦所辖的自治市威斯敏斯特，即国会所在地。王公、议员、朝臣聚在怀特霍尔宫、威斯敏斯特宫院以及圣詹姆斯宫，反复讨论法律条文，商人这才得以经商。

费里亚住在怀特霍尔宫，这是一片洋洋洒洒的宫殿群。塞西尔和内德运气不错，他正打算回布鲁塞尔见主子。

塞西尔的西班牙语并不流利，好在费里亚精通英语。塞西尔称自己碰巧经过，顺路登门造访。费里亚客气地道谢。两人先是顾左右而言他，彼此客套一番。

这些礼节之下，可谓暗流涌动。腓力国王以支持天主教会为神圣使命；在斯威森和雷金纳德爵士的游说之下，他极有可能反对伊丽莎白。

寒暄之后，塞西尔说："私底下说一句，英格兰和西班牙打败法兰西和苏格兰是指日可待。"

内德暗暗奇怪。英格兰几乎没有出力，赢的只是西班牙；苏格兰的关系更是微乎其微。塞西尔是在提醒对方看清友方敌方。

费里亚说："胜负已见分晓。"

"腓力国王一定龙颜大悦。"

"并且对英国子民的支持铭记于心。"

塞西尔点头表示谢意，随即切入正题。"对了，伯爵，不知阁下近来和苏格兰女王玛丽·斯图亚特可有往来？"

内德心下诧异。塞西尔要说什么，并没有跟自己商量。

费里亚同样诧异。"主啊，怎么会。阁下怎么会想让我和她有联系呢？"

"啊，我不是说应该联系——不过换作是我，我会那么做。"

"为什么？"

"这个嘛，她也许就是下一任英格兰女王，虽然她只是个黄毛丫头。"

"这话也可以套在伊丽莎白公主身上。"

内德皱起眉头。要是费里亚把伊丽莎白当成是个黄毛丫头，那可是看走了眼。莫非他并没有大家传的那么神通广大？

塞西尔充耳不闻。"实话实说吧，我听闻有人游说腓力国王拥戴苏格兰的玛丽登上王位。"

塞西尔顿了一顿，等着费里亚开口否认，但对方一语不发。内德据此判断，他们猜得不错。斯威森和雷金纳德确是去请腓力支持玛丽·斯图亚特的。

塞西尔接着说："换做是阁下，我会请玛丽·斯图亚特明言作保，许诺在她的统治下，英格兰不会改变立场，不会联手法兰西和苏格兰对抗西班牙。毕竟，依目前的情势看，西班牙要是输了这场仗，只有这一种变数。”

内德赞叹不已。塞西尔点到为止，足以令费里亚和他的主子西班牙国王心生畏惧。

费里亚问：“有这种可能？阁下自然不会这么想吧？”

“私以为这在所难免。”塞西尔心里绝没有这样想，内德对此一清二楚。“玛丽·斯图亚特乃是苏格兰统治者，只是由母亲代为摄政。玛丽的夫君又是法国王储。她怎么可能背叛这两个国家？她必然会率领英格兰同西班牙为敌——除非阁下现在先发制人。”

费里亚沉吟着点头。“想必阁下有高见。”

塞西尔一耸肩。“向欧洲最负盛名的外交大臣献策，真是岂敢岂敢。”塞西尔圆滑起来也不在话下，“不过倘若腓力国王确然考虑让英格兰天主教徒拥戴玛丽·斯图亚特，依我之见，国王陛下或许可先请玛丽立下保证，她登基之后不会向西班牙宣战，以此作为拥护她的条件。”

“言之成理。”费里亚不动声色。

内德大惑不解。塞西尔应该劝费里亚不拥护玛丽·斯图亚特的，怎么反倒替腓力国王献计，解决他的至大烦恼？莫非内德又漏听了什么？

塞西尔起身说：“幸好有机会相谈，我其实是来为阁下送行的。”

“能见到阁下，是我的福分。请向可爱的伊丽莎白转达我的致意。”

“我会的。她自然高兴。”

一出门，内德就忍不住问：“恕我不明白！您为什么要献那条计策，说向玛丽·斯图亚特索要保证？”

塞西尔笑着说：“第一，法兰西国王亨利绝不会答应自己的儿媳许下这种承诺。”

这一点内德可没想到。玛丽不过十五岁，她做什么事都得先取得同意。

塞西尔又说：“第二，她就算保证，也只是一纸空文。等她登上王位，随时可以反悔，旁人也束手无策。”

“腓力国王也看得出这两点障碍。”

“他看不出，费里亚也会替他指出来。”

“那您又何必提醒？”

“叫费里亚和腓力国王明白支持玛丽·斯图亚特的后果，这是捷径。费里亚不会按我的建议行事，不过眼下他准是在绞尽脑汁，想法子保全西班牙。用不了多久，腓力也要为这事头疼了。”

“那他们会用什么法子？”

“不知道——但我知道他们不会采用什么法子：他们不会帮斯威森伯爵和雷金纳德爵士，不会出力拥护玛丽·斯图亚特。这样一来，咱们的胜算就大了。”

玛丽·都铎女王大限将至，走得不疾不徐、威仪堂堂，像一艘大帆船缓缓驶出泊位。

她病情逐日加重，卧病在伦敦圣詹姆斯宫的寝殿。与此同时，伊丽莎白的哈特菲尔德宫则宾客如云。贵族和富贾纷纷派来说客，痛斥宗教迫害的弊病。也有人送信来表示愿效犬马之劳。伊丽莎白每天有一半的时间用来回复信函，由她口述，秘书代笔，感谢诸位忠心耿耿、巩固友谊等，一时短笺如雨。每封信的言外之意只有一个：本公主将是位积极有为的君主，并且不会忘记各位慧眼识才、鼎力相助。

内德和汤姆·帕里负责练兵。两人征用了邻近的布罗克特府做总部。两人同各外省城镇的支持者联络往来，防范天主教徒造反。内德估算部队数目、各支抵达哈特菲尔德的时间，并为筹备兵甲绞尽脑汁。

塞西尔对费里亚的计策果然奏效。十一月第二周，费里亚返回英格兰，先去了枢密院——枢密院大臣个个一言九鼎。费里亚宣布腓力国王将拥护伊丽莎白继承王位；玛丽女王对夫君的决定似乎并无异议——也由不得她了。

费里亚随后来到哈特菲尔德。

他满面春风，显然是有喜讯带给这个迷人的女子。西班牙是天底下最富庶的国家，只见费里亚穿了件红色紧身上衣，颜色偏粉红，凸显金色的里衬；上衣外的黑斗篷则是红色里子，绣着金线图案。内德从没见过哪个人这般扬扬得意。

“小姐，我给您带了一件礼物。”

屋子里除了伊丽莎白和费里亚，还有塞西尔、汤姆·佩里和内德。

伊丽莎白喜欢礼物，但讨厌意外。只听她小心翼翼地答道：“阁下费心了。”

“是腓力国王的礼物。国王陛下既是我的主人，也是您的。”

名义上，腓力的确是伊丽莎白的主人，因为玛丽·都铎依然在世，依然是英格兰女王，所以她的夫君就是英格兰国王。但伊丽莎白不喜欢这种提醒。内德瞧出细微的变化：她的下巴微微扬起，淡色的眉毛略一颦蹙，坐在橡木雕椅子上的身子不易察觉地僵直了。不过费里亚毫无察觉。

只听他接着说："腓力国王把英格兰王位献给小姐。"他退后一步，鞠了一躬，仿佛等着掌声或是亲吻。

伊丽莎白面不改色，但内德知道她在苦思应对之策。费里亚带来的是喜讯，但仿佛是天大的赏赐。伊丽莎白会怎么应答？

沉默了一会儿，费里亚又说："我有幸第一个向您道喜——陛下。"

伊丽莎白颔首，一派王者之尊，却依然不答话。内德知道，这是山雨欲来的沉默。

费里亚接着说："我已将腓力国王的决定转告给枢密院。"

"姐姐不久于人世，我将成为女王，"伊丽莎白终于开口了，"我虽则喜悦，又怅然若失，可谓悲喜交加。"

内德暗想，这番话应该早有斟酌。

费里亚说："玛丽女王虽在病中，也认可了夫君的决定。"

他态度有些异样，内德凭直觉猜到他在说谎。

只听他接着说："女王将钦定您作为继承人，条件是您许诺英格兰继续奉行天主教。"

内德又是一阵沮丧。要是伊丽莎白答应了，那么一登上王位就要束手束脚。朱利叶斯主教和雷金纳德还要在王桥作威作福。

内德瞥了塞西尔一眼。塞西尔并不惊慌，也许也猜到了费里亚在说谎。只见他露出一丝好笑的神色，以期许的目光望着伊丽莎白。

沉默了许久，费里亚又说："我可否转告国王与女王您答允了？"

伊丽莎白终于开口了，语气干脆，仿佛鸣鞭。"不，先生，不可以。"

费里亚像挨了一耳光。"可是……"

伊丽莎白不给他辩驳的机会。"倘若我当上女王，那将蒙上帝选中，不是拜腓力国王所赐。"

内德真想放声欢呼。

她接着说："倘若我统领英格兰，那是因为百姓拥戴，而不是得到即将撒手人寰的姐姐首肯。"

费里亚如遭雷击。

伊丽莎白的轻蔑溢于言表。"若我加冕，我的誓言也将延续英格兰国君的惯例，不会听凭费里亚伯爵的吩咐许下额外的承诺。"

这一次，巧舌如簧的费里亚哑口无言。

内德猜想，费里亚这把牌出错了顺序。要求伊丽莎白许诺奉行天主教，应该在向枢密院表明立场之前，现在为时已晚。内德猜想，费里亚从一开始就被伊丽莎白的风姿所迷惑，把她当成毫无主见的弱女子，会任由独断专行的男子摆布。结果是他自己被玩弄于股掌之上了。

费里亚不蠢，内德看得出，他一瞬间醒悟了。他一下子气焰全消，像空瘪瘪的酒囊。他想开口，但话到嘴边又改了主意，如是几次。内德暗想，他想说什么都无济于事。

伊丽莎白替他摆脱痛苦。"多谢伯爵登门造访。请代我们向腓力国王转达致意。虽然希望渺茫，我们还是会为玛丽女王祈祷。”

内德不知道这个“我们”是代表了伊丽莎白的下属，还是一句谦称。他认为伊丽莎白是有意为之。

费里亚勉强维持客套，退了出去。

内德咧嘴一笑。他想起斯威森伯爵，轻声对塞西尔说：“嘿，低估伊丽莎白自取其辱的，费里亚伯爵不是头一个。”

“不错，”塞西尔答道，“我看也不是最后一个。”

玛格丽九岁时曾说以后要出家当修女。姨奶奶琼修女潜心向教，令她敬畏不已。姨奶奶住在顶楼，每天守着祭台拨弄念珠祷告。她一辈子高贵而自立，恪守她的使命。

哪知道亨利八世一声令下，修女会和修道院一并取缔；玛丽·都铎女王即位后也未能复兴。不过，玛格丽改变心意却另有原因。其实，她开始发育之时就明白自己受不了暮鼓晨钟的生活。她喜欢男孩子，虽然他们笨头笨脑的。她钦慕男子大胆、强壮、插科打诨，发觉他们痴望自己，她就兴奋不已。就连他们后知后觉、不解风情，她也觉得可爱。男子的直截了当让她着迷，女子有时候就爱转弯抹角。

虽然她断了皈依的念头，但仍念念不忘为一个使命尽忠尽职。这天，她要搬去新堡了，趁下人把衣服、书籍和首饰装上四轮马车的工夫，她找琼修女吐露心声。琼修女坐在木凳子上，虽然上了岁数，依然坐得笔笔直直。她答道：“不必担心，主对你自有安排。对每个人都自有安排。”

“可我怎么能找寻到主的安排呢？”

“呀，你没法找寻的！要等主显现给你。主是催不得的。”

玛格丽发誓克己修身，其实她隐隐意识到，这一辈子就是对克己的考验。她顺从父母之命，嫁给了巴特。这两周来，她和丈夫住在麻风病人岛的伯爵府宅，其间巴特的想法不言自明：玛格丽未嫁从父母，出嫁了就要从夫。去哪儿、做什么，由他一个人拿主意，再向她交代，和他对管家没什么两样。她本以为夫妻俩会有商有量，可巴特似乎想也没想过。她只好寄希望于巴特在潜移默化中慢慢改变，可他又像极了父亲。

这次搬去新堡，一家人骄傲地替她送行。雷金纳德爵士、简夫人还有罗洛如今和伯爵做了亲家，因为攀上贵戚而扬扬得意。

此外，父子俩也有要事找斯威森伯爵商量。布鲁塞尔一行功败垂成。腓力国王本来耐心聆听、频频颔首，但看样子后来又被人游说，以至于转而拥护伊丽莎白。玛格丽看得出，罗洛大失所望。

路上，父子俩一直讨论下一步如何是好。现在只剩一条出路，就是在玛丽·都铎驾崩之后立即讨伐伊丽莎白。为此得知道斯威森伯爵能召集多少人马，以及贵族天主教徒中有多少人会响应斯威森的号召。

玛格丽深感不安。一方面她视新教为异端，认为新教徒自以为是、妄自尊大，胆敢批评传承数百年的教义。可另一方面，她也反对基督教徒自相残杀。新堡遥遥在望，这时她脑子里塞满了切切实实的难题。斯威森爵士是位鳏夫，因此身为夏陵子爵夫人的玛格丽就是家中的女主人了。她十六岁，对打理城堡几乎一无所知。虽然和母亲长谈过，也有了些计较，马上要身体力行，总免不了忐忑。

巴特先走一步，等菲茨杰拉德一家赶到新堡时，院子里约莫有二十个下人在候着。玛格丽骑马进去的时候，众人拍手欢呼，她不禁生出回家之感。可能他们厌烦了伺候男主人，愿意有个女主人来打点家务。但愿如此。

斯威森和巴特出来迎接。巴特吻了妻子，斯威森也来吻她，嘴巴久久地黏在她脸上，身子也贴过来。随后斯威森指着一个三十岁上下的丰满妇人说："萨尔·布伦登是这儿的管家妇，有什么事你找她就行。"接着他吩咐妇人说，"萨尔，你带子爵夫人四下转转，我们男人有很多事要商量。"

他说完就转过身，请雷金纳德和罗洛进屋去，随手在萨尔肥硕的屁股上拍了一下。萨尔既不吃惊也没有不悦，显然她的身份可不只是管家妇。

萨尔说："我带您回房看看，这边走。"

玛格丽却想到处认一认。她来是来过，上一次是在圣诞第十二日，不过城堡这么大，她得重新熟悉一下。于是她说："咱们先去厨房看一看吧。"

萨尔一脸不高兴，迟疑片刻才说："听您的。"

她们进了屋子，先去了厨房。里面又热又闷，也不算整洁。一个老仆人坐在凳子上，一边瞧着厨娘忙活一边喝酒。看到玛格丽进来，他慢吞吞地起身。

萨尔说："这位是厨娘梅芙·布朗。"

玛格丽见到桌子上伏着一只猫，正优雅地啃一块剩火腿肘子。她一把抓起猫放在地上。

梅芙·布朗愤愤然："那猫抓老鼠可厉害呢。"

玛格丽答道："别给它吃火腿，抓老鼠保准更厉害。"

老仆人用托盘盛了一盘冷牛肉、一壶酒和几块面包。玛格丽拿起一块牛肉吃掉了。

老仆说："这可是给伯爵的。"

"味道的确不错，"玛格丽答道，"你叫什么？"

"科利·奈特，跟了斯威森伯爵四十个年头，从小到大。"他一副自视甚高的语气，像是要叫玛格丽知道，论辈分，她比不上自己。

"我是子爵夫人，"玛格丽回敬，"和我说话，要称一句'夫人'。"

科利迟疑半晌才答道："是，夫人。"

玛格丽说："现在咱们去子爵房里。"

萨尔·布伦登在前面引路。她们穿过大堂，看见一个扫地的小丫头，约莫十岁，一副心不在焉的样子，扫帚握在一只手里。从她身边走过时，玛格丽厉声说："给我两只手握扫帚。"小丫头吓了一跳，随即照做了。

她们迈上楼梯，沿着走廊来到尽头。卧室守着犄角，和两间偏厅有门相连。玛格丽心头一喜：一间给巴特更衣，放他的脏靴子；另一间自己做梳妆室，由女仆伺候更衣梳头。

不过每间房都脏乱不堪。窗子像一年没擦过了；毯子上卧着一老一小两条狗；玛格丽瞧见地板上散着狗屎，显然巴特任两个宠物在屋里为所欲为。墙上挂了一张赤身裸体的女子画像，此外没有花草，没有果盘盛着水果或是葡萄干，也没有放香草花瓣的熏香碗。椅子上摞着一堆脏衣服，其中有一件染血的衬衣，看样子放了有段日子了。

“脏死了，”玛格丽吩咐萨尔·布伦登，“我没法开箱子，得先把这儿打扫干净。你去拿扫帚和铲子来，第一件事就是把狗粪清掉。”

萨尔叉着腰，一脸挑衅。“我的主人是斯威森伯爵。您还是跟他说吧。”

玛格丽忍无可忍。她对人唯命是从太久了：父母、朱利叶斯主教、巴特。怎么能容着萨尔·布伦登嚣张。这一年来压抑的怒火喷薄而出。她扬起手臂，狠狠地扇了萨尔一巴掌。手心打在她脸上啪的一声，吓得两条狗一跃而起。萨尔惊呼一声，向后退去。

“不许再这么对我说话。你这种人，我见得多了。就算伯爵喝醉了跟你行苟且之事，你也别痴心妄想做伯爵夫人。”萨尔眼中闪过被人识破心事的神情，玛格丽知道自己说中了。“现在我是家里的女主人，你要听我吩咐。要是你敢挑事，保准你被扫地出门，脚不点地就进了王桥的妓院，我看那儿八成才是你该待的地方。”

萨尔显然不服气。只见她满脸怒意，甚至想还手，但迟疑不决。要是伯爵新进门的儿媳叫他打发一个不识相的下人，而且就赶在今天，那伯爵也不好推脱。萨尔衡量利弊，收起满脸的不忿，低声下气地说：“我……我请夫人原谅。我这就去拿扫帚。”

她说完就去了。简夫人悄声说：“做得漂亮。”

玛格丽瞧见一条马鞭，放在一对马刺旁的矮凳上，于是拾在手中，走到两条狗跟前。“滚出去，你们两个脏畜生。”她对两条狗各轻轻抽了一鞭子。两条狗不至于疼，但吓坏了，连滚带爬地冲了出去，一脸不忿。

“不许再进来。”玛格丽喝道。

罗洛不肯相信玛丽·斯图亚特大势已去。他义愤填膺：怎么可能？英格兰乃是天主教国家，而玛丽受教宗钦点。当天下午，他代斯威森伯爵去信给坎特伯雷总主教波尔枢机，信中请总主教为起兵讨伐伊丽莎白·都铎赐福。

现在唯一的希望就是诉诸武力。腓力国王背弃了玛丽·斯图亚特，转而支持伊丽莎白。这对罗洛、对菲茨杰拉德家族，乃至英格兰的基督教真道天主教信条，意味着大难临头。

斯威森提笔问：“这是不是叛国？”

罗洛答道：“不是。伊丽莎白尚未即位，因此不算密谋造反。”罗洛清楚，要是他们功亏一篑，伊丽莎白顺利加冕，她不会认为这其中有分别。他们犯的是死罪，但国难当头，不得不放手一搏。

斯威森签了字——他万般不愿，驯服野马也比签名字容易。

波尔抱病在身，不过口述回信总不成问题吧。他会怎么答复斯威森？英格兰诸位主教中，属波尔最为强硬，罗洛有九成把握，他会支持造反。这样一来，斯威森以及拥护者的行为就等于得到教会授意。

斯威森选了两个信得过的下人，派他们去伦敦附近的总主教府兰贝斯宫送信。

雷金纳德爵士夫妇返回王桥，罗洛则留在伯爵身边。他得随时看着，免得情况有变。

斯威森和巴特一边等回信，一边集结人马。罗洛揣测，各地的天主教徒伯爵一定也在招兵买马，联手起来一定势如破竹。

夏陵郡一百个村落，中世纪时就唯斯威森伯爵的先祖马首是瞻，如今对斯威森也是言听计从。斯威森和巴特父子亲自走访数个村落，其余各地，或由下人宣读檄文，或由堂区司铎在布道中宣讲：十八岁至三十岁的独身青年备上斧头、镰刀、铁链，奔赴新堡。

罗洛毫无经验，对于反响如何，他无从揣测。

看到村民踊跃前来，罗洛的精神为之一振。每个村都来了六七个小伙子，个个摩拳擦掌。十一月休了农活，地里基本不需要这些临时的武器以及持武器的青年人。此外，新教主要在市镇传播，风气保守的乡下并不普及。况且这是有记忆以来最振奋人心的大事，一时街谈巷议，无人不晓，黄发垂髫因报国无门竟潸然泪下。

民兵队无法在新堡长久驻留，况且离哈特菲尔德路程不短。他们斟酌一番后决定，虽尚未得到波尔总主教回信，也该启程了。途中要经过王桥，由朱利叶斯主教赐福。

斯威森骑马开路，巴特和父亲并辔而行，罗洛随后。走了三天，一行人抵达王桥。刚一进城，就见到市长雷金纳德同一众市参议员守在梅尔辛桥边，拦住他们的去路。

雷金纳德对斯威森说："很不幸，遇到一个难处。"

罗洛催马向前，和斯威森父子并排。"到底怎么了？"

父亲垂头丧气。"请下马跟我来，一看便知。"

斯威森粗暴地说："哪有这么迎接圣十字军的！"

"我也知道，"雷金纳德答道，"相信我，我也是万般无奈。请随我来。”

三位统帅只好下马。斯威森叫众位队长上前，打赏了酒钱，让他们去屠宰场酒馆买几桶啤酒安抚士兵。

雷金纳德引着三人穿过双拱桥进到城中，沿着主街来到集市广场。

眼前的一幕让他们大惊失色。

摊铺都关了门，临时的架子已经拆掉，广场上清理得干干净净。四五十根结实的树桩子牢牢地钉在冬天的硬土里，直径六英寸或八英寸。数百个小伙子围立在木桩前，个个举着木剑与盾牌。罗洛愈加惊诧。

这是一支军队在操练。

几个人瞪眼瞧着，只见一个队长模样的人站在台子上演示，他举着木剑和盾牌，左右手交替击打木桩；罗洛一看就知道，这在作战中定能叫敌人疲于应付。演示完毕，台下众人轮流练习。

罗洛想起曾在牛津目睹过类似的手法，当时玛丽·都铎女王决意出兵法国，援助西班牙。这种木桩叫作“佩尔”①，根基稳固，不易倾翻。他想起来，毫无经验的士兵起初乱挥一气，压根儿打不中，不过很快就摸出门路，目标准确、力道威猛。他还听一些从军的说，练几个下午佩尔桩，就能让一个一无是处的庄稼汉变成半个独当一面的士兵。

罗洛认出练习的人里有丹·科布利，一下子恍然大悟。

这是一支新教徒军队。

他们自然不会这样自称，也许会大言不惭地说练兵是为了抵

① Pell，源于中世纪，骑士用来练习剑术。

御西班牙侵略。雷金纳德爵士和朱利叶斯主教自然不信，那又能如何？城里只有十二三个守卫，就算这些备战的兵卒违法乱纪，也不可能全部逮捕收监，何况说违法也太牵强了。

眼见那些青年人对着佩尔桩练习，很快熟能生巧，罗洛心生绝望。“这绝不是巧合。他们听说咱们率兵迫近，于是也召集人马阻挠。”

雷金纳德说：“斯威森伯爵，要是你领兵进城，怕要当街对阵了。”

“看我这些孔武有力的乡下汉子不把这些手无缚鸡之力的城里新教徒打个落花流水。”

“议员不肯放你们进城。”

“否决那些懦夫。”

“我没那个权力。他们还说不然就逮捕我。”

“逮捕就逮捕，我们能把你救出来。”

巴特说：“要过那座要命的桥，只能硬闯。”

“那就闯！”斯威森怒吼。

“会折损不少。”

“不然要他们来做什么？”

“那咱们拿什么去哈特菲尔德？”

罗洛瞧着斯威森的表情。他这个人，就算明知道要吃败仗也不肯认输。只见他一脸盛怒，犹豫不决。

巴特说：“不知道别的地方怎么样——可有新教徒在练兵？”

这一点罗洛却没想过。他向斯威森提议召集一小队士卒，那时就该想到新教徒也有同样的打算。他本以为这是一场利落的篡权，不承想却是一场血淋淋的内战。凭直觉就知道，英国百姓不欢迎内战，说不定要对祸首群起而攻之。

看样子，他们只能把这些种田的小伙子打发回家了。

这时就见近旁的贝尔客栈里出来两个人，匆匆奔过来。雷金纳德这才想起来。“伯爵，有一条口信给您。这两个人是一个小时前到的，我怕路上错过你们，就吩咐他们在这儿等着。”

罗洛认出那两个人是斯威森派去兰贝斯宫的信使。总主教波尔怎么说？很可能关乎成败。要是有他授意，斯威森的军队或许就可以奔赴哈特菲尔德。若是他摇头，那还是解散来得明智。

年纪稍长的那个开口说：“总主教没有回复。”罗洛心下一沉。

斯威森怒气冲冲：“没有回复，这是什么意思？他总不会什么也没说吧？”

“我们见到了他的书记员咏礼司铎罗宾逊，他说总主教病重，连读信都不能，更别提回复了。”

“那，他这不是生命垂危了！”斯威森喊。

“是，大人。”

罗洛思忖，这真是噩耗。在国家生死存亡的关头，数一数二的忠坚天主教徒却奄奄一息。这下情况可谓急转直下。挟持伊丽莎白、恭迎玛丽·斯图亚特的计划原本十拿九稳，现在无异于送死。

罗洛不禁感叹，有时候命运似乎站在魔鬼那一边。

内德住进伦敦城，频繁在圣詹姆斯宫前出没，打听玛丽·都铎女王的消息。

十一月十六日，女王病情严重恶化，不到日头落山，新教徒就将这一天冠上“希望星期三”的名号。第二天还没破晓，内德和一群人就守在高高的红砖门楼外，边打哆嗦边等消息，这时就见一个下人匆匆出来报信。他低声宣布：“她走了。”

内德穿过马路，回到车马酒馆，先吩咐人备马，接着叫醒信差彼得·霍普金斯。霍普金斯一边穿衣服，一边拿酒壶灌麦芽酒当早餐，内德则通知伊丽莎白玛丽·都铎驾崩的消息，字条写好后，他就打发信使上了路。

他又回到门楼前，这时人比刚才还多。

接下来的两个小时里，内德目送诸位重臣以及不甚重要的信使奔进奔出。他瞧见尼古拉斯·希思现身，立即跟了上去。

希思可谓权倾朝野：他担任约克总主教，又是当朝大法官，同时兼任掌玺大臣。塞西尔曾游说他拥护伊丽莎白，但他不置可否。现在他不得不做出决定，非此即彼。

希思以及随行骑马赶往不远处的威斯敏斯特，国会很快要开始上午的议事了。威斯敏斯特前也围了不少人，希思宣布将对上下议院同时发言，于是人群都聚在上议院。

内德想假充希思的下属混进去，却被守卫拦下了。他佯装诧异：“本人代表伊丽莎白公主，受公主之命，来国会旁听，并据实向殿下转述。”

守卫还想阻拦，这时希思听见争执，开口说：“我见过你，年轻人。是威廉·塞西尔手下的吧。”

“是，总主教大人。”他记得不错，这份过目不忘的本领叫内德暗暗称奇。

此时正值国会开会，倘若希思宣布拥护伊丽莎白，那么继位一事很快就会敲定。伊丽莎白呼声最高，她是玛丽·都铎女王的妹妹，而且和伦敦只隔了二十英里。相比之下，玛丽·斯图亚特不为人所知，嫁给了法国夫君，又远在巴黎。选择伊丽莎白是大势所趋。

偏偏教会支持玛丽·斯图亚特。

辩论厅里人声鼎沸，人人都关心着同一个问题。瞧见希思起身，厅里一下子鸦雀无声。

“今日清晨，蒙仁慈的上主召唤，先主玛丽女王去了。”

众议员齐声叹息。他们要么已然知晓，要么听到传闻，但得到证实仍不免沉重。

“但我等也应欣喜，因为万能的圣主为我等选出了一位名正言顺的合法王位继承人。”

大厅里一片死寂。希思要宣布下一任女王人选了。会是谁?

“伊丽莎白小姐，”只听他宣布，“其权利及身份皆属正统，确然无疑！”

大厅里一片哗然。希思还没说完，可没人在听了。总主教公开拥护伊丽莎白，称她身份“正统”，这可是公然违背教宗的旨意。一切已成定局。

几个议员大声抗议，不过内德瞧出大半人都在欢呼。伊丽莎白是国会的选择。事情悬而未决的时候，或许他们不敢公然表态，如今不必再有顾忌。伊丽莎白深得人心，看来塞西尔是低估了。虽然也有人愁眉苦脸，抱着手坐在那儿一言不发，既不鼓掌也不欢呼，但毕竟是少数。大多数人喜不自胜。英国免于内战，不必迎来外国国王，火刑也要终止了。内德不知不觉也欢呼起来。

希思退出辩论厅，枢密院大半大臣都尾随而去。希思站在厅外台阶上，向等候的人群再次宣布决定。

他最后说会在伦敦城宣读公告。临走前，他示意内德过去：“你会立即骑马赶往哈特菲尔德送信吧？”

“是，总主教大人。”

“不妨告诉伊丽莎白女王，本官会在天黑前赶到。”

“多谢大人。”

“信送到之后再庆祝。”

“自然，大人。”

希思交代完毕就走了。

内德一路跑回车马酒馆，几分钟后，就踏上了去哈特菲尔德的路。

他骑了一匹稳健可靠的母马，时而狂奔时而慢走，不敢催得太急，怕把马累得筋疲力尽。并非十万火急之事，只要赶在希思之前就可以了。

他上午十点左右出发，约莫下午三点，终于远远望见哈特菲尔德宫的红砖山墙。

霍普金斯应该回来了，所以玛丽·都铎驾崩的消息应该传开了。不过，还没有人知道新君的人选。

他骑马进到正院，好几个马夫异口同声：“有什么消息？”

内德认为伊丽莎白该第一个得到消息，于是没有回答马夫，不动声色。

伊丽莎白和塞西尔、汤姆·帕里，还有内尔·贝恩斯福德都在客厅里。几个人看见内德连厚重的斗篷都来不及脱就走进来，一齐默默盯着他，气氛紧张。

内德走到伊丽莎白面前，极力想保持严肃，却抑制不住笑意。伊丽莎白见他这般表情，嘴角微微上扬，报以微笑。

“见过英格兰女王，”他脱帽屈膝，深鞠一躬，“陛下。”

我们满心喜悦，因为我们想不到这竟是祸端。当然，不只是我一个人；我资历尚浅，那些比我年长、比我精明十倍的同僚也一样后知后觉。对于未来，我们始料未及。

有人警告过我们。罗洛·菲茨杰拉德曾威胁我说，伊丽莎白女王阻力重重，支持她的欧洲君主少之又少。我没有理会，虽然他说中了，那个道貌岸然的王八蛋。

1558年非同小可，而我们的所作所为引发了政治冲突、叛乱、内战、敌军入侵。之后的年头里，我也曾数次彷徨，怀疑这个宏愿究竟值不值得。让百姓随心所欲地敬神，这只是一个简简单单的想法，其后果却比埃及十灾还要惨烈。

那么，要是我当时就知道会发生这些变故，我可会坚持这个选择？

会，该死的。

人物表

但愿你不需要这份参照，不过你也许偶尔会忘了一个人物是否出现过，所以我这里添一笔提示。我知道，有时候读者合上书之后一直抽不出空继续，隔了一周甚至更久——我就有过这种经历——忘得一干二净。以下是出场不止一次的人物，算是以防万一吧……

英格兰

威拉德一家

内德·威拉德

巴尼，其兄

爱丽丝，其母

马尔科姆·法夫，马夫

珍妮特·法夫，管家妇

艾琳·法夫，马尔科姆和珍妮特夫妇之女

菲茨杰拉德一家

玛格丽·菲茨杰拉德

罗洛，其兄

雷金纳德爵士，两兄妹之父

简夫人，两兄妹之母

娜奥米，女佣

琼修女，玛格丽姨奶奶

夏陵一家

巴特，夏陵子爵

斯威森，其父，夏陵伯爵

萨尔·布伦登，管家妇

清教徒

菲尔伯特·科布利，船主

丹·科布利，其子

露丝·科布利，菲尔伯特之女

多纳尔·格洛斯特，书记员

杰里迈亚，洛弗菲尔德圣约翰教堂牧师

寡妇波拉德

其　他

默多修士，游方传道士

苏珊娜，布雷克诺克伯爵夫人，玛格丽和内德的朋友

乔纳斯·培根，飞鹰号船长

乔纳森·格陵兰，飞鹰号大副

斯蒂文·林肯，司铎

罗德尼·蒂尔伯里，法官

真实历史人物

玛丽·都铎，英格兰女王

伊丽莎白·都铎，玛丽异母之妹，后继承王位

威廉·塞西尔爵士，伊丽莎白谋士

罗伯特·塞西尔，威廉之子

威廉·艾伦，英格兰流亡天主教徒首脑

弗朗西斯·沃尔辛厄姆爵士，间谍头目

法兰西

帕洛一家

西尔维·帕洛

伊莎贝拉·帕洛，其母

吉勒·帕洛，其父

其　他

皮埃尔·奥芒德

维尔纳夫子爵，皮埃尔同窗

穆瓦诺神父，皮埃尔大学导师

纳塔，皮埃尔家使唤丫头

日内瓦的纪尧姆，游方牧师

路易丝，尼姆侯爵夫人

吕克·莫里亚克，船货经纪

阿弗罗迪特·博利厄，博利厄伯爵小姐

勒内·迪伯夫，裁缝

弗朗索瓦丝，年轻的裁缝妻子

德拉尼侯爵，贵族新教徒

贝尔纳·乌斯，年轻的朝臣

艾莉森·麦凯，苏格兰女王玛丽的侍从女官

吉斯家族虚构人物

加斯东·勒潘，吉斯家护卫队队长

布罗卡尔、拉斯托，加斯东的打手

韦罗妮克

奥黛特，韦罗妮克的侍女

乔治·比龙，间谍

真实历史人物：吉斯家族

弗朗索瓦，吉斯公爵

亨利，弗朗索瓦之子

夏尔，洛林枢机、弗朗索瓦胞弟

真实历史人物：波旁王族及其盟友

安托万，纳瓦尔国王

亨利，安托万之子

路易，孔代亲王

加斯帕尔·德科利尼，法兰西海军上将

真实历史人物：其他

亨利二世，法兰西国王

卡泰丽娜·德美第奇，法兰西王后

亨利及卡泰丽娜子女：

弗朗索瓦二世，法兰西国王

夏尔九世，法兰西国王

亨利三世，法兰西国王

玛戈，纳瓦尔王后

玛丽·斯图亚特，苏格兰女王

夏尔·德卢维埃，刺客

苏格兰

真实历史人物

詹姆斯·斯图亚特，苏格兰玛丽女王异母之兄、私生子

詹姆斯·斯图亚特，苏格兰玛丽女王之子，后为苏格兰国王詹姆斯六世及英格兰国王詹姆斯一世

西班牙

克鲁兹一家

卡洛斯·克鲁兹

贝琪奶奶

鲁伊斯一家

耶柔玛·鲁伊斯

佩德罗，其父

其　他

罗梅罗总执事

阿朗索神父，宗教裁判官

“铁手”戈麦斯队长

尼德兰

沃尔曼一家

扬·沃尔曼，埃德蒙·威拉德表亲

伊玛可，其女

威廉森一家

艾尔贝特

贝彻，其妻

德丽克，艾尔贝特夫妇之女

艾微，艾尔贝特的寡姐

马图斯，艾微之子

其他地区

埃布里马·达博，曼丁卡族奴隶

贝拉，伊斯帕尼奥拉岛朗姆酒酿造商

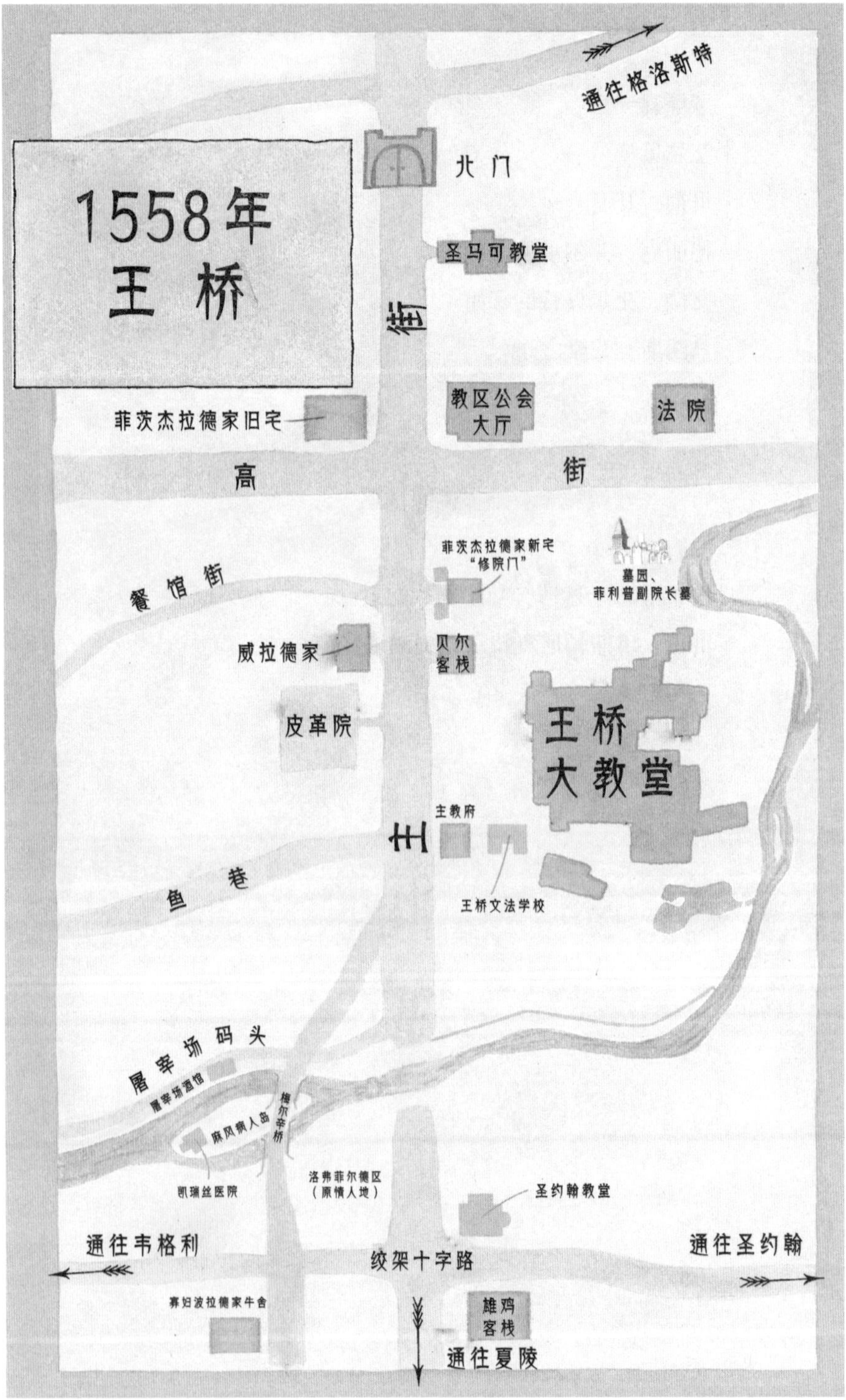
1558年
王桥
通往格洛斯特
北门
圣马可教堂
街
教区公会大厅
法院
菲茨杰拉德家旧宅
高
街
菲茨杰拉德家新宅
“修院门”
墓园、
菲利普副院长墓
餐馆街
威拉德家
贝尔客栈
皮革院
王桥大教堂
主教府
王
王桥文法学校
鱼
巷
屠宰场码头
屠宰场酒馆
梅尔辛桥
麻风病人岛
凯瑞丝医院
洛弗菲尔德区
（原情人地）
圣约翰教堂
通往韦格利
通往圣约翰
绞架十字路
寡妇波拉德家牛舍
雄鸡客栈
通往夏陵

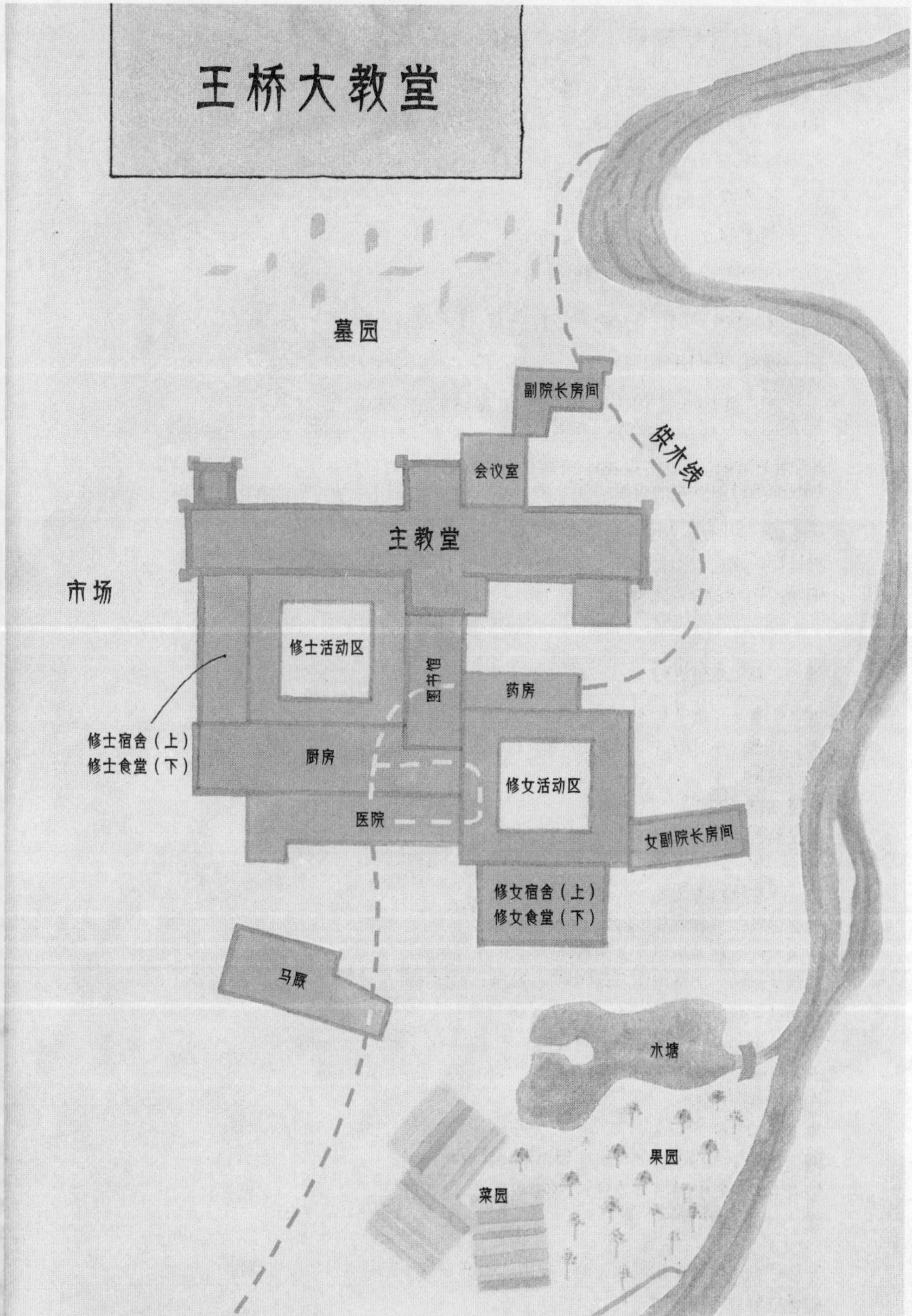
王桥大教堂
墓园
副院长房间
供水线
会议室
主教堂
市场
修士活动区
图书馆
药房
修士宿舍（上）
修士食堂（下）
厨房
修女活动区
医院
女副院长房间
修女宿舍（上）
修女食堂（下）
马厩
水塘
果园
菜园

图书在版编目（CIP）数据

永恒火焰：全3册 / (英) 肯・福莱特 (Ken Follett) 著；王林园译. -- 南京：江苏凤凰文艺出版社，2019.1

（读客外国小说文库）

书名原文：A Column of Fire

ISBN 978-7-5594-2966-7

Ⅰ. ①永… Ⅱ. ①肯… ②王… Ⅲ. ①长篇小说－英国－现代 Ⅳ. ①I561.45

中国版本图书馆CIP数据核字（2018）第222526号

书　　名	永恒火焰
著　　者	（英）肯・福莱特
译　　者	王林园
责任编辑	丁小卉　刘洲原
特邀编辑	宋如月　牟雪莲
责任监制	刘　巍　江伟明
策　　划	读客文化
版　　权	读客文化
封面设计	读客文化　021-33608311
出版发行	江苏凤凰文艺出版社
出版社地址	南京市中央路165号，邮编：210009
出版社网址	http://www.jswenyi.com
印　　刷	北京中科印刷有限公司
开　　本	890mm x 1270mm　1/32
印　　张	31.75
字　　数	682千
版　　次	2019年1月第1版　2019年1月第1次印刷
标准书号	ISBN 978-7-5594-2966-7
定　　价	158.00元

如有印刷、装订质量问题，请致电010-87681002（免费更换，邮寄到付）

读客

读客外国小说文库

读客激发个人成长

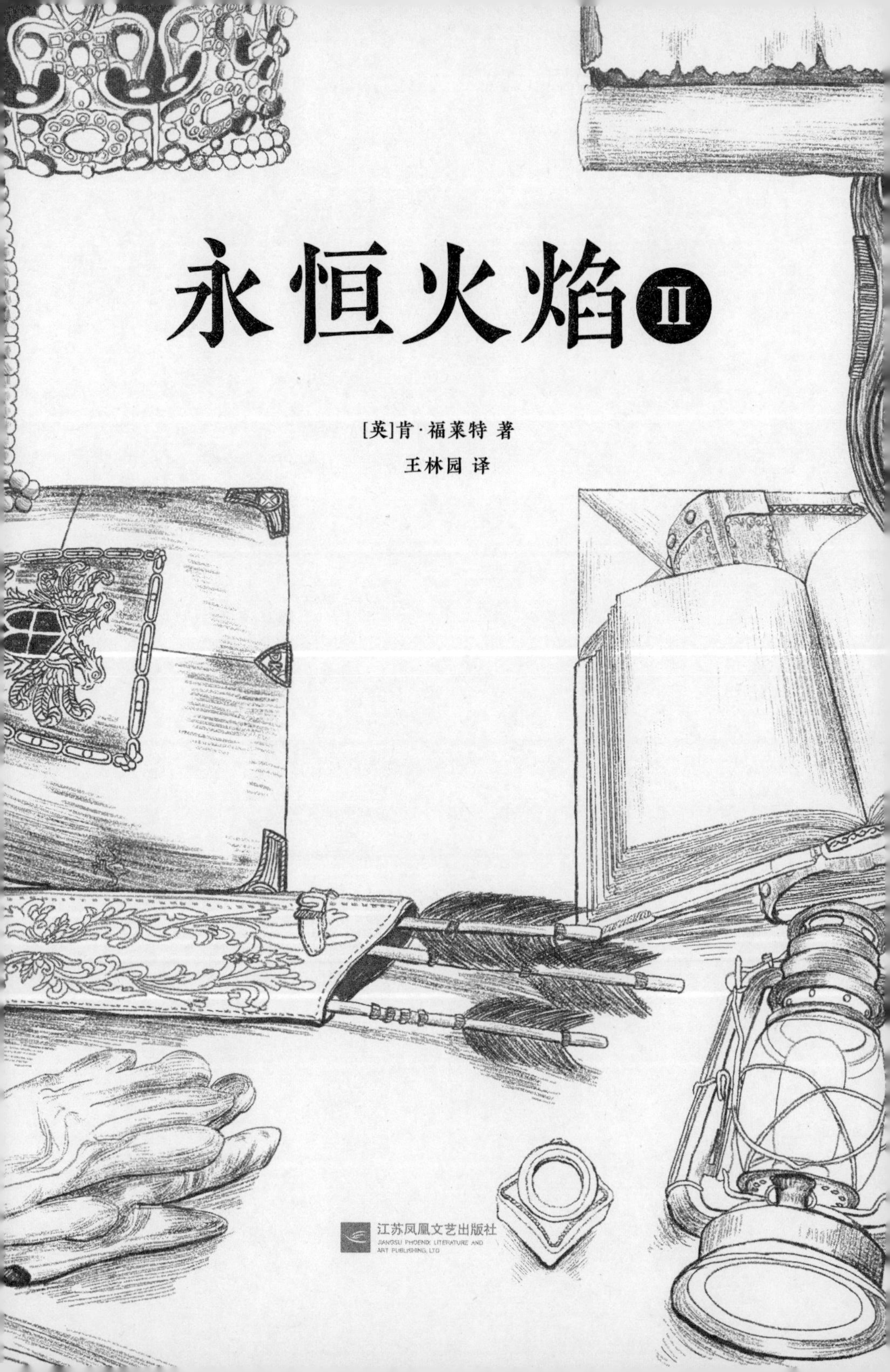

永恒火焰 II

[英]肯·福莱特 著

王林园 译

江苏凤凰文艺出版社
JIANGSU PHOENIX LITERATURE AND ART PUBLISHING, LTD

目　录

Part 2（*1559—1563*年）

十三／163

玛格丽嫁过来有五年了。这五年来，她每一天都想逃走。有时候，她忍不住生出轻生的罪恶念头。

Part 3（*1566—1573*年）

十四／209

八月二十日这天，埃布里马在铺子里和一个买主讨价还价；天气炎热，他微微冒汗。麻烦就是这时起的。

十五／232

玛丽对艾莉森说："我出生没多久父王就死了，母后和我聚少离多，三个丈夫各有各的怯懦。你对我而言，是母亲、父亲也是丈夫。很奇怪不是？"

十六／256

玛格丽凝视着内德的脸庞。他目光中透出强烈的渴盼，叫她心碎。她知道，世上没有第二个人如此深爱自己。那一瞬间，她觉得唯一的罪孽就是拒绝他这份真心。

十七／302

片刻之后，内德瞧见她出了大门，脚步轻快踏实，小小的背影挺得笔直。她和内德一样，坚信宽容的理想，为此她不惜一死。

十八 / 330

巴尼感觉像被发狂的马踢中，险些喘不过气来。接连两场惊吓：贝拉垂死，自己有个儿子。短短一分钟，他的生活俨然天翻地覆。

十九 / 337

这女人曾两次叫他受辱，此时此刻，只要皮埃尔扣动扳机，就能算清这新仇旧恨。他瞄准了她胸口。他想象黄裙子上染着她的鲜血，依稀听见她尖声哭叫。

二十 / 371

安全了。她倚着木门，脸贴在上面。她有种异样的兴奋之感：自己逃过一劫。脑海里突然闪出一个念头，叫她吃了一惊：我不想死，因为我遇见了内德·威拉德。

二十一 / 404

她又望着罗杰，这孩子还不到两岁，一头金发。她吻了吻儿子柔嫩的脸蛋儿。罗杰张开眼睛。眼珠是金棕色的，和内德一模一样。

Part 2

1559—1563年

九

六月里一个阳光明媚的礼拜五，西尔维·帕洛和皮埃尔·奥芒德漫步在城岛南面，一边是巍峨耸立的圣母院，一边是波光粼粼的河面。西尔维问：“你到底想不想娶我？”

西尔维满意地瞧见皮埃尔眼中闪过一丝慌乱。这可不寻常。他很少失态，一向喜怒不形于色。

他很快恢复了镇定，快到西尔维怀疑自己眼花了。“我当然想娶你啦，宝贝儿，”他一脸委屈，“你怎么会问这种问题？”

西尔维马上后悔了。她对皮埃尔死心塌地，不忍看到任何事惹得他不悦。而此刻他的样子是那么醉人，一头浓密的金发在河面吹来的微风中轻轻飘动。可她不得不硬起心肠追问：“订婚一年多了，也太久了。”

西尔维的生活中样样如意。父亲的书店生意兴隆，还打算在河对岸的大学区再开一间铺子。贩售法语《圣经》等违禁书籍的秘密生意也越来越好，西尔维差不多每天都要到城墙街的秘密仓库取一两本书，卖给新教徒家庭。新教区会在巴黎等地不断滋长，像春天的蓝铃花。帕洛一家不仅播散了真福音，而且获利颇丰。

只有皮埃尔的犹豫叫她困惑、叫她不安。

只听他答道："我得先完成学业，穆瓦诺神父说我要是成了家，就不能再留在大学。我跟你解释过的，你也答应等我。"

"说好了就一年。再过几天入夏，你的课业就结束了。成亲的事我家里都同意了，经济也不愁，成亲后可以先住在书店楼上，等有了孩子再计较。可你一直提也不提。"

"我给母亲写信了。"

"你没跟我说啊。"

"我还在等她回信。"

"问的是什么事？"

"她身体如何，能不能来巴黎参加婚礼。"

"要是不能呢？"

"先不要担心吧，到时候再说。"

西尔维对这个回答并不满意，但决定不再追问。她换了一个话题："在哪儿办好呢？"皮埃尔抬眼望着圣母院的塔楼，西尔维笑着说："那儿可不行，贵族才能去的。"

"就在堂区教堂吧。"

"之后在咱们的教堂办真正的婚礼。"她指的是林子里那座废弃的狩猎小屋。法国一些城镇里新教徒已经可以公开礼拜，但巴黎还不行。

"估计还得请侯爵夫人。"皮埃尔一脸厌恶。

"因为地方是侯爵的……"很不幸，皮埃尔一开始就开罪了侯爵夫人路易丝，之后一直没能同她修好。他越是献殷勤，她反倒越冷淡。西尔维本以为皮埃尔会一笑置之，但他好似一直耿耿于怀。他为此怀恨在心，西尔维发觉，虽然未婚夫表面沉着自信，内心却对轻辱至为敏感。

看出他这个弱点，西尔维更加怜惜他，可不知为什么，也隐隐感到不安。

“看来是没办法喽。”皮埃尔语气淡然，表情却十分阴郁。

“你要不要裁一件新衣裳？”西尔维知道他最看中衣着打扮。

他微微一笑：“我应该像个新教徒，穿肃穆的灰色，是不是？”

“是啊。”皮埃尔诚心诚意，每周礼拜都不错过。他很快认识了每一个教友，对巴黎其他地方的信徒也十分热情，甚至曾去其他区会礼拜。五月巴黎召开全国宗教会议，这是法国新教徒第一次鼓起勇气组织开会——他迫切地想参加，然而会议极为秘密，只有德高望重的教友才在受邀之列。他没能实现心愿，不过已为教会所接纳，这叫西尔维由衷地喜悦。

“八成有个裁缝专门替新教徒置办深色衣服吧。”

“是啊，圣马丁街的迪伯夫。父亲就在他家做衣服，不过都是母亲逼着他去的。他其实每年都做得起新衣裳，但他说这些东西‘华而不实’，不愿意破费。我看他这次得出钱替我置办礼服，要不高兴了。”

“他要是不肯，交给我好了。”

西尔维挽住他的手臂，示意他停下脚步，吻了吻他。“你真好。”

“你会是全巴黎最美的姑娘。全法国。”

她咯咯笑了。这不是实话，不过白领子的黑裙的确配她：她一头乌发，皮肤白皙，穿新教徒认可的颜色恰到好处。

这时她又想起一开始的话题，脸色一沉。“等你接到母亲的回信……”

“怎么？”

“咱们得把日子定下来。不管她怎么说，我都不想再拖了。”

“那好。”

他答应了：西尔维一时拿不准该不该相信，该不该欢欣雀跃。“你是认真的？”

“当然了，咱们把日子定下来，我发誓！”

西尔维幸福地笑了。“我爱你。”她又停下来吻他。

真不知道还能拖延多久。皮埃尔烦躁不安。他把西尔维送到书店门口，穿过圣母桥往北，向右岸走去。过了河就没有风了，他很快出了一身汗。

拖了这么久，的确说不过去。西尔维的父亲异常暴躁，她母亲虽然一向青睐皮尔埃，对他也爱搭不理的。至于西尔维，对他是死心塌地，但也不甚满意。夫妻俩怀疑皮埃尔对女儿是虚情假意——诚然，他们猜对了。

另一方面，拜西尔维所赐，他硕果累累，那本黑皮簿子里记下了数百个巴黎新教徒的姓名，还有他们举行异教礼拜的地点。

就连今天，她还给了他一份惊喜：新教徒裁缝！他当时只是试探着开玩笑，结果傻乎乎的西尔维证明他猜得不错。这很可能是无价之宝。

夏尔枢机的本子越摞越高，但奇怪的是，他连一个新教徒也没逮捕。皮埃尔打算过一阵子开口问他什么时候收网。

他一会儿就要去见夏尔枢机，不过时候还早。

他拐上圣马丁街，找到了勒内·迪伯夫的铺子。表面看来，这儿不过是一间普普通通的巴黎房舍，不过窗户开得更大，门上还挂着招牌。他迈进门。

屋子里井然有序、一尘不染。虽然塞得满满当当，却摆得整整齐齐。只见架子上规规矩矩地放着一卷卷丝料和毛料，纽扣按颜色分别盛在一只只碗里，每只抽屉上都用小小的标签列着里面存放的东西。

一个秃顶男人弯腰立在桌子前，正用一把硕大的纱剪小心地裁剪布料，剪刀看上去十分锋利。靠里的地方有个模样标致的女子坐在枝形铁吊灯下，借着十二支蜡烛的光亮飞针走线。皮埃尔思忖，不知她身上是不是贴着“妻子”的标签。

区区一对新教徒夫妇充不得数，皮埃尔打算守株待兔，看有什么人进来。

那男人放下剪刀，过来招呼皮埃尔。他自称迪伯夫。他审视皮埃尔开衩的紧身上衣，看样子是在掂量同行的手艺。皮埃尔担心自己的装扮太招摇，不像个新教徒。

皮埃尔报上姓名，然后说：“我想做一件新外衣，不要太俗丽，也许要深灰色的。”

“好的，先生，”裁缝语气里有一丝提防，“请问是有人介绍您来的？”

“印书商吉勒·帕洛。”

迪伯夫放下戒心。“我和他相熟。”

“他是我未来的岳父。”

“恭喜。”

皮埃尔蒙混过关。这是第一步。

别看迪伯夫身材矮小，但轻轻松松地就从架子上抽出一卷卷沉甸甸的布料，显然是熟能生巧。皮埃尔挑中了一块深灰色料子，灰得发黑。

叫他失望的是，其间一直没有顾客上门。他琢磨这个新教徒裁缝能派上什么用场。显然没办法整天守在店里。倒可以派人盯着这里，譬如叫吉斯家的护卫队队长加斯东·勒潘派个小心谨慎的属下。可那又没法知道出入的顾客姓名，也就等于白费工夫。皮埃尔绞尽脑汁：肯定能派上用场啊。

裁缝拿起一条上好的长皮尺，替皮埃尔量尺寸，不住地用彩针扎在皮尺上，记下他的肩宽、臂长、胸围、腰围。他称赞说："奥芒德先生，您身材真标准，穿上这件衣服一定风度翩翩。"皮埃尔没理会店家的奉承，一心琢磨怎么能把迪伯夫的顾客姓名弄到手。

量好之后，迪伯夫从抽屉里拿住一本簿子说："奥芒德先生，请您留个地址吧？"

皮埃尔瞪着簿子。不错，迪伯夫得知道客人住在哪儿，免得有人定做衣服后反悔了，不来取走。他记性再好，也不可能记得住每个客人、每份生意，要是没有白纸黑字的记录，少不得因为账目起争执。不错，这个整洁成癖的迪伯夫自然会有这么个簿子。

得想办法看一看。里面的姓名和地址该属于他自己那个本子，那个黑皮封面的本子，列着他打探出的所有新教徒。

迪伯夫追问："先生，您的地址？"

"圣灵学院。"

迪伯夫瞧见墨水瓶空了，讪笑着说："失陪一下，我再去拿一瓶墨水。”说完就穿过门道进了里屋。

皮埃尔瞧见机会来了。最好先把那个妻子支开。他走到女子面前。只见她约莫十八岁年纪，而裁缝在三十开外。“有劳——能否讨一小杯酒喝？天气干得很。”

“当然，先生。”她放下针线，出了屋子。

皮埃尔打开簿子。果然如他所料，里面记着客人的姓名地址，另外还有衣服式样、布料、费用和已付数目。有些名字是他已经知道的。他心里一阵狂喜。估计这里面涵盖了巴黎半数的异教徒，对夏尔枢机可谓无价之宝。他简直想把簿子塞进口袋。他知道不该轻举妄动，于是迅速地默记起来。

他正全神贯注，冷不防听见背后传来迪伯夫的声音：“你做什么？”

只见他面色苍白，一脸惊恐。也怪不得他怕：把簿子留在桌子上是个致命的错误。皮埃尔合上簿子，笑着说：“闲来无事，一时好奇，请见谅。”

迪伯夫严肃地说：“这簿子是私人东西！”看得出，他吓得不轻。

皮埃尔打趣说：“你这些客人我认得不少呢。看到我这些朋友按时付账，我倒高兴！”迪伯夫没有笑，可他能有什么办法？

静默片刻，迪伯夫开了新墨水，用笔蘸了蘸，记下皮埃尔的姓名地址。

这时那女子端着酒杯回来了。她对皮埃尔说：“先生，您的酒。”

迪伯夫说：“有劳你，弗朗索瓦丝。”

皮埃尔瞧出她身段窈窕。不知道她怎么会看上比她年长不少的迪伯夫。也许是为了找一个经济宽裕的丈夫，吃穿不愁。也许是两情相悦。

迪伯夫说：“劳烦您一周后再跑一趟，来试一试新衣服。价钱是二十五里弗赫。”

“好极了。”皮埃尔看今天再打探不出什么，喝完酒就走了。

他还是口渴，于是就近去了酒馆，要了一杯啤酒，还买了一张纸，又借了笔墨。他一边喝酒，一边工整地记录：“勒内·迪伯夫，裁缝，圣马丁街。弗朗索瓦丝·迪伯夫，其妻。”接着他又把还记得的所有姓名地址默写下来。等墨干了，他把纸塞在内侧口袋。稍后再誊到黑皮本子里。

他啜着啤酒想心事。不知道夏尔枢机什么时候才能把这些信息用上。他不耐烦起来。眼下枢机似乎满足于收集姓名地址，不过总有一天要把那些人一网打尽。那一天一定是腥风血雨。夏尔大获全胜，也有皮埃尔的功劳。想到数百个男男女女遭到逮捕、拷打甚至被活活烧死，他有些坐不住了。许多新教徒都是自以为是的伪君子，他很乐意看到他们遭殃——特别是路易丝侯爵夫人。可也有一些对他关怀备至，在那间狩猎小屋教堂热情欢迎他，邀请他去家里做客，面对他别有用心的提问，胸无城府地坦白以对。想到自己欺骗了他们，他不禁羞愧难安。从前，他最恶劣的行径也不过是靠一个风流寡妇吃软饭，那不过是一年半之前，可他觉得过了很久似的。

他喝完啤酒，出了酒馆。这里离圣安托万街不远，今天有场马上比武。巴黎又在狂欢。法国和西班牙签了协议，亨利二世以和平为由大肆庆祝，假装没有输掉这场仗。

圣安托万街是巴黎最宽阔的一条路，所以才用作比武场。街道一侧矗立着宏伟却破败的图尔内勒宫，只见窗前挤满了观战的王公贵胄，华冠丽服仿佛一卷鲜亮的图画。街道另一侧，平头百姓争抢好位子，他们各个衣着粗陋，只见一片深深浅浅的棕色，仿佛冬日里的庄稼地。他们有的站着，有的带了凳子，还有的危险地扒着窗台、立在屋顶。比武是件盛事，加上比试的勇士非富即贵，可能受伤甚至战死，更叫人拭目以待。

皮埃尔进了宫，奥黛特托着一盘点心过来侍奉。这个丫头二十岁上下，身材丰满圆润，可惜相貌平平。她冲皮埃尔媚笑，露出歪歪扭扭的牙齿。这丫头是出了名的水性，可惜皮埃尔对女仆不感兴趣，不然托南克·莱·茹安维尔也多的是。皮埃尔倒是乐意见到她，因为这意味着能见到可爱的韦罗妮克。他于是问：“你家小姐呢？”

奥黛特一噘嘴：“小姐在楼上。”

大多数大臣都挤在楼上，因为窗户正对着比武场。只见韦罗妮克和一群贵族小姐围坐在桌子旁，喝着水果甜酒。她是吉斯兄弟的远亲，是最没地位的亲戚，但到底是贵族。她穿了一件淡绿色的裙子，像是丝绸和亚麻混纺的料子，质地轻柔，裹着她完美无瑕的身段，好像在飘荡。皮埃尔幻想这般贵族女子一丝不挂地躺在怀中，不由得头晕目眩。

这才是他的意中人，才不是什么新教徒印书商的闺女。

起初，韦罗妮克有点瞧不起他，但渐渐就热络起来。人人都知道他不过是乡下神父的儿子，但也清楚他是重臣夏尔枢机的心腹，所以都对他另眼相看。

皮埃尔对她鞠躬行礼，问她喜不喜欢看比武。

她答道：“不大喜欢。”

他露出最迷人的微笑。“小姐不爱看男子骑着快马，把对方从马上摔下去？咄咄怪事。”

她咯咯笑了。“我更爱跳舞。”

“彼此彼此。好在今天晚上有一场舞会。”

“我等不及了。”

“那么到时候见。我有事情得去找小姐的夏尔叔叔。失陪。”

交谈虽然短暂，他却十分满足。他博得美人一笑，而且从她的言行举止看，几乎愿意和自己平起平坐。

夏尔坐在一间偏厅，屋里还有一个金发小男孩，是他侄子亨利，今年八岁，是疤面的长子。皮埃尔清楚这孩子很可能是未来的吉斯公爵，于是对他鞠了一躬，问他玩得开不开心。亨利答道：“他们不让我马上比枪，可我明明能行。我可会骑马了。”

夏尔说：“好了，亨利，你去吧——马上又有一轮比试，别错过了。”

亨利跑开了，夏尔示意皮埃尔坐下。

皮埃尔替夏尔做探子有一年半了，这期间两人的关系已不同往日。皮埃尔探查姓名地址有功，深得夏尔赏识，自从有了他，枢机掌握的巴黎秘密新教徒比之前丰富了许多。不过，夏尔仍免不了态度轻蔑、倨傲不逊，不过这并非针对皮埃尔一人。此外，他似乎较为看重皮埃尔的意见，有时候两人泛泛谈论政治，皮埃尔的话，他也听得进去。

“我有个发现，”皮埃尔开门见山，“不少新教徒在圣马丁街的一个裁缝那儿做衣服，裁缝有个小簿子，记着所有人的姓名地址。”

“一座金矿！主啊，这些人真是胆大包天。”

“我直想拿起来就跑。”

“我还不想让你暴露身份。”

“是。不过总有一天我会拿到那个簿子，”皮埃尔掏出衣服里的纸条，“不过我尽量记下不少姓名地址。”他把名单交给夏尔。

夏尔扫了一遍。“有用得很。”

“我不得不让裁缝做一件衣裳。”皮埃尔谎报价钱，“四十五里弗赫。”

夏尔从钱袋子里摸出一把金币，数给皮埃尔二十枚金埃居，一枚值两个半里弗赫。“该是件上好衣裳。”

皮埃尔问：“什么时候把那些邪教徒一网打尽？咱们已经掌握了巴黎几百个新教徒的姓名。”

“少安毋躁。”

“但少一个异教徒就少一个敌人。何不尽早铲除？”

“等动手的时候，要让人人都知道出自吉斯之手。”

皮埃尔一点就通。“这样一来就能把忠坚的天主教徒招致麾下。”

“而主张宽容的那些人——两面派、中庸分子，一律算作新教徒。”

皮埃尔寻思其中之妙。吉斯家的劲敌就是那些主张宽容之徒，这些人甚至危及家族根基。一定得逼这些人站一个立场。夏尔精明的政治头脑常常叫他叹服。“可是铲除异端的事，会不会由咱们牵头？”

“小弗朗索瓦迟早要继承王位。最好迟一点——我们需要他先摆脱卡泰丽娜王后的控制，对王妃，也就是我们的外甥女玛丽·斯图尔特言听计从。届时……”夏尔挥一挥皮埃尔那张纸，“就轮到这个上场了。”

皮埃尔大失所望。“我没有想到大人计划得如此长远。这下我可为难了。”

“怎么？”

“我和西尔维·帕洛订婚一年多了，能用的借口都用完了。”

“那就娶了那贱人。”

皮埃尔大惊失色。“我不想让一个新教徒太太拴住。”

夏尔一耸肩。“有什么不好？”

“我已经有了意中人。”

“哦？是谁？”

机会来了，他要向夏尔开口索要报酬。“韦罗妮克·德吉斯。”

夏尔放声大笑。“癞蛤蟆想吃天鹅肉！你，想娶我家亲戚？魔鬼才这么不知天高地厚。别做梦了。”

皮埃尔觉得额头到喉咙都涨红了。他看错了时机，结果自取其辱。他不服气：“我并不以为这是痴心妄想。她不过是远房亲戚。”

“她是玛丽·斯图亚特的表姐，玛丽可是日后的法兰西王后！你以为你是谁？”夏尔手一挥，“行了，滚吧。”

皮埃尔退下了。

艾莉森·麦凯如鱼得水。自从玛丽·斯图亚特做了弗朗索瓦的妻子，而不再是未过门的妻子，她的身份愈发显赫，艾莉森也跟着沾光。下人多了，衣柜满了，手头也更宽裕；对玛丽的鞠躬礼和屈膝礼行得更深更久。现如今，她是毋庸置疑的法国王室一员。玛丽乐在其中，艾莉森也一样。未来也将如此，因为玛丽是下一任法国王后。

这一天，两人坐在图尔内勒宫最奢华的大殿，对着最宽敞的那扇窗户，陪玛丽的婆婆卡泰丽娜王后观赏比武。卡泰丽娜穿了件金银相间的裙子，正是时兴的宽袍大袖，可以想见所费不赀。此时已近黄昏，但天气燠热，所以开了窗子，吹吹微风。

国王来了；他一身有着浓浓的热汗味儿。人人起身恭迎，只有王后安坐不动。亨利一脸春风得意。他与王后同龄，正值不惑之年，可谓年盛力强、风度翩翩。亨利嗜好马上比枪，这天连连得胜，连大将军吉斯公爵疤面都成了手下败将。“最后一场。”他对卡泰丽娜说。

“天快黑了，”王后一直改不掉浓重的意大利口音，“陛下也累了，不如就歇了吧？”

“我可是为王后而战！”

这句讨好用错了地方。卡泰丽娜别开目光，玛丽皱起眉头。亨利的长枪上系着黑白相间的丝带，那是迪安娜·德普瓦捷的绶带，大家都看得清清楚楚。亨利大婚不满一年，就被那女人迷了心窍，过去这二十五年来，卡泰丽娜只好睁一只眼闭一只眼。迪安娜要比国王年长，再过几周就是花甲之年；亨利虽然还有别的情妇，但视她为一生挚爱。卡泰丽娜虽然习以为常，但亨利不经意间还是会触动她的心头刺。

亨利出去穿戴盔甲，房间里的小姐命妇一阵窃窃私语。卡泰丽娜示意艾莉森趋前。王后对她一向青眼有加，因为她一直悉心照顾病弱的弗朗索瓦。此刻卡泰丽娜微微探过身子，背对着其余的朝臣，示意讨论的是私事。她压低声音说："已经十四个月了。"

艾莉森明白王后所指：这是弗朗索瓦和玛丽成婚的时间。艾莉森接口说："而她不曾怀孕。"

"有什么难言之隐？你该知道的。"

"她说没有。"

"可你半信半疑。"

"我不知道该怎么想。"

"我婚后也迟迟不见喜讯。"

"真的？"艾莉森吃了一惊。卡泰丽娜可给亨利生了十个子女。

王后点头说："我心急如焚——陛下被夫人勾引了之后就更加如此。"大家都把迪安娜称作"夫人"。"我对他一片痴心，至今依旧。可她抢走了他的心。我以为有了孩子，就能让他回心转意。他终于回来陪我——我后来才知道，那是她的意思。"艾莉森不禁皱眉：真叫人心酸。"可我就是怀不上。"

"陛下想了什么办法？"

"我不过十五岁，家人又远在数百英里之外，我满心绝望无助，"她压低声音，"我决定偷看他们。"

听到王后向自己吐露这么难以启齿的秘密，艾莉森吃了一惊，也有些难堪。卡泰丽娜却不以为意。亨利那句没心没肺的"我可是为王后而战"，叫她心里不是滋味。

“我怀疑自己是哪里做得不对，就想瞧瞧夫人是不是有别的法子。他们常常午后欢爱。我叫女仆找到一个方便偷看的地方。”

艾莉森脑海里浮现出奇异的一幕：王后透过什么小孔，偷窥夫君同情妇缠绵。

“我目不忍视，因为陛下对她百般宠爱。此外我也没看出什么名堂。两个人先是玩了一阵游戏，我也不知道叫什么，最后陛下肏了她，和肏我没什么两样。唯一的区别是陛下乐在其中。”

卡泰丽娜语气干巴巴的，满是怨愤。虽然她情绪没有异样，但艾莉森听得只想落泪。她暗想，卡泰丽娜定然伤透了心。她有好几个问题想问，但怕破坏了王后追忆往事的心情。

“什么方子都叫我试遍了，有的叫你直想吐——粪便做的膏药涂在私处之类的。可惜一概不管用。幸而后来瞧了费尔内尔大夫[1]，才知道为什么一直怀不上。”

艾莉森听入了迷。“为什么？”

“陛下的命根子又短又粗，虽则好看，只是不长。他进入不深，所以我一直是处女之身，精子进不去。大夫用一种特别的工具替我刺破，一个月后，我就怀上了弗朗索瓦。立竿见影。”

这时窗外爆发出一阵欢呼，仿佛他们也听到了故事，正为这美满的结局喝彩。艾莉森猜测是国王绰枪上马了。卡泰丽娜一只手按在艾莉森膝头，好像叫她少安毋躁。“费尔内尔大夫不在人世了，不过他儿子同样医术高明。叫玛丽去瞧瞧。”

艾莉森心下奇怪：王后何不亲口告诉玛丽呢？

① 让·费尔内尔（Jean Fernel，1497—1558），宫廷医生。

卡泰丽娜似乎猜中了她的心思，说道：“玛丽心高气傲。要是她会错了意，以为我当她生不出，也许会怨我。这种事婆婆不好说，还是朋友说恰当。”

“我懂了。”

“就当是替我做个人情。”

王后本可以命令，却说成请求，可见为人谦恭。艾莉森满口答应。“自然。”

卡泰丽娜这才起身。她走到窗边，众人纷纷围拢过去，艾莉森也凑了过去。大家一齐向外张望。

道路中央用两排篱笆围起了一段长而窄的小径，一头立着御马“不幸”，另一头则是蒙哥马利伯爵加布里埃尔的坐骑。小径中央横着一道栅栏，免得两匹马相撞。

比武场中央，国王正和蒙哥马利交谈，窗前听不清内容，但看样子是起了争执。比试将近尾声，有一些观众正待退场；依艾莉森猜测，好武的国王还想再战一回合。

这时就听国王朗声说：“这是命令！”所有人都听得清清楚楚。

蒙哥马利鞠躬表示从命，接着戴上头盔。国王也套上头盔，两个人各自驱马回到小径两头。亨利放下面甲；艾莉森听见卡泰丽娜喃喃地说：“扣紧了，我爱。”只见国王扣下插销，以免面甲掀起来。

亨利急不可待，不等吹号，就脚跟一夹，催马冲了过去。蒙哥马利也迎了上去。

这两匹坐骑都是战马，久经沙场，高大强壮；马蹄铿锵，仿佛巨人提坦用巨大的鼓槌敲击地面。

艾莉森兴奋中夹着恐惧，感到一颗心怦怦直跳。两名骑士加快速度，战马朝彼此奔腾而去，丝带迎风飞舞，观众热烈叫好。两个勇士提着木枪，刺穿了中央的屏障。枪头都磨平了：比武只是点到为止，把对方掀下马就赢了。尽管如此，艾莉森还是暗自庆幸，这个比赛只限男子参加。要是换作自己，准保要吓破了胆。

紧要关头，两个人各自双腿一紧，夹住坐骑，身子前倾，迎面相撞，只听砰的一声，蒙哥马利的长枪击中国王的脑袋，刺穿了头盔。国王的面甲飞了上去，艾莉森立刻明白，搭扣在撞击中碎了。木枪折成两截。

马跑得太快，一时勒不住，驮着鞍上的骑士依旧向前冲。电光火石之间，蒙哥马利手里那半截长枪又一次刺中了国王的面颊。国王向后仰倒，好像昏过去了。卡泰丽娜失声尖叫。

艾莉森瞧见疤面公爵一跃翻过围栏，朝国王奔去；几个贵族也跟着跑过去。几个人稳住马，把国王从马鞍上抬了起来，因为盔甲太重，费了不少力气。国王躺在地上。

夏尔枢机跟在哥哥疤面之后，皮埃尔紧紧跟着。他们小心翼翼地替国王卸下头盔，立刻看到他伤势严重。只见他满脸血污，一根又长又细的木刺扎进了眼睛，头脸部也扎了不少木刺。国王一动不动，看样子没有痛觉，像昏死过去了。医生一直在旁候命，就是怕出意外，只见他跪在国王身边查看伤情。

夏尔对着国王端详许久，退到后面，对皮埃尔耳语：“他快不行了。”

这叫皮埃尔猝不及防。这对吉斯家族意味着什么？吉斯家的前途和他皮埃尔休戚与共。夏尔刚刚对他勾画的长远计划现在泡了汤。皮埃尔满心焦急，竟有一丝恐慌。“太早了！”他发觉声音异样地尖细。他勉强镇定，又说：“弗朗索瓦还不能上朝理政。”

夏尔又往外退，免得谈话被人偷听。这其实是过虑，此时此刻，每个人都在关注躺在地上的国王。“按照律法，十四岁就可以理政，而弗朗索瓦十五岁了。”

“的确。”皮埃尔转动脑筋。恐慌退去，他冷静下来。“不过弗朗索瓦需要有人辅佐，谁能成为他最倚重的谋臣，谁就等于是名副其实的法国国王。”他豁出去了，凑近夏尔，压低声音，语气迫切：“枢机，这个人一定得是您。”

夏尔扫了他一眼，目光凌厉。皮埃尔熟悉这种眼神：他想在了夏尔前头。夏尔缓缓地说：“你说得不错。只是波旁家族的安托万才是自然而然的人选，他毕竟是第一宗室亲王。”宗室亲王指的是法王的嫡系子孙，除了王族，就属他们的身份最为尊贵，论资格也排在其他贵族之前。安托万是家族之首。

“主保佑，”皮埃尔说，“要是安托万成了弗朗索瓦二世国王的左膀右臂，那吉斯家就永无出头之日了。”他在心里加了一句：我的前途也如此。

安托万是纳瓦尔国王，这是夹在法兰西和西班牙之间的小国。更重要的是，他是波旁家族之首，并且同蒙莫朗西氏族结盟，是吉斯家的劲敌。虽然他们的宗教政策一变再变，但总体而言，波旁与蒙莫朗西两家对异教的态度不像吉斯家那么强硬，因此深受新教徒爱戴，而这种支持力量未必是好事。要是这位少年君主为安托万所左右，那吉斯家只怕有失势之险。皮埃尔不敢往下想。

夏尔说："安托万是个蠢货，况且有信奉新教的嫌疑。"

"最要紧的是，他人在外地。"

"是。他在波城。"纳瓦尔王宫位于比利牛斯山脚，和巴黎相距五百英里。

"不过天黑之前，就会有信使赶去送信，"皮埃尔语气迫切，"您可以先发制人，但一定要快。"

"我得去见我那个外甥女玛丽·斯图亚特。她很快就是法国王后了。一定要让她劝服新君，不得器重安托万。"

皮埃尔摇摇头。夏尔也转起了脑子，但慢自己一步。

"玛丽只是个漂亮的小丫头，如此要紧之事，她靠不住。"

"那么就是卡泰丽娜。"

"她纵容新教徒，未必会反对安托万。我有个更妙的主意。"

"说吧。"

夏尔全神贯注，像把皮埃尔视为同等。皮埃尔心头一喜。他靠着精明的政治头脑，赢得了法兰西第一大重臣的尊重。"跟卡泰丽娜说，倘若她答应由您和令兄做法王的辅佐大臣，您就将迪安娜·德普瓦捷逐出王宫，一辈子不得露面。"

夏尔沉思良久，然后缓缓点了一下头。

亨利国王受伤，这叫艾莉森·麦凯心中窃喜。她换上朴素的白色丧服，甚至时不时地挤出几行泪，不过这些都是做样子罢了。她暗地里欢欣雀跃。玛丽·斯图亚特即将成为法国王后，而艾莉森可是她最亲密的朋友！

国王被抬回图尔内勒宫，群臣在他卧病的寝宫外候着。国王尚有余息，不过只怕是在劫难逃。会诊的大夫中包括安布鲁瓦兹·帕雷，当年就是他替弗朗索瓦·吉斯公爵拔出脸颊的箭头，使公爵得了“疤面”的绰号。帕雷说，倘若木片只伤到眼睛，只要伤口不感染，或许还能保住性命。可惜木片刺得太深，伤及大脑。帕雷找了四个死囚做实验，仿照伤口把木片刺到他们的眼睛里，结果一个人也没能幸存。只怕是回天乏术了。

玛丽·斯图亚特十五岁的夫君、未来的弗朗索瓦二世国王要起脾气，躺在床上不知哼哼些什么，发疯似的左摇右晃，还用脑袋撞墙，大家没法，只好把他绑起来。玛丽和艾莉森跟他打小就是朋友，此刻也嫌他无能。

卡泰丽娜王后从不曾得宠，但看国王即将撒手人寰，也不禁悲从中来。不过，她还是硬着心肠，不准情敌迪安娜·德普瓦捷见国王。艾莉森两次瞧见王后同夏尔枢机长谈，夏尔也许是在安慰她节哀，更有可能是帮她策划继承一事。这两次她都见到皮埃尔·奥芒德陪在左右，他是一个英俊而神秘的年轻人，约莫一年前不知从哪儿冒了出来，并且越发频繁地伴在夏尔身边。

七月九日上午，亨利国王受临终傅油礼[1]。

一点刚过，玛丽和艾莉森正在城堡的房间里用午饭，这时皮埃尔·奥芒德进来了。他深鞠一躬，对玛丽说：“国王快不行了。咱们得马上准备。”

---

① 傅油礼，基督教的一项古老仪式，通过在临终的病人身上涂抹橄榄油这一形式，象征将病人付托给基督并求赐于安慰和拯救。

她们一直等待的时刻来了。

玛丽没有佯装悲痛，也没有歇斯底里。她咽下口中的饭菜，放下餐刀和勺子，用餐巾轻轻擦了擦嘴，问道："我该怎么做？"看到主子如此镇定，艾莉森为之骄傲。

皮埃尔说："殿下须得安抚太子。吉斯公爵正陪着他。我们要立刻同卡泰丽娜王后动身前往罗浮宫。"

艾莉森说："你们要挟持新君。"

皮埃尔警觉地看着她。艾莉森发觉，皮埃尔眼里只看得到重要人物，其余的都仿佛不存在。他是在掂量自己。

"一点不错，"他答道，"皇太后和你家主子的两位舅舅弗朗索瓦和夏尔意见相同。此事关乎社稷，弗朗索瓦只能依靠太子妃玛丽女王——不可依赖旁人。"

艾莉森知道这是一派胡言。弗朗索瓦和夏尔需要新君依赖弗朗索瓦和夏尔，他们不过把玛丽当障眼法。国王驾崩之后，一时群龙无首，而掌握实权的并非新君，而是把新君攥在手里的人。艾莉森说"挟持"，正是这个意思——这让皮埃尔明白，她知道他们打的是什么算盘。

艾莉森猜想玛丽未必晓得，但无论如何都不重要。皮埃尔的计策对玛丽有利。一方面，和两位舅舅结为同盟，玛丽更加大权在握。另一方面，倘若控制弗朗索瓦的是安托万·波旁，他一定会想方设法排挤玛丽。权衡之后，艾莉森看见玛丽向自己投来探寻的眼光，于是微微一点头。

玛丽说："那好。"接着站起身。

艾莉森打量皮埃尔，看出刚才那番无言的交流没有逃过他的眼睛。

艾莉森随玛丽来到弗朗索瓦的房间，皮埃尔跟在后面。只见门外有士兵把守。艾莉森认出加斯东·勒潘，他是吉斯家那群无赖的首领。艾莉森判断，必要的话，他们准备强行挟持弗朗索瓦。

弗朗索瓦一边啜泣，一边由下人服侍着更衣。疤面公爵和夏尔枢机已经到了，两个人一脸不耐烦，但只能默默看着。片刻之后，卡泰丽娜王后也到了。艾莉森暗想，掌权的人齐了。弗朗索瓦的母后和玛丽的两位舅舅做了笔交易。

艾莉森思索会有哪些反对派。第一个就是法兰西王室统帅蒙莫朗西公爵。不过他的王室盟友安托万·波旁头脑一向不灵光，眼下尚未赶到巴黎。

艾莉森判断，吉斯家掌权已成定局，即便如此，立即行动仍不失为明智之举，免得夜长梦多。有机会却不抓住也是枉然。

皮埃尔对艾莉森说："新君同王后即刻前往罗浮宫大殿。吉斯公爵住迪安娜·德普瓦捷的房间，夏尔枢机安顿在蒙莫朗西公爵的房间。"

艾莉森暗自叹服。"这样一来，吉斯家既守住国王，又占据了王宫。"

艾莉森见皮埃尔一脸得意，猜测这是他的主意。

她又说："看来你们已经把敌对势力化于无形。"

皮埃尔答道："没有什么敌对势力。"

"可不是，我真笨。"

皮埃尔瞧她的目光中有一丝敬意。她不禁涌起自得之感，随即察觉自己对这个精明自信的年轻人大有好感。她思忖，你和我可以结为盟友，或者更进一步。她大半辈子都耗在法国朝廷，和那些王公大臣一样，在她眼中，婚姻并非两情相悦，而是结盟策略。要是她和皮埃尔·奥芒德结为夫妇，将大有可为。此外，早上醒来看到身边躺着这般英俊的男子，也不是什么难事。

一行人迈下大楼梯，穿过大厅，站在门口台阶。

门外聚了一群巴黎市民，都在观望动静。看到弗朗索瓦，人群欢呼起来。他们也知道这就是未来的国君。

前院已备好马车，由吉斯家的喽啰看守。艾莉森瞧见马车位置刚好方便人群瞧见上车的人。

加斯东·勒潘拉开为首那辆马车的车门。吉斯公爵同弗朗索瓦缓步上前。百姓认得疤面，也都瞧得清清楚楚：国王由他辅佐。艾莉森醒悟，这一切都经过精心谋划。

弗朗索瓦朝马车走去，踏上唯一的一级台阶，进了车厢，没有出丑。艾莉森不由得松了口气。

卡泰丽娜和玛丽随后上车。玛丽踏上台阶，示意卡泰丽娜先进，卡泰丽娜却摇摇头，没有迈步。

玛丽昂首挺胸，迈进车厢。

皮埃尔问告解神父："娶自己不爱的人为妻是罪吗？"

穆瓦诺神父五十开外，脸形方正、身材壮实，他在圣灵学院书房里的藏书多过西尔维父亲的书店。他是个谨小慎微的学究，但喜欢同年轻人做伴，也深受学生爱戴。皮埃尔替夏尔枢机办事，他是知情人。

"自然不是。"穆瓦诺答道。他嗓音深沉动听，不过因为嗜喝加那利烈酒[1]，变得有几分粗哑。“贵族王侯是义务使然。倘若国王娶心爱之人为妻，反倒可能是罪呢。”他浅笑几声。他酷爱悖论，这些讲师都是。

但皮埃尔心情沉重。“我会毁了西尔维的一生。”

穆瓦诺特别喜欢皮埃尔这个学生，显然愿意有肉体关系，不过他很快明白皮埃尔没有这种癖好，除了慈爱地拍拍他的后背，再没有狎昵之举。穆瓦诺受他的语气感染，也严肃起来。“我懂了。你想知道，这是否顺应主的意愿。”

“正是。”皮埃尔不常受良知拷问，不过他对任何人的伤害也不及对西尔维严重。

“听我说，四年前他们犯了一个天大的错误，签了一份合约，也就是所谓的《奥格斯堡议和书》，其中规定，德意志各邦领主有权自行决定奉行路德宗异端。从此新教在有些地方不再违法，这是有史以来头一遭。这对基督信仰无异于滔天大祸。”

皮埃尔用拉丁语念道：“Cuiusregio, eiusreligio。”这是奥格斯堡合约的主旨，意思是“教随国定”。

穆瓦诺接着说：“查理五世皇帝签署合约，是想结束宗教纷争。可结果呢？今年初，可憎的英格兰女王伊丽莎白勒令子民改信新教，害得这些可怜百姓被夺去圣事之慰藉。宽容大肆蔓延。这就是可怕的事实。”

“要力挽狂澜，我们只有不择手段。”

“你说得恰到好处：不择手段。眼下国王少不更事，由吉斯家左右。要打击异教，这是上天赐予我们的良机。听着，我明白

① 产自加那利群岛的白葡萄酒。

你的心情：凡是有良知的人，都不愿看到有人被活活烧死。你跟我提过西尔维，听上去她再正常不过。或许有些轻佻吧。”他又浅笑几声，随即又严肃地说，“总体看来，可怜的西尔维不过是被心术不正的父母蛊惑，才误入异教。而这正是新教徒的可恶之处，他们要劝他人改变信仰，置他人于万劫不复之地。”

“您的意思是，我娶了西尔维再背叛她，并不算作恶。”

“恰恰相反。这是主的意愿，为此你在天国会得到嘉奖，相信我的话。”

皮埃尔心里踏实了。“谢谢您。”

穆瓦诺神父答道：“主保佑你，我的孩子。”

九月的最后一个礼拜日，西尔维嫁给了皮埃尔。

天主教婚礼是周六在堂区教堂举行的，不过在西尔维眼中并不作数：法律规定如此，不得不走个过场。周六晚上，两人各自回家。礼拜天，两人在新教徒的教堂林间狩猎小屋结为夫妇。

时值夏末秋初，天气宜人，虽然阴沉沉的，却并不潮热。西尔维穿着淡鸽子灰色的礼服，皮埃尔说这颜色衬得她容光焕发，双目熠熠生辉。皮埃尔则穿着迪伯夫裁制的新外套，英俊得不像话。婚礼由贝尔纳牧师主持，尼姆侯爵做证婚人。西尔维念誓词的时候心中一片澄澈，好像生命终于开始了。

礼成之后，新人请到场的所有宾客回书店庆祝，楼下的店面和楼上的寓所挤满了人。西尔维和母亲一整个礼拜都在准备招待客人的点心：番红花浓汤、姜丝猪肉馅饼、奶酪洋葱挞、奶油酥饼、炸苹果馅饼、温柏果冻。西尔维的父亲一反常态地和气，不断替客人往平底酒杯里斟酒，还端上一盘盘的点心。大家站着吃喜宴，坐下的除了一对新人就是侯爵夫妇，他们有落座的特权。

西尔维察觉皮埃尔微微有些紧张，这可不寻常。越是人多的重要场合，皮埃尔越如鱼得水，对男人的谈话洗耳恭听，对女人殷勤有加，见到小宝宝总夸漂亮，不论是否属实。可今天他仿佛坐立不安。他两次走到窗前查看；教堂钟声响起的时候，他竟一个惊跳。西尔维猜他忧心是因为新教徒聚在城中心，于是安慰说："放心吧，这不过是平平常常的喜宴。谁也不知道咱们是新教徒。"

"可不是。"他挤出一个笑。

西尔维想的却是洞房的事。她迫不及待，同时也有点紧张。母亲告诉她："失去童贞倒不怎么疼，而且不过是眨眼的事儿。有的姑娘几乎没什么感觉。要是没有见红也不用担心，并不是人人都会的。"

西尔维担心的并不是这些。她满心期待和皮埃尔肌肤相亲，吻个够、抚摸个够，不必再矜持。她忐忑不安，是不知道自己会不会讨皮埃尔喜欢。她总觉得配不上他。雕像中的女子胸脯总是一般大小，可自己的却不是。还有，画中的裸身女子私处毫不显眼，有些只画着淡淡的绒毛，可自己阴户饱满，耻毛浓密。他第一次见到自己一丝不挂，会有什么反应？这些心事，她羞于向母亲吐露。

西尔维突发奇想：倒可以去问路易丝侯爵夫人。她只比自己年长三岁，而且胸脯丰满。可又一想，路易丝总爱端架子——刚想到这儿，思绪就被打断了。她听见楼下书店里有人高声说话，接着什么人尖叫起来。皮埃尔又走到窗前，这倒奇怪，声音无疑是屋里传来的。她听见玻璃哗啦碎了。到底出了什么事？听动静像是打起来了。莫非是有人喝醉了？他们居然在自己的大好日子闹事？

侯爵夫妇一脸慌张，皮埃尔脸色煞白。他背对着窗户，透过敞开的门盯着缓台和楼梯。西尔维跑到楼梯前，隔着后窗一望，看见一些客人正往后院跑。她一低头，见到一个陌生男人上楼来了。只见他穿了件无袖的紧身皮衣，手里还提着棍子。她惊觉，这比客人喝醉打闹糟糕百倍，是突击搜查。她本来还满心气愤，此刻全化作恐惧。见到那恶棍上楼来，她慌了神，急忙跑回餐厅。

那男人也跟进来了。他个子不高，却孔武有力，一只耳朵残缺了大半，一脸凶神恶煞。五十五岁的贝尔纳牧师手无缚鸡之力，却勇敢地拦在他面前问："你是什么人，来做什么？"

"本人是加斯东·勒潘，吉斯家族护卫队队长，而你是个亵渎天主的异教分子。"他扬起棍子就打，贝尔纳一闪身，棍子落在肩膀上，他跌倒在地。

勒潘扫视一众宾客，他们都退到墙边，似乎想穿墙而逃。他问："还有谁有问题要问？"没人应声。

两个打手跟了进来，立在勒潘身后。不可思议的事情发生了：勒潘面向皮埃尔问："哪个是侯爵？"

西尔维大惑不解。怎么回事？

更莫名其妙的是，皮埃尔伸手一指尼姆侯爵。

勒潘说："那想必这个大奶子贱人就是侯爵夫人喽？"

皮埃尔默默点头。

西尔维觉得天翻地覆。大喜的日子成了一场噩梦，每个人都戴着面具。路易丝侯爵夫人站起身，对勒潘愤愤然：“你好大胆子！”

勒潘扬手狠狠就是一巴掌。路易丝惊叫一声，跌在地上。她脸颊立刻泛起红印子，大哭起来。

大腹便便的老侯爵也想站起来，但知道无济于事，又坐下了。

勒潘吩咐两个手下：“把那两个人带走，别让他们跑了。”

侯爵夫妇被押走了。

跌倒在地的贝尔纳牧师指着皮埃尔喊：“你这个魔鬼，竟然是奸细！”

西尔维恍然大悟。她惊觉，突袭就是皮埃尔安排的。他混进会众，目的是要出卖他们。他假装爱上自己，只为了骗取信任。怪不得他对婚事一拖再拖。

西尔维呆望着他，发觉自己深爱的男子竟是一头怪兽。她如同被砍断了一只手臂，眼中只见到血流不止的残肢，但比断手要痛苦。毁掉的不仅是婚礼，更是她的一生。她真恨不得死了。

她朝皮埃尔走去。“你怎么做得出？”她一边朝他逼近一边大喊。“加略人犹大，你竟然做得出！”她觉得后脑挨了一下，跟着眼前一黑。

“对加冕礼，我有一事不解。”皮埃尔对夏尔枢机说。

两人在圣殿旧街吉斯府奢华的小客厅密谈。当初皮埃尔初次见到夏尔和他脸上带疤的长兄弗朗索瓦，就是在这间小室。那之后，夏尔又买下不少画作，都取自圣经典故，但也充满肉欲：亚当与夏娃、苏撒纳及长老、普提法尔之妻等等。

有时候夏尔爱听皮埃尔献策，有时候也大不耐烦，细长优雅的手指打个响指，示意他闭嘴。这一天他有兴致听下去。“说吧。”

皮埃尔背诵道：“弗朗索瓦及玛丽，蒙天主恩典，统领法兰西、苏格兰、英格兰及爱尔兰各国。”

“一点不错。弗朗索瓦是法兰西国王，玛丽是苏格兰人的女王，此外，依照继承权和教宗授意，玛丽也是英格兰和爱尔兰女王。”

“这些字会刻在新家具、印在王后的新餐盘上，供众人瞻望——包括英国外交大使。”

“你的意思是？”

“让玛丽向世人宣告她才是英格兰女王，等于同伊丽莎白女王为敌。”

“那又如何？伊丽莎白又不足为惧。”

“可咱们有什么好处？倘若树敌，总该有利于自己，不然只怕要自食恶果。”

夏尔那张马脸上浮现出贪婪之色。“继查理曼大帝之后，我们将统治最伟大的欧洲帝国，甚至连西班牙的腓力也无法匹敌，他的属地太过分散，统治起来比登天还难，而法兰西新帝国的领土紧密相连，其财富与军力集中统一。陆地上，南起爱丁堡、北至马赛，都是我们的疆土；海洋上，上自北海、下至比斯开湾，也都受我们管辖。”

皮埃尔壮着胆子和夏尔争辩。“既然有此雄心，就应该韬光养晦，不该让英国人知道。现在他们已经有所防范。”

“那又能奈我何？伊丽莎白手下的国家一穷二白，还没有陆军。”

“但有一支海军。”

“不成气候。”

“但岛屿易守难攻……”

夏尔打了个响指，表示不想再听。“说眼前的事吧，”他递过一张厚纸，上面还盖了官印，“你要的东西。婚姻无效判决书。”

皮埃尔感恩戴德地接过了。事实明摆着：两人不曾同房；可即便如此，拿到无效判决也并非易事。他仿佛卸下包袱。“想不到这么快。”

“我这个枢机可不是白当的。你还真行了礼，倒是有胆色。”

“好在不是白费工夫。”夏尔和皮埃尔策划的这次全面突袭中，城中共有数百个新教徒被捕。“只是大多交了罚款了事。”

“他们放弃信仰，咱们就不能烧死他们，尤其是那些贵族，比如尼姆侯爵夫妇。贝尔纳牧师必死无疑，谁叫他严刑拷打也不肯改变信仰。还有，我们在印刷间搜出几页法语《圣经》，所以你这个前任岳父无论如何也不能靠改宗脱罪。吉勒·帕洛等着烧死吧。”

“凡此种种，吉斯家成了天主教英雄。”

“多亏了你呀。”

皮埃尔垂下头，表示感谢赏识，心中得意扬扬。这是发自肺腑的心满意足。这正是他想要的：成为本国最具权势之人的心腹。这一刻是他的凯旋。他极力掩饰心中狂喜。

只听夏尔说：“不过，我急着替你弄到文书，还有一个原因。”

皮埃尔眉头一皱。这唱的又是哪一出？在整个巴黎城，论诡计多端，能和他皮埃尔媲美的只有一个夏尔。

夏尔接着说：“我替你相中了一个人。”

“老天！”皮埃尔大吃一惊。这一下猝不及防。脑海里一下子浮现出韦罗妮克·德吉斯的名字。莫非夏尔改变了主意，同意皮埃尔同她结为连理？他心头一喜。莫非两个美梦都成了真？

夏尔又说：“我侄儿阿兰才满十四岁，跟一个女仆勾搭上了，还搞大人家了肚子。要他娶了她，那可不行。”

皮埃尔如遭雷击。“一个女仆？”

“阿兰呢，以后会给他安排政治联姻，吉斯家的男子一律如此，只有我等出任圣职的除外。不过我想好好照顾这个女仆。我相信你会明白，毕竟你们身世相同。”

皮埃尔想吐。他本以为和夏尔初战告捷，自己的身份会更像家族一员。此刻他终于醒悟，自己同他们根本是天差地别。“您想让我娶一个女仆？”

夏尔哈哈大笑。“听你这话说的，像死刑似的！”

“更像无期徒刑。”这可如何是好？夏尔讨厌被人顶撞。眼见着前途无量，要是一口回绝，说不定再无出头之日。

只听夏尔说：“会付给你供养费。每个月五十里弗赫。”

“我在乎的不是钱。”夏尔挑起眉毛，诧异皮埃尔胆敢抢白。“是吗？那你在乎什么？”

皮埃尔思忖，有一样东西或许能弥补这份牺牲。“我想要的是一项权利，自称皮埃尔·奥芒德·德吉斯。”

“娶了她，再商量。”

“不行。”皮埃尔知道，成败在此一举。“婚书上的名字必须是皮埃尔·奥芒德·德吉斯，否则我不会签字。”这是他第一次在夏尔面前放肆。他屏住呼吸，等着夏尔的反应。也许是勃然大怒。

只听夏尔说：“你这个小杂种还真是铁了心，啊？”

“不然也不会成为您的得力助手。”

“这倒是。”夏尔一阵沉吟，然后开口说，“那好吧，我答应你。”

皮埃尔长舒一口气，几乎浑身瘫软。

夏尔说：“从今往后，你就是皮埃尔·奥芒德·德吉斯。”

“多谢大人。”

“那丫头就在隔壁，沿着走廊就是。去见见她，认识认识。”

皮埃尔朝门口走去。

“客客气气的，”夏尔叮嘱，“亲她一下。”

皮埃尔没接口，直接出了门。他在门口呆立片刻，觉得腿脚发软，一时难以消化。他分不清自己是喜是悲。刚摆脱了一段不如意的婚姻，却又逃不掉另一段。可他毕竟是堂堂正正的吉斯人了！

他振作精神。还是该瞧瞧这个未来的妻子。显然身份低贱，不过说不定是个美人儿，毕竟她迷住了阿兰·德吉斯。可话说回来，对一个十四岁的少年，挑起他的兴致也不需要多少姿色：最要紧的就是肯投怀送抱。

他沿着走廊来到隔壁房间门口，没敲门就走了进去。

沙发上有个女子捂着脸啜泣。她一副下人打扮。皮埃尔看出她体态丰满，也许是怀了孕的缘故。他反手关上门，女子抬起头。

皮埃尔认得她。是那个相貌平平的奥黛特，韦罗妮克的侍女。一见到她，皮埃尔就想起自己求之不得的新娘，这根刺会梗着他一辈子。

奥黛特也认出是他，含着泪勉强微笑起来，露出歪歪斜斜的牙齿。她开口问："你就是我的救命恩人？"

皮埃尔答道："主保佑我。"

父亲吉勒·帕洛被烧死之后，母亲终日郁郁。

对西尔维而言，这才是最大的打击，比皮埃尔的背叛还痛心，甚至比父亲的行刑更惨痛。她一直把母亲看作岿然不动的磐石，是她生命的基石。小时候磕了碰了，有母亲给她涂药；肚子饿了，母亲给她准备饭菜；父亲发脾气，也是母亲护着她。可如今伊莎贝拉意志消沉，整天呆坐在椅子上，西尔维生火，她怔怔望着；西尔维做好饭菜，她就呆呆地吃喝；要是西尔维不替她更衣，她一整天连衣服也不换。

书店里搜出了刚印好的几页法语《圣经》，摞成一摞，吉勒死罪难逃。那几页纸只等着裁好装订，随后转移到城墙街的秘密仓库。可惜迟了一步。吉勒罪恶昭彰：不仅信奉异教，还传播邪说。他罪无可恕。

在教会看来，所有禁书中，属《圣经》最是危险，尤其是译成法语、英语的，还用批注解释此段证明新教教义之恰当云云。神父说天主圣言岂是普通百姓理解得了的，他们需要指引。新教徒则认为《圣经》能让人豁然开朗，明白神父的舛误。总之，两派都认为，席卷欧洲的这场宗教冲突，追根究底就在读经。

吉勒店里的伙计都一口咬定对那些印刷纸一无所知。他们经手的只有拉丁圣经和允许刻印的书籍，一定是吉勒趁他们回家之后夜里偷偷印的。到底还是罚了钱，但他们保住了性命。

按照律法，倘若犯人因为异端罪处决，则财产一律没收；不过执行起来并不严格，也总有空子可钻。但吉勒倾家荡产，妻女二人落得身无分文，幸好两人揣着店里的现钱及时逃走，书店随即被同行的印书商占了去。

母女俩回店里求情，想把衣物拿上，却得知已经给卖掉了——旧衣服是抢手货。她们租了一个房间，挤在一起。

西尔维不善女红，从小家人只教她卖书，她没学过穿针引线。家境优渥的女子落魄了，走投无路时为了讨生计，常常替人缝衣服，可她根本不会。现在她唯一能做的就是给教友当洗衣妇。突袭之后，大部分信徒依然坚持真信仰，交了罚款之后，很快重新召集会众，也找到了新的秘密礼拜地点。从前的熟人常常多付给她工钱，但仍然不够维持母女俩的温饱，从书店里带的钱也渐渐花光了。那是十二月，天冷得刺骨，寒风如一把利刃，刮过巴黎高而窄的大街小巷。

这天西尔维来到塞纳河边，浸着冰冷的河水替让娜·莫里亚克洗被单。双手冻僵了，她再也忍不住，哭个不停，这时一个男人路过，说五个苏给他吹箫。

西尔维不答话，只是摇头，继续洗她的被单，男人就走了。

但这个念头在脑子里生了根。五个苏合六十便士、四分之一里弗赫，够买一担柴火、一条猪腿、一周的面包。只要把男人那话儿含在嘴里。总不至于比现在这份活计糟糕吧？当然，那是罪过，可双手冻成这样，谁还有心思管什么罪过。

她把洗好的床单抱回家，晾在屋子中央。柴火眼看要用完了，不够明天烘干衣服的。要是她拿着潮乎乎的被单上门，就算是新教徒也不会付钱。

当晚，她大半夜都睡不着。她想不通自己有什么迷人之处。皮埃尔只是逢场作戏。她从不自认容貌姣好，现如今更是又瘦又脏。但河边那个人却不嫌弃她，那么应该不止他一个吧。

早上出门，她用最后的一点钱买了两枚鸡蛋，点了剩下的柴火煮熟，母女俩一人一个，就着上周剩下的干面包吃了。她们一无所有了，只能活活饿死。

新教徒总说上帝会供给我。可他没有。

西尔维梳好头发，洗干净脸。家里没有镜子，她不知道自己什么模样。长袜脏了，她翻过来穿。她出了门。

她不知道该怎么做。她沿着路边走，可没人搭讪。也是，谁会主动开口？该她去招揽。她对迎面走来的男人媚笑，但他们都面无表情；她对其中一个说："五个苏，给你吹箫。"对方一脸难堪，匆匆走了。是不是该露出胸脯？可天这么冷。

她瞧见一个年轻女子穿着红色旧外套，挽着一个衣着光鲜的中年男子。看她的姿势，仿佛怕他跑了。

女子瞪了西尔维一眼，当她是抢生意的。西尔维很想跟她搭话，但对方一心要把男子带去什么地方。西尔维听见她说："拐个弯就是，宝贝儿。"西尔维这才想到，要是拉到主顾，还没有地方可去。

她不知不觉走到城墙街，路对面就是帕洛家藏禁书的仓库。

这条路车马不多，不过男人大概更愿意在背街小巷招妓。果不其然。一个男人在她面前停下脚步，开口说：“奶子不错。”

西尔维一颗心跳到嗓子眼儿。她知道自己该说什么：五个苏，给你吹箫。胃里翻江倒海。真要走这一步？可自己又冷又饿。

只听男人说：“睡一次多少？”

她压根没想过，一时答不出来。

男人见她犹豫，大不耐烦。“住在哪儿？近吗？”

不能带她去家里；母亲在。“我没住处。”

“傻娘们儿。”男人骂骂咧咧地走了。

西尔维忍不住想哭。她就是个傻娘们儿，什么准备都没有就出来了。

她的目光落在马路对面的仓库。

禁书应该都销毁了。新书商要么用仓库来放书，要么租了出去。

不过钥匙可能还藏在砖块后面。说不定这仓库就是她的“住处”。

她穿过马路，取下门柱旁那半块松砖头，伸手一摸。

钥匙还在。她掏出钥匙，堵上砖头。

她踢掉门前的垃圾，用钥匙开了门，迈进屋子，关上门，上了门闩，又点亮油灯。

里面还是老样子，木桶还是从地板摞到棚顶。木桶和墙壁之间的地方足够用。仓库里铺的是坚硬的石板地面。这里将是见证她无耻行径的地方。

桶上落了一层灰，看样子仓库没怎么用过。不知道那几只空桶动过没有。她试了试，轻轻松松就提了起来。

后面装书的箱子也还在。她心里冒出个怪念头。

她掀开一只盖子。满满一箱子法语《圣经》。

怎么回事？母女俩都以为新书商接管了一切，但看样子他并不知道这间仓库。西尔维皱着眉思索。父亲一定要她们保守秘密，就连手下的印刷工人也不知情。父亲还告诫她，等成婚之后再跟皮埃尔透露。

除了西尔维和母亲，没有第三个人知道仓库。

这么说，书也都没人动过——有好几百本呢。

这可值不少钱。但得找到买主才行。

西尔维捡了一本法语《圣经》。这可比卖身的五个苏值钱多了。

和从前一样，她用粗麻帕子把书包好，用细绳系上。她出了仓库，仔细锁好门，藏好钥匙。

她朝家走去，心中燃起了新的希望。

母亲正呆望着壁炉的余烬。

书是贵重东西，得去哪儿找买主呢？自然只有新教徒。她的目光落在昨天洗好的被单上。这是让娜·莫里亚克家的，而让娜也是圣雅克郊外狩猎小屋的教友。让娜的丈夫是做船货经纪的——谁知道做些什么。她想起他家没买过圣经，不过肯定出得起钱。只是夏尔枢机的突袭不过是六个月前的事，他又敢不敢买？

被单晾干了。她让母亲帮忙叠好，然后用被单裹住圣经，朝莫里亚克家走去。

她算好时间，赶在一家人吃午饭的时候来敲门。女仆瞧她一副穷酸打扮，叫她在厨房里等着；西尔维孤注一掷，怎么能坏在一个女仆手里？她一把推开对方，走近餐厅。炸猪排的香味钻进鼻孔，叫她胃里一阵抽搐。

吕克、让娜夫妇和儿子乔治正围着桌子吃饭。吕克热情地跟她打招呼：他总是乐呵呵的。让娜则一脸警惕。她是家里的顶梁柱，丈夫和儿子专爱插科打诨，叫她苦不堪言。乔治曾追求过西尔维，如今几乎不忍正眼瞧她。西尔维从前是印书商的女儿，家境殷实、衣着体面，而今已经沦为脏兮兮的乞丐。

西尔维拿出被单里的书递给吕克，买主十有八九是他。她说："我记得您还没有法语的《圣经》呢。请过目。"她很早就学到，客人要是亲手翻看过，就更愿意买下。

吕克一边翻看，一边啧啧称赞。他对太太说："咱们该有一本法语《圣经》。"

西尔维对让娜露出笑脸。"上帝自然会欣许。"

让娜说："这可是违法的。"

吕克答道："信仰新教也违法。书可以藏起来。"他望着西尔维问："多少钱？"

"父亲从前卖六里弗赫。"

让娜啧啧一声，好像嫌太贵。

西尔维又说："不过因为现在的情况，五里弗赫就给您。"她屏住呼吸。

吕克有些犹疑。"要是四里弗赫嘛……"

"成交。书是您的了，愿上帝赐福于您。"

吕克摸出钱袋子，数了八枚泰斯通银币，一枚等于十个苏、半里弗赫。

"多谢，"西尔维说，"还有被单的十便士。"她现在不缺这几个铜板，但想起双手挨过的苦痛，又觉得是自己辛苦赚得的。

吕克笑了笑，又挑了一枚小“迪散”[1]硬币，正好十便士。

吕克又翻开书。“等我那个合伙人拉迪盖看见，一定眼红。”

西尔维急忙说：“仅此一本。”物以稀为贵，所以新教书籍才卖得上价。父亲教她不可让人知道存货富裕。“要是我哪天找到，就带去给拉迪盖。”

“有劳了。”

“请别说我给了您便宜价！”

吕克心照不宣地一笑。“至少等他付了钱之后。”

西尔维谢过吕克就告辞了。

她有种解脱后的虚脱感，甚至没力气庆祝。她进了临近的酒馆，要了一大杯啤酒，大口大口地喝光了。肚子没那么饿了。走出酒馆的时候，她觉得轻飘飘的。

快到家了，她买了火腿、奶酪、黄油、面包还有苹果，又买了一小坛酒。之后又去买了一麻袋柴火，花十便士雇了个小厮，替她扛回家。

她进了家门，母亲诧异地望着她手里的东西。

“好呀，妈妈，”西尔维说，“咱们的苦日子到头了。”

1559年圣诞节后第三天，郁闷至极的皮埃尔第二次娶了亲。

他本来打定主意，婚礼走个过场了事，他才懒得假装庆祝。

---

① Dixain，合埃居的十分之一。

他既没有邀请客人，也没安排早上的喜宴。他不想让人瞧不起，所以穿了那件新做的深灰色外套。颜色沉郁，恰好配他的心情。他踏进堂区教堂，刚好听见敲钟，时间一分不差。

他瞧见韦罗妮克·得吉斯，吓得魂飞魄散。

只见她坐在小教堂后排，周围还有六七个吉斯府上的女仆，想必是奥黛特的姐妹。

在皮埃尔看来，韦罗妮克目睹自己这一场奇耻大辱，是糟糕至极。韦罗妮克才是他的意中人。他同她攀谈、向她献殷勤，竭力表现出同她门当户对。可惜这都是他痴心妄想，夏尔枢机毫不留情地点醒了他。韦罗妮克亲眼见证皮埃尔同自己的女仆成亲，这简直比死还可怕。他想打退堂鼓。

接着他又想起自己得到的报酬。熬过去之后，他就要在登记簿上签上新名字：皮埃尔·奥芒德·德吉斯。那才是他梦寐以求的荣耀。他从此跻身大名鼎鼎的吉斯家族，成为光明正大的一员，谁也没法夺走。他虽然娶了一个丑八怪女仆，还要替别人养孩子，但他从此就是吉斯人了。

他一咬牙，发誓忍辱负重。

仪式匆匆结束，司铎收的是最低的费用。

其间韦罗妮克和那几个丫头不住地嘻嘻哈哈。皮埃尔搞不懂哪里好笑，忍不住觉得她们是在嘲笑自己。奥黛特老是扭头对她们傻笑，那一口坏牙仿佛破败墓地里的墓碑，紧紧排成一排，东倒西歪。

礼成之后，奥黛特挽着玉树临风、野心勃勃的新郎走出教堂，一脸自豪，似乎忘了这桩婚事并非他自愿。莫非她在自欺欺人，以为博得了他的爱慕？

白日做梦。

两个人一路走回家。房子是夏尔枢机替他们置办的，陈设简单，位于大堂区，临近圣埃蒂安酒馆。大堂区是巴黎人每天光顾的集市：肉、酒、有钱人穿旧不要的衣服。韦罗妮克和那几个侍女不请自来。一个丫头带了一瓶酒，她们硬是要进门，说要为新郎新娘举杯。

她们好不容易才走，不停打趣说新人等不及要入洞房了。

皮埃尔和奥黛特来到二楼。只有一间卧室、一张床。

这一刻之前，皮埃尔并没有想过是否会和妻子过正常的夫妻生活。

奥黛特往床上一躺。“哎，好啦，现在咱们是夫妻啦，”她撩起礼服，赤身裸体，“来吧，别浪费嘛。”

皮埃尔恶心到不行。她的一言一行如此伧俗，叫他厌恶到了家。他打心底里憎恶。

这一刻他就知道，自己绝不会同她有任何关系，不管是今天还是这辈子。

十

巴尼·威拉德恨透了当兵。饭菜叫人反胃，天气冷的时候冻死人，热起来也要人命，而且周围的女人只有跟着营地跑的娼妓，都是些走投无路、一脸苦相的女子。巴尼他们连队的队长戈麦斯心肠歹毒，爱仗着身材魁梧欺凌弱小，酷爱用那只铁手惩罚违纪的属下。最最倒霉的是，他们几个月都没发军饷了。

巴尼想不通西班牙腓力国王怎么可能入不敷出。他可是天下第一富豪，可又总是亏空。

巴尼在塞维利亚海港曾亲眼见过一艘艘盖伦船满载秘鲁的银子。钱都挥霍到哪去了？反正没给部队。

两年前，他们乘着何塞与玛利亚号逃离塞维利亚，来到这个叫尼德兰的地方。这是个松散的联邦，共有十七个城邦，临着欧洲北海岸，夹在法德之间。出于什么历史原因，尼德兰归西班牙国王统治，具体为什么巴尼一直没弄明白。西法交战之时，腓力派兵驻扎在尼德兰。

巴尼、卡洛斯和埃布里马三个人是冶金的行家，所以给派去当炮手，负责检修和发射那些大家伙。虽然交过战，不过很少轮到炮手上阵跟敌军短兵相接，三个人也因此幸免于难。

1559年4月，西法两国签订议和条约，距今快一年了。腓力国王战胜还朝，但没有调动部队。巴尼猜想，国王是想震慑这些阔绰无比的尼德兰人，看着他们乖乖交税。可战士们无所事事，心中不忿，渐渐不服管教。

戈麦斯的连队驻守在莱厄河畔的科特赖克镇，当地人对士兵多有不满。他们是一群外国人，佩带着武器，爱酗酒闹事、大呼小叫，因为拿不到军饷，常顺手牵羊。

尼德兰人生性桀骜不驯。他们想叫西班牙军队滚蛋，对此并不遮掩。

三个人都不想留在军队。巴尼自己有家，王桥住得舒舒服服，他也很想念家人。卡洛斯琢磨出新式炼炉，日后保准发大财，他想重操旧业，做回铁匠。至于埃布里马有什么打算，巴尼虽不清楚，总之不会是当一辈子兵。然而逃走可没那么容易。其实每天都有人当逃兵，一旦抓住就是枪决。巴尼几个月来一直在等机会，可等来等去也不见。难不成是自己太谨慎了？

这期间，他们的时间都耗在酒馆里。

埃布里马好赌，像着了魔似的，手头有一点钱就想狠狠赢一笔。卡洛斯的钱都败在酒上。巴尼的弱点则是一个色字。科特赖克镇旧市场上的圣马丁酒馆同时满足了这三份需要，那里有牌局、西班牙葡萄酒和一个俊俏的女侍。

巴尼听女侍阿努克用法语絮絮抱怨死鬼丈夫；卡洛斯要了一杯酒，喝上整个下午。埃布里马、铁手戈麦斯和另外两个西班牙士兵开了牌局，埃布里马大杀三方。其他三个人不停喝酒，不管是输是赢都大声叫嚣，只有埃布里马轻声细语。他对赌牌十分认真，总是小心算计，押得不高也不低。他也有输的时候，不过还是赢的时候多，因为别的赌客不动脑筋，乱押一气。这一天，他手气又不错。

阿努克闪进厨房，卡洛斯对巴尼说："西班牙陆海两军应该统一弹丸大小，英格兰就是一般标准。造一千个同样大小的铁炮弹，和给二十种炮造二十种不同大小的炮弹相比要省钱。"他们同往常一样，说的是西班牙语。

巴尼说："这样一来，就不会上膛的时候才发现炮弹比炮筒宽一寸——这事儿咱们可不止一次遇到了。"

"千真万确。"

这时埃布里马从牌桌旁站起来。"今天到此为止了，几位绅士承让。"

"慢着，"戈麦斯没好气，"总得让我们把钱赢回来吧。"

另外两个士兵也跟着嚷嚷，一个大喊"就是"，另一个在桌子上捶了一拳。

"不如明天吧，咱们玩了一整个下午，我想喝一杯，趁这会儿买得起。"

"来吧，最后一把，要么押双倍，要么一笔勾销。"

"您剩下那些可不够哩。"

"算欠你的。"

"借账难免借成冤家。"

"快来！"

"别了，队长。"

戈麦斯腾地站起身，撞翻了桌子。他身高六英尺，身材壮硕，几杯雪莉酒下肚，面泛红光。他大声嚷："我说玩儿！"

酒馆里的客人眼见情况不妙，纷纷往边上躲。

巴尼忙走到戈麦斯身前，轻声劝说："队长，我请您喝一杯吧，那杯酒了。”

“下地狱去吧，英格兰蛮子！”戈麦斯咆哮。西班牙人总把英国人看作北方的蛮夷，和英格兰人对苏格兰人的态度如出一辙。“他非玩儿下去不可。”

“非也，”巴尼张开双臂，做一个讲讲理的姿势，“总有散局的时候，对吧？”

“散也得我来说，我是队长。”

卡洛斯也来帮腔。“没这么个理儿。”他愤愤然。他爱打抱不平，也许因为他自己经受过不公待遇。“在牌桌上，咱们人人平等。”他说得不错：军官和士卒打牌时有这么条规矩。“戈麦斯队长，您心知肚明，不必装傻。”

埃布里马感谢卡洛斯解围，从掀翻的桌子旁走开了。

“给我回来，你这个黑魔鬼！”戈麦斯喝道。

埃布里马极少跟人起争执，而每一次吵架，对方或早或晚，莫不要拿肤色侮辱他。他们已经习以为常。好在埃布里马极沉得住气，没理会这个陷阱。他一声不吭，只扭过身子。

天底下的恶霸都一样，最受不了你不把他放在眼里。戈麦斯怒不可遏，对着埃布里马就是一拳。他喝得醉醺醺，哪管打在哪里？埃布里马只是后脑给擦着了，但戈麦斯挥的是那只铁铸的假手，埃布里马脚下一个趔趄，跪倒在地。

戈麦斯追上前，显然还不解气。卡洛斯从背后将他一把抱住，好让他动弹不得，但戈麦斯已经气急了眼，谁也拦不住。他拼劲挣扎。卡洛斯虽然强壮有力，但戈麦斯更胜一筹，挣脱了。

他用那只好手拔出匕首。

巴尼眼见不妙，连忙抢上，和卡洛斯合力抱住戈麦斯。埃布里马头晕目眩，挣扎着起身。戈麦斯甩开两兄弟，逼近埃布里马，扬起了匕首。

巴尼惊恐万分：眼下已经不是普通的醉酒生事，戈麦斯动了杀机。

卡洛斯伸手去抓戈麦斯那只握匕首的手臂，但对方铁手一挥，只见一道亮光一闪，卡洛斯跌倒在地。

趁着这两秒钟的耽搁，巴尼武器出鞘，那把两尺长、弧形刀柄的西班牙短刀已握在手里。

只见戈麦斯一只手举在半空，伸直了铁手维持平衡，胸前暴露无遗。埃布里马仍头昏眼花，脖子毫无防护，他对准了就要下手，说时迟那时快，巴尼匕首一挥，画了一个大弧，刺中了戈麦斯左侧胸膛。

这是冥冥中的好运，抑或是厄运。巴尼只是胡乱一刺，但尖利的双刃钢刀无巧不巧地刺在两条肋骨之间，深深地嵌入胸膛。戈麦斯痛苦的咆哮只持续了半秒，就戛然而止。巴尼用力抽出刀，伤口喷出一股鲜红的血。巴尼一惊：刀刺中了心脏。

片刻之后，戈麦斯瘫软下去，刀也从无力的手指间松脱。他仿佛一棵大树，轰然倒地。

巴尼惊呆了，卡洛斯骂了一句。埃布里马回过神来，惊问：“这是怎么了？”

巴尼跪下身子，伸手在戈麦斯的脖子上试探脉搏。不跳了。伤口也不再流血。“死了。”

卡洛斯说：“我们杀了一名军官。”

巴尼只是为了救埃布里马，但空口无凭，有什么证据？他放眼四周，只见一屋子证人仓皇逃走。

其中的是非对错，谁也懒得去分辨。醉酒斗殴中，一个小兵杀了一个军官。军队绝不会姑息。

巴尼看见店主对一个十几岁的伙计交代了几句，说的是西佛兰德方言，片刻之后，伙计匆匆而去。巴尼说："这是去报官了。"

卡洛斯说："应该是去市政厅。不出五分钟，咱们就要给逮捕了。"

巴尼说："那么我必死无疑。"

"我也一样，"卡洛斯答道，"我是帮凶。"

埃布里马说："对非洲人罕有公道可言。"

他们不敢耽搁，夺门而去，跑到集市广场。此刻天上阴沉沉的，日头渐渐西沉。巴尼暗暗庆幸。不出一两分钟就该黄昏了。

他喊道："去码头！"

三人奔过广场，转上直通河边的莱厄街。莱厄街是这座商埠的通衢，人山人海、车水马龙，满载的手推车、挑着重担的脚夫比比皆是。

巴尼提醒："慢慢走，免得惹人耳目，瞧见咱们的去向。"

三个缓步慢行，却仍不免引人侧目。看佩剑就知道他们是当兵的。虽然穿的是不起眼的便服，但也太好认：巴尼身材高大、一把乱蓬蓬的红胡子，埃布里马是个非洲人。好在天快黑了。

三人赶到河畔。巴尼说："得弄一条船。"他一向痴迷航海，基本对付什么船都不成问题。船只放眼皆是，有的系在水滨，有的泊在河中央。然而，极少有人笨到把船扔下不管，毕竟城里到处是外国士兵。大船都配了守夜的，就连小一点的划艇也收了桨、上了锁。

埃布里马说："蹲下。无论如何，咱们不能让人看见。"

三个人跪在泥滩上。

巴尼张皇四顾。时间紧迫。城守多久能搜到河边？

偷一条小艇不成问题，只要把系在木桩上的链子弄断就是了，难在没有桨，只能顺流而下，无异于束手就擒。更好的办法是游近驳船，制服守夜人，收锚逃走。可来得及吗？况且船越值钱，城守就越穷追不舍。思来想去，巴尼说："说不好，不如过了桥，拣最近的路出城。"

这时一条木筏子映入眼帘。

这东西值不了几个钱，不过是十几根树干扎成的，中央搭了个矮矮的棚子，可供一个人歇息。船主立在舱板上，顺流而行，用一根长篙调整方向。他旁边堆着一些器具，借着暮色，巴尼瞧着像是捕鱼用的麻绳和桶子。

"这就是咱们的船，"巴尼说，"轻着点儿。"

他跪着潜进水里，其他两个人跟在后面。

河水陡然变深，很快就没到脖子。眼看木筏驶来，三人抓住筏子边沿，先后跃到舱板上。只听一个苍老的声音惊叫起来。说时迟那时快，卡洛斯已经蹿过去，把他掀翻在舱板上，捂住他的嘴，叫他呼救不得。巴尼连忙捞起掉进水里的长篙，把筏子拨回中流。他瞧见埃布里马扯下老头儿的衬衣塞在他嘴里，又从那堆杂物里拿了条绳子，缚了手脚。巴尼发觉他们三个配合默契，无疑是因为曾经联手操纵过重型船炮。

他环顾四周，判断劫船的事没人瞧见。接下来呢？

他开口说："咱们得——"

"别说话。"埃布里马打断他。

“怎么？”

“说话要留神，不要透露消息。他说不定懂西班牙语。”

巴尼一点就通。这老头儿迟早会跟人说起这番经历——除非杀了他灭口，不过三个人谁也不忍下手。他会交代劫船者的身材样貌，因此他知道的越少越好。埃布里马比两兄弟年长二十岁，因此经验老到，两人欲要冲动时被他及时劝阻，这已经不是第一次了。

巴尼于是问：“怎么处置他？”

“先把他留在筏子上，等咱们上了岸，把他扔在河边，绑了手脚、堵了嘴。他没有性命危险，不过等到被人发现，也得到早上了，到那时咱们已经走远了。”

巴尼认为他计划得很周到。

那之后呢？趁夜里赶路，白天藏好。离科特赖克镇多走一英里，就越不容易被追到。再之后呢？要是记得不错，这条河的尽头是斯凯尔特河，流经安特卫普。

他有亲戚住在安特卫普：扬·沃尔曼，父亲的表亲。他转念一想，扬也是卡洛斯的亲戚。梅尔库姆、安特卫普、加来、塞维利亚这条贸易航线是四兄弟合力之功：巴尼的父亲埃德蒙·威拉德、威拉德的胞弟迪克叔叔、卡洛斯的父亲还有扬。要是能逃到安特卫普，应该就安全了。

入夜了。巴尼本想趁夜色赶路，看来是太乐观了。黑暗中很难认清方向；船上没有灯笼，就算有，他们也不敢点，不然被人发现就糟了。云层间，微弱的星光若隐若现。巴尼一会儿能瞧见眼前的河面，一会儿又一抹黑，把木筏划到岸边，只好重新掉头。

他总有种异样的感觉，说不出所以然，接着才想起自己杀了人。真奇怪：这么可怕的事竟然忘了个精光，冷不防地又想起来。他的心情就如同这夜色，暗沉沉的。他一阵心乱如麻。戈麦斯倒地那一幕在脑海里浮现。他跌倒之前，似乎已经断了气。

这并不是巴尼手里的第一条人命。他开过炮，远远地瞄准进攻的士兵，看着几十个身影跌倒，有的当即毙命，有的重伤不治。但不知道为什么，他并不感慨，或许因为他不曾见到那些死者的脸孔。戈麦斯则不同，这是他亲手犯下的惨事。刀刃触到戈麦斯，随即刺入他体内，手腕的力道挥之不去。他仿佛瞧见跳动的心脏喷出鲜红的血液。戈麦斯为人可憎，结果了他等于为民除害，可巴尼却怎么也高兴不起来。

月亮升起来了，在云层间时隐时现。借着有光的间隙，他们瞧见一处地点，似乎远离人烟，于是把老头儿丢下船。埃布里马把他背到远离河面的干燥角落，让他躺得舒服些。巴尼没下船，只听见埃布里马低声向老人说了什么，似乎是赔罪。的确应该，毕竟老人家什么也没做，无缘无故地遭殃。巴尼听见钱币碰撞的叮当声。

埃布里马跳上木筏，巴尼撑起长篙。

卡洛斯问埃布里马：“你把从戈麦斯那儿赢的钱给他了，是不是？”

月光下，埃布里马一耸肩。“咱们偷了他的木筏，这可是他的饭碗。”

“现在咱们两手空空。”

“你早就两手空空，”埃布里马毫不客气，“现在我也两手空空。”

巴尼又琢磨起追兵的问题。他们会投多少人力财力，巴尼拿不准。官府痛恨人命案子，不过死者和凶手都是西班牙士兵，科特赖克镇议会才懒得浪费钱，为一个死掉的外国人捉拿几个外国人。至于西班牙驻军，要是给他们拿住，那是必死无疑，至于他们是否有心力组织追捕，那就是另一码事了。军队大概会走走过场，最后不了了之。

埃布里马一语不发，陷入了沉思。片刻后，他严肃地问："卡洛斯，有件事，得一次说个清楚。"

"什么事？"

"咱们现在不在军队里了。"

"倘若他们抓不住咱们。不错。"

"当初登上何塞与玛利亚号，你对那个军官说我是自由民。"

卡洛斯说："我知道。"

巴尼感觉到气氛紧张。这两年来，大家都把埃布里马当作普通士兵对待。他虽然是一张异国面孔，但和其他士兵平起平坐。现在又该怎么对待他？

只听埃布里马问："卡洛斯，你认为我是不是自由民？"

巴尼注意到那句"你认为"。言外之意是，埃布里马自认是自由民。

巴尼猜不透卡洛斯的心思。自踏上何塞与玛利亚号甲板，他们就没提过埃布里马的奴隶身份。

卡洛斯沉默良久，最后开口说："你是自由民，埃布里马。"

"多谢你。我很高兴，咱们把事情挑明了。"

巴尼有些好奇：要是卡洛斯答不是，埃布里马会怎么做？

云层渐渐散开。夜色明亮了些许，巴尼让木筏稳稳地顺着中流，速度加快了。

过了一会儿，卡洛斯开口问："对了，这条河通到哪儿啊？"

"安特卫普，"巴尼答道，"咱们去安特卫普。"

埃布里马拿不准卡洛斯的话能不能信。主人一句体己话，还是不信为妙；这是塞维利亚一众奴隶的信条。一个人把你当犯人一般拘着，强迫你替他白干活，不听吩咐就一顿毒打，兴致来了就奸淫玩弄——这种人绝不吝惜哄骗你。卡洛斯虽然不同于大多奴隶主，可这种"不同"又有几分？这个答案将决定埃布里马余生的命运。

挨了戈麦斯那一下，他脑袋现在还隐隐作痛。他小心地往头上一摸，感觉到伤处肿起一个大包。好在没有思绪混乱、头晕目眩的症状，他觉得没有大碍。

黎明时分，河流穿过一片树林，他们决定在林中休息，于是把木筏拖上岸，又用树枝掩好。三个人轮番看守。埃布里马梦见自己一觉醒来戴上了手铐。

到了第三天早上，他们远远就望见安特卫普主教座堂的高塔，于是上了岸，任木筏顺流漂浮，徒步走完最后几英里地。埃布里马揣测，现在还不算安全。说不定立即被拿下、扔进大牢，接着交给西班牙军方处置，以谋杀铁手戈麦斯的罪名胡乱审判一通，即刻行刑。不过，进城的路上虽然人来人往，看样子倒没有谁听闻三个西班牙士兵——其中一个红胡子、一个非洲人——在科特赖克镇杀了一名队长、畏罪潜逃。

各地之间沟通消息主要靠商人之间的布告，大部分都关于买卖。埃布里马不识字，不过据卡洛斯说，这种通告里要是包含违法犯罪之事，那一定涉及政治：刺杀、暴乱、谋反。几个外国兵醉酒生事，这种消息很少有谁关心。

三个人在城郊绕来绕去，埃布里马瞧出安特卫普四面临水。西边是斯凯尔特河，其余三面则由运河围绕，同陆地隔开。水道两侧垒了围墙，上面架着一座座桥，分别通到几座城楼。据说安特卫普是天下第一大商埠，守卫自然森严。

就算守卫对科特赖克镇的案子毫不知情，见到几个衣衫褴褛、风餐露宿又佩了剑的人，会不会放进城？几个人忐忑地来到城楼前。

几个守卫似乎并没有奉命捉拿三个逃犯，这叫埃布里马松了口气。他们只是有些狐疑地打量三个人：衣服还是两年前登上何塞与玛利亚号那一身。一听巴尼说是扬·沃尔曼的亲戚，守卫立刻不再怀疑，还主动指路：就在三个人远远望见的那座教堂附近。

这座小岛上布满了长而狭的码头，条条蜿蜒的河道贯穿其间。三个人走在车水马龙的街道上，埃布里马心中忐忑：不知道扬·沃尔曼会如何迎接一对身无分文的远房亲戚和一个非洲人？他们也许是不受欢迎的不速之客。

扬·沃尔曼的居所很是气派，几座高高的房子连成一排。几个人忐忑地敲门，下人神色迟疑地引他们进屋。接着扬出来迎客，十分热诚。他看着巴尼说："你可真像先父年轻的时候，我那会儿还小呢。"扬也继承了威拉德氏族的红头发和金棕眼珠。

他们不想连累扬，决定不告诉他从科特赖克镇出逃的真正原因，只说当了逃兵，因为西班牙军队拖着不发军饷。扬信以为真，似乎还认为拿不到军饷的士兵开小差合情合理。

扬知道他们饿着肚子，马上吩咐备了酒、面包和现成的冷牛肉，接着让他们梳洗一番，找了干净衬衣，他打趣说，因为他们“臭气熏天”。

埃布里马从没进过这样的房子。虽然不如宫殿宏大，却有那么多间屋子，而且还位于城中心。地方虽然宽敞，屋里却塞满了珍贵的家具摆设，像墙上挂的镶框大镜子、土耳其地毯、威尼斯的彩色玻璃器具、各式乐器、精致的瓷壶瓷碗——看样子只是摆设，并不使用。至于屋里挂的画像，也是他见所未见的。尼德兰人似乎喜欢描绘生活场景的画作，画中人物和主人相似，或读书、或打牌、或奏乐，背景是舒适的房间，也和主人的住处相似。他们似乎只着迷日常生活，对西班牙画作中常见的宗教先知和传说人物不大感兴趣。

埃布里马住的房间不如巴尼和卡洛斯的宽敞，不过也没有安排去和下人同住。据此猜测，扬也摸不透他的身份。

当晚，扬为他们接风。他们见到扬一家：女主人海尼、女儿伊玛可和三个小儿子，分别叫弗里茨、耶夫和达恩。

他们靠好几种语言交流。尼德兰西南地区主要讲法语，其余各地有不同的方言。当地许多商人都通晓好几种语言，包括西班牙语和英语，扬也不例外。

扬的女儿伊玛可十七岁了，生得娇美动人，总是笑意盈盈，衬着鬈曲的金发，该是母亲年轻时的样子。伊玛可对巴尼一见倾心，埃布里马瞧出卡洛斯有心讨好她，却是徒然。巴尼笑起来有种痞气，最叫年轻女子动心。在埃布里马看来，卡洛斯为人忠厚可靠，会是个好丈夫，可惜妙龄少女不谙世事，看不透这一层。埃布里马对年轻姑娘心如止水，倒觉得女主人海尼秀外慧中，大有好感。

海尼问起他们从军的始末，埃布里马于是从头讲起，西法两种语言混着说，偶尔夹一两个方言词汇。他讲得绘声绘色，不一会儿就吸引了整桌人。他讲到新炼炉，不厌其详，强调自己的功劳不亚于卡洛斯。他解释如何鼓风，令炭火烧到高温，熔铁源源不断地流出，炼炉每天有一吨的产量。其间他发觉扬注视自己的目光中多了一丝敬佩。

沃尔曼一家是天主教徒，但听说塞维利亚教会欺压卡洛斯，不禁惊怒交加。扬插嘴说安特卫普绝不会发生这种事，但埃布里马不以为然，毕竟两国教会尊崇的是同一位教宗。

扬对鼓风炉兴奋不已，说要带埃布里马和卡洛斯去见艾尔贝特·威廉森，他的金属主要从艾尔贝特家买的。要尽快去——就明天好了。

翌日上午，一行人徒步来到码头附近的居民区，这里显然不如城里繁华。艾尔贝特一家住在一间朴素的房子里，家里还有妻子贝彻和两人文静的八岁女儿德丽克，再就是艾尔贝特的姐姐艾微，她模样标致，守了寡，儿子马图斯约莫十岁。艾尔贝特的房子像极了卡洛斯在塞维利亚的家，都是一条走道连接门口和后院的作坊：一只炼炉、一堆堆铁矿石、石灰石和煤炭。对卡洛斯、埃布里马和巴尼在院子里盖鼓风炉一事，艾尔贝特满口答应；扬说需要的费用就由他先垫上。

之后的几天、几周，三个人在镇里差不多混熟了。尼德兰人辛勤苦干的精神叫埃布里马大为惊诧。除了穷苦人能吃苦——天底下的穷人皆如此，叫他诧异的是连富人也毫不懈怠。扬是镇里数一数二的财主，可他也每周劳作六天。换作西班牙人有这般财富，早就去乡下颐养天年了：买一间大庄园，请一个管家去跟佃户收租，免得阿堵物脏了自己洁白如玉的手指。同时再给女儿说一个贵族当女婿，好叫孙儿承袭个把爵位。尼德兰人似乎不怎么重视爵位，只是爱财。扬买进铁和铜，制造枪支弹药；买下英格兰羊毛，制成呢子，再卖回给英国；他在船货、作坊、农场和酒馆都有投资；他借钱给生意越做越大的商人、入不敷出的主教，甚至郡王。不消说，都是收利息的。大家丝毫不理会教会严禁取利的规矩。

安特卫普同样不在乎异端不异端。城里多的是犹太人、穆斯林和新教徒，坦然穿着彰显信仰的衣饰，生意面前人人平等。市民样貌各异，有和巴尼一样的红胡子，和埃布里马一样的非洲人，还有浅棕色皮肤、一撇小胡子的土耳其人，黄皮肤、头发又直又黑的汉人。安特卫普市民不排斥任何人，除了那些赖账的。埃布里马喜欢这儿的生活。

他是否真正自由，一直没人提起。白天，他同卡洛斯和巴尼来到艾尔贝特家院子，晚上回扬家里吃饭。每逢主日，他都同他们去教堂，到了下午，趁他们午饭醉酒后睡着了，他就溜出门，在乡下找一处地方行水礼。谁也没叫他奴隶，但日常生活间，就仿佛回到了塞维利亚，叫他暗暗担忧。

三人在艾尔贝特家院子里搭炼炉，休息的时候，艾尔贝特的姐姐艾微常坐下来同他们攀谈。艾微四十岁上下，微微有些发福——在尼德兰，衣食无忧的中年妇人大多如此——一双蓝绿色的眸子顾盼生辉。她跟三个人搭话，不过和埃布里马最聊得来，大概因为两人年岁相仿。她谈吐活泼，又爱打听，喜欢问起他在非洲的种种，常刨根问底；有些事他的印象已经淡了。她是个寡妇，又带着孩子，十有八九打算改嫁；埃布里马寻思，艾微该是看卡洛斯和巴尼年轻，不会中意她，所以把心思用在了自己身上。和埃莉萨一别之后，他就一直没碰过女人，不过他并不打算打一辈子光棍，像个戒色的修士。

他们花了一个月，总算大功告成。试炉子的这天，扬和艾尔贝特两家人都聚在院子里。

埃布里马想起之前只垒过一次，这一次能不能成还真没有把握。万一不成，那可要丢人现眼了。更糟糕的是，他们的前途说不定要毁在上面——想到此处，埃布里马猛地意识到，他有心在这儿安顿下来。要是当着艾微的面出丑，那真是无地自容。

卡洛斯点着炉子，埃布里马填好铁矿石和石灰石，巴尼则拿鞭子吆喝拉风箱的两匹马。和第一次一样，很久不见动静，大伙只能瞪着眼干着急。

巴尼和卡洛斯紧张地走来走去；埃布里马一向泰然自若，但此时也有些沉不住气。他感觉自己把全部家当都押在了一张牌上，只等着揭开牌面。

看热闹的人瞧着没趣儿。艾微和海尼扯起家常，抱怨十几岁的孩子难教。扬的三个小儿子追着艾尔贝特的闺女满院子跑。艾尔贝特的妻子贝彻用托盘端了橘子出来，可埃布里马哪里吃得下。

这时，熔铁终于流出来了。

只见烊金从炼炉底部缓缓流进预备好的石槽里。起先慢得叫人好生心焦，但没多久就喷涌而出，注入地上铁锭形状的土坑里。埃布里马又往炉子顶端添材料。

他听见艾尔贝特惊叹："快看——源源不断啊！"

"不错，"埃布里马接口，"只要不停地填炉子，就能不停地炼出铁。"

卡洛斯提醒说："不过是生铁——得精炼过才行。"

"瞧出来了，"艾尔贝特答道，"那也很厉害了。"

扬的语气透着不可思议："听你们的意思，西班牙国王对这个改进不屑一顾？"

卡洛斯答道："我估计根本没传到腓力国王耳朵里。塞维利亚那些铁匠如临大敌；西班牙民族不喜欢革新，管我们这一行的十分保守。"

扬点头说："国王从我们外国人手里买了那么多大炮，大概就是这个原因吧——西班牙本国供不应求。"

"他们还总啧有烦言，说美洲的银子刚运到西班牙，眨眼就流到外国去了。"

扬笑着说："这个嘛，我们不是西班牙大公，而是尼德兰商人，所以咱们进屋去，边喝边谈生意。"

大家进了屋，围坐在桌边，贝彻端了啤酒和冷香肠，伊玛可给了几个小孩一把葡萄干，免得他们吵闹。

扬开门见山："新炼炉一盈利，首先用来偿还我垫的款子，连本带利。"

卡洛斯答道："这个自然。"

"其余收入则由艾尔贝特和你们平分。你们是不是也这样想？"

埃布里马体会到扬故意用了模棱两可的"你们"。他拿不准埃布里马跟那两兄弟是不是平等。

此时容不得谦逊。埃布里马说："炼炉是我们仨一起搭的：卡洛斯、巴尼和本人。"

大家齐齐望向卡洛斯；埃布里马屏住呼吸。卡洛斯迟疑着没有说话。埃布里马知道，这才是真正的试炼。三个人乘木筏逃亡的时候，卡洛斯那句"你是自由民，埃布里马"，并没有关系到利害，这次可不同。要是他当着扬·沃尔曼和艾尔贝特·威廉森承认埃布里马与自己身份平等，那就再不能反悔了。

埃布里马也才真正获得自由。

卡洛斯总算开口了："那么就分四份。艾尔贝特、巴尼、埃布里马和我。"

埃布里马一颗心跳到嗓子眼，但表面上不动声色。他和艾微目光相交，瞧见她面露喜色。

这时平地里一声惊雷，只听巴尼说："别算我了。"

卡洛斯惊问："你说什么？"

"这个炼炉全是你和埃布里马的功劳，我也没帮上什么。再说，我也不打算留在安特卫普。"

埃布里马听见伊玛可倒吸一口气。她要失望了：她迷上了巴尼。

卡洛斯问："巴尼，你打算去哪儿？"

"回家。我跟家里失了音信，都两年多了。我早料到加来失陷后母亲倾家荡产，咱们到安特卫普的时候，扬也跟我讲了。我弟弟内德没有接手家族生意——没有生意可言了。他现在好像给伊丽莎白女王当什么秘书官。我想回去见母亲和弟弟，看他们是否一切安好。"

“那你怎么回王桥去？”

“眼下正好有一条库姆港来的船，停靠在安特卫普，飞鹰号，是丹·科布利的船，船长叫乔纳斯·培根。”

“可你哪来的船费——你现在身无分文。”

“昨天我跟大副乔纳森·格陵兰攀谈起来。他是我打小儿就认识的。他说来的路上殁了一个船员，所以现在缺一个铁匠兼木匠，我就揽了这活儿，只是为了坐船回家。”

“可既然家族生意没有了，你回去之后要怎么谋生？”

巴尼露出玩世不恭的嬉笑——叫伊玛可等姑娘心碎的，正是这副表情。“谁知道，走着看吧。”

飞鹰号驶进大海，船员不必一心惦着掌舵，心思活络起来。巴尼立刻去找乔纳森·格陵兰打听消息。

乔纳森在王桥过的冬，几周前才出海，所以知道近来的事。他去拜访过巴尼的母亲爱丽丝，以为她还像从前，爱听海外的见闻。他上门的时候，看见爱丽丝坐在前厅，一动不动地呆望主教座堂的西墙，周围堆满了旧账簿，但她碰也不碰。听说她倒是照常去市议会开会，但从不开口。巴尼怎么也想不到母亲会不忙生意。自打他有记忆以来，就知道买卖、佣金、利润就是母亲的生命，她一心一意琢磨如何靠贸易赚钱。母亲竟然像变了个人，这他让生出不祥之感。

乔纳森还告诉他，算计爱丽丝的罪魁祸首雷金纳德·菲茨杰拉德爵士还当着他的市长，现在住进了气派的新宅修院门。朱利叶斯主教倒是失势了。伊丽莎白女王出尔反尔，下令英格兰奉新教为国教，还命令所有牧师宣读至尊誓言，奉女王为圣公会至高无上的领袖，如有不从，则以叛国罪治之。地位较低的神职人员都宣了誓，但大多数上了年纪的主教则拒不从命。按理这些主教是要治罪的，不过伊丽莎白曾立誓不以信仰为由害人性命，她的确言行一致——到目前为止。大多数主教只被除去圣职；朱利叶斯跟两三个修士住在王桥北面圣马可教堂的耳房。乔纳森记得有个周六晚上在贝尔客栈里看见他，他喝醉了，扯着人唠叨说英格兰不久会回归天主教真信仰。乔纳森感叹说朱利叶斯很是可怜，巴尼却觉着这坏心肠的神父老头儿报应得不够。

乔纳森又给巴尼讲出海的种种好处。船就是他的家：他皮肤黝黑、身手矫健，手脚结实有力，攀着缆索就像松鼠般灵活敏捷。法国一战将近尾声时，飞鹰号俘虏了一艘法国船，掠来的财物除了给培根船长和丹·科布利，船员也各自分了一份，乔纳森除了月钱之外又多得了六十镑。他用这笔钱在王桥置办了一间房子给寡母住，之后再次出海，指望再赚上一笔。

巴尼听完说："可现在也不打仗了。要是俘获法国船，那可是私掠行为。"

乔纳森一耸肩："打不打，还不是说话间的事儿。"他一扯绳索，看绑得是否结实。巴尼心知他不想细说海盗的事。

他于是岔开话题，打听弟弟内德的消息。

内德回王桥过圣诞来着。他穿了件奢华的黑色新外套，样子老成，不像二十岁的人。乔纳森知道内德替国务大臣威廉·塞西尔爵士办事，王桥的乡亲都说内德年少有为，在宫里越发了得。圣诞节当天，乔纳森在教堂里跟内德攀谈，可惜没打听出什么：对自己替女王办什么事，内德说得含含糊糊，依乔纳森看，应该是什么邦交秘事。

巴尼说："真想马上见到他们。"

"情理之中。"

"快了，也就两三天的事儿。"

乔纳森查看另一条绳索，接着别开了目光。

从安特卫普经由英吉利海峡驶入库姆港，这期间应该不会开战，不过巴尼不好意思白坐船，还是对飞鹰号上的武器进行了一番检修。

商船同其他船只一样，大炮是必不可少的，毕竟航海中危机四伏。战乱时，一国舰船袭击敌国船只再正当不过，而国势强盛的各个国家总是动不动就宣战。不打仗的时候，同样的行为就属于掠夺，但仍然屡见不鲜，所以船只必须做好防备。

飞鹰号上有十二门炮，都是小口径的"米农"铜炮，只能发四磅的炮弹。顶层甲板下就是炮甲板，左右舷各六门炮，木船身上开着方形炮窗。显然船体经过改良。旧型船要是开这种炮门，结构会严重受损；飞鹰号船壳板采用平铺式，选用厚重梁木拼成骨架，壳板与其紧密相连，如同在肋骨外张一层皮。这种构架还有一个优点：就算被敌船的炮弹击中，船壳上开了几个洞，也不见得会沉船。

巴尼给大炮挨个擦洗、上油，检查轮轴是否转动自如；至于小毛病，去世的那个铁匠留下一些工具，巴尼用来修修补补。他查点弹药：十二门炮口径一致，用的是铸铁炮弹，都可以上膛。

他最重要的任务是保持弹药完好。火药容易受潮，在海上尤其如此；炮甲板顶悬着装木炭的网兜，用来吸收湿气。再有一个问题是时间久了火药面容易分离：火药的成分是硝石、木炭粉和硫黄；硝石较重，自然下沉，那么火药粉就起不到作用了。巴尼在军队里学了一招，每隔一个星期就把火药桶上下颠倒一次。

他甚至还测了射程。他本来不想浪费火药，不过培根船长说不妨开几炮试试。这几门炮左右两侧都铸有炮耳，一种像把手的部件，炮身通过炮耳卡在炮架的凹槽，方便上下调整角度。炮身同水平呈四十五度角时射程最远，四磅弹能飞出将近一英里远，也就是一千六百码左右。调整角度时，要用楔子固定在炮身底端。水平角度时，炮弹飞出三百码左右，扑通掉进水里。巴尼据此估算，仰角每高七度，射程就增加两百码多一点。他身边正好有一把铁做的分度规，是从部队里拿的。这东西就是一只弧形刻度尺，带了一根铅垂线。长臂探进炮膛，能精确测量炮筒角度。在陆地上测得挺准，但在海上，船不断颠簸起伏，开火时没那么精确。

到了第四天，能干的活都干了，巴尼又在甲板上遇见乔纳森。此刻飞鹰号正穿过一片海湾。海岸线在船首左舷，自从驶出韦斯特谢尔德河口进入英吉利海峡，就一直如此。巴尼不精通航海，但琢磨着这会儿英国海岸线该是在船首右舷。他眉头一皱。“你看什么时候能到库姆港？”

乔纳森一耸肩。“我哪知道。”

巴尼突然有种不祥之感。“咱们不是去库姆港，对不对？”

“最终还是要去的。”

巴尼越发心惊。“最终？”

“培根船长没跟我说他什么打算。也没跟别人说。”

“可你好像认为不是回家。”

“我只是看海岸线判断的。”

巴尼定睛眺望。海湾深处，靠近海岸的地方，一座小岛从水中高高耸起，形成一面陡峰，峰顶立着一间宏伟的教堂，仿佛一只巨大的海鸥。这幅景象看着眼熟，巴尼心里一沉，想起自己的确见过——两次。此地叫圣弥额尔山，他第一次路过是三年前去塞维利亚途中，第二次是两年前从西班牙逃亡尼德兰的路上。他问乔纳森："咱们是要去西班牙，对吧？"

"看样子是喽。"

"可你没告诉我。"

"我也不知道啊。何况我们得有一个炮手。"

他们为什么得有炮手，巴尼一猜便知。巴尼早就奇怪，船上铁匠的活儿这么少，培根怎么还雇人；原来如此。"这么说，你和培根合伙把我骗上了船。"

乔纳森还是一耸肩。

巴尼朝北面望去。六十英里外就是库姆港。他又扭头望着岛上的教堂。隔着一两英里，但海浪至少三尺高。他知道跳船游过去是没戏了，那是死路一条。

他沉思良久，又开口问："不过咱们离开塞维利亚就回库姆港，是不是？"

"兴许是，"乔纳森回答，"也兴许不是。"

十一

奥黛特要生了。她喊得撕心裂肺，皮埃尔则盘算着怎么摆脱掉这婴儿。

主因她不守妇道而降罚于她。是她罪有应得。皮埃尔寻思，看来到底还是有天理在的。

孩子一生下来，她就休想再见一面。

逼仄的房子里，皮埃尔坐在楼下翻看黑皮簿子，稳婆在楼上寝室替奥黛特接生。早饭没吃完，还摆在他面前的桌子上：面包、火腿、几根早熟小萝卜。皮埃尔家可谓家徒四壁：裸露的墙面、石板铺就的地面、阴冷的壁炉、一扇对着阴暗窄街的小窗户。皮埃尔讨厌这个住处。

平日里，他一吃完早饭就出门，一般先去圣殿旧街的吉斯府。府里铺的是大理石地面，墙上的油画叫人赏心悦目。他要么一整天留在府里，要么去罗浮宫，伺候夏尔枢机或是弗朗索瓦公爵。傍晚，他常常同手底下不断壮大的探子碰面，往黑皮簿子里添几个新教徒的姓名。除了晚上回大堂区的蜗居就寝，平时很少在家。但这一天，他得等孩子生出来。

1560年5月，他们结婚五个月。

新婚后那几周，奥黛特还想勾引他圆房，为此拗着性子，百般卖弄风骚。她扭着腰肢，一对大屁股晃来晃去，还故作媚笑，露出歪歪斜斜的牙齿，叫皮埃尔好不反胃。一计不成，她又使起了激将法，讽刺他不是个男人，要么嘲笑他有同性癖，可两样都没说中皮埃尔的心事，只叫他怀念起寡妇博谢纳的羽毛床、床上那些个漫长的午后。即便如此，听奥黛特冷嘲热讽的也不免心烦。

眼见奥黛特的肚子一天大似一天，过了严冬、进入阴雨连天的初春，两人从相互看不顺眼成了冤家对头，彼此都懒得多说一个字，话题只剩下吃什么饭、什么衣服要洗、生活费多少，再就是骂家里那个十几岁、整天苦着脸的女仆纳塔不好好干活。皮埃尔心里窝着一团火。一想到这个母夜叉，他什么心情都给破坏了。以后不仅要忍受奥黛特，还要替她养这个野种，他忍无可忍。

说不定这小杂种生下来就死了。但愿如此。那就不用愁了。

奥黛特不叫了，片刻之后耳边传来婴儿的啼哭。皮埃尔叹了口气：愿望没能成真。看样子这小畜生健康得很，可恶。他疲惫地揉揉双眼。什么事儿都不好做，什么事儿都不顺心，总是要扫他的兴。有时候他不禁想，是不是自己的处世哲学有什么差错？

他把小簿子放进文件匣，上了锁，钥匙揣进口袋。簿子没法留在吉斯府，因为还没分派房间给他用。

他站起身，接下来的事他已经有了打算。

他来到楼上。

奥黛特合着眼睛躺在床上，脸色苍白，大汗淋漓，不过呼吸平稳，要么睡着了，要么是在歇息。小丫头纳塔正在卷床单，上面沾满了血污黏液。接生婆左臂抱着那个小不点儿，右手拿着一块布，在水盆里蘸湿了，擦拭婴儿的头脸。

那东西丑得要命，又红又皱，头顶一丛黑头发，吵闹得叫人心烦。

皮埃尔看见接生婆把婴儿裹在一张淡蓝色的毯子里——他想起来，这是韦罗妮克·德吉斯送的。

“是个小子。”接生婆说。

刚才婴儿赤身裸体，但他没细看是男是女。

奥黛特闭着眼说：“孩子叫阿兰。”

皮埃尔恨不得杀了她。她不仅要他抚养孩子长大，还要时刻提醒他这野种的生父是阿兰·德吉斯那个纨绔子弟。哼，等着瞧吧。

“喏，给您抱抱。”接生婆把裹好的婴儿交给他。他看出韦罗妮克送的是张柔软的羊毛毯，价格不菲。

奥黛特喃喃地说：“别把孩子给他。”

太迟了，皮埃尔已经把孩子抱在怀里。小东西那么轻，好像没有重量。一瞬间，他有种异样的感觉，莫名地只想保护这个无助的小人儿，但他马上抑制住冲动。他暗想，这个没用的废物休想连累我一辈子。

奥黛特坐起身：“把孩子给我。”

接生婆伸手要接，但皮埃尔不肯放手。他不怀好意地问：“奥黛特，你刚才说孩子叫什么？”

“你别管，把孩子给我。”她说着掀开被子，显然想下床，紧接着大喊一声，好像疼痛难忍，又倒在枕头上。

接生婆瞧出不对头，忙说：“该给孩子喂奶了。”

皮埃尔看见婴儿噘着小嘴，像在吮吸的样子。他还是没放手。

接生婆伸手要抢。

皮埃尔一手抱着婴儿，另一只手扬起，对着接生婆狠狠就是一巴掌。对方一个不稳，向后跌去。纳塔吓得尖叫。奥黛特脸色煞白，忍痛坐起身。皮埃尔抱着婴儿朝门口走去。

“回来！”奥黛特冲他的背影嚷，“皮埃尔，求你别带走我的孩子！”

他径直走了出去，砰地摔上门。

皮埃尔下了楼；婴儿啼哭起来。春日傍晚天气和暖，他却披上斗篷，为的是遮住这婴孩。他出了门。

小婴儿似乎喜欢晃动的感觉。皮埃尔稳稳地迈着步子，孩子止住哭闹。他松了口气，这才发觉哭声吵得自己心烦意乱，好像提醒他想想办法。

他朝城岛走去，把孩子丢掉好办得很。圣母院里有个地方专门收容弃婴，就在圣安妮像脚下：圣安妮是圣母玛利亚之母，也是母亲的主保圣人。一般神父会把遗弃的婴儿安放在婴儿床上，有时候遇见一对好心的夫妇，就把孩子带回家收养。要是没人领养，就交由修女抚养。

皮埃尔感到手臂下的婴儿扭动身子，又生出那种没来由的冲动，想呵护他、照顾他。

这孩子虽然是私生子，但到底是吉斯家的种，孩子不见了总得有个交代。这不大好办，不过皮埃尔已经想好了。回家第一件事，就是把接生婆和女仆都打发掉。之后跟夏尔枢机谎称孩子一生下来就死了，奥黛特重创之下神智失常，不肯相信孩子死了。皮埃尔边走边琢磨细节：奥黛特抱着死婴喂奶，给他换上新衣服，放在婴儿床里，说孩子睡着了。

夏尔未必相信，但这故事合情合理，况且他也拿不到证据。皮埃尔自信能瞒天过海。过去这两年里，他想明白一件事：夏尔不喜欢他，以后也不会喜欢，但看在他有用，不舍得打发。皮埃尔牢牢记着这个教训：只要自己不可或缺，就能自保。

街上人群熙攘，一如往常。路边高高地堆着垃圾：炉灰、鱼骨、粪便、牲口棚的秽物、破鞋。他一下子想到，不如把孩子扔在这儿了事，只要没人看见就行。这时他瞧见一只耗子正啃食一只死猫的脸，想到这就是这个婴儿的下场，区别是他还活着。他下不了手。他毕竟不是禽兽。

他由圣母桥过了河，走进圣母院。刚走到中殿前，他又发觉计划未必可行。同平常一样，教堂里聚了不少人：司铎、善男信女、朝圣者、小贩、妓女。他放慢脚步，来到中殿，走到教堂一侧供奉圣安妮的小圣堂前。把孩子放在雕像脚下，又不让人瞧见，他做得到吗？只怕不行。换作是个贫苦的妇人，或者无所谓有人瞧见，谁也不认得她，等到有人想起来盘问，她早就混在人群里溜走了。可他是个衣着光鲜的年轻男子，那可就不一样了。要是孩子哭闹起来，他说不定就要有麻烦。他抱紧了斗篷下暖乎乎的身体，一是为捂住声音，二是怕被谁瞧出异样。他发觉失策：该等半夜或着凌晨过来才是。可这期间，孩子该怎么处置？

他瞧见一个瘦削的红裙女人，灵光一闪。不如花钱找一个妓女替自己把孩子扔掉。这等女人不认得他，孩子的身份也无从查问。他正要去找那个红裙女子，这时耳边传来一个熟悉的声音，吓得他魂飞魄散。“皮埃尔，亲爱的孩子，你可好啊？”

是他昔日的导师。“穆瓦诺神父！”他惊恐莫名。大大不妙。万一孩子哭闹起来，他可如何是好？

神父红通通的方脸堆满笑意。“能见到你可真高兴。听说你是大人物了！”

“差不多吧。”皮埃尔敷衍说。慌乱中，他接着说：“所以呢，很抱歉，我正赶时间，失陪了。”

穆瓦诺想不到碰了个钉子，如遭雷击。他冷冷地说：“那请吧，小人就不耽误您了。”

皮埃尔真想把一腔苦恼都说给他听，但当务之急是带着婴儿脱身。“请见谅，神父。我不日再去拜会。”

“倘若您抽得出空儿。”穆瓦诺挖苦。

“失陪，再见吧！”

穆瓦诺没接口，气愤愤地转身走了。

皮埃尔匆匆穿过中殿，从西门出了教堂。得罪了穆瓦诺，他暗暗叫苦，毕竟，世上能听他诉苦的人绝无仅有。皮埃尔上有主子下有仆人，但刻意不结交朋友，只有穆瓦诺这一个例外，结果又把他惹恼了。

皮埃尔不去想穆瓦诺的事儿，原路折返。走在桥上，他巴不得要把婴儿扔到河里，可扔的话免不得有人看见。况且他也知道，就算穆瓦诺神父也不会替他开脱，说杀人害命是主的旨意。为神圣的使命而犯罪或许情有可原，但万事都有个限度。

既然圣母院想不通，那就直接去交给修女吧。他知道有一间修会收容弃婴，地点在城东的富人区，离吉斯府不远。他朝东走去。一开始就该这么办，去圣母院是他考虑不周。

这间圣家庭修会除了抚养弃婴，还办了座小学堂。皮埃尔走近时，听见孩子的嬉闹声。他踏上台阶，穿过高大的雕门，进了客堂。室内凉爽幽静，铺着石头地面。

他掀开斗篷，露出婴儿。小东西闭着眼睛，但还在呼吸。只见他举起两只小拳头，在面前挥舞，好像要吮吸拇指。

等了一会儿，一个年轻修女轻手轻脚地进了客堂。她呆望着皮埃尔怀里的婴儿。

皮埃尔用官家语气说："马上去请你们嬷嬷，有要事。"

"是，先生。"修女彬彬有礼，但毫无惧意。皮埃尔暗想，怀抱婴儿的男人的确吓不到谁。只听她又问："不知道是哪一位想见嬷嬷？"

皮埃尔早有准备。"鄙人是让·德拉罗谢尔大夫，大学圣三一学院。"

修女开了一扇门。"请在里面稍等。"

这是个舒适宜人的小房间，里面供着一座玛利亚、若瑟和婴儿基督的彩绘木雕。除此以外的陈设只有一张长凳，但皮埃尔没有坐。

等了几分钟，就见一个较年长的修女进来了。她开口问："罗谢大夫？"

皮埃尔更正说："德拉罗谢尔。"她说不定故意说错，想试探他。

"请见谅。我是拉都瓦嬷嬷。"

皮埃尔演戏似的说："这男婴的母亲遭魔鬼附身。"

拉都瓦嬷嬷大惊失色。她画了个十字，说道："愿主庇佑我等。"

"这孩子不能留给母亲抚养，否则必死无疑。"

"别的家人呢？"

"他是个私生子。"

拉都瓦嬷嬷镇定下来，狐疑地打量皮埃尔。“父亲是？”

“不是我。相信我，倘若您心里想的是这个。”他语气轻蔑。

对方大为窘迫。“怎么会？”

“孩子生父是个年轻的公子哥儿，我是他家里的大夫。他们的身份我自然不便透露。”

“我明白。”

婴儿啼哭起来，拉都瓦嬷嬷本能地从皮埃尔手里接过来，轻轻摇晃。“他是饿了。”

“不用说。”

“毯子真柔软，想必花了不少钱。”

皮埃尔听出弦外之音。他掏出钱包——这一点不在预料之内，幸好他身上带着钱。他数出十枚金埃居，等于二十五里弗赫，够一个婴孩几年用的。“他家人嘱托我留下十埃居，并且保证只要孩子在这儿，每年都给这个数目。”

拉都瓦嬷嬷迟疑着没接话。皮埃尔猜想，她拿不定自己这番话有几成可信。不过，抚养弃婴是她毕生的使命，况且十埃居是不小的数目。她接过金币说：“谢谢您。我们会好好照料这个小毛头。”

“我会为他，也会为您祈祷。”

“我也期待一年后的今天再次见到您。”

皮埃尔一时语塞，接着才明白过来，对方以为自己会依照承诺再送十埃居过来。休想。他答道：“我会如约前来，一年后的今天。”

他替嬷嬷开了门，看她迈出房间，悄无声息地隐没在修院里。

皮埃尔一身轻松，步履轻快。他喜不自胜。到底摆脱了那个野种。到家之后，免不得要闹翻了天，那也值了。他和可恶的奥黛特之间再没有瓜葛。说不定能把她也摆脱掉。

他不急着回家，先进了酒馆，要了一杯雪莉酒给自己庆祝。这种茶褐色的葡萄酒很烈，他一边啜饮，一边思索正经事。

如今办事比从前困难。弗朗索瓦二世国王加紧惩处新教徒，也许是依着王后苏格兰的玛丽·斯图亚特的意思，不过更可能是玛丽那两位舅舅吉斯兄弟的授意。因为查得严了，新教徒就更谨慎了。

皮埃尔手底下有几个新教徒奸细。他们被抓了来，因为怕受酷刑，所以当了叛徒。不过，现在异教徒也学乖了，不再轻信身边的教友，彼此以教名相称，不肯透露姓氏和地址。这就像一盘棋，教会每走一步，异教徒总有对策。好在夏尔沉着耐心，皮埃尔从不气馁，这局棋，要以死来收场。

他喝光了酒，一路走回家。

一进门，他不禁大吃一惊：客厅里赫然坐着夏尔枢机。他穿着红色丝绸上衣，正等着他回来。

接生婆立在枢机身后，只见她抱着肩膀，扬着下巴，等着看他的好戏。

夏尔开门见山："你把孩子怎么了？"

皮埃尔马上镇定下来，飞快转动脑筋。想不到奥黛特动作这么快，女人被逼急了倒会要手腕，他倒是低估了。她生产后恢复了一点体力，想到找枢机求救，八成是纳塔去送的信。纳塔运气好，夏尔刚好在家，愿意即刻赶来。总而言之，皮埃尔麻烦了。他答道："在一个安全的地方。"

"要是你杀了吉斯家的孩子，主在上，我要你一命偿一命。

你再有本事抓亵渎主的罪人也没用。”

“孩子还活着。”

“在哪儿？”

抵赖也是徒劳。皮埃尔实话实说：“圣家庭修会。”

接生婆面露得色。皮埃尔羞愧难当，后悔扇了那一巴掌。

夏尔说：“去把他带回来。”

皮埃尔迟疑着没有接口。他没脸回去，但要是公然违抗夏尔，那就是自毁前程。

夏尔又说：“最好他还活着。”

皮埃尔听出弦外之音：万一孩子不幸夭折，就算与他无关，也要算在他头上了——虽然不少婴儿活不过几个小时。十有八九会以谋杀罪处决他。

他转身朝门口走去。

“慢着，”夏尔喝住他，“听仔细了。你要和奥黛特过下去，一辈子照顾好她、照顾好她这个孩子。这是我的意愿。”

皮埃尔沉默不语。夏尔的意愿谁敢违拗？连国王也不行。

“还有，孩子叫阿兰。”

皮埃尔默默点头，接着出了门。

西尔维的好日子维持了半年。

她用卖书的收入租下一栋不错的两居小房子，位于河南岸大学区的塞尔庞特街，正厅用来开铺子，卖些纸墨之类的文具品，主顾是老师、学生和识字的大众。纸是从圣马塞尔区买的，在城墙以外的南郊，因为傍着毕耶河，造纸商不愁缺水。至于墨水，则是她用栎五倍子制的。栎五倍子是树干上生的瘿，呈瘤子形状，林子里就采得到。父亲教过她怎么制墨。印刷用墨得兑上油来增加黏性，日常写字用的不同，墨要稀一些，她也晓得怎么造。店铺的收入并不够维持母女二人的生计，不过只是个幌子，她们肩负着更重要的使命。伊莎贝拉不再终日郁郁，但经此变故，衰老了许多。历经磨难之后，母亲意志衰颓，女儿却坚强起来。如今家中一切都是西尔维做主。

她做着非法生意，又是异教徒，时刻都有生命危险，奇怪的是，她过得很快乐。她琢磨原因，猜想是因为这辈子第一次不必听男人呼喝使唤了。她自己决定开铺子，自己选择重新参加新教区会，继续偷卖禁书。她凡事都和母亲商量，但最后都是自己拿主意。快乐来源于自由。

夜里，她也憧憬着躺在男子的怀抱里，但绝不会为此放弃自立。大多男子都把妻子当成小孩子对待，区别在于女人干的活更多。也许世上的确有男子不把妻子视为财产；西尔维还没遇见过。

她和母亲更名改姓，以免官家凭名字想到被处决的异端分子吉勒·帕洛。如今她们改姓圣康坦，西尔维自称泰蕾兹，母亲则改叫杰奎琳。其余新教徒心照不宣，见到了就以化名相称。母女俩只结交新教徒朋友。

铺子开张不久，就有官员来盘查。母女俩报上化名，对方没有怀疑。他把屋子查了个遍，又问了许多问题。西尔维怀疑他是皮埃尔·奥芒德手下的，不过按说纸墨店例行要接受检查，免得私藏禁书。店里没有书籍，只有记事簿和账本，官员满意而去。

禁书全都放在城墙街的仓库。西尔维总是先联系好买主再去取书，“罪证”顶多在家里放几个小时。事情发生在1560年夏天的一个礼拜日上午，西尔维来仓库拿法语的日内瓦圣经，发现箱子里只剩一本了。

她又翻看别的箱子，里面的书籍大多内容晦涩，譬如伊拉斯谟的著作。这些书很少有人买，感兴趣的只有思想开明的神父和好奇尚异的大学生。其实她早就该想到了：这些书一直堆在仓库里，就是因为没有销路。除了《圣经》，也就只有约翰·加尔文的《基督教要义》卖得好一些。去年九月，父亲加印圣经就是这个缘故，结果不幸被吉斯家所害。书店里搜出来的《圣经》作为罪证，早就焚毁了。

西尔维这才醒悟，她根本没有长远的计划。现在可怎么是好？她想起冬天时跟母亲险些饿死，动了卖身的心思，不禁一阵惊恐。她暗暗起誓，不会重蹈覆辙。

回家路上，西尔维路过大堂区——皮埃尔就住在附近。西尔维对他深恶痛绝，但一直暗中打听他的消息。皮埃尔的主子夏尔枢机力主国王搜捕巴黎的新教徒，西尔维敢肯定，皮埃尔还在干这个勾当。他的身份已经暴露，没法继续当奸细，十有八九当起了间谍头子。

西尔维曾偷偷监视皮埃尔的房子，还去附近的圣埃蒂安酒馆打探过。吉斯家的护卫常在那儿喝酒，她留意听他们闲聊，偶尔能听到一些有用的消息，知道吉斯家的动向。此外，她听说皮埃尔拿到婚姻无效判决没多久又娶了亲，现在家里有三口人：妻子奥黛特、男婴阿兰和侍女纳塔。酒馆里都说奥黛特和纳塔都恨极了皮埃尔。西尔维没和两人说过话，但见了面会点头致意，她盼着有一天能说服她们揭露皮埃尔的秘密。再有，宫里有年轻的尼姆侯爵夫人一直盯着皮埃尔，看见他和什么人交谈都暗暗记着。目前为止，她指认的人里，唯一有用的就是加斯东·勒潘，但此人是吉斯家族护卫队队长，谁都认得，不方便执行秘密任务。

她回到家，跟母亲说《圣经》卖完了。伊莎贝拉说："不如就算了，只卖纸墨文具吧。"

"卖纸墨的收入不够用度，况且我也不想卖一辈子这些。我们肩负着使命，要让同胞兄弟姐妹自己读上帝圣言，摸索真福音之道。我还要继续履行这个使命。"

母亲笑着夸她："好孩子。"

"可是到哪儿去弄书呢？咱们又没办法刻印。父亲的印刷机如今归了别人。"

"巴黎准还有别的新教徒印书商。"

"有是有——我在主顾家里见过他们印的书。这些日子卖书赚的钱足够买一批新书，可是一来我不知道他们是谁——显然是保密的，二来，既然他们直接卖书，又何必要我呢？"

"要想大批买进新教书籍，只有一个地方：日内瓦。"听伊莎贝拉的语气，日内瓦仿佛远在月亮上。

西尔维可不会轻易泄气。"有多远？"

"你怎么能去！路途又远又危险。你去过的最远的地方也就是巴黎郊区了。"

西尔维心里害怕，却装出无所畏惧的样子。"别人可以。还记得纪尧姆吗？"

"怎么不记得。你该嫁的人其实是他呀。"

"我根本不该嫁人。从巴黎去日内瓦要怎么走？"

"我也不清楚。"

“吕克·莫里亚克大概知道。”西尔维同莫里亚克一家相熟。

伊莎贝拉点头说：“他是船货经纪。”

“我一直不太明白‘船货经纪’是做什么的。”

“打个比方：有个船老大从波尔多出发，沿着塞纳河北上，把一批葡萄酒运到巴黎，之后进了一批布料，但只装了半船。他不想耗太久，想尽快把剩下那半船装满。这样呢，他就去找吕克，因为吕克认得全巴黎的商人，熟悉全欧洲的港口。他能帮船老大联系煤炭啦、皮草啦、时兴帽子啦，诸如此类，在波尔多能找到买家的。”

“这么说，到哪儿的路吕克都知道，包括日内瓦。”

“他会跟你说，年轻姑娘可办不到。”

“男人休想再跟我说这不行那不行的。”

伊莎贝拉凝视女儿。西尔维看见母亲眼里泛起泪花儿，大吃一惊。只听母亲叹道：“你真勇敢。真不敢相信妈能有你这么个女儿。”

听母亲如此感慨，西尔维心中感动，勉强开口说：“我就像妈妈啊。”

伊莎贝拉摇头说：“好比主教座堂像牧区教堂。”

西尔维不知道说什么好。做父母的怎么能把孩子当榜样呢？该反过来才对。她觉得尴尬。过了一会儿，她岔开话题：“该去礼拜了。”

狩猎小屋的会众找到一处新的集会地点，偶尔称其为圣殿。西尔维和伊莎贝拉走进一间大院子，这是一处租赁马匹跟马车的地方。母女俩穿着朴素，免得被人怀疑是去礼拜。租赁生意的主人也是新教徒，因为是礼拜日，没有开张，但门没有锁。

母女俩进了宽敞的石头马棚，见到一个大块头的年轻马夫正替马匹梳理毛发。马夫瞪着来人，准备拦下，随即认出两人，便一闪身，让她们过去了。

马棚走到头就看见一扇门，门后是一处秘密楼梯，通到宽敞的阁楼。这就是敬神之所。陈设一贯简单，没有画像造像，只有椅子长凳。

这间阁楼最大的好处是没开窗户，声音传不到外面。西尔维曾经趁会众放声高歌时站在外面街上听动静，只依稀听得见歌声，分不出究竟是哪儿传来的：附近坐落着堂区教堂、修道院和学院。

这里人人都认得西尔维。她是书商，因此是会众间的顶梁柱。此外，在团契讨论中，她常常直言不讳，讲起宽容一题，动之以情。她的想法和歌喉都无法不引人赞叹。她是女子之身，无法升为长老，但已是公认的领袖。

母女俩在前排落座。西尔维热爱新教的礼拜仪式——她倒也不痛恨天主教的仪式，这一点和大多教友不同。她明白，对许多基督徒而言，香火味儿、拉丁词句和唱经班的诡异合唱是信仰中不可或缺的。

然而，另一种仪式更叫她倾心：通俗易懂的讲道、合情合理的信条、她可以开口唱的赞美诗。

这一天，她发觉心神不宁，巴不得礼拜快点结束。吕克·莫里亚克一家人都来了，她迫不及待地要找他打听。

不过生意的事儿她也不敢忘。说完最后一句“阿门”，她马上走到裁缝的年轻妻子弗朗索瓦丝·迪伯夫跟前，把仅剩的一本法语《圣经》交给她，又从她手里接过五里弗赫。

接着尼姆侯爵夫人路易丝走到她身边说："宫里迁到奥尔良去了。"

国王率大臣出宫，这是常事。西尔维满心期待："巴黎的新教徒大概能喘息一阵子了。奥尔良出了什么事？"

"国王召开三级会议[①]，"这是传统的国民大会，"夏尔枢机带着皮埃尔·奥芒德也去了。"

西尔维皱起眉头。"不知道那两个魔鬼又要耍什么新花样。"

"不管是什么，一准儿对咱们不利。"

"主保佑我们。"

"阿门。"

西尔维和路易丝说完话，走到吕克身边。"我得去一趟日内瓦。"

小个子的吕克是个乐天派，可听了西尔维的话，他却眉头一皱，表示不以为然。"能否透漏一下原因，西尔维？对不住，该叫你泰蕾兹。"

"法语《圣经》卖光了，我得去买些回来。"

"上帝保佑。我真佩服你这份胆量。"

同一天里，西尔维第二次意外听到赞美，再次觉得受之有愧。她并不勇敢，相反，她怕得要命。"我只是不得不这么做。"

"你办不到。路上可不安全，你一个年轻女子，又没钱雇一队护卫，路上可到处是强盗、黑店、扛着木锨的色眯眯的庄稼

① 三级会议（états généraux）是法国各级代表应国王的召集而举行的会议。三级指教士、贵族以及其他民众这三个等级。

汉。”

想到色眯眯的庄稼汉，西尔维不禁皱了皱眉。男人怎么总把强暴当笑话讲？她不会轻易放弃。“说来听听。要去日内瓦该怎么走？”

“要说最快的路线呢，从这儿坐船，沿着塞纳河，最远能去到蒙特罗。这一程大概六十英里吧。还剩下两百五十英里路，主要得靠步行，要是没带行李就没问题。路上没有耽搁的话，走上两三个星期能到，不过耽搁一向是免不了。你母亲自然会陪你去吧。”

“不，母亲得留在这儿看店铺。”

“西尔维，我说认真的，你一个人可办不到。”

“我也是不得已。”

“那么路上一定得跟人搭伙。遇到一家人是最好的。要是只有男人，那说什么也不行，原因呢不说你也明白。”

“自然喽。”西尔维毫无经验，想想就觉得害怕。之前说去日内瓦还不当一回事，真是惭愧。“我还是打算走这一趟。”她装出自信的口吻。

“那好，你要怎么说？”

“什么怎么说？”

“你跟人结伴而行，路上大家没事做，就天南地北，免不了问起你，你总不能说要去日内瓦买禁书吧。对了，最好干脆别说去日内瓦，谁都知道那可是第一大异教之城。你得编个故事。”

西尔维目瞪口呆。“我得回去想想。”

吕克若有所思。“倒可以说你是去朝圣。”

“去哪儿？”

“韦兹莱，去日内瓦正好经过。那间隐修院供奉着抹大拉的玛利亚圣骨，不少女子去朝圣。”

“太好了。”

“你想什么时候动身？”

“尽快，”西尔维不想天天记挂着，“这星期。”

“我替你找一个靠得住的船老大，带你去蒙特罗。至少这一程不用担心安全。那之后呢，时刻留神。”

“谢谢你。”她顿了一顿，想吕克替自己出谋划策，该客套两句，“乔治好吗？好一阵子没见他了。”

“挺好，谢谢你记挂。鲁昂那边的生意开张，他负责那边。”

“他一向机灵。”

吕克苦笑着说：“我很疼这个宝贝儿子，不过他配不上你，西尔维。”

话是不错，但西尔维有些不好意思，没有接口。她只说：“多谢你帮忙。明天我去店里拜访，要是你方便。”

“周二早上再来吧，那会儿我该联系上船老大了。”

母亲正和几个妇人谈天，西尔维急着拉她回家，想马上着手准备。

回家路上正好有间价格实惠的布坊，她挑中一匹粗糙的灰布，样子难看，胜在耐穿。她对母亲说：“等到家以后，妈你得给我缝一件修女袍。”

“那是可以，不过我的针线活儿不比你好多少。”

“行。越难看越好，只要别开线就行。”

“那好。”

“不过第一件事是替我把头发剪了。齐根剪，长短不到一英寸。”

“那不成了丑八怪。”

“没错，正合我意。”

奥尔良。皮埃尔在谋划刺杀。

他不必亲自动手，但他是幕后主使。

夏尔枢机带他来奥尔良，就是为了这件事。因为皮埃尔扔掉奥黛特的孩子，夏尔的气还没消，不过正如皮埃尔所料，夏尔看他有用，才饶了他一命。

皮埃尔一贯以为万万不可杀人。他有罪，但从没犯下如此大罪。他倒是动过这个念头：当初他恨不得杀了那个小婴儿阿兰，苦于没有脱罪的法子。许多人因他而死，吉勒·帕洛就是其中之一，但那些人都是罪有应得。他明白，这次迈过这条界限，就不能回头了。

然而，他要赢回夏尔的信任，而这是唯一的办法。他指望着穆瓦诺神父开解说这是主的旨意，否则，他皮埃尔就要下地狱了。

刺杀的对象是纳瓦尔国王安托万·波旁。成败在此一举。一旦成功，就可以同时削弱吉斯家的两个劲敌，一是安托万的弟弟孔代亲王路易，二是波旁家族最重要的盟友，法国海军上将、蒙莫朗西家族最厉害的角色，加斯帕尔·德科利尼。

这三个人很少碰头，怕的就是敌人打这种主意。此次以讨论信仰自由为名召开三级会议，目的就是把三个人同时引到奥尔良。他们力主宽容，无论如何也不肯错过如此重要的契机，明知是险，也不得不冒。

奥尔良位于卢瓦尔河北岸，虽然离海岸有两百英里远，水面船只却络绎不绝。大多是折叠式桅杆的平底船，方便在浅水里行驶、从桥洞经过。城市正中央，和主教座堂隔街相望的，是新落成的格罗斯洛堡。主人雅克·格罗斯洛正为这座美轮美奂的新宅扬扬得意，却被赶了出去，好给王家人马腾地方。

动手这一天黎明，皮埃尔一行赶到城堡。皮埃尔暗暗赞叹。只见一排排高窗周围用红黑两色砖石砌成菱形图案，正门前，左右两条气派的台阶相互呼应。设计保守又独具匠心，正合皮埃尔的品位。

皮埃尔不住在城堡里。虽然他如今跟了吉斯的姓，但一直同下人住在一处。但总有一天，他也会住进这样一座宅子。

他和刺客夏尔·德卢维埃一同进了门。

和卢维埃同行，叫他有些不自在。此人穿着得体，彬彬有礼，可肩膀啦眼神啦又总透着一丝杀机。当然了，他见过不少杀人犯，在巴黎格列夫广场也亲眼见过几个犯人受绞刑，但卢维埃不一样。他是贵族出身，所以姓氏中有个“德”字；他愿意刺杀出身相同的人。道理有些奇怪：大家一致认为，安托万是王室宗亲，杀他不能找平头百姓。

堡内的摆设彰显着新贵之气。镶板光洁锃亮，挂毯颜色鲜艳，尚未因岁月而褪色，巨大的枝状烛台熠熠生辉。方格天花板上刷着繁复的油漆图案，色彩明快。格罗斯洛既当官也从商，他巴不得天下人都知道自己平步青云。

皮埃尔带卢维埃先去王后的房间。刚一到，就叫下人去跟艾莉森·麦凯传话。

玛丽·斯图亚特当上法国王后，作为密友的艾莉森身份今非昔比。皮埃尔注意到这一对朋友身穿价值连城的裙子、佩戴璀璨夺目的珠宝，朝臣女官抑或深鞠躬、抑或行屈膝礼，她们只微微一颔首，或是施舍一个浅笑。他不禁感叹，人太容易习惯高高在上、万人敬仰，而这种尊贵荣耀，正是他梦寐以求的。

一大早就找艾莉森，其实有些冒失。他们相识一年多了，那一天他去向玛丽通知亨利二世国王即将驾崩的消息。两人的前途都和吉斯家的命运息息相关。艾莉森已经知道他此次是夏尔枢机的密使，并且信得过他。她自然知道，如果不是为了要紧事，皮埃尔不会贸然前来。

等了几分钟，下人把他们带到一间小偏厅。艾莉森坐在圆桌子旁，显然是匆匆起身，只在睡裙外披了件缎子外衣。只见她鬓角蓬乱、睡眼惺忪，叫人心动。

皮埃尔先问："弗朗索瓦国王可安好？"

"不大好，"艾莉森答道，"不过他身子一向虚弱。他小时候出过天花，所以个子长不高，还落得体弱多病。"

"那玛丽王后呢？想必在哀悼亡母吧。"六月里，玛丽·斯图亚特的母亲玛丽·德吉斯在爱丁堡亡故。

"对没见过几次面的母亲，伤心也是有限。"

"相信玛丽王后不会返回苏格兰吧。"皮埃尔同吉斯兄弟还得为这种琐事烦恼。要是玛丽·斯图亚特心血来潮，要回去统治苏格兰，两个舅舅也拿她没办法，毕竟她是堂堂正正的苏格兰女王。

艾莉森没有立刻回答，这叫皮埃尔一阵忐忑。她开口说：

“苏格兰人显然得好好管教一番。”

这个回答并不是皮埃尔想听到的，但他知道说的在理。苏格兰国会中新教徒占大半，他们新近通过一条法案，将弥撒规定为违法行为。皮埃尔说：“玛丽的首要责任必然在法国吧。”

好在艾莉森和他意见一致。“玛丽得陪在弗朗索瓦身边，直到生育王子，最好是两个。她也明白，为法王传宗接代是头等大事，比管束苏格兰暴民要紧。”

“更何况身为法兰西王后，谁会稀罕做苏格兰女王？”皮埃尔放心地笑了。

“不错。我们俩对苏格兰只剩下一点模糊印象。来法国的时候，玛丽才五岁，我也只有八岁。苏格兰话都让我们忘光了。对了，你一大早把我吵醒，不会是想聊苏格兰吧。”

皮埃尔这才发觉自己无意间在回避正事。他开解自己，有什么可怕的，你可是皮埃尔·奥芒德·德吉斯。“万事俱备，”他开口说，“三个敌人都到了。”

她明白皮埃尔所指。“咱们可要立刻下手？”

“已经下手了。路易·波旁已经被拿下，会以谋逆罪处死。”皮埃尔心说，谋逆罪名大概并非子虚乌有，不过是非黑白并不重要。“加斯帕尔·德科利尼的居所派了重兵把手，他走到哪儿跟到哪儿。他已经是阶下囚，只差定罪了。”这件事由加斯东·勒潘指挥吉斯家族护卫队负责，说是护卫，其实是一支几百人的私人佣兵。“上午弗朗索瓦国王会召见安托万·波旁，”皮埃尔一指卢维埃：“夏尔·德卢维埃会趁机杀了他。”

艾莉森毫不畏缩，皮埃尔暗暗佩服她这份镇定。只听她说：“需要我做什么？”

卢维埃第一次开口："动手前，国王要给我一个暗号。"他谈吐不俗、用词简练，一听就是贵族口音。

"为什么？"

"要是没有国王授意，谁也不能动王室血脉。"

言外之意是，在场的人必须看得清清楚楚，是弗朗索瓦国王要他死。否则，国王事后大可以撇清关系，向卢维埃、皮埃尔、夏尔枢机等一干嫌疑者问罪。

"千真万确。"艾莉森同往常一样，一点就通。

皮埃尔说："卢维埃需要和陛下商量片刻，对好暗号。夏尔枢机已经和国王解释过了。"

"那好，"艾莉森说着站起身，"请随我来，卢维埃先生。"

卢维埃跟着她走到门口，这时她转身问："你带着武器吗？"

卢维埃掀开外衣，只见腰带间插着一柄两英尺长的匕首，收在刀鞘里。

"最好暂时交给奥芒德·德吉斯先生收着。"

卢维埃解下刀和鞘，放在桌子上，跟着艾莉森去了。

皮埃尔走到窗前，目光掠过广场，落在主教座堂西墙高耸的尖拱券。他一阵忐忑，良心有愧。他宽慰自己：这么做是为了这座教堂，为了主的圣殿，为了源远流长的真信仰。

听到艾莉森回来，他如释重负。艾莉森和他并肩而立，顺着他的目光望去。"那儿就是奥尔良之围中圣女贞德祈祷的地方。她挽救了本城，使百姓免遭英军蹂躏。"

"有人说她挽救了全法兰西。我们今天也要挽救法兰西。"

"不错。"

“弗朗索瓦国王和卢维埃见面还顺利吧？”

“是，他们正在商量。”

皮埃尔精神大振。“咱们很快就能除掉波旁的势力，从此一劳永逸。我还以为等不到这一天呢。以后再没有敌人了。”

艾莉森没有答话，皮埃尔见她神色凝重，于是问：“你不这么看？”

“当心皇太后。”

“此话怎讲？”

“我了解她。她待我很好，我跟弗朗索瓦还有玛丽一起长大，常照顾他们俩，特别是对弗朗索瓦，因为他身子一向虚弱。卡泰丽娜一直感恩在心。”

“所以……”

“她常对我讲心事。在她看来，咱们这么做是错了。”艾莉森口里的“咱们”指的是吉斯家。

“错了？错在哪儿？”

“她认为消灭新教势力不该靠火刑。死在火刑架上的反倒成了殉教者。要着眼新教滋生的根源，也就是改良天主教会。”

那句“殉教者”说得在理。譬如吉勒·帕洛吧，生前性格专横，从不招人待见，但皮埃尔听手下的探子说，他现在差不多给当成圣徒敬仰。然而，说到改革教会，却是不切实际的理想。“要改良，就得夺走夏尔枢机那些人的财富和特权。永远也不可能，他们势力太大。”

“卡泰丽娜觉得症结就在这里。”

“挑教会毛病的大有人在。解决这个问题的办法就是教他们明白没资格指手画脚。”

艾莉森一耸肩。“我也没说同意卡泰丽娜的看法，我只是提醒一句，咱们得小心。”

皮埃尔一脸不以为然。“倘若她握有实权，那是该小心。不过国王娶了吉斯家的外甥女，一切都在咱们掌握之中。我看皇太后不足为患。”

“别以为她是女人就小看她。想想圣女贞德。”

皮埃尔不以为意，嘴上却说：“我可从来不小看女人。”他微微一笑，魅力尽显。

艾莉森微微一转身，身子贴着皮埃尔的胸膛。女人这样做这绝不会是不小心，皮埃尔深信不疑。只听她说：“你和我，我们是一样的人。我们尽心帮助掌权之人，是伟人的军师。咱们俩该同舟共济。”

“正合我意。”艾莉森表面上说的是政治联盟，但皮埃尔听得出弦外之音。听她的语气、看她的神情就知道，她是迷上自己了。

这一年来，他一直没有对女人动过心。对韦罗妮克的心思落了空，加上惹人嫌的丑婆娘奥黛特，他根本没心思去想别的女人。

他一时想不出该怎么接口。但他随即意识到，艾莉森说的同舟共济不只是吐露爱慕之意的泛泛之谈。恰恰相反：她存心勾引，意在把他收在麾下。

对女子献殷勤而别有用心，这是他皮埃尔的惯用伎俩。他觉得讽刺，忍不住笑了，艾莉森当他有意，头微微一扬，侧脸朝向他。再明显不过了。

他还是举棋不定。他有什么好处？答案呼之欲出：左右法兰西王后。要是玛丽·斯图亚特的密友当了他的情妇，他的权力甚至在弗朗索瓦公爵和夏尔枢机之上。

他低头吻她。她的嘴唇柔软温柔。她伸手按在他脑后，让他贴得更近，又张开嘴同他舌吻。她随即推开他，说道："现在不妥，这里不妥。"

皮埃尔琢磨她的意思。她想换个地方、换个时间同自己亲热？艾莉森待字闺中，万不可牺牲贞洁，一旦传出去——这种事在宫里是瞒不住的——那就嫁不到如意郎君，等于自毁前程。

不过，贵族家的黄花闺女和未婚夫举止亲密倒另当别论。

他猛地醒悟。"啊，不好。"

"怎么了？"

"你并不知道，是不是？"

"不知道什么？"

"我娶妻了。"

她脸色一沉。"主啊。"

"是夏尔枢机安排的。那个女人得尽快嫁出去，老道理。"

"是谁？"

"阿兰·德吉斯把一个女仆搞大了肚子。"

"是，有所耳闻——啊！原来奥黛特嫁的人是你！"

皮埃尔觉得做错了事，羞愧难当。"是。"

"可你为什么答应？"

"报酬是允许我自称皮埃尔·奥芒德·德吉斯。婚书上落的就是这个名字。"

"该死。"

"抱歉。"

“彼此彼此——不过换了是我，我八成也会答应，为了这个姓氏。”

皮埃尔舒坦了些。他差点成为王后的心腹，但失之交臂，得失间只隔了片刻。好在艾莉森没有因为他娶奥黛特而看不起他。要是被她嫌恶，他一定生不如死。

这时门开了，两人心中有鬼，连忙分开。卢维埃走进来说：“一切安排妥当。”他从桌上拿起匕首，挂在腰间，又用外套遮好。

艾莉森说：“我得回去更衣了。你们俩该去候召室等着。”她从内侧的门出去了。

皮埃尔和卢维埃沿着走廊，穿过门厅，进了一间装饰华丽的屋子，只见家具都是镀金镶板，墙上贴着色彩鲜艳的墙纸，还挂着一张土耳其毯子。而这里不过是候召室。门后是召见厅，也就是国王召见大臣的地方，再往里是守卫室，有二三十名侍卫把手，最里面才是寝殿。

两人到得早，不过几个大臣比他们还早。卢维埃说：“还得一两个小时——他还没更衣呢。”

皮埃尔于是静下心沉思。他回味同艾莉森的对话，胃里一阵绞痛：倘若他没有娶妻，说不定能娶到法兰西王后的密友。他们可谓天作之合，头脑、样貌、野心都不相上下。说不定有朝一日能获封为公爵。错失良机，他如丧考妣。他对奥黛特的痛恨又深了一层。她粗俗低贱，把他拉回拼命想挣脱的身份。他一辈子的野心都栽在她手里。

屋里的人渐渐多了。十点左右，安托万·波旁到了。他生得眉清目秀，但透着怯懦，厚眼皮耷拉着，两撇胡子也向下垂，让人觉得垂头丧气、死气沉沉。弟弟成了阶下囚，科利尼被软禁，他想必猜到自己大难临头。皮埃尔打量他，猜他明白自己活不过今天。瞧他的姿态，仿佛在说：尽管使出你们最恶劣的手段，老子不在乎。

疤面公爵和夏尔枢机也到了。他们向熟人颔首致意，径直进了里间。

几分钟后，国王宣布召见朝臣。

召见室里摆着一张精雕细琢的王座，弗朗索瓦国王歪着身子坐在上面，似乎得靠扶手才撑住身体。他面无血色，还蒙着一层细汗。艾莉森说他身子一向虚弱，但看样子比平常更甚。

夏尔枢机立在王座一侧。

皮埃尔和卢维埃站在最前排，好让国王看得清清楚楚。安托万·波旁就在几步之外。

现在只差国王的暗号。

弗朗索瓦向一个大臣问了一个无关紧要的问题，对方趋前作答。皮埃尔没心思听他们说些什么。国王应该立刻下手。先讨论末等小事，这倒奇了：难道谋杀不过是国事上的一项吗?

接着国王又向另一个大臣发问，同样是无关痛痒之事。夏尔枢机对国王耳语了几句，应该是催他下手，但弗朗索瓦摆一摆手，似乎是说：我心里有数。

奥尔良主教开始长篇大论。皮埃尔恨不得掐死他。国王倚着椅背，合上了眼睛。他八成以为群臣当他在用心听主教进言。其实看他的样子，更像是睡过去了……要么是昏过去了。

过了一分钟，弗朗索瓦睁开眼睛，四下张望。他的目光落在卢维埃身上，皮埃尔以为时候到了——国王别开目光。

接着他就哆嗦起来。

皮埃尔目瞪口呆。三年来，哆嗦热病肆虐，席卷了法兰西及欧洲各国。染上瘟疫说不定是死路一条。

他默念：快说暗号，主在上——然后再晕倒！

这时国王却站了起来。他太过虚弱，又跌在王座上。主教还在喋喋不休，也不知道是没看出国王抱恙还是不关心。夏尔枢机看出不妙，又对弗朗索瓦耳语了两句，但国王疲惫地摇头。夏尔一脸无奈，但只好扶他起身。

国王由枢机扶着，朝寝殿走去。

皮埃尔望向安托万·波旁。他同样是一脸诧异，显然这不是他安排的什么诡计。他暂时没有性命之忧，但他猜不透原因。

夏尔示意哥哥疤面公爵跟过去，公爵一脸鄙夷，竟转身背对着夏尔和国王。这反应叫皮埃尔吃了一惊：他如此大不敬，换作君威赫赫的国王，他早就被打进大牢了。

弗朗索瓦国王大半个身子倚着夏尔，出了大殿。

天寒地冻。日内瓦越来越近了，西尔维在阿尔卑斯山麓的座座小丘间跋涉；十一月了，她该穿一件皮毛外套。她不知道要备上。

她不知道的太多了。譬如整天赶路，鞋子很快就穿坏了。譬如客栈老板漫天要价，要是当地只此一家，就变本加厉，明知道她是“修女”也毫不客气。男人想占她便宜，她早有准备，三言两语就打发了，她没想到的是，在旅店的通铺客房里，竟有女人对自己动手动脚。

远远地，终于看到了日内瓦新教教堂的尖顶。她仿佛在世为人，也涌起自豪之感。他们都说办不到，但她还是做到了。感谢上帝保佑。

这座城坐落在日内瓦湖的南角，罗纳河流经这一角，奔向遥远的地中海。她走近了才发现，相比巴黎，这只是个小镇而已。相比巴黎，她觉着哪个镇子都嫌小。

目的地景色宜人。湖水清如明镜，四周山峦青青，天空则呈现出珍珠灰色。

进城前，西尔维先摘掉修女头饰，把胸前挂的十字塞在裙子底下，用黄围巾裹住头颈，看上去不是修女，而是个衣衫粗陋的信徒。她轻松地进了城。

她在一家客栈落脚，店主是个妇人。第二天，她买了一顶红色的羊毛软帽，盖住一头短发。戴帽子也比围围巾暖和。

罗纳河谷吹来的冷风掠过湖面，水面掀起朵朵细浪。整个日内瓦城裹在寒意之中，西尔维发现当地人和当地气候一样冷。她真想大声疾呼，新教徒也不用非得冷冰冰的呀。

镇里到处是印书的、卖书的。《圣经》和其他书籍有英、德、法语版，从这里销到欧洲各地。她就近去了一家印书商的铺子，见到店主和徒弟正在印刷机旁做工，书堆得到处都是。她询问法语《圣经》的价格。

店主瞟了一眼她那身粗陋衣服，说道："你买不起。"

学徒哧哧地笑。

"我真是来买书的。"

"看不出来。两里弗赫。"

"要是买一百本呢？"

对方一扭头，表示不想做这笔买卖。“本店没有一百本。”

“既然如此，您不感兴趣，我就另找别家了。”她刻薄了一句，转身出了店门。

可第二家店的老板还是冷眼看人。她急得发疯，不明白他们怎么不想做买卖呢？她解释说自己大老远地从巴黎赶来，可他们并不当真。她接着说自己肩负着神圣使命，要把圣经传播给误入歧途的法兰西天主教徒，结果引来一片哄笑。

白跑了一天，她怏怏返回客店，不知道如何是好。难道要空手而回？她身心俱疲，结结实实地睡了一晚，第二天醒来，决定另辟蹊径。

她打听到牧师学院。牧师的使命是传播真福音，应该会帮她吧。在朴素的学院客堂，她看见一个熟悉的面孔，好一会儿才认出来，就是这个年轻传教士来到父亲的书店说：“我是日内瓦的纪尧姆。”一晃快三年了。她欣然同纪尧姆打招呼。

在纪尧姆看来，西尔维突然现身日内瓦，好比是上帝恩赐。他两次前往法国各地传道，现在的任务是教导年轻人追随传教士的步伐。日子不像从前那么清苦，他的脾气也跟着和善许多，当年瘦削得仿佛弱不禁风，如今则显出心宽体胖。西尔维的到来可谓锦上添花。

听说皮埃尔是叛徒，他震惊不已，同时得知那个完美无缺的情敌是个骗子，也掩饰不住自得之意。接着他听到吉勒殉教，不禁落下泪来。

听西尔维讲起在日内瓦买书的遭遇，他并不诧异。“那是因为你以为和他们平起平坐。”

西尔维的经验是，要防止男人占便宜，唯一的法子就是表现得毫不示弱、胸有成竹。“这有什么不对？”

“他们认为女人该低声下气。”

“巴黎人也喜欢女人低眉顺耳，不过因为这个不会连生意都不做。既然女客人出得起钱，他们又有货，那就成交。”

“巴黎不一样。”

她暗想，那还用说。

纪尧姆很乐意帮忙。他告假一天，带西尔维去找一个熟识的印书商。西尔维由着他去交涉。她要买两种版本的《圣经》，一是价格实惠的简装版，人人都买得起，再就是精装版，无论印制装订都十分精美，卖给有钱的主顾。纪尧姆按她的指点跟书商讨价还价，最后如愿成交，她在巴黎能以三倍的价出售。她买下一百本精装版和一千本简装版。

她惊喜地瞧见印刷间里摆着法语《诗篇》，是诗人马罗译本[①]。这个版本销路很好，她知道卖得动，就买了五百本。

她站在书店后院，望着仓库里抬出一箱箱书，心里激动不已。这一趟旅程还没结束，但至此总算一切顺利。她不肯抛下使命，好在她选对了。这些书会把真信仰带入千家万户，还够维持她们母女俩一年多的花销。她办到了。

不过她还得把书运回巴黎，这就需要一点伪装。

她又买了一百令纸，供给塞尔庞特街的纸墨店。纪尧姆依着她的意思，吩咐书商在每箱书顶层都用纸盖上，以防开箱查看时暴露禁书。每只箱子都印上意大利语“法布里亚诺造纸”，该镇以纸张精美而闻名。应付普通检查不成问题，但要是被搜查，那

---

① 克莱蒙·马罗（Clément Marot，1496—1544）。

她就大难临头了。

当天晚上，纪尧姆请她去父母家用晚饭。

西尔维不好回绝。纪尧姆热心帮忙，况且要是没有他，自己说不定是白忙一场，可答应下来，她心里又大不自在。她明白纪尧姆当初对自己有意，一知道她同皮埃尔订婚，就匆匆离开了巴黎。他显然旧情复燃——或者一直念念不忘。

纪尧姆是家中独子，父母对他百般宠爱。老夫妇心地善良、热情好客，都看出儿子痴情于西尔维。西尔维不得不又讲起父亲殉教、她们母女重新振作的经过。纪尧姆当宝石匠的父亲好像已经认定她是儿媳，言谈间以她为荣。做母亲的称赞她勇敢，但眼神间流露出伤感，显然看出落花有意流水无情。

夫妇俩请她住下，西尔维怕增添误会，婉言谢绝。

夜里，她反复问自己为什么不爱纪尧姆。两人门当户对，都生在小康家庭，也是同道中人，都以传播真福音为己任，体验过长途跋涉的艰辛，不惜以身犯险，也目睹过暴行。可是，她却对这个有勇有谋的正直男子不屑一顾，反倒爱上一个能说会道的骗子、奸细。自己是哪里不对？也许是这辈子无缘恋爱嫁人吧。

翌日，纪尧姆领她来到码头，介绍了一个可靠的驳船船夫。纪尧姆和此人去同一间教堂礼拜，他的妻小也是会众。西尔维暗想，说到可靠，天下的男人都一样。

回程行李沉重，走陆路的话要雇马车，但乡下道路崎岖，回巴黎只好坐船。驳船会把她捎到下游的马赛，接着再搭去鲁昂的远洋船，在法国北海岸下船，再逆流而上，返回巴黎。

隔天，书箱子都抬上了船；第四天上午，纪尧姆为她送行。西尔维很不自在，他帮了这么大的忙，自己却无法回报。她开解自己，纪尧姆是自愿帮忙，又不是自己哄骗去的，可到底还是觉得亏欠了他。

纪尧姆跟她作别："书卖完了记得写信给我。要买什么书都告诉我，下次我送去巴黎给你。"

她不愿纪尧姆去巴黎。他一定会跟在身边，那就不像现在这么好打发了。她一下子就想到这难堪的情况，可又不想拒绝。毕竟下次不必长途跋涉、千辛万苦，就能进到书了。

答应的话，是不是占便宜呢？她明知道他为什么帮忙。但是，她不能只为自己打算，毕竟，纪尧姆和她都是为同一个神圣使命而奉献。她于是答道："那太好了。我会写信的。"

"我盼着收到这封信。我会祈祷信早点到。"

"再见了，纪尧姆。"

艾莉森暗暗担心弗朗索瓦国王不行了。那样一来，玛丽成了寡妇、先王的王后，而自己也不过是上任王后的朋友。她们的风光日子不会如此短暂吧？

弗朗索瓦一病不起，众人各怀心事。国王驾崩，必然引得朝野动荡。吉斯兄弟又要同波旁与蒙莫朗西两家争夺大权，真信仰也要再次与异端交锋，若要名利双收，依然要看谁先发制人、技高一筹。

眼看弗朗索瓦病情加重，卡泰丽娜皇太后召见了艾莉森·麦凯。皇太后穿了件黑丝裙，上面镶满价值连城的钻石珠宝，威严肃穆。她开口说："去给你那个朋友皮埃尔带个口信。"

卡泰丽娜凭女人的直觉看出艾莉森对皮埃尔有情。什么传言都逃不过皇太后的耳朵，她应该也知道皮埃尔已经娶妻，这段恋情注定无疾而终。

艾莉森得知皮埃尔的婚事，一时心乱如麻。她纵容自己为他动情。皮埃尔精明能干、懂得讨女子欢心，并且相貌英俊、穿着得体。她曾幻想两个人并肩携手，为国王与王后尽忠效力，成为王室的左膀右臂。现如今，她只能把这个幻想抛在脑后。

“是，陛下。”艾莉森应道。

“去跟他说，叫夏尔枢机和疤面公爵一个小时后到召见室来。”

“是什么事？”

皇太后微微一笑：“要是他问起，就说你也不知道。”

艾莉森出了卡泰丽娜的房间，踏上格罗斯洛堡的走廊。一路上，男子对她鞠躬，女子对她屈膝。她想到这般礼遇或许时日无多，不由得格外享受。

她一边走一边琢磨卡泰丽娜的打算。她心知皇太后精明强干，亨利驾崩之后，卡泰丽娜一时没了主心骨，这才依仗吉斯兄弟，可谓犯了大错：夏尔和弗朗索瓦大权独揽，借着玛丽王后摆布国王。艾莉森寻思，要卡泰丽娜再次上当可没那么容易了。

吉斯兄弟同王室一样，也住在堡中。他们自然明白近水楼台，时刻伴在国王身边。皮埃尔也懂得这个道理，因此紧随夏尔枢机左右。他住在紧邻着主教座堂的圣贞德客栈，不过艾莉森知道，他每天一早趁吉斯兄弟还没起身就赶到城堡，一直留到兄弟俩就寝才走，一点风吹草动都不肯错过。

皮埃尔连同几个谋士还有下人都在夏尔枢机的客厅里。他套了件蓝色的无袖紧身皮衣，底下的白衬衣绣着蓝花，还缝了飞边。他总是这么风度翩翩，蓝色尤其衬他。

枢机还在寝室里没出来，不过已经更衣接见来客了；夏尔一向勤于政事。皮埃尔边起身边说：“我去通知他。卡泰丽娜有什么事？”

“她神神秘秘的。早上安布鲁瓦兹·帕雷给国王诊治过。”帕雷是医生。“至于他说了什么，只有卡泰丽娜一个人知道。”

“兴许国王有所好转。”

“兴许没有。”艾莉森的前途以及玛丽的前途，都系在弗朗索瓦的身体状况上。要是玛丽诞下王子，那或许还有指望，可惜玛丽的身子还是没有动静。她去看过卡泰丽娜引荐的大夫，但不肯对艾莉森透露。

皮埃尔若有所思：“要是弗朗索瓦国王无后，那么就是弟弟夏尔继位。”

艾莉森点头说：“不过夏尔才十岁，需要有人摄政。”

“这个位子的人选自然是第一继承人，也就是安托万·波旁。”

“咱们的头号敌人。”艾莉森的噩梦就是吉斯家族失势，自己和玛丽·斯图亚特沦为平头百姓，谁都懒得再向她们鞠躬行礼。

她相信这也是皮埃尔的噩梦，不过她看出来，皮埃尔已经在筹划对策了。他从不气馁：艾莉森欣赏这一点。只听皮埃尔说：“所以呢，倘若弗朗索瓦驾崩，咱们的任务就是制服安托万。你看卡泰丽娜召见吉斯兄弟是不是为了这件事？”

艾莉森微微一笑：“要是谁问起，就说你也不知道。”

一个小时之后，在金碧辉煌的召见室，艾莉森、皮埃尔与疤面公爵和夏尔枢机并肩而立。

宏伟的壁炉里火焰熊熊。艾莉森诧异地看到安托万·波旁也立在一旁。仇人相见，疤面气得脸通红，夏尔把胡子捋成一个尖角——他怒不可遏时就爱捻胡子。安托万则是满脸惊惧。

卡泰丽娜怎么把这对世仇都请来了？莫非是要他们比试身手，弗朗索瓦死后由赢家摄政？

其余重臣大多是枢密院大臣，各个一脸茫然。看来大家都蒙在鼓里。莫非要当着众人杀死安托万？可刺客夏尔·德卢维埃并不在场。

可以肯定，此事至关重要，但卡泰丽娜煞费苦心，没走漏一点风声。就连皮埃尔也不知情，他可是无所不知的。

艾莉森琢磨，卡泰丽娜此次一意孤行大不寻常。不过，皇太后是有心计之人。艾莉森想起玛丽·斯图亚特大婚时卡泰丽娜交给自己的那一小袋鲜血，也想起那几只小猫，明白卡泰丽娜下得了狠手，只是很少显露锋芒。

卡泰丽娜驾到，众人深深鞠躬。艾莉森第一次见到她如此威仪赫赫，随即明白，她之所以选这身缀满钻石的黑丝裙，就是为了彰显威信。这身行头之外，她还戴了一件头饰，酷似王冠。她身边跟着四个护卫，艾莉森一个都不认得。这几个人是从哪儿来的？随行的还有两个记录官，抬了写字桌，备了笔墨。

卡泰丽娜坐在王座上，平常只有弗朗索瓦才能坐的。有人失声惊呼。

只见卡泰丽娜左手里拿着两页纸。

两个官吏摆好书桌，侍卫立在卡泰丽娜身后。

她开口说：“爱子弗朗索瓦病重。”

艾莉森和皮埃尔使了个眼色。“爱子”？不是国王陛下？

只听她接着说：“医生们束手无策。”她爱子心切，一度哽咽，拿起蕾丝帕子在眼睛下面点了点。“帕雷大夫认为，弗朗索瓦只有几日的寿命了。”

艾莉森明白了，这是要商谈继承一事。

卡泰丽娜说：“我已经把二王子夏尔·马克西米利安从圣日耳曼昂莱堡接了过来，现在他就在我身边。”

艾莉森并不知情。卡泰丽娜下手又迅速又精明。政权更迭之时可谓危机四伏，只要占有新主，就等于把握了大权。卡泰丽娜比他们都先走了一步。

艾莉森又瞟了一眼皮埃尔，只见他目瞪口呆。

皮埃尔身旁的夏尔枢机气冲冲地嘀咕：“你那些探子没一个人报告！”

皮埃尔不服气：“他们拿钱是去监视新教徒的，又不是王室。”

卡泰丽娜举起其中一张纸说：“好在弗朗索瓦国王尚有气力，签了孔代亲王路易·波旁的处决令。”

几个大臣齐声惊呼。路易被判处叛国罪，但处决一事国王一直犹豫不决。处死王室血脉可谓大逆不道，欧洲各国都会为之震惊。盼着路易死的只有吉斯两兄弟，看情形，这次他们又像往常一样，如愿以偿了。看起来卡泰丽娜是要继续依仗吉斯家的势力。

卡泰丽娜一挥手里的诏书。艾莉森很怀疑究竟是不是国王签的，谁也看不清。

安托万发话了。“陛下，我恳请您开恩。请免我弟弟一死，我发誓他是冤枉的。”

“你们俩谁也不冤枉！”卡泰丽娜怒斥。艾莉森从来没听她用过这种语气。“国王要权衡的问题是要不要把你们两个都处死。”

安托万是战场上的猛将，在其他场合都是懦夫一个。他苦苦哀求：“求陛下开恩，饶了我们兄弟俩。我发誓，我们对国王陛下忠心耿耿。”

艾莉森瞥了一眼吉斯兄弟。两人喜不自胜。敌人失势——时机恰到好处。

卡泰丽娜却说：“倘若弗朗索瓦国王不幸驾崩，我十岁的二儿子成为夏尔九世国王，怎么能容让你安托万当摄政王？你曾密谋除掉先主。”

对于阴谋篡权一事，无论是安托万还是路易都没有落实罪证，但安托万却不辩驳，只说：“我无意做摄政王，”他语气里透着绝望，“我愿意放弃摄政之位，只求陛下饶了我弟弟，也饶了我。”

“你愿意放弃摄政之位？”

“自然愿意，一切都听陛下做主。”

艾莉森暗想，卡泰丽娜的目的就是要让安托万说出这一句话。她随即就知道自己猜得不错。

皇太后挥了挥另一张纸。“既然如此，我要你在这份文书上签字，由群臣做见证。书中称你放弃摄政之权利，交由……他人。”她别有深意地瞧了一眼疤面公爵，但没有点他的名字。

安托万答道：“什么我都签。”

艾莉森瞧见夏尔枢机面露喜色。这正是吉斯兄弟梦寐以求的。新君听他们摆布，继续铲除新教徒。皮埃尔却皱起眉头，对她耳语："她怎么一个人拿主意？怎么没和吉斯兄弟商量？"

"也许是要向他们示威，"艾莉森答道，"亨利国王驾崩后，吉斯兄弟对她就视若无睹。"

卡泰丽娜把文书交给官吏，安托万趋前，从头读了一遍。字不多。他露出诧异之色，抬头望着卡泰丽娜。

卡泰丽娜用陌生的尖利声调喝道："快签！"

一个刀笔吏拿鹅毛笔蘸了墨水，递给安托万。

安托万签了字。

卡泰丽娜拿着那张处决令站起身，走到壁炉前，把诏书扔进火里。纸张燃起火苗，随即烧成了灰。

艾莉森暗想，这下子谁也不知道弗朗索瓦究竟签了名没有。

卡泰丽娜又坐回王座上，看样子还有事要宣布。

她开口说："夏尔九世国王即位后，法兰西将迎来和解。"

和解？在艾莉森看来，这可不像什么冰释前嫌，根本是吉斯家族大获全胜。

卡泰丽娜又说："安托万·波旁，念你为国家妥协，封你为法兰西中将。"

艾莉森寻思，这是给他的报酬，以示慰藉，希望他从此不再谋划叛乱。她望向吉斯兄弟。两人面露不悦之色，但和摄政之位相比，这不值一提。

卡泰丽娜接着说："安托万，请你将刚才在群臣前签署的这份文书念一遍吧。"

安托万拿起那页纸，面对朝臣。只见他喜不自胜，兴许他一直觊觎法兰西中将的头衔吧。

他念道："本人，安托万·波旁、纳瓦尔国王——"

卡泰丽娜打断他："直接念重点。"

"本人放弃摄政之位，将一切应有权力交由卡泰丽娜皇太后。"

艾莉森惊呼一声。

疤面公爵暴跳如雷："什么？不是我？"

"不是你。"安托万轻声答道。

疤面朝他逼近，安托万忙将文书交给卡泰丽娜。疤面转身面向皇太后，几个侍卫围拢过来，显然有所防范。疤面不知所措地呆立着，气得脸上的伤疤涨成猪肝色。他大喊："这成何体统！"

"肃静！"卡泰丽娜怒叱，"我没叫你说话！"

艾莉森目瞪口呆。卡泰丽娜把他们都耍了，现在大权独揽，等于把持了法兰西朝政。掌权的既不是吉斯兄弟，也不是波旁与蒙莫朗西同盟，而是她卡泰丽娜本人。她趁着两派相争，坐收渔人之利。

果然老谋深算！卡泰丽娜把所有人都蒙在鼓里，凭借着心机和沉稳，策划了一场不亚于政变的壮举。

艾莉森愤怒中夹着失望，但也不由得不佩服她智谋过人。

不过，卡泰丽娜还有事要宣布。

"现在，为了给今日缔结的和平锦上添花，吉斯公爵与纳瓦尔国王以拥抱表示冰释前嫌。"

在疤面看来，这等于奇耻大辱。

疤面和安托万怒目相对。

"请吧，"卡泰丽娜催促，"这是命令。"

安托万率先行动，迈过五彩砖地，向疤面走去。两个人年龄相差无几，但除此以外并无相似之处。安托万一脸淡漠，小胡子下面挤出一个笑，就是有些人口中的傻笑。疤面皮肤黝黑、身材瘦削，脸孔带疤，且心肠歹毒。不过安托万并不蠢。他和疤面隔了一码，张开双臂说："我遵从皇太后殿下的旨意。"

疤面不可能说我不遵从。

他迈上前，两个人迅速拥抱又马上分开，像怕感染瘟疫似的。

卡泰丽娜面露微笑，鼓起掌来，群臣掌声雷动。

地中海马赛港中千帆竞发，西尔维从驳船上卸下箱子，搭上远洋货船。船只经由直布罗陀海峡，驶过比斯开湾（她晕船晕得厉害），再穿过英吉利海峡进入塞纳河，逆流直到鲁昂，法国北部第一大港口。

鲁昂的新教徒占了三分之一人口，礼拜日，西尔维同新教徒在真正的教堂礼拜，他们并不着意躲躲藏藏。书在这儿就能卖光，但奉行天主教的巴黎更需要这些书。况且巴黎卖得也更贵。

1561年1月，法国呈太平之象。弗朗索瓦二世国王夭折，皇太后卡泰丽娜执政，吉斯兄弟免去了若干官职。皇太后颁布新规，对新教徒更为宽容，只是还不算正式律法。宗教犯将获释，异端案一律搁置，异端罪犯取消死刑。新教徒欢欣鼓舞；西尔维听说，如今都管他们叫胡格诺派。

不过，贩售禁书属于严重的异端罪行，还是要治罪。

西尔维坐着河船返回巴黎，舱中装满了书箱子；她心中喜忧参半。二月一个清寒的上午，船泊进格列夫码头，只见河中有几十艘大小船只，有的停靠在岸边，有的在河中央下锚。

西尔维找人去给母亲捎口信，又写了张字条给吕克·莫里亚克，说此行圆满，不日登门感谢他替自己安排。海关衙门就在格列夫广场，走几步就是，西尔维知道，会不会有麻烦就看这儿了。

她身上带着文书，是纪尧姆费心伪造的，他杜撰了一位法布里亚诺造纸商，证明西尔维买入一百一十箱纸。西尔维还带上了钱袋子，准备缴进口税。

她把证明递给小吏。对方问道："纸？普普通通的纸，没写字，也没印东西？"

"家母和我做的是纸墨文具生意。"

"买的可不少呀。"

她勉强笑着说："巴黎有很多学生呢——是我的运气。"

"还跑了那么老远。圣马塞尔就没有造纸的吗？"

"意大利造的物美价廉。"

"得叫大人看一看，"他把文书递还给她，一指长凳，"在那儿等着。"

西尔维坐下了。怕是大难临头了。一打开箱子查看，那就暴露无遗！她觉得已经被定了罪，正等待判刑。她心急如焚，想着还不如立刻被押进大牢，省得悬着一颗心。

她努力不去担心，仔细瞧着海关大堂里办公。她发现进来的人大都和这里的官吏相熟，随便递上文书，交了税就走了。真走运。

她如坐针毡地等了一个小时，然后被叫到楼上，进了一间大房间，见到副司库克劳德·龙萨，此人神色阴郁，身穿褐色紧身上衣，头戴丝绒便帽。龙萨把刚才那些问题又问了一遍，西尔维心里忐忑，不知道该不该出钱打点。刚才在楼下好像没看到，不过这种事总不会在台面上做吧。

盘问之后，龙萨说："必须开箱验货。"

"那好吧。"西尔维竭力装出不在意的口气，好像虽不情愿但也无所谓。她一颗心怦怦直跳，轻轻晃了晃钱袋子，暗示对方通融，但龙萨好像没注意。可能他拿好处只挑认识的人。西尔维束手无策：该怎么救下这批货——还有这条命。

龙萨站起身，跟她出了账房。西尔维觉得浑身哆嗦，步子踉跄，但龙萨好像没瞧出她心虚。龙萨叫来之前盘查西尔维的那个小吏，三人一同来到码头船边。

西尔维瞧见母亲竟然到了，不禁吃了一惊。母亲雇了个推四轮大车的脚夫，预备把箱子运到城墙街的仓库。西尔维跟母亲说了状况，伊莎贝拉也慌了神。

龙萨跟小吏上了船，挑了一只箱子，吩咐抬上岸检查。脚夫把箱子抬到码头边上。箱子是轻木造的，用钉子钉死，一侧印着意大利语"法布里亚诺造纸"。

西尔维看他们大费周章，猜想必然要搜个底朝天了。箱子里装了四十本法语日内瓦《圣经》，页边还有大逆不道的新教注解。

脚夫用撬棍撬开箱子，露出几捆白纸。

就在这个节骨眼儿，吕克·莫里亚克到了。

"龙萨，我的朋友，我到处找您呢。"他语气轻快。只见他拎着一只酒瓶子。"赫雷斯刚运来一批酒，我寻思得让您尝一尝，好保证——货真价实，是吧。"吕克挤了挤眼睛。

西尔维一眨不眨地盯着箱子。那几令白纸底下就是能治罪的圣经。

龙萨热情地跟吕克握了握手，接过瓶子，又介绍身边的小吏。“我们正在检查那个人的货物。”他一指西尔维。

吕克一瞧西尔维，假装惊道：“哟，小姐，你回来了？龙萨，她没事儿，我认得——在左岸卖纸墨文具的。”

“真的？”

“嗯，可不是，我给她作保。有这么回事，老伙计，波罗的海刚刚运来一批皮草，其中有一件金狼皮，特别适合嫂夫人。嫂子那秀发衬着皮毛领子，准绝了。要是您喜欢，船长就孝敬给您——请您多多担待，您准明白的。走吧，我带您去瞧瞧。”

“有劳。”龙萨迫不及待。他转身吩咐小吏：“给她签字放行。”说罢就和吕克勾肩搭背地走了。

西尔维悬着的一颗心这才放下，险些虚脱。

她缴了关税，对方按“墨”类要了一个金埃居，明显是敲竹杠，但西尔维一语不发地交了，对方满意而去。

脚夫开始卸货装车。

1561年初，内德·威拉德第一次为伊丽莎白女王肩负出使任务，责任之重令他惶恐。他铆足了劲，绝不有负所托。

内德来到威廉·塞西尔爵士在斯特兰德街的新居，听他交代任务。塞西尔坐在里间的凸窗旁，窗外看得见科芬园的田野。“我们希望玛丽·斯图亚特留在法国。要是她回苏格兰执政，那就麻烦了。那边的宗教情势微妙，要是有一个坚定的天主教徒君主，内战是十有八九的事。倘若她大败新教徒，赢得内战，下一个目标很可能就是英格兰。”

内德明白其中道理。欧洲大多数君主支持玛丽·斯图亚特继承英格兰王位，要是她回到海峡这边，对伊丽莎白就更具威胁。他说：“也是为这个原因，料想吉斯家希望她回苏格兰。”

“正是。你这次的任务就是晓之以理，劝她宜静不宜动。”

“我一定竭尽所能。”内德嘴上这样说，其实心里一点对策也没有。

“你和她兄弟一同前往。”

“她哪有兄弟！”内德知道，玛丽是苏格兰国王詹姆五世和王后玛丽·德吉斯的独生女。

“她兄弟多着呢，”塞西尔轻蔑地哼了一声，“她父王对妻子不忠，在国王里头也是数一数二的。他至少有九个私生子。”塞西尔祖辈经营客栈生意，因为中产出身，瞧不起王室的风流账。“这个兄弟叫詹姆斯·斯图亚特，是新教徒，不过玛丽跟他很亲近。他也希望妹妹留在法国，免得回来兴风作浪。你就扮作他的随从：咱们不想叫法国那边知道此事牵涉到伊丽莎白女王。”

詹姆斯二十八九岁，一头淡金色头发，形容肃穆，穿了件钉珠宝的栗褐色紧身上衣。苏格兰贵族都通晓法语，不过有的流利些；詹姆斯说起法语结结巴巴，口音浓重，好在有内德帮衬。

两人乘船来到巴黎。如今英法两国停战，这一程还算顺利。到了才听说，玛丽·斯图亚特去了兰斯过复活节，他们扑了个空，内德心生沮丧。英国外交大使尼古拉斯·思罗克莫顿爵士告诉他们说：“吉斯王朝全体退居香槟老家，重整旗鼓去了。”思罗克莫顿四十开外，眼光锐利，红棕色的胡子并不见斑白。他身穿黑色紧身上衣，领子和袖口都缝着小巧精致的飞边。“卡泰丽娜皇太后在奥尔良智胜吉斯，打那以后，再没人能和她抗衡，吉斯一家大挫锐气。”

内德说：“听说复活节时有新教徒闹事。”

思罗克莫顿点头说：“在昂热、勒芒、博韦以及蓬图瓦兹四地。”内德听他如此一丝不苟，不禁心生敬佩。“你们也知道，迷信的天主教徒喜欢捧着圣物游行，咱们新教徒思想开明，深知供奉神像圣骸是犯了崇拜偶像之罪，结果一些爱激动的弟兄就冲进游行队伍里。”

内德对以暴制暴的新教徒感到气愤。“只要自己不尊奉神像就好了，怎么还管别人的事？意见不一的，就该凭上帝裁定。”

“也许吧。”思罗克莫顿对新教的态度比内德极端，伊丽莎白手下的多数重臣都如此，包括塞西尔也是，但女王是温和派。

“不过卡泰丽娜看来控制得不错。”

“是。她不愿诉诸暴力，一直想方设法遏制情势恶化。复活节后，大家渐渐冷静下来。”

“皇太后是明智之人。”

“也许吧。”思罗克莫顿还是这一句。

内德准备告辞，思罗克莫顿叮嘱说：“到了兰斯，留神防着皮埃尔·奥芒德·德吉斯，他比你年长一两岁，专替吉斯家做那些卑鄙勾当。”

“为什么要留神？”

“此人毒如蛇蝎。”

“多谢提醒。”

内德同詹姆斯两人搭乘河船前往兰斯，先顺着塞纳河北上，之后进入马恩河。走水路比骑马要慢，不过比坐三四天马鞍舒适。到了香槟区的兰斯重镇，才知道又一次扑了空：玛丽·斯图亚特已经起驾，拜访洛林枢机夏尔去了。

两人这次改成骑马。路上内德还是老样子，逢人就打听消息。他听说还有别人在打听玛丽·斯图亚特的行踪，不由得暗暗心惊。大约一天之前，有个叫约翰·莱斯利的苏格兰司铎打那儿经过，内德猜测是苏格兰天主教派来的，想必他的目的和内德恰恰相反。

内德和詹姆总算赶到玛丽居留的圣迪济耶行宫，只见城堡四面围墙，耸立着八座高塔。两人报上身份，由下人引进大厅。等了几分钟，就见进来一个英俊潇洒的年轻男子，他一脸傲慢，好像不高兴见到他们。他自称是皮埃尔·奥芒德·德吉斯。

詹姆斯和内德起身相迎。詹姆斯开口问："尊驾是王妹玛丽女王的亲戚？"

"当然。"皮埃尔又问内德："这位先生是？"

"内德·威拉德，詹姆斯·斯图亚特的书记。"

"不知道两个苏格兰新教徒来这儿有何贵干？"

内德心中暗喜：皮埃尔没怀疑自己的身份。要是玛丽以为此行是她苏格兰亲人的意思，而不是英格兰的对头，或许更容易听进去。

皮埃尔言辞不善，但詹姆斯并未动气。他平静地答道："我来见妹妹。"

"目的呢？"

詹姆斯微微一笑。"告诉她詹姆斯·斯图亚特来了，这就行了。"

皮埃尔下巴一扬。“我去禀告玛丽王后，看殿下是否愿意见你。”内德瞧出皮埃尔会千方百计阻止他们兄妹见面。

詹姆斯坐下了，扭头看着别处。毕竟他也是王室后裔，对一个后生下人本不用这么客气，他仁至义尽。

皮埃尔一脸愠怒，但一言不发地走了。

内德坐下来等。城堡里诸事繁忙，下人在大厅里进进出出，服侍到访的王室。一个小时过去了，两个小时过去了。

内德见到一个和自己年纪差不多的女子走进大厅，只见她身穿粉红色丝裙，乌发上别着珍珠发饰，知道她不是下人。她那双蓝眼睛凝视内德，目光里透出精明警觉。她随即认出詹姆斯，立刻笑容满面。“稀客！詹姆斯大人！还认得我吗？艾莉森·麦凯——玛丽大婚那天咱们见过一面。”

詹姆斯起身鞠躬，内德跟着行礼。詹姆斯答道：“当然认得。”

“我们没听说您来了！”

“我让一个叫什么皮埃尔的人通传。”

“啊！他呢专门负责打发那些闲人。不过她自然愿意见您。我先去说一声，然后叫人来带您——您二位。”她打量内德。

詹姆斯介绍说：“这是我的书记，内德·威拉德。”

内德又鞠躬行礼。艾莉森冲他微微一颔首，转身走了。

詹姆斯说：“皮埃尔那家伙压根没告诉玛丽说咱们来见她！”

“怪不得叫我提防此人。”

又等了几分钟，就来了一个下人，引两人出了大厅，进到一间惬意的小客厅。内德心中忐忑。这次一行的目的就是这次会面。伊丽莎白女王和主人兼师傅塞西尔对他寄予厚望，可他并没有十足的把握。

不一会儿就见玛丽·斯图亚特进来了。

内德从前见过玛丽一次，此刻见到她如此高挑、如此俏丽，再次为之惊诧。她皮肤白皙、头发火红，分外引人注目。虽然年方十八，却仪态万方，像船只漂浮在平静的海面，修长优雅的颈子上头高昂着。守丧期已过，但她依然穿着白裙，以示哀悼。

她身后跟着艾莉森·麦凯和皮埃尔·奥芒德·德吉斯。

詹姆斯深鞠一躬，玛丽则立即走到他身边，吻了吻他。只听她说："你可真厉害，詹姆斯。我在圣迪济耶，你是怎么知道的？"

"我可找了好一阵子呢。"詹姆斯笑着回答。

玛丽坐下了，吩咐大家都坐。她说："有人跟我说，我应该返回苏格兰，仿若旭日初升，驱散王土上宗教纷乱的阴云。"

詹姆斯说道："看来妹妹见过约翰·莱斯利了。"内德担心的就是这个。莱斯利抢先一步，经他一番劝说，玛丽显然动了心。

"你真是无所不知！"玛丽叹道。她显然极喜爱这个同父异母的哥哥。"他跟我说，要是我坐船回阿伯丁，他能集结两万兵马，追随我讨伐爱丁堡，推翻新教国会，重燃基督荣光。"

詹姆斯问："妹妹不会信他这番话吧？"

内德担心玛丽深信不疑。他很快看出，玛丽容易轻信，虽然仪态端庄优雅，一派女王之气，但看不出有智谋。君主周围少不了阿谀奉承，因此懂得兼听明辨至关重要。

玛丽喜滋滋地没做理会，只说："要是我回苏格兰，我就封你做总主教。"

在场的几个人都吃了一惊。苏格兰女王并无钦点主教的权力，这和法国不同。但詹姆斯没费神指出，只说："我不是天主教徒。"

"那你一定得改宗喽。"玛丽语气轻快。

詹姆斯竭力忍着她这种轻浮态度，庄重地说："我这次来，是请你改信新教。"

内德皱起眉头。这并非此行目的。

玛丽坚决地回答："我是天主教徒，我的家人也都是天主教徒。我不能改变信仰。"

内德瞧见皮埃尔默默点头。显然，要姓吉斯的改信新教叫他不寒而栗。

詹姆斯答道："就算你不肯做新教徒，至少会宽容他们吧？只要你随他们自由敬礼，他们都会拥戴你。"

内德认为这样劝说不妥。他们的目的是让玛丽留在法国。

皮埃尔也露出紧张的神色，不过是另有原因：对忠坚派天主教徒而言，宽容的理念荒唐至极。

玛丽反问："那么新教徒对待天主教徒，也是同样的宽容吗？"

内德终于忍不住开口了。"自然不是。如今苏格兰判定祝圣弥撒有罪。"

皮埃尔反驳说："你错了，威拉德先生。弥撒不是罪。"

"苏格兰国会刚刚通过了法案！"

"所谓的国会或许是通过了法案，但要正式立法，必须由君主批准。玛丽女王陛下尚未御准。"

内德不得不承认："你的话确实不错，我只是希望女王陛下不要轻信谗言，以为苏格兰宗教宽容已成大势。”

“威拉德先生，敢问这番话是谁的意思？”

皮埃尔似乎瞧出内德的身份不只是书记。内德避而不答，只对玛丽说：“陛下在法国贵为公爵夫人，享有田产俸禄，又有财雄势大的亲族支持。但在苏格兰却要面临冲突之忧。”

玛丽却答道：“在法国，我是先王的未亡人，但在苏格兰，我是堂堂女王。”

看样子她主意已定。

皮埃尔说道：“威拉德先生，要是玛丽女王陛下返回苏格兰，不知道伊丽莎白女王作何感想？”

这显然是个陷阱。要是内德侃侃而谈，那就要暴露女王特使的身份。他佯装无知。“我们在苏格兰也只是听到些传言。要知道，和我们爱丁堡相比，你们兰斯离伦敦还要近一些呢。”

内德拿路程来搪塞，但皮埃尔并不上当，只问道：“你们在苏格兰听到什么传言？”

内德小心翼翼：“哪个做君主的都不高兴听说有人要争夺王位，弗朗索瓦国王和玛丽王后自称统领法兰西和苏格兰，以及英格兰和爱尔兰，听说伊丽莎白女王大为不悦。不过伊丽莎白表示坚决拥护玛丽统领苏格兰，不会从中作梗。”

这话并不属实。伊丽莎白举棋不定，她一方面深信王位继承权至高无上，另一方面又担心玛丽同自己争夺王位，故此才希望玛丽留在法国，免生事端。

皮埃尔应该也明白，但故意不去戳穿。“那就好，因为这位女王深受苏格兰百姓爱戴。”他接着对玛丽说，“他们会燃起篝火、举国欢庆，恭迎女王大驾归来。”

玛丽微笑着说："不错，我相信。"

内德暗暗叹道，真是傻得可怜。

詹姆斯又开口相劝，大概是和内德一般心思，想委婉地规劝一番。玛丽却打断他说："晌午了，咱们用膳吧。过后再谈。"她站起身，大家也纷纷起身。

内德明白大势已去，但不愿就此放弃。"陛下，依鄙人之见，返回苏格兰绝非明智之举。"

"是吗？"玛丽语气威严，"无论如何，我决定回去。"

次年，皮埃尔大部分时间都待在香槟。他厌恶这种日子。待在乡下，他有心无力，吉斯家再也无法左右朝政，而卡泰丽娜皇太后竭力维系天主教和新教间的和平。巴黎远在一百英里以外，他鞭长莫及。此外，这里离故乡不远，人人都晓得他出身低贱，这也叫他不自在。

1562年2月末，疤面公爵离开茹安维尔的府宅，准备返回都城，这下正和皮埃尔的意。机会来了，他要再次大展拳脚。

一行人走在狭窄蜿蜒的乡间土路上，一边是刚犁过的田地，一边是光秃秃的葡萄园。天空晴朗，但天寒地冻。随行的是一支两百人的骑兵队伍，由加斯东·勒潘打头，一些士兵配着护手刺剑，是时兴的长剑。虽然没有正式军装，不过大多穿着公爵的绶带色，鲜艳的红黄两色，仿佛一支入侵军队。

二月的最后一天，公爵留宿在多马尔坦村落，同弟弟路易枢机会合。路易好酒贪杯，人称"酒瓶枢机"。加上路易的火绳枪队，队伍更加壮大。火绳枪枪筒较长，形状像钩子，所以也叫

“钩铳”，因为重量轻，可以抵在肩膀上发射，不像滑膛枪，必须架在地面上。

三月一日是主日，一队人马早早上路，赶往瓦西，同一支重装骑兵队会合。等疤面抵达巴黎时，兵力足以叫敌人不敢轻举妄动。

瓦西小镇坐落在布莱斯河畔，周郊都是铁铺，河岸两侧水磨林立。吉斯军队从南门进到镇子，正巧响起一阵钟声。教堂敲钟却不为报时，那准是出了事，疤面拦下一个行人询问情况。

“是新教徒，召唤会众去礼拜。”

公爵怒从心起，脸上的伤疤现出青紫色。“新教徒敲钟？”他喝道，“他们怎么上去的？”

行人一脸惶恐。“小的不知，大人。”

新教徒如此胆大包天，正是暴乱的导火索。皮埃尔满心期待，伺机煽风点火。

疤面说：“就算宽容赦令成了律法——谁说得准——那也不能如此明目张胆地做这些亵渎之举！这还不叫明目张胆！”

那人沉默不语，不过疤面这句话并不是喝问他，只是不吐不快。皮埃尔明白他为什么如此动怒。瓦西镇属于玛丽·斯图亚特所有，如今玛丽返回苏格兰，疤面身为大舅舅，代为打理这片地产，因此可以说瓦西是他的领地。

皮埃尔火上浇油：“全镇都知道爵爷今天早上驾到，那些新教徒自然也知道，看样子他们是存心让您难堪。”

加斯东·勒潘也在旁听着。在他看来，武力能免则免——他一个士兵能活到三十三岁，也许就是为这个缘故。只听他插嘴说：“公爵，咱们不如绕道而行，否则没进城就要损兵折将了。

咱们需要彰显兵力。”

皮埃尔可不爱听这套话。他轻声说：“爵爷，如此轻辱，您不能视而不见，否则就显得软弱无能了。”

“本爵绝非软弱无能之辈。”疤面怒气冲冲，接着踢马向前。

勒潘瞪了皮埃尔一眼，但手下的兵卒却跃跃欲试，巴不得出手。皮埃尔巧妙地激励士兵，他让队伍先走，在后面对一群士兵说：“我嗅到战利品了。”士兵们哈哈大笑。这是提醒他们，暴力冲突中通常都能趁火打劫。

队伍进到城中，钟声也止了。疤面下令：“去把堂区司铎找来。”

大军沿着街道缓缓来到城中心。只见围地内矗立着一座王室法院、一座城堡和一间教堂。他们走到教堂西侧，见到前来会合的重型骑兵队正在集市广场候着。总共有五十名骑兵，各自配有两匹战马，另有一匹驮盔甲的役畜。高大的战马嗅到有人来了，嘶鸣不止，不住踢踏。

加斯东·勒潘吩咐队伍解散休息，公爵的士兵到有棚顶的集市下马，路易枢机的枪队在教堂南面的墓园整修。有些士兵去了广场上的天鹅酒馆，点了火腿和啤酒当早饭。

堂区司铎匆匆赶来，白法衣上还沾着面包屑；城堡管家紧随其后。疤面问道：“好了，告诉我，瓦西的新教徒今天是不是在举行渎神的礼拜？”

“是。”司铎答道。

“我也拦不住，”管家答道，“他们不肯听我的。”

疤面说：“宽容敕令规定——尚未正式批准——这些仪式只

许在镇外举行。”

管家答道：“严格来说，他们的确不在镇子里。”

“那在哪儿？”

“在城堡围地内。按照律法，围地不属于镇子。反正他们是这么说。”

皮埃尔插嘴：“在法律上尚未有定论。”

疤面不耐烦地问：“究竟在哪儿？”

管家一指墓地后的谷仓。谷仓依靠着城堡围墙，占地不小，但破旧不堪，屋顶已经漏了洞。“就在那儿。谷仓盖在城堡领地上。”

“也就是本爵的谷仓！”疤面怒不可遏，“不能再忍了。”

皮埃尔见有机可乘，说道：“公爵，按照宽容敕令，朝中大臣有权监督新教徒集会。爵爷去那儿巡视，完全合乎规矩。”

勒潘还是想息事宁人。“不应该旁生枝节。”

管家倒是欣然赞同。“公爵，您今天带兵前去，他们日后也许就不敢放肆，要乖乖遵守法律了。”

“不错，”皮埃尔接口，“公爵，这是您职责所在。”

勒潘摸了摸受伤的那只耳朵，好像是搔痒。“多一事不如少一事。”

疤面一阵沉吟，掂量该听谁的，皮埃尔生怕他冷静下来，采纳勒潘的意见小心行事。这时耳边传来新教徒的歌唱声。

天主教徒礼拜时并不颂唱，但新教徒酷爱齐唱赞美诗，歌声洪亮激昂——还是法语。几百人的合唱声从墓园一直传到集市广场，听得清清楚楚。疤面气急败坏：“他们都自以为是司铎吗？”

皮埃尔见机说：“如此厚颜无耻，真是忍无可忍。”

“说得不错，”疤面答道，“我非得叫他们明白不可。”

勒潘说：“既然如此，我先带两个人过去，说公爵大驾。他们要是明白爵爷有权说话，愿意洗耳恭听，或者能避免流血。”

“那好。”疤面答道。

勒潘点了两个佩戴护手刺剑的士兵。“布罗卡尔、拉斯托，跟我来。”

皮埃尔认出这两个人：当初把自己从圣埃蒂安酒馆押到吉斯府的，就是他们俩。四年过去了，但他死也忘不掉那份屈辱。想到如今的身份比这两个粗人高出几倍，他难掩笑意。日子真是天翻地覆！

瞧着三个人穿过墓地，皮埃尔也跟了过去。

勒潘咕哝：“我没请你跟来。”

皮埃尔答道：“我没问你意见。”

谷仓破败不堪，木墙上缺了柱子，大门歪歪斜斜，门外还堆着高高的碎石。皮埃尔看见教堂外的骑兵和墓园里的火枪手都目不转睛地盯着他们。

赞美诗终了，几个人在寂静中走到门口。

勒潘示意他们候着，伸手推开门。

只见谷仓里聚着五百左右男女老少，都是站着——里面没有凳子。看穿着打扮就知道，穷人和富人混在一起；天主堂里贵族是分开来坐的。皮埃尔看见屋内一角摆着临时的祭台，一个身着法衣的牧师刚开始讲道。

片刻后，门口有几个人发觉门外有人，过来挡路。

勒潘不想起正面冲突，连退几步，布罗卡尔和拉斯托跟着后退。勒潘朗声说：“吉斯公爵前来叙话，请会众迎接。”

一个蓄着黑胡子的年轻男子嘘了一声，说："莫雷尔牧师正讲道呢！"

"小心点儿，"勒潘警告说，"你们在爵爷家的谷仓里非法礼拜，已经惹得他不悦。奉劝各位不要惹他动怒。"

"先等牧师说完。"

皮埃尔高喊："公爵岂会等你们这种人！"

一些教徒朝门口张望。

黑胡子说："你们不能进来！"

勒潘缓缓朝他走去，一字一顿地说："我偏要进来。"

黑胡子一把推开他，力气惊人。勒潘站立不稳，向后趺去。

皮埃尔听见集市里的骑兵嚷嚷起来。他用余光瞥见有几个士兵正朝墓地奔来。

"不识抬举。"勒潘说着，猛地伸出拳头，重重打在男子下颌，他那把黑胡子根本起不到保护作用。男子趺倒在地。

"好了，"勒潘说道，"我这就进来了。"

想不到新教徒不顾后果，不肯放行，这叫皮埃尔又惊又喜。他们纷纷捡起石头，皮埃尔这才明白，那堆碎石并不是散落的瓦砾。他不敢相信：他们真要和几百个士兵动手？

勒潘喝道："让开。"迈步就往前走。

新教徒纷纷扔出手里的石头。

勒潘几次被砸中，一块石头打在头上，他趺倒在地。

皮埃尔没有佩剑，急忙闪开。

布罗卡尔和拉斯托见队长遇害，气得怒喝几声，各自抽出刺剑，冲了上去。

新教徒还在扔石头，两个士兵被连连砸中，年长那个没鼻子的拉斯托脸颊上破了口子，布罗卡尔膝盖被砸中，跪倒在地。越来越多的人奔出教堂去捡石头。

拉斯托脸上血流不止，但拖着长剑冲上前，刀刃刺进黑胡子腹中。男子纵声哀号。薄薄的刀刃刺穿了身体，血淋淋的刀尖从他背后捅出来。皮埃尔蓦然想起四年前那个耻辱的日子曾听见拉斯托和布罗卡尔兴致勃勃地聊剑斗。他记得拉斯托说，别朝心脏使劲儿了。肚子中剑不会立马咽气，但是身子像瘫了一般，疼得他脑子一片空白。说完还咯咯笑。

拉斯托拔出刺剑，只听嗖的一声，叫皮埃尔直犯恶心。这时六七个新教徒围拢过来，拿石头又砸又打。拉斯托疲于保命，只好退后。

这时公爵手下的骑兵全速赶来支援，他们奔过墓地，跃过一座座墓碑，纷纷抽出佩剑，高喊为兄弟报仇。路易枢机的火枪队也准备开火。谷仓里不住有教徒冲出来，一个个视死如归，捡起石头扔向涌来的士兵。

皮埃尔瞧见勒潘从地上爬起来，敏捷地闪开两块石头，看样子是恢复了全力。他抽出刺剑。

皮埃尔大失所望：勒潘还是想阻止流血牺牲。他举着剑高喊："住手！都放下武器！把剑收起来！"

众人置之不理。一块大石头朝勒潘飞来，他闪身躲开，接着冲了上去。

勒潘身形快似闪电，且下手狠辣，皮埃尔不由得不寒而栗。那刀刃闪着白光，左刺右砍，手臂挥舞之间，必有人受伤或送命。

支援赶到了。皮埃尔怂恿说："杀了异教徒！杀了亵渎之徒！”

士兵大开杀戒。公爵的部队挺进谷仓，不分男女老幼，格杀勿论。皮埃尔看见拉斯托残杀一个年轻女子，拿匕首在她的脸上划了一道又一道。

皮埃尔混在队伍间，总是小心地跟在打头的士兵之后。上阵拼杀可不是他的使命。谷仓里，有几个新教徒手持刀剑，但大多数手无寸铁。只听哭号一片，或是惊惧，或是受伤。转眼间，谷仓的墙壁就被血染红了。

皮埃尔看见谷仓尽头搭着一座木楼梯，通往干草棚。大家都往楼梯上涌，有些怀里还抱着婴儿。他们顺着干草棚顶的破洞逃了出去。皮埃尔刚看见，就听见一阵枪响，接着两个身影从屋顶跌落，摔在谷仓地上。“酒瓶枢机”的火枪队开火了。

皮埃尔转过身，逆着蜂拥进来的士兵，挤到屋外，想瞧个清楚。

新教徒还在顺着屋顶往外逃，有的想爬到地面，有的干脆跳到城堡外墙上。火枪队瞄准了奔逃的教徒，火绳枪重量轻，加上点火设施的改良，方便开火和装填弹药，只见子弹雨点般射去，屋顶的逃亡者几乎无人幸免。

皮埃尔的目光掠过墓地，朝集市广场张望。镇民被枪声惊动，纷纷往这边赶来；天鹅酒馆里的士兵嘴里还嚼着早饭，也前来支援。士兵拦住赶来救援的镇民，双方动起了手。一个骑兵吹响号角，召唤部队集合。

混乱发生得仓促，结束得突然。加斯东·勒潘擒住了牧师，押着他出了谷仓，士兵们跟在两人身后。房顶不再有教徒冲出来，火枪队也不再开火。集市广场上，各队队长喝令队伍集合，并命令镇民速速回家。

皮埃尔朝谷仓里瞧去。冲突结束了：还能走动的新教徒弯着腰救治伤者，有的跪在尸体前哭泣。地上到处是血泊。哭喊声停止了，取而代之的是痛苦的呻吟和哀伤的啜泣。

皮埃尔心中暗喜：真是再好也没有了。粗略估算，死的有五十个，受伤的有一百余人。大多手无寸铁，还有妇孺。不出几天，消息就会传遍全国。

皮埃尔沉思，换作四年前，他目睹屠杀一定心惊肉跳，这天却心满意足。自己果然不一样了！然而，他想象不出主会赞许这个不一样的皮埃尔。一阵隐隐的、莫名的恐惧渗入心底，仿佛地上渐渐发黑的血迹。他不让自己想下去。这是主的旨意，必然如此。

他仿佛看到新教徒印发的八页宣传报：头版赫然印着谷仓屠杀的木版画，叫人毛骨悚然。籍籍无名的瓦西镇即将出现在欧洲各地数千篇布道中。新教徒要组织民兵队，号称自卫；天主教徒也会跟着集结力量。

到时候内战一触即发。

皮埃尔翘首以盼。

圣埃蒂安酒馆里，西尔维对着眼前的一碟熏鱼和一杯葡萄酒，满心沮丧。

暴行究竟要持续到几时？大多人只想过安生日子，和不同宗派的邻居和和气气，但每次有望和解之时，吉斯兄弟之流就从中作梗，因为在那些人眼中，宗教是大富大贵的手段。

西尔维和教友们的当务之急是打听身份是否暴露。西尔维一有空就来到天主教徒常光顾的酒馆打听消息，这里聚集了城市民兵队、吉斯家的扈从还有皮埃尔的人，都是一心要铲除异教徒之流。从这些人嘴里，她听出不少消息。不过，她最想找的，是一个志同道合的内应。

她一抬头，刚好看见皮埃尔家的女仆纳塔走进来。只见她一只眼睛周围一片青紫。

西尔维平常和纳塔只是相互点头致意，除了打招呼就没说过什么话。此时此刻，她当机立断，开口说："看着很疼啊。我请你喝杯酒吧，喝了没那么难受。"

纳塔泪水夺眶而出。

西尔维伸手搂住小姑娘，她并不是佯装可怜，吉勒·帕洛常对她们母女俩双拳相向。

女侍应端上酒，纳塔咕咚喝了一大口，跟西尔维道谢。

"怎么回事？"

"皮埃尔打我。"

"他也打奥黛特？"

纳塔摇头说："他不敢，女主人会还手。"

纳塔约莫十六岁，瘦瘦小小，估计打不过男人——西尔维挨父亲拳头的时候，也毫无还手之力。想到这里，她愤愤不已。

"再来点。"

纳塔又吞下一大口酒。"我恨死他了。"

西尔维的一颗心怦怦跳。她等这一刻已经等了一年多。她知道，只要沉住气，总有一天会等到，因为没人不痛恨皮埃尔，迟早有人背叛他。

眼看机会来了，但她必须小心行事，不能显得心急或是暴露目的。但是，这个险也不得不冒。

“恨他的不只是你一个，”她字斟句酌，“听说他是间谍头子，专门迫害新教徒。”这不是什么秘密，一半巴黎人都知道。

“是真的，”纳塔答道，“他有个名单。”

西尔维觉得喘不过气来。可不是，他自然有个名单，只是纳塔知道多少？“名单？”她的声音轻得仿佛耳语。“你怎么知道？”

“我瞧见的，是个黑皮本子，记满了姓名地址。”

挖到金矿了。要说服纳塔着实冒险，但收获极为诱人。西尔维心一横，开始下钩。她装出漫不经心的语气：“你要是想报仇，可以把本子交给新教徒。”

“我要是有那个胆子就好了。”

西尔维半信半疑：真的？那你良心上过得去吗？她谨慎地说：“可那等于违抗教会，是不是？”

“我相信主，但主不在教会里。”

西尔维屏住呼吸。“这话是什么意思？”

“我十一岁就给堂区司铎糟蹋了，那时候两腿间还没长毛。主在吗？我看不像。”

西尔维喝光杯子里的酒，放下杯子说：“我有个朋友，要是能瞧一眼那个本子，愿意出十埃居。”西尔维出得起这个价：书店生意有盈利，母亲也会认为这笔钱花得值得。

纳塔瞪圆眼睛重复：“十埃居？”这比她一年赚的还多——多得多。

西尔维点点头，在利益引诱之外又晓之以情：“我这位朋友是觉得，兴许能挽救不少人免于被烧死的厄运。”

纳塔显然对钱更感兴趣。“你说十埃居，可是当真？”

“啊，我打包票，”西尔维装作才明白过来的样子，“可是……你又拿不到本子……能拿到吗？”

“能。”

“在哪儿？”

“他就放在家里。”

“具体在哪儿？”

“锁在书箱子里。”

“既然上了锁，你又怎么拿得到？”

“我会开锁。”

“怎么开？”

“用发夹。”

内战爆发，皮埃尔得偿所愿。瓦西屠杀后一年，疤面公爵率领的天主教军队胜利在望。

1563年初，疤面率军包围了奥尔良，新教徒仅剩下这一个大本营，加斯帕尔·德科利尼就镇守在此。二月十八日周四，疤面巡查过守军势力，宣布第二天发动最后一击。

皮埃尔留在疤面身边，料定胜利唾手可得。日暮时分，公爵率军返回瓦兰堡，他身着米色紧身上衣，帽子上插着长长的白翎毛：在疆场上穿着如此显眼未免不妥，不过当晚他要同妻子安娜团聚，夫妻俩的长子、十二岁的亨利也来了。皮埃尔和公爵家的世子第一次见面是在四年前，也就是亨利二世国王在比武中负眼伤不治而亡那天，从那时起，皮埃尔就一直着力巴结亨利。

途中隔着一条小河，但渡船上一次只能载三个人，于是人马先走，皮埃尔、疤面和加斯东·勒潘断后。疤面开了话匣子：“你听说了吧，卡泰丽娜皇太后希望咱们讲和。”

皮埃尔嗤笑一声：“输家才讲和，赢家是凭什么？”

疤面点头说：“明天攻下奥尔良，占领卢瓦尔河战线，之后向北逼近，攻打诺曼底，把新教徒军队的余孽一网打尽。”

“卡泰丽娜就是怕这个，”皮埃尔接口，“等咱们攻下全国，扫清新教徒，公爵您的权势连国王也无法相比。法兰西就是您的。”他心中暗想，而我就是您的左膀右臂。

马匹都安全地蹚到对岸，三个人登上小渡船。皮埃尔说：“夏尔枢机还是没有消息。”

夏尔去了意大利特兰托，参加教宗庇护四世召开的会议。疤面不屑地说：“唠叨、唠叨、唠叨。咱们可是在铲除异教徒。”

皮埃尔却不以为然。“咱们得让教会坚定立场，否则那些心慈手软之辈鼓吹什么容忍、妥协，爵爷的胜仗就白打了。”

公爵若有所思。皮埃尔谏言，他们兄弟俩都听得进去，他不止一次证明所料不错，早就不被当作是厚颜无耻的钻营之徒。想到此处，他打心底里得意。

疤面刚要开口，就听见一声枪响。枪声似乎从背后的河岸传来，皮埃尔和勒潘一齐转身，暮色中，皮埃尔瞧得清楚：水边有个矮小的人影，二十五六岁，皮肤黝黑，额头中央长着一绺尖尖的头发。刺客随即跑开了，皮埃尔瞧见他握着一把手枪。

疤面公爵瘫倒了。

勒潘诅咒一声，弯腰查看。

皮埃尔看出公爵后背中弹。他衣着颜色惹眼，加上距离很近，瞄准很容易。

勒潘说："他还活着。"说着就朝岸边眺望，皮埃尔猜他是在算计，蹚水或是游过去能不能擒到杀手。这时两人听见马蹄声传来，明白刺客的马就拴住在不远处。公爵的马匹都到了对岸，勒潘怎么也追不上了。看来杀手计划得很周全。

勒潘对船夫大喝："快划，快划！"船夫拼力向对岸划去，无疑怕自己被扣上同谋的罪名。

子弹打在公爵右肩膀下方，看样子没打中心脏。血不断渗出来，染红了米色外衣。皮埃尔瞧着这是个好兆头，因为死人不会流血。

然而，公爵也未必能挺过来。皮外伤要是受了感染，会引起发烧，甚至要人命。皮埃尔急得要落泪。胜利在望，他们的英雄将军莫非在这个节骨眼殒命？

船快靠岸了，士兵们七嘴八舌地问这问那。皮埃尔充耳不闻，他要考虑自己的问题。万一疤面死了该怎么办？

年仅十二岁的亨利会继承爵位。他和夏尔九世国王一般大，这个年纪不可能指挥内战。夏尔枢机人在意大利，远水解不了近渴；路易枢机又醉生梦死。吉斯家转眼间再次失势，权力竟然如此脆弱，真叫人骇然。

皮埃尔压下沮丧，叫自己冷静地盘算将来。吉斯家族无依无靠，卡泰丽娜皇太后会同加斯帕尔·德科利尼讲和，恢复宽容赦令，这个恶妇。波旁和蒙莫朗西两家再次被委以重权，新教徒可以随心所欲地高唱赞美诗了。皮埃尔这五年来的努力就要付诸东流。

他再次按捺住满心的绝望。如何是好?

头一桩事就是保住自己在吉斯家的位子，继续充当谋士。

船刚靠岸，皮埃尔立刻发号施令。大难临头时，众人都慌了神，只要你有条不紊，就会听你号令。“火速将公爵抬回城堡，路上不得颠晃。就算碰到都可能导致爵爷流血致死。得找一张担架。”

他四下张望。要是没办法，只能把小船拆了，用木条充当担架。他随即瞧见近处立着一间农舍，指着大门说：“把那扇门卸下来，用来抬公爵。找六个人抬。”

士兵们本来手足无措，连忙领命。

加斯东·勒潘可不好呼来喝去，皮埃尔对他用了商量的口吻。“依我看，你不如带一两个手下，带着马蹚水回对岸捉拿刺客。他的模样你瞧清楚没有?”

“矮个子，黑皮肤，二十五岁上下，前额一绺头发。”

“和我瞧见的一样。”

“我这就去追。”勒潘召唤两个亲信：“拉斯托、布罗卡尔，挑三匹马牵到船上。”

皮埃尔说：“最好的那匹马留给我。哪匹最快?”

“公爵的坐骑‘火炮’。可你要马做什么?是我去追凶手啊。”

“咱们的首要任务是救治公爵。我快马加鞭赶去城堡，吩咐叫大夫。”

勒潘明白了。“那好。”

皮埃尔翻身上马，催它赶路。他并不精通马术，“火炮”又是烈性，好在它赶了一天路也乏了，乖乖地迈开蹄子，皮埃尔小心地催马小跑起来。

不出几分钟，他就赶到了城堡。他跳下马，奔进大厅，高喊："公爵受伤了！他很快赶到，立刻去请医生！在楼下备一张床给公爵。"下人个个呆若木鸡，他反复说了几遍。

公爵夫人安娜·埃斯特听到吵嚷，匆匆下楼。公爵夫人是个相貌普通的意大利人，三十一岁年纪，两人的婚姻是家族安排的，公爵在外面寻花问柳，并不输其他权贵，不过夫妻俩还算恩爱。

亨利紧跟在母亲身后，他五官清秀，一头金色鬈发。安娜公爵夫人之前没见过皮埃尔，甚至连他的名字都没听过，因此皮埃尔必须彰显身份，叫夫人知道自己信得过。他鞠躬说："夫人、少爷，很遗憾地带来一个噩耗：公爵受了伤。"

亨利满脸惊慌。皮埃尔想起来，他八岁那年曾不服气地说大家嫌他小，不让他参加马上比枪。这孩子很有骨气，说不定能继承将军父亲的遗志，但那一天还早着呢。眼下，小男孩惊恐地问："怎么伤的？在哪儿？是谁干的？"

皮埃尔不加理会，对公爵夫人说："我已经派人去请医生，并且命令府上下人在一楼备床，不必把公爵抬到楼上。"

公爵夫人问："伤势可严重？"

"公爵背后中枪，我赶来报信时，他昏迷不醒。"

公爵夫人抽泣一声，随即强忍悲伤，问道："他在哪儿？我得去看他。"

"公爵很快就到了。我吩咐他们做了临时的担架，免得颠晃。"

"是怎么伤的？是打仗了吗？"

亨利插嘴说：“打仗的时候父亲绝不会背后中弹！”

“嘘——”母亲叫他安静。

皮埃尔答道：“亨利郡王，您说得不错。令尊在战场上从来正面迎敌，这一次是中了恶人的奸计。”他讲起刺杀经过：杀手掩藏起来，等渡船刚从岸边驶开便开了枪。“我派了几个骑兵去捉拿这恶徒。”

亨利哭着嚷：“等捉到他，非剥了他的皮不可！”

仿佛电光火石，皮埃尔看出，疤面一死，说不定是因祸得福。他狡猾地说：“剥皮，不错——但得先让他交代是何人指使。我敢说开枪的人只是个无名小卒，一定有个幕后主使。”

还没等他说出怀疑对象，安娜就抢先一步，恨恨地说：“加斯帕尔·德科利尼。”

如今安托万·波旁已死，他弟弟路易被囚，科利尼的确嫌疑最大。不过是不是并不重要，科利尼能成为吉斯家的众矢之的，对这个父亲受伤、尚不懂得分辨是非的小男孩尤其如此。皮埃尔的计划有了着落，这时就听外面一阵吵嚷，知道公爵到了。

公爵被抬进屋，安置在床上，其间皮埃尔紧跟在公爵夫人左右，安娜每有吩咐，他就大声重复，仿佛在传令，让人以为他已经成了夫人的心腹。至于安娜这一边，她心慌意乱，根本无暇理会皮埃尔在打什么小算盘，并且似乎很庆幸旁边有个人知道如何应付。

疤面从昏迷中清醒过来，可以和母子二人说话。大夫赶到，说伤势没有大碍，但人人都清楚，伤口很容易溃烂，到时候谁也回天乏术，因此没有人敢松一口气。

半夜时分，加斯东·勒潘带着两个亲信回来了，他们没拿到人。

皮埃尔把勒潘带到屋子一角，说道："早上继续搜。明天不出兵，公爵一晚上恢复不了，所以你有不少人手。早点动身，广撒网，务必抓住这个一绺头发的矮子。"

勒潘点头赞同。

皮埃尔一整夜都守在公爵床边。

天亮时，他又和勒潘碰面。"要是你抓到那个恶贼，交给我来审问。是公爵夫人的意思。"他撒了谎，但勒潘丝毫不怀疑。"把他关在附近，然后来叫我。"

"好。"

皮埃尔目送勒潘带着拉斯托和布罗卡尔走了。需要什么帮手，他们会在当地找。

皮埃尔随即上床休息。接下来的几天，他时刻得保持机敏沉稳。

晌午时，他被勒潘叫醒。"抓到了。"他语气透着满足。

皮埃尔立刻起身。"什么人？"

"自称让·德波尔托，梅雷阁下。"

"你没把他带到堡里来吧？"

"没有——亨利少爷说不定要结果了他。我把他锁在司铎家里。"

皮埃尔匆忙更衣，跟着勒潘来到附近的村子。他让旁人回避，对波尔托开口第一句就是："是加斯帕尔·德科利尼，对不对，他命你来刺杀疤面公爵？"

"是。"

皮埃尔很快就发觉，波尔托这个人没一句准话。这种人皮埃尔见过：异想天开。

波尔托大概是新教徒的什么奸细，至于刺杀公爵的幕后指使，倒说不准是什么人。有可能是德科利尼（波尔托一会儿承认是一会儿又反悔），有可能是别的新教领袖，甚至可能是波尔托自己的主意。

当天下午以及随后的几天，波尔托喋喋不休，一半是为讨好问讯者，一半是想逞英雄。今天一番说辞，明天又完全相反。这个人根本不足信。

但也不成问题。

皮埃尔替他写了供词，供认是加斯帕尔·德科利尼雇他去暗杀吉斯公爵。波尔托二话不说就签了字。

翌日，疤面公爵高烧不退，医生请他预备见造物主。疤面的弟弟路易枢机主持临终圣礼，之后他向妻儿道了别。

公爵夫人和公爵继承人噙着眼泪走出病房，皮埃尔禀告说："杀害疤面公爵的凶手是科利尼。"他递上供词。

结果比他预料得还要好。

公爵夫人怒不可遏，不住念叨："科利尼非死不可！他非死不可！"

皮埃尔说卡泰丽娜皇太后已经打算同新教徒讲和，科利尼十有八九会得到赦免。

亨利一听，歇斯底里发作，童稚的声音尖声喊："我杀了他！我亲手杀了他！"

"我相信您言出必行，亨利郡王。到那一天，我会伴在您左右。"

第二天，疤面公爵咽了气。

路易枢机打点丧事，但少有清醒的时候，皮埃尔顺势接过了担子。在安娜的授意下，他把葬礼安排得风风光光。公爵遗体先运回巴黎，心脏葬在圣母院。之后隆重地将棺椁送回香槟故土，在茹安维尔下葬。这排场无异于国丧，卡泰丽娜皇太后自然不会赞同这般声势浩大，不过皮埃尔没有请旨。卡泰丽娜的宗旨是争执能免则免，想来她思忖疤面再也无法兴风作浪，办一场王室葬礼也就罢了。

皮埃尔的另一个计划是把德科利尼弄得人人喊打，却不如预想的顺利。卡泰丽娜再一次证明智谋上不输给皮埃尔。她把波尔托的供词抄了一份给科利尼——他人躲到新教徒的腹地诺曼底去了——请他对证。她已经准备重新启用德科利尼了。

不过，吉斯家有仇必报。

皮埃尔先行返回巴黎，敲定细节。他已经派人把波尔托押送回来，关在城岛西端的天牢。皮埃尔嘱咐加派人看守，巴黎的忠坚天主教徒对疤面敬若神明，要是波尔托到了他们手里，一定要被大卸八块。

公爵遗体运往巴黎途中，科利尼发誓与刺杀无关，并将证词抄给卡泰丽娜皇太后等人。连皮埃尔也不得不承认他的话无懈可击，叫人信服——当然是私底下。加斯帕尔信奉异教，但不是傻子，要是他想刺杀疤面，总不会派这个说话颠三倒四的波尔托。

证词的末尾尤其别有用心。他振振有词：按自然公正原则，他有权同原告对簿公堂，并请求卡泰丽娜皇太后保证波尔托性命安全，在正式审问时做证。

皮埃尔最不希望的就是一场不偏不倚的审问。

还有更糟糕的：波尔托在天牢里翻供了。

为免夜长梦多，皮埃尔当机立断，先去巴黎最高法院提请即刻审问波尔托，理由是英雄的遗体运到时，犯人若还未判决，只怕民意沸腾。法官深以为然。

三月十八日凌晨，公爵的棺椁运抵巴黎南郊，暂时安放在修院。

翌日上午，波尔托被判罪名成立，肢解处死。行刑地点是格列夫广场，只见人头攒动，叫好声一片。皮埃尔也到了，得亲眼看到波尔托死了才放心。波尔托的四肢绑在四匹马上，马头朝着东西南北四个方向，刽子手抽马奔跑。按说犯人四肢会被扯断，直至流血而死，无奈刽子手没有绑好，绳子松了扣。皮埃尔派人取了剑，让刽子手砍断波尔托四肢。围观百姓叫嚷着鼓劲，但场面到底尴尬。行刑持续了半个小时，其间波尔托不再尖叫，昏死过去。最后，他那颗长着一绺尖头发的脑袋给砍了下来，戳在柱子上示众。

次日，疤面公爵的遗体运抵都城。

西尔维·帕洛来观葬礼，觉得终于等到了出头之日。

送葬队伍由南面的圣弥额尔城门进入巴黎，经过大学区，也就是她经营纸墨文具店的地方。打头的是二十二个公告员，都穿着白色丧服，一路摇着手铃，伴着肃穆的铿锵之音高声疾呼，让心情沉痛的百姓为这位大英雄的灵魂祈祷。公告员身后跟着巴黎各堂区的司铎，人人手捧十字架。他们身后跟着两百名贵族大臣，他们手持火炬，火焰冒出厚厚的黑烟，连天空都映得黑蒙蒙的。疤面麾下部队选出六千精兵，打了半旗，敲着闷鼓，仿佛远远传来枪炮声。收尾的是城市民兵队，他们打着黑旗；河面上吹来三月的冷风，丧旗飒飒有声。

街道两侧挤满了送葬的巴黎百姓，不过西尔维清楚，有一些和自己一样，为疤面的死而窃喜。他这一死，暂时天下太平了。没过几天，卡泰丽娜皇太后就召见了加斯帕尔·德科利尼，重新商讨宽容赦令。

内战期间，新教徒再次遭受迫害，不过西尔维身边的教友都有所防范。一天，西尔维趁皮埃尔出门在外、奥黛特去和姐妹用饭，坐在皮埃尔的书桌前，把黑色小本子一字不落地抄了一遍。纳塔在旁边逗弄两岁的阿兰，这孩子还不大会说话，不会透露家里来了西尔维这个不速之客。

本子里记的大多数人她都不认得。无疑有不少是化名，新教徒为了防范身边有人刺探，常常报上杜撰的姓名等信息，譬如西尔维和母亲就自称泰蕾兹和杰奎琳，也从不透露两人经营一爿小店。她没办法判定这些陌生名字究竟是真是假。

不过，里面有不少人是她的朋友，还有同去礼拜的信徒。她已经小心地通风报信，有几个人心生畏惧，退出了会众，重又做回天主教徒，有的人换了住处、改了身份，还有几个离开巴黎，搬去了善待新教徒的地方。

最大的收获是纳塔也成了会众一员，是马棚上那间阁楼的常客，扯着五音不全的歌喉高唱赞美诗。她如今手里有十个金埃居，说要辞了皮埃尔家的活儿，不过经西尔维一番劝说，她答应留下来，替新教徒监视皮埃尔。

因为顾忌少了，书卖得比从前好，纪尧姆从日内瓦带了一批新书，叫西尔维十分快活。可怜的纪尧姆依然对她念念不忘。西尔维知道他人品好，也感激有他帮忙，可终究不能以身相许。母亲看她不肯答应这桩好姻缘，大失所望。纪尧姆才貌双全、家境殷实，又和西尔维志同道合，她还想什么？母亲想不通，女儿同样想不通。

终于等到了棺椁。只见棺材上面覆盖着吉斯家族纹章的旗子，安放在炮架之上，由六匹白马拉着。西尔维没有为疤面的灵魂祈祷，而是感谢上帝结束他的性命。和平与宽容不再是奢望了。

棺材之后，是一身素白的公爵遗孀安娜，几个侍从女官跟在左右两侧。她们身后是一个相貌清秀的金发少年，自然是疤面的长子亨利了。和亨利并排的是一个二十五岁的英俊男子，只见他一头浓密的金发，身穿白色紧身上衣，上面镶着一圈白皮毛领子。

西尔维大惊失色，同时恨得咬牙切齿：她认出了新任吉斯公爵右手边的这个人。

是皮埃尔。

十二

巴尼琢磨，加勒比海中的伊斯帕尼奥拉岛该是天底下最酷热的地方了。

1563年夏，他还在飞鹰号上当着炮手长。三年前，他在安特卫普上船时，只想坐到库姆港而已。他思念故土、惦记家人，可说来也怪，他虽然是给骗上船的，却并不怎么生气。海上危险重重，也常常残酷无情，可巴尼乐在其中。他享受早上醒来时不晓得这一天有什么际遇，也越发觉得，母亲生意倒闭固然不幸，却给了自己一条退路。

他唯一不满的就是周围都是爷们。他喜欢有女人做伴，女人也大都为他倾心。不少船员习惯在码头跟妓女鬼混，常常因此染上恶疾；巴尼和他们不同，他盼望和一个姑娘肩并肩地漫步街头，打情骂俏，找机会偷香。

飞鹰号从安特卫普驶抵塞维利亚，接着去了加那利群岛。之后是一连串的往返，把塞维利亚的刀具、瓷瓦、衣料运往群岛，再载回一桶桶加那利烈酒。货物贸易获利不菲，并且和和气气，不需要巴尼显露他的火炮本领，不过他还是不忘保养武器。最初的五十名船员如今剩下四十个，不过不是死于战乱，要么出了意外，要么染上恶疾。在海上讨生活，这也抱怨不得。

培根船长考虑决定，发大财要靠奴隶生意。他在特纳利夫岛雇了个葡萄牙舵手，名叫杜阿尔特，此人对非洲海岸和大西洋航线了如指掌。船员们知道此行可能凶多吉少，加上在海上漂泊了许久，各个躁动不安，培根船长为了安抚人心，宣布只此一次，拿了分成就打道回府。

西非的奴隶生意由来已久。从前，当地首领和酋长将同胞卖给阿拉伯商人，继而运到中东的奴隶市场。欧洲的奴隶贩子初来乍到，也来分甜头。

培根在塞拉利昂买下二百二十个奴隶，男女儿童都有。飞鹰号载着奴隶向西横穿大西洋，驶入新西班牙辖区，这里地域广阔，尚不见于海图。

船员很反感这宗奴隶生意。那些可怜家伙上了锁链，挤在脏兮兮的船舱，小孩子啼哭不止，女人抽抽搭搭，声音清晰地传进每个人的耳朵。奴隶有时候为了振作精神，还唱起悲哀的曲子，更叫大家忍无可忍。每隔几天就有奴隶死掉，尸体直接扔进海里，没有葬礼。有人不满，培根就说："他们不过是牲口。"只是牲口不会哀歌。

欧洲人最初横渡大西洋，见到陆地时误以为到了印度，于是将这片岛屿群称作西印度。虽然后有麦哲伦和埃尔卡诺的环球航行，但西印度的名字已经深入人心。

岛屿众多，但有名字的并不多，其中最开化的要属伊斯帕尼奥拉岛。该地首府圣多明各是欧洲人在新西班牙建立的第一座城市，甚至修建了主教座堂，可惜巴尼无缘一见。杜阿尔特建议飞鹰号绕开圣多明各，毕竟他们做的是非法生意。伊斯帕尼奥拉岛属于西班牙国王的领地，禁止英国商人做生意。杜阿尔特建议培根船长驶向北海岸，离法律严明之地越远越好。

当地的甘蔗种植园主正苦于劳力不足。巴尼听说欧洲人移居西印度后，约莫半数活不过两年，死亡率堪比非洲奴隶。新西班牙传染病肆虐，但看来并不都会传染给非洲人。总之，种植园主并不介意什么英国非法商人，飞鹰号停靠在一座无名小岛，当天就卖掉八十个奴隶，培根船长换得了金子、珍珠和兽皮。

大副乔纳森·格陵兰在镇里买来供给，两个月来，船员们第一次吃到了新鲜食物。

第二天一早，巴尼站在船腰，也就是甲板中部较低的一段，跟乔纳森吐苦水。总算靠岸了；从两人站立的角度，几乎能窥到这座小镇的全貌。木头搭的突堤码头连接着一片小沙滩，过去是一处广场。镇里的房屋都是木头结构，只有一间例外：那是一间小巧的宅邸，用淡金色的珊瑚灰岩盖成。

巴尼低声说："这宗非法买卖让我心里不踏实。咱们说不定要给关进西班牙大牢，谁知道得挨到猴年马月？"

"还一无所获。"贸易利润船员一分也拿不到，只有俘虏船只才有捕获赏金可分，这次出海一路太平，故此乔纳森大感扫兴。

正说着，就见府宅的正门里走出一个神父打扮的年轻男子，看样子是有身份的。他穿过广场，走过沙滩，又踏上突堤码头。他走到梯板前，犹豫片刻，接着迈开步子，登上甲板。

他说的是西班牙语："我有话要跟你们老大说。"

巴尼用西班牙答道："培根船长在舱里，阁下是？"

对方听到盘问一脸不悦。"伊格纳西奥神父。我来替阿方索先生传个口信。"

巴尼琢磨阿方索该是当地管事的，伊格纳西奥是他的秘书。“告诉我好了，我一定转告船长。”

“阿方索先生叫你们船长即刻去见他。”

巴尼不想惹当地官员，假装没听出他话里的轻慢，只和颜悦色地回答：“相信我们船长一定不会推辞。请稍等片刻，我去通知。”

巴尼进到船长舱中，看见培根已经换好衣服，正就着煎大蕉吃新鲜面包。听巴尼说完，他开口说：“你跟我过去，你的西班牙语比我强。”

几分钟后，他们下了船，踏上码头。旭日照在脸上，暖洋洋的，巴尼寻思今天又是大热天。两人跟着伊格纳西奥走上沙滩，几个早起的镇民投来好奇的目光，看样子这里陌生面孔很稀罕，所以他们才瞧得这么入迷。

他们穿过尘土飞扬的广场，这时巴尼瞧见一个黄裙女子。这是个金色皮肤的非洲人，但衣着讲究，不是奴隶。她站在门口，正在推一只小木桶，旁边停了一辆马车。她听见有人走来，抬起头，和巴尼四目相对，显得英气十足。巴尼看见她生着一对蓝色眸子，不禁吃了一惊。

巴尼强迫自己别开目光，望着眼前的府宅。门口站着两个配了武器的守卫，都被日头晃得眯起眼睛，他们一语不发，注视巴尼跟着伊格纳西奥进了大门。巴尼感觉自己是个犯人——这倒不假；进去容易，不知道出来会如何。

室内棚顶高悬，地面铺着石头，十分凉爽，墙上贴着亮蓝和金黄两色的壁砖，巴尼认出是塞维利亚产的陶器。伊格纳西奥引两人登上宽阔的楼梯，叫他们坐在木头长凳上等着。巴尼看出这是下马威。当地市长可不是每天一早都宾客盈门，他叫两人候着，是叫他们明白自己有这个权力。巴尼寻思这是个好兆头。要是打算把一个人关进监狱，那也犯不着怠慢他。

等了一刻钟，伊格纳西奥回来说：“阿方索先生可以见你们了。”他带两人进了一间屋子，里面十分宽敞，墙上开着高窗，这会儿都关着。

阿方索生得肥头大耳，约莫五十岁，一头银发，衬着一对蓝眼睛，屁股下那把椅子看来是请人专门做的，不然普通椅子可盛不下他。他身边的桌子上放着一副粗壮的拐杖，看来是腿脚不便。

他们进门的时候，阿方索正埋头一叠文件，巴尼觉得也是做样子。伊格纳西奥、培根和自己站在阿方索面前候着，等他先开口。巴尼察觉培根忍着怒气，显然是受不了这份轻辱。巴尼暗暗希望他沉住气。

阿方索好一会儿才抬头说：“你们被捕了。你们从事的是违法交易。”

巴尼的担心成了真。

他替培根转述一遍，培根说：“让他逮捕我试试，飞鹰号非把他的镇子夷为平地。”

这是夸大其词了。飞鹰号上装配的是小火炮，对付不了坚固的石头建筑，其实就连击沉船只也难，除非是撞大运。四磅炮弹顶多能摧毁敌舰的桅杆帆索，杀掉几个船员，或者挫挫对方的士气，好让船长方寸大乱。话虽如此，把区区一个小广场炸得乱七八糟，倒也不成问题。

巴尼绞尽脑汁，想把话说得委婉一点。他思索片刻，用西班牙语对阿方索说："培根船长请阁下派人给船员送信，说船长本人被依法拘押，命令他们不得朝阁下的镇子开炮，不管他们如何不满。"

"他可不是这么说的。"看来阿方索略通英语。

"但意思没错。"

培根不耐烦："叫他开个价吧。"

巴尼转述得还是很圆滑。"培根船长想问，在这里办交易许可要交多少费用。"

阿方索没答话。他会不会发起火来，一口拒绝，以非法交易和行贿的罪名把他们关起来？

大腹便便的阿方索开口了。"每个奴隶五埃斯库多，付给我。"

巴尼暗暗谢天谢地。

数目虽高，但不算漫天要价。西班牙埃斯库多金币值八分之一盎司黄金。

培根答道："顶多一个埃斯库多。"

"三个。"

"成交。"

"还有一件事。"

"该死，"培根嘟囔，"答应得太快了，这下子还要交额外费用。"

巴尼用西班牙语说："培根船长不会多付一个子儿。"

阿方索说："你们得威胁将本镇夷为平地。"

这下出乎意料。巴尼不解："什么？"

"到时候圣多明各当局指控我纵容非法贸易，我的理由是为了保护本镇免受野蛮的英兰格海盗侵略，不得不出此下策。”

巴尼转述一番，培根答道：“合情合理。”

“要立字为据。”

培根点头答应。

巴尼却皱起眉头。白纸黑字的供状，就算所言非虚，总叫他不踏实。可他想不到别的法子。

这时门开了，那个黄裙女子走了进来。伊格纳西奥神色毫无异样，阿方索则露出慈爱的笑容。女子走到他身前，举止自然，好像在自己家里一般。她俯身吻了吻阿方索的前额。

阿方索介绍说：“我侄女贝拉。”

巴尼琢磨“侄女”的意思就是“私生女”了。看来阿方索跟一个样貌动人的女奴育有一女。巴尼猛地想起埃布里马说过，奴隶都要侍候主人睡觉的。

贝拉把手里的瓶子立在放拐杖的那张桌子上。“我猜您或者想来点朗姆酒。”她说的是西班牙语，措辞显出教养良好，但略有一点口音，巴尼听不出是哪儿的。贝拉直视巴尼，他这才看出她和阿方索一样，生着湛蓝色的眼珠。她说道：“祝身体健康。”说完就出去了。

“她母亲生前是个烈性子，愿她安息。”阿方索语气惆怅。他追忆往事，沉默半晌，然后开口说：“你们该买点贝拉酿的朗姆酒。天下第一。咱们品品吧。”

巴尼总算松了口气。现在气氛彻底变了，双方不再是对头，而成了伙伴。

秘书从橱柜里拿了三只杯子，拔下瓶塞，给三人各斟了大半杯。的确是好酒，辣而不涩，余味十足。

培根说：“阿方索先生，和您做生意真是三生有幸。”

阿方索微微一笑：“听说您已经卖了八十个奴隶。”

巴尼连忙解释：“这个嘛，不知者不怪——”

阿方索打断他说：“也就是说，您已经欠下二百四十埃斯库多。不妨在这儿当面结清。”

培根皱着眉头说：“这有点困难——”

巴尼还来不及转述，阿方索就说：“您卖奴隶可赚了四千埃斯库多。”

巴尼吃了一惊，他并不晓得培根赚了这么多。船长从来闭口不提进账。

阿方索又说：“现在交二百四十，您还拿得出。”

他说中了。只见培根掏出一个沉甸甸的钱袋子，费力地点好数目。大多是较大的达布隆金币，一枚含四分之一盎司黄金，等于两个埃斯库多。培根面孔扭曲，大不自在，好像肚子疼似的。给这么一大笔贿赂，他着实心疼。

伊格纳西奥核点过，冲阿方索一点头。

培根站起身，准备走了。

阿方索却说：“您继续卖奴隶前，请先把恐吓信写好。”

培根一耸肩。

巴尼皱起眉头。西班牙是礼仪之邦，不喜欢举止粗野之人。巴尼生怕培根拂了阿方索的情面，让谈判功亏一篑。毕竟，他们身在西班牙辖区。他于是客气地说：“多谢您盛情款待，阁下好意，令我们荣幸之至。”

阿方索大手一挥，表示送客，伊格纳西奥引他们出去了。

巴尼自在了一些，但拿不准是不是能高枕无忧了。可另一方面，他又对贝拉念念不忘。不知道她嫁人没有，有没有相好。他估计贝拉约莫二十岁，也许小一点，不过黑皮肤的人容易显年轻。他心急火燎地想打听她的事。

两人走到广场，巴尼对培根说："船上得买点朗姆酒——快喝完了。不如就去那个姑娘——他侄女——贝拉家买吧？"

船长可没那么好骗。"去吧，你个风流鬼。"

培根先行返回飞鹰号，巴尼则去了先前见到贝拉现身的门廊。除了材料是木头，这房子和卡洛斯·克鲁兹在塞维利亚的家风格相同，都是中央拱券通到院子，典型的工匠之家。

巴尼嗅到一股土腥味儿，知道是糖浆。这是甘蔗二次煮沸产生的黑色糖液，有苦味儿，是朗姆酒的主要原料。院子一侧排了一只只大木桶，估计气味就是那儿飘出来的，院子另一侧摆着一些小木桶和空瓶子，想来是装朗姆酒的。院子尽头长着一片小小的莱姆果园。

院子中央摆着两只大槽，其中一个是齐腰高的方形木槽，木板间的缝隙填实了，槽里盛满了黏稠的液体，一个非洲人正用大木桨翻搅。液体散发出做面包那种酵母味儿，巴尼猜想这是发酵用的。木槽旁边支着一口铁锅，下面生火，烧锅上的锥形盖子伸出长长的壶嘴，黑色液体顺着壶嘴滴到桶里。看样子发酵液在锅上蒸烧，就酿出了朗姆酒。

贝拉正站在酒桶旁，弯腰嗅气味。巴尼定睛望着她，钦佩她这份专心致志。她苗条而结实，四肢有力，显然是经常搬运木桶。巴尼看她前额凸出，不知怎的想起埃布里马，心血来潮，用曼丁语问："I be nyaadi？"意思是你好吗。

贝拉吓了一跳，转过身。见到是巴尼，她平静下来，说了一连串曼丁语。

巴尼用西班牙语说："抱歉，我其实不会说，只是在塞维利亚的时候跟一个朋友学了几个词。"

"母亲说的是曼丁语，"贝拉也用西班牙语说，"她已经不在了，你刚才吓了我一跳。"

"对不住。"

她打量巴尼，若有所思。"大多欧洲人连几个非洲语词都懒得学。"

"父亲从前教导我多学说别的语言。他常说这比往钱庄里存钱还有用。"

"你是西班牙人？看你那把红胡子倒不像呢。"

"英格兰人。"

"英格兰人我倒是第一次遇到。"她提起脚边的木桶，又嗅了嗅，接着把里面的酒都泼在地上。

巴尼奇道："这酒有什么不对劲？"

"最先蒸出来的必须倒掉，是有毒的。其实也可以收起来留着擦靴子，不过总有个笨蛋要偷喝，结果送了命。所以我干脆都扔掉。"她伸出一根纤细的手指，在壶嘴儿上抹了一抹，凑在鼻子底下闻。"好了，"她推过来一只空桶，兜在壶嘴底下，这才面对巴尼，"你是想买酒？"

"是，有劳了。"

"跟我来吧。我来告诉你最妙的喝法。"

贝拉领着巴尼走到院子尽头，伸手采摘淡绿色的莱姆果子，让巴尼接着。巴尼像着了魔，目光离不开她：她举手投足都是那么自然优雅。贝拉见他捧了十一二只果子，这才不摘了，说道：

“你生了一双大手。”她又仔细瞧了瞧。“不过有伤疤。怎么回事？”

“烧伤，”巴尼答道，“我原来在西班牙军队里当炮手。这活儿就像当厨子，轻微烧烫是家常便饭。”

“可惜了，弄得手怪难看。”

巴尼笑了。贝拉说话毫不客气，但他喜欢这份爽快。

他跟着贝拉进了屋子。客厅地面是压实的泥土，看得出家具也是自家做的，不过屋里插着九重葛，摆着色彩鲜艳的靠垫，一派明亮温馨。看来没有男主人：角落里没有靴子，钩子上没有挂剑，也没有插翎毛的礼帽。贝拉指了指简陋的木头椅子，巴尼坐下了。

贝拉从橱柜里拿出两只高脚玻璃杯，巴尼心下诧异：玻璃可是稀罕东西，接着转念一想，她做的是朗姆酒生意，用玻璃器皿盛酒口感最佳。

她从巴尼手里拿起莱姆，用刀切成两半，把果汁挤在一只陶罐里。她知道巴尼目不转睛地瞧着自己，但不以为意。

她往两只酒杯里各倒了一英寸深的酒，加了一勺糖，搅拌均匀，最后兑上莱姆汁。

巴尼端起酒杯，啜了一口。有生以来第一次尝到如此美酒。“啊，老天，”他叹道，“果然是最妙的法子。”

“那今天下午我就派人把酒送到飞鹰号？最上乘的呢，一桶一个埃斯库多，三十四加仑。”

巴尼暗想，价格倒便宜，和王桥的啤酒价格差不多。大概岛上盛产甘蔗，糖浆成本低廉。“来两桶好了。”

“成交。”

他又啜了一口滋味丰富的朗姆酒。“你怎么会做起这个生意？”

“母亲临死前，阿方索先生许诺说什么要求都答应。母亲就请他给我自由，让我学个本事，自力更生。”

“他就想到让你做这一行。”

贝拉大张着嘴，哈哈大笑。“才不，他让我学女红。酿酒是我自己的主意。那你呢？怎么会到伊斯帕尼奥拉岛来？”

“是个意外。”

“真的假的？”

“嗯，是一连串的意外。”

“说来听听？”

巴尼回想前后经过：塞维利亚的桑乔、何塞与玛利亚号、误杀铁手戈麦斯、莱厄河上的木筏、安特卫普的沃尔曼一家、培根船长的诱骗。“说来话长啦。”

“我想听。”

“我也很想讲给你听，不过这会儿得回船上去了。”

“船长都不让你休息吗？”

“一般晚上休息。”

“要是我请你吃晚饭，你愿不愿意讲给我听？”

巴尼心跳加快。“那好。”

“今天晚上？”

“好。”他站起身。

贝拉在他嘴唇上印下轻柔的一吻，叫他吃了一惊。“日落时分过来吧。”

巴尼问贝拉："你相不相信一见钟情？"这是三周之后了。

"说不好，我不知道。"

两个人依偎在贝拉的床上。窗外旭日初升，早晨已经很暖和，两个人掀开被子。他们裸身入睡，这里不需要穿睡衣。

巴尼凝视着贝拉金棕色的胴体慵懒地躺在亚麻床单上，沐浴在晨光之下。他从没见过这般美好。他总是看不够她，而贝拉从来也不介意。

他说："那天我去见阿方索先生，一抬眼就看见广场对面，你推着酒桶从这屋子出来，你抬起头，和我四目相对——我一下子就爱上了你，虽然对你一无所知。"

"我说不定是个巫婆呢。"

"你呢，你瞧见我，心里又想些什么？"

"嗯，哎呀，我不好说太多，不然你要得意了。"

"说来听听。"

"那一瞬间我脑子里一片混乱，心怦怦直跳，好像不会喘气了。我告诉自己，那不过是个白人男子，只是头发颜色奇怪、戴了一只耳坠而已，没什么好激动的。然后我见到你别开目光，好像压根就没看见我，于是我想，的确没什么好激动的。"

巴尼和贝拉深深相爱，两人都清楚这份感情，但对于未来如何，巴尼一点主意也没有。

船上的奴隶差不多都卖掉了，剩下的都是些病人、孕妇、思念父母而日渐消瘦的小孩。飞鹰号的船舱里堆满了黄金、白糖和兽皮，不久就要起航返回欧洲。培根说回库姆港，这一次看来没有撒谎。

贝拉会跟他回家吗？那她就得抛下一切，包括这份好生意。他不敢开口问她。另外，培根会不会让一个女子上船，也是未知之数。

另一个选择，就是巴尼和从前的生活一刀两断，在伊斯帕尼奥拉岛安家立业。可他能做什么？和贝拉一起经营朗姆酒生意。要么去打理甘蔗种植园，可他没本钱。到这里还不满一个月，说安家也为时尚早。可他盼望和贝拉共度余生。

以后的打算，不能不敞开来说。这个问题总在他脑子里盘旋，说不定贝拉也一样。他们必须迈出这一步。

他刚要开口，这时乔纳森·格陵兰走了进来，嚷嚷着：“巴尼！赶快跟我回去！”他猛地瞧见贝拉，脱口而出：“啊，老天爷，真是个尤物。”

怪不得乔纳森张口结舌，就算平常，贝拉的倩影也足以叫一个心智正常的男子心猿意马。巴尼忍住笑，喝道：“滚出去！这是人家小姐闺房！”

乔纳森转过身，但没出去。“小姐，恕我多有冒犯，情况紧急。”

“没有关系，”贝拉扯过被单，“出了什么事？”

“一艘盖伦船驶近，船速很快。”

巴尼一跃跳下床，套上短裤，一边蹬靴子一边对贝拉说：“我去去就来。”

贝拉叮嘱：“要小心！”

巴尼和乔纳森一路跑出屋子，穿过广场。飞鹰号已经起了锚，船员大多在甲板上忙碌，拉索升帆。原本系在码头上的缆绳已经解开，两个人来迟一步，隔着一码的距离，跳上甲板。

安全上了船后，巴尼眺望水面。只见东面一英里外，一艘西班牙盖伦船借着顺风急速而来，船身四周炮眼森森。这三周一来，巴尼等一众船员已经忘了自己身处险境，眼下，执法军队这就找来了。

船员用长篙将飞鹰号撑离码头，进入深水。培根船长向西掉转船头，借助风力鼓起风帆。

驶来的帆船吃水很浅，看出舱里货物不多，或是空着。这是一艘四桅大船，张了数面帆，速度很快；巴尼一眼数不出有几面帆。船幅宽阔，艉楼高耸，因此不容易掉转方向，不过要是比速度，飞鹰号绝不是对手。

隐隐一声轰响，巴尼一听就知道是火炮。近处随即嘭的一声，木头喀嚓折断，船员纷纷惊呼。巴尼眼见着一枚巨大的弹丸从面前飞过，只隔了一码远，砸中艏楼的木板，消失不见了。

飞鹰号上用的是四磅弹，这枚要大得多，据此推断，西班牙帆船上的火炮要沉得多。即便如此，能击中一英里外的目标，该是炮手运气好。

片刻之后，飞鹰号一个急转弯，巴尼险些摔倒。他惧意陡生：船严重受损，无法操控，大概要沉了。想到要惨死海上，他吓得魂飞魄散——还好只是片刻的念头。他看见是培根船长在打舵，将船头掉转向北，舷侧顶风。他忘了恐惧，大惑不解。显然培根也知道比速度不是西班牙帆船的对手——他有什么对策？

“别杵在那儿了，你个白痴，”乔纳森咆哮，“快下炮甲板，你该待的地方！”

巴尼知道，生平第一场海战要来了。不知道是不是最后一场。他真希望死前还能再见一次故乡王桥。

巴尼经历过战火，虽然心中害怕，但晓得不为恐惧支配，尽好本分。

他先冲进艏楼里的厨房，只见厨子被木屑所伤，流血不止，幸好厨房没砸烂，巴尼借着灶火点了细蜡烛。这时耳边又传来一声轰响，他心里一紧，再一次吓得魂飞魄散，等着撞击声。不过这一次炮弹打偏了。

船舱里剩下的那几个奴隶也猜出究竟，一片哭号，怕自己锁在船上一起沉了。

紧接着是第三声炮响，还是没打中，巴尼于是知道自己料想得不错，第一击全靠运气好。想必对方炮手也心知肚明，决定节省弹药，等待时机，是以迟迟听不到第四声开炮。

巴尼护着烛火奔回船腰。培根船长高喊口令，大部分船员都聚在甲板，有的忙着调整帆索。巴尼一溜烟跑到舱梯前；这是一段有檐的舱口，通往下层甲板。他举着蜡烛，匆匆爬下梯子。

炮手已经打开炮窗，解开平时用来固定火炮的绳索；开炮后，在后坐力之下，轮子会带着沉重的炮架向后移动。解开绳子之后，凡是有心的船员，走过炮甲板时都格外小心：要是开火时站在炮管后，很可能受伤致残，甚至毙命。

每尊炮旁边都摆着一只箱子，备着开炮所需材料：装火药的有盖皮桶；一堆填絮；三股棉绳编成的火绳，浸过硝石和碱液；用来推炮进膛和清理炮膛的工具；再就是一桶清水。装弹丸的大箱子和火药桶则放在甲板中央。

一门炮配有两个炮手，一个负责用长柄勺舀火药；火药须得和弹丸重量一致，不过有经验的炮手懂得随时调整。另一个负责装弹丸，并塞入填絮充填。

不出几分钟，右舷大炮全部准备就绪，巴尼举着蜡烛，依次点燃火绳。大多炮手都把火绳缠在所谓的火绳杆上，就是一根一头分叉的棍子，拿着它对准火门，身子离得远远的。

巴尼从炮窗向外张望。飞鹰号侧面迎着猎猎东风，船速八九节，而西班牙帆船在半英里外紧追不舍，逼近右舷。

巴尼耐心等待。以现在的距离，可能击中盖伦船，造成轻微损伤，总之不能物尽其用。

敌船船头正对飞鹰号，威猛的舷侧火炮利用不上。接连两声炮响，威力不比之前，想必点的是前甲板的火炮，不过两枚弹丸都没击中，先后掉进海中。

但他们速度快，眼看着就要逼近飞鹰号，然后掉转九十度，发射舷炮，那样一来，飞鹰号只怕凶多吉少。培根船长究竟有什么打算？八成那个老糊涂根本没个主意。巴尼极力压抑心中的恐惧。

一个叫塞拉斯的船员沉不住气了：“老大，要不要开火？”

巴尼强自镇定。“再等等，”他装出胜券在握的口气，“离得还太远。”

甲板上传来培根的呼喊：“先别开火，炮手们！”他不可能听见塞拉斯问话，只是凭直觉知道炮甲板上情绪焦躁。

盖伦船驶近，击中的胜算大了。还有六百码的距离，对方开火了。

一声巨响后，腾起一缕黑烟。弹丸速度不快，巴尼看见它高高划出一道弧线，忍不住想弯腰闪避。他远远地就看出，这下要击中了。

对方炮手瞄得过高，弹丸击穿了帆索。巴尼听见船帆和缆索断裂的声音，不过看样子船体并未受损。

巴尼正想回击，这时听见培根一迭声地喊口令。飞鹰号又是一阵摇晃，朝背风向掉头。片刻之间，船体完全背风，但培根还在打舵，最终船掉转了一百八十度，船头冲南，船尾直指小岛。

炮手们不待指示，立刻冲到左舷，装好六门火炮。

培根究竟在搞什么名堂？

巴尼向外张望，看见西班牙盖伦船也改变了航向，正慢慢掉头，想挡住飞鹰号的去路。他恍然大悟，明白了培根的计划。

他给巴尼提供了绝佳目标。

不出一两分钟，飞鹰号左舷正对敌舰船首，相隔仅三百码。现在连续开火，瞄准对方脆弱的船首，使弹丸贯穿甲板，直至船尾，给帆索和船员造成至大的破坏。倘若他拿捏得当。

这个距离不需要用楔子调整炮筒角度，水平开炮再好不过。难处是目标窄小。

塞拉斯问："开火吗，老大？"

"不，时刻准备，少安毋躁。"

巴尼蹲在主炮旁，向外观察帆船角度。他一颗心要悬在嗓子眼儿。陆地上可简单多了，不管是大炮还是靶子都不会上下颠簸。

敌船好像减速了。巴尼稳住心神，怕下手早了。他定睛望着四根桅杆，告诉自己等到四根桅形成直线、后面三根桅被一桅挡住时再开火。或者等到四根桅杆即将形成直线，毕竟弹丸飞过去还得一会儿。

塞拉斯说："一切就绪，只等老大下令！"

"就位！"桅杆眼看要排成一条直线了。"一炮开火！"他一点塞拉斯的肩膀。

塞拉斯把点燃的火绳凑到炮筒火门。

炮甲板地方狭窄，响声震耳欲聋。火炮在后坐力之下向后滚动。

巴尼向外张望，看见弹丸击中了对方艏楼。头上传来船员的欢呼。

巴尼凑到第二口炮旁，一点炮手的肩膀。“开火！”

这枚弹丸飞得更高，砸中了桅杆。

甲板上欢声震天。巴尼顺着船尾方向，命令几门炮依次开火，他算准了时间，开火隔仅一秒。

巴尼折回一炮前。他以为塞拉斯正忙着重装炮弹，结果发现他正跟搭档握手庆祝，不禁大吃一惊。

“装填！”巴尼怒吼，“那群猪猡还没断气！”

塞拉斯匆匆拿起螺杆。这是一种长柄工具，一头安着螺旋状的尖刃，用来掏出炮筒里剩余的填絮。掏出来的火药还烧着，不时喷出火星。塞拉斯光脚踩灭，他脚上全是老茧，看样子并不觉得疼。他的搭档拿起卷着厚布条的长棍，在水桶里沾湿了，捅进炮管，弄熄残余的火星和燃烧的药粉，免得重装时提前引燃火药。清理完毕，他抽出棍子，炮筒余热未散，水汽很快蒸发殆尽。炮筒清理完毕，两个炮手动手装填弹药。

巴尼向外望去，只见盖伦船的船首被打出两个大窟窿，主桅歪向一侧。这会儿只隔了两百码，巴尼听得真切：甲板上，受伤的哀哀呼痛，幸存的惊叫连连。但帆船尚未被摧毁，船长也没有惊慌失措。

盖伦船速度不减。

炮手重装弹药耗了不少时候，巴尼心急如焚。他上过战场，明白一轮炮火不足以制胜，敌人依然可能反击。须得连续开火，乱其战术，损其兵将，挫其士气，令士兵丢盔弃甲，或者缴械投降。关键是一鼓作气。然而，飞鹰号上都是些普通水手，并非炮兵，没人教过他们，克敌制胜的要诀是装弹时训练有素。

盖伦船直奔飞鹰号而来，不再发射舷炮。巴尼明白其中缘故：西班牙佬的目的不是把飞鹰号击沉，而是要俘虏他们，没收船上的赃物。对手用的是船首小炮，有几丸击中了帆索，好在飞鹰号船形狭长，对方要么瞄得太近，要么射得太远。巴尼瞧出敌方的打算：拦腰撞击飞鹰号，登船硬战。

火炮装填就绪，此时离盖伦船不足一百码。敌船比飞鹰号高大，巴尼的目标不是船体，而是甲板，得将炮管微微垫高。他拿楔子一一调整角度。

时间似乎放缓了。盖伦船速度极快，估计有九十节，船首冲开滚滚白沫，感觉上却仿佛寸步难移。甲板上人头涌动，那些水手士兵显然迫不及待要跳上飞鹰号，把他们杀个精光。

塞拉斯等众炮手一会儿张望盖伦船，一会儿望向巴尼，只想快快点火，急得抓耳挠腮。巴尼大喊："听我口令！"万一开火早了片刻，就是给敌人可乘之机，令对方趁我方重装的时间逼近。

只隔一百码了。巴尼命令开火。

这一次，培根船长又给他找好了最佳角度。敌船直奔飞鹰号火炮而来，距离如此之近，巴尼十拿九稳。他命令六门火炮接连开火，随后大喊："装弹！装弹！"

他向外查看，看出比料想的还好。看样子主桅被击中了，巴尼眼见着桅杆顺着风势缓缓向前倒下，几面风帆扯落，船速慢了。受损的一桅被主桅砸中帆索，也摇摇欲坠。此时此刻，盖伦船离飞鹰号仅隔了五十码，但船员无力抢上来。巴尼瞧出情况不妙：虽然盖伦船受损严重，但以这个速度，转眼间就要撞上飞鹰号，登船在所难免。

幸好培根指挥若定。他将飞鹰号掉转到顺风向，东风鼓起船帆，船开始加速。转瞬间，飞鹰号朝西疾驰而去。

盖伦船受损严重，是追不上了。

仗就这样打完了？

巴尼爬上甲板，船员们齐声欢呼。他们打了胜仗，又快又大的西班牙盖伦船成了手下败将。巴尼是大家心目中的英雄，不过只有他明白，这次得胜，全靠培根老到娴熟，还有飞鹰号迅捷灵活。

巴尼向后望去。只见盖伦船正歪歪斜斜地驶回港口。

伊斯帕尼奥拉岛渐渐远了。

贝拉也是。

巴尼来到舵前问培根：“船长，咱们要去哪儿？”

“回家，”培根答道，“目标库姆港。”见巴尼不言语，他接着问：“你之前不是一直想回去吗？”

巴尼眺望伊斯帕尼奥拉。太阳冉冉升起，小岛隐匿在加勒比海上的蒙蒙雾气之中。“是啊，之前。”

十三

玛格丽选了一个房间安顿好，随即拿了扫帚打扫小圣堂，准备迎接弥撒。这是至大的罪名，她心里一清二楚。

坦奇这座小村没有教堂，小圣堂设在庄园里。斯威森伯爵极少到这儿来，房屋破败不堪，又脏又潮。玛格丽扫完地，开了窗户通风；房间沐浴在晨曦中，总算有几分像圣所了。

斯蒂文·林肯在祭坛两侧摆了蜡烛。祭坛中央供了一只小小的珠宝十字苦像，是他从王桥主教座堂偷出来的；那时伊丽莎白登基不久，林肯也尚未解除圣职。他披了件庄严的法衣，当时新教徒烧毁祭袍，他总算保住了这一件。法衣绣工精良，用金银线和彩丝将托马斯·贝克特殉教一幕描绘得栩栩如生，此外还点缀着草木，不知为什么还绣了几只鹦鹉。

玛格丽从大厅里搬了张木椅子坐了，等待望弥撒。

坦奇村没有大钟，村民看到日出，三三两两地赶来。夏季的清晨，淡金色的曙光照亮了朝东的窗户，将灰石墙染成金色，一户户村民阖家来到小圣堂，低声同邻居寒暄。斯蒂文背对会众，大家怔怔瞧着法衣上灿烂的绣像，不禁入了迷。

坦奇是夏陵伯爵的封地，玛格丽知道村民数目，见到全村人一个不落都来了，格外高兴。就连最年长的哈伯勒奶奶也由人抬着来了，除了玛格丽，小堂里落座的就只有她了。

斯蒂文开始颂祷。玛格丽合上双眼，任熟悉的拉丁语浸润思想，感觉天地祥和、与主谐契，心灵一片宁静。

玛格丽在夏陵郡四处走访，有时候同巴特一起出门，有时候是一个人。她常和当地人交流信仰。男女老少都觉得玛格丽平易近人，见她是个和善的年轻女子，也乐意同她说心里话。她一般先跟村里的管家打探。管家替伯爵打理产业，知道伯爵一家都是坚定的天主教徒。玛格丽好言好语，管家通常很快会透露村民的情况。像坦奇这种偏远贫困的村落，全村都是天主教徒，这再平常不过了。探明情况后，玛格丽再请斯蒂文准备圣事。

玛格丽心知有罪，只是拿不准究竟冒了多大风险。伊丽莎白执掌朝政这五年来，没有一个天主教徒被问罪处决；斯蒂文也问过从前的几个司铎，言谈中得知秘密圣事不在少数，不过上头视而不见，没有兴师问罪。

看情形，伊丽莎白女王有心容忍，内德·威拉德也透漏过一二。内德每年回王桥一两次，玛格丽一般在主教座堂里遇见他，虽然他的脸庞、声音总引得她心生邪念，她还是忍不住和他说话。内德说伊丽莎白并不打算惩罚天主教徒。不过他也说，伊丽莎白乃圣公会之首，要是谁敢质疑，甚至大逆不道，挑衅女王的继承权，必严惩不贷。这话好像是特意提醒她似的。

玛格丽并不关心国事，但总是悬着一颗心。她寻思，一旦放松警惕，就要酿成大祸。君主不是不能出尔反尔的。

她终日惴惴不安，仿佛隐隐听见丧钟，但依然坚持己任。天主拣选她来守护夏陵郡的真信仰，这叫她心潮澎湃；身负重任，危险不过是考验。万一哪天不幸受难，她相信自己能坦然面对。

十有八九吧。

会众为了自保，之后要徒步赶往邻村，听新教牧师布道。新教用的是伊丽莎白钦定的公祷书，还有她那位信奉异端的父亲亨利八世国王推行的英文圣经。这些村民也是逼不得已：逃避礼拜要罚款一先令，这笔钱他们可舍不得。

玛格丽率先领圣餐，也是为了鼓励那些村民。随后，她立在一旁，观察这群教徒。再次领受阔别已久的圣事，那一张张饱经风雨的脸上容光焕发。哈伯勒奶奶是最后一个，她由家人连人带椅子抬到祭台前。这该是她在尘世上最后一次领圣事了，只见她皱巴巴的脸孔上露出喜悦之情。她的心思，玛格丽想象得出。她灵魂获救，内心平和，死也瞑目了。

这天上午，布雷克诺克伯爵遗孀苏珊娜躺在床上说："我要是年轻二十岁准嫁给你，内德·威拉德，说真的。"

苏珊娜四十五岁了。她是斯威森伯爵的堂亲，内德打小就认得她，但做梦也想不到有一天会做了她的情郎。

苏珊娜依偎着他，头枕在他胸膛上，一条丰满的腿压在他膝上。能娶到她，内德也心满意足。她聪明风趣，像只小公猫般撩人。她的种种欢爱功夫叫内德大开眼界，她还教他游戏，也是他闻所未闻的。苏珊娜生得美艳动人，一对棕色的眸子温润有度，胸脯丰满柔软。最重要的是，她能让内德暂时忘记玛格丽与巴特同床共枕。

只听她说："自然啦，这个主意糟透了。我没办法替你传宗接代。我能帮扶有抱负的年轻人，不过你已经有威廉·塞西尔指点，再不需要旁人。况且我也没有家产留给你。”

内德心里加了一句，而且我们并不相爱。他没有说出口。他十分珍惜苏珊娜，两个人享受了一年的欢愉时光，然而内德并不爱她，相信对方也不爱自己。他从前根本想不到天底下有这种感情。他跟着苏珊娜长了许多见识。

“还有，”只听她接着说，“我看你这辈子未必忘得了苦命的玛格丽。”

内德渐渐明白，找一个比自己年长的女人做情妇有一点不好：什么事都瞒不过她。内德有什么心思，都逃不过她的眼睛，这其中包括他不愿她知道的——尤其是这种事。真不明白她怎么总能猜中。

“玛格丽是个可人儿，和你是天造地设的一对儿，可惜她家里铁了心要攀附贵族，不惜牺牲女儿。”

“菲茨杰拉德一家卑鄙无耻，”内德愤愤然，“我再了解不过。”

“恐怕如此。不幸的是，世人嫁娶可不只因为两情相悦。譬如说我吧，非再嫁不可。”

内德吃了一惊。“怎么？”

“寡妇是非多。我是可以跟儿子住，不过儿女都不愿意母亲整天守在身边。伊丽莎白女王虽然瞧得起我，不过朝廷上一个女人没有夫家，总有多管闲事之嫌。倘若这女人风韵犹存，那些有夫之妇就要疑神疑鬼。不错，我得找个男人嫁了，罗宾·特怀福德是最合适的人选。”

“你要嫁给特怀福德勋爵？”

“对，我是这么想的。”

“那他知道吗？”

苏珊娜咯咯笑了。“不知道，不过他觉得我好得很。”

“这是事实。可你嫁给罗宾·特怀福德就可惜了。”

“别小瞧人家。他虽然五十五岁了，还老当益壮，耳聪目明，还会逗我开心。”

内德懂了，自己该大方一点。“宝贝，祝愿你幸福美满。”

“天保佑你。”

“今天晚上去看戏吗？”

“去啊。”苏珊娜是个戏迷，内德也一样。

“那到时候见。”

“要是特怀福德也在，对他客客气气的，别犯傻吃醋。”

内德有别人的醋吃，但他只说：“我答应你。”

“谢谢你。”她张口裹住他的乳头。

“舒服。”耳边传来圣马田教堂的钟声。“可我得去觐见女王陛下了。”

“这会儿还不必。”她说着又去裹他另一边乳头。

“我不能久留。”

“别担心，”苏珊娜身子一翻，伏在他身上，“很快。”

半小时后，内德走在斯特兰德大街上，步履轻快。

朱利叶斯革职之后，王桥主教的位子还空着，等伊丽莎白女王定夺。内德想举荐王桥座堂主任牧师卢克·理查兹，他再合适不过——另外，他也是威拉德家的故交。

朝廷上，人人都想替亲友谋个一官半职，因此内德心下犹豫，不想因为偏私叫女王烦恼。在伊丽莎白手下效力有五年了，他亲眼见到，有的大臣恃宠成骄，忘了谁是主谁是仆，惹得女王反目相向。故此，他一直耐着性子，等时机成熟。今天女王召国务大臣威廉·塞西尔爵士商讨主教人选，塞西尔嘱咐内德也上朝拜见。

内德来到怀特霍尔宫，这片建筑包括几处房舍、院落、花园，还有一片网球场。内德轻车熟路，快步穿过侍卫室，进了宽敞的候召大厅。塞西尔还没到，内德松了口气。苏珊娜说到做到，没有叫内德耽搁太久。

内德瞧见西班牙外交大使阿尔瓦罗·德拉夸德拉也在。他一脸怒容，来回踱步，不过内德猜想他一半是在做样子。内德忍不住琢磨，外交大使这个差不好当，主子的喜怒哀乐他得如实转达，不管他心里是否赞同。

片刻之后，国务大臣塞西尔到了，他直接领内德进了接见大厅。

伊丽莎白女王已是而立之年，不复当初少女般的朝气——那时还可以称作动人。她比从前丰满，因为嗜甜吃坏了牙齿。不过这天她心情不错。

“商谈主教人选之前，还是先见见西班牙大使吧。”内德猜想她不想独自面对夸德拉，所以等塞西尔来了才召见。毕竟夸德拉侍奉的主子是欧洲势力之首。

夸德拉态度傲慢，似乎有意冒犯。拜见之后，他说道：“本国一艘盖伦船遭到英格兰海盗袭击。”

“深表遗憾。”女王答道。

“三个贵族殒命！另外死了好几个水手，帆船严重受损，那群海盗畏罪潜逃。”

内德体会字里行间的意思，猜测盖伦船吃了败仗，腓力国王丢了脸面，大兴问罪之师。

伊丽莎白答道："手下子民出海，且离家千里，所作所为，只怕我鞭长莫及。各国君主也一样。"

伊丽莎白的话只有一半属实。海上船只的确难以管束，不过她一向是睁一只眼闭一只眼。商船杀了人也常常"逃之夭夭"，因为国家安危系在这些舰船上。战争时期，君主常命令商船同皇家海军共同御敌；英格兰是岛屿国家，又没有常备陆军，海军以外，不得不要依赖商船作为主要的防御力量。这就好比伊丽莎白养了一条恶犬，借它来吓走恶徒。

伊丽莎白又说："对了，事发地点是哪里？"

"伊斯帕尼奥拉岛沿海。"

塞西尔出身格雷律师学院，他开口问："哪一方先开的火？"

这句问在了点子上。只听夸德拉答道："我不清楚。"这等于承认是西班牙一方先开火。夸德拉接下来的恫吓差不多坐实了内德的猜想，只听他说："不过，腓力国王陛下的舰船向从事非法活动的船只开火，是完全正当的。"

塞西尔问："是什么非法活动？"

"英格兰舰船未经许可，擅自驶入新西班牙。外国船只一律没有这个权利。"

"那么可知道船长为何要去新大陆？"

"贩卖奴隶！"

伊丽莎白说："不知道我理解得对是不对。"内德听出她语气不善，不知道夸德拉听不听得出。"一艘英格兰船只在伊斯帕尼奥拉岛做生意，买卖双方你情我愿，随后遭到一艘西班牙盖伦船火炮攻击——阁下因为英格兰一方回击，所以前来问罪？"

“他们驶入当地，就是犯罪！陛下心知肚明，教宗将整片新大陆的管辖权授予西班牙以及葡萄牙两国国王。”

女王冷冷地回应：“腓力国王陛下也心知肚明，教宗无权擅自将上帝的圣土授予哪个君主！”

“宗座圣明——”

“圣体呀！”伊丽莎白冲口而出。在夸德拉等天主教徒听来，这句诅咒大大不敬。“既然贵国在新大陆向英国人开火，那贵国船只也只好听天由命。少来跟我吐苦水。你下去吧。”

夸德拉鞠了一躬，一脸狡诈。“难道陛下不想知道是哪条英国船？”

“说吧。”

“飞鹰号，来自库姆港，船长叫乔纳森·培根，”夸德拉定睛瞧着内德，“听说主炮手名叫巴纳巴斯·威拉德。”

内德惊呼一声：“我哥哥！”

“令兄，按照公认的法律，是个海盗。”夸德拉得意扬扬。他又向女王一鞠躬。“微臣恭请陛下日安。”

夸德拉退下后，伊丽莎白问内德：“你可知情？”

“略知一二，”内德勉强镇定心神，“三年前，表叔扬·沃尔曼从安特卫普写信来，说巴尼搭上飞鹰号回家来了。据后来的情形，我们猜他是改了主意，但哪里会想到，他竟然去了大西洋彼岸！”

“愿他平安回来，”女王说道，“言归正传。说到王桥，该选谁做主教呢？”

内德还一门心思琢磨巴尼的事，没听出该自己接口了。沉默半晌，塞西尔答道：“内德知道一个合适的人选。”

内德听到提醒，回过神来："卢克·理查兹，四十五岁年纪，现任座堂主任。"

"想必是你的朋友喽。"女王嗤之以鼻。

"是，陛下。"

"性格如何？"

"不卑不亢。是个热忱的新教徒——不过我必须实话实说，否则良心不安：此人五年前是个热忱的天主教徒。"

塞西尔不以为然，皱起了眉头，伊丽莎白却开怀大笑。"妙，这样的主教正合我意！"

玛格丽嫁过来有五年了。这五年来，她每一天都想逃走。

按世人标准看，巴特·夏陵这个丈夫也还不赖。他从来没有对玛格丽动粗。玛格丽偶尔不得不委身于他，不过大多时候他在外面找乐子，贵族大多都如此。夫妻俩婚后无子，巴特好生失望。这种事情上，男人都骂女人不中用，有些还指责妻子玩弄巫术。巴特没有。可玛格丽还是恨他。

怎么逃跑，她想过各种念头。譬如躲进法国修女会，不过会给巴特找到带回来。譬如把头发剪了，男扮女装，去海上漂泊；可船上没有私密可言，不出一天就会让人揭穿。再或者哪天骑上最心爱的马，一去不返。可能去哪儿呢？她向往伦敦，可她怎么养活自己？她对世间百态有所耳闻，逃去都城的年轻女子最终大多沦落风尘，这是人尽皆知的。

有时候，她忍不住生出轻生的罪恶念头。

她能活下来，全是因为肩负着秘密任务，要拯救英格兰受压迫的天主教徒。她总算有了活下去的理由，虽然整日担惊受怕，却也觉得兴奋。倘若不是因为这个使命，玛格丽不过是任命运摆布的可怜人。因为守着这个秘密，她成了历险家、亡命之徒、上主的密探。

巴特出门在外的日子，她最自在。她喜欢一个人睡，不用忍受鼻鼾、打嗝，半夜跌跌撞撞地下床小解。她爱早上起床后独自梳洗更衣。她喜欢自己那间梳妆室，里面摆着小小一架子书，花瓶里插着几丛绿枝。下午她可以回房来独个儿坐着，要么读一读诗，要么研习拉丁《圣经》，身边没人冷嘲热讽，说什么正常人怎么会爱这个。

可惜这种时候不多。巴特出门常常是回王桥，玛格丽也要同去，借机探亲访友，同秘密天主教徒联络。不过这一回巴特去了库姆港，玛格丽乐得一个人。

晚餐她自然是要入席的。斯威森伯爵后来续了弦，新夫人比玛格丽年纪还小，第一胎难产，母子双双去了。那之后，玛格丽又成了家里的女主人，一日三餐得她拿主意。这天晚上，她吩咐厨子做了肉桂蜂蜜羊肉。用饭的除了斯威森伯爵，就只有斯蒂文·林肯，他如今住在新堡，挂着伯爵秘书的名头，其实还是司铎。每逢主日，他就在小圣堂里替伯爵一家以及仆婢主持弥撒，有时候也和玛格丽出门去其他地方举祭。

虽然人人守口如瓶，但纸包不住火，如今不少人知道或猜出新堡里举行天主教仪式。其实英格兰上下都屡禁不止，国会里的清教徒气得直跳脚——不消说，国会里清一色是男人。然而，伊丽莎白不肯下令搜捕。玛格丽逐渐悟出，伊丽莎白一贯采取折中的办法。女王虽然信奉异教，好在通情达理，玛格丽为此感谢天主。

她提前离席，但不至于失礼。她有个冠冕堂皇的理由：管家妇病了，看来不久于人世，玛格丽想去打点一番，让那苦命的妇人夜里过得舒服些。

她去了用人的住处；萨尔·布伦登躺在厨房一角的凹室。五年前见面时，玛格丽和她一开始针锋相对，不过渐渐把她收为己用，两个女人携手打理家中事务。天有不测风云，萨尔丰满的胸脯一边生了肿块，这一年来，眼看着从一个风韵犹存的中年妇人瘦成了皮包骨。

萨尔的恶瘤已经穿透皮肤，还蔓延到肩膀，她打着厚厚的绷带，好掩盖那股恶臭。玛格丽劝她喝了些雪莉酒，之后坐下来陪她聊了一阵子。

萨尔抱怨说，伯爵好几周没来看过自己了；她为了讨好这个忘恩负义的男人，真是枉费了一生。语气里尽是愤恨和无奈。

玛格丽回到卧房，为了解闷，拿了一本叫人笑破肚皮的法语小说《庞大固埃》，书里讲了一群巨人，有些生着巨大的阴囊，三个可以填满一条麻袋。斯蒂文·林肯一定不屑一顾，但玛格丽以为无伤大雅。她借着烛火念了一个小时，不时给逗得咯咯笑。她合上书，准备歇息。

她穿着及膝长的亚麻衬衣爬上四柱大床。她通常不拉帘子。墙上开着高窗，天上挂着半轮明月，屋里不至于一团漆黑。她盖好被子，合上眼睛。

她真想把这本《庞大固埃》拿给内德·威拉德。他一定爱看这位作家滑稽可笑的奇思妙想，就像当年在新堡看那出玛利亚玛达肋纳。每遇见什么新东西，有趣的、稀罕的，她总琢磨内德会怎么想。

夜里，她常常想念内德。她明知道自己犯傻，以为黑暗中躺在床上，心中的邪念主不会知道。这会儿她记起自己和内德在废弃的烤炉里亲吻拥抱，后悔没和他肌肤相亲。想到这儿，她觉得全身暖洋洋的，十分舒泰。她明白满足这欲望是罪孽，而这一晚，愉悦之感自然而来——这种情况有过几次。她忍不住夹紧双腿，享受汹涌而来的欢愉。

过后，她忍不住难过。她想到萨尔·布伦登悔不当初，不知道自己临终之时会不会和她一样满心怨愤？泪水涌了上来。她伸手打开床边的小匣子，里面装的都是些女儿家的宝贝。她拿出一块绣了橡子的手帕——这是内德的东西，她一直没还给他。她用手帕蒙住脸，想着内德站在面前，温柔地替自己擦去泪水。

这时，她听见一阵呼吸声。

新堡的房间没有锁，不过她习惯关上门。她没有听见开门声，也许是没关严。可谁会悄悄溜进来？

可能是条狗。伯爵放任猎犬在夜里跑来跑去，说不定哪条狗调皮跑进来了。她凝神细听：呼吸声放得很轻，像人竭力不弄出动静，所以不是狗。

她睁开眼睛，坐了起来，一颗心怦怦直跳。借着如银的月光，她瞧出一个男人的身影，套着长衬衣。她命令："从我房间里滚出去。"语气坚定，但声音直发颤。

一片寂静。屋子里太黑，看不出是什么人。是巴特没打招呼就回来了？不会，没人会赶夜路。也不会是哪个下人，要是半夜里擅闯命妇的卧房，说不定要掉脑袋的。也不会是斯蒂文·林肯，玛格丽心里清楚，他不会摸到女人床上来——就算犯下这种罪，也该是迷上了哪个标致的少年。

对方开口了。“不用怕。”

是斯威森。

玛格丽说：“出去。”

斯威森坐在床沿。“咱们是一对寂寞人。”他有些口齿不清，每天晚上都是。

玛格丽想起身，但斯威森长臂一挥，将她抱住。

“你心里是愿意的。”他说道。

“不，我才不！”她想挣脱，但斯威森高大强壮，也没有烂醉如泥。

“越是挣扎，我越喜欢。”

“放开我！”玛格丽大喊。

他用另一只手掀开被子。玛格丽的衬衣卷在胯间，斯威森贪婪地盯着她两条大腿。玛格丽无缘无故地觉得羞耻，伸手过去遮住。斯威森淫邪地叹道：“啊，害臊了。”

玛格丽不知道怎么把他赶走。

他冷不防抓住她两只脚踝，用力一拖，玛格丽身子向下滑，肩膀跌在床上。趁着她不知所措，斯威森一下子跳上床，把她压在身下。

他是个大块头，嘴巴里浊臭熏人，那只残疾的手在她胸前摸来摸去。

她尖声嚷：“马上给我出去，不然我把全屋人都叫来。”

“我说是你勾引我，”斯威森答道，“他们只会信我，不会信你。”

玛格丽心里一凉，明白他说中了。世人都说女人水性杨花，男人坐怀不乱，但玛格丽以为这话该反过来说。她想到两人各执一词，男人一致站在伯爵一边，女人则一脸狐疑地打量自己。巴特两边为难，他知道父亲是什么德行，但未必有胆量指责伯爵。

她感觉到斯威森手忙脚乱地撩起长衬衣。绝望中，她盼望斯威森不能人事。巴特偶尔如此，通常是因为喝得烂醉，但偏说是玛格丽害他扫兴。斯威森这一晚喝了不少酒。

但不够多。玛格丽感觉到他硬邦邦地抵在身上，最后一线希望也落空了。

她只好夹紧双腿。斯威森使劲掰，却用不上力：他用一只手肘撑起身子，只能腾出一只手。他无奈地哼了一声。玛格丽心想，只要拼命不从，他说不定疲软下去，心中生厌，就此罢手。

只听他压低了声音说："岔开腿，贱人。"

她把腿夹得更紧了。

斯威森抽出手来，在她脸上就是一拳。

玛格丽头晕目眩。斯威森身子硬朗、肩宽臂壮，这一辈子不少出拳。玛格丽哪里会知道，他一拳让人疼得撕心裂肺。她只觉得颈子要断了，满嘴血腥。一时间，她无力抵抗，斯威森趁机分开她双腿，那物顶了进去。

之后的事没用许久。玛格丽昏昏沉沉，忍受他的蹂躏。脸上疼得厉害，身上几乎没有感觉。斯威森满足之后，从她身上翻了下去，气喘吁吁。

玛格丽爬下床，走到角落里，往地上一坐，手捧着疼痛不止的脑袋。一分钟之后，她听见斯威森喘着粗气走了。

玛格丽用帕子抹了抹脸——她吃惊地发现，手帕始终紧紧攥在手里。等知道斯威森确实走了，这才躺回床上，轻轻地啜泣起来，好不容易才陷入神赐的昏睡之中。

早上醒来，她觉得昨晚就像一场噩梦，但一边脸火辣辣地疼。她对着镜子一瞧，看见脸肿得厉害，一片青紫。用早膳时，她谎称自己不小心跌下床。他们信或不信，她并不在乎，要是她抖搂出伯爵，反倒更见不得人。

斯威森胃口极佳，言谈举止若无其事。

玛格丽等到他下桌，立刻叫仆人退下，接着走到斯蒂文身边坐下，低声说："斯威森昨天晚上进了我的房间。"

"做什么？"

玛格丽瞠目结舌。斯蒂文虽然是守戒律的司铎，但毕竟二十八岁了，也念过牛津，不可能如此天真吧。

过了半晌，他才领悟，应了声："啊！"

"他逼我就范。"

"你挣扎没有？"

"怎么没有，可他比我力气大，"她说着用指尖碰了碰肿胀的脸颊，不敢用力按，"不是我跌下床，是他干的。"

"你喊救命没有？"

"我说我要喊人，可他说要跟所有人说是我勾引他，还说大家只会信他，不会信我。他说中了——你自然明白。"

斯蒂文的表情很不自在。

两个人都沉默了。最后玛格丽开口问："我该怎么办？"

"求主宽恕。"

玛格丽眉头一皱。"这话什么意思？"

"求主宽恕你的罪。主是慈悲的。"

玛格丽不由得提高嗓门。"哪门子的罪？我没有犯罪！是别人施罪于我！你怎么反倒叫我求主宽恕？”

“小声些！我的意思是主会宽恕你行淫。”

“那他的罪呢？”

“你说伯爵？”

“不错，他犯下的罪比行淫恶劣百倍。你要怎么治他？”

“我只是司铎，又不是郡长。”

玛格丽不敢相信自己的耳朵。“就这句话？听说一个女子遭公公玷污，你就这么回答？说你不是郡长？”

斯蒂文别开头。

玛格丽站起身，骂道：“懦夫，你这个懦夫。”她扭头走了。

她气得要背弃信仰，但不久又打消了念头。她想到约伯。约伯经受种种苦难，都是对信仰的试探。他的妻子叫他“诅咒天主，死了算了”，但他不肯。倘若人人都因为一个胆小如鼠的司铎而背弃天主，那世上也剩不下几个基督徒了。可她该怎么是好？巴特第二天才回来，晚上斯威森会不会再来？

一整天她都忙着准备。她找了个叫佩吉的年轻丫头，叫她晚上过来，睡在房里床脚的草席上。独身女子常叫女佣在房里睡，玛格丽一直不以为然，她如今才明白其中缘故。

她又挑了一条狗。堡里常年养着几条小狗，她找了一条还没认主人的，想教成自己的跟班。小狗还没取名字，玛格丽就管它叫米克。米克已经会吠叫了，假以时日，也许能训来保护自己。

斯威森一整天举止泰然，玛格丽不禁暗暗称奇。午饭和晚饭他们都同席，斯威森偶尔和玛格丽交谈，总是只言片语，平常也是如此。他主要和斯蒂文·林肯谈论国事：新大陆、造船、伊丽莎白女王对夫君人选依旧犹豫不决。看那样子，好像已经把昨夜犯下的恶行忘得一干二净。

玛格丽回房歇息，小心把门关严，又叫佩吉一起挪了箱子挡在门口。可惜箱子不够沉。可话又说回来，沉的话她们俩也挪不动。

最后，她扣了条腰带，插了一把小匕首。她盘算着一有机会就找一柄大些的。

佩吉吓坏了，但玛格丽没跟她解释，不然非提起伯爵不可。

她爬上床，佩吉吹熄蜡烛，蜷在草垫子上。米克不明白怎么换了新窝，好在犬类对任何环境都处之泰然，卧在壁炉前睡了。

受伤的那一侧脸就算贴着羽毛枕头也疼得受不了，玛格丽不敢向左侧躺，脸朝着天花板，眼睛张得大大的。她知道这一晚不能成眠，好比她知道自己没法从窗户飞出去。

她暗想，只要能熬过这一晚就好了。明天巴特就回来了，那之后她绝不会让斯威森再有可乘之机。可想到这儿她就明白，她根本无能为力。玛格丽要不要陪巴特出门，一向是巴特拿主意，何况他也不是每次都问妻子。他独自出门，十有八九是去私会情妇，要么是呼朋唤友地去逛窑子，再就是花天酒地，夫人在场会碍着他们。

玛格丽不能无缘无故地逆着巴特的意思，可她又不能向他坦白。她进退两难，斯威森看准了这一点。

唯一的出路就是杀了斯威森。可要是杀了人，她是要绞死的。就算是他罪有应得，她也免不了一死。

主会不会宽恕自己？或许会。遭受蹂躏，自然不会是他的旨意。

正想着，就听见门把手一阵响。米克紧张地嗷嗷叫唤。

有人想闯进来。佩吉战战兢兢地问："会是谁？"

只听门把手嘎吱旋开，接着嘭的一声，门撞在一英寸外的箱子上。

玛格丽高声喊："滚开！"

她听见来人闷哼一声，像在使劲儿，接着就听见箱子缓缓挪开了。

佩吉吓得失声尖叫。

玛格丽跳下床。

箱子擦过地板，门露出一条缝，足以容人进来。斯威森穿着衬衣走了进来。

米克冲他吠叫。斯威森一伸脚，踢在它胸前，它呜呜叫着，夹着尾巴从门缝溜了。

斯威森瞧见佩吉，喝道："滚出去，不然也让你吃一脚。"

佩吉匆忙跑了。

斯威森朝玛格丽逼近。

玛格丽抽出匕首，威吓说："你要是不走，我就杀了你。"

斯威森左臂一挥，像铁锤一般砸在玛格丽右手腕，匕首飞了出去。斯威森搂住她两只手臂，毫不费力地把她举在半空，扔在床上，接着把她压在身下。

"张开腿，"他说，"你心里明明愿意。"

"我恨你。"

他提起拳头。"张开腿，不然我还打在昨天的地方。"

伤处连碰都碰不得，要是再挨一拳，玛格丽怕自己死过去。她泪流满面，不知所措，只好岔开了腿。

罗洛想尽办法打探王桥那帮清教徒的动静。消息主要是从丹·科布利的二当家多纳尔·格洛斯特那儿听来的，多纳尔干这个有两个理由，一则因为他向科布利家的闺女提亲被回绝，一直怀恨在心；二则是丹克扣他的工钱，所以贪图罗洛给的好处。

每隔一段时间，罗洛就和多纳尔在绞架十字街的雄鸡客栈碰头。这其实是间窑子，方便租用房间，免得被人瞧见。就算哪个姐儿嚼舌根，他们俩也只会给当作有同性之癖。这不仅是罪，也是要判刑的，不过跟妓女扯闲话的通常也不会出面指认他们。

1563年秋季里的这天，多纳尔告诉罗洛："丹知道卢克主任牧师要升任主教，很气不过。清教徒看不惯卢克墙头草两头倒。"

"这话没错。"罗洛语气轻蔑。改朝换代就跟着改变信仰，这叫作"官场"，里面的人叫作官迷，罗洛最讨厌那种人。"想来女王就是看中卢克可揉可捏。丹想让谁当主教？"

"杰里迈亚牧师。"

罗洛点点头。杰里迈亚是王桥南郊洛弗菲尔德圣约翰教堂的牧师，虽然支持改革，但一直也没有离开教会。他要是当了新教徒的主教，定然是个极端派，绝不容忍教徒依循旧法。"谢天谢地，丹没能如愿。"

"他还不肯就此罢休。"

"此话怎讲？人选都定了，女王已经昭告天下，后天就是主教祝圣典礼。"

"丹计划好了。我这次找你就是为了这件事，我保你想知道。"

“说吧。”

“主教祝圣典礼上总要把圣阿道福斯捧出来。”

“嗯，是。”数百年来，圣阿道福斯的圣髑一直保存在王桥主教座堂，平日里盛在珠宝圣髑盒内，供在内殿供人瞻仰。西欧各地常有信徒来朝圣，祈求圣人保佑身体安康、家业兴隆。“不过这次卢克大概不会动圣髑吧。”

多纳尔摇头说：“卢克打算取出圣髑用于列队进堂，王桥百姓不是就盼这个嘛。他说既然没有人崇拜圣骨，就算不得偶像崇拜，不过是缅怀这位圣徒。”

“那个卢克，果然深谙中庸之道。”

“但在清教徒眼里，那就是亵渎。”

“怪不得他们。”

“他们准备在主日插手。”

罗洛挑起眉毛。有点意思。“他们有什么打算？”

“他们要趁典礼上扬起圣髑时夺过髑盒，损毁圣人遗骸，同时大声疾呼，倘若上帝不以为然，甘愿遭他击杀。”

罗洛心里一惊。“这圣髑五百年来为王桥神父所珍重，他们却要如此行事？”

“不错。”

这种行为，就连伊丽莎白女王也不屑。爱德华六世在位期间，新教徒大举破坏圣像，但伊丽莎白即位后颁布了律法，规定不得损毁教会的画像及圣物，违者依法论处。可惜这条禁令震慑不了所有人，国内仍有不少忠坚新教徒。“我也不该奇怪。”

“我琢磨你会愿意知道。”

这倒没料错。秘密好比武器。更重要的是，掌握了别人不知道的消息，总让罗洛觉得飘飘然；夜里独自品味，自觉高人一筹。罗洛从口袋里掏出五枚“天使”金币，一枚值十先令，也就是半镑。“你办事有功。”

多纳尔把钱塞进口袋，一脸满足。“多谢。”

罗洛不由得想起加略人犹大那三十块银币。“随时联系。”说完就起身走了。

他穿过梅尔辛桥，回到街里，上了主街。入秋了，空气冷冽，让他更觉热血沸腾。他仰望教堂古老的圣石，想到歹人策划的亵渎之举，简直深恶痛绝。他发誓要阻止这场恶行。

他随即想到，也许此次大有可为。这件事有没有办法加以利用?

他一路冥思苦想，缓缓走回父亲的府宅修院门。为了这间宅子，菲茨杰拉德家险些前程尽毁，好在最后倒霉的是威拉德家。五年过去了，新居的光泽早已退去，显出温润之气。英格兰阴雨的浸淫，加上王桥两千根烟囱的熏染，外墙的灰石已微微发黑——石料和教堂来此同一处采石场。

刚好斯威森伯爵带着巴特和玛格丽来了，为的是参加主教祝圣典礼。伯爵一家留宿在麻风病人岛上的宅子，不过白天大多待在修院门。罗洛想，最好这会儿他们已经到了，刚刚从多纳尔那儿接到的消息，他忍不住一股脑讲给斯威森。伯爵准比自己还气不过。

罗洛登上大理石楼梯，直奔雷金纳德爵士的客厅。更奢华的屋子不是没有，不过大家都聚在这儿讨论正事。雷金纳德爵士如今上了岁数，受不得阴冷，屋里升了火。伯爵一家果然来了，小茶几上放着一壶酒。

罗洛瞧见本郡伯爵在自己家里毫不拘礼，深感骄傲。罗洛知道父亲也为之自豪，只是嘴上不说。每次斯威森在场，父亲的谈吐总是更为谨慎斟酌，藏起意气用事、好勇斗狠的那一面，摇身一变，成了足智多谋、经验老到的谋士。

巴特坐在老伯爵身边，他和父亲一般高大魁梧，只是性格温和一些。巴特对说一不二的父亲敬若神明，但只怕要逊他一筹。

罗洛琢磨，虽然伊丽莎白掌权，但这些古老的守卫还在，他们历经磨难，却是打不倒的。

他挨着妹妹玛格丽坐了，母亲递来一杯酒。他隐隐为玛格丽担心。妹妹年方二十，样子却十分苍老。她瘦了，脸上毫无血色，下巴上还一片青紫。玛格丽一向自恃貌美，在他看来失之虚荣，可她这天只穿了条灰扑扑的裙子，蓬头垢面。罗洛看出妹妹过得不如意，却想不出原因。他问过玛格丽，是不是巴特欺负她，但她坚决地回答说："巴特是正派人。"那么也许她是因为没有子女才闷闷不乐。为什么无所谓，她别惹麻烦就好。

他喝了一大口酒，说道："有件麻烦事。我刚和多纳尔·格洛斯特见过面。"

"那个没骨气的东西。"雷金纳德骂道。

"他人虽然卑鄙，但有用处。要是没有他，咱们就没法知道丹·科布利和一众清教徒计划主日在卢克·理查兹的祝圣典礼上犯下恶行，因为他们以为卢克在异端邪路上走得不够远。"

"恶行？"父亲问，"他们要做什么？"

罗洛知道他们要大吃一惊："亵渎圣髑。"

大家目瞪口呆。

玛格丽轻声说："不可以。"

斯威森伯爵嚷嚷：“他要是敢，我这把剑就挑破他的肚子。”

罗洛眼前一亮。他们动武，我们也可以——他怎么没想到。

母亲不屑：“斯威森，你要是在教堂杀了人，可是要偿命的。就算是伯爵也不会格外开恩。”简夫人是个冷美人，一向直言不讳。

斯威森垂头丧气。“你说得对，该死。”

罗洛却说：“爵爷，我看未必。”

“此话怎讲？”

“对，”简夫人柳眉倒竖，“说说看我哪里错了，我聪明的儿子。”

罗洛全神贯注，思路逐渐清晰。“在教堂里犯下谋杀，就算伯爵也脱不了罪。不过换个角度想想。王桥市长另有说法。”

斯威森大惑不解，雷金纳德说：“接着说，罗洛——有点意思。”

“是善是恶，全在看法不同。打个比方吧：一群恶棍全副武装冲进城，杀光男人，奸淫妇女，卷走值钱东西，那是十恶不赦的罪犯无疑——然而，他们冲进去的地方叫作亚述，他们杀害的是穆斯林，这样看来，这些全副武装的战士就不是罪犯，而是十字军、大英雄。”

玛格丽厌恶地说：“这话根本不是讽刺。”

罗洛听得莫名其妙。

雷金纳德爵士焦躁起来：“那又如何？”

“清教徒打算在主日袭击教士，企图盗走圣物，公然违抗伊丽莎白女王的律法。于是，会众间热忱的基督徒忍无可忍，为保护伊丽莎白的新任主教、守护圣骨而仗义出手。不必拔剑是最好不过，不过自然啦，大家身上都揣着日常吃饭切肉用的匕首。刀剑无眼，混乱中，王桥新教徒之首丹·科布利重伤不治，但他既然是此次暴行的罪魁祸首，也是咎由自取。总之，这致命的一刀出自何人之手难以决断，父亲就以王桥市长之名，将前后经过原原本本地奏呈给女王陛下。”

雷金纳德爵士若有所思：“丹·科布利一死，正是天助我也。此人是新教徒的头目。”

“也是我们一家的劲敌。”罗洛接口。

玛格丽口气严肃：“可能伤及许多性命。”

罗洛听到妹妹唱反调，也不足为奇。玛格丽虔诚向主，但她坚持己见，以为传播天主教信念唯独不能诉诸暴力。

斯威森伯爵说：“她的话有道理，事情的确凶险，但咱们绝不会畏首畏尾。”他微微一笑：“女人就爱为这种琐事操心，所以上主叫咱们男人做主。”

玛格丽躺在床上，回想白天的事。丹·科布利和那群清教徒策划如此暴行，叫她深恶痛绝，同时她又觉得父亲和哥哥跟他们简直是一丘之貉。两个人居然想借清教徒亵渎圣物之机来打击他们的势力。

到时候打起来，雷金纳德和罗洛说不定会受伤，但玛格丽发觉自己漠不关心。这两个亲人对她再无恩情可言。他们残忍地把自己当成往上爬的工具——和利用清教徒的亵渎之举如出一辙。他们毁了玛格丽的一生，但丝毫不以为意。小时候家人照料她，也不过像养马驹，指望她日后拉车干活。小时候，她还以为那是真挚的亲情，想到此处，她不由得鼻子一酸。

至于斯威森会不会受伤，她更加不在乎。她巴不得他死了，至少重伤致残，再也没办法糟蹋自己。她祈祷上主在主日将斯威森带入地狱。她憧憬着日后摆脱了这个恶魔，沉沉睡去。

醒来时，她悟到，要实现这个愿望，不能听天由命。

斯威森不惜犯险，得想个法子，保证他受伤。玛格丽一直和斯蒂文·林肯秘密传播教义，因此罗洛和雷金纳德都以为她信得过，从来没想过要瞒着她什么。她既然知道了这个秘密，就要加以利用。

她早早起床；母亲已经在厨房里指挥下人准备三餐了。简夫人心思细腻，自然看得出女儿过得不如意，却假装不知。倘若玛格丽找母亲商量，她会指点一二，只是她不会多管闲事。或者母亲的婚姻里也有什么难言之隐吧。

简夫人嘱咐玛格丽去码头跑一趟，买些鲜鱼。这是周六早上，天下着雨，玛格丽披上旧外套，提起鱼篓就出了门。广场上，一个个小贩正在摆摊。

她得去跟清教徒报信，叫他们提防陷阱，到时候备好武器。可她不好直接去丹·科布利家里说有事密谈，一则会有路人瞧见，况且她夏陵子爵夫人去敲丹·科布利的门，不出几分钟就传得人尽皆知了。二则呢，丹也不会信，怀疑这是个诱饵。

她得想个办法，不动声色地提醒他。

玛格丽一筹莫展，不知不觉穿过广场，冷不防听到一个声音，一颗心扑扑直跳。

“遇见你可真好！”

她一抬头，又惊又喜。只见一个男子身着华贵的黑外套，正是内德·威拉德。他的容貌丝毫没变。他简直是上主送来的守护天使。玛格丽顿时想到自己一副邋遢样子，披着不合身的外衣，头发用破布条胡乱一扎。好在内德好像浑不在意。他站在玛格丽面前，好像会永远冲她微笑。

她开口说："你如今佩剑啦。"

内德一耸肩。"朝廷上都得佩剑，我还特地学了剑术，好知道怎么比画。"

意外碰见内德，玛格丽开始转动脑筋。这真是天赐良机。要是旁人瞧见她和内德说话，只会心照不宣地点点头，说玛格丽对内德旧情难忘，就算家里人听到传言，也是一般想法。

至于该透露多少，她一时拿不定主意。但事不宜迟。"庆典上要出乱子。丹·科布利打算抢夺圣髑。"

"你怎么知道？"

"多纳尔·格洛斯特告诉罗洛的。"

内德眉毛一扬。丹·科布利的二当家竟然是天主教徒的奸细，这他哪里想得到？内德没有言语，好像默记在心，以备来日之需。

玛格丽接着说："罗洛告诉了斯威森，斯威森打算借机杀了丹。"

"在教堂里？"

"是。他以保护教士和圣物为由，以为能逃脱惩罚。"

"斯威森可没这个脑子。"

"不错，是罗洛的主意。"

"狡猾的魔鬼。"

"我一直想怎么给清教徒通风报信，好叫他们备上武器。就拜托你了。”

“好，交给我吧。”

玛格丽真想抱住他亲吻。

卢克听内德说完，立刻说：“咱们得取消庆典。”

“可改到哪天呢？”

“不知道。”

两人站在内殿。旁边立着一根粗大的圆柱，支撑起塔楼。内德抬头仰望，想起这就是梅尔辛塔楼，据记述王桥历史的《提摩太书》记载，旧塔楼坍塌之后，梅尔辛主持重建。那是两百年前的事了，足以见出他技艺超群。

内德收回目光，凝视卢克焦灼的脸孔、温和的蓝眼睛。卢克这个人，为了避免冲突，竟不惜代价。“庆典不能延后，否则有损君威。大家会议论说，王桥的清教徒干涉女王钦点主教，传到其他各地的忠坚新教徒耳朵里，怕要自认有权决定主教人选，纷纷闹事。到那时，你跟我都要给钉死在十字架上。”

“哎，天呀，”卢克叹道，“那就只好把圣人留在铁栏杆里不动了。”

内德朝圣阿道福斯墓望去，只见周围竖着铁栏杆，还上了锁，几个朝圣者双膝跪地，隔着空隙凝视圣髑盒。金匣子锻造成教堂模样，拱廊、塔楼、尖顶都是精雕细琢。匣子上还镶嵌着珍珠和红蓝宝石，如水的阳光从东面大窗射进来，映得匣子熠熠生辉。

内德说：“我看也未必安全。他们既然打定主意，说不定会冲破栏杆。”

卢克一脸惊惶。“庆典上万万不可出乱子啊！”

“不错。在女王看来，有人闹事和取消庆典几乎一般糟糕。”

“那怎么办？”

内德已经拿定主意，但有些踌躇。玛格丽有什么事瞒着自己。她说的是提醒清教徒备好武器，而不是要避免双方出手。这倒反常，她一向反对以宗教为名而诉诸暴力。之前和她说话的时候，内德隐隐觉得奇怪，现在一想才察觉不对头。一定有什么隐情，而他一无所知。

可他总不能凭着这满腹狐疑来决断吧。他抛开玛格丽，给卢克指了一条脱身之计。“咱们得把大炮里的火药换走。”

“此话怎讲？”

“移走圣髑。”

卢克大吃一惊。“万万扔不得！”

“不是扔，而是埋——仪式自然不会省。明天天一亮就主持埋葬仪式——除了你，只找一两个牧师。今天晚上，吩咐乔治·考克斯在教堂内掘一个洞——具体地点不要告诉别人。”乔治·考克斯是王桥的掘墓人。“把圣骨连同金匣子一同埋下去，再让乔治把地面重新用石板铺好，毫无痕迹。”

卢克皱着眉头思索。“等大家来参加典礼时，已经安排妥当了。就是不知道他们会怎么议论？毕竟圣徒不见了。”

“在铁栏杆上贴一份告示，说圣阿道福斯葬在教堂之中，之后讲道时再解释一番，说圣徒没有离开，仍然在此庇佑我们，只是为了保护圣骨免受亵渎，已将其藏在秘密墓穴之中。”

“妙！”卢克由衷佩服，“会众心中释然，清教徒也没办法反对。他们的抗议，就像火药粉分崩离析。”

“好比喻。可以用在讲道里。”

卢克点头应承。

内德说：“那么就这么安排。”

“我还得找教区参议会商量。”

内德不由得嫌他婆妈，话到嘴边又咽了下去，只笑着说：“没必要。你可是候任主教，一切由你定夺。”

卢克一脸不自在。“还是把原因解释清楚得好。”

内德不想跟他争论一个假设的问题，于是说：“就按你的意思吧。黎明时我会过来观礼。”

“好。”

内德拿不准卢克会不会反悔。或者该提醒一句，他欠自己一份人情。“我很高兴女王陛下采纳了我的意见，认为你是王桥主教的合适人选。”

“内德，我感激不尽，谢谢你这份信任。”

“相信咱们以后会携手化解宗派仇恨。”

“阿门。”

倘若有哪位牧师反对埋葬圣骨，卢克说不定还会变卦，但眼下能做的都做了。内德打定主意，日落前再来找卢克，看他定了主意没有。

他辞别卢克，走进中殿，穿过林立的圆柱、飞扬的拱券、斑斓的彩玻璃；四百年来，这座建筑该见证了多少是非善恶。他刚迈出西门，正好碰见玛格丽挽着鱼篓回家。玛格丽也瞧见内德，朝他走来。

两人站在教堂门廊，玛格丽问："办妥没有？"

"应该避免了一场打斗。我劝服卢克明天凌晨把圣骨藏在秘密地点，这样也就打不起来了。"

内德以为玛格丽会喜不自胜，想不到她反而一脸惊恐，愣了好一会儿才说："不！不是这个意思。"

"你究竟想说什么？"

"一定得打起来。"

"你对暴行不是一向深恶痛绝吗？"

"斯威森非死不可！"

"嘘！"内德连忙抓住玛格丽的手肘，把她拉到教堂里面。北面侧廊有一间供奉圣丁夫娜的礼拜堂，这位圣徒名声不够响亮，小礼拜堂里空无一人。里面原本挂着她被斩首的油画，因为清教徒不满，已经取走了。

内德握起玛格丽的双手问："告诉我到底怎么了。为什么斯威森非死不可？"

玛格丽一语不发，但从表情上就能看出，她内心在激烈挣扎。内德耐心等她开口。

玛格丽好不容易说："巴特出门的时候，斯威森夜里到我房里来。"

内德骇然盯着她。她惨遭强暴——下手的是她的公公。下流无耻——禽兽不如。他血脉贲张，又不得不压抑怒火，冷静下来。他有一连串的问题要问，但答案再明显不过。"你不从，但他力气太大，还威胁说倘若你叫救命，他就说是你勾引他，大家只会信他。"

玛格丽泪如泉涌。"我就知道你会明白。"

“衣冠禽兽。”

“我真不该告诉你。也许明天主会带走斯威森。”

内德暗暗发誓，倘若主不会，就交给我好了。他只说：“我再去找卢克，明天一定要打起来。”

“什么法子？”

“不知道，还得想一想。”

“不要搭上自己的命，不然我更加生不如死。”

“快提着鱼回去吧。”

玛格丽犹豫半晌，才开口说：“世上我只信得过你一个人。只有你。”

内德点头说：“我知道。回家去吧。”

玛格丽抬起袖子，擦干眼泪，转身出了教堂。内德等了一分钟才出去。

要是斯威森此时出现在他面前，他一定一个健步冲上去，掐住他的脖子，直到他断气——要么就是给斯威森一剑刺中。他满腔怒火，顾不得恐惧、顾不得一切。

他转身望着座堂庄严的西墙。英格兰的雨不疾不徐，打湿了墙面。信徒从门廊穿过去，是为了找寻上帝，自己怎么可以想着杀人害命？可他现在满脑子只有这一个念头。

他竭力说服自己。醒醒吧，和斯威森动手，你未必打得过他，就算你赢了，也要因为杀害贵族赔上一条命。好在你有头脑，斯威森是个蠢货，赶快想个计策，除掉那个浑蛋。

他转身走上集市广场。一到周六，广场上总是挤满了人，今天来了许多参加庆典的客人，更是热闹非凡。平常路过摊铺，他都不自觉地观察价格是涨是跌，什么货多、什么短缺，客人拿了多少钱、买了什么，今天则不同。遇见熟人打招呼，他听在耳朵里，但除了招手示意、漫不经心地点头，压根不晓得攀谈。他走到家门口，迈了进去。

母亲渐渐老去，终日郁郁寡欢。爱丽丝整个人像缩小了，走起路来总弓腰驼背。她对什么都提不起兴趣。她问起内德的差事，都是些无关紧要的问题，他答什么总是半听不听。从前，母亲对朝中事务总是听得津津有味，对宫内的规矩礼仪也爱刨根问底。

不过，内德早上出门再回来，其间像是出了大事。母亲和家里的三个下人都在大厅里：管家珍妮特·法夫、她的跛脚丈夫马尔科姆和夫妇俩十六岁的女儿艾琳。四个人都喜气洋洋，一猜就是有什么喜讯。母亲一见到他，立刻喊："巴尼回来了！"

内德暗想，总算有一件好事。他勉强笑着问："他人呢？"

"他坐着飞鹰号到了库姆港，派人送信回来说正等着领工钱——三年的工钱呢！领了就回家。"

"他平安无恙吧？我说过他去了新大陆嘛。"

"总算平安回来了！"

"啊，咱们可得好好庆祝——把肥牛犊宰了。"

爱丽丝立时泄了气。"别说肥牛犊，瘦的也没有。"

艾琳兴高采烈地说："后院养了一头六个月的小猪，妈妈本来想留着冬天做培根的。就烤小猪吧。"艾琳小时候一度十分迷恋巴尼哥哥。

内德不由得高兴起来。一家人终于团聚了。

吃午饭的时候，内德又想起玛格丽的不幸遭遇。母亲快活地说个不停，念叨巴尼在塞维利亚、安特卫普、伊斯帕尼奥拉岛不知有些什么经历。内德一边听母亲说话，一边想他的心事。

玛格丽本打算提醒清教徒有所准备，盼斯威森在打斗中丧命。但内德并不知晓其中隐情，虽然出于好意，却叫玛格丽的希望成了空。明天不会有人打斗，因为祝圣庆典上见不到圣物，清教徒闹不起来，斯威森也就没有借口出手。

反悔还来得及吗？只怕太迟了。卢克主任牧师自然不会同意依照之前的安排，任两派人大打出手。

内德转念一想，倒可以放出口风，叫双方知道凌晨埋葬圣骨一事，将打斗提前。但有一个难题。能不能打得起来，这谁也说不准。斯威森会不会受伤，也是未知之数。为了玛格丽，一定得保证万无一失。

有什么办法把明天凌晨的葬礼变成陷阱，叫斯威森上钩？罗洛想出了冠冕堂皇的理由，也许可以将计就计？

他渐渐有了主意。可以假传消息，把斯威森引到教堂。不过要是他自己去说，那些天主教徒自然不会上当。那么谁的话他们会信？

他猛地想起玛格丽说多纳尔·格洛斯特是奸细。叫多纳尔去说，罗洛不会怀疑。

内德有了希望。

饭后，他逮到机会出了门，沿着主街拐上屠宰场码头，走过泊区，来到染坊区。这一片临河，都是些脏臭的行当和小作坊。他来到多纳尔家门前，敲了敲门，开门的是他母亲。这是个风姿绰约的中年妇人，和儿子一样，嘴唇饱满，乌发如云。只见她一脸警惕："威拉德先生，什么风把您吹来了？"

"晚上好，格洛斯特太太，"内德彬彬有礼，"我来找多纳尔。”

“他还在上工呢。你知道丹·科布利的生意在哪儿吧。”

内德点点头，他知道丹在码头有间仓库。“我不打扰多纳尔作工了。他大概什么时候回来？”

“他日落收工，不过常去屠宰场酒馆喝一杯才回来。”

“多谢。”

“您找他有什么事？”

“我绝无恶意。”

“谢谢。”她语气透着犹疑，内德猜她并不相信。

内德折回码头，在一卷绳子上坐了，反复琢磨这个毫无把握、险而又险的计划。他望着人群熙攘，船只马车来来去去，卸货装车：粮食、煤炭、采石场的石料、林子里的木材、一匹匹布、一桶桶酒。威拉德家从前做的就是这个生意：在一个地方买进，在另一个地方卖出，赚取中间的差价。营生虽然简单，却是发家致富的法子——其实是唯一的法子，除非你一生下来就是贵族，坐在家里吃租子。

暮色渐浓。工人纷纷关了船舱，锁了库房，三三两两地离开码头，盼着回家吃晚饭，去酒馆喝酒唱曲儿，去黑黢黢的巷子幽会情人。内德瞧见多纳尔从科布利家的仓库走出来，直奔屠宰场酒馆，想也不想，可见是习以为常。

内德跟着他进了酒馆。“多纳尔，借一步说话，不妨碍你吧。”如今内德找谁说话，没人会推托，他身居高位，王桥家喻户晓。可内德却并不为之得意。有人爱名，有人嗜酒好色，有人向往按部就班、潜心向教的隐修生活。内德有什么企盼？答案呼之欲出，他忍不住暗暗诧异：公道。

得想透彻些。

他买了两杯麦芽酒，挑了角落的座位。两人刚落座，内德就给了他一个下马威：“多纳尔，你这日子过得真险啊。”

“内德·威拉德，一直是班里最聪明的学生。”多纳尔嘴角扭曲，显得十分狰狞。

“文法学校的日子已经过去了。那会儿犯了错，挨几下板子就够了，如今可要搭上一条命。”

多纳尔眼中闪过一丝恐惧，但佯装无所谓。“幸好我不犯错。”

“要是丹·科布利和那些清教徒发现你和罗洛的勾当，非把你大卸八块不可。”

多纳尔吓得脸煞白。

他沉默半晌，刚想开口，内德抢先说：“别否认了。否则也是白费唇舌，浪费你我的时间。想想怎么让我替你保守秘密吧。”

多纳尔咽了一口唾沫，好不容易点了一下头。

“你昨天告诉罗洛·菲茨杰拉德的事，当时是确切消息，不过情况有变。”

多纳尔惊得合不拢嘴。“你怎么——”

“不用管我怎么知道，你只需要记着，明天教堂里圣髑会遭人亵渎——但时间变了。改在黎明，只有几个人在场。”

“你为什么要告诉我？”

“好叫你转告罗洛。”

“你和菲茨杰拉德家有仇——他们毁了你家生意。”

“别追究原因了。照我说的做，保你自己一命。”

“罗洛会问这消息哪儿来的。”

“就说丹·科布利说的，你偷听到的。”

“好。”

“现在就去找罗洛。有急事要见面，你们自然有暗号吧。”

“等我把酒喝完。”

“还是头脑清醒的好吧？”

多纳尔惆怅地望着酒杯。

内德提醒：“马上，多纳尔。”

多纳尔起身走了。

内德又坐了几分钟才走。他朝主街走去，心中忐忑不安。计划是有了，但要看那些人会不会按自己预料的行事——卢克主任牧师、多纳尔·格洛斯特、罗洛·菲茨杰拉德，主角斯威森伯爵更是意气用事。要是其中一环断了，那整个计划也要付诸东流。

眼下，他还得再添一环。

内德经过教堂、贝尔客栈、菲茨杰拉德的新居修院门，径直进了会馆。他敲了敲马修森郡长的房门，没等里面应门就走了进去。时候还早，郡长大人却已经在吃晚餐了——吃的是面包和冷肉。见到内德，他放下刀子，擦了擦嘴。“晚上好，威拉德先生。一切都好吧。”

“托郡长的福。”

“有什么事能为您效劳？”

“是为女王效劳，郡长。女王陛下有件差事，就在今天晚上。”

罗洛紧张地摸了摸剑柄——他从来没跟人动过手。富贵人家大多叫儿子学习剑术，他小时候用木剑比划过，但从没有和谁真刀真枪地比试。

雷金纳德爵士的卧房里挤满了人，但没有掌灯，也没人歇息。从窗户望去，是王桥主教座堂的西北两面，叫人叹为观止。天上没有云，罗洛的双眼适应了夜色，借着微光闪闪的群星，分辨出教堂黯淡却清晰的轮廓。尖拱券之下，门窗仿佛幽黑的深潭，好比一个人私铸假币，被剜去双眼，只剩两个黑窟窿。再往上，就是装饰着卷叶凸雕和尖顶饰的钟塔，在夜空中勾勒出黑黢黢的线条。

屋子里除了罗洛，还有父亲雷金纳德爵士、妹夫巴特·夏陵、巴特的父亲斯威森伯爵，再就是斯威森最信得过的两名士兵。几个人都配了长剑和匕首。

他们等到四点敲钟，斯蒂文·林肯主持弥撒，赦免六人即将犯下之罪。之后，他们就一直静静候着。

简夫人和玛格丽去歇息了，不过罗洛很怀疑她们睡不睡得着。

白天的集市广场人声喧哗，此刻无声无息。广场尽头矗立着文法学校和主教府，都是漆黑一片。再远处，是延伸至河面的缓坡、挨挨挤挤的房顶，像瓦片铺成的大楼梯。

罗洛指望斯威森和巴特父子以及那两个以武力为生的士兵不要手下留情。

第一线曙光刺破星光点点的天穹，座堂褪去黑衣，现出灰色。很快就听谁低声提醒："来了。"罗洛瞧见主教府里闪出六个黑影，各自举着烛灯，一语不发地穿过广场，由西门进了教堂；蜡烛似乎是吹熄了。

罗洛不由得皱起眉头。这么看来，丹·科布利早就领着那帮清教徒在教堂里埋伏了。可能他们走了废弃的修院，从尽头那扇门溜了进去，所以罗洛他们守在修院门才没瞧见。他没把握，不由得一阵忐忑，可要是此刻说有犹疑，只会被当成懦夫，他只好不吭声。

斯威森伯爵低语：“再等一分钟。等他们开始撒旦的勾当。”

言之有理。不可操之过急，冲进去发现圣髑尚未取出，没有亵渎之举。

罗洛在脑海中看见几个牧师沿着侧廊走到东面尽头，打开铁栏上的锁，捧起圣髑盒。他们想怎么样？把圣髑抛到河里？

“好，行动。”斯威森吩咐。

斯威森打头，剩下五个人随后，一行人下了楼梯，穿过正门。刚踏出门，他们就一路狂奔，在静夜中，脚步声震耳欲聋。罗洛担心座堂里的人听见，不知道他们会不会立刻猜出不妙，放弃计划，落荒而逃。

斯威森大力推开大门，一行人拔出剑，冲了进去。

险些来迟一步。只见卢克主任牧师立在中殿中央的低祭台前，祭台上点着几根蜡烛。他双手捧着金光灿灿的圣髑盒，高高举在空中，其他牧师念念有词，自然是恶魔崇拜的把戏。烛光昏暗，看不清黑暗中聚了多少人。罗洛一行人跑进中殿，直奔祭台，那群人惊慌失措。罗洛瞧见地面上挖了一个洞，旁边的石柱上斜靠着一块大石板，石柱旁边，掘墓人乔治·考克斯倚着铲子站着。这场面出乎意料，但无所谓了：卢克的举止再明显不过：他企图亵渎圣物。

斯威森伯爵抢在前头，剑尖对准了卢克。

卢克转过身，圣髑盒依然高高举着。

乔治·考克斯提起铲子，朝伯爵冲过来。

就在这时，众人耳边传来一声怒喝："住手，以女王之名！"罗洛大惑不解，分辨不出声音是哪儿来的。

斯威森举剑刺向卢克，对方闪避还算及时，剑落在他左臂上，划破黑袍，深深地刺进小臂。卢克痛得大喊一声，圣髑盒从他手中跌落，咚的一声摔在地上，上面镶嵌的珠宝散落一地。

罗洛用眼角扫到南面耳堂有模糊的人影晃动，不一会儿就见到十个还是十二个人影挥舞着长剑棍棒冲到中殿，要对付几个闯入者。之前那个声音再次高喊以女王之名住手，罗洛循声望去，原来这句无谓的命令是马修森郡长喊的。他怎么来了？

乔治·考克斯挥起铲子，对准伯爵的脑袋猛砸。伯爵一闪身，左肩吃了一下，立刻大怒，提剑就刺。罗洛瞧见这一下刺穿了乔治腹部，剑尖从后背捅出来，不禁吓得魂飞魄散。

几个牧师跪在圣髑盒旁边，好像要保护圣物。

郡长带着手下朝伯爵一伙人奔过去。对方头顶光线昏暗，但罗洛认出了奥斯蒙德·卡特的皮头盔。还有一个红棕色头发的，怎么像是内德·威拉德？

双方人数差了一倍，罗洛暗想，今日我必死无疑，但主会赏赐我。

他正要冲过去拼命，却猛地冒出一个念头。内德·威拉德的出现叫他起了疑心。莫非这是个陷阱？清教徒人呢？要是埋伏在阴暗中，这会儿也该冲出来了。但眼前只有伯爵和郡长两伙人，再就是中间瑟瑟发抖的牧师。

那么是多纳尔·格洛斯特听错了。牧师的确在黎明时鬼鬼祟祟，对圣髑有所企图，这一点多纳尔没有说错。那么十有八九是丹·科布利认为对着空荡荡的教堂造反并不值得，因此反悔了。

可郡长怎么也来了？他苦思不解。难道伯爵的计划走漏了风声？不可能，知道这件事的除了两家人，就只有那两个士兵和斯蒂文·林肯，这三个人再可靠不过。那么就是卢克主任牧师决定小心为上；良心有愧，自然战战兢兢。

不管是中了奸计，还是打算草率酿成大祸，已经无关紧要了。此时此刻，罢手也来不及了。

郡长和伯爵率先交手。斯威森的剑还卡在乔治·考克斯体内，趁他拔剑的档儿，郡长一剑砍中他右手。斯威森痛得大吼一声，松开剑柄，罗洛瞧见一根拇指掉在地上，混在满地珠宝之间。

内德·威拉德从郡长那伙人中冲出来，剑举在半空，朝斯威森刺去。罗洛飞身上前拦住，保护受伤的伯爵。内德急忙收住脚步，两个男子提着剑，目怒而对。

罗洛高大结实，念书的时候曾叫小内德·威拉德吃了不少苦头，可惜后来他长大了，不好对付。眼前的内德，身姿与眼神间气势夺人，叫罗洛不敢轻敌。

两个人举着剑相互周旋，等对方露出破绽。罗洛瞧出内德一脸憎恶，暗暗问道：我做了什么，叫你如此恨我？答案纷至沓来：逼玛格丽嫁给巴特、以取利为由导致威拉德倾家荡产、企图阻止伊丽莎白继位不遂、上学时仗势欺人的陈年旧账。

罗洛听见身后传来一声怒吼，忍不住回头查看。斯威森伯爵受了伤，却不肯罢手，左手握着剑笨拙地挥舞，竟然还划破了郡长的额头。虽然郡长只受了皮肉伤，但血流不止，模糊了视野。

双方都受了伤，各自乱挥一气，像两个醉鬼。

罗洛这一回头露出破绽，内德下手又快又狠，沉甸甸的剑又刺又砍，旋转缠绕，烛光之下，只见寒光闪闪。罗洛左支右绌，不住退让，突然觉得右脚底下一滑——尽管慌乱，他却冷静地想到是踩到了圣髑盒散落的珠宝。他仰面跌倒，剑也从手中滑落。他双臂张开，全身毫无防护，知道就要一命呜呼。

他怎么也想不到，内德竟然迈了过去。

罗洛一骨碌爬起来，回头一看，见到内德对准了伯爵，下手更加狠辣；郡长立在一旁，擦拭眼里的血。斯威森向后退避，却撞到了石柱。内德挥剑一击，打掉了伯爵握在左手的剑，眨眼间，剑尖就对准了伯爵的咽喉。

郡长大喊："把他拿下！"

剑尖刺破了斯威森的喉咙，血汩汩流下；内德松了力道，剑却久久没有挪开，斯威森可谓命悬一线。只听内德开口说："叫你的人放下武器。"

斯威森大喊："投降！投降！"

打斗声戛然而止，接着是一阵铿锵之声，铁器纷纷掉在石头地面上。罗洛环顾四周，瞧见父亲屈膝下跪，双手捂在脑后，一头血污。

罗洛瞧见内德紧盯着斯威森。只听他说："谨以女王之名，以亵渎神明、亵渎圣物以及谋杀罪将你逮捕。"

罗洛一跃而起。"我们没有亵渎神明！"

"没有？"内德镇定自若，叫罗洛暗暗诧异。"你们闯进教堂，剑不收在鞘中，伤害候任主教、谋杀掘墓人，还致使圣物跌落在地。"

“那你们呢？”

“郡长率下属前来保护教士及圣物。真是万幸。”

罗洛大惑不解。怎么会一败涂地？

只听内德说：“奥斯蒙德，把他们绑起来，押回会馆，关进大牢。”

奥斯蒙德敏捷地拿出一捆粗绳。

内德接着说：“再派人去请大夫，嘱咐他先医治卢克主任牧师。”

罗洛双手被缚在背后，定睛瞧着内德，见他露出狂喜的神色。罗洛脑海里千头万绪，猜测种种原因。是郡长收到风声，知道了斯威森的打算？是胆小怕事的卢克放心不下，所以把他们找来？那些清教徒是有人通风报信，还是三思后决定不来闹事？这场祸事是不是内德·威拉德一手造成的？

罗洛想不出个所以然。

斯威森伯爵被判处死刑，他的死是我一手造成。那时候我哪里知道，他只是第一个。

罗洛、巴特和雷金纳德爵士免于一死，只被重重罚了一笔，但不可不杀一儆百，而伯爵毕竟在教堂里杀了人。他是咎由自取，不过真正的理由是他胆敢违抗伊丽莎白女王之命。女王要借此警示英格兰百姓，唯有女王有权决定主教人选，无论何人干涉君权，都只有死路一条。尽管处死伯爵一事骇人听闻，女王必须借此以儆效尤。

我叫法官体会女王之意。

行刑时，大家聚在王桥主教座堂前；罗洛狠狠瞪着我。我知道他怀疑中了圈套，不过我想他这辈子也想不明白。

雷金纳德爵士也到了。他脑袋上留了一道长长的伤疤，后来一直秃着。这一剑伤及脑部，他此后总有些糊涂。我知道罗洛把这件事算在我头上，一直怀恨在心。

巴特和玛格丽也在场。

巴特泪流不止。斯威森罪大恶极，但毕竟是他父亲。

玛格丽仿佛重见天日的犯人，不再是那副病恹恹的样子，又像从前一般，精心打扮，虽然穿的是肃穆的丧服，黑帽子上插着黑翎，也还是一副俏皮相。叫她生不如死的恶人要下地狱了，并且是罪有应得。她从此不必受他折磨。

斯威森被押出会馆。我深知，最叫他颜面扫地的就是沿着主街走上广场，被他视为微不足道的众人讥笑嘲弄。他被当众斩首——这样死得痛快，贵族才有资格享受。我想他该为之庆幸吧。

正义得以伸张。斯威森杀人强奸，死不足惜，可我依然觉得良心有愧。是我把他引到陷阱里；乔治·考克斯无辜惨死，也是因我而起。此事本该交由法律处置，如若不公，就该听凭上帝之意，是我自不量力。

我甘愿为这份罪孽在地狱忍受煎熬，不过倘若叫我从头来过，我依然会做这个选择，只为让玛格丽脱离苦难。我宁愿自己受苦，也不愿让她终日痛不欲生。我过得如何在其次，要紧的是她过得幸福。

走过漫长的一生，我渐渐明白，这就是爱的含义。

Part 3

*1566—1573*年

十四

埃布里马·达博的美梦成真了。他是自由之身，生活富足而安乐。

1566年夏，周日下午，埃布里马和搭档卡洛斯·克鲁兹徒步出安特卫普城区，来到野外。两个人生意兴隆，衣着华贵，住在天下数一数二的繁华都市。两人联手经营着安特卫普第一大造铁商行，比头脑才智不相上下——埃布里马琢磨自己老成谨慎，而卡洛斯则胜在年轻，大胆机灵。卡洛斯娶了远亲扬·沃尔曼的女儿伊玛可为妻，而今家里添了两个小不点儿。埃布里马来年就满五十岁了，他娶了艾微·迪克斯。艾微和他同龄，之前守寡，儿子如今十几岁了，跟他这个继父做炼铁的营生。

埃布里马常常怀念自己出生的村子。倘若可以回到从前，没有被俘虏、当奴隶卖掉，他还会住在村子里，过着毫无波澜、心满意足的日子，走完漫长的一生。每次想到此处，他就忍不住惆怅。可他没办法回去。一来他根本不晓得怎么回去。不止如此——他见过了大千世界。他吃了智慧树上的果子，像基督徒那则神话里的夏娃，再也回不去伊甸园了。他通晓西语、法语还有当地的布拉班特方言，多少年都没讲过曼丁语了。他家里挂着油画，他爱听乐团演奏繁复的曲子，并且只喝好酒。他完全变了一个人。

他凭借头脑、苦干和运气，铸造了崭新的生活。如今，他唯一的愿望就是守住得来的一切。他总担心做不到。

今天出城的不只有他和卡洛斯。天气晴好，安特卫普市民纷纷来野外散步，不过今天人多得反常。乡下的羊肠小道上挨挨挤挤，有几百号人。

很多都是埃布里马认得的。有卖他铁矿石的，有从他那儿买铁的，有街坊邻居，还有他常光顾的那些小店的店主，供给肉类、手套、玻璃器皿等等。大家要去的是同一个地方，一片叫作胡贝特领主牧场的广阔草地。卡洛斯的两个孩子最爱在那儿野餐。不过路上这些人可不是要去野餐的。

他们都是新教徒。

许多教徒随身带着一本小书，是诗人马罗译成法文的《诗篇》，安特卫普当地刻印的。买这本书可是违法之举，卖书更是死罪一条，但书随处都买得到，只要一便士。

不少年轻人还配了武器。

埃布里马暗想，新教徒集会之所以选在胡贝特领主牧场，一是因为这里不属于安特卫普市议会管辖，城守没办法干涉，二来当地捕役不足，没办法驱散这么多人。纵然如此，也未必不会起冲突。瓦西屠杀惨剧已经传得人尽皆知，有几个年轻人看样子来势汹汹。

卡洛斯信奉天主教；埃布里马应该就是基督徒口中的异教徒，自然啦，他们看不穿他的心思，他是众人眼中热忱的天主教徒，和卡洛斯一样。就连太太艾微也给蒙在鼓里。丈夫喜欢在主日黎明时到河边散步，她也许起了疑心，但她是明白人，故意不说破。平常埃布里马和卡洛斯带着家人去堂区教堂，庆日则去安特卫普主教座堂。尼德兰的宗教之争叫他们担惊受怕，只怕好日子要一去不返，毕竟毗邻的法国已经有无数人遭遇不幸。

卡洛斯心思单纯，不爱琢磨事情，他说不明白怎么有人要改信别的宗派。埃布里马却看出尼德兰人为何接纳新教。为此，他心中忧愁又忐忑。

天主教是西班牙霸主规定的信仰，而许多荷兰人不甘受外族奴役。此外，尼德兰人崇尚革新，而天主教会则事事守旧，对新想法不由分说加以诅咒，不愿改变。最糟糕的是，大多数尼德兰人都是因为经商而致富，但神职人员轻视商业，尤其是银行，可若不犯下取利之罪，也就没有这一行可言了。和天主教相反，举足轻重的约翰·加尔文则允许借贷时收取利息；加尔文是日内瓦的新教徒领袖，已于两年前去世。

今年入夏以来，日内瓦又派出一拨加尔文宗的传教士来到荷兰，在林子里、田间地头进行通俗的讲道，终于使新教的涓涓细流汇成大潮。

对新教徒的惩罚虽然严厉，但时断时续。尼德兰总督帕尔玛公爵夫人玛格丽塔是西班牙腓力国王的异母姐姐，是老皇帝的私生女。为长治久安，她主张宽容对待异教徒，但国王弟弟却铁了心，要把领土上的异端扫除干净。她有心宽容时，心狠手辣的宗教裁判官彼得·蒂特尔曼斯却展开镇压，新教徒惨遭折磨、肢解、被活活烧死。这些残暴手段，就连天主教徒中也极少有人赞成，大多数时候，法律较为宽松。像卡洛斯他们，关心的只是买卖。

新信仰已蔚然成风。

影响如何了？埃布里马和卡洛斯这次就是要来看个究竟。市议员想知道有多少信徒改投这个新宗派，但平常很难看出个究竟，因为新教仍然不能公开，但今天的集会是个难得的机会，可以一窥新教之全貌。一位议员私底下叫了卡洛斯和埃布里马，吩咐两人暗暗数一数人数。两个人是忠诚可靠的天主教徒，又不是官吏。

两个人瞧着路上人潮涌动，就知道人数比料想的还多。埃布里马边走边问："画得怎么样了？"

"要收尾了。"卡洛斯请了安特卫普一位大师为主教座堂作画。埃布里马知道卡洛斯祈祷时感谢主的恩赐，请主允许他长此下去。他和埃布里马一样，从不把眼前的顺遂当成天经地义。他总讲起约伯的典故：约伯生活美满，后来落得一无所有，但他说："上主赐的，上主收回。"

埃布里马心中奇怪，他以为卡洛斯在塞维利亚遭迫害，会因此反对教会。说起信念时，卡洛斯总是三言两语带过，这些年来，埃布里马从卡洛斯的随口之言还有字里行间中得知，天主教仪式带给卡洛斯极大的慰藉，类似他自己行水礼。新教教堂里四壁萧然，两个人都觉得索然无味。

埃布里马问："最后你们决定什么题目了？"

"加纳的神迹，就是耶稣变水为酒的典故。"

埃布里马哈哈笑了。"圣经里你最喜欢这个典故。不知道是什么缘故？"人人都知道卡洛斯嗜酒如命。

卡洛斯微笑着说："下周就送去教堂了。"

这幅画表面上是城中冶金匠的捐赠，不过人人都清楚，钱是卡洛斯一个人出的。从中不难看出，卡洛斯已迅速成为安特卫普数一数二的人物，他性格和善，爱与人交往，再加上头脑精明，当上市议员应该是早晚的事。

埃布里马则不同，他性格内敛谨慎。比头脑，他不输给卡洛斯，但他对当官不感兴趣。再有，他喜欢攒钱。

卡洛斯又说："过后大伙聚一聚，你带着艾微也来吧。"

"那还用说。"

还没走到牧场，耳边就传来一阵歌声，埃布里马觉得脖颈上的寒毛都竖了起来。这歌声着实不可思议，他早习惯了在天主堂里听唱经班齐唱；主教座堂里的唱经班人数也不少，但和眼前这一幕根本无法相提并论。他从没听过数千人齐唱一首歌。

两个人穿过一片小树林，来到一处矮坡顶，正好俯瞰整片牧场。草场向一条浅溪延伸，远处缓缓升高，总共少说也有十英亩，挤满了男女老幼。远处，一位牧师站在临时搭成的高台之上领唱。

他们唱的是法语：

> 我虽经阴翳之谷、不虞遭害、
>
> 因尔相偕、尔杖尔竿、用以慰我兮……

埃布里马听懂了，这是《诗篇》第二十三首，可以说耳熟能详。他在教堂里听过拉丁语唱诗，但根本不能相提并论。歌声仿佛自然之伟力，让他想起海上的风暴。这些教徒对诗章所言深信不疑：纵然行过死荫的幽谷，也不怕遭害。

埃布里马瞥见继子马图斯站在不远处。马图斯每逢主日都跟着父母去教堂，不过近来对天主教会啧有烦言。艾微叮嘱他不要到处嚷嚷，可他不听；十七岁的少年眼中，是非容不得颠倒。埃布里马看见同他为伍的少年都带着吓人的棍棒，心中预感不妙。

卡洛斯也瞧见了马图斯，紧张地说：“那些孩子看样子是来打架的。”

埃布里马感觉草地上笼罩着平静欢乐的气氛，乐观地说：“看来他们今天要扫兴而归了。”

“竟然有这么多人啊。”

“你看有多少？”

“几千吧。”

“这可怎么数得过来。”

卡洛斯擅长算术。“从小溪分开，一边算一半。从这儿到牧师那儿画一条线。最近的四方块里有多少人？再分四份。”

埃布里马略一估算。“一共十六格，每格五百人？”

卡洛斯没回答，只说：“有麻烦了。”

埃布里马看见卡洛斯望着自己身后，于是也扭头张望，立刻明白了卡洛斯紧张的由头。只见林子里走来一伙人，是几个教士和士兵。倘若是来驱散集会，那人也太少了些。这些新教徒有备而来，并且自以为是，他们绝不是对手。

走在正中间的是一位神父，六十四五岁，身穿黑袍，胸前挂着一枚惹人注目的银十字架。神父走近了，埃布里马看出他深凹的眼窝里嵌着两颗黑眼珠，高鼻梁，嘴角勾勒出坚毅的线条。埃布里马不认得这人，只听卡洛斯说：“是彼得·蒂特尔曼斯，龙塞总铎，宗教裁判官。”

埃布里马紧张地瞥了一眼马图斯和他那群朋友。他们还没注意到这位来客。等一会儿他们发现宗教裁判官来监视他们集会，不知会如何收场?

蒂特尔曼斯那伙人越走越近，卡洛斯说：“咱们还是躲开好——他认得我。”

可惜迟了一步，蒂特尔曼斯瞧见卡洛斯盯着自己，微微一惊，说道：“在邪恶之穴见到你，真叫我好生失望。”

卡洛斯不服气：“我可是规规矩矩的天主教徒！”

蒂特尔曼斯脑袋微微一扬，仿佛饥肠辘辘的老鹰察觉草间有动静。“那么规规矩矩的天主教徒怎么也来参加新教徒的狂歌乱舞？”

埃布里马答道：“市议会想知道安特卫普的新教徒数目，叫我们来数一数。”

蒂特尔曼斯满脸狐疑，问卡洛斯：“雇士人之言岂可取信[①]？他十有八九是个穆斯林。”

埃布里马暗想，你猜得差远了。他瞧见蒂特尔曼斯一行人中有一张熟悉的面孔，是个花白头发的中年人，面皮泛红，一看就知道好酒贪杯。“这位胡斯神父认得我。”胡斯是安特卫普主教座堂的咏礼司铎。

胡斯轻声说：“彼得总铎，这两位都是规规矩矩的天主教徒，是圣雅各伯堂区教堂的会众。”

这时一曲赞美诗终了，传教士提高了嗓音布道，一些教徒纷纷往前挤，好听得清楚些。几个教徒瞧见蒂特尔曼斯和他的大银十字架，不满地嘀咕。

胡斯紧张地说：“大人，新教徒数目比咱们料想的要多，倘

---

① 雇士人岂能改变他的肤色，豹子岂能改变它的斑点？（《耶肋米亚》13：23）

若起了冲突，咱们人少，怕对您保护不周。”

蒂特尔曼斯不理睬，阴险地说：“倘若你们两个所言不虚，那么就把那些邪恶之徒的名字告诉我。”他冲着新教徒泛泛地一挥手。

埃布里马自然不会把邻人出卖给这个刽子手，他知道卡洛斯也一样。他瞧卡洛斯正欲开口反驳，抢先说：“自然，彼得总铎。我们乐意效劳。”他四下张望，接着说：“不巧了，这会儿没有一个是我认得的。”

“胡说八道。这儿至少有七八千号人。”

“安特卫普住了八万人，我不能每个都认得。”

“即便如此，总该有几个认得的吧。”

“不然。也许因为我的朋友全都是天主教徒。”

蒂特尔曼斯无言以对，埃布里马松了口气。他通过了审讯。

这时耳边传来一声喊，说的是布拉班特方言：“卡洛斯！埃布里马！你们好啊！”

埃布里马一扭头，瞧见是自己的小舅子，铁匠艾尔贝特·威廉森。六年前逃难到安特卫普，多亏有艾尔贝特帮忙，他也盖了鼓风炉，同样生意兴旺。艾尔贝特一家都来了：太太贝彻和女儿德丽克。十四岁的德丽克亭亭玉立，生着天使般的面庞。他们一家三口都诚心信奉新教。

艾尔贝特兴高采烈：“是不是很了不起？这么多人齐唱上帝圣言，没人叫他们闭嘴！”

卡洛斯轻声提醒：“小心失言。”

但艾尔贝特正兴兴头头，压根没瞧见蒂特尔曼斯和那枚十字架。“哎，得了，卡洛斯，你心胸宽广，不是认死理儿的人。你不会觉得我们这儿有什么惹得慈爱的上帝不悦吧。”

埃布里马见情况不妙，急忙提醒：“噤声。”

艾尔贝特又是不悦又是纳闷，这时太太贝彻一指裁判长，艾尔贝特顿时吓得脸色煞白。

不少人瞧见了蒂特尔曼斯，周围的大部分新教徒都不再注视牧师，转而瞪着总铎；马图斯那伙少年提着棍棒聚拢过来。埃布里马大喊：“小伙子们，别过来，这儿不需要你们。”

马图斯充耳不闻，走过去护在德丽克身边。他长得人高马大，四肢还不大协调，脸孔上总挂着一副半是恐吓半是忐忑的表情。埃布里马瞧见他对德丽克多有回护，想他莫不是情窦初开，暗自提醒自己回去记得问问艾微。

胡斯神父说：“彼得总铎，咱们该回城去了。”

蒂特尔曼斯好像铁了心，不能空手而回。他一指艾尔贝特：“告诉我，胡斯神父，此人姓甚名谁？”

胡斯答道：“对不住，总铎，这个人我不认得。”

埃布里马知道他说了谎，暗暗佩服他这份勇气。

蒂特尔曼斯又问卡洛斯：“那么你显然认得——刚才他跟你说话，听口气像是老朋友。他是什么人？”

卡洛斯迟疑着没有接口。

埃布里马以为蒂特尔曼斯要得逞了。艾尔贝特口气热络，卡洛斯没办法硬说不认得。

蒂特尔曼斯催促说：“快说，快说！倘若你没有说谎，的确是个规规矩矩的天主教徒，那一定乐意指认此等异教徒。要是现在不说，就把你带到另一个地方，自有办法叫你实话实说。”

卡洛斯忍不住一哆嗦，埃布里马猜想他是想起塞维利亚遭受水刑的佩德罗·鲁伊斯。

艾尔贝特挺身而出："我绝不会让朋友们因为我而受刑。本人艾尔贝特·威廉森。"

"做什么的？"

"铁匠。"

"那两个女人呢？"

"和她们没关系。"

"上主仁慈，眷顾每一个人。"

"我不认得她们，"艾尔贝特被逼无奈，"是路上碰见的两个妓女。"

"看样子可不像妓女啊。不过真相瞒不过我。"蒂特尔曼斯扭头对胡斯说，"记下来：艾尔贝特·威廉森，铁匠。"说罢，他提起袍子，一转身，顺着原路走了，随行的紧紧跟上。

大家默默望着他们远去。

卡洛斯骂道："王八蛋。"

安特卫普主教座堂的北塔高四百多英尺。本来还应该有一座南塔，只是迟迟未能动工。在埃布里马看来，这孤零零的一座塔反倒更显气势恢宏，如同一根手指，直指天国。

他踏入中殿，不由得不心生敬畏。窄窄的中央甬道上方对着拱顶，仿佛深不见底。他有时候不禁想，说不定基督徒信奉的主确实存在呢。可他转念一想，人的手艺再高明，也无法媲美江河的气势磅礴。

主祭台之上是一件基督受难的大型雕像，他同一左一右两个强盗一同钉死。这件作品令全城人引以为傲。当地人富庶且风雅，教堂里的油画、雕塑、彩绘窗和珍品琳琅满目。这一天，埃布里马的朋友兼生意伙伴卡洛斯也来锦上添花。

之前和讨人厌的彼得·蒂特尔曼斯不欢而散，埃布里马暗暗希望能借此赔罪。和宗教裁判官结仇可是大大不妙。

中殿南面的一间小堂供奉着圣乌尔巴诺，酿酒人的主保圣人。新画已经挂好了，上面用红丝绒布遮盖。小堂里坐满了人，都是卡洛斯的亲朋好友，还有冶金行会的要人。另有一百名左右邻居和商人站在堂外，各个穿着讲究，迫不及待地要一窥画作。

埃布里马瞧出卡洛斯满面春风。这座教堂耸立在这了不起的城市中央，而他占了一席之地。这场仪式将巩固他的身份，他备受爱戴尊敬，生出安身立命之感。

胡斯神父到了，捐赠仪式开始。布道不长，神父称赞卡洛斯潜心向主，父慈子孝，并为教堂锦上添花。字里行间暗示卡洛斯将在市里出任要职。埃布里马对胡斯很有好感。胡斯常告诫信徒警惕新教，不过也仅止于此。看得出，他并不赞成蒂特尔曼斯的做法，只是逼不得已。

祈祷时，两个孩子坐不住了。听大人长篇大论，的确苦了他们，何况大人说的还是拉丁文。

卡洛斯叫两个孩子别闹，语气温和。他一向惯着孩子。

最后，胡斯请卡洛斯上前，掀开画上的红布。

卡洛斯攥住红布一角，却犹豫了。埃布里马担心他要致辞，普通百姓不可以在教堂里发言，那是新教徒的做法。好在卡洛斯没说话，动手扯红布，起初有几分紧张，随后大起胆子。红布如同绯红的水帘倾泻而下，画作呈现在众人眼前。

婚礼的背景是一间富丽堂皇的宅邸，像是安特卫普某个钱庄老板的住处。主基督身披蓝袍，坐在首席；旁边坐着男主人，只见他肩膀宽阔，蓄着浓密的黑须，有八九分像卡洛斯；男主人身边则是一个笑容温婉的标致妇人，说是伊玛可也不为过。中殿里的邻人交头接耳，认出宾客中的熟悉面孔，都忍俊不禁：埃布里马戴着阿拉伯风格的帽子，旁边的艾微穿着长裙，凸显丰满的胸脯；伊玛可旁边坐着一个衣着华贵的男人，一看就是她父亲扬·沃尔曼；一个又高又瘦的管家对着空酒坛子愁眉苦脸，俨然是安特卫普第一大酿酒商亚当·斯米茨。画中还有一条狗，像极了卡洛斯家的参孙。

画作挂在古老的石墙上，阳光从南窗射进来，照亮了画面，贵客的华服或橘或蓝或绿，和洁白的桌布、餐厅的灰墙相映成趣。

卡洛斯喜形于色。胡斯神父和他握手告别。大家伙都想向他道贺，卡洛斯于是在众人间走来走去，满脸笑容，接受大家的称赞。最后，他双手一拍，说道："各位！请移步寒舍！保证有喝不完的酒！"

众人拉起长队，沿着镇中心蜿蜒的街道，来到卡洛斯家。卡洛斯引大伙上到二楼，宽敞的客厅里已经备好酒菜。宾客们都敞开了肚皮；几个新教徒也来道贺，其中有艾尔贝特一家——他们没有去教堂。

埃布里马举起酒杯，咕咚喝了一大口。卡洛斯家的酒都是佳酿。他抬起袖子，擦了擦嘴。一杯酒下肚，他浑身暖融融的，人也放松下来。他和扬·沃尔曼聊起生意，同伊玛可聊她的小孩子，提醒卡洛斯说有个主顾还欠着账——埃布里马看那人来捧场，认为正好可以催上一催，但卡洛斯不想坏了气氛。客人扯开了嗓门，小孩子吵吵闹闹，少年人对少女大献殷勤，有家室的男子和朋友的太太打情骂俏。埃布里马暗想，天底下的宴席都一个样，连非洲也不例外。

彼得·蒂特尔曼斯不请自来。

埃布里马先是察觉屋里静了下来，起初是门口附近，随后一片鸦雀无声。他正和艾尔贝特讨论铸铁火炮和铜炮的优劣，两个人同时发觉气氛异样，抬头张望。只见蒂特尔曼斯挂着那枚大银十字架，站在门口，身后跟着胡斯神父和四个守卫。

埃布里马咕哝："那个魔鬼来干什么？"

艾尔贝特神色紧张，但乐观地说："或许是为油画的事来祝贺卡洛斯吧。"

卡洛斯从不言不语的宾客间走到门前，和气地招呼："日安。彼得总铎大驾光临，荣幸之至。请饮一杯薄酒吧？"

蒂特尔曼斯充耳不闻，开口问："这里有没有新教徒？"

"不会。我们刚从主教座堂回来，给一幅画——"

"你们在主教座堂做什么，我一清二楚，"蒂特尔曼斯不客气地打断他，"这里有没有新教徒？"

"我打包票，据我所知——"

"你要说谎骗我，我一闻就知道。"

卡洛斯脸上挂不住了。"既然不信，又何必问我？"

"这是考验你。你可以闭嘴了。"

卡洛斯气急败坏："我可是在我自己家里！"

蒂特尔曼斯提高声音，让大家都听得清清楚楚。"我来找艾尔贝特·威廉森。"

看样子蒂特尔曼斯认不准哪个是艾尔贝特，毕竟他们只在胡贝特领主牧场见过一面。埃布里马想，只要大家都假装艾尔贝特不在，说不定能逃过一劫。可惜不是每个人都这么机灵，不少糊涂家伙纷纷将目光投向艾尔贝特。

艾尔贝特心下忐忑，犹豫片刻后迈步上前，壮着胆子问："找我有何贵干？"

"还有你太太。"蒂特尔曼斯伸手一指。贝彻的确就站在丈夫身边，蒂特尔曼斯猜中了。贝彻脸色苍白，神色惊惶，也迈步上前。

"还有那个女儿。"

德丽克不在父母旁边，蒂特尔曼斯自然也不会记得一个十四岁的小姑娘长什么样。卡洛斯心一横："那孩子没来。"埃布里马心里抱着一线希望：说不定能保住这孩子。

但她不愿被保住。只听一个稚嫩的少女声音高声说："我是德丽克·威廉森。"

埃布里马心一沉。他望见一身白裙的德丽克站在窗边，怀里抱着卡洛斯家的猫咪，正和继子马图斯说话。

卡洛斯说："总铎，她不过是个小丫头，自然——"

德丽克却接着说："我信仰新教，"她语气透着轻蔑，"对此我感谢主。"

一屋子宾客交头接耳，有的敬佩，有的担心。

蒂特尔曼斯命令："过来。"

德丽克昂首挺胸，走了过去。埃布里马暗暗叹一句糟糕。

"把他们三个带走。"蒂特尔曼斯对随行的人吩咐。

有人高喊："你就不能让我们安生片刻？"

蒂特尔曼斯气冲冲地四下张望，却不知道是谁在嘲讽自己。埃布里马却清楚，那是马图斯的声音。

另一个人跟着喊："对，滚回龙塞去吧！"

客人们纷纷响应，冲他喝倒彩。几个守卫押着威廉森一家出了卡洛斯的家门。蒂特尔曼斯刚转身要走，马图斯冲他扔了一条面包，正好打在他后背。蒂特尔曼斯佯装不知。接着一只酒杯飞了过去，贴着他飞过，砸在墙上，酒溅了他一身。宾客们不住谩骂，越发起劲。蒂特尔曼斯生怕出事，落荒而逃。

屋子里哄堂大笑，抚掌相庆。埃布里马却笑不出来。

两周后，德丽克将被火刑处死。

蒂特尔曼斯在主教座堂宣布了这条消息，并说艾尔贝特和贝彻夫妇放弃新教信仰，请求上主宽恕，恳请教会对他们再次敞开怀抱。蒂特尔曼斯应该知道夫妻俩并非诚心悔罪，但也只能收了罚款放人。德丽克不肯背弃信仰，人人惊骇不已。

蒂特尔曼斯不准任何人去探监，艾尔贝特买通了狱卒，进去劝说，但德丽克说什么也不肯改变心意。她以年轻人的赤诚之心，坚持说宁愿一死也不背弃主。

行刑的前一天，埃布里马和太太艾微去探望艾尔贝特和贝彻夫妻。他们想来宽慰两个朋友，可惜无济于事。贝彻哭个不停，艾尔贝特难过得说不出话来。夫妻俩只有德丽克这么一个孩子。

当天，市中心立起了木桩，旁边堆了一车干柴。行刑地点周围环绕着座堂、典雅的中央市场、尚未竣工的宏伟的市政厅。

行刑定在日出时分。天没亮，百姓纷纷赶来。埃布里马察觉到气氛凝重。处决盗匪暴徒之流可谓大快人心，围观的百姓看着恶人受刑，不住嬉笑怒骂。但今天不同。人群里有不少新教徒，他们各自悬着一颗心，担心自己遭到同样的命运。至于卡洛斯等天主教徒，虽然不满新教徒惹是生非，担心法国的宗教战争席卷尼德兰，但将一个小姑娘活活烧死，几乎没有人赞同。

德丽克由负责行刑的埃格蒙特押出议会楼。埃格蒙特长得五大三粗，穿了件皮罩衫，一手举着火把。德丽克则一袭白裙，是被捕时的装束。埃布里马立刻看出，自以为是的蒂特尔曼斯棋错一着。德丽克宛若处女——这一点毫无疑问；她脸色苍白、楚楚可怜，宛如画中的圣母马利亚。大家一看到德丽克，不由齐声惊叹。埃布里马对太太艾微说："这是一场殉教。"他朝马图斯瞥了一眼，那孩子正强忍泪水。

教堂西面共有两扇门，只见其中一扇打开了，蒂特尔曼斯率一众司铎走了出来，像一群乌鸦。

两个卫兵将德丽克绑在桩子上，在她脚边堆起柴火。

蒂特尔曼斯向众人宣讲真理及邪说。埃布里马看出，这家伙压根没有自知之明。他的言行举止无不惹人生厌：恫吓的语气、傲慢的神情，还有，他是外省人。

这时德丽克开口了。她清亮的嗓音盖过了蒂特尔曼斯的叫嚣。她念的是法语：

> 耶和华为我牧、我不匮乏兮……

是那天在胡贝特领主牧场听到的那首赞美诗，《诗篇》第二十三篇，首句是"耶和华是我的牧者"。群情沸腾。

埃布里马鼻子一酸，有人失声啜泣。人人都觉得他们在见证一出神圣的悲剧。

蒂特尔曼斯怒不可遏。他对刽子手发火了。埃布里马离得近，听得分明："你怎么没把她舌头拔掉！"

监牢里有种工具，状似爪子，专门用来拔舌。这东西本来是为了惩罚骗子，有时候却用来对付异教徒，免得他们临死前妖言惑众。

艾格蒙特阴沉沉地答道："除非有明确吩咐。"

只听德丽克念道：

> 使我卧于草场、导我至憩息之水滨兮……

她仰着头，埃布里马知道，她看到了青青草地和可安歇的水边，这是一切信仰都向往的来生。

蒂特尔曼斯说道："打掉她的下巴。"

"遵命。"艾格蒙特并非多愁善感之人，但看样子蒂特尔曼斯的心狠手辣连他也不屑，并不着意掩饰厌恶之情。尽管不满，他还是把火把递给了一个卫兵。

马图斯扭头大喊："他们要打掉她的下巴！"

母亲慌忙叫他闭嘴，可马图斯声音洪亮，已经有不少人听见了。众人异口同声地抗议。众口交传，一会儿所有人都知道了。

马图斯又喊："让她祈祷！"众人跟着喊："让她祈祷！让她祈祷！"

艾微着急道："你要惹祸了！"

艾格蒙特走到德丽克身前，双手按住她的脸，两只拇指塞进她嘴里，紧紧扣住下颌，好让她下巴脱臼。

埃布里马感觉身旁猛地一动，原来是马图斯对准艾格蒙特的后脑勺撇了一颗石头。石头不小，瞄得极准，扔的人又是手臂结实的十七岁少年；石头砸中艾格蒙特的脑袋，埃布里马听见咚的一声响。只见艾格蒙特脚下打跌，好像要昏倒了，按着德丽克的手也松了。众人齐声欢呼。

蒂特尔曼斯瞧出情势不妙，急忙命令："行了，算了算了，快点火！"

马图斯大喊："不要！"

几颗石头飞出去，但都没有打中。

艾格蒙特拿过火把，对准柴火。干柴很快烧着了。

马图斯推开埃布里马，朝德丽克跑去。艾微大喊："回来！"但儿子充耳不闻。

几个守卫拔剑在手，但慢了一步，马图斯飞快地踢开德丽克脚边烧着的木柴，又奔回人群里。

守卫举着剑追过来，众人吓得纷纷闪开。艾微急哭了："他们要杀了他！"

埃布里马急中生智，要救这孩子只有一个办法：煽动暴乱。这并非难事，众人已经摩拳擦掌了。

趁木桩前无人把守，埃布里马率先冲过去，不少人跟了上来。他拔出匕首，挑断德丽克身上的绳索；艾尔贝特不知从哪儿冲过来，一把抱起女儿——小姑娘身子轻——两人消失在人群中。

众人涌向那群司铎，几个守卫只好不再追马图斯，冲回来保护几个教士。

蒂特尔曼斯迈开步子朝座堂走，几个司铎匆忙跟上，走着走着就跑起来。众人不去追逐，不住喝倒彩。一行人穿过精雕细刻的石头拱道，推开宽阔的木门，隐匿在教堂的幽暗之中。

当夜，艾尔贝特一家离开了安特卫普。

只有几个人知道他们去了哪儿，埃布里马是其一。他们决定去阿姆斯特丹。那儿是个小镇，但更靠近东北，离西班牙的权力中心布鲁塞尔更远。正因为这个缘故，阿姆斯特丹正迅速兴起。

埃布里马和卡洛斯买下艾尔贝特的铁铺，付了黄金给他，他找了一匹壮实的矮马，把金子锁在鞍囊里。

马图斯不愿同恋人分别，想一起去。按埃布里马的意思，不如让他跟去算了——他模糊地记得少年人情窦初开时难舍难分。倒是艾尔贝特推说德丽克年纪尚幼，不是嫁人的时候，叫两人等上一年。届时，倘若马图斯依然钟情于她，就来阿姆斯特丹提亲。马图斯发誓一年后再见，他母亲则说："等等看吧。"

蒂特尔曼斯没了动静。他没再去找谁的麻烦，也没再逮捕什么人。也许他终于明白自己手段残忍，惹得安特卫普的天主教徒厌恶；也许他在酝酿。

埃布里马真希望新教徒也就此罢手，可惜他们反倒越发自信，甚至是自满。他们要求容忍、要求随心所欲地敬礼，但埃布里马看出他们并不满足于此，不禁愤愤然。在他们眼里，天主教徒不仅离经叛道，更是邪恶堕落；天主教仪式——欧洲人延续了数百年的传统——亵渎神明，必须革除。他们呼吁宽容，却不宽容他人。

西班牙领主及其教会同盟越发不得民心，这叫埃布里马心生不安。平静的日常之下，仇恨、暴力一触即发。他是个生意人，只想过平静安定的日子，好经营他的生意。

八月二十日这天，他在铺子里和一个买主讨价还价；天气炎热，他微微冒汗。麻烦就是这时起的。

他听见街面上一片嘈杂：咚咚的脚步、玻璃哗啦碎裂、激动的喧嚷。他忙出去查看，卡洛斯和马图斯也闻声赶来。只见街上几百个少年人步履匆匆，中间还有几个少女。他们抬着梯子、滑轮、绳子，也有人拿着普通的木杖、铁锤、铁条、铁链之类。

埃布里马大喊："你们要干什么去？"可惜没一个人回答。

刚才听见的玻璃碎裂，是住在这条街上的胡斯神父家的窗子。不过看样子只是谁一时兴起，一群人直奔城中心，看样子不达目的誓不罢休。

卡洛斯问："他们究竟要搞什么鬼？"

埃布里马心里有个答案，盼望自己多虑了。

三个人跟着人群来到集市广场，也就是他们帮德丽克逃脱的地方。那群少男少女聚拢在广场中央，其中一个开口请求上帝保佑，说的是布拉班特方言。新教徒随口祈祷，并且不说拉丁语，只用日常语言。埃布里马担心他们是冲着座堂去的。果然不出所料。祈祷终了，他们排成一队，朝座堂走去，显然早有预谋。

座堂入口是一处哥特式尖拱，上面罩着葱形穹顶，中间的弧形山墙雕着主在天国之中，一圈圈拱券上则雕满了天使圣徒。埃布里马听见身边的卡洛斯惊呼一声，只见那群人提起锤子等各式工具，一边猛砸雕像一边高喊经文，好像诅咒一般。

卡洛斯喝止："快住手！当心报复！"可没人理睬。

埃布里马看出马图斯跃跃欲试，见他刚一迈步，埃布里马一把拽住，紧紧扣住。他到底是铁匠，马图斯挣不脱。“想想你母亲！这儿是她敬礼的地方！别动手，三思吧。”

“他们在履行上帝之命！”马图斯大喊。

暴乱的人群发现几扇大门上了锁，一定是神父瞧见他们来了。埃布里马总算松了口气，看来不至于酿成大祸。他们大概要扫兴而归了。他松开马图斯。

新教徒跑到教堂背面，找寻入口；三个人也跟了过去。有一扇侧门没锁；显然是教士惊慌失措，没能顾及。埃布里马大惊失色。一群人涌进教堂，马图斯也跟着冲了进去。

埃布里马进去的时候，新教徒已经分散在各个角落，得意扬扬地大喊大叫，见到雕像、画像，一律损毁。

他们仿佛一群醉鬼，但不是喝了酒，而是被破坏的狂热攫住了。卡洛斯和埃布里马高声喝止，几个上了岁数的市民也不住劝阻，可惜都是徒然。

内殿有几个司铎，埃布里马瞧见他们顺着南侧门廊匆匆逃走。其中有一位却朝捣乱的人走来，他举着两只手，似乎叫他们住手。埃布里马认出是胡斯神父。只听他反复说：“你们都是主的孩子。”一伙人猛冲过去，他不闪不避。“住手吧，有事可以商量。”一个大块头把他推倒在地，其余的人从他身上踩了过去。

闹事的少年扯下珍贵的帐幔，堆在交叉甬道中央，几个少女从祭坛上拿了蜡烛，一边纵声尖叫一边点火。木雕砸坏了，古籍撕烂了，珍贵的法衣被割成碎布，一并扔到火堆里。

埃布里马心下骇然，他担心的不只是这种恣意破坏，还有后果。他们公然挑衅腓力国王和庇护教宗，这是全欧洲权势最盛的两个人，这种行为绝不容姑息。安特卫普全城都要遭到牵连。国际政治错综复杂，也许惩罚姗姗来迟，但那一天一定是人间惨剧。

这里面有一伙人显然是有备而来，他们围拢在主祭坛周围，对准了那尊雕像。他们三下五除二，将梯子和滑轮准备好，一看就是训练有素。

卡洛斯倒吸一口气。“他们要亵渎受难的耶稣！”他目瞪口呆。只见那伙人用绳子捆住耶稣，在他两腿上又敲又凿，想把雕塑弄倒。他们一边破坏，一边高喊偶像崇拜之罪，然而，即便不信神的埃布里马也看得出，犯下渎神之罪的正是这群新教徒。那伙人合力拉动滑轮，绳子越拉越紧，垂死的耶稣身子不住前倾，双膝开始碎裂，最终从祭坛上跌了下来，脸孔朝下。那群新教徒仍不满足，举着锤子砍砸跌倒的雕像，直到把雕像的手臂和头部砸成了碎片，那般兴高采烈，如同撒旦附体。

祭坛上，一左一右的两个盗贼垂头对着耶稣的残躯，仿佛心生怜悯。

有人找出一壶圣餐酒和一只金圣爵，一伙人举杯庆祝。

这时南边传来一声呐喊，埃布里马和卡洛斯齐齐扭头。一望之下，埃布里马大惊失色：几个少年聚在圣乌尔巴诺小堂，打量卡洛斯请人画的那幅加纳神迹。

“不要！”卡洛斯怒吼一声，但声音被淹没了。

两个人急忙跑过去，可惜迟了一步，一个少年扬起匕首，把画布割成了两半。卡洛斯扑过去，把他撞倒在地，匕首也飞了出去；剩下的几个少年揪住卡洛斯和埃布里马，两个人挣不脱，只能眼睁睁地看他们破坏。

那个少年从地上爬起来，看样子毫发无损。他捡起匕首，对着画布上的婚礼宾客划了一刀又一刀，耶稣及其宗徒、卡洛斯的亲朋好友都面目全非。

一个少女举着细蜡烛，点着了破烂不堪的画布。浸了油彩的画布先是冒起黑烟，却不见火星，好一会儿才见一股小火苗蹿出来，火焰很快吞噬了整张画。

埃布里马不再挣扎，转头望着卡洛斯，见他闭上了眼睛。

那几个小流氓松开手，去别处捣毁圣像了。

卡洛斯跪倒在地，泪流满面。

十五

艾莉森·麦凯和苏格兰女王玛丽被软禁了。

苏格兰利文湖中央有座小岛，两个人就关在岛上的城堡里，日夜有十五个士兵看守，要对付两个弱女子，他们实在绰绰有余。

两人计划逃走。

玛丽不屈不挠。她缺乏远见——漫漫长夜，艾莉森思来想去，女王的每一个决定几乎都以失败告终。但她从不气馁。这一点叫艾莉森由衷佩服。

利文湖景象一片凄凉。城堡呈方塔形状，由灰石砌成；水面劲风凛冽，就连夏天也嫌冷，因此墙上只开了狭长的小窗。院子不足一百码，墙外连着窄窄一片灌木丛林地，再过去就是水面。起风的日子，湖水漫过林地，拍打着围墙。湖面宽阔，划船过去，就算壮汉也要摇半个小时。

从这里逃出去并非易事，但她们不得不放手一搏。日子苦不堪言；艾莉森做梦也想不到自己会百无聊赖，恨不得一死了之。

两个姑娘在法兰西宫廷长大，见惯了华冠丽服、珠光宝气，日日穿梭于宴饮、典礼、戏剧之间，日常的话题是朝野倾轧、阴谋秘技，身边的男子皆为戎首，或号令千军、或罢战息兵，身边的女子莫不是女王、皇太后。见惯了这些，利文湖真好比炼狱。

此时是1568年，艾莉森二十七岁，玛丽二十五岁。她们囚禁在利文湖近一年，期间艾莉森反复思索，究竟是哪一步走错了。

玛丽犯的第一个错误，是看上了伊丽莎白女王的亲戚亨利·达恩利勋爵。此人仪表堂堂，可惜是个酒鬼，还染了花柳病。艾莉森百般为难，一面祝福玛丽同心上人终成眷属，另一面也为她遇人不淑而扼腕。

恩情转瞬即逝，玛丽有了身孕，达恩利怀疑妻子不忠，把她的私人秘书给杀了。

倘若说苏格兰贵族里有谁比达恩利还不堪，在艾莉森看来，那就要数好勇斗狠的博斯韦尔伯爵，而玛丽的第二个错误，就是怂恿博斯韦尔杀了达恩利。达恩利果然死了，其中缘故，人人心照不宣，至少猜出八九。

苏格兰百姓愤而造反，这叫两个人都出乎意料。当地人性格豪爽，不管是天主教徒还是新教徒都看不惯王室荒淫无耻，女王与子民的关系可谓一落千丈。

屋漏偏逢连夜雨，之后博斯韦尔竟将两人掳走，还强迫玛丽与他同房。按说女王遭人蹂躏，百姓会怒不可遏，揭竿而起，可惜玛丽的名节已遭玷污，只怕百姓未必响应。两个人一番衡量，认为要保全玛丽的名誉，唯一的法子就是让她嫁给博斯韦尔，以掩盖遭强暴之事。博斯韦尔夫人早受够了丈夫，很快离了婚；至于离婚并不受天主教教会认可，那也顾不得了。玛丽和博斯韦尔不日完婚。

这是第三个错误。

二十六名苏格兰贵族义愤填膺，领兵大败玛丽和博斯韦尔，将玛丽俘虏之后，逼她退位，并将王位传给年仅一岁的儿子詹姆斯，随后将她囚禁在利文湖——母子不得相见。

英格兰女王伊丽莎白自然把一切都看在眼里。伊丽莎白口中承认玛丽为正统的苏格兰女王，身份无可非议，却一直按兵不动。至于她心里如何想，这就好比夜里听到门外两个醉鬼大打出手，谁输谁赢无所谓，只要别打进家里来就好。

玛丽嫁给达恩利之后，艾莉森嫁了一个虔诚的天主教徒。此人生着一对淡褐色的眸子、一头浓密的金发，有几分像皮埃尔·奥芒德。他为人和善，对艾莉森也是一片真心，可惜总怪她侍候玛丽，不是为妻之道。其实艾莉森早该有所预料，一时左右为难。她有了身孕，四个月后不幸小产，不久之后，丈夫出门打猎时意外身亡，艾莉森简直松了口气。她又能全心侍奉玛丽了。

然而又横生变故。

利文湖长夜漫漫，一天晚上，玛丽突然感叹："谁也不像你这般爱我。"这话叫艾莉森生出一种异样之感，模糊但强烈，不由红了脸。玛丽又说："我出生没多久父王就死了，母后和我聚少离多，三个丈夫各有各的怯懦。你对我而言，是母亲、父亲也是丈夫。很奇怪不是？"艾莉森泣不成声。

负责看守她们的是利文湖堡主威廉·道格拉斯爵士。玛丽凭借颠倒众生的魅力，使威廉爵士成了裙下之臣。爵士把她当成家中贵客，生怕怠慢。他的几个女儿也极仰慕玛丽，在她们眼里，昔日女王沦为阶下囚，真是浪漫至极。只有爵士夫人艾格尼丝不为所动。她尽职尽责，把两个人盯得紧紧的。

不过近来艾格尼丝刚诞下第七子，还在卧床休息；趁此时逃跑，胜算又多了一分。

玛丽仍由德赖斯代尔队长及手下看守，不过这天是五月二日主日，正值五朔节期，大家比平常都多喝了几杯。艾莉森暗暗盼他们到了傍晚时分疏于职守，因为她们就定在今晚出逃。

这可并非易事，好在有人相助。

堡里除了爵士一家，还有两个人，一个是威廉爵士的异母兄弟乔治，绰号“美男子乔第”的，还有一个叫威利·道格拉斯的孤儿，十五岁了，身材高大；艾莉森猜他是威廉爵士的私生子。

玛丽对美男子乔第展开美人计。玛丽从前的行头里，苏格兰人只扣下珠宝首饰，衣服却没有限制，她不愁衣装打扮。对付乔治根本手到擒来，玛丽天生丽质，在这个小岛上绝无对手。几个人困在一处，不生出些情愫也难。

艾莉森暗想，玛丽也许乐在其中，毕竟乔治样貌英俊、风流倜傥，玛丽和他假戏真做也说不定。

至于玛丽给了乔治什么甜头，艾莉森则拿不准。应该不止是亲吻吧，乔治又不是小孩子，但不至于同房，因为玛丽名节有亏，万一珠胎暗结，更加抬不起头来。艾莉森没有细问。毕竟，她们早已不是巴黎那两个无话不谈、天真快乐的小姑娘了。无论如何，总之乔治一片痴情，一心要效仿中世纪骑士，拯救心上人于绝望之堡。

至于艾莉森，则负责俘虏小威利。艾莉森的年纪将近他两倍，但也易如反掌。威利血气方刚，有个迷人女子对他青眼相加，免不了动心。艾莉森和他说话，问起他的生活起居，贴得和他稍嫌近了些；吻他的时候像姐姐，但又不止那么单纯；瞧见他盯着自己的胸脯，报之以一笑，娇嗔地抱怨一句“你们男人哪”，算是鼓励。他毕竟只是个孩子，艾莉森点到为止，不必以身相许。她羞于承认，但她的确模模糊糊地感到一丝遗憾。好在威利很快上了钩，眼下对她是言听计从。

几个月来，乔治和威利一直暗中替玛丽送信，为此绞尽脑汁。可见逃走更是难上加难。

院子里住了五十来号人，除了威廉爵士一家和守卫，还有几个秘书、几十个下人，要是玛丽穿过院子，不可能没人看见。大门上了锁，进进出出得叫人开门，不然就要靠翻墙。湖岸边总泊着三四条船，得找一个身强力壮的人划船，即便如此，也可能被追上。等上了岸，还需要有人备好马匹接应，带她到一个安全地方躲起来。

哪一步都可能出岔子。

在小圣堂做晨祷时，艾莉森如坐针毡。

她拼了命地想逃走，可又担心被抓回来：她和玛丽十之八九会被锁起来，连沿着围墙散步也不准了——景色虽然凄凉，至少可以透透气，遥望远处。最最糟糕的，莫过于把她们两个分开软禁。

玛丽胆识过人，愿意冒这个险，艾莉森也一样。只是一旦不成，后果不堪设想。

晨祷之后，五朔节的庆祝开始了。威利抽中“糊涂王”的角色，演了个醉鬼，逗得大家捧腹大笑；不过他是岛上为数不多的没醉的。

美男子乔第下了岛，估计这会儿已经到了湖边的金罗斯村。他负责安排人马接应玛丽和艾莉森，以免被追兵找到。不知道他办妥没有，艾莉森急得要发狂，一心盼他快快回来送信。

下午，玛丽同威廉一家早早用饭，艾莉森和威利帮忙侍候。

餐厅设在方塔二楼，从小窗能眺望到对岸，这是防守必须的。艾莉森总忍不住向水面张望，勉强劝自己镇定。

用过饭，威利先走一步。他要翻墙出去，等候小船捎来乔治的口信，通知她们一切就绪。

计划的时候，威利想叫玛丽也翻墙出去。墙高七英尺，对他来说是小菜一碟。稳妥起见，艾莉森试着跳了一次，结果扭了脚腕。要是玛丽也扭伤脚，只怕跑不快，她们只好打消了这个念头。两人只能从大门出去，如此一来，就得偷钥匙。

艾莉森既是侍女也是命妇，饭后入席陪大家聊天。几个妇人吃炒货水果，威廉爵士只喝酒。利文湖谈资不多，但百无聊赖，也只有靠聊天解闷。

威廉爵士的母亲玛格丽特夫人向窗外瞟了一眼，瞥见对岸有些不对头。她好奇心起："不知是哪来的骑士？"

艾莉森吓得动弹不得。乔治太大意了！该让那些人藏好的！要是威廉爵士起了疑心，把玛丽锁在房间里，那就前功尽弃了。难道就这么输了？

威廉爵士皱着眉朝外望去。"我倒没听说。"

玛丽应对自如。"玛格丽特夫人，我有句话要跟你说一说。关于令郎、我哥哥詹姆斯。"语带挑衅。

此话一出，所有人的注意力都被吸引过去。玛丽的父亲詹姆斯五世国王生前情妇如云，其中就有玛格丽特夫人。两人育有一子，取名詹姆斯·斯图亚特，艾莉森在圣迪济耶行宫见过。当时詹姆斯劝玛丽不要返回苏格兰，身边还带了个名叫内德·威拉德的神秘男子。玛丽提起这个话头，实在有失礼貌。

玛格丽特夫人十分难堪："詹姆斯人在法国。"

“去见科利尼上将，胡格诺派的大英雄！”

“夫人，詹姆斯的所作所为，我也无法左右，您自然明白。”

大家都注视着玛丽，没人往窗外看。玛丽气愤愤地回敬：“枉我一向看重他，还封他做默里伯爵！”

玛格丽特夫人见这个年轻女王好端端地勃然大怒，不由惊慌失措。她小心翼翼地赔话：“承蒙厚爱，他自是感激不尽。”

谁也不记得窗外的事了。

玛丽嚷道：“所以要算计我？”艾莉森知道，虽然玛丽只是借题发挥，但这份怒气可不是装出来的。“我给带到这儿之后，他逼我签了退位诏书，让我那襁褓中的孩子当了詹姆斯六世国王，他自封摄政王。他现在根本是苏格兰国王，只差个名头而已！”

道格拉斯一家虽然同情玛丽的遭遇，但显然赞成詹姆斯·斯图亚特的做法，因此个个一脸窘迫。艾莉森暗暗松了口气，这会儿他们早把岸边的骑士忘在了脑后。

威廉爵士想息事宁人。“夫人，这诚然是违背您的意愿，不过退一步说，小王子继承王位，您的长兄代为摄政，也算得上符合正统，无可否认。”

艾莉森偷偷瞥了一眼窗外。骑士已经不在了。她想象乔治气冲冲地喝令那些人藏好。大概是在金罗斯等了一两个小时，焦躁不安，一时疏忽。好在现在看起来毫无异样。

风头过去了，不过足以看出计划漏洞百出，艾莉森越发坐立不安。

玛丽好像没了耐性：“我累了，五朔节闹的。”她说着站起身，“我要去歇息了。”

艾莉森陪她离席。门外是一处又暗又窄的螺旋楼梯，连通楼上楼下。两个人迈上楼梯，回到女王的寝室。

玛丽压根也不累。她又兴奋又紧张，不时站起来走到窗前，转一圈又走回椅子坐下。

艾莉森查点用来掩饰身份的衣物，都收在玛丽放裙子的箱子里。

她们准备了两套自家做的简陋长袍，是羊毛和亚麻的混纺料子，堡里不少女仆套在衬裙外头。另外还有两顶叫作佛兰德兜帽的，能把头发全包起来，侧面很难认出是谁。下人有时候穿结实的皮靴，但玛丽和艾莉森穿着连走路都费力，好在下人也捡女主人不要的丝绸缎子便鞋。几周以来，玛丽和艾莉森只捡旧鞋子穿，想磨得破旧些，像人家扔掉不要的。

玛丽的个子是个大难题，无论如何也遮掩不住。岛上众女子间，就连和她差不多高的也没有。艾莉森真不知道怎么才能混出去。

她把行头收好。

还得等一个小时。六点钟，玛丽在房间里吃晚餐。

晚饭一向是威廉爵士亲自送来，算是看守对王室犯人的礼节。艾莉森借故回避，去找威利打探情况。院子里，士兵和下人分成两队在打手球庆祝节日，围观的不断呐喊助威。艾莉森瞧见士兵队的队长是德赖斯代尔，他该牢牢看住玛丽的。看他开小差，艾莉森暗暗心喜。

威利朝她走过来，脸上难掩兴奋之色。他对艾莉森耳语：“来了！”说着伸开手，只见他手心里有一枚珍珠耳环。

这是乔治的信号：耳环表示一切就绪。艾莉森喜不自胜，可威利也太大意了。“快攥好！”她压低声音，“免得有人探头探脑。”

好在院子里的人都在聚精会神地游戏。

“对不住。”威利攥起手，装作不经意的样子，把耳环交给艾莉森。

艾莉森吩咐说：“好了，溜到墙外，留一条船，剩下的都凿坏。”

“早有准备！”他一掀外衣，露出腰间的锤子。

艾莉森回去见玛丽。她只吃了几口。艾莉森有同感，她也紧张得没胃口。她把耳环交给玛丽说：“之前找不见的那只耳环，叫一个侍童捡到了。”

玛丽心照不宣，露出灿烂的微笑：“太好了！”

威廉爵士望向窗外，接着惊讶地咕哝道：“那傻小子在船边搞什么？”听语气半是宠爱半是无奈。

艾莉森顺着他的目光一望，只见沙滩上横着三条船，威利跪在一条船边忙乎着什么，远远的看不清。艾莉森知道他要把船体凿破，以免追兵坐船追赶。艾莉森一时吓得魂飞魄散，竟不知所措。她扭头望着玛丽，不出声地说：“威利！”

玛丽明白威利的任务，再次展现出随机应变的本事。她说：“我晕得厉害。”说着眼睛一闭，瘫在椅子里。

艾莉森和她心有灵犀，立刻嚷嚷着：“哎呀，老天，这是怎么了？”她装作吓坏了的样子。

她知道玛丽在演戏，但威廉爵士可不知道。他紧张地走到玛丽身边。倘若玛丽死了，他看守不周，是要被问罪的。摄政王詹姆斯·斯图亚特自然要否认串谋杀害玛丽，为表清白，说不定要处死威廉爵士。

只听威廉爵士焦急地问："怎么了，怎么回事？"

艾莉森答道："得找烈酒来。威廉爵士，堡里可有加纳利酒？"

"自然，我马上去。"他说着就奔了出去。

艾莉森轻声说："做得好。"

玛丽问："威利还在那儿吗？"

艾莉森向窗外一望，见到威利跪在另一条船边。她呻吟一声。"快啊，威利！"在船上凿个窟窿得多久？

威廉爵士回来了，身后一个管家端着一壶酒和一只酒杯。

艾莉森说："我手抖得厉害，威廉爵士，麻烦您来吧？"

威廉爵士二话不说拿起酒杯，一只手温柔地托住玛丽的脑袋。他早忘了窗外的事儿。

玛丽喝下一口酒，咳嗽几声，假装好些了。

艾莉森伸手摸了摸玛丽的额头，又去探脉搏。

"陛下应该没大碍了，不过还是早些歇息的好。"

"也好。"玛丽答道。

威廉爵士如释重负。"那么我不打扰了。晚安，两位夫人。"他向窗外一瞥，艾莉森也望过去。威利已经看不见了，至于船凿破没有，那就不得而知了。

威廉爵士没再言语，退出去了。

下人清理好杯盏，也跟着走了。屋子里终于只剩下艾莉森和玛丽两个。玛丽问："瞒过他没有？"

"应该瞒过了。威廉爵士说不定会把这事儿忘在脑后，毕竟整整一下午他都在喝酒，这会儿少说也该有些糊里糊涂。”

“只盼他不会起了疑心，警觉起来。威利还没偷到钥匙呢。”

威廉爵士总把钥匙带在身边，有人上下岛，他要么亲自开门，要么把钥匙交给守卫，离开视线仅几分钟。除此以外，也不需要出院子，外面无非只有几条船。

玛丽和艾莉森却得出去，而艾莉森试过，不能靠翻墙，只能走大门。威利跟艾莉森和玛丽打了包票，说能把钥匙偷出来，神不知鬼不觉。只能看他的了。

艾莉森说：“咱们先换好衣服吧。”

她们褪下华丽的裙子，套上简陋的短裙，又换上穿旧的鞋子，用佛兰德兜帽包住了整个脑袋，正好盖住玛丽那头显眼的红发。

接下来的就只有等。

威廉爵士喜欢让威利伺候自己用晚饭。他对这个孤儿百般宠爱，所以大家都猜威利是他亲生的，但威利为了艾莉森，不惜背叛爵士。

艾莉森仿佛看见楼下的情形，威利把盘子、餐巾、酒壶拿起又放下。钥匙就放在威廉爵士的酒杯旁边。威利放下餐巾，正好盖在钥匙上，拿起餐巾时顺走钥匙。能成吗？威廉爵士喝了多少？除了等，她们无计可施。

倘若计划奏效，玛丽的出逃将掀起轩然大波。她会宣布签署让位诏书实乃被逼无奈，并领兵夺回王位。届时，那位兄长詹姆斯会召集新教兵马，而玛丽则有天主教徒组成的军队——那些依然支持她的人。内战再起，法国国王、玛丽的小叔子会拊掌叫好，为了打击胡格诺派，法国连年内战。教宗自然欣许，也会宣布玛丽同博斯韦尔的婚姻无效。近如罗马，远至斯德哥尔摩，诸国朝上又将纷纷讨论她的下一位夫君人选，欧洲的权力制衡将天翻地覆。英格兰女王伊丽莎白定然暴跳如雷。

这一切，都系在十五岁的威利·道格拉斯身上。

有人敲门，声音不大，但透着迫切。艾莉森打开门，威利喜滋滋地站在门外，手里攥着一把大铁钥匙。

他迈进屋子，艾莉森随即关上门。

玛丽站起身："咱们立刻动身。"

威利却说："他们还没离席。威廉爵士喝醉睡着了，玛格丽特夫人正和几个孙女说话。门开着，这会儿下楼可能会被看见。"螺旋楼梯对着堡内每一层的房门。

艾莉森说："可现在机会难得——那些守卫还在玩手球。"

玛丽心意已定："只能冒险一试。动身吧。"

威利一脸沮丧："我刚才真该把餐厅门带上。怎么就没想到呢。"

艾莉森安慰说："别自责了，威利，你已经很了不起了。"她在威利唇上轻轻印下一吻，瞧威利的表情，仿佛上了天堂。

艾莉森打开门，三个人出了屋子。

威利打头，玛丽走在中间，艾莉森跟在最后。三个人蹑手蹑脚，怕在螺旋楼梯的石板台阶上弄出响动，引人注意。经过餐厅大门时，两个女子把兜帽尽量往前拉。屋里的光照亮了门道，艾莉森听见女人的低声絮语。威利走了过去，没有向屋内张望。接着是玛丽，光亮照在她身上，她伸手遮住脸。艾莉森以为会听见一声惊呼。她从门口走了过去，跟着两个人下了楼梯。她听见一阵哄笑，不禁怀疑是玛格丽特夫人嘲笑二人伪装拙劣，不过看样子这笑声另有缘由。她们没被发现；就算玛格丽特夫人恰好抬头，也会以为是几个下人来来去去，不足为奇。

她们溜出了城堡。

出了城堡大门，到院门口只隔了几步，却仿佛那么遥远。院子里挤满了人，都在看手球比赛。艾莉森瞥见德赖斯代尔，见他双手紧扣，全神贯注地击球。

威利走到大门口了。

他把铁钥匙塞进大门锁里一旋。艾莉森背对着人群，免得被谁认出来，不过这样一来，她也看不见有没有人朝她们这边瞧。她费了极大的定力才忍住，没有扭头张望。威利推开门，高大宽阔的木门吱呀作响：阵阵叫好声中，有没有人听见？三个逃犯溜出大门。没人跟上来。威利关上门。

艾莉森说："锁好，能拖延一阵子。"

威利锁好门；门口立着一口火炮，他把钥匙扔进炮管。

谁也没瞧见他们。

三人向岸边跑去。

威利把完好的那艘船推进浅水，龙骨抵在岸边，扶稳了。艾莉森第一个爬上船，回身扶玛丽上去。女王踏上船，坐了下来。

威利把船推进水里，跳了上去，奋力划桨。

艾莉森回头张望，看样子还没人发现她们不见了：城墙边没人，窗前没人张望，沙滩上也没人追来。

她们真的逃出来了？

太阳还没落山，夏日的黄昏十分漫长。微风扑面，但也是暖融融的。威利不遗余力，他生得长手长脚，又是为爱人而战。即便如此，湖面广阔，再快也让人心焦。艾莉森不时回头，一直不见有人追来。就算堡里发现女王不见了，也得先把船补好，才能追赶过来。

艾莉森这才敢确定，她们真的逃出来了。

船快靠岸了，艾莉森瞧见岸上有张陌生面孔。“该死，是什么人？”她心惊肉跳：好不容易逃出来，却被逮个正着。

威廉回头一看，说道：“是阿利斯泰尔·霍伊，乔治的人。”

艾莉森的心不再怦怦乱跳了。

船划到岸边，三人跳下船，跟着阿利斯泰尔穿过小径；两侧都是房舍。艾莉森听见马匹的声音，四蹄乱踏，不耐烦地喷着鼻息。他们走出村子，踏上主路，就见到美男子乔第满面春风，周围跟着一队士兵。

马已经配好鞍鞯，只等这几个逃犯。乔治扶玛丽上马，威利则乐颠颠地握住艾莉森一只脚，助她翻身上马。

一行人骑马出了村子，朝着自由驰骋而去。

整整两周之后，艾莉森认为，玛丽将要犯下这辈子最大的错误。

玛丽和艾莉森躲在邓德伦南隐修院。邓德伦南地处苏格兰南岸，和英格兰之间只隔了一道索尔威湾，一度是苏格兰第一大修院。如今各间修院都改为俗用，不过恢宏的哥特教堂得以保存，陈设舒适的大片寮房也没有废弃。玛丽和艾莉森两个人坐在从前院牧奢华的房间，闷闷不乐地筹划未来。

玛丽女王的计划再次以失败收场。

玛丽和哥哥詹姆斯·斯图亚特的两队人马在格拉斯哥附近的朗赛村交战，玛丽御驾亲征，勇武过人，一心想身先士卒，被手下劝住。可惜这一仗打输了，玛丽再次败走。她一路向南逃走，穿过冷风呼啸的苍茫荒野，沿路烧毁桥梁，拖延追兵。一个凄苦的晚上，艾莉森替玛丽剪掉那头惹人喜爱的红发，借此掩饰身份。如今她只戴一顶棕色假发，毫不起眼，衬得她越发可怜。

玛丽打算去英格兰搬救兵，艾莉森不住劝阻。

“还有几千人马效忠你呢，”艾莉森故作轻松，“苏格兰天主教徒居多，只有那些新贵和商贾信奉新教。”

“虽然是夸大其词，但有几分道理。”玛丽答道。

“你可以重整旗鼓，集结更多的人马再战。”

玛丽摇头说：“朗赛一战就是我方兵马多。没有救援，这场仗看来是打不赢的。”

“那不如回法国去。你有土地，也不愁没钱花。”

“我在法国是昔日的王后。我还年轻，当不起。”

艾莉森暗想，你在苏格兰也是昔日的女王。她忍着没说。“你的法国亲戚可谓一人之下万人之上，倘若你亲自开口，他们或许会召集兵马相助。”

“倘若我现在去法国，那今生再也不能回苏格兰了。我心里有数。”

“这么说，你心意已决……”

“就去英格兰。”

她们反反复复谈了几次，每次玛丽都是同一个结论。

玛丽接着说：“伊丽莎白虽然是新教徒，但她也认为，君主加冕时由主教傅油祝圣乃神授之君权——我九个月大的时候登上王位。她绝不会赞同詹姆斯篡权夺位之举，她自己最怕被人篡权！”

艾莉森却以为未必。伊丽莎白继位十年来，并没有谁愤而造反，不过或许身为君主，时刻担心王位岌岌可危。

玛丽接着说：“伊丽莎白必得帮我夺回王位。”

“大家却不这么想。”

这话不假。追随玛丽在朗赛决战并护送她向南溃逃的贵族一致反对。可她一向一意孤行。“我料得准，他们都错了。”

艾莉森了解玛丽，她向来任性固执，可这次无异于送死。

玛丽站起身说：“该动身了。”

两个人出了门，乔治和威利在教堂前候着，一众贵族和追随女王的几个下人也来送行。一行人上了马，沿着汩汩的小溪，踏着乱草漫漫的小径，穿过修院，奔向海边。他们沿路经过春意盎然的林地，野花点缀其间；再往前走，是一片坚韧顽强的金雀花灌木丛，满眼是金橘色的花朵。春暖花开是希望的象征，可艾莉森满心绝望。

一行人来到广袤的卵石滩，小溪在此汇入大海。简陋的木头突堤旁横着一条渔船。

玛丽踏上突堤，突然停下脚步，转身对着艾莉森，压低声音说：“你不必追随我。”这话是对她一个人说的。

诚然。艾莉森可以抽身而去。在玛丽的仇敌眼中，艾莉森不足为惧，也不值得除掉：区区一个侍女，量她也没本事号召复辟——这也不假。艾莉森在斯特灵有个叔父，为人和善，欢迎她过去住。她可以再嫁，她还年轻。

可是为了自由而离开玛丽，那才比什么都痛苦。艾莉森从小到大都陪在玛丽身边，就算困在利文湖那段漫长的几个月，她也别无所求。她不得脱身，但并非受困于石墙，而是爱。

“怎么？”玛丽问，“你可要跟来？”

“当然要。”艾莉森答道。

两个人上了船。

艾莉森还不死心。“还是可以去法国的。”

玛丽微微一笑。“有一点你忘了。教宗和欧洲诸位君主都认为伊丽莎白是私生子，根本无权继承英格兰王位。”她顿了一顿，目光掠过二十英里宽的水面，眺望远方的河口。艾莉森顺着她的目光望去，只见薄雾之中，英格兰青翠的小丘依稀可见。“倘若英格兰女王不是伊丽莎白，那就是我。”

怀特霍尔宫召见厅里，内德·威拉德向伊丽莎白女王禀道：“苏格兰的玛丽已经抵达卡莱尔。”

内德的任务就是收集消息，他一向面面俱到，不负所托。是以女王赐给他爵士的封号。

“她住进堡里，”内德接着禀告，“卡莱尔副司令官写信来请示陛下，拿她如何是好。”

卡莱尔位于英格兰西北角，紧邻苏格兰边境，因此有一座要塞。

伊丽莎白来回踱步，华贵的丝裙簌簌作响。“见鬼，我该怎么回他？”

伊丽莎白今年三十有四，掌权十年来，一向雷厉风行。她深谙欧洲形势，对大风大浪和暗流涌动也应付自如——有威廉·塞西尔爵士替她掌舵。可对这个玛丽，她却一筹莫展。苏格兰女王这道难题总找不到恰当的答案。

“总不能放任苏格兰的玛丽在英格兰四处流窜，煽动天主教徒造反吧，”伊丽莎白怏怏不乐，“到时候他们要嚷嚷着玛丽才是正统女王，没等你说完‘圣餐变体论’，就打过来了。”

律师出身的塞西尔说道：“陛下不必让她留下。她是异国君主，未经陛下答允，擅自踏上英格兰土地，往轻了说是失礼，往重了说就是侵略。”

“那百姓又要骂我冷血无情，把她扔回苏格兰狼窝了。”内德清楚，该她冷血的时候她毫不手软，不过她一向重视民意。

内德说：“玛丽希望陛下出兵苏格兰，替她夺回王位。”

伊丽莎白脱口而出：“我哪儿来的钱！”女王痛恨战争，也痛恨花费。她想也不想就回绝，内德和塞西尔并不奇怪。

塞西尔答道：“倘若陛下不肯，她也许会去法国亲戚那儿搬救兵。法国出兵苏格兰，我们可不愿意见到。”

“上帝保佑。”

“阿门。咱们也不要忘了，当年她和弗朗索瓦自称统领法兰西、苏格兰、英格兰以及爱尔兰，甚至餐盘上都印了。私以为，玛丽的法国亲戚野心勃勃，漫无止境。”

“她真好比我脚上的芒刺，”伊丽莎白说，“圣体啊，我可如何是好？”

内德想起七年前去圣迪济耶行宫，见到玛丽无论容貌身姿都令人瞩目，个子比自己还高，美得超凡脱俗。在内德看来，玛丽有勇无谋，常意气用事，不计后果。这次来英格兰，几乎可以肯定是棋错一招。内德接着想起玛丽身边的侍女艾莉森·麦凯，此人和自己年纪相若，乌发碧眼，风姿不及玛丽，但智谋应该远胜于她。那次还有一个傲慢自大的年轻朝臣，叫作皮埃尔·奥芒德·德吉斯的：内德第一眼就起了反感。

塞西尔和内德早料到伊丽莎白会怎么决定，不过两人深知女王的脾气，并不直言劝谏，而是罗陈利弊，由女王来否决不利的选择。只听塞西尔语气自然平淡，言明他的打算："也可以把她囚禁起来。"

"囚禁在英格兰？"

"不错。让她留下，但不得自由。其中有若干益处。"这番话是塞西尔和内德商量过的，但听塞西尔的口气，就像是随想随说。"陛下随时知道她人在何处。她无法煽动天主教徒造反。此外，苏格兰的天主教徒之首在异国他乡被囚，势力自然削弱。"

"可她留在英格兰，本国的天主教徒自然知道。"

"这的确是个弊端，"塞西尔答道，"或许可以严加防范，使她无法联络心怀不轨之徒——无法联络任何人。"

在内德看来，叫一个犯人不和任何人接触，只怕说起来容易做起来难。不过伊丽莎白想的却是另一件事。她沉吟道："我把她关起来，也是事出有因。毕竟她自称英格兰女王。换作是腓力国王，要是有人自称西班牙正统国王，他会如何决断？"

塞西尔果断地答道："自然是处死。"

"如此说来，"伊丽莎白是在给自己找理由，"我只将玛丽囚禁，倒是宽大为怀。"

塞西尔答道："百姓也会这样想。"

"那么就这么决定。有劳你了，塞西尔。要是没有你，我可怎么好？”

“陛下过奖。”

女王吩咐内德：“你最好亲自去卡莱尔走一趟，要办得妥妥帖帖。”

“遵命。至于将玛丽拘押的名头，该怎么说？以免百姓议论纷纷，说我们无缘无故把她扣下。”

“问得好。我也答不出来。”

塞西尔答道：“这一点嘛，我倒有个主意。”

卡莱尔要塞气势夺人，延绵的围墙间只开了窄窄一道门。城堡是砂岩垒成，呈淡红色，和对面的主教座堂一样，都是就地取材。围墙之内耸立着一座方塔，塔顶立着几尊火炮，炮眼一律瞄准了苏格兰。

艾莉森和玛丽住在院子角落的小塔楼。卡莱尔和利文湖一般的荒凉，六月里也是寒意逼人。艾莉森真希望有马骑，玛丽酷爱骑马，在利文湖的时候常念叨。可惜两人只有既来之则安之，在一队英国兵的看守下散散步而已。

玛丽决定不去找伊丽莎白讨说法，要紧的是请英格兰女王帮她夺回苏格兰王位。

她们苦苦等待，终于盼来了伊丽莎白的使节。人是昨天夜里到的，一来就歇下了。

艾莉森想方设法联系了玛丽在苏格兰的朋友，托人送了衣物和假发来，至于珠宝，还是攥在她那个新教徒哥哥手里——那些宝贝大多是弗朗索瓦二世国王赏赐给王后的。这天早上，玛丽打扮一新，如女王临朝，早膳过后，就端坐在简陋的小屋里，默默等待她们的命运。

一个月来，两个人没日没夜地揣摩伊丽莎白其人：她的宗教信念、对君权的见解；都说她学识渊博，但做事专断跋扈。她会不会答应帮助玛丽夺回王位？两人反复猜想，但总是没有定论。或者说，每天的结论都不同。今天她们就知道了。

伊丽莎白的使节比艾莉森年长一两岁，应该快上三十了。他身材修长，笑容亲切，长着一对金棕色的眼睛；穿着讲究而朴素。艾莉森仔细打量，发现竟然认得此人。她瞧了玛丽一眼，见她微微皱着眉头，看样子也在回想。对方对玛丽女王鞠躬行礼，又对艾莉森一颔首，艾莉森一下子想起来了。她脱口而出："圣迪济耶！"

对方接口说："七年前。"他说的是法语。他知道——要么是猜到玛丽说法语最自在，苏格兰语其次，英语最不流利。他彬彬有礼，但并不拘束。"本人是内德·威拉德爵士。"

艾莉森暗想，此人表面上谨慎有礼，但绝不好对付，好比一把利刃收在丝绒剑鞘里。为了让他放下戒心，艾莉森装作热切的口气："如今是内德爵士了！恭喜恭喜。"

"多谢。"

艾莉森想起内德当时扮作詹姆斯·斯图亚特的随从，但和皮埃尔·奥芒德据理力争，看出大有来头。

玛丽说："你当时劝我不要回苏格兰。"

"您应该信我的话。"他面无表情。

玛丽不加理会，进入正题。"我乃是苏格兰女王，伊丽莎白女王否认不得。"

“不错。”

“一群叛臣贼子犯上作乱，将我关押。相信伊丽莎白姐姐也明白孰是孰非。”

叫姐姐并不准确，两个人亲缘甚远：伊丽莎白的祖父亨利七世国王是玛丽的曾祖。内德爵士没有开口反驳。

玛丽接着说：“此次来英格兰，是我自己的主意。我只求面见伊丽莎白，请她伸出援手。”

“我一定如实转达。”内德说道。

艾莉森暗暗呻吟一声。内德是在敷衍她们。这可不妙。

玛丽火气来了，气冲冲地嚷：“如实转达！我以为你来宣布她的决定！”

内德不为所动。想必他不是第一次见到女王动怒了。“女王陛下无法立刻做决定。”他语气平静，像在讲道理。

“这是何故？”

“还有一些事情尚未有定论。”

玛丽不肯容他含糊其词，追问道：“什么事？”

内德勉强说：“您的夫君达恩利勋爵、苏格兰伴君，即伊丽莎白女王的表亲，死得……不明不白。”

“与我绝无关系！”

内德说：“我相信。”艾莉森怀疑他在说谎。“伊丽莎白女王陛下也相信。”还是骗人。“不过我们不得不澄清事实，给世人一个交代，之后伊丽莎白女王才可以召见您。女王陛下盼望您身为女王，设身处地，予以谅解。”

也就是一口回绝了。艾莉森忍不住想哭。达恩利勋爵之死只是一个借口罢了，事情明摆着，伊丽莎白不打算见玛丽。

也就是说，她不打算帮玛丽。

玛丽也想明白了。“天理何在！”她霍地站起来，脸涨得通红，眼里泛着泪光。“姐姐为何忍心如此待我？”

“陛下请您既来之则安之，一切所需，绝不会怠慢。”

“我不答应。我要去法国，伊丽莎白不肯帮，我的亲人自然肯。”

“伊丽莎白女王不愿见到您率法军攻入苏格兰。”

“那么我只好返回爱丁堡，和那个狼子野心的哥哥、你那个朋友斯图亚特决一死战。”

内德踌躇着没有回答。艾莉森瞧出他脸色微微发白，双手握在背后，似乎如坐针毡。女王大发雷霆，的确叫人惴惴。但局势都控制在内德手里，他口气坚决，掷地有声：“只怕行不通。”

这下轮到玛丽面露惧色。“这话是什么意思？”

“女王陛下有令，您务必留在此地，等待朝中查明达恩利勋爵的死因，还您一个清白。”

艾莉森鼻子一酸，忍不住大喊：“不要！”这是最糟糕的结果了。

“很抱歉，我带来的消息令二位如此失望。”艾莉森听出内德语气诚恳，他天性善良，却带来了无情的消息。

玛丽颤颤地问：“那么，伊丽莎白女王是不肯叫我入宫了？”

“不。”

“她也不肯放我去法国？”

“不。”

“那么我可否返回苏格兰？”

“不。”内德一连答了三个“不”。

“那么，我是个囚犯了？”

“是。”内德答道。

“老样子。”

十六

母亲过世，内德伤心不已，越发觉得孤单，但最强烈的感情是愤怒。爱丽丝·威拉德的晚年本该富足安乐，志得意满，却因为被宗教之争所害，郁郁而终。

1570年复活节，内德回家奔丧。恰巧巴尼也在家，逗留几日后又要出海。复活节星期一，兄弟俩在王桥主教座堂庆祝耶稣复活，翌日，两人并肩立在墓园，注视母亲的棺材下葬，和父亲同眠。内德怒火中烧，心中又苦又涩，他再次立誓，要穷尽毕生之力，叫朱利叶斯主教之流不得为所欲为，无法陷害爱丽丝·威拉德这样本本分分的商人。

兄弟二人出了墓园，内德强打精神，料理母亲的后事。他对巴尼说："房子归你，不消说。"

巴尼是家中长子。他刮掉了那把大胡子，虽然才三十二岁，却因为海风吹烈日晒，容颜十分苍老。他答道："我知道，可我很少在家。你不管什么时候回来，尽管住下。"

"这么说，你这辈子都要在海上讨生活了？"

"是啊。"

巴尼近年来渐渐发迹。辞掉飞鹰号的火炮长之职后，他先是替人当船长，能分得一份进账，再之后买了船，自己当船东。他随了母亲，有赚钱的天分。

内德望着集市广场对面的老房子，那是他出生长大的地方。他眷恋这个家，喜欢从窗户凝望座堂。“我很乐意代你看管着。家里的事有珍妮特和马尔科姆两人照看，不过我会常来看看。”

“他们俩也老了。”

“五十多了。不过艾琳才二十二岁。”

“她哪天嫁了人，兴许丈夫乐意接替马尔科姆的活儿。”

内德是明眼人。“艾琳可是非你不嫁。”

巴尼一耸肩。多少女子对他一片痴心，可怜的艾琳不过是其中之一罢了。

内德问：“你真的不想成家立业？”

“何苦呢。做水手的，一年到头也见不上妻子几面。那你呢？”

内德略一沉吟。母亲故世，他突然想到自己也终有一死，诚然，他之前也并非不晓得，只是这种心思更加迫切，他扪心自问，如今的生活是否有遗憾。答案叫他自己也吃了一惊。“我想像他们一样，”他扭头望着父母之墓，“相伴一生。”

巴尼答道：“他们多早啊，二十岁就结婚了，二十左右，是吧？你呢，这都耽搁了十年。”

“我也有七情六欲……”

“那就好。”

“可从来遇不见一个女子，让我想与她白头偕老。”

“有倒是有一个。”巴尼说着，向内德身后张望。

内德一转身，就看见了玛格丽·菲茨杰拉德。她应该是来参加葬礼的，只是来的人多，内德没瞧见。他的心微微一颤。玛格丽一身素服，和往常一样，还戴着帽子，这天是一顶紫色的丝绒软帽，斜斜地卡在浓密如云的鬈发上。她神色严肃，正同年迈的保罗神父说话。保罗从前是王桥修院的修士，如今在座堂担任法政牧师[①]，十有八九还信奉天主教。玛格丽执迷于罗马公教，内德本该不以为然，但事实却相反，他反而暗暗钦佩她这份执着。他说："可惜世上只有一个她，并且是有夫之妇了。"他不由焦躁起来，这件事多说也无益。"这次出海要去哪儿？"

"我还想跑一次新大陆。贩卖奴隶我不喜欢——货物随时可能死掉。好在那儿什么都缺，只是不缺糖。"

内德微微一笑："我记得好像听你提起一个姑娘……"

"我说过吗？什么时候？"

"也就是说有喽。"

巴尼一脸扭捏，似乎不愿承认自己动了真心。"好吧，不错，贝拉是独一无二的。"

"都过去七年了。"

"我知道。她大概早嫁了一个富庶的种植园主，生了两三个孩子。"

"可你还是不死心，"内德大感诧异，"原来咱们兄弟俩也不是天差地别嘛。"

两个人慢悠悠地走到废弃的修院前。内德说："教会收回这片旧房舍，却一直空着。母亲当时打算把这儿改成室内集市。"

"母亲有远见。这点子很妙，咱们该试一试。"

"我可出不起那笔钱。"

---

① Canon，圣公会称为法政，天主教称咏礼司铎。

“我倒说不定。看大海待我如何了。”

玛格丽朝他们走来，身后跟着一个侍女和一个护卫。她如今是夏陵伯爵夫人，极少独自出门。两个随从守在几码之外，玛格丽和巴尼、内德握过手，叹道：“今天真是大悲的日子。”

巴尼答道：“谢谢你，玛格丽。”

“葬礼上来了好些人。令堂深受爱戴。”

“是啊。”

“巴特叫我替他道个歉——他有事去了温彻斯特。”

巴尼说：“恕我失陪——我有句话要跟丹·科布利说。这次出海，我想叫他也出一份钱，摊一摊风险。”他转身走了，只剩下内德和玛格丽。

玛格丽的语气轻柔而亲昵：“你还好吗，内德？”

“母亲六十岁了，算不上突然。”凡是有人问起，内德都这样回答，但只是客气罢了；他很想对玛格丽说说心里话。他郁郁地说：“可人毕竟只有一个母亲。”

“我懂。我和父亲一向不亲，他逼我嫁给巴特后，我对他更加疏远，可他过世的时候，我还是忍不住哭了。”

“那一代人差不多都不在啦，”内德微微一笑，“还记不记得第十二夜的宴席？十二年前的那天，威廉·塞西尔也来了。那时候他们好像叱咤风云：令堂、家母，还有巴特的父亲。”

玛格丽目光狡黠。“怎么不记得？”

内德知道她在想什么：两个人在废弃的面包烤炉里热情拥吻。想起往事，他面露微笑，冲口而出：“来家里坐坐吧。咱们把盏言欢，今天是追思的日子。”

两个人缓缓穿过集市。人群熙攘：不能因为葬礼就不做生意呀。两个人穿过主街，迈进威拉德家门。内德领着玛格丽进了小小的前厅。母亲从前总坐在这间屋子里；窗户正对着座堂西墙。

玛格丽吩咐两个随从：“你们去厨房歇着吧。”

内德说：“珍妮特·法夫会给你们准备麦芽酒和点心。再请二位捎句话，叫她端酒给伯爵夫人和我。”

两个人下去了，内德随即掩上门。他开口问：“小宝宝怎么样了？”

“巴特利特可不是小宝宝了。他都六岁了，走路、说话活像个大人，到哪儿都带着把木剑。”

“巴特没有怀疑……”

“提也别提，”玛格丽压低声音，对他耳语，“斯威森一死，世上只有你跟我知道。这个秘密千万要守住。”

“自然。”

玛格丽肯定巴特利特的生父不是巴特，而是斯威森。在内德看来，这个猜测合情合理。她嫁给巴特十二年，只有这么一个孩子，还是遭公公强奸之后怀上的。

他问：“你心里会不会别扭？”

“对巴特利特？不会。从见他第一眼，我就把他当块宝。”

“那巴特呢？”

“也宠得要命。巴特利特的样貌有几分像斯威森，这再自然不过。巴特一心要把这孩子教养成跟自己一模一样……”

“这也再自然不过。”

“内德，听我说。我知道在男人看来，女人生养，必定乐在其中。”

“这话我可不信。”

“因为并不属实。不信随便找个女人问问。”

内德明白，她想听一句安慰话心里才踏实。“不用问。真的。”

“你不会想是我勾引斯威森，对不对？”

“当然不会。”

“希望你没有怀疑。”

“就算我怀疑自己叫什么，也不会怀疑你。”

她眼里泛起泪花儿。“谢谢你。”

内德握住她的手。

静默了一会儿，玛格丽问：“我还有个问题想问你。”

“问吧。”

“有没有别人？”

内德迟疑着没有回答。

她明白了。“这就是有了。”

“对不起，我也有七情六欲。”

“这么说不止一个。”

内德没言语。

玛格丽说：“几年前，苏珊娜·布雷克诺克曾跟我说，她有一个情人，年纪小她一半。她说的是你，对不对？”

内德暗暗诧异，她的直觉竟这么准。“你怎么猜到的？”

“听着就像。她说那人不爱自己，不过她并不在意，因为床第之间十分快活。”

内德尴尬万分，想不到两个女人讨论这种事。“你生气了？”

“我没这个资格。我和巴特同房，你又何必禁欲？”

“可你是被迫才嫁给他。”

“而你迷上一个心地善良、身体温软的女子。我不气，只是嫉妒。”

内德把她的手按在唇上。

门开了，内德急忙放开手。

是管家珍妮特。她端了一壶酒、一盘炒货和果干。

玛格丽体贴地说：“珍妮特，今天对你也是大悲的日子。”

珍妮特直掉眼泪，没说话就出去了。

“苦了她。”玛格丽叹道。

“她打小就跟着母亲。”内德想再握起玛格丽的手，但忍住了。他换了个话题：“有个小麻烦，我得找巴特说一说。”

“哦？什么事？”

“女王陛下封我做韦格利领主。”

“可喜可贺！这下你要变成财主了。”

“财主不至于，只是宽裕些。”以后每户农民都要向内德交租。君主常常用这个办法奖赏手下的谋士，尤其是伊丽莎白这样吝啬的国君。

玛格丽说：“这么说，你如今是韦格利内德·威拉德爵士。”

“父亲总说韦格利自古就是威拉德家的，他说我们是造桥匠梅尔辛的后人。按《提摩太书》记载，梅尔辛的兄弟拉尔夫是韦格利领主，梅尔辛当年修建的水磨现在还在呢。”

“所以你祖上是贵族。”

“至少是乡绅吧。”

“那你说的小麻烦是什么？”

“有个佃户砍掉了小溪对岸的一片林子，那是你们家的地。

当然是他坏了规矩。”佃农总是想方设法扩大田地。“他有干劲儿，我也不想罚他，所以想找巴特商量，想个法子弥补这几英亩的损失。”

“不如下周来新堡用膳，和他谈一谈？”

“也好。”

“周五中午？”

内德的心情一下子开朗起来。“好，就周五。”

内德要来了，玛格丽兴奋莫名。她暗暗觉得羞愧。

她认为女子要从一而终。虽然嫁给巴特是被逼无奈，但既然嫁了他，就要对他一心一意。即便他蠢笨无能、仗势欺人、淫乱无度，越发像他死去的父亲，这些都不是变心的借口。罪就是罪。

内德答应来新堡做客时，玛格丽心里顿时燃起一股欲火，为此大感难堪。她暗暗发誓，对内德要彬彬有礼，只是客气的女主人招待贵客而已，不必过分热情。她盼望内德遇见意中人，成家立业，从此不再把自己放在心上。那时彼此便可以坦然相对，旧日的热情已似冷灰。

前一天，她吩咐厨子挑两只肥鹅宰了，把毛摘净。当天早上，她正要去厨房吩咐他们准备，就见到巴特房里有个丫头走了出来。

她认出此人是诺拉·约瑟夫斯，才十五岁，是女仆里最小的。只见她头发蓬乱、衣衫不整，模样虽不好看，胜在年轻丰满，最讨巴特欢心。

夫妻俩约莫五年前开始分房睡，这是玛格丽的意思。巴特偶尔和她同房，只是越来越少。玛格丽清楚他在外面风流，她提醒自己不必介意，反正并不爱他。只是，她还是遗憾没能过上夫唱妇随的生活。

就她所知，巴特并没有私生子，他好像从来没想过原因。巴特谈不上心思缜密，就算疑惑，八成也会以为是主的旨意。

玛格丽本来打算装作没看见，偏偏那小丫头得意地瞟了自己一眼。这就不能视而不见了。玛格丽哪能任人羞辱？得立刻给这个诺拉一个教训。这也不是第一次了，她得心应手。“跟我来，小丫头。”她的语气不容置疑，诺拉不敢违拗。

玛格丽领着她回到卧房，自己坐下了，让她站着。那丫头这会儿怕了，看来不至于无药可救。“仔细听着我的话，你下半辈子是好是坏，都看你这会儿的表现。听懂了吗？”

“懂了，夫人。”

“你有两个选择。你可以到处卖弄同爵爷的关系，当着别的下人撩拨他，逢人炫耀他送你的东西，甚至当着我和他亲热，叫我难堪。宅子上下、半个夏陵郡都知道你是伯爵的人。自然是风光无限。”

她顿了一顿。诺拉不敢抬眼看她。

“只是哪天他玩腻了，那该如何？不消说，我立刻把你打发出门，巴特理都懒得理。你想在别人家里谋个差事，却发现没一个太太愿意要你，担心你勾引她们的丈夫。你可知道自己是什么下场？”

她又顿了一顿。诺拉轻声应答：“不知道，夫人。”

“在库姆港水边的窑子，每天晚上给十个水手吹箫，染了恶病，横死街头。”

玛格丽并不晓得窑子里有些什么勾当，但侃侃而谈；诺拉听得眼泪在眼眶里打转。

玛格丽接着说：“你也可以恭恭敬敬地侍奉我。要是爵爷叫你侍寝，一等他睡下，立刻回自己的地方，有谁问起，一个字也不说。白天里，不跟他使眼色，不和他说话，不当着我或者任何人撩拨他。这样的话，等他厌倦了你，你在这家里还有一席之地，过回你的正常日子。这两个选择，你可明白？”

“明白，夫人。”诺拉轻声细语。

“下去吧。”诺拉开门时，玛格丽怏怏地说，“挑男人的时候，可别挑我家这种。”

诺拉匆匆走了。玛格丽去了厨房，看两只鹅烹饪得如何了。

晌午时分，内德到了。他穿着气派的黑外套，围着蕾丝白领——玛格丽瞧出，富庶的新教徒如今都是这副打扮。这套装束衬得内德有几分严肃，她喜欢看他穿明朗的颜色，像绿和金。

玛格丽的爱犬米克跑过来舔内德的手；巴特很是客气，吩咐端上最好的葡萄酒。玛格丽松了口气。也许巴特忘了她当初想嫁的人是内德。或者他并不在乎，毕竟玛格丽是他的人；巴特这种人眼里只有胜败。

巴特不擅思考，父亲为人所害，他压根也没怀疑内德，只深信是清教徒首领丹·科布利的奸计；当年雷金纳德爵士和罗洛害死了他父亲，他设了陷阱来报仇。丹对罗洛怀恨在心，这倒不假。

斯蒂文·林肯和他们同席，这叫玛格丽暗暗捏了一把汗。内德应该猜得出斯蒂文的身份，但没有说破。贵族天主教徒把神父安顿在家里，这是人尽皆知的，但双方心照不宣。玛格丽通常不屑于表里不一：所谓的孤儿，明明有父亲，却不相认；修女和情人私相授受，但人人视而不见；没嫁人的管家妇接连生育，孩子长得都像东家神父。不过，这一次还是不说破为妙。

至于斯蒂文是不是和内德一般圆滑，玛格丽却拿不准。斯蒂文痛恨伊丽莎白，内德却对女王忠心耿耿。内德仇视天主教会也是情有可原，毕竟教会以取利为由，害得他母亲倾家荡产。

这顿饭只怕吃不安生。

巴特和气地说：“内德呀，听说你如今是女王身边的要人了。”他语气里稍带着一丝不忿，在他看来，大臣应该由伯爵来做，轮不到商人的儿子，另一方面他心里也有数，说起变幻莫测的欧洲政局，他也没有献策的本事。

内德答道：“我是替威廉·塞西尔爵士办事，十二年来一直如此。他才称得上要人。”

“不过女王赐了爵位，如今又封你做韦格利领主。”

“女王恩德，我感激不尽。”

玛格丽望着内德，生出一种异样之感。内德机变灵活，目光中常常流露出狡黠。她喝着酒，真希望这顿饭永远也吃不完。

斯蒂文·林肯开口问：“内德爵士，敢问您替伊丽莎白打理什么事务？”

“留心问题的苗头，请女王防患于未然。”

玛格丽听他对答如流，想必是经常被人问起，早想好了一套答案。

斯蒂文露出不怀好意的笑：“是不是监视和她意见相左之人？”

玛格丽暗叫不妙。斯蒂文要咄咄逼人，把这气氛给破坏了。

内德正襟危坐："女王并不关心是否有人和她意见相左，只希望他们不要惹是生非。斯蒂文，你该明白这一点吧。巴特伯爵不去教堂，每周都要交一先令的罚款。"

巴特气哼哼地说："王桥座堂的典礼我可没落下。"

"的确是明智之举——请不要介意我多言。伊丽莎白继位以来，英格兰上下没有一个人因为信仰遭受酷刑，没有一个人被活活烧死，和先主玛丽女王相比，可谓天差地别。"

巴特却问："那北方叛乱又怎么说？"

玛格丽明白他的意思。圣诞节前不久，几个天主教徒伯爵联手起兵造反，自伊丽莎白当权以来，这是唯一一次叛乱。几个叛臣在达拉谟座堂庆祝拉丁弥撒，占领了北边的几个镇子，一路向塔特沃思挺进。苏格兰玛丽女王就囚禁在那儿，叛军显然是打算救出玛丽，拥戴她登上英格兰王位。这场起义响应者寥寥，女王的军队很快平定了叛乱，玛丽·斯图尔特依然是阶下囚。

内德答道："雷声大雨点小。"

"五百兵将被绞死！"巴特愤愤然，"还说玛丽·都铎心狠手辣！"

内德温言说："乱臣贼子，人人得而诛之，相信天下各国皆如此吧。"

巴特和父亲一样听不进劝诫，他对内德的话充耳不闻："北方已然入不敷出，又被洗劫一空，田地充了公，牲口尽数赶往南方！"

玛格丽暗暗担心，不知道内德会不会想起当年遭父亲强取豪夺之事。不管内德心里在想什么，表面却不动声色。巴特口无遮拦，他却镇定自若，玛格丽暗想，内德身为谋臣，十几年来训练有素，懂得争执时淡然以对。他心平气和地说："我可以告诉你，女王并没有拿到多少战利品。总之远不及平息骚乱的耗费。"

"北方也是本国土地，怎能当成异邦对待，抢夺一空？"

"那么北方百姓就该本本分分，遵从女王之命。"

玛格丽眼见情况不妙，忙转移话题。"内德，跟巴特讲讲韦格利的情况吧。"

"巴特，这件事三言两句就能概括。有个佃户占用了你的土地，在河对岸你的林子里砍了一片树，占了几英亩地。"

"把他赶走就得了。"

"假如这是你的意思，我自然会吩咐他不许用那块地。"

"要是他不听呢？"

"那我就一把火烧了他的庄稼。"

玛格丽明白，内德毫不容情的口吻是做给巴特看的，好叫他放心。

巴特却不晓得内德是以退为进。他心满意足地说："他自作自受。说起地界，那些庄稼人比谁都清楚，他占了地，一定是有意为之。"

"我也这么想。不过还有一个办法，或者更有利，"内德一副无所谓的口气，"庄稼人赚的多了，地主收的也就多了。不如我另划四英亩林地给你，算作赔偿他占用的那两英亩？这样咱们都有赚头。"

巴特一脸不情愿，不过一时想不出理由推辞。他敷衍说："咱们一起去韦格利，瞧过再说。"玛格丽知道巴特不擅长思考抽象的事物，想看过了地再决定。

内德答道：“自然，我乐意奉陪，不过越快越好——母亲的丧事已了，我得尽快回伦敦去。”

玛格丽心生失望，这才发觉自己一直暗暗盼着内德能在王桥多留几天。

巴特说：“下周五如何？”

玛格丽留意内德的神色，知道他大不耐烦，但还是耐着性子；除了自己，大概没人看得出来。显然内德想早些解决这件琐事，毕竟还有国家大事等着他处理。他说：“周一呢？”

巴特一脸不悦，玛格丽明白他的心思：难道要堂堂一个伯爵给区区一个爵士腾时间？他硬邦邦地答道：“不行，只怕我没空。”

“那好吧，下周五。”

葬礼之后的几天里，内德总想着自己去见造物主的那一天，他反躬自省，这一生可有意义？他为着一个理想而鞠躬尽瘁，这也是伊丽莎白女王的宏愿：英格兰王土之上，百姓不会因信仰而丧命。

为了实现这个目标，他可有竭尽所能？

西班牙国王腓力或许算得上是最大的威胁。腓力穷兵黩武，其中多以宗教为由，他曾东征地中海，讨伐奥斯曼帝国的穆斯林，也曾出兵尼德兰镇压新教徒。在内德看来，他迟早要把矛头对准英格兰以及圣公会。

论财力、兵力，西班牙都无可匹敌，如何捍卫英格兰，人人一筹莫展。

内德跟哥哥吐露心事。“伊丽莎白女王唯一不吝惜的就是军费，可英格兰的海军舰队远不是西班牙盖伦船的对手。”

兄弟俩刚吃完早饭。巴尼一会儿就要赶去库姆港，眼下船正在装货，预备出海。巴尼给船改名为爱丽丝号，为了纪念母亲。

巴尼答道：“英格兰并不需要盖伦船。”

内德大感诧异。他刚挑了一块熏鱼喂给淘淘——这只玳瑁该是儿时那只小猫的女儿或是孙女了。他身子一僵，抬头问：“那依你看，英格兰需要什么？”

“西班牙造大型船，是为了装下几百士兵，他们擅长接舷战，方便士兵登上敌船，制服船员。”

“有道理。”

“几乎是百战百胜。不过盖伦船要容下那么多军官贵族，艉楼不得不建高，好比一面没法升降的风帆，推着船只朝风向掉转，船长没办法随心所欲。换句话说，舰船难于操控。”

小猫等得不耐烦，哀声叫唤，内德喂了鱼肉，又问道：“要是不需要大帆船，那该如何防御？”

“女王该建造狭长低矮的船只，容易掌握方向。船只灵敏迅捷，可以随意掉转，绕着盖伦船开火，对方无法靠近，士兵也就无法登船。”

“我得回去禀明陛下。”

“打海战的另一个要诀是重装弹药要快。”

“当真？”

“这比配备重型火炮还要紧。我训练手下的水手，清理炮管、重装弹药，一要迅速，二要稳当。所谓熟能生巧，五分钟就够了。只要敌船在射程之内，保证弹无虚发，胜败就看开火的次数了。几轮炮火下来，敌方必定士气大挫，自乱阵脚。”

内德听入了迷。伊丽莎白手下没有常备陆军，英格兰仅有的军力就是海军。放眼欧洲，本国算不得财力雄厚，其收入也来自海上贸易。英国海军名闻遐迩，别国船只素来不敢轻易攻击英国商船；小岛与欧陆之间隔着一道海峡，本国得以独霸水路，也是依仗海军的威名。伊丽莎白向来节俭，不过深知轻重缓急，对舰船尤为重视。

巴尼站起身说：“不知道何年何月才能见面了。”

内德心说，不知道还能不能见面。他替巴尼拿起厚重的外套，帮他穿好，叮嘱说：“时刻小心，巴尼。”

兄弟俩不拘客套，简单话别。

内德走进前厅，在母亲用惯了的书桌前坐下。趁着记忆清晰，他把巴尼传授的战舰要诀一一记录下来。

写完之后，他扭头望着窗外的座堂西墙。他沉思道，自己今年三十岁了。父亲在这个年纪的时候，已经有了他们两兄弟。再过三十年，自己也将和父母一样，长眠于地下。那时候，有谁会站在坟边悼念自己？

这时他瞧见丹·科布利朝门口走来，于是收起愁思。

丹进了门，内德招呼说：“巴尼刚走。”他以为丹是来找巴尼商量入伙的事。“他要搭驳船去库姆港，你现在赶过去，说不定还来得及。”

“我跟巴尼已经谈妥了，双方都满意，”丹答道，“我是来找你的。”

“那请坐吧。”

丹三十二岁，越发圆胖，还总是一副无所不知的神气，好似十几岁的少年。虽然内德不喜欢他这个人，但也承认丹头脑精明，把家业打理得蒸蒸日上，如今身家在王桥是数一数二的。他一直想换个大宅子，看中了修院门，出价慷慨，但罗洛不想出手。除此之外，丹是本镇清教徒之首，这也毋庸置疑；他们常在洛弗菲尔德郊区的圣约翰教堂礼拜。

不出所料，丹是来谈宗教的。

他身子前倾，像做戏似的。“王桥主教座堂藏着一个天主教徒。”

“果然？”内德叹了口气，“这种事，你又怎么会知道？”

丹答非所问。“保罗牧师。”

保罗·沃森为人和善，已经上了岁数。他是王桥修院的末任院长，估计一直接受不来新教。“那么保罗牧师犯的是哪项罪名？”

丹得意扬扬：“他躲在墓穴，锁起门来，偷偷庆祝弥撒！”

“他一把年纪了，”内德觉得索然无味，“叫他们把信仰变来变去，也太为难人了。”

“他犯了亵渎之罪！”

“那倒不假，”在信仰上，内德和丹所见略同，但在行事上，两人则南辕北辙，“你亲眼见过他们举行非法仪式？”

“礼拜日黎明时分，我亲眼见到有人偷偷摸摸地从侧门溜进教堂，其中有几个人，我早就怀疑他们重又堕入偶像崇拜的邪道，比如罗洛·菲茨杰拉德，还有他母亲简夫人。”

“你可曾知会卢克主教？”

“没有！我看他是睁一只眼闭一只眼。”

“那你找我来是有什么打算？”

“卢克主教非走不可。”

“要是我料得不错，你想叫圣约翰的杰里迈亚牧师接替主教之位。”

丹迟疑着没有接口，他没想到内德一下子看穿了自己的心思。他清清嗓子：“这自然是由女王陛下决断，”这话并不诚心，“圣公会中，唯有君主有权任免主教，你也知道。我只是想让你将事情禀告给陛下——倘若你不肯，我会亲自面圣。”

“丹，我这番话你听仔细了——虽然你未必爱听。伊丽莎白的确厌恶天主教徒，但她更痛恨清教徒。要是我去跟她打小报告，她一定会把我赶出召见厅。她只希望一切太平。”

“可庆祝弥撒是异教行为，并且犯了法！”

“可惜执法不严。莫非你还看不出？”

“倘若不执行，那要来还有什么用？”

“用处是安抚民心。禁了弥撒，新教徒满意；望弥撒也无妨，天主教徒满意；大家各行其是，不以信仰为由相互残杀，女王陛下满意。我奉劝你，还是不要为此去面圣。她不会把保罗牧师如何，倒是可能迁怒于你。”

“这成何体统！”丹霍地站起身。

内德不想和他争辩。“很抱歉，丹，你要扫兴而归了。可惜事实如此，倘若我答应，那倒是敷衍你了。”

丹勉强说：“你快言快语，我很感激。”两个人表面上和和气气，就此道别。

五分钟后，内德出了门，沿着主街走到修院门前。有个念头在他脑海里挥之不去：盖这座宅子的钱，是从母亲那儿偷去的。

他瞧见罗洛·菲茨杰拉德出了门。罗洛如今三十四五岁，一头黑发不如从前浓密，显得额头高高的。雷金纳德爵士过世后，罗洛想顶库姆港司库的职位，不过这种肥缺一向是君主用来奖赏忠心不二之臣的，后来果然给了一个热忱的新教徒。虽然司库的事落了空，不过菲茨杰拉德家一直经营羊毛生意，罗洛打理得井井有条，比父亲能干。

内德没有和他打招呼，匆匆穿过商业街，进了圣马可教堂旁边一间破旧的大宅子；王桥仅剩的几位修士就安顿在这儿。亨利八世国王将修院财产据为己有之后，拨给修士一小笔薪俸，如今还在世的几位老人家仍有收入。保罗牧师来应门，只见他弓腰驼背，鼻子红红的，头发稀疏。

他请内德进了客堂，直言："令堂过世，请节哀。她是位贤妻良母。"

昔日的朱利叶斯主教也住在这儿。内德见他坐在客堂一隅，目光呆滞。朱利叶斯年老糊涂，不会言语，脸上总是挂着怒冲冲的表情，对着墙壁喃喃自语。

内德说："您一直照顾朱利叶斯，真是好心肠。"

"这是修士的职责：照顾病弱、贫苦、孤寡之人。"

内德不由得想，要是修士都记得这些，说不定修院能留到今天呢。他开口答道："可不是，创立医院的奇女子凯瑞丝就是王桥的修女。"

"愿她安息，"保罗脸上浮现出期盼之色，"不如喝一杯吧？"

内德最讨厌一大早醉酒。"不用客气了。我不久留，这次是来给您提个醒儿。"

保罗苍老的面孔现出紧张的神色。他皱着眉头叹道："哎，看样子是坏消息。"

"是，算是吧。有人跟我说，礼拜日黎明时分，墓穴里有些不对头。"

保罗脸色煞白。"我完全不知情——"

内德伸手制止。"我没有问消息是否属实，您什么也不必说。"

保罗神色慌张，勉强镇定心神。"那好。"

"我说的这个时辰，不管墓穴里有什么人，又在那里做什么，总之该知道，清教徒起了疑心。为免节外生枝，也许仪式——倘若是仪式的话——该改换到别处。"

保罗咽下一口唾沫。"我明白。"

"女王陛下认为，信仰在今生带给我们慰藉，在来世赐予我们救赎，尽管大家意见有分歧，但英国人绝不应因为信仰而彼此残害。"

"是。"

"我点到为止。"

"你的意思我一清二楚。"

"另外，我来拜访的事，您最好不要向任何人提起。"

"自然。"

内德和他握手道别。"很高兴能和您聊一聊。"

"彼此彼此。"

"再会了，保罗牧师。"

"主保佑你，内德。"

周五早上，玛格丽的丈夫身体抱恙。这没什么稀奇，前一晚酒足饭饱，第二天不舒服也是常有的。只是这天巴特伯爵约了内德·威拉德爵士在韦格利见面。

玛格丽说：“你不能叫内德白跑一趟啊，他还得特意赶过去。”

巴特躺在床上说：“只好由你替我走这一趟了，回来跟我说说也一样。”他拉起毯子，蒙住头。

想到能和内德共度一两个小时的时光，玛格丽暗暗心喜。她觉得一颗心怦怦跳，呼吸也急促起来。幸好巴特把脸藏了起来。

她推托说：“我可不想去。”这是谎话。“堡里有忙不完的事。”

巴特隔着毯子，声音闷闷的，但一字一句清清楚楚。“别傻了，让你去就去。”

夫命难违。

玛格丽吩咐下人备好家里最好的马，那匹叫“赤褐”的高大母马，接着又叫上贴身的侍女和护卫准备，有这两个人就够了。她换上出门的行装：蓝色长外套、遮挡尘土的红头巾和帽子。她跟自己解释，这是为了出门方便，至于颜色衬得皮肤白皙、帽子显得她尤其可人儿，那也没有办法。

出门前，她吻过巴特利特，接着打个呼哨，米克跑了过来——它最爱跟她出门了。这就出发了。

这天春意融融，玛格丽叫自己抛下烦恼，专心享受旭日清风。她二十七岁，是堂堂伯爵夫人，家境殷实、身体康健、明艳动人。她要是不快乐，天下还有谁快乐？

走到半路，她在一家客栈停下休息，要了一杯啤酒、一角芝士。米克好像不知疲倦，趴在池塘边喝水。护卫给几匹马各喂了一捧燕麦。

晌午过后，一行人赶到了韦格利。村子欣欣向荣，有些土地还沿袭传统的带状种植法，也有些归农人自己所有。溪水湍急，溪边立着一座古老的水磨，叫作梅尔辛磨坊，是漂洗布料用的。村子中央有一间酒馆、一座教堂和一处不大的领主宅院。

内德已经在酒馆里等着了。他问道："巴特呢？"

玛格丽答道："他病了。"

内德脸上接连浮现出诧异、喜悦、疑惧的神色。玛格丽明白他为何疑惧：诱惑就在眼前，她自己又何尝不担忧。

内德说："希望没有大碍吧。"

"没有，只是好酒贪杯，身体不适而已。"

"啊。"

"所以换成我来——一个拙劣的代替品。"她故作谦虚。

内德咧嘴笑了。"没什么好抱怨的。"

"这就过去吧？"

"你不想填填肚子？"

玛格丽才不想坐在气闷的屋子里，任六七个庄稼人打量。"不了，多谢好意。"

一行人骑马踏上田地间的小径，小麦大麦都出了苗，一片青翠可爱。玛格丽问："你以后要住在领主宅子里吗？"

"不，我舍不得王桥的老房子，有事过来的话就住一两晚而已。"

玛格丽脑海里突然浮现出自己夜里偷偷溜进内德家的画面，

急忙止住这邪念。

一行人来到林地边。推动磨坊的小溪也是韦格利的地界，对岸的土地归伯爵所有。他们沿着小溪走出一英里，就看到内德说的那片地。

显而易见，对岸伯爵的林子被清出一大片地，一群羊正啃食刚钻出来的韧草。可见是个勤劳苦干的佃户——或者说贪心不足，要么两者兼具。

内德说："我想用那一片地给巴特做补偿。"

玛格丽看见他指着韦格利的一片林地。

两人骑马蹚过小溪，下了马，牵马走进林子。玛格丽瞧见不少成熟的橡树，都是上好木材。两人走到溪边的一片空地，只见绿草茵茵，野花点点。玛格丽说："我看巴特没理由不答应。依我看，倒是我们占了便宜。"

"那太好了。不如在这儿歇一会儿吧？"

玛格丽心中暗喜。"好，有劳了。"

他们找了一片草地，拴了马，任它们啃草。

内德说："不如叫你的人去酒馆买些酒菜。"

"好主意。"玛格丽吩咐护卫和侍女："你们两个回村里一趟。走着去吧，马儿得歇一歇。买一壶麦芽酒、几块冷火腿、面包。自然，也买够你们自己的。"

两个下人朝林子走去。

玛格丽坐在溪边草地上，内德在她身边躺下了。林子里静悄悄的，只有流水潺潺，微风吹拂新叶，簌簌作响。米克趴在地上，闭上眼睛打盹，要是有人走近，它一定警觉。

玛格丽说："内德，我知道你去见过保罗神父。"

内德眉毛一挑。“消息传得还真快。”

“我要谢谢你。”

“想必圣饼是你准备的吧。”玛格丽不知如何作答，内德忙说，“我不想打探详情，就当我没问吧。”

“你要相信我，我绝不会密谋对付伊丽莎白女王，”玛格丽得说个清楚，“她由主教傅油，是正统的君主。上主智慧无穷，选中一个异教徒继承王位，我虽然心中疑惑，但没有资格违抗他的选择。”

内德躺着没动，只拿眼睛望着她，笑着说：“听你这么说，我很高兴。”他碰了碰她的手臂。

玛格丽凝视着这张和善聪慧的脸庞。他目光中透出强烈的渴盼，叫她心碎。她知道，世上没有第二个人如此深爱自己。那一瞬间，她觉得唯一的罪孽就是拒绝他这份真心。她垂下头，吻在他唇上，接着合上眼睛，全心沉浸在柔情蜜意之中，浑身暖融融的。上一次拥吻之后，她无时无刻不惦记着，经过这些年的苦等，吻只有更甜蜜。她裹住他的下唇，用舌尖轻舔他的上唇，舌头探进他嘴里。和内德在一起，她永不餍足。

内德按着她双肩，让她伏倒，整个身子都压在自己身上。玛格丽隔着衬裙，感觉到他身下雄壮起来。她生怕弄疼了他，想侧身躺下，但内德紧紧搂着她。她放下心，享受这种亲密无间，感觉两个人好似要融为一体。世上一切都不复存在，只剩下他们两个，他们的两副身体。

然而没过多久，她又贪心起来：和内德在一起，她总是贪得无厌。她跪坐在内德膝上，解开他马裤裆部，露出玉茎。她凝神细看，轻轻抚摸。那物颜色粉白、微微翘曲，斜斜立着，下端生着一丛赤褐色的卷曲毛发。她俯身吻了一吻，随即听见他愉悦的呻吟，又见尖儿流出一滴玉露。她不能自已，张口吮吸。

她欲火难耐，骑在他胯间，撑开裙子，盖住他腹股，接着身子缓缓下沉，引他进入体内。她身下湿滑无比，内德长驱直入。她弯下腰，亲吻着他。两个人身体轻晃，许久许久；她盼着这样天长地久。

接着，是他贪心起来，不及抽出阳物，翻身将她压在身下。她岔开双腿，曲起膝盖，让他进得再深，将自己填满。她感觉到他再也禁持不住，望着他的眼睛说："是你，内德，是你。"紧接着，他猛地一颤，一股暖流喷出，叫她欲仙欲死。她满心欢喜，这些年来，她第一次打心底里欢喜。

罗洛·菲茨杰拉德宁死也不肯改变信仰。他心里容不得妥协。天主教会无可置疑，其余宗派一律混淆是非。这根本一目了然，主不会宽宥视而不见之徒。灵魂握在手中，好比一颗珍珠，倘若遗失在海中，救赎就无望了。

伊丽莎白·都铎篡权夺位竟有十二年之久，真是难以置信。在她的统治下，百姓享受一定的信仰自由，所谓的宗教和解[①]竟然一直无人撼动，着实叫人诧异。天主教徒众伯爵起义功亏一篑，而她佯装要嫁给虔诚的天主教徒，令欧洲各国君主举棋不

① 宗教和解是为缓解自亨利八世、爱德华六世及玛丽一世以来的宗教混乱。《1558至尊法案》（*Act of Supremacy 1558*）规定重建独立于罗马公教的圣公会；国会尊奉伊丽莎白为圣公会最高领袖。《1559统一法案》（*Act of Uniformity of 1559*）规定了圣公会形式，包括重新修订的《公祷书》。

定。总而言之，罗洛灰心丧气，简直怀疑主打盹去了——这可是亵渎之言。

1570年5月，情况有了转机。不只是对罗洛而言，而是涉及全英格兰的子民。

接到消息的时候，罗洛正在修院门、用早饭，玛格丽也在。简夫人卧病，玛格丽回王桥来照顾母亲，住了好一段日子。眼下母亲身体见好，这天也下床来用饭，但玛格丽并不急着回夫家。正吃着，就见侍女佩吉带了封信进来给罗洛，说是伦敦来的。很大一张信纸，沉甸甸的，四边折向中间，用红漆封了，印着菲茨杰拉德的印章。罗洛认出是戴维·米勒的笔迹；戴维替他打理伦敦方面的生意。

戴维平常来信无非是报告羊毛价格，这一封却不同。教宗颁布了一份通谕，即“教宗诏书”。不消说，英格兰不会公布诏书内容，罗洛只是略有耳闻，不过据戴维信中说，有人胆大包天，把诏书贴到了伦敦主教府大门上，如今人尽皆知。戴维约略叙述了诏书内容，罗洛看得倒吸一口冷气。

教宗庇护五世将伊丽莎白女王逐出教会。

“这是喜讯！”罗洛嚷道，“教宗称伊丽莎白为‘伪冒英格兰女王、姑息养奸’。总算等到这一天了！”

“伊丽莎白定然怒不可遏，”玛格丽接口，“不晓得内德·威拉德知不知道。”

简夫人沉着脸说：“内德·威拉德无所不知。”

“还有更妙的呢，”罗洛兴高采烈，“英国子民不必再效忠伊丽莎白，誓言一律作废。”

玛格丽皱着眉头说：“你大可不必高兴。要有麻烦了。”

“这是事实！伊丽莎白信奉异端，篡权夺位，谁也不必服从她。”

简夫人说：“罗洛，你妹妹说得对，这可未必是喜讯。”

罗洛又低头看信。“恰恰相反，教宗呼吁咱们反对她，凡是服从她的人都在革除教籍之列。”

玛格丽叹道：“大事不妙了！”

母女俩的态度叫罗洛不解。“这不过是就事论事，而教宗总算开口了！这怎么会是坏事？”

“你怎么不明白？”玛格丽说，“教宗这是把英国天主教徒通通打成了叛国贼！”

“人人心知肚明，他只是挑明罢了。”

“有时候还是心照不宣的好。”

“这是什么话？”

“保罗神父给咱们祝圣弥撒，还有斯蒂文·林肯，还有所有的秘密司铎，这就是人人清楚，但并不说破，咱们能维持至今，全有赖于此。可如今，一切岌岌可危，咱们都可能被冠上叛徒的罪名。”

罗洛明白是明白了，可还是不以为然。世人愚昧无知，自由如燎原之火。就算千辛万苦，甚至要赔上一条命，也要反抗伊丽莎白的异端统治。他说：“你们女人家的，对政治一窍不通。”

这时候玛格丽的儿子巴特利特跑了进来。罗洛望着小外甥，引以为傲。这可是日后的夏陵伯爵。

巴特利特问：“今天能去看小猫咪吗？”

玛格丽答道：“当然可以，宝贝。”跟着又解释说：“内德家那只玳瑁刚生了一窝小猫，巴特利特喜欢得不得了。”

简夫人说："我要是你，可不会在威拉德家久留。"

罗洛听出母亲语气冷冰冰的，一时不解，紧接着才想起来，当年玛格丽认定了内德，为了劝她嫁给巴特，可费了好一番工夫。都是陈年旧事了，不过看来简夫人还不放心，怕玛格丽出入内德家另有私情，招来风言风语。

或者母亲并非多虑。

罗洛不去细想，他有更要紧的事要考虑。"我还得去市议会议事，回来用饭。"他吻别母亲，出了家门。

王桥共有十二名议员，都是本地商贾，以市长为首。罗洛继承了家族羊毛生意，也就接替父亲做了议员；现任市长叫以利亚·科德魏纳，和丹·科布利一个鼻孔出气。议事厅设在会馆，这是几百年来的惯例。

罗洛沿着主街向北，过了十字路口就是会馆。他上了楼，进到会议厅，感到一种庄严：这是一项珍贵的传统。房间里镶着木头嵌板，已经让烟火熏黑了。屋子中央摆着一张会议桌，四周一圈皮椅；桌面满是刻痕，很有年头了。餐具柜上备了牛股肉和麦芽酒，来不及吃早饭的议员可以填填肚子。

罗洛入座。他是唯一一个天主教徒：保罗神父的秘密仪式中，他从没见过哪个议员露面。罗洛隐隐有些不安，仿佛羊入虎口。这种感觉还是生平第一次，他暗暗琢磨，也许是因为教宗诏书一事。莫非叫玛格丽说中了？但愿没有。

议会负责管理本市工商事宜，这天讨论的是度量衡、工钱和物价、师傅和学徒。据闻市场上有外地来的商人使用禁止了的塔磅，比通用的金衡磅要轻。另有传言说，伊丽莎白女王要改变"英里"标准，从五千英尺改为五千两百八十英尺。讨论了一上午，快要午休时，科德魏纳市长临时添了一条事项：教宗诏书。

罗洛大惑不解。市议会从来不插手宗教事务。科德魏纳唱的是哪一出？

只听科德魏纳说："很不幸，身在罗马的教宗一番权衡之后，命令英国子民不得服从伊丽莎白女王陛下。"

罗洛不耐烦地问："这和本议会有什么相干？"

科德魏纳一脸不自在："啊，这个嘛，科布利议员以为，或者有人会有疑问……"

罗洛暗忖，原来是丹·科布利搞鬼。他不由心中惴惴。丹因为菲尔伯特的死对自己怀恨在心，一心要为父报仇。

众人齐齐望着丹。

丹说："倘若王桥议会出了谋逆之徒，那自然对本市不利。"看来他早打好了腹稿。"相信诸位都同意吧。"

各议员喃喃应和。罗洛想起吃早饭时玛格丽断言这道诏书把天主教徒打成了叛国贼，突然有种不祥的预感。

丹接着说："为了防患于未然，我有个简单的建议：凡是王桥商人，一律宣誓尊奉《三十九条信纲》。"

一片鸦雀无声。大家心知肚明，这矛头对准了罗洛。《三十九条信纲》规定了圣公会教义，要是天主教徒宣誓尊奉信纲，那就等于背弃信仰。罗洛是宁死也不肯宣誓的。

这一点，众议员也是心知肚明。

丹立场强硬，但王桥的新教徒并非人人如此，大多人只想和和气气地做生意。不幸的是，丹生性狡猾，叫人不好拒绝。

只听保罗·廷斯利说："国会数次讨论，想让大小官员宣誓尊奉《信纲》，但伊丽莎白女王不予通过。"廷斯利是位律师，担任本镇的治安书记。

丹却说："下一次，陛下就不会不准了——因为这份诏书。陛下不得不严肃法纪。"

"或许如此，"廷斯利答道，"那不如等到国会决定之后，咱们不好擅做主张。"

"等什么？"丹不依不饶，"在座的自然没有人不以《信纲》为准绳吧？倘若有，这份教宗诏书颁布之后，咱们岂能容他留在王桥经商？"

廷斯利依旧慢条斯理。"科布利议员，你的话在理，我只是想说咱们不该草率行事。"

罗洛开口了。"廷斯利议员说得对。就说我吧，要是科布利议员把一份宗教宣言摆在我面前，我断断不会签。"他又昧着良心说："倘若是女王陛下的旨意，那另当别论。"罗洛心里可不是这样想的，但事已至此：这可关系到他的生计。

丹说："要是此事传了出去，说咱们讨论之后决定无所作为，那岂不惹人怀疑？"

几个议员勉为其难地纷纷点头，罗洛心头一紧，看样子丹要得逞了。

科德魏纳说："既然如此，不如举手表决。赞同科布利议员的请举手。"

十只手举了起来。只有罗洛和廷斯利反对。

科德魏纳宣布："提议通过。"

罗洛愤愤离去。

七月初的早上，玛格丽躺在床上，听着堡外鸟雀叽喳。她有喜有忧，良心不安。

欢喜，是因为和内德两情相悦。五月里，内德在王桥住了整一个月，两个人每周都要幽会几次。到了六月，他接到命令，要去南方沿岸各地查看防事。至于玛格丽，她惯常要和斯蒂文·林肯赶去偏远村落和市郊谷仓，偷偷祝圣弥撒，每周少说也要出一次门，于是和内德约好了，在同一个镇子或是附近村落共度良宵。入夜之后，旁人纷纷歇息，就是两人见面之时。玛格丽要是投宿在客栈，内德就溜去找她。有时天气和暖，也约在林子里碰头。揣着这个秘密，玛格丽几乎激动得难以自持。眼下内德住的地方离新堡只有几英里，玛格丽琢磨找个什么理由出门，赶去见他。这段日子，她总是兴奋不已，简直茶饭不思，整天只拿小麦面包、黄油和兑了水的酒充饥。

巴特却浑不在意。他绝不会怀疑妻子不忠，好比他从不以为自己养的狗会咬他一口。

母亲简夫人好像起了疑心，但不想生事，因此缄口不言。玛格丽心里其实也明白，她和内德没办法一直这样下去。纸包不住火，一周或是一年，迟早会有人发现。道理她虽然明白，但总不肯罢手。

欢喜之余，她也羞愧难安。她反复回想，是哪一步走错了。就是她吩咐侍女和护卫走回韦格利买些酒菜。那时她心里已然知道，自己要和内德在溪边野花盛开的草地上共赴云雨，但她心心念念，耐不住诱惑。

她见到遍布荆棘的险路通往天国，偏选了寻欢作乐的沉沦之路[1]。她犯了罪，沉醉其中，且屡犯不改。每一天她都起誓要斩断情丝，可一见到内德，就把这念头抛在了九霄云外。

她担心今生来世要自食苦果。主定然会惩罚她，让她染上恶疾，或者发了疯，再或者双目失明。有时候思来想去，不禁头痛欲裂。如今，她又添了一份烦恼。接到教宗诏书的消息时，她就有种大难临头之感，结果不幸言中。现在清教徒扬扬得意，指认天主教徒危及社稷；党同伐异有了冠冕堂皇的理由。

巴特不去教堂，原本每周交一先令的罚款，现如今涨到一镑。这可不是小数目，抵得上一杆滑膛枪、一件华贵衬衣、一匹小矮马。巴特每周约有五十镑的租金进账，交罚款就蚀了不少。堂区俗家执事自然不敢顶撞伯爵，但每周还是硬着头皮来城堡收钱，巴特也不得不如数交上。

最倒霉的还要数罗洛。他因为不肯宣誓尊奉《三十九条信纲》，以致无法从商，只好卖掉修院门；丹·科布利眉飞色舞地买下了。简夫人搬来新堡，住在女儿家里。罗洛不知所终，连简夫人都没告诉。

内德要气炸了。伊丽莎白女王为了信仰自由的理念力排众议，并维系了十年之久，可见并非纸上谈兵，可如今呢——他愤愤不已，女王竟然遭人暗算，偏偏还是教宗。玛格丽听他痛批教宗，心中不悦，不过她心里向着内德，只是不想起口舌之争。

说起来，玛格丽尽量什么要紧事都放在一边，一心惦着欢爱。和内德分开时，她就琢磨下次见面时如何消磨韶光。她想着两人耳鬓厮磨，内德温柔地抚摸自己，依稀听见他在耳畔情话

① 《哈姆雷特》第一幕第三场：你不要像有些坏牧师一样，指点我上天去的险峻的荆棘之途，自己却在花街柳巷流连忘返，忘记了自己的箴言（朱生豪译）。

绵绵，熟悉的愉悦感蔓延在腹股之间，手不由自主地伸向两腿之间。说来也怪，和内德私会后，欲火非但不减，反而越发炽盛，仿佛罪罪相长似的。

米克本躺在床脚酣睡，突然惊醒了，嗷呜一声。她喃喃说了声“嘘”，但米克吠叫不止。紧接着，玛格丽就听见有人砰砰敲门。

一听这动静，玛格丽就心知不妙。敲门声又响又急，可见是情况紧迫，且理直气壮。来伯爵府而如此咄咄逼人、毫不客气，天下没有几个人有这个胆子。玛格丽跳下床，奔到窗前，看见郡长马修森带着手下，大概有十个人。

郡长的来意，她虽猜不出，但一定是为了宗教。

她抓过晨衣，跑出房间。巴特正站在门口张望，见她匆匆跑过来，傻乎乎地问：“怎么了？”

“别开门。”玛格丽叮嘱。

敲门声不绝于耳。

玛格丽快步走过楼梯平台，直奔斯蒂文·林肯的房间，直接冲了进去：没时间拘礼了。好在斯蒂文穿戴整齐，正跪在祷告台上。她开口说：“郡长来了，快跟我走。带上圣物。”

斯蒂文二话不说，拿起装着举祭圣物的匣子，跟着玛格丽出了房门。

玛格丽看见巴特利特穿着睡衣站在门口，身后跟着一个睡眼惺忪的年轻奶妈。她匆匆说：“巴蒂，快回屋去，等一会儿来叫你吃早饭。”她奔下楼梯，暗暗祈祷下人还没开门。她险些迟了一步：诺拉·约瑟夫斯正在拔门闩，口中喊着：“听见了，听见了，这就开！”

玛格丽忙压低声音喊：“慢着！”

堡中下人都是天主教徒，都明白其中原因，也会闭口不言。

玛格丽领路，斯蒂文紧随其后，两人匆匆穿过走廊，由储藏室来到旋转楼梯前。玛格丽奔上楼梯，接着顺着一段短短的台阶下楼，来到走廊尽头。这是旧堡的烘烤间，已经废弃了。她拉开铁门，里面就是宽敞的面包烤炉；多年之前，她曾和内德躲在里面拥吻。她对斯蒂文说：“快进去，藏好！”

“他们不会搜到这儿？”

“一直往里走，用力推墙面，里面是间暗室。快！”

斯蒂文抱着匣子爬了进去，玛格丽把门一关。她气喘吁吁地返回前厅。母亲也出来了，她还戴着睡帽，一脸紧张。玛格丽紧了紧晨衣，跟着对诺拉一点头。“开门吧。”

诺拉这才开门。

玛格丽语气轻快：“郡长您早啊！敲门敲得这么响！莫非有急事？”

马修森生得人高马大，对作奸犯科之徒毫不客气，但面对伯爵夫人，倒不敢轻举妄动。他下巴一扬，朗声说：“女王陛下有令，捉拿天主教司铎斯蒂文·林肯，此人涉嫌勾结苏格兰女王，意图谋反。”

这罪名荒谬至极。斯蒂文连见也没见过苏格兰玛丽女王，况且他根本没谋反的胆子。显然是有人恶意中伤，玛格丽怀疑是丹·科布利搞的鬼。她微微一笑，答道：“那也不必一大早把我们吵醒啊。斯蒂文一不是司铎，二也不在堡里。”

“他明明住在这儿！”

“他从前给伯爵当书记，但已经走了。”她灵机一动，说道，“好像是去了坎特伯雷吧。”说这么多就够了。“况且，我想他和苏格兰女王并无往来。很对不住，您是白跑一趟了。不过既然来了，何不带这些兄弟进来用早饭？”

“不必了，多谢好意。”他转身吩咐手下，“给我搜。”

玛格丽听见巴特嚷：“哼，你休想。”她一转身，瞧见巴特迈下楼梯。他穿着马裤马靴，腰间还佩了剑。

“马修森，你反了不成？”

“爵爷，我是奉女王之命，望爵爷不要阻挠我当差，违背女王之意。”

玛格丽站在巴特和郡长之间，低声说：“别动手，不然和你父亲一样，要给处死的。让他搜好了，他搜不到。”

“见鬼去吧。”

郡长说：“爵爷涉嫌包庇天主教司铎兼叛徒斯蒂文·林肯，还是把他交出来的好。”

玛格丽提高嗓音，对巴特说：“我已经说过了，斯蒂文既不是司铎，也不住在这儿。”

巴特一脸茫然。他走到玛格丽身边，耳语道：“可那些——”

玛格丽连忙嘘了一声：“信我的！”

巴特不再言语。

玛格丽又朗声说：“咱们句句属实，不过眼见为实，不妨叫郡长查证，也好叫大伙满意。”

巴特突然开了窍，不出声地问：“旧烤炉？”

玛格丽说：“不错，我也这样想，就让他搜吧。”

巴特对马修森说：“那好吧，不过我会铭记在心——尤其是郡长的所作所为。”

“爵爷，此事并非我能做主，还望见谅。”

巴特轻蔑地哼了一声。

“大伙进去吧，”郡长吩咐手下，“仔细旧堡的边角——想必有不少藏身之处。”他可不是傻子。

玛格丽吩咐诺拉：“去餐厅侍候早饭吧——只有一家人，没有外人。”这会儿也不必装客套了。

巴特气哼哼地去了餐厅，简夫人也跟了过去。郡长带着手下搜找斯蒂文，玛格丽可没心思坐下来用饭，她还没那份定力，于是跟在郡长身边。

马修森吩咐手下搜寻新堡的厅室，自己则提着灯笼去了旧堡。他从小堂找起，瞧见不知哪一位先祖的棺材，抓住棺盖上的骑士雕像，想看看打不打得开。棺盖纹丝不动。

他差不多搜了个遍，才搜到烘烤间。他拉开铁门，提着灯笼照亮，玛格丽大气不敢喘，装作若无其事。马修森脑袋和肩膀都探了进去，灯笼四下晃。玛格丽记得瞧不出里面有门，不知记错没有？马修森哼了一声，她摸不准是什么意思。

他探出身子，摔上门。

玛格丽活泼地说：“莫非郡长以为我们会把司铎藏在烤炉里？”但愿他听不出那一丝颤抖。

马修森一脸愠怒，没理会这句打趣。

两个人回到门厅。马修森满肚子气，他隐隐知道自己被耍了，但猜不出究竟。

他正要告辞，就见前门开了，内德·威拉德爵士走了进来。

玛格丽呆望着他，惊恐万状。内德知道旧烤炉的秘密。他怎么来了？只见他额头一层细密的汗珠儿，呼吸粗重，显然是快马加鞭而来。应该是听说了郡长来拿人。那他为什么赶来？自然是担心玛格丽会出事。可他是新教徒，会不会一时兴起，把逃犯从藏身处骗出来？他对伊丽莎白女王忠心耿耿，近乎倾慕；比起对玛格丽的爱恋，孰轻孰重？

他怒冲冲地瞪着马修森："怎么回事？"

郡长又解释说："斯蒂文·林肯涉嫌谋反。"

"我倒没听说此人可疑。"

"据我所知，爵士复活节前回来后就再没去过伦敦，是以没有听说。"郡长用词客气，但语带讽刺。

玛格丽瞧着内德的脸色，看出他大感窘迫：他事无巨细，都是第一个知道，并引以为傲。这次却慢了一步——无疑是因为自己。

玛格丽说："斯蒂文·林肯不在堡中。郡长仔仔细细搜了个遍。就算食品间藏了一只天主教老鼠，相信也给他捉住了。"

内德说："郡长执行女王之命如此一丝不苟，我很是欣慰。"听这口气，他是变了立场，"做得好，郡长。"

玛格丽心烦意乱，简直要失声尖叫。内德接着会不会说"可你知道旧烤炉后面有间密室吗？"她强自镇定，说道："郡长，倘若没有别的事……"

马修森面色迟疑，但的确毫无办法。他一脸震怒，转身就走，连声告辞都没说。

那几个手下鱼贯出了门。

巴特从餐厅里赶过来，开口问："他们都走了？"

玛格丽说不出话来，泪如雨下。

巴特搂着她安慰："好了好了，你真了不起。"

玛格丽隔着他的肩膀望向内德。他的表情透出左右为难。

罗洛誓要报仇雪耻。

1570年7月，他风尘仆仆，终于来到尼德兰西北部的法语区大学城杜埃，此时此刻，他筋疲力尽，满腔愤恨。杜埃叫他想起了昔日就读的牛津：一眼望去，尽是教堂、雅致的学院楼和花果园，师生漫步其间，谈天说地。他心下怅然，那是黄金时代了：父亲还在世，家业兴旺；坚定的天主教徒坐在英格兰王座之上；罗洛可谓前途无量。

途中经过佛兰德斯的漫漫平原，双脚固然酸痛，却不及心中酸涩。他愤愤地想，新教徒真是贪得无厌。好好的英格兰，如今新教徒女王当政，主教曲意逢迎，英语圣经通行，还添了新修订的《公祷书》。教堂里，绘画被摘走，雕像砍了头，金十字苦像投进炼炉。但他们还是不罢休，硬是夺走了罗洛的营生和家宅，逼得他背井离乡。

他们迟早会后悔的。

他一路打听，法语里夹杂着英语，总算找到了这座砖砌的宅邸。这条街上店铺和房舍林立，这宅子面积不小，但称不上雅致。眼下，这间普普通通的房子寄托了他的全部希望。要让英格兰回归真信仰，自己大仇得报，这儿就是开端。

门没有锁。

门厅里有个年轻人，面色粉红，眉眼活泼，约莫比自己小十岁——罗洛三十五岁了。罗洛用法语礼貌地寒暄："您好，先生。”

对方和气地说：“你是从英国来的吧？”

“这儿是英格兰学院吧？”

“当然喽。”

“感谢主。”罗洛松了口气。他长途跋涉，总算到了。剩下的就是瞧瞧这儿是否名副其实。

“伦纳德·普赖斯，叫我伦尼就行了。先生来这儿，是为着什么？”

“我不肯签《三十九条信纲》，在王桥无法立足。”

“好样的！”

“多谢。我愿为英格兰回归真信仰出一份力，听说这正是你们的使命。”

“不错。我们这间学院培养司铎，再送他们带圣物回去给忠诚的天主教徒——自然是秘密地。”

罗洛为之激动。如今伊丽莎白女王已经露出暴君的真面目，教会岂会袖手旁观。罗洛也不会。他如今一无所有。他本该是名利双收的王桥议员，住着最好的宅子，和父亲一样，有朝一日接过市长的位子；可事与愿违，他成了过街老鼠，在异国他乡的土路上风雨兼程。这笔账，他早晚要算个清楚。

伦尼压低声音说：“要是你去问威廉·艾伦——这学院就是他创办的——他只会说这里唯一的使命就是培养司铎，不过某些人的志向要更远大些。”

“此话怎讲？”

“废了伊丽莎白，拥戴苏格兰的玛丽。”

这话正合罗洛的心意。“你们已经在筹划了？”

伦尼犹豫片刻，看样子是觉得自己说漏了嘴。“当是白日做梦吧，总之是很多人的理想。”

这话毋庸置疑。天主教徒茶余饭后都在谈论玛丽才是正统的英格兰女王。罗洛急急地问：“我能见见威廉·艾伦吗？”

“咱们去问问吧。刚刚来了一个要紧的客人，不过呢，要是听说有新血脉加入，或者他们二位都愿意见见。随我来吧。”

伦尼领着罗洛上了楼梯，来到二楼。罗洛满心兴奋，跃跃欲试。看样子，他还不至于穷途末路。伦尼走到一扇门前敲了两下，跟着推开门。屋子宽敞明亮，堆满了书，两个男子正全神贯注地说话。伦尼对那个脸庞瘦削的男子说：“先生，打扰了，有个客人刚刚从英格兰赶来，您或许想见见。”罗洛见此人比自己年长几岁，衣冠不整，颇像牛津的先生。

艾伦对客人说：“您不介意吧？”说的是法语。

这位客人年轻一些，衣着华贵，上身是件黄色绣花的绿色束腰外衣，样貌极为英俊，一双浅褐色的眼睛，衬着浓密的金发。只见他一耸肩，答道：“请便。”

罗洛走上前去，一边伸出手一边说：“鄙人罗洛·菲茨杰拉德，打王桥来。”

对方和他握了握手，说道：“鄙人威廉·艾伦。”接着介绍说：“这位是鄙学院的至交好友，皮埃尔·奥芒德·德吉斯，从巴黎来。”

那法国男子冷冷地对罗洛一颔首，没有伸手相握。

伦尼说：“罗洛不肯签《三十九条信纲》，丢了营生。”

艾伦称赞说：“有骨气。”

“他想加入咱们的行列。”

“你们两位都请坐吧。”

奥芒德·德吉斯先生用英语字斟句酌地问：“罗洛，你念过什么书？”

“我是牛津出身，之后在格雷律师学院念法律，再之后替父亲打理家族生意。我没有受圣秩，但现在这就是我的目标。”

“很好。”奥芒德客气了几分。

艾伦说：“这里的学生肄业之后，为了履行使命，可要冒着生命的危险。你可清楚？一旦被捕，必死无疑。倘若不能视死如归，还请三思。”

罗洛小心地回答：“如此结果，倘若等闲视之，的确过于天真无知。”他瞧见艾伦赞许地点头，暗暗得意。“但既然有主的指引，我相信自己不畏艰险。”

奥芒德又问：“你对新教徒有什么想法？我问的是你本人。”

“本人？”罗洛正要斟酌一番，无奈一腔怒火按捺不住。他握紧拳头，说道：“我对他们恨之入骨。”他激动不已，简直说不出话来。“我要把他们通通消灭，摧身碎首，一个不留。这就是我的想法。”

奥芒德嘴角微微上扬。“既然如此，我看你在这里或者有用武之地。”

罗洛知道自己通过了考验。

艾伦要谨慎一些。“那么希望先生就此住下，至少勾留几日，以便相互了解，再打算将来吧。”

奥芒德说：“得给他想个化名。”

艾伦问道：“这么快？”

“他的真名，越少人知道越好。”

“言之有理。”

“就叫他让·英吉利吧。”

“法语的‘英格兰人约翰’。不错。”艾伦望着罗洛说，“从今以后，你就是让·英吉利。”

“为什么？”

奥芒德接口说：“到时候你自然会明白。”

是年夏，英格兰笼罩在外敌入侵的阴影之下。教宗诏书如同一句号令，天主教国家随时可能出兵讨伐，说不定哪一天，地平线上就要出现浩浩荡荡的盖伦船队，满载全副武装的士兵，蓄意烧杀抢掠。南部沿岸，石匠加紧修葺年久失修的城堡外墙，锈痕斑斑的港口火炮经过清洗、上油、试射。村里的青壮年踊跃加入当地民兵队，在礼拜日午后的骄阳下练习拉弓射箭。

夏陵郡伯爵夫人则另有心事。她赶着去见内德，路上想着与他肌肤相亲，身下不觉潮热。她曾听人说起，法国那些高等妓女勤于清洁私处，还搽上香水，准备给男子亲吻。她当时觉得不足为信，至少巴特没做过，但内德不同，所以如今她也学着高等妓女的法子。她心里明白，自己是要犯下大罪，也深知日后将遭受惩罚；可想到这些，脑袋就隐隐作痛，她忙抛下这些念头。

她来到王桥，住在麻风病人岛巴特的祖宅里。她谎称来找纪尧姆·福尔内龙。此人本是法国的新教徒，为避难移居此地，他家的麻纱在英格兰南部是数一数二的。玛格丽给巴特置备了衬衣，给自己添了亵衣和睡袍。

翌日，她一早出了门，赶往苏珊娜家，和内德会面。苏珊娜如今做了特怀福德夫人，她继承了父亲在王桥的宅子，勋爵出门在外时，她就常常回王桥来住。在苏珊娜家幽会是内德的主意，他和玛格丽都认为苏珊娜信得过，会替他们保守秘密。

苏珊娜一度是内德的情人，对此玛格丽已不介意。玛格丽坦言自己猜到了，苏珊娜很是发窘，但又说："他的心给了你，我只得到了他的人，幸好我别无他求。"玛格丽给热情冲昏了头脑，对这番话不及细品——什么事她都不放在心上了。

苏珊娜在客厅里迎她，在她唇上吻了吻，说道："快上去吧，你这个幸运儿。"

客厅里有一段围起的楼梯通向苏珊娜的卧室，内德已经在等着了。

玛格丽扑在内德怀里，两人热烈拥吻，仿佛久旱逢甘霖。吻毕，她说道："床。"

两个人进了卧室，褪下衣衫。内德身材修长，皮肤白皙，胸前铺着密密的黑色毛发。单是看着他，玛格丽就心满意足。

可内德显然心事重重。他身下毫无反应。巴特喝醉了酒常常如此，但内德还是头一次。玛格丽跪坐在床上，张口吮咂；这是巴特教她的，偶尔管用，但这次没奏效。玛格丽坐直了，双手按着内德的脸，望着他金棕色的眸子。看得出，内德大感窘迫。她问道："怎么了，我的宝贝？"

"我在想事情。"

"想什么？"

"咱们如何是好？怎么走下去？"

"何必去想？两情相悦就是了。"

内德摇头说："我得做个决断。"他摸索扔在一旁的外套，从口袋里掏出一封信。

玛格丽问："是女王陛下的？"

"是威廉·塞西尔爵士。"

玛格丽只觉得夏日里突然刮来一阵冬风。"是坏消息？"

内德把信一撇。"我也说不出是好是坏。"

玛格丽盯着那封信。信搁在床单上，像一只死掉的鸟儿，折起的四边微微翘起，如同僵硬的翅膀，破损的红蜡仿佛血污。她有种预感，这信昭示了自己的厄运。她低声说："信里说了什么，讲给我听。"

内德坐起身，盘着腿。"是法国的消息。那儿的新教徒，也就是所谓的胡格诺派，在内战中占了上风。伊丽莎白女王给了他们一大笔资助。"

玛格丽早有耳闻。异端邪说屡战屡胜，叫她不胜心惊，但内德却欣然自喜。玛格丽尽量不去想这些，凡是两人意见相左的事，她都不去想。

内德接着说："情势所迫，天主教徒国王正同新教徒首领加斯帕尔·德科利尼商谈和议。"

这一点上，两人所见略同。他们都不愿基督教徒相互残杀。只是这怎么会拆散他们呢？

"伊丽莎白女王打算派我们的一位同僚弗朗西斯·沃尔辛厄姆爵士前去与会，从中斡旋。"

玛格丽不解。"法国人议和，真的需要一个英国人在场？"

"并非如此，那不过是掩人耳目。"他踌躇半晌，"信里没有提及，不过我猜也猜到了。我很乐意跟你说一说，但你可不能告诉旁人。"

“我答应。”玛格丽的心思并不在上面。宣告命运的可怕时刻即将来临，她只是想方设法拖延。

“沃尔辛厄姆是个密探。女王想打听法国国王对苏格兰的玛丽有什么打算。倘若天主教徒和胡格诺派讲和，国王可能转而对付苏格兰，或者更进一步，对付英格兰。伊丽莎白素来留心别人有何图谋。”

“所以要派一个密探去法国。”

“你这么一说，也算不得什么秘密了。”

“好吧，我不会再说了。求你快告诉我，这和你我又有什么关系？”

“沃尔辛厄姆要找一个精通法语的帮手，塞西尔想叫我去。我看是因为我一直不回伦敦，惹得他颇为不悦。”

“这么说，你要抛下我了。”玛格丽悲痛欲绝。这就是死鸟的含义了。

“未必。我们还可以像这样，彼此相爱，偷偷幽会。”

玛格丽摇了摇头。几周以来，她终于清醒过来，恢复了理智。“咱们每次都冒着千般危险，而且总有一天会给人发现，到那一天，巴特会杀了你，休了我，把巴特利特从我身边夺走。”

“那私奔吧。咱们装成一对夫妻：织布匠夫妇。咱们坐船去安特卫普，我在那儿有个远亲，叫扬·沃尔曼，他会帮我找活儿。”

“那巴特利特呢？”

“一起带上——反正他不是巴特亲生的。”

“那咱们就犯了大罪：绑架伯爵世子，十有八九是要掉脑袋的。咱们俩都得死。”

“咱们骑马去库姆港，等他们察觉，咱们已经在海上了。”

玛格丽心里巴不得答应他。从十五岁到现在，这三个月来，是她第一次觉得快乐。她只想和内德厮守，这种愿望像热病一样，撅住了她的身体。可就算内德不知道，她也知道，叫他给安特卫普的亲戚做活儿养家，他一辈子也不会满足。打成年起，他就和英格兰政务密不可分，在他心里，这比什么都要紧。他爱戴伊丽莎白女王，敬仰威廉·塞西尔，日思夜想的，就是替他们效力解忧。倘若让他为自己而抛下这一切，那等于是毁了他。

至于自己，也有一份使命。这几周以来，她不知羞耻，借着神圣的使命来私会情人，但在心底里，对上主派给她的任务，她没有丝毫动摇。倘若放弃，那和行淫一般恶劣。

该做个了断了。她会悔过，求主慈悲。她会重新投入神圣的任务，为如饥似渴的英国天主教徒带去圣物。假以时日，她也许会得到原谅。

她打定主意，忍不住哭了。

内德安慰说：“别哭，总有办法的。”

她却知道不可能。她紧紧抱着内德，两个人躺倒在床上。她轻声说：“内德，我最爱的内德。”两人亲吻着，她的眼泪湿了内德的脸。他身下突然雄壮起来。玛格丽说：“再一次。”

“但不是最后一次。”他说着，翻身将她压在身下。

她在心里说，是了，是最后一次。她说不出话来，全心沉浸其中，体验这忧伤和喜悦。

六周后，玛格丽发觉自己有了身孕。

十七

弗朗西斯·沃尔辛厄姆爵士笃信名册，一如他笃信福音书。昨天见过什么人，还有明天要见什么人，他通通记成名册。此外，在巴黎现身的英格兰人中，凡是形迹可疑的，也让他和内德·威拉德爵士记录在案。

1572年，沃尔辛厄姆受伊丽莎白女王之命出任法国外交大使，内德随行。沃尔辛厄姆和威廉·塞西尔一样，令内德满心敬重，只是少了那份顶礼膜拜之意。替沃尔辛厄姆办事，内德虽然忠心不二，但并不将他敬若神明，虽则钦佩不已，但没有望尘莫及之感。这两位重臣为人处事颇有不同，这自然不消说，此外还有一个原因，给沃尔辛厄姆担任副手的内德，早已不是那个一心图报塞西尔知遇之恩的少年人了。

从为伊丽莎白效命伊始，内德负责的就是秘密任务；如今，情报处越发庞大，严防一切不利于伊丽莎白、不利于朝政的阴谋诡计。

伊丽莎白掌权十年来，天主教徒和新教徒在英格兰的土地上各行其是，不料一纸教宗诏书，伊丽莎白的地位陡然岌岌可危。他们发现了一宗推翻伊丽莎白的重大阴谋。教宗派往英格兰的特使罗伯托·里多尔菲密谋刺杀伊丽莎白，拥戴玛丽·斯图亚特为王，并安排玛丽嫁给诺福克公爵。好在情报处及早察觉，几天前，公爵的脑袋搬了家。不过，谁都不敢掉以轻心，认为此事并不会就此了结。

内德等伊丽莎白手下的谋臣担心类似的阴谋层出不穷。十四年来，他兢兢业业，但辛苦却付诸东流。说不定一夜之间，信仰自由的美梦就变成搜捕和酷刑的噩梦，英格兰又将嗅到男男女女被活活烧死的恶臭。

富庶的天主教徒中，已有数十人逃离英格兰，其中大多来了法国。内德和沃尔辛厄姆认为，谋害伊丽莎白的下一个阴谋很可能就在巴黎酝酿。两人的任务是查明这些人的身份及意图，挫败他们的奸计。

英格兰使馆位于左岸，即塞纳河南岸的大学区，地方宽敞。沃尔辛厄姆手头并不阔绰，英格兰国库也并不充实，对法国贵族府邸林立的奢侈右岸，他们无能为力。

这天，内德和沃尔辛厄姆要去罗浮宫上朝。内德跃跃欲试。全法国最具权势的男女聚集在一起，最容易探听到消息。王公大臣交头接耳，总有人说走嘴。内德要和每个人都攀谈一番，打探风声。

内德微微捏了一把汗，但不是为自己，而是担心这位主子。沃尔辛厄姆正值不惑之年，才华横溢自不必说，缺点是不懂得察言观色。譬如第一次面见夏尔九世国王，场面就不无尴尬。他是个自视清高的清教徒，和平常一样，穿了一身黑衣，在浮华奢侈的法国宫殿里，仿佛是新教徒的无声谴责。

那一次，内德一眼就认出了皮埃尔·奥芒德·德吉斯。十一年前，他去圣迪济耶行宫求见玛丽·斯图亚特时，曾见过奥芒德一面，至今印象深刻。此人相貌英俊、衣着讲究，但总叫人不寒而栗。

夏尔国王语气咄咄逼人，诘问沃尔辛厄姆，伊丽莎白是否果真有必要囚禁玛丽·斯图亚特、法国先王之后、遭废黜的苏格兰女王、他夏尔的长嫂。按说沃尔辛厄姆通晓《箴言》，该记得那句“回答柔和，使怒消退”，可他却得理不饶人——清教徒一概如此。结果夏尔国王对他们冷若冰霜。

那之后，内德格外小心，既然这位主子不懂屈伸，他就着意随和可亲。在穿着上，他效仿身份低微的外交使节，并不拘泥信仰。这天，他穿了件菘蓝色紧身外套，袖子开衩，露出浅黄褐色的里子。这种打扮在巴黎并不显眼，不过和坚持一身黑衣的沃尔辛厄姆相比则要得体得多，他希望能借此转移视线。

内德站在阁楼窗户前，目光掠过塞纳河，凝望巴黎圣母院塔楼。烟玻璃镜子旁，摆着玛格丽送他的一张小像。画中的玛格丽皮肤白皙、面颊桃红，不似真人，只有那一头浓密的鬈发和让他痴迷的狡黠笑容惟妙惟肖。

内德依然痴情于她。两年前，他明白玛格丽绝不会抛下丈夫，不得不面对现实。他没了盼望，热情之火渐渐烧尽，但不曾熄灭，或许会一直烧下去。

王桥一直没有消息。巴尼音信全无，应该还在海上。他和玛格丽约定互不通信，免得徒增苦恼。从英格兰启程之前，内德做的最后一件事是撤销斯蒂文·林肯的逮捕令，理由是不可听信丹·科布利一面之词。既然玛格丽要为天主教徒带去慰藉，将之视为神圣的使命，那内德就绝不会让丹·科布利坏事。

内德对着镜子正了正蕾丝领子，想起前一天晚上看的那出戏，忍俊不禁。那本喜剧叫作《情敌》，极富新意，剧中人物不过是些普通人，对白自然，不是韵文，主角是两个年轻男子，打算绑架同一个姑娘，结果出人意料，这女子是其中一人的胞妹。整个故事发生在短短的一段街面，只有这一个布景，时间上从头至尾不出一天。不管是在伦敦还是巴黎，内德还是头一次看到这么精妙的戏目。

内德正要出门，这时下人进来了，用法语说："有个妇人上门来，说全巴黎再也找不到更便宜的纸和墨了。这是她的原话。要不要让她进来？"

内德负责替沃尔辛厄姆起草给女王和塞西尔的密函，并译成密文，平时要耗用大量的纸和墨，这两样花销都不小，而女王对手下人从来吝啬，探子也不例外，内德也习惯了货比三家。他问道："弗朗西斯爵士在做什么？"

"习读《圣经》。"

"那来得及。让她上来吧。"

等了一分钟，一个约莫三十岁的女子进来了。内德饶有兴趣地打量她。她称不上娇美，但自有一股动人处；衣着朴素；表情坚毅，但一对蓝眸子透出几分温柔。她自称泰蕾兹·圣康坦，接着从皮口袋里拿出纸和墨，请内德先试过。

内德在写字桌前坐下；纸和墨都是上乘货。他问："这些货是哪里来的？"

"纸是巴黎近郊圣马塞尔区造的。另外也有意大利法布里亚诺造的意大利纸，十分美观，写情书再合适不过。"

这话听起来像打情骂俏，但她模样并不轻佻，内德猜想这是惯用的叫卖说辞。"那墨呢？"

“自家做的，所以便宜——不过质量不差。”

他在心里算了一算，和平常的价格相比，她开的价钱的确便宜，于是订了货。

女子说：“今天就给您送来。”她突然压低声音，“您有没有法语的圣经？”

内德吃了一惊。这个样貌端庄的年轻女子竟然出售禁书？“那可是违法的！”

她平静地答道：“自从颁发《圣日耳曼赦令》，触犯法律者不再被判处死刑。”

这份合约正是内德和沃尔辛厄姆前往圣日耳曼参加的会议达成的，因此内德对其中条款了如指掌。胡格诺派获得一定的礼拜自由。在内德看来，天主教国家宽容新教徒，和新教国家宽容天主教徒，两者同样可喜，允许自由最为重要。然而，这种自由并不稳固。法国不是没有颁布过赦令，但没多久就遭到撤销。巴黎传教士言辞激烈，远近闻名，每次双方意图讲和，就要大声疾呼一番。至于这一份赦令，将由一场联姻来加以巩固：国王那位风流成性的妹妹玛戈公主同性格随和的纳瓦尔新教徒国王亨利·波旁订婚。然而，一年半过去了，婚礼却毫无动静。内德说：“赦令或者会撤销，说不定哪天出其不意，就要镇压你们这些人。”

“也算不得‘出其不意’吧。”内德正要问个究竟，但她不等内德开口就说：“我觉得您是信得过的。您既然是伊丽莎白的特使，那一定是新教徒。”

内德谨慎地问：“你问这些有什么用意？”

“要是您需要法语《圣经》，我有办法。”

内德暗暗赞叹她这份胆量。他的确想要一本法语《圣经》。

他法语流利，充当本地人也不成问题，不过和新教徒聊天时，听他们引用经文和典故，他总有些吃力，为此常常琢磨着读一读有名的篇章，好熟悉一下。他身为外国使臣，家里有法语《圣经》也不大可能有人知道，就算发现了，也不算什么大事。他于是问："价钱如何？"

"有两种，都是日内瓦刻印的。普通一点的，两个里弗赫，物美价廉。此外还有一种，装订精美，两种颜色的文字，配有插画，七里弗赫。我可以一并带来，请您过目。"

"也好。"

"我瞧您是要出门去——穿着这么华美的外衣，是要去罗浮宫吧。"

"不错。"

"晚饭时间会回来吧？"

"大概吧。"内德心里一片茫然。她倒成了对话的主角，说什么自己答应什么。她有些强人所难，但言语坦白、态度亲切，倒叫他生不起气来。

"那么我晚饭时候把文具送过来，再带上两本《圣经》，您选中意的一本。"

内德暗想，自己并没有答应买上一本，但没有说出口。"我拭目以待。"

"那么下午再见。"

如此沉着，内德由衷钦佩。他说："你真是勇敢。"

"主给予我力量。"

内德暗想，这一点毫无疑问，不过她本身也有过人之勇。"我有个问题，"总算由他先发话了，"你怎么会卖禁书的？"

“家父本是印书商。1559年，他被判为异教徒，火刑处死，家产也被抄了，母亲和我无依无靠，全部家当就是父亲印的几本《圣经》。”

“这么说，你已经做了十三年了？”

“差不多吧。”

这份勇气叫内德诧异。“这期间，你随时可能被处决，像令尊。”

“不错。”

“不过你自然也可以靠卖纸墨，过清清白白的日子。”

“可以是可以，但我们深信，每个人都有权利阅读上帝之言，自行定夺什么是真福音。”

内德深以为然。“为了这个理想，你愿意奋不顾身。”他还有一句话没说：一旦被发现，她死前定要遭受严刑拷打。

“不错。”

内德为之着迷，定睛望着她。她毫不羞怯地迎着他的目光，片刻之后，她开口说：“那么下午见。”

“再会。”

她出了门，内德走到窗前，眺望莫贝尔广场。果蔬市场上人来人往。她不惧怕王室镇压新教徒。她说那也算不得“出其不意”。他好奇起来：她怎么知道天主教徒有什么打算呢。

片刻之后，内德瞧见她出了大门，脚步轻快踏实，小小的背影挺得笔直。她和内德一样，坚信宽容的理想，为此她不惜一死。他暗暗叹道，真是个奇女子。女中豪杰。内德目送她渐渐走远。

皮埃尔·奥芒德·德吉斯精心修剪金色的胡须，准备前往罗浮宫。他总是修出两撇尖尖的胡子，这是仿照少主人兼远亲，二十一岁的吉斯公爵亨利。

他打量镜中的面孔。近来他得了一种皮肤干痒的病症，眼角、嘴角和头顶的皮肤又红又干，时有脱落，膝盖窝和肘窝也有，痒得要命。吉斯家的大夫说他“气血过旺”，开了些药膏给他涂，倒弄得更严重了。

这时十二岁的拖油瓶阿兰跑了进来。这小子个头矮小，性格怯懦，像个小姑娘，很不招人喜欢。他刚才替皮埃尔去街角的乳品铺子买牛奶和芝士，此刻手里端着奶壶和杯子。皮埃尔问他：“芝士呢？”

那小子愣了片刻，答道：“今天卖完了。”

皮埃尔盯着他说：“说谎，是你忘了。”

阿兰吓坏了。“没有，我没有，真的！”说着就号啕起来。

这时骨瘦如柴的女佣纳塔走了进来，见状问道：“阿兰，怎么哭了？”

皮埃尔答道：“他对我扯谎，害怕挨板子。你有什么事？”

“有位司铎来见老爷——叫让·英吉利。”

这个化名是皮埃尔取的。此人真名叫作罗洛·菲茨杰拉德，来英格兰学院避难的学生中，属他有天资。皮埃尔说：“让他上来。把这个哭哭唧唧的小子带出去，再去买点芝士，我要用早饭。”

皮埃尔后来见过罗洛两次，每次都印象深刻。此人智谋过人，同时心念坚定，眼光灼灼，那是神圣使命之火。他对新教徒恨之入骨，其中有私人恩怨：他来自王桥，当地的清教徒害得他倾家荡产。皮埃尔对罗洛寄予厚望。

片刻之后，罗洛上楼来了。他穿着及地长的法衣，胸前挂着木十字架。

两人握手寒暄，皮埃尔随即关上门。罗洛问："刚才那位小姐是尊夫人吧？"

"怎么可能。奥芒德·德吉斯夫人是韦罗妮克·德吉斯的侍女。"这话并不属实，奥黛特不过是个使唤丫头而已，但皮埃尔不愿外人知道。"她出去了。"去了鱼市。"刚才那个应门的是家里的下人。"

罗洛十分尴尬："多多见谅。"

"客气。寒舍浅陋，我大多时候待在圣殿旧街的吉斯府，不过要是在那儿见面，怕有二十个人瞧见。至于这儿，则有一个极大的好处：因为毫不起眼，谁都懒得瞧上一瞧。"其实皮埃尔巴不得搬出这个狗窝，只是公爵尚不肯答应在府宅给他腾一间屋子。他如今已然是吉斯家的谋士之首，不过说起论功行赏，吉斯一家总是拖了再拖。"杜埃近况如何？"

"好极了。自从教宗将伊丽莎白开除教籍，又有十五个忠诚的年轻教徒从英格兰赶来。这次来找您，正是为威廉·艾伦传个口信：我们不久就可以送一批学生返回英格兰了。"

"具体如何计划？"

"艾伦神父委托我来安排。"

皮埃尔暗暗赞同。以罗洛的才华，只做一个秘密司铎的确是屈才了。"你有什么计划？"

"我们会安排他们黄昏时分在偏僻的沙滩上岸，连夜赶到舍妹家——她是夏陵郡伯爵夫人，数年来一直秘密安排天主教仪式，和各地的秘密司铎均有联络。到了那儿之后，他们再分别前往英格兰各地。”

“不知令妹信不信得过？”

“绝对信得过，只要不流血——她坚守这条底线，说来遗憾。她无论如何也不明白，为了完成教会的使命，暴力有时候必不可少。”

“女人嘛。”罗洛显然“明白”必要时得采取暴力手段，皮埃尔很满意。

只听罗洛问：“巴黎又如何？我们在杜埃听到消息，都忧心忡忡。”

“圣日耳曼赦令是对我们的重大打击，这无可否认。教宗庇护五世的宗旨十分清楚，对新教徒决不容情，可惜夏尔九世国王不加理会，偏要讲和。”

罗洛点头说：“不过国王的军队节节败退，多多少少也是迫不得已。”

“不错。想不到加斯帕尔·德科利尼竟有将帅之才，率领胡格诺派士兵大败我方。再就是皇太后卡泰丽娜，纵容罪大恶极的异端邪说。”有时候，皮埃尔不禁感叹自己孤军奋战。“不过话说回来，之前也颁发过赦令，还不是都撤销了。”他心情明朗起来。

“玛戈公主真要嫁给亨利·波旁？”

罗洛的每个问题都切中要害。亨利是已故的安托万·波旁之子，继承了纳瓦尔王位；力主宽容的波旁与蒙莫朗西联盟中，属亨利地位最为尊贵。要是他和瓦卢瓦王室联姻，说不定就要延续日耳曼赦令。到时候波旁、蒙莫朗西和瓦卢瓦三大家族联手，吉斯怕再无出头之日。皮埃尔说："为了拖延婚礼，我们想尽了办法，只是有科利尼在，始终是个心头大患。"

"可惜了，怎么没人在他胸口捅上一刀。"

"这么想的人不在少数，相信我。"他皮埃尔就是其中之一，"不过科利尼可不傻，不给人下手的机会。他极少在巴黎现身。"耳边传来圣埃蒂安教堂的钟声，十点了。"我得上朝去了。你在哪里借宿？"

罗洛环顾四周。看得出，他本打算在皮埃尔家里借宿，来了才知道他家地方狭窄。"还没着落。"

"博利厄伯爵向来乐意接待英格兰来的天主教徒。住在那儿，或许能遇到一些人是用得上的。不过你也得留心那些英格兰新教徒。"

"在巴黎的多吗？"

"有几个，主要是那些使臣。外交大使叫作弗朗西斯·沃尔辛厄姆爵士，此人性格乖戾，但精明得很。"

"还是个亵渎神的清教徒。"

"我早派人盯着他了。不过说到不好对付，倒是他那个副官，这个人除了智计过人，为人处世也讨人喜欢。此人叫作内德·威拉德爵士。"

罗洛吃了一惊。"当真？内德·威拉德是外交副使？"

"看来你认得他。"

"他也是王桥出身，想不到他如此举足轻重了。"

"嗯，可不是。"皮埃尔回想起威拉德当年假充苏格兰新教徒，去圣迪济耶行宫求见玛丽·斯图亚特。后来他收到艾莉森·麦凯的密函，得知去卡莱尔堡宣布软禁玛丽的，也是这个威拉德。眼下，此人又出现在巴黎。“内德·威拉德不容小觑。”

“念书那会儿，他常常挨我的鞭子。”

“当真？”

“当时就该把他打死。”

皮埃尔站起身。“博利厄伯爵家在圣丹尼街。我告诉你怎么过去。”他领着罗洛下到一楼，来到街面上。“你离开之前，记得再来见我。我或许有信给威廉·艾伦。”他替罗洛指了路，两个人握手告别。

皮埃尔目送罗洛走远，瞥见一个女人也朝同一个方向走去。他觉得这背影有些眼熟，但不及细看，那女人就转过街角，看不见了。从穿着看来，并不是什么贵族小姐，因此不会是什么要紧人物。皮埃尔迈进家门，不去费心思。

他进了厨房，阿兰也在。他的语气比平常和气：“阿兰，我有个坏消息。出了件祸事，你妈妈给马踢了，她死了。”

阿兰瞪圆了眼睛，过了好一会儿，面孔皱成一团，号啕大哭。“妈妈！”他边哭边喊，“妈妈，妈妈！”

“叫也没用，”他又恢复了平常那副不耐烦的口气，“她听不见，她死了。她走了，咱们再也见不到她了。”

阿兰哭得撕心裂肺。这番谎话如此奏效，皮埃尔简直要后悔了。

闹了一分钟，就见到奥黛特提着鱼篓跑进来，大喊：“怎么了，怎么了，阿兰？”

小孩子睁开眼，看到妈妈，一把抱住，哭喊道：“他说你死了！”

奥黛特骂道："你这个没心没肺的下流胚。你干吗要骗他？"

"给他个教训而已，"皮埃尔得意扬扬，"他跟我说谎，所以我也跟他说谎。这下他就不敢轻易骗人了。"

罗浮宫始建于中世纪，是座四方形堡垒，圆锥顶的圆形角楼矗立在四角，护城河上悬着吊桥。沃尔辛厄姆和内德穿过吊桥，进到院子。内德既紧张又兴奋。这里是法国的权力中心，有的是号令千军的戎首，有的提携亲友享受功名利禄、令仇敌身败名裂，还有的手握着生杀大权。内德一会儿就要同这些人同朝议事。

已故国王亨利二世当年下令拆毁西墙，盖起一座时兴宫殿，凹槽壁柱、长长的高窗、叫人目不暇接的雕塑，尽显意大利风尚。内德心想，伦敦可没有类似的建筑。不久前，亨利的儿子夏尔九世又下令扩建，如今整栋建筑呈L形状。

宫中各厅室相互连通，象征着各级身份。马夫、女仆和护卫只能在院子里守着，不论刮风下雨。内德和沃尔辛厄姆穿过正门，进到宴会厅。西翼的底层只有这一间屋子，侍从女官等高一级的侍从出入自如。两人穿过大厅，正要上楼，内德突然发觉一个绝色女子怔怔地瞧着自己，神色古怪，夹杂着震惊、希望和疑惑。

他定睛望去，这名女子和自己年龄相仿，是那种公认的地中海美人，乌发如云，蛾眉浓重，双唇饱满娇艳。她身着黑红两色的裙子，和周围的众位贵妇小姐相比，虽然算不上华贵，但无疑最为醒目。内德瞧着她，觉得她不像普通侍女。

只听她说："不对，你不是巴尼。"她说话有些口音，既不是法国人也不是英国人。

这话乍一听叫人莫名其妙，不过内德立刻懂了。"家兄名叫巴尼，不过他个子比我高，也比我英俊。"

"那你一定是内德了！"

是西班牙口音。"正是，Señorita[①]。"他鞠了一躬。

"巴尼总提起你，他可疼爱这个弟弟了。"

沃尔辛厄姆不耐烦了："我先上去了，你别耽搁太久。"

女子对内德说："我是耶柔玛·鲁伊斯。"

内德心里一动。"你是在塞维利亚认识巴尼的吧？"

"认识？我打算嫁给他呢。可惜缘分不到。"

"现在你住在巴黎。"

"我是罗梅罗枢机的外甥女儿，他是西班牙国王腓力派来的外交使节。"

倘若是公务，内德自然会听说；这显然是为了什么私事。他想探探口风，于是说："想必腓力国王不希望玛戈公主嫁给胡格诺教徒吧。"各国关系如同下棋，西班牙国王支持法国天主教徒，英格兰女王则保护新教徒。

"我不过是个小女子，对这些事兴致索然。"

内德微微一笑："一听就知道外交经验老到。"

她并不松口。"我呢，只是替舅舅布菜。枢机没有妻室，不消说。"她别有深意地瞟了内德一眼，"这可不同于贵国牧师，百无禁忌。"

① 原文为西班牙语，意为小姐。

内德察觉她魅力非凡。“你当初怎么没嫁给我哥哥？”

她脸色一变。“父亲给宗教裁判庭带去‘问话’，就此故去，家也被抄了。罗梅罗——他那会儿还是总执事，见我可怜，请我去他家里。他于我有救命之恩，我自然断了嫁人的念头。”

内德听出弦外之音。她哪里是什么外甥女，分明是罗梅罗的情妇。这位神父见她家中遭逢巨变，于是乘人之危。内德看见她眸子里满是凄苦。“你被恶人利用。”

“是我自己的主意。”

内德思忖，她会不会因为这番遭遇而痛恨天主教会？倘若如此，她又会不会转而帮助新教徒，借此报仇雪恨？他不敢贸然发问，于是说：“但愿还有机会长谈。”

内德见她瞥了自己一眼，似乎猜中了他的心思，不由心里一慌。只听她说：“那好。”

内德鞠躬告辞。他经过由四根女像柱支撑的乐师席，迈上楼梯。他心中暗想，果然风姿不凡，难怪巴尼中意。那我自己呢？中意什么样的女子？——玛格丽，还用说。

他进到护卫室，负责保护国王的是瑞士佣兵。过去就是一间宽敞亮堂的屋子，叫作衣帽室，要面见国王的，不管是小贵族还是告御状的，一律在这儿候着，至于国王是否传见，那倒说不准。

沃尔辛厄姆没好气：“你真不慌不忙，跟那个西班牙婊子说个没完。”

“好在有收获。”

“当真？”沃尔辛厄姆半信半疑。

“她是罗梅罗枢机的情妇，或许能把她收为己用，替咱们通风报信。”

沃尔辛厄姆口气一变：“妙！我正想知道那个道貌岸然的西班牙司铎打什么鬼主意。”他说着瞧见了拉尼侯爵，此人大腹便便，性格和善，头发掉光了，戴了顶镶金戴玉的帽子。拉尼也是新教徒，并且和加斯帕尔·德科利尼走得很近。只要胡格诺派贵族没有公然反对国王，宫里就不得不迁就他们。沃尔辛厄姆对内德说：“跟我来。”两人走到房间对面。

沃尔辛厄姆同侯爵寒暄，他一口法语流利准确：伊丽莎白那个信奉天主教的姐姐玛丽·都铎“血腥玛丽”执政期间，他大半时间流亡国外，通晓好几种语言。

他向拉尼打听西班牙属尼德兰的情况，这是人人心头惦记的话题。腓力国王派出阿尔瓦公爵出任总督，此人冷酷无情，作风强硬，对当地的新教反抗军进行残酷镇压。法国任命让利领主让·昂日为主帅，率领新教徒军队前往支援。

拉尼说：“科利尼已经吩咐昂日同奥兰治亲王威廉的人马会合。”这位奥兰治亲王是荷兰首领。“奥兰治请伊丽莎白女王借款三万镑。弗朗西斯爵士，不知女王陛下可会答允？”

沃尔辛厄姆答道：“说不准。”内德以为不大可能。伊丽莎白未必拿得出三万镑，就算有，也有更好的用处。

这时有人用英语跟他寒暄，内德再无心听两人谈话。说话的是个衣着华丽的中年妇人：“内德爵士！这件外套真讲究。”

这个妇人名叫玛丽安，是英格兰天主教徒，丈夫是法国贵族博利厄伯爵。伯爵夫人带了女儿同来，这位小姐年方十八，体态丰盈，活泼可爱，叫作阿弗罗迪特：伯爵酷爱钻研希腊文明。伯爵夫人把内德当成女婿人选，总找机会让他和女儿说话。她绝不会把女儿嫁给新教徒，但有把握内德会改宗。内德对阿弗罗迪特很有好感，但不至于生出情愫，她天真烂漫，思想轻浮，叫内德很快就觉得乏味。虽然如此，内德还是打起精神向母女俩献殷勤，目的是得到圣丹尼街博利厄伯爵府的请帖；府上收留了不少外逃的英国天主教徒，说不定就有人在那儿酝酿杀害伊丽莎白女王的阴谋。伯爵府还尚未请他去做客。

内德提起巴黎人尽皆知的秘密：玛戈公主同吉斯公爵亨利之间的私情。

伯爵夫人沉着脸说："向公主'献殷勤'的男子，亨利公爵也不是头一个了。"

阿弗罗迪特涉世不深，听到母亲暗指公主荒淫，震惊中夹杂了兴奋，她嚷道："母亲！这种谣言可传不得。玛戈可是要嫁给波旁家的亨利！"

内德喃喃地说："兴许她是把这两个亨利给弄混了。"

伯爵夫人给逗得咯咯笑。"这个国家叫亨利的也太多了。"

更加耸人听闻的传闻还有，内德没来得及说：据传玛戈和她十七岁的弟弟埃居尔·弗朗索瓦不伦。

这时伯纳德·乌斯走了过来，打断了谈话。乌斯年少有为，懂得为国王分忧。阿弗罗迪特和他寒暄，笑容娇美，内德暗想，这两个人才般配。

内德转身要走，正好迎上尼姆侯爵夫人的目光。路易丝是贵族新教徒，和内德年纪相仿，风姿绰约，是老侯爵的续弦夫人。她出生在富庶的商贾之家，和内德一样。她一张口就是最近的闲话："玛戈和亨利·德吉斯给国王捉个正着！"

"果真？然后呢？"

“国王把妹妹拖下床，抽了一顿鞭子。”

“老天。她十八岁了吧？这么大还抽鞭子。”

“国王嘛，还不是为所欲为。”路易丝不知看见什么，脸色一变，笑容一扫而空，好像看见了死老鼠。

这变化如此之大，内德不由回头要看个究竟，结果看见了皮埃尔·奥芒德。“看来夫人不喜欢奥芒德·德吉斯先生喽。”

“他是毒蛇一条。而且他哪是什么吉斯人。我跟他算是同乡，知道他的底细。”

“哦？说来听听。”

“他父亲是某位吉斯公子的私生子，吉斯家送那个野种念了书，还安排他在托南克·莱·茹安维尔做堂区司铎。”

“既然是司铎，怎么会生了皮埃尔？”

“皮埃尔的母亲是司铎的‘管家妇’。”

“这么说，皮埃尔是吉斯家私生子的私生子。”

“还不止，皮埃尔娶了吉斯家的女仆，那女人怀了家里一个风流公子的骨肉。”

“有趣至极。”内德又扭过头，打量皮埃尔。他穿了件淡紫色紧身上衣，上面开了饰孔，露出紫色的里子，尽显奢华。“看样子并没有妨碍他步步高升。”

“此人可怕至极。他曾经对我无礼，让我教训了一句，从此对我怀恨在心。”

皮埃尔正和一个凶神恶煞的男子交谈，对方衣着算不得华丽，显得格格不入。内德说：“我一直觉得皮埃尔这人透着几分阴险。”

“才几分？”

这时沃尔辛厄姆示意他过去，内德和他一同朝门口走去。过去就是最紧里、也是最要紧的地方：国王的私人房间。

皮埃尔注视着沃尔辛厄姆和跟班内德·威拉德走进国王的私室。他一阵反胃：吉斯家族的荣华富贵，正是叫他们这种人横加阻挠。他们来自穷乡僻壤，出身并不高贵，还是异教徒——尽管如此，皮埃尔却对他们又恨又怕。

他身边的人是探子头目乔治·比龙。此人出生在普瓦捷市蒙塔尼小村，是当地领主，虽然是贵族出身，但地位微不足道，几乎没有俸禄可言，唯一的好处是在贵族圈子里来去自如。经过皮埃尔精心调教，比龙变得心思狡诈，不择手段。

比龙说道："我派人盯着沃尔辛厄姆有一个月了，但没抓到什么小辫子。他不近女色，也不好男色，不好赌贪杯，也没有打算收买什么人，不管是国王的下人还是任何人。此人要么清白正派，要么极为小心。"

"我看是小心。"

比龙一耸肩。

皮埃尔有种直觉，这两个英格兰来的新教徒绝对有所图谋。他当机立断："改盯那个副手。"

"威拉德。"这个姓氏用法语不好念。

"老办法，不分昼夜，找出他的软肋。"

"遵命，大人。"

皮埃尔一个人进了召见室。能享受这一殊荣，他引以为傲，可一想起从前曾跟着吉斯兄弟和王族一起住在宫里，心中一阵惆怅。

他暗暗发誓，我们会东山再起的。

皮埃尔走到吉斯公爵亨利身边，鞠躬行礼。皮埃尔初次见到他时，他不过十二岁，当时皮埃尔赶去报信，说他父亲遇刺，幕后指使是加斯帕尔·德科利尼——皮埃尔言之凿凿。如今亨利二十一岁了，至今念念不忘要为父报仇——这也是皮埃尔的功劳。

亨利公爵和父亲仿佛一个模子刻出来的：高大英俊、凶强好斗。十五岁那年，他就奔赴匈牙利讨伐土耳其蛮子。要是脸上再添一道疤，就和父亲“疤面”公爵弗朗索瓦毫无差别了。从小他就受到家人谆谆教导：他毕生之命就是捍卫天主教会、守卫吉斯家族，他坚信不疑。

宫里一个口齿伶俐的家伙打趣说，亨利和玛戈公主的风流韵事，无疑表明他胆色过人，因为玛戈可不是好啃的骨头。皮埃尔暗想，这一对还不闹得天翻地覆。

大门打开，只听喇叭声一响，夏尔国王驾到。

夏尔继位时年仅十岁，此后政务全由他人代为决断，导致卡泰丽娜皇太后大权独断。如今国王二十一岁了，本可以亲自理政，但因为体弱多病——听说是脾虚肺弱——仍然为旁人所左右，这里面既有卡泰丽娜也有其他朝臣，只可惜吉斯人不在此列。

国王坐在雕花漆椅上，满朝文武都立在殿上。他一一询问众臣，处理例行事务，期间不时咳嗽几声，听声音仿佛病入膏肓。皮埃尔预感国王有事要宣布，果不其然。只听夏尔说：“王妹玛戈与纳瓦尔国王亨利·波旁于去年八月订婚。”

皮埃尔感觉到身边的亨利·德吉斯身子一僵。论及原因，不仅因为亨利是玛戈的情人，更因为波旁和吉斯两家世代为敌。这两个亨利还没出生的时候，两个家族就在朝廷上明争暗夺。

夏尔国王接着说："这次联姻将进一步巩固宗教和解。"

这正是吉斯家的心头刺。皮埃尔猜想，这番金口玉言背后，是皇太后一心求和。

"因此我决定，两人于八月十八完婚。"

群臣一阵交头接耳。这可是大事。不少人暗暗希望婚事不了了之，也有不少人担心如此。现在日子定了，波旁家如愿以偿，吉斯家遭遇重挫。

亨利怒不可遏。他嫌恶地骂道："亵渎神的波旁，和法兰西王族结了亲。"

皮埃尔心灰意冷。对吉斯家不利，就是对他自己不利；眼前的一切得来不易，怕要一笔勾销了。他阴郁地答道："爵爷的苏格兰表姐玛丽·斯图亚特当年嫁给弗朗索瓦，咱们可是皇亲国戚。"

"这下波旁家成了皇亲国戚。"

亨利说得不错，而他之所以勃然大怒，自然也是因为妒火中烧。玛戈想必叫人欲罢不能：她神态中透着不羁。现如今亨利只能眼睁睁地看她被人抢走，嫁给姓波旁的。

皮埃尔要冷静一些。他沉吟半晌，想到亨利忽略了一点，于是说："这门亲事未必能成。"

亨利和父亲一样直爽，厌恶别人故弄玄虚。"你卖什么关子？"

"这场婚礼会是法国新教兴起以来第一大盛事，胡格诺派自然欢欣鼓舞。”

“这是哪门子的好消息？”

“届时他们从全国各地赶到巴黎，除了应邀而来的客人，还会有成千上万教徒来观礼。”

“惨不忍睹。我都能想到，他们在街上大摇大摆，炫耀那一身黑衣。”

皮埃尔压低声音说：“如此一来，怕要招惹麻烦。”

亨利恍然大悟。“依你看，得意扬扬的外省新教徒和心怀不满的巴黎天主教徒，或者要大打出手？”

“不错，届时就是咱们的机会。”

西尔维要赶去仓库，途中在圣埃蒂安酒馆用午饭，点了一盘熏鳝。她另外买了一杯淡啤酒，打赏了跑堂的，叫他送到街角皮埃尔·奥芒德家，从后门进去。这是她和皮埃尔家的女仆纳塔商定的暗号，她有空的话会赶过来。西尔维只等了几分钟，纳塔就来了。

纳塔二十四五岁了，还是那般骨瘦如柴，只是少了从前那种怯生生的神色。马棚阁楼的会众中，她是忠实的一员，因为不再孤苦无依，她人也添了几分自信。自然，有西尔维这个朋友，也让她开朗不少。

西尔维开门见山。“今天早上，我瞧见皮埃尔和一个陌生司铎在一起。我从门口经过，他们刚巧出门来。”那个男子让人过目难忘，倒不是因为样貌：他头发乌黑，已经谢顶，蓄着棕红色的胡子，并无显眼之处，只是神色坚毅；西尔维猜他是个狂热的信徒，怕对她们不利。

“对，我正要告诉你呢。他是个英格兰人。”

“啊！有点名堂。你知道他叫什么吗？”

“让·英吉利。”

“不像是真名。”

“他之前并没有到家里来过，但皮埃尔好像认得他，看样子在别的地方见过。”

“他们说些什么，你听到没有？”

纳塔摇头说：“皮埃尔把门给关上了。”

“可惜。”

纳塔紧张地问：“你经过的时候，皮埃尔瞧见没有？”

西尔维知道，也不怪她担心。她们怕皮埃尔起疑心，发觉身边有新教徒盯着他的一举一动。“应该没有。我没和他打照面，他从背影大概认不出我吧。”

“他怎么可能把你忘了呢。”

“的确。毕竟他娶过我。”想到这段不堪的往事，西尔维一脸嫌恶。

“不过他倒从来也没提过你。”

“在他看来，我已经无足轻重了。这样更好。”

西尔维吃过饭，和纳塔一前一后出了酒馆。她要去城墙街，因此向北走去。她暗想，这个英格兰司铎的事，内德·威拉德会乐意听一听。

她对内德心生好感。不少男人把卖货的女人当成调笑对象，更有甚者，以为她为了卖一瓶墨水，甘愿替他们吹箫。内德却不同，他的态度透着好奇和尊重。他身居要职，但并不目中无人，相反，他待人谦和，惹人好感。不过他也绝非胆小如鼠之辈：她瞧见他衣服旁边还挂着长剑和西班牙长匕首，可不像是为了好看。

城墙街四下无人，西尔维从砖头后摸出钥匙，进了仓库。这是间破旧的马厩，墙上没开窗户，这些年来，禁书一直藏在这儿。

书不多了。她不得不再次联系日内瓦的纪尧姆。

替她送信的，是鲁昂一个开钱庄的新教徒，此人有个亲戚住在日内瓦。西尔维把钱交给这位钱庄老板，对方再叫亲戚付钱给纪尧姆。为了拿到书，西尔维还是得搭船，沿着塞纳尔北上去到鲁昂，不过总比去日内瓦轻松多了。她亲自收了货后，再坐船返回上游的巴黎。有当船货经纪的吕克·莫里亚克替她打点，海关不会打开她的“文具”箱子查验。风险自然是有的，毕竟这是违法之举，不过她一直平安无事。

她拣了两本《圣经》，包好了放在挎包里，返回大学区的窄巷子塞尔庞特街，回到店里。她从后门进屋，和母亲打招呼：“我回来了。”

“我在招呼客人。”

西尔维查点好内德要的纸和墨，分别包好，装在手推小车上。她想跟母亲说一说，一个讨人喜欢的英国人买了一大批货，却犹豫了。她骂自己犯傻，和他只见过一面，竟然动了心。母亲性格坚毅，很有主见，无论什么事，和她意见相同也就罢了，要是不同意，总得说出道理来。

母女俩有事从不瞒着彼此。每天晚上，她们各自讲起一天的经历。到了晚上，西尔维已经见过内德第二次了，说不定这一次就没了好感。她喊道："我去送货了。"接着出了店门。

她推着小车，从塞尔庞特街经过宏伟的圣塞弗兰教堂，穿过宽阔的圣雅克街，绕过不起眼的穷苦者圣朱利安教堂，再经由人头攒动的莫贝尔广场和绞架，来到英格兰使馆前。街面是鹅卵石铺就，并不好走，好在她习惯了。

从店铺到这儿不过几分钟；内德去了罗浮宫，还没回来。她先把东西搬下车，一个下人帮她一起抬到楼上。

她在大厅里等内德。她坐在长凳上，挎包放在脚边。包上有条布带子，她有时候系在手腕上，免得被人偷走：书籍是贵重品，巴黎小偷横行。不过在这里她很安心。

坐了几分钟，就见沃尔辛厄姆进门来了。西尔维看他棱角分明，眼角眉梢都透着精明，就知道此人不容小觑。他一身黑衣，领口不是蕾丝，只是朴素的白亚麻布，帽子也是简单式样，没插翎毛之类的饰物。这副打扮让人一目了然：他是一位清教徒。

内德跟着也进门来了；他穿着那件蓝色紧身上衣。见到西尔维，他笑脸相迎，接着对沃尔辛厄姆说："这就是我提过的那位女子。"他说的是法语，为的是让西尔维明白，"泰蕾兹·圣康坦姑娘。"

沃尔辛厄姆伸手和她相握。"姑娘勇气可嘉，请再接再厉。"

沃尔辛厄姆随即进了隔壁房间，内德引西尔维来到楼上，看样子这里既是更衣室，也兼作书房，文具都摆在书桌上。内德说："国王宣布了大婚日期。"

至于是哪一场大婚，西尔维不问也知道。"天大的喜讯！看样子这份敕令不会白费了！"

内德手一扬，警告说：“毕竟还没到呢。日子定在八月十八。”

“真想马上告诉母亲。”

“请坐吧。”

西尔维坐下了：“我也有个消息，您或者有兴趣听一听。您可听过一个人，叫作皮埃尔·奥芒德·德吉斯的？”

“当然知道。为什么问起此人？”

“今天早上，有个叫作让·英吉利的英格兰天主教司铎去见过他。”

“你有心了。我的确有兴趣。”

“我从他门前经过，正巧那个司铎出门来，让我瞧见了。”

“样貌打扮如何？”

“他穿着法衣，挂着木十字架。个子比常人高一些，除此以外，看不出有什么特别。我也只是瞥了一眼。”

“要是下次见到，还认得出来吗？”

“应该认得。”

“谢谢你告诉我。你果然消息灵通。你又怎么会认得皮埃尔·奥芒德？”

这就要说起痛苦的往事。西尔维对内德了解尚浅，只一句带过：“说来话长。”接着岔开话题问，“尊夫人也在巴黎吗？”

“我尚未娶亲。”

西尔维露出诧异之色。

“我原本有一个心上人，在我的故乡王桥。”

“莫不是小像上那一位？”

内德显然吃了一惊，好像料想不到西尔维能看见镜子旁的画像，猜中他的心思。“不错，不过她已经嫁人了。”

“真可惜。”

“是很久之前的事了。”

“多久？”

“十四年。”

西尔维想问“可您还留着她的小像？”她忍着没说，伸手打开挎包，拿出两本书，说道：“普通印本物有所值，译文流畅，字迹清晰，要是家里出不起高价，再划算不过。”她接着打开印制精美的那一本，这才是她想让内德买下的。“这一本则叫人爱不释手，可谓表里如一，不愧是承载上帝圣言之书。”内德叫她很有好感，但这笔钱还是得赚；她经验老到，明白要说动买主，就要让他相信这本昂贵的书能彰显身份，让他人另眼相看。

内德为人谦和，但也被她说动，买下了这本价格不菲的《圣经》。

她算好价钱，内德付了账，送她走到大门口，问道：“贵店开在哪里？也许哪天我会去拜会。”

“塞尔庞特街。我们母女俩不胜欣喜，”这是真心话，“再会。”

她推着空车回家，轻松又快活。信奉天主教的公主就要在巴黎和新教徒国王举行大婚！提心吊胆的日子也许真的要结束了。

除此之外，她又多了一个买家，做了一笔好买卖。内德的里弗赫金币在她的口袋里叮当作响。

他真和气。他真的会到店里来吗？他对画像里的那个姑娘可还念念不忘？毕竟他把小像珍藏了这么些年。

她迫不及待地要告诉母亲公主大婚的消息。至于内德，她不晓得该如何开口。母女俩这些年来患难与共，因此无话不谈，西尔维很少有什么事想瞒着母亲。可这一次，连她自己也说不清自己的心思。

她回到家，把推车收在后院棚子里，接着迈进门，喊了一声“我回来了”，接着走进店里。母亲刚送走一个客人，回头瞧着她，说道：“老天，瞧你一副欢天喜地的样子。莫不是遇见了意中人？”

十八

巴尼·威拉德乘着爱丽丝号来到伊斯帕尼奥拉岛北岸的无名小镇，在海湾停船下锚。他是为贝拉而来。

他不敢把船拴在突堤码头，要是岸上有人图谋不轨，轻而易举就能登上船。他把右舷火炮一律对准那间珊瑚灰岩砌成的小宅子；快十年了，这里还是只有这么一座显眼的建筑。至于左舷火炮，则刚好对着海上，以防有船只靠近。

巴尼以为得小心为上。其实不见得会有什么麻烦。

爱丽丝号是一艘三桅商船，船体长九十英尺，重一百六十吨。巴尼买下船后翻修过，艏楼艉楼都减了高度，又装了十六门长管“寇非林”炮，这是一种中等重量的加农炮，用的是十八磅弹。寇非林炮管长十五英尺，是他精心挑选的；船体最宽处才三十英尺，因此火炮在炮甲板上交错排列，以免后坐时发生碰撞。长管炮射程远，也容易瞄准，根据以往经验，巴尼知道要想击败威力十足的西班牙盖伦船，唯一的办法就是趁敌船尚未接近先发制人。

他手下只有二十名船员，一般来说，这种型号的船少说也得有四十名水手，其实用不了那么多人手，只是为了防患于未然，因为总有人中途毙命，除了战死的，也有不少染上经常爆发的热病而毙命。巴尼则另有一番心思，据他看来，船上人满为患时更容易传染，还是减少人手、注意干净为妙，果不其然。另外，船上还养了活牲口，备了几桶苹果和梨子，这样大家总有新鲜食物。这个办法还是从海盗船长约翰·霍金斯爵士那儿学来的。然而，再小心也总有水手丧命，他就再雇人顶上——港市总不愁找不到。现在船上有三个皮肤黝黑的非洲水手，是从阿加迪尔招来的。

等到日落时分，他派了几个水手坐小船上岸，买了新鲜鸡肉和菠萝，又借着镇里那条清澈的小溪，把水桶洗净装满。他们回来时说，当地人听说爱丽丝号上的货物，无不兴高采烈：有托莱多钢材做的剪子刀具，尼德兰产的上好布匹、鞋帽手套等等——无论是珍贵货品还是日常所需，都是这座加勒比海岛造不来的。

巴尼恨不得立刻上岸，打听贝拉的消息。横渡大西洋的漫漫旅途中，好奇渐渐化为渴盼。他耐着性子，得等到明天。他不知道她如何了，倘若贸然冲到她家里，发现她家中一片父慈子孝，那可着实丢脸。当年离开时，贝拉正是青春美艳，自然不愁嫁人；不过她自己经营生意，手头宽裕，并不需要男人养活。巴尼盼她习惯了自给自足，不愿嫁做人妇。依她的烈性，这也不奇怪。

巴尼打算以老朋友的身份去探访，以免尴尬。要是她已经嫁人，那就收起一腔失望，大方握手，夸她丈夫好福气。要是她还是一个人——上帝保佑！那就把她拥在怀里。

等到第二天早上，他换上镶金扣子的绿色外衣。这件衣服一则显得庄重一些，二来是为了盖住腰间的剑，不为完全遮住，只是不想太显眼。他和乔纳森·格陵兰一同去见市长。

镇子除了规模大了，还是老样子。两个人穿过中央广场，路人纷纷侧目，和九年前并无差别，说不定还是那群人。不过这一次巴尼也直视他们，寻找那个面容秀丽、眼睛湛蓝的非洲姑娘。他没有找到。

两人在凉爽的宅子里等了许久。主人要借此彰显身份不凡。

随后，一个穿法衣的男人领他们上了楼。巴尼已不记得伊格纳西奥神父长什么样子，也分辨不出是不是同一个人。

至于大腹便便的阿方索先生，他可记得清清楚楚。坐在椅子上的那个年轻人绝对不是他。

只听这位市长说：“阿方索先生故世了，有五年了。”这也不足为奇，移居加勒比海的欧洲人极易感染热带的种种怪病。“由我接任市长之职。”此人年纪不大，但也未必长命，巴尼见他皮肤微微发黄，像是黄疸的症状。“本人是堂霍尔迪。阁下是？”

巴尼自报家门，接着两个人一阵你来我往，堂霍尔迪假装拒受贿赂，巴尼假装绝无此意，最后以“临时贸易许可”的名头，达成一笔数目，之后神父端出酒来。

巴尼品了一口，问道：“这朗姆酒是贝拉家的？”

“不晓得。贝拉是谁？”

听着不妙。“从前她家的朗姆酒是最好的，”巴尼掩盖失望之情，“莫非是搬走了？”

“十居其九。这酒不合你胃口？”

“正相反。敬咱们的友谊。”

出了市长府，巴尼和乔纳森穿过广场，直奔贝拉家。两人经过中央拱券，来到后院。看样子生意越发红火，现如今有两个蒸炉了。

一个管事模样的男人朝两人走过来。他约莫三十岁，皮肤黝黑，头发却是直的，看样子是种植园主和奴隶结合所生。他客气地微笑着说："两位好。想必两位是来买天下第一的朗姆酒吧。"巴尼悚然心惊，此人和贝拉可谓是天作之合。

他答道："的确如此。顺便也想卖一对西班牙手枪。"

"请进屋来，品过酒再说。本人是巴勃罗·特鲁希略，这儿的主人。"

巴尼再也按捺不住，问道："贝拉呢？"

"两年前，我从她手里买下这爿生意，不过酿酒的方子还是她的。"他引着两个人进到屋子里，挤了莱姆汁，这正是贝拉当年的法子。

"那贝拉去哪儿了？"

"她住在阿方索先生的庄园里。阿方索先生死了，种植园归别人所有，不过给贝拉留了一间房产。"

巴尼觉得他有所隐瞒。"她嫁人没有？"

"应该没有。"巴勃罗说着，端出玻璃杯和一瓶酒。

巴尼有些不好意思：自己句句不离贝拉。他怕别人嘲笑自己千里迢迢只是为一个姑娘，于是不再追问，专心品酒。他买了两桶酒，价钱便宜到不可思议。

离开前，他放下面子，问道："我可能要去拜访贝拉。镇子里有没有谁肯带路？"

"隔壁就有。毛利西奥·马丁内斯每隔几天就赶着骡子去种植园送货。"

"多谢。"

隔壁是间杂货铺，一进去香气扑鼻，混着稻米、豆子和香草束的芬芳。店里也摆着锅碗、钉子、彩带等等。

巴尼说明来意，毛利西奥答应把店关了，马上带他过去。“左右去，面粉橄榄油缺。”他仿佛赶时间似的，说话连不成句子。

巴尼让乔纳森先回船去照看。

毛利西奥给马上了鞍，叫巴尼骑上，自己则牵着骡子步行。两人沿着土路出了镇子，进了山区。巴尼不想多说，毛利西奥虽然句句言简意赅，倒是健谈。好在他不指望巴尼搭腔，似乎也不在乎他听不听得懂，巴尼于是专心回想往事。

没多久，他们就走到甘蔗田，青翠的甘蔗秆有巴尼个子高。田里的非洲人正忙着耕作，男子穿着破烂短裤，妇人则套着宽松袍子，小孩子光着屁股，不分男女老少都头戴自家编的草帽。一片田地里，奴隶正在挖坑种植新苗，烈日之下，一个个汗如雨下。巴尼又瞧见一伙奴隶用一架庞大的木头碾轧工具榨甘蔗，底下用水槽承接汁水。再往前走，一间木头房屋里火光四射，水汽滚滚，毛利西奥解释说：“锅炉间。”

巴尼说：“这种天气还在里面劳作，不知道受不受得了。”

“很多受不了。大难题，锅炉间奴隶都死了。费钱。”

总算有间庄园映入眼帘。这是间二层建筑，和镇里的宅子一样，材料是颜色发黄的珊瑚灰岩。两人越走越近，毛利西奥指着一片棕榈树荫下的小木屋，说道：“贝拉。”说完独自往主屋去了。

巴尼下了马，在棕榈树上拴了，不觉喉咙发紧。九年了。九年间，变故数不胜数。

他走到门前，瞧见门开着，抬脚迈进屋子。

只见角落里横着一张窄窄的床，一个老妇人躺在床上，屋里再没有别人。巴尼用西班牙语问：“贝拉在哪儿？”

妇人怔怔望着他，过了好一会儿才开口：“我知道你会回来的。”

听到这声音，他仿佛五雷轰顶。他定睛望着老妇人，简直不相信自己的眼睛：“贝拉？”

“我不行了。”

屋子狭小，他两步就跨到她面前，跪在床边。

真的是贝拉。她头发差不多掉光了，当年金色的皮肤仿佛旧羊皮纸的颜色，从前结实的身子羸弱不堪，唯独没变的是那双蓝眼睛。“怎么会这样？”

“登革热。”

闻所未闻，但也无关紧要：谁都看得出来，她奄奄一息。

他俯身想吻她。贝拉别过头，说道：“我丑死了。”

巴尼吻了吻她的面颊。“我最爱的贝拉。”他悲痛欲绝，一时哽咽，强忍着不争气的眼泪。他好不容易开口：“有什么需要我替你做的？”

“有，”她答道，“有一件事要拜托你。”

“我都答应。”

她还没开口，巴尼就听见身后有个小孩子的声音：“你是什么人？”

他一扭头，看见一个小男孩站在门口，金色皮肤，头发卷曲，看得出是非洲血统，但颜色是红棕的。他长着一对绿眼睛。

巴尼望着贝拉：“看样子八岁……”

贝拉点头说：“他叫巴纳多·阿方索·威拉德。替我照顾好他。”

巴尼感觉像被发狂的马踢中，险些喘不过气来。接连两场惊吓：贝拉垂死，自己有个儿子。短短一分钟，他的生活俨然天翻地覆。

只听贝拉说：“阿福，这是你父亲，我跟你说过的。”

阿福紧紧盯着巴尼，小小的面孔上满是怒气，再也按捺不住：“你为什么要来？她一直在等你——现在她要死了！”

贝拉安慰说：“阿福，别吵。”

“你走！”小男孩接着喊，“回英格兰去！我们不需要你！”

贝拉制止：“阿福！”

巴尼安慰说：“不要紧，贝拉，让他骂个痛快。”他望着小男孩，“阿福，我母亲不在了，我明白。”

阿福的愤恨转为悲伤。他大哭起来，扑倒在床边。

贝拉伸出皮包骨的手臂搂住儿子，小孩子把脸埋在母亲怀里，泣不成声。

巴尼抚摸着他的头发。发丝柔软，又打着卷儿。他在心里说，我儿子，我苦命的儿子。

三个人都默默无语，阿福渐渐止住了哭泣。他裹着拇指，抬头望着巴尼。

贝拉合上了眼睛。巴尼想，很好，她在歇息了。

安睡吧，我的挚爱。

十九

西尔维忙得不可开交——也加倍地危险。

王室大婚在即，大批胡格诺信徒涌进巴黎城，塞尔庞特街小店的纸和墨供不应求。他们也要禁书——除了法语《圣经》，约翰·加尔文和马丁·路得抨击天主教会、针针见血的著作也成了抢手货。西尔维每天不辞辛苦，赶去城墙街仓库取书，再一一送到新教徒家里、下榻处，为此跑遍了巴黎的大街小巷，跑得腿脚酸痛。

她还得时刻提防。虽然驾轻就熟，但从来也没这般忙碌过。从前一周跑三趟，眼下一天就要跑三趟，每一趟都冒着被捕的危险。如此劳累，叫她身心俱疲。

内德就好比一片绿洲，让她觉得平静安稳。他关心自己，而不是紧张。他从来气定神闲。他夸她勇气过人——称赞她是女中豪杰。其实西尔维整日提心吊胆，但听了他这番赞美，心里还是美滋滋的。

这天他第三次来店里，母亲跟他透漏了真实姓名，还请他留下来用午饭。

伊莎贝拉事先没有和女儿商量过，自己拿了主意，这叫西尔维吃了一惊。内德欣然答应。西尔维有些措手不及，也不由心喜。

母女俩于是关了店门，请内德进了后屋。伊莎贝拉做了新鲜河鳟。鱼是当天早上刚捞的，配上西葫芦和茴香，喷香扑鼻，内德吃得津津有味。用过饭，母亲端出一碗青梅，果肉黄中带红，又拿出一瓶白兰地，颜色金棕。家里并不常备着白兰地，母女俩喝不惯烈酒，平常只喝葡萄酒，还要兑些水。看样子伊莎贝拉瞒着女儿早有准备。

内德讲起尼德兰的近况，听来让人忧心。“昂日不听科利尼指挥，中了埋伏，结果溃不成军，给俘虏了。”

伊莎贝拉的心思并不在昂日身上。她问内德：“您在巴黎还会住多久？”

“伊丽莎白女王需要多久，我就住多久。”

“那之后，您大概要回英格兰故乡吧？”

“这要看女王如何差遣。”

“您真是忠心耿耿。”

“能为她效力，是我三生有幸。”

伊莎贝拉换了一套问题。“英格兰的房舍和法国差别大吗？譬如说府上？”

“我家里很宽敞，正对着王桥主教座堂。房子如今归家兄巴尼所有，不过我回去的时候还住在那儿。”

“正对着座堂——想来地方不错。”

“再好不过了。我最喜欢坐在前厅，从窗户能看见教堂。”

“令尊生前做的是哪一行？”

西尔维连忙制止：“妈，你怎么像宗教裁判官似的！”

“没关系，”内德答道，“家父是经商的，原先在加来有间库房。父亲死得早，生意由母亲打理，一做就是十年。”他怅然一笑，“后来你们法国人从我们英国手里夺回加来，害得母亲倾家荡产。”

“王桥有没有法国人？”

“各地都有流亡的胡格诺教徒。洛弗菲尔德郊区有一位制麻纱的纪尧姆·福尔内龙，他家的衬衣远近闻名。”

“那么令兄做什么营生？”

“他是船长，打理爱丽丝号。”

“他自己的船？”

“是。”

“不过听西尔维说，您有一处庄园？”

“伊丽莎白女王封我为韦格利村领主，地方离王桥不远。村子不大，不过有一座庄园，我一年回去住两三次。”

“在法国，要称呼您作‘韦格利阁下’了。”

“是。”韦格利和威拉德一样，用法语不好念。

“虽然令堂遭遇不幸，您兄弟二人也出人头地了。您是德高望重的使臣，巴尼经营自己的船。”

西尔维暗想，内德自然清楚母亲是在打听他的身价地位，但他似乎不以为意，还乐意表明自己值得托付。西尔维大不自在，怕内德误会自己非嫁他不可。她于是打断问话，说道：“该开店了。”

伊莎贝拉站起身说：“我去好了。你们两个坐着，再说一会儿话。西尔维，我需要帮忙会叫你。”她说着就出去了。

西尔维开口道歉：“母亲实在不该问这么多。”

“不必道歉，”内德咧嘴一笑，“女儿结识了一个年轻男子，做母亲的自然该问清楚。”

“你太客气了。”

“受她这一番试问的，我不会是头一个吧。”

西尔维知道，过去的事迟早要告诉给他。“是有过一个，很久以前的事了。当时问话的是父亲。”

“恕我冒昧一问：为什么不了了之？”

“那个人是皮埃尔·奥芒德。”

“老天爷！他原先是新教徒？”

“不，他为了混进会众，把我们都骗了。婚礼后一个小时，所有人都被捕了。”

内德的手伸过桌面，握住她的手：“何等残忍。”

“他叫我伤透了心。”

“对了，我听说了他的来历。他父亲是个乡下司铎，是吉斯家的私生子；母亲是给司铎当管家妇的。”

“你怎么会知道？”

“尼姆侯爵夫人告诉给我的。”

“路易丝？她是我们的教友，可她从来没跟我提过。”

“或者是怕你尴尬，不好提起。”

“皮埃尔谎话连篇，因为他，我不敢再对任何人交心……”

内德瞧了她一眼，她知道他在问：“那对我呢？”但答案如何，她自己都不清楚。

他静默片刻，看她不肯再多说，于是说：“刚才这顿饭吃得很愉快——多谢款待。”

西尔维站起身，准备送客。瞧他一脸沮丧，她又于心不忍，冲动之下，她绕到桌子对面，给了他一个吻。

她本来只想轻轻一吻，以示友好，但不知怎的，吻落在了内德唇上。滋味如此甘甜，她欲罢不能，忍不住伸手抱住他的脑袋，贪婪地吻着。

内德大受鼓舞，伸开双臂，把她抱在怀中。早已遗忘的喜悦涌遍全身：和一个人肌肤相亲。她反复提醒自己，再吻一秒。

内德双手按在她胸前，轻轻揉捏，喉咙里微微呻吟。她一个激灵，同时清醒过来，轻轻推开他。她微微气喘："我也不知道自己是怎么了。"

内德没说话，粲然一笑。

她这才发觉，言外之意是说自己不想逾矩，但此刻她已不再顾忌。尽管如此，她还是说："你还是走吧，不然我过后要反悔的。"

内德听了这话，好像愈加欣喜。"那好。什么时候再见？"

"很快。去和我母亲道别吧。"

内德还想吻她，但她手按在他胸口，说道："到此为止。"

内德没有反驳，去店里和母亲告辞。"帕洛太太，多谢款待。"

西尔维一屁股坐在椅子上。片刻之后，她听见店门合上了，接着母亲走进来，一脸兴高采烈。"他走了，不过会再来的。"

西尔维说："我吻了他。"

"瞧他那一脸喜笑颜开，也猜到了。"

"我真不应该。"

"我看没什么不该。我要是年轻二十岁也会吻他。"

"妈，你别没大没小的。这下他以为我非嫁他不可了。"

"我要是你，可要抓紧时间，免得有人抢先一步。"

“快别说了。你明明晓得我不能嫁给他。”

“我可不晓得！你胡说些什么？”

“咱们的使命是把真福音散布到全天下。”

“或者咱们已经尽了使命。”

西尔维震惊不已。母亲以前可从来不说这种话。

伊莎贝拉瞧出她神色有异，解释说：“上帝创世之后，第七日不也休息了吗？”

“咱们的任务尚未圆满。”

“到审判日的号角吹响，也未必能圆满。”

“所以更不能懈怠。”

“妈不过想让你开开心心的，我的宝贝闺女。”

“可上帝的旨意呢？是你教我时刻扪心自问。”

伊莎贝拉叹了口气。“是啊。我年轻的时候心肠太硬。”

“是明智。我不能嫁人，我有使命在身。”

“话说回来，不管有没有内德，咱们要实现上帝的意愿，将来或许得另想办法。”

“我却想不到什么办法。”

“也许到时候自然会知道。”

“全都握在上帝的手里，是不是？”

“是啊。”

“因此咱们要知足。”

伊莎贝拉又叹了口气，说了句“阿门”。这一句是否出自真心，西尔维拿不准。

内德走出店铺，注意到街对面的酒馆前有个衣衫破旧的年轻男人鬼鬼祟祟。他要回使馆，于是向东走去，回头一瞥，见到那个脏兮兮的男人也跟了过来。

内德兴高采烈。西尔维吻了他，看样子对自己有意。至于他对西尔维，则是一见倾心。他终于遇见一个女子可以和玛格丽媲美。西尔维开朗有趣，同时智勇双全。真巴不得马上再见到她。

至于玛格丽，他依然念念不忘。他这辈子也放不下。然而，她不肯答应跟他私奔，两人此生再无缘分。他另觅新欢，也是情有可原。

西尔维的母亲也让他大有好感。伊莎贝拉年近半百，但风韵犹存，身材丰满，五官标致，一双蓝眼睛，眼角的皱纹只显得她更有韵味。言谈举止间，看得出她对自己很满意。

他为西尔维的遭遇愤愤不平。皮埃尔·奥芒德竟然还娶了她！难怪她独身至今。西尔维在大喜的日子遭他算计，想到此处，他就恨不得亲手掐死皮埃尔。

不过，他并没有因此沮丧。值得高兴的事太多了。法兰西即将成为天下第二个奉行信仰自由的国度，真是意想不到的喜事。

他穿过圣雅克街，回头一看，那个衣着寒酸的男人还远远跟着。

非弄个清楚不可。

他过到街对面，转身欣赏宏伟壮观的圣塞弗兰教堂。那个男子匆匆穿过马路，目光躲躲闪闪，跟着钻进一条巷子。

内德迈进低矮的穷苦者圣朱利安教堂，穿过空无一人的墓园。他走到东侧拐角，闪身躲在门廊凹处，接着拔出匕首，用右手倒握，剑柄抵在拇指和食指之间。

内德等到跟梢的男子走到门口，立刻闪出来，剑柄狠狠砸在对方脸上。男子大叫一声，向后跌去，口鼻处鲜血淋漓。他很快站稳了，转身想跑。内德急忙抢上，腿一伸，把他绊倒在地，随即跪在他背上，刀尖对准了他的喉咙，喝道："你是什么人指使？"

男子咽下嘴里的血，说道："不知道你什么意思——你为什么对我下手？"

内德手上用劲，刺破了他满是污垢的皮肤，血汩汩地涌出来。

男子连忙求饶："求你饶了我！"

"四下无人，我杀了你也没人看见——除非你老实交代，是谁叫你跟踪我？"

"我说，我说！是乔治·比龙。"

"这又是何方神圣？"

"他是蒙塔尼领主。"

内德心念一动。"他要知道我的下落，目的何在？"

"我不知道，我向主基督发誓！他从来不说原因，让我们听吩咐就是了。"

这么说，还不只他一个。比龙自然是头目了。这个比龙，或者他的主子，派人盯着内德。"他还让你跟踪谁？"

"原先是沃尔辛厄姆，后来换成你。"

"比龙是不是替什么大官做事？"

"可能吧，他什么也不告诉我们的。求你了，我说的都是实话。"

内德暗想，这也说得过去。像这种可怜虫，的确没必要跟他解释原因。

他于是站起身，收起匕首，转身走了。

他穿过莫贝尔广场，回到使馆。刚巧沃尔辛厄姆在大厅里，内德问："大人可曾听过蒙塔尼领主乔治·比龙这个人？"

"听过。是皮埃尔·奥芒德·德吉斯一伙的，名册上有他。"

"啊，难怪了。"

"什么难怪？"

"难怪他派人跟踪咱们俩。"

皮埃尔打量塞尔庞特街上的小店。这条街他再熟悉不过，多年前念书的时候，他就住在附近。他经常光顾店铺对面那间酒馆，那时还没有这间文具店。故地重游，他不禁想起往事。当年他是个野心勃勃的学生，如今他如愿以偿——他不禁得意起来。他是吉斯家最信赖的谋士，绫罗绸缎应有尽有，还面见过国王。他不仅手头阔绰，还握有更重要的东西：权力。

但日子并非尽如人意。胡格诺派尚未铲除干净，反而日益壮大。除了纳瓦尔那个蕞尔小国，北欧诸国和日耳曼各城邦也坚持信奉新教。苏格兰和尼德兰两地，两派势力尚未决出胜负。

尼德兰传来捷报，胡格诺援军将领昂日在蒙斯吃了败仗，和几个手下一起被关进了地牢；阿尔瓦公爵心狠手辣，对他们严刑拷打。巴黎的天主教徒志得意满，编了两句口号，每天晚上在酒馆里都能听到：

昂——日！

哈哈哈！

昂——日！

哈哈哈！

然而，蒙斯一战并未决出胜负，叛乱尚未平息。

最要命的是，法国居然效仿英格兰女王伊丽莎白，在天主教和新教之间两边倒，采取纵容态度，这好比一个醉汉，想要往前迈步，却摇摇晃晃地向后退去。王室大婚在即，可现在还没引发暴乱，迫使双方悔婚。

不过这是早晚的事，皮埃尔早准备好了。近来新教徒纷纷赶到巴黎，那本黑皮簿子又充实不少。此外，他和亨利公爵又商量出一条新计策。两人琢磨出另一份名单，找信得过的天主教贵族，每人指派一个刺杀对象。等胡格诺派造反之时，就以圣日耳曼奥塞尔教堂钟声为暗号，届时钟声不绝，天主教贵族对各自的目标下手。

虽然那些贵族都满口答应，不过皮埃尔知道，到时候自然有人下不去手，不过也不足为惧。一旦胡格诺派造反，天主教徒就会把他们一网打尽，势必砍下这头妖兽的脑袋。接着，那些平头百姓就交给城镇民兵队对付。如此一来，胡格诺党大势已去，再也无法兴风作浪，而朝廷对新教可恶的宽容之策也无法延续，吉斯家东山再起，再次成为法兰西第一大家族。

眼前的地址，是黑本子里新添的。

乔治・比龙回报说："那个英国佬有了心上人。"

"是什么人？能拿来要挟他吗？"

“是个卖纸墨文具的女子，在左岸有间铺子。”

“姓名？”

“泰蕾兹·圣康坦。她母亲叫杰奎琳，两人一起打理店铺。”

“自然是新教徒了。那个英国人不会看上天主教徒。”

“要不要去查查她们的底？”

“我亲自去瞧瞧吧。”

圣康坦母女家只有两层，看起来家境普通；房子一侧有一条巷子，刚好容得下推车经过，应该是通往后院的。墙面修葺完好，门窗等新上过漆，料想生意不错。八月里天气酷热，店门敞开着；橱窗精心布置：纸张交错叠压铺开、花瓶里插着几管羽毛笔、大大小小的墨水瓶。

他吩咐几个护卫：“在这儿等着。”

他迈进店门，见到是西尔维·帕洛，不禁大吃一惊。

是她没错。他心里一算，她今年三十一岁，但显出几分苍老，无疑是因为遭遇坎坷。她比当年清瘦，不复少女时期的风姿，坚毅的下颌周围已经现出皱纹，只有湛蓝的眼睛一如当年。她穿了件朴素的蓝色亚麻裙子，看得出身体结实健康。

一瞬间，他仿佛中了魔法，十四年前的一幕幕浮现在脑海里：第一次在鱼市同她搭话，圣母院阴影下的书店，狩猎小屋里的秘密教堂，还有年轻懵懂的皮埃尔——一无所有，盼着平步青云。

店里只有西尔维一个人。她站在书桌后，正对着账本核算数目，没有立刻抬头。

皮埃尔继续打量她。她死了父亲，书店也没了，但还是想办法活了下来，更名改姓，自己开了店铺，看样子生意兴隆。皮埃尔大惑不解：主为何容许这么多亵渎之徒事业有成。他们赚了钱，给牧师薪俸、盖会所、买禁书。有时候，上主的旨意着实让人捉摸不透。

她现在还有了追求者，而且还是他皮埃尔恨之入骨的劲敌。

静默了一阵子，他开口了："你好啊，西尔维。"

他语气和善，但她吓得失声惊叫。隔了这么多年，她还记着他的声音。

瞧见她满脸惧色，皮埃尔心中暗喜。

她问道："你来这儿做什么？"听得出声音发颤。

"纯粹巧合。真是惊喜。"

"我不怕你。"皮埃尔听出她在说谎，更是得意。她又说："你还能把我怎么样？我这辈子已经让你毁了。"

"我还是可以毁了你。"

"你休想。现在有圣日耳曼赦令。"

"不过卖禁书也还是违法。"

"我们不卖书。"

皮埃尔四下张望。的确没有书籍，店里只有空账簿，像她手边那种，再就是小一点的记事本，用作自家的日记账。她当年眼睁睁看着父亲被烧死，看样子从此改邪归正了；这也正是教会的初衷，不过也不乏反例，有些人把受刑的犯人视为殉道者兼榜样。她也可能继承了父亲遗志，把异教书籍藏在别的地方。可以派人不分昼夜地盯着她，不过这一次不可打草惊蛇，得格外谨慎才是。

他改变战术。"你当年痴情于我。"

她脸如死灰。“愿主宽恕我。”

“得了。你吻我总吻不够呢。”

“蘸了蜜的苦菜。”

他逼近一步，不是想吻她——从来就不想。她越是害怕，他就越是兴奋。“我知道，你还想吻我。”

“我想把你的臭鼻子咬下来。”

这倒像是真心话，但他并不罢休。“你能懂得爱，都是我教会的。”

“你教会我一个基督徒也可能满口谎话。”

“咱们都是罪人，所以需要主慈悲。”

“有些罪更为恶劣——有些罪人是要下地狱的。”

“你吻过那个英国情人没有？”

这下子她真的慌了。他喜不自胜。显然她没料到自己知道内德爵士的事。她还嘴硬：“不知道你胡说什么。”

“你明明知道。”

她勉强镇定。“皮埃尔，你拿了奖赏，心满意足了？”她一指他身上的外套，“你穿的是绫罗绸缎，我还见过你和吉斯公爵并辔而行。你得偿所愿了，你恶事做尽，值得吗？”

他忍不住炫耀：“我享尽荣华富贵，还有做梦也想不到的权力。”

“但这都不是你真正想要的。你忘了，我对你清楚得很。”

皮埃尔顿时心烦意乱。

她毫不留情：“你最想要的是成为真正的吉斯，因为你小时候他们不肯认你。”

“我做到了。”

“你没有。他们谁都知道你的出身，是不是？”

皮埃尔一阵慌乱。“我是公爵最信赖的谋士！”

“但不是他的亲戚。他们看着你一身华服，就想起你是私生子的私生子，嘲笑你装模作样，我说错了吗？”

“你听谁造的谣？”

“尼姆侯爵夫人知道你的底，她和你是同乡。你后来又娶了亲，是吧？”

他皱起眉头。她是胡乱猜中还是听说的？

“看来并不如意喽？”他掩饰不住难堪，她全看在眼里。“可惜不是贵族小姐，而是出身低微之人——所以你恨死了她。”

全叫她说中了。他如愿以偿地随了吉斯的姓，代价是娶了一个丑婆娘，还得替别人养一个拖油瓶。这是他一辈子的耻辱，他无法不动声色，恨得咬牙切齿。

西尔维看在眼里，叹道：“那女人真可怜。”

他恨不得冲过去，一拳把她打倒在地，再叫几个护卫进来狠狠折磨她；可他觉得力不从心。他本该怒不可遏，却发觉自信全消，不知所措。她说得不错，她太了解他了。皮埃尔被她击中要害，只想爬到角落里舔舐伤口。

他转身要走，刚好伊莎贝拉从后屋进来，一眼认出他来。她震惊不已，本能地退后一步，表情中夹杂着惧怕和厌恶，好像瞧见的是一条疯狗。她很快从震惊中平复，发起火来。“魔鬼！”她扯着嗓子大喊，“你害死我家吉勒，毁了我女儿的一生。”那声音尖利刺耳，仿佛失心疯发作，皮埃尔连忙朝门口退去。她大喊：“要是我有把刀，我要把你的黑心肝都剜出来！下贱胚！残花败柳的野种！臭气熏天的行尸走肉，我掐死你！”

皮埃尔快步奔到店外，摔门而去。

大婚这天，气氛从一开始就透着异样。

周一一早，人群蜂拥而来；举凡盛事，巴黎人是绝不肯错过的。巴黎圣母院前的广场上搭起了一圈木头看台，罩着金线帐子，高高的走道通往教堂和附近的主教府。内德只是无名小卒，离仪式开始还有好几个小时就入座了。八月的这天万里无云，大家只好忍着骄阳炙烤；看台周围人挤人，不免各个汗流浃背。近处的房屋里更是挤满了人，有的扒着窗户，有的爬上屋顶。然而，气氛却平静得出奇。巴黎的忠坚天主教徒本来就不愿把这个淘气的心肝宝贝嫁给下三滥新教徒；每逢主日，更有布道教士煽风点火，将这场联姻斥为造孽，令听众越发愤愤不平。

内德隐隐担心这婚未必结得成。可能有人闹事，导致仪式取消；此外还有传言说，玛戈公主扬言要当场悔婚。

宾客纷纷入席。下午三点左右，耶柔玛·鲁伊斯坐到了他身边。罗浮宫一见后，内德一直惦着要找她详谈，苦于这几天没有机会。他热情地寒暄，耶柔玛则语气惆怅：“你笑起来和巴尼一模一样。”

“罗梅罗枢机大失所望了。看样子婚还是结了。”

耶柔玛压低声音：“他跟我说了一件事，你准想知道。”

“太好了！”内德原本打算费一番唇舌，劝她透漏些消息，看来她不需要劝。

“吉斯公爵握有巴黎重要新教徒的姓名地址，分别指派了一个信得过的天主教贵族。一旦起了暴乱，对胡格诺教徒格杀勿论。”

“上帝！他们竟然如此心狠手辣？”

“这是吉斯家人的本色。”

“多谢你通风报信。”

“我恨不得杀了罗梅罗，但我还不能动手，因为我还得依靠他。这是退而求其次了。”

内德打量耶柔玛，好奇中夹杂着一丝恐惧。说起心狠手辣，可不只有吉斯家人。

这时人群间一阵骚动，两人不再交谈，扭头一看，是新郎一行人从罗浮宫现身了。他们穿过圣母桥，从右岸上了岛。只见纳瓦尔国王亨利·波旁身穿淡黄色缎子礼服，衣服上绣满了金银珠宝。随行的都是贵族新教徒，其中有尼姆侯爵。巴黎百姓望着这一行人，脸色阴沉，一语不发。

内德正要和耶柔玛说话，一回头才发现她已经走了，座位上的人换成了沃尔辛厄姆。他于是说：“我刚刚听到一个耸人听闻的消息。”接着将耶柔玛的话转述一番。

沃尔辛厄姆答道：“其实也不该惊讶。他们早计划好了——想想也是。”

“眼下咱们知道了他们的计划，还得多亏那个‘西班牙婊子’。”

沃尔辛厄姆难得笑了。“好了，内德，你有理。”

夏尔国王扶着新娘从主教府走了出来。国王和亨利·波旁一样，一身淡黄色缎子礼服，以示兄弟之情。不同的是，他衣服上的珠宝更大更多。两人望着新娘一行人走近，沃尔辛厄姆凑在内德耳边，轻蔑地说：“有人跟我说，国王这件礼服花了五十万埃居。”

内德差点以为听错了。“那可是十五万镑！”

“等于英国国库半年的开销。”

这一次，内德明白了沃尔辛厄姆为何对奢侈挥霍不屑一顾。

玛戈公主一身亮紫色天鹅绒长裙，披着蓝色斗篷，三个侍从女官拖着斗篷长长的后裾。内德不由想，她可要热死了。大家口中的公主总是天姿国色，这位玛戈的确名不虚传。只见她面孔艳若桃李，浓眉大眼，丹唇欲滴，仿佛是为亲吻而生。然而，这张娇美的面庞上却透着怨怼之色。内德对沃尔辛厄姆说：“她大不高兴呢。”

沃尔辛厄姆一耸肩。“她自小就知道，她可不是想嫁谁就嫁谁的。法国王室奢靡无度，自然是要付出代价的。”

内德想起玛格丽当年也是屈服于父母之命。“我倒同情玛戈。”

“要是那些传言属实，她嫁了人也不会收敛。”

国王的几个弟弟跟在两人身后，穿的也是黄缎子礼服。意思显而易见：从今以后，瓦卢瓦同波旁两家亲如兄弟。新娘子至少有一百个命妇随行，内德平生还是第一次见到这么多珠玉宝贝，随便哪个女子身上佩戴的珠宝都比伊丽莎白女王多。

依旧没人欢呼。

新娘一行人沿着走道，缓缓步入看台，走到新郎身边。王室天主教徒和新教徒办婚礼，这是破天荒头一次，为了不得罪任何一方，仪式就费了不少心思。

按照传统，新人在教堂外行礼，波旁枢机为二人主婚。时间一分一秒地过去，内德听着誓词，心中肃然：这个纵横四海之国，虽然步履维艰，但正朝着宗教自由的理想而迈进。内德满怀憧憬。这是伊丽莎白女王的心愿，也是西尔维·帕洛的期盼。

最后，枢机问玛戈，是否愿意嫁给纳瓦尔国王为妻？

玛戈直视着他，面无表情，嘴紧紧闭着。

内德暗暗担忧。她不至于在这个节骨眼儿悔婚吧？倒是听说她任性妄为。

新郎焦躁地跺起脚来。

公主和枢机两个人对视良久。

突然间，公主身后的夏尔国王手一伸，在她头上推了一下。

玛戈公主点头了。

内德想，这显然不是出于自愿，上帝看在眼里，大家都看在眼里。不过枢机却不以为意，匆忙宣布二人结为夫妇。

礼成——不过此刻夫妻尚未同房，一旦出了什么意外，婚姻就要宣告无效。

一对新人进入圣母院望婚礼弥撒。这是天主教仪式，新郎没有逗留，片刻后就走出教堂，和胡格诺将领加斯帕尔·德科利尼攀谈起来。他们或者并非有意，但两人姿态随便，仿佛是不屑教堂里的仪式。百姓怒从心起，纷纷叫嚷起来，随即喊起那两句凯旋之歌：

> 昂——日！
> 哈哈哈！
> 昂——日！
> 哈哈哈！

这位胡格诺将领还关在阿尔瓦公爵的地牢里遭受严刑拷打。看台上的几个显贵转来转去，交头接耳；喊声越来越响，他们没心思说话，都紧张地四下张望。

近处屋顶上的一群胡格诺教徒唱起了赞美诗，其余人纷纷响应。地上的人群里，有几个年轻无赖朝那间屋子走去。

怕要闹起来了。一旦起了冲突，这场婚礼就不再是和平的开始，而是混乱的发端。

内德看见沃尔辛厄姆的朋友拉尼侯爵也在，他戴的还是那顶镶珠宝的帽子。他连忙走过去。“能不能叫那些胡格诺教徒别唱了？只会惹得这些人越来越气。万一闹起来，咱们的辛苦就白费了。”

拉尼说：“可以是可以，但那些天主教徒也得住口。”

内德四下张望，看有没有相熟的天主教徒，结果瞧见了阿弗罗迪特·博利厄，连忙拦在她面前说：“你能不能请一位司铎之类的人，叫他们别再喊昂日那句口号？不然只怕要生事端。”

阿弗罗迪特通情达理，明白情况严重。“我去教堂找我父亲。”

内德又望向亨利·波旁和加斯帕尔·德科利尼，心念一动。这才是根源所在。他又走回拉尼面前。“麻烦您去请那两位回避一下吧。我知道他们是无心的，只是举止触犯了众怒。”

拉尼点点头。“我去说。他们俩都不想惹麻烦。”

几分钟后，亨利和加斯帕尔进了总主教府，看不见了。接着，一位司铎从圣母院里走出来，警告他们不得打扰弥撒，天主教徒渐渐住了口。屋顶上的胡格诺教徒也不唱了。广场恢复了平静。

内德想，风波平息了——至少是眼下。

婚礼之后大宴三天，没人闹事。皮埃尔大失所望。

街面上、酒馆里，得意扬扬的新教徒和怒火中烧的天主教徒撞个正着，打架斗殴是免不了的，但最后都不了了之，没有像他所盼望的那样闹得不可收拾。

卡泰丽娜皇太后不愿双方兵戎相见，而科利尼又是个狡猾的胡格诺派，将避免流血奉为上上之策。这两个温吞家伙凑到一块，维持了太平的局面。

吉斯人一筹莫展，眼睁睁看着荣华富贵渐渐溜走，一去不返。幸好皮埃尔有了对策。

刺杀加斯帕尔·德科利尼。

周四这天，一场马上比枪将庆祝推向高潮，众位贵族纷纷前来观战。罗浮宫旧堡一间中世纪风格的房间里，地面落满尘土，墙面粗糙。皮埃尔和乔治·比龙并肩而立。

比龙把桌子搬到窗前借亮。他挎着一只粗帆布包，从里面拿出一支长管火枪。

皮埃尔说："这是把火绳钩枪，不过有两条枪管，上下并列。"

"这样一来，万一第一枪没打中，还有一次机会。"

"好极了。"

比龙指着扳机说："它靠簧轮点火。"

"那是自行引燃喽。只是能结果科利尼吗？"

“只要在一百码以内，没问题。”

“还是西班牙滑膛枪稳妥。”滑膛枪又大又重，更容易一枪毙命。

比龙摇摇头：“不好携带，怕人人都能猜出他有所图谋。况且卢维埃也上了年纪，未必扛得动滑膛枪。”驾驭这种枪需要力气，滑膛枪手是出了名的人高马大，也是为这个缘故。

皮埃尔把夏尔·卢维埃请到了巴黎。卢维埃行事谨慎，奥尔良一计不成，并非他的过错，都怪弗朗索瓦二世国王昏聩无能。几年后，他刺杀了胡格诺头目吕泽队长，领了两千埃居赏金。卢维埃是贵族出身，会信守承诺，皮埃尔看中的也是这一点。要是随便找个流氓地痞，为一瓶酒都可能翻脸不认人。皮埃尔暗暗希望没看错人。

“那好。咱们去看看路线吧。”

比龙把火枪塞进挎包，跟皮埃尔来到院子里。四方院落两边围着古老的围墙，另外两侧是两座时兴的意大利风格宫殿。比龙说：“加斯帕尔·德科利尼从住处步行过来，再步行回去，身边总有一队守卫，约莫二十个人，都佩带武器。”

“这是个难题。”

皮埃尔顺着科利尼的路线，穿过古老的宫门，走到普利街上。罗浮宫正对面就是波旁府，隔壁是国王的弟弟埃居尔·弗朗索瓦居住的府宅。皮埃尔望向街道尽头。“科利尼住在哪儿？”

“转过街角就是，在贝蒂西街，只有几步距离。”

“过去瞧瞧。”

两人背对河面，向北走去。

街面上的气氛依旧剑拔弩张。皮埃尔瞧见胡格诺教徒穿着讲究而朴素的衣服，或黑或灰，迈着方步，一派旁若无人。要是他们识时务，就不会这么耀武扬威的。皮埃尔转念一想，要是他们识时务，也就不会信奉新教了。

巴黎百姓笃信天主教，心里恨透了这些客人。他们的耐性不堪一击，好比用稻草桥阻拦铁轮大车。一旦有个由头，就要大打出手。倘若人死得多了，内战又要卷土重来，圣日耳曼赦令只有作废，这场联姻是白费心血了。

这个由头，就由皮埃尔来铺垫。

他边走边四下张望，想找一个方便向街面开枪的地点：高塔、大树、阁楼。难处是得有路线供刺客逃走，那些护卫自然要紧追不舍。

他在一间宅子前停下脚步。这是亨利·德吉斯的母亲安娜·埃斯特的产业。埃斯特后来嫁给了内穆尔公爵，但对于害死丈夫的罪魁祸首科利尼一直恨之入骨。亨利少爷念念不忘为父报仇，除了有皮埃尔的功劳，也多亏了埃斯特耳提面命。她自然赞同这个计策。

皮埃尔抬头查看。楼上的窗户前罩着木头藤蔓架子，格调雅致，无疑出自公爵夫人之手。不过这天架子上搭着湿衣服，看样子夫人不在府上。皮埃尔心中暗喜。

他伸手敲门，一个下人来应门，认出是他，立刻毕恭毕敬、诚惶诚恐地说："德吉斯先生，给您请安了。有什么事尽管吩咐。"皮埃尔喜欢别人巴结奉承，但总是装作无动于衷。他一语不发，径直走了进去。

他来到楼上，比龙提着装火枪的布包，跟在他身后。

楼上有间宽敞的客厅，正对着街面。皮埃尔打开窗户，朝罗浮宫的方向张望。花架子上的衣服迎风飘动，不过街道两侧都看得清清楚楚。他说："把枪给我。"

比龙打开布包，把枪递到他手里。皮埃尔把枪支在窗台上，顺着枪管观察。只见有衣着华贵的一男一女手挽着手走近了。他把枪口对准那男子，随即认出此人是尼姆老侯爵，不禁吃了一惊。皮埃尔把枪微微一转，对准侯爵身边的女子。她穿着鲜艳的黄裙子，是路易丝夫人无疑。这女人曾两次叫他受辱，第一次是多年之前，在狩猎小屋的新教礼拜上给他脸色看，第二次是一周前，在塞尔庞特街的铺子里，西尔维用路易丝透露的秘密奚落自己。此时此刻，只要他扣动扳机，就能算清这新仇旧恨。他瞄准了她胸口。路易丝三十四五岁，风姿不减当年，胸脯越发丰满。皮埃尔想象黄裙子上染着她的鲜血，依稀听见她尖声哭叫。

他在心里说，有朝一日；还不是时候。

他摇摇头，站直身子，把枪交给比龙。"正合适。"

他走出客厅，那个下人正在楼梯平台上候着，等他吩咐。

"有后门吧。"

"是，先生。小的带您过去？"

一行人下了楼梯，穿过厨房、浣衣室，进到后院，这里开着一扇门。皮埃尔打开门，认出外面连着圣日耳曼奥塞尔教堂的内院。他低声对比龙说："真是天助我也。到时候在这儿备马，上好鞍，卢维埃开枪结果了他以后，一分钟内就能溜之大吉。"

比龙连连点头。"好办法。"

他们走回屋子，皮埃尔赏给那下人一枚金埃居。"今天我没来过。没有人来过，你什么也没看见。"

"多谢先生。"

皮埃尔沉吟片刻。单利诱是不够的。“吉斯一家怎么对待叛徒，不需要我多说吧。”

对方一脸惊恐。“小的明白，先生，心知肚明。”

皮埃尔一点头，扬长而去。比起受人爱戴，他更喜欢叫人畏惧。

他沿着贝蒂西街继续往前走，看到一排树篱遮挡的矮墙，墙后是一处不大的墓地。他走到街对面，回头一望，内穆尔府看得清清楚楚。

他又忍不住叹道：“天助我也。”

周五上午，加斯帕尔·德科利尼要前往罗浮宫议事。没人敢不去，否则就是欺君罔上。倘若生了重病无法下床，派人前去请罪，国王说不定鼻子里哼一声，说既然病入膏肓，何不干脆一死了之？

按照科利尼的习惯，他从罗浮宫出来，必然经过内穆尔府。

十点左右，夏尔·得卢维埃已经守在楼上窗前，准备妥当。

比龙躲在后门，牵着一匹快马，鞍鞯已经备好。皮埃尔躲在墓园矮墙后，隔着树丛张望。

他们只能等。

亨利·德吉斯听了皮埃尔的计划，满口答应，唯一的遗憾是不能亲手为父报仇。

街角走来一群人，看样子有十几二十个。

皮埃尔心头一紧。

科利尼五十开外，器宇不凡，一头银白的鬈发，修剪整齐，胡须也是精心修饰。他走路昂首挺胸，一派大将之风，不过这天他边走边看书，脚步缓慢——这对卢维埃有利，皮埃尔越发兴奋，也越发紧张。科利尼身边簇拥着十几个守卫和随从，不过态度散漫，说说笑笑，并不仔细查看四周，似乎并不担心主人有危险。他们太大意了。

这一行人走到大街中央。皮埃尔在心里说，别忙，还不是动手的时候。要是离得太远，周围有人挡着，不容易打中目标；等他们走近内穆尔府，卢维埃躲在楼上，位置大大有利。

科利尼走近了。皮埃尔盘算，再过几秒就是最佳时机。卢维埃此刻应该瞄准了。

皮埃尔暗暗念叨，就是现在，不要拖太久……

科利尼突然停下脚步，扭头和一个随从说话。就在这时，皮埃尔听见一声枪响，屏住了呼吸。

科利尼一行人都僵住了。四下一片死寂，接着科利尼大骂一声，捂住左臂。他中枪了。

皮埃尔心如死灰。想不到科利尼突然停下脚步，救了他一命。

好在卢维埃的火绳枪有两支枪管，第二枪紧随其后。科利尼跌倒在地，皮埃尔看不见他了。

他死了没有？

那些随从把他围在中央，一片混乱。皮埃尔焦急地想看个究竟，却只见到人群中央科利尼那一头银发。他们把他抬起来了？

皮埃尔随即看见科利尼睁着眼睛，嘴巴一张一合。他站起来了。他还活着！

皮埃尔万分焦灼，快重装，卢维埃，快开枪啊。此时科利尼的守卫如梦初醒，开始四下查看，其中一个指着内穆尔府楼上；

敞开的窗前，白窗帘正微微飘动。四个守卫奔了过去。

卢维埃是不是还在镇静地重装弹药？守卫冲进大门。皮埃尔站在围墙后，一动不动，等着枪响，但没有听到。要是卢维埃还没走，这会儿该被抓住了。

皮埃尔又望向科利尼。他的确是站着的，不过也许有人扶着。他只是受了伤，但未必能活下来。片刻之后，他甩开下人，叫他们别围得这么紧，周围的人这才散开来，皮埃尔得以瞧个清楚。科利尼没人搀扶，双手按着伤处，袖子和衣服被血染红了，但看样子只是皮外伤。皮埃尔暗叫不妙。他朝住处走去，显然是想先回家去再找大夫。

冲进内穆尔府的四个人出来了，其中一个举着那把双管火绳枪。皮埃尔听不清他们说了什么，不过从摇头、耸肩、比画逃跑的手势看来，卢维埃已经溜之大吉。

一行人朝皮埃尔这边走来。他急忙转身，匆匆穿过尽头的大门，垂头丧气地走了。

内德和沃尔辛厄姆听到消息，立刻知道情况不妙：他们和伊丽莎白女王所期盼的局面，或许就此告终。

两人急忙赶往贝蒂西街。科利尼躺在床上，拉尼侯爵等几个胡格诺首领围在床边。几个大夫守在一旁，医生安布鲁瓦兹·帕雷也在其中。帕雷已是六十开外，头发稀疏，一把长长的黑胡子显得他心事重重。

内德知道，为了防止伤口感染，最常用的办法是用滚油或是烧红的铁灼烧，而有些病人疼痛难忍，一命呜呼。帕雷则主张在创口处敷用一种含有松节油的药膏，他还著书立说，题目为《火绳枪及箭伤疗法》，可惜的是，虽然帕雷声誉卓著，他的疗法却鲜有人采用：行医之人大都保守。

科利尼面色苍白，显然是伤口疼痛，不过头脑还清楚。帕雷说，科利尼右手食指中枪，断了一截，令一颗子弹卡在左手肘。帕雷已经把子弹取了出来——这个过程叫人疼得死去活来，难怪科利尼如此苍白。他还拿了那枚直径半英寸的铅丸给两个人看。

科利尼说科利尼没有大碍，这叫众人长舒了一口气。尽管如此，胡格诺派心目中的大英雄遭人毒手，人人怒不可遏，要平息他们的怒火着实困难。

病床周围有好几个人就要动手，科利尼的朋友都恨不得替他报仇。他们认定此事的主谋是吉斯公爵，想立刻冲进罗浮宫，向国王讨个说法，并请他立刻下令逮捕亨利·德吉斯，否则将号令全国的胡格诺派起义。甚至有个糊涂家伙扬言要挟持国王。

科利尼不住请众人少安毋躁，然而他受伤卧床，语气半死不活，没人听得进去。

沃尔辛厄姆劝阻。“我收到消息，也许事关重大。”历数举足轻重的诸国，唯独英格兰奉行新教，沃尔辛厄姆是该国使节，他一开口，众胡格诺贵族无不洗耳恭听。“忠坚天主教徒正等着各位造反。吉斯公爵密谋在婚礼后将新教徒一网打尽，屋子里的每一位……”他缓缓扫视一周。“屋子里的每一位，都指派了一个狂热的贵族天主教徒刺客。”

屋子里一片哗然，又是震惊又是愤慨。

拉尼侯爵摘下镶珠宝的帽子，搔了搔光头，狐疑地问：“沃尔辛厄姆大使，恕我冒昧一问，这一消息您又是如何得知？”

内德心头一紧。沃尔辛厄姆应该不至于说出耶柔玛·鲁伊斯，她说不定还会通风报信。

好在沃尔辛厄姆没有透露内德的消息从何而来。他答道："吉斯家里自然有我的眼线。"

拉尼向来主张和平，但这一次，他也愤愤然："那么，我们每个人都要准备好，以防不测！"

有人嚷道："以攻为守才是上策！"

无人不赞同。

内德是后生小辈，但他不得不开口。"吉斯公爵盼的就是新教徒起义，从而逼迫国王撤销圣日耳曼赦令。如此一来，正中了他的奸计。"

但没人听得进去。他们个个摩拳擦掌。

内德正一筹莫展，夏尔国王突然驾到。

他们都吃了一惊，谁也没料到国王会来探病，并且没有通传。卡泰丽娜皇太后随同，内德猜这是她的主意。两人身后跟着一队重臣，对科利尼恨之入骨的贵族天主教徒大半都在，唯独吉斯公爵没露面。

夏尔十一年前继位，但眼下也不过二十一岁；内德暗想，他今天看起来尤其年少无助。他脸色苍白，上唇淡淡的一抹八字胡，下巴上的胡须更是没有几根；只见他一脸焦灼苦恼，是真情流露。

内德心里涌起一丝希望。国王率重臣来探病，此举殊不寻常，足以见得体恤之心，胡格诺派不能不动容。

夏尔随后的一番话叫内德越发振奋。只听他对科利尼说："痛在卿家之身，但怒在我之心。"

显然是预先想好的说辞，预备传遍全巴黎。尽管如此，也足以叫人感动。

他们匆忙搬了椅子，国王正对着病床坐下。“我保证，一定要查出幕后主使——”

有人嘀咕：“亨利·德吉斯。”

“——不管是何人所为。我已经派人着手调查，此刻正在刺客行凶的地点查问下人。”

内德暗想，这不过是表面功夫。真想水落石出，就不会如此兴师动众；但凡明君，明知道真相可能引起轩然大波，就绝不会允许外人插手。这不过是缓兵之计，目的并非查清真相，只是平息众怒——这正是明智之举。

“请您前往罗浮宫养伤，在我身边，绝没有人敢再下毒手。”

内德暗想，这可就不大明智了。科利尼在哪里都未必安全，与其受夏尔国王的保护，倒不如留在这儿，由朋友看守。

科利尼也是一脸犹豫，但不敢开口违拗国王之命。

幸好有安布鲁瓦兹·帕雷解围：“陛下，他必须留在这儿静养，稍微一动都可能扯开伤口，他已然失血过多，万万受不起。”

国王点点头，接着说：“既然如此，我就派科桑领主挑选五十名长矛手和火枪手前来守卫，毕竟这里人手不足。”

内德不由皱起眉头。科桑是国王的人，而守卫另有其主，未免形同虚设。难道是夏尔心思天真，为了表示安抚而未加思索？他没瞧出科利尼面露难色，足以见得年少单纯。

国王的第一个安抚之举已然遭到拒绝，科利尼不好再拂他的面子：“多谢陛下美意。”

夏尔站起身，坚定地说：“我一定不会饶过这个逆贼。”

内德望着身边的胡格诺首领，从他们的举止表情看来，大多数都相信国王是诚心诚意，因此愿意迁就这一次，避免流血。

国王大步离开，卡泰丽娜皇太后跟着离开，和内德四目相对。内德微微一点头，感谢她为了维持大局而请国王亲自探病，一瞬间，他见到皇太后的嘴角动了一动，露出一抹心领神会的微笑。

沃尔辛厄姆写了一封长信给伊丽莎白女王，不厌其详地记述这周的种种变故，以及卡泰丽娜皇太后如何竭力维系大局。周六，内德大半时间耗在把信转译成暗文，直到黄昏时分才译妥，于是出了使馆，朝塞尔庞特街走去。

此时暑气未散，不少青年人站在酒馆外喝酒，冲着叫花子骂骂咧咧，见到姑娘路过就打呼哨，一如王桥那些吵吵嚷嚷的少年人，身上揣着闲钱和用不完的精力。一会儿非打起来不可：周六晚上一贯如此。内德注意到，街上一个胡格诺教徒也没有，八成都锁了大门，躲在家里用饭。这是明智之举；走运的话，今天晚上能避免一场骚乱。明天就是礼拜日了。

内德来到店里，西尔维母女请他坐了，接着说起皮埃尔·奥芒德来过的事。伊莎贝拉忧心忡忡：“我们都以为他早把我们给忘了。不知道他怎么会找过来。”

“我知道，”内德深感内疚，“他派了手下跟踪我，一定是上周到这儿来用饭，被他发现了。是我对不起你们。我不知道有人盯梢，是回去的路上才察觉的。”

西尔维问：“你怎么知道人是皮埃尔派来的？”

“我把那人按倒在地，用刀抵着那人咽喉，逼他老实交代，不然就割破他喉咙。”

“啊。”

母女俩静默片刻，内德随即发觉，她们俩从没有想过自己也会下狠手。他打破僵局：“依你们看，皮埃尔会有什么打算？”

西尔维答道：“我也猜不出，不过这一阵子得格外小心。”

内德讲起国王亲自去科利尼府上探病。

西尔维听到每个新教徒都指派了刺杀者，立刻说：“倘若吉斯公爵有这样一份名册，那一定是皮埃尔的杰作。”

“我也不清楚，不过八九不离十。他显然是公爵的探子头目。”

“倘若如此，我知道名册放在哪儿。”

内德身子一僵。“果真？在哪儿？”

“他有本小簿子，平常就放在家里。他怕放在吉斯府不安全。”

“你见过？”

西尔维点点头。“见过好多次了。所以我知道哪些新教徒有危险。”

内德心念一动。她的消息就是这么来的。

西尔维接着说：“不过里面可没有什么杀人凶手的名单。”

“能让我看一看吗？”

“应该可以。”

“马上？”

“说不好，不过周六晚上通常是好机会。咱们去看看吧。”西尔维说着站起身。

伊莎贝拉劝道：“街上不安全。城里的男人个个一肚子火，还都喝了酒。还是别出门了。”

“妈，咱们的朋友可能送命，得去通风报信。”

“那么上帝保佑，你多加小心。”

内德和西尔维出了店铺，下了城岛。此时夜幕尚未降临，暮光下，圣母院洒下庞大的黑影，笼罩着这个多灾多难的都城。到了右岸，西尔维领路，两人穿过大堂区挨挨挤挤的房舍，来到圣埃蒂安教堂旁边的酒馆。

西尔维要了一杯麦芽酒，吩咐送到临街一户人家的后门；内德猜这是暗号。酒馆里人满为患，没有座位，两个人只好在角落里站着。内德紧张地等着。真的能偷看到皮埃尔·奥芒德的秘密名单？

等了几分钟，就见到一个二十多岁、毫不起眼的瘦削女子走过来。西尔维说她叫纳塔，是皮埃尔家的女用人。“她是我们堂区的教友。”

内德明白了。西尔维把皮埃尔的用人收为己用，所以能偷看他的东西。真是足智多谋。

西尔维对纳塔说：“这是内德，他信得过。”

纳塔咧嘴一笑，冲口而出：“你要嫁给他了？”

内德不由想笑，连忙忍住。

西尔维窘得要命，随即开玩笑带过：“今天晚上不行。”她连忙拨转话头，“家里情况如何？”

“皮埃尔大发脾气——昨天出了什么岔子。”

内德说："科利尼没死，这就是皮埃尔的'岔子'。"

"无论如何，他傍晚出门去了吉斯府。"

西尔维问："那奥黛特在家吗？"

"她带阿兰回娘家去了。"

西尔维对内德解释说："奥黛特是皮埃尔的太太，阿兰是他的养子。"

内德有种异样的感觉：皮埃尔是臭名昭著的狠角色，此次竟得以一窥他的家事。"我倒不知道他有个养子。"

"说来话长，以后慢慢告诉你。"西尔维接着对纳塔说，"内德得看一看那个本子。"

纳塔立刻说："那就走吧。这会儿时间刚好。"

三个人拐过街角，看得出这里住的都是穷苦人，皮埃尔住在一处联排房舍，十分窄小。内德想不到他住得如此简陋：看他衣着考究、穿金戴银，显然手头宽裕。不过贵族总把谋士安排在简陋的住处，免得他们忘乎所以，吉斯公爵也不例外。另外，这种地方正适合密谋。

谨慎起见，纳塔领他们从后门进屋。一层只有客厅和厨房两间屋子。竟然来到叫人闻风丧胆的皮埃尔·奥芒德家里，内德觉得像在做梦，好似大鱼腹中的约拿。

三人来到二楼客厅，里面放了一只上了锁的匣子，纳塔拿了针线口袋，捡了一根别针，仔细弯成钩子形状，开了锁。

内德暗暗赞叹。这样就成了。再简单不过。

纳塔掀开匣子盖。

里面空无一物。

"呀！本子给拿走了！"

三个人目瞪口呆。

西尔维第一个开口：“皮埃尔带着本子去了吉斯府。”她沉吟着说，“为什么？”

内德答道：“因为用得上。也就是说，他打算杀光巴黎的贵族新教徒——可能就在今天晚上。”

西尔维大惊失色。“上帝保佑我们。”

“你得去通风报信。”

“让他们马上离开巴黎——要是行得通。”

“要是行不通，那就嘱咐他们去英国使馆。”

“加上来观礼的客人，总有成百上千人，使馆可容不下。”

“不错，不过你也没办法知会所有人，得耗几天呢。”

“那如何是好？”

“只能尽力而为，多救一个算一个。”

二十

周六晚上，亨利公爵大发脾气，只因他年少气盛、踌躇满志，不承想天下竟有不如意事。他冲皮埃尔破口大骂："给我滚！你走吧，我再也不想见到你。"

皮埃尔一向畏惧亨利的父亲疤面公爵，但这些年来，还第一次怕起他来。他腹中绞痛，像受了伤一般。他连忙说："我明白爵爷说的是气话。"要是想不到法子劝亨利息怒，他这辈子就再没有出头之日。

亨利咆哮："你说他们会闹事，压根也没有。"

皮埃尔双手一摊，表示无能为力。"皇太后出面安抚。"

两人在圣殿旧街的吉斯府里；十四年前，皮埃尔初次见到疤面公爵和夏尔枢机，就是在这间奢华的客厅。当年他是一介书生，因为冒用吉斯的姓氏给抓来府上，免不了受一番羞辱，此时此刻，他仿佛又回到了那一天。他苦心得到的一切，可能就此付诸东流。他仿佛看见仇家一脸幸灾乐祸，不禁鼻子一酸。

要是夏尔枢机在家就好了，眼下正需要他的权术手腕。可惜夏尔为教会事务去了罗马，皮埃尔只有孤军奋战了。

亨利骂个不休："你说刺杀科利尼，结果失手了！没用的废物。"

皮埃尔不服气。“我跟比龙说让卢维埃用滑膛枪，可他偏说太大。”

“你还说，就算科利尼只是受了伤，胡格诺派也一样会造反。”

“国王亲自探病，他们消了气。”

“你说的没一样准！那些胡格诺贵族不久就要离开巴黎，趾高气扬地回老家去了。大好机会白白浪费，就因为我信了你的鬼话。我可不会重蹈覆辙。”

皮埃尔一边忍着亨利辱骂，一边绞尽脑汁。他已经有了对策，只是亨利盛怒之下，不知是否听得下去？“我一直在想，爵爷的夏尔叔叔会有什么办法？”

亨利给镇住了，火气小了一点，若有所思。“嗯，他会怎么说？”

“依我看，他会建议咱们干脆就当新教徒开始造反了。”

亨利没反应过来。“此话怎讲？”

“叫圣日耳曼奥塞尔教堂敲钟，”皮埃尔举起黑皮本子，里面已经列好了一对对的刺客和刺杀对象，“效忠陛下的贵族以为胡格诺派起兵造反，为了保护国王，杀死反贼头目。”

这个计策可谓胆大包天，亨利虽然震惊，但没有断然否决；皮埃尔觉得有些眉目了。亨利说：“胡格诺派会反抗。”

“出动民兵队。”

“那得行会长下令。”行会长也就是市长。“他可不会任我摆布。”

“包在我身上。”皮埃尔只有隐约的计较，不过眼下一帆风顺，亨利又和自己坐在一条船上，他绝不会给细枝末节绊倒。

亨利说：“民兵队打不打得过胡格诺派？城外还有几千人呢。要是他们快马加鞭冲进城来支援怎么办？只怕胜负难料。”

“关闭城门。”巴黎城墙外有一条运河，环绕了大半个都城，出了城门，得经由小桥才能穿过河面，城门一关，无论进出都难如登天。

“还是得行会长下令。”

“还是包在我身上。”此时此刻，为了赢回亨利的信任，他什么都肯答应。“爵爷只消吩咐手下准备，赶往科利尼府，等我口信一到，立刻取他性命。”

“科利尼有科桑领主和国王的五十个卫兵守护，这还不算他自己的人。”

“科桑是国王的人。”

“国王会命令他撤走？”

皮埃尔不及细想，冲口而出：“科桑会‘以为’国王命令他撤走。”

亨利瞪着皮埃尔，半晌不出声，最后说：“你有把握，这些都办得成？”

“是。”皮埃尔并没有把握，但不得不放手一搏。他语气恳切：“不过爵爷您没有危险。即便我没有成事，您也只是白白吩咐人马集合而已，没有大损失。”

公爵放心了。“你要多久能办妥？”

皮埃尔站起身。“我午夜前回来。”

这个诺言，他还是没把握能信守。

他揣着黑簿子，出了房间。

乔治·比龙正在外面候着。皮埃尔吩咐：“备两匹马。咱们有一堆事要办。”

大门外围了一群胡格诺教徒，吵吵嚷嚷。他们认定亨利是主谋——人人这么想，恨不得把他大卸八块，不过除了叫骂，他们尚没有动手，因此府上的守卫没有借口开火。皮埃尔他们没办法走正门，好在公爵府大得很，占了一整片街区，出入口不止一个，两个人从侧门出了府。

两人直奔市中心的格列夫广场，行会长就住在那儿。巴黎的街道狭窄曲折，一如皮埃尔脑中渐渐清晰的计划。他早就等着这一天，只是事发仓促，他只有随机应变。他放缓呼吸，叫自己冷静。这是他有生以来最危险的一场赌局，计划可谓漏洞百出，哪怕有一步出了岔子，也是满盘皆输。到时候，他百口莫辩，吉斯家谋士的地位不保，荣华富贵的日子要到头了。

他强迫自己不要胡思乱想。

行会长名叫让·勒沙朗，做的是印书、卖书的生意，家境富裕。

皮埃尔赶到的时候，他们一家正在吃晚饭，皮埃尔谎称国王宣他觐见。

这是没有的事，勒沙朗会不会相信？

事有凑巧，勒沙朗当上行会长才一周，见到大名鼎鼎的皮埃尔·奥芒德·德吉斯登门造访，不禁诚惶诚恐。再听说国王要召见他，更是喜不自胜，哪还顾得上分辨真假，撂下刀叉就要动身。第一道坎，皮埃尔越过去了。

勒沙朗上了马，三个人在暮色之中赶往罗浮宫。

三人进到四方院子，比龙在外面候着，皮埃尔带勒沙朗比龙进去了。皮埃尔身份非比寻常，直到衣帽室都畅通无阻。再往里就是召见厅。

这一刻又是险之又险。夏尔国王并没有召见他或是勒沙朗，而他的身份远没那么尊贵，国王可不是他想见就能见的。

皮埃尔让勒沙朗在一侧等着，走到守门侍卫前说："劳烦通报陛下，吉斯公爵亨利派我过来捎个口信。"他的语气胸有成竹、不慌不忙，不容回绝。

自行刺一事之后，夏尔国王还没有传召亨利，皮埃尔拿准了夏尔想听听亨利有什么话说。

过了良久，里面传皮埃尔进去。

皮埃尔吩咐勒沙朗在衣帽室等着，随后踏进召见厅。

夏尔国王和卡泰丽娜皇太后坐在餐桌旁，刚用过晚饭。见到卡泰丽娜也在，皮埃尔暗叫不妙。骗过夏尔是小菜一碟，但皇太后可是精明又多疑。

皮埃尔开口说："家主吉斯公爵不能亲自前来，恳请陛下恕罪。"

夏尔一点头，表示并不怪罪，但他对面的卡泰丽娜可没那么好敷衍。她厉声问："是什么缘故？莫非是良心有愧？"

皮埃尔早料到会有此一问，从容答道："陛下，公爵有性命之虞。一群胡格诺教徒日夜守在爵爷府门外，他迈出家门一步，都怕生死未卜。胡格诺派一心报仇，城里城外共有数千人，都配了武器，准备大开杀戒——"

"此言差矣，"皇太后打断他，"国王陛下已经平息了他们的怨愤，命人彻查刺杀一案，并立誓还他们公道。陛下还去科利尼府上探望，就算圣殿旧街还有少数几个意气用事之徒，他们的首领已然心满意足。"

“我对亨利公爵也是这番劝解，但爵爷说胡格诺派蓄谋造反，只怕唯一的活路是先发制人，使对方无法对他造成威胁。”

国王说：“传我的话，夏尔九世国王保他性命无忧。”

“多谢陛下。我会如实把话带到，有了这份保证，就可以高枕无忧了。”然而，这份保证根本无足轻重。倘若国王握有实权，众贵族无不敬畏，他或者能保住科利尼，但夏尔身体虚弱，性格更是软弱。就算夏尔不明白，卡泰丽娜却是心知肚明，于是皮埃尔对她说：“不过亨利公爵有个建议，不知当讲不当讲？”他屏住呼吸。

这是僭越了：国王或者会听取贵族进言，但由属下转达却不寻常。

死一般地寂静。皮埃尔厚颜无耻，怕是要被赶出去了。

卡泰丽娜眯起眼睛打量他。她看出这才是皮埃尔求见的真实目的，但没有说破。这足以看出，她对维持局势已经力不从心，巴黎城岌岌可危。

国王开口问：“你有什么话要说？”

“不过是简单的安全保障，使双方都不得轻举妄动。”

卡泰丽娜半信半疑：“譬如说？”

“锁上城门，城墙内外任何人都进出不得，不管是城外的胡格诺派，还是天主教援军。”皮埃尔顿了一顿。天主教援军是子虚乌有，他的目的是阻止胡格诺派进城。卡泰丽娜能不能看穿？

夏尔说：“这倒是个好办法。”

卡泰丽娜一语不发。

皮埃尔只当国王准了。“再把岸边的船锁了，在河面上扯起铁索，以防敌船靠近。这样一来，闹事的就没法从水路靠近巴黎。”胡格诺派也没办法逃出去。

“同样是明智的防御办法。”国王说道。

皮埃尔感到胜利在望，于是再接再厉。“命令行会长集合民兵队，派士兵防守城中各重要路口，吩咐下去，见到任何佩带武器的人群，一律不得通行，不管来者是哪一宗派。”

卡泰丽娜马上听出此举并非不偏不倚。她说：“民兵队里可都是天主教徒。”

“自然，”皮埃尔不否认，“但为了稳住局面，唯有这个法子。”他不再多说，不想论及允执厥中，毕竟他这个计策根本就不是不偏不倚。索性稳住局面是卡泰丽娜最关心的。

夏尔对母亲说：“这些不过是预防的手段，我看也无妨。”

“或许如此。”卡泰丽娜信不过吉斯一家人，但皮埃尔的建议合情合理。

“公爵还有一个建议。”亨利公爵什么建议也没有，只是规矩如此，皮埃尔得假称这些都是贵族主人的点子。“部署火炮。用火炮包围格列夫广场，有备无患，以保护市政厅——或者见机行事，部署在其他地点。”他心说，或者残杀新教徒。

国王点头说：“这些都值得采纳。吉斯公爵果然运筹帷幄，请替我转达谢意。”

皮埃尔一鞠躬。

卡泰丽娜对夏尔说：“得传召行会长。”看样子是想趁这个间隙权衡斟酌一番。

皮埃尔却不打算让她有时间考虑。“陛下，我斗胆请行会长随我同来，他此刻就在门外，等候召见。”

“果然周到。让他进来吧。”

勒沙朗深深鞠躬行礼。得到国王召见，他又是激动又是忐忑。

皮埃尔代为传达旨意，吩咐勒沙朗采取上述措施，他一边说，一边暗暗担心夏尔三思之后改变主意——更可能是卡泰丽娜。好在两人只是频频颔首。卡泰丽娜显然怀疑亨利公爵此举并非单纯出于自保和防止暴乱，但她无论如何也猜不透皮埃尔的图谋，因此没有反对。

勒沙朗千恩万谢，感激国王器重，并发誓不辱使命；国王吩咐两人退下。

皮埃尔鞠躬告退，不敢相信自己侥幸过关了。他怀疑下一秒卡泰丽娜就要叫住他，直到战战兢兢地退到大厅外，大门一关，才确定离大功告成又迈出了一步。

他和勒沙朗依次穿过衣帽室和护卫室，走下楼梯。

走近四方院子的时候，暮色四合，比龙牵马等着他们。

告别勒沙朗之前，还有一张网要撒。他说："刚才有一件事，国王忘了提。"

换作经验老到的臣子，听到这句话必定立刻起疑，但勒沙朗以为皮埃尔备受器重，早已将他敬若神明，一心只想巴结。他答道："定当效命。"

"倘若国王有性命之忧，圣日耳曼奥塞尔就会钟声不绝，其余教堂里赤胆忠心的天主教神父也会效仿，届时钟声将响彻巴黎城。钟声就是讯号，说明胡格诺派起兵造反，你一定要出兵围剿。"

"真会有这种事？"勒沙朗听得呆了。

"说不定就在今天晚上，你要时刻小心。"

勒沙朗不虞有诈，对这番话深信不疑。"我会小心。"他信誓旦旦。

皮埃尔从鞍袋里拿出黑皮簿子，撕下列着贵族刺客和刺杀对象那几页；剩下的都是巴黎无足轻重的胡格诺教徒。他把簿子递给勒沙朗："巴黎已知的新教徒都记在里面，还有他们的住址。"

勒沙朗诧异地说："我可不知道还有这种记录！"

"是我多年的心血，"皮埃尔不禁为之骄傲，"今天晚上，就要成全它的使命了。"

勒沙朗毕恭毕敬地接了。"多谢。"

皮埃尔严肃地说："要是听见钟声，这里面的人要统统杀掉，这是你的职责所在。"

勒沙朗咽了一口唾沫。在此之前，他根本没有料到自己会卷入一场屠杀，而皮埃尔一步步地引他上钩，每一步都显得合情合理，此刻，他点头答应，还献计说："万一出兵，我会命令民兵队做个记号，譬如胳膊上系条白布，彼此好认得。"

"妙极了，"皮埃尔说，"我会禀告陛下，说是你的点子。"

勒沙朗兴奋不已。"感激不尽。"

"你快动身吧，还有很多事要准备。"

"是。"勒沙朗翻身上马，黑皮簿子一直攥在手里。动身前，他挣扎了片刻。"但愿这些防范都是咱们过虑了。"

"阿门。"皮埃尔言不由衷。

勒沙朗骑着马，踢踢踏踏地走远了。

比龙也上了马。

皮埃尔转身望着那座意大利式样的宫殿。他不敢相信居然骗过了这里的主人。可见君主担心天下大乱，已经孤注一掷，哪怕是半生不熟的点子，也愿意一试。

不过，现在也并非万无一失。前几天的打算都以失败告终，而今天晚上情况更加复杂，时刻有可能出错。

他跃上马背，对比龙说："去贝蒂西街，走吧。"

科利尼住得不远，只见大门外守着国王的卫兵，有的提着火枪长矛，站成一排，有的席地而坐，武器放在手边。如此阵仗，足以叫人望而却步。

皮埃尔一拉马缰，对一个守卫说："国王陛下传口谕给科桑领主。"

对方答道："我会转达给他。"

"放肆。快去请他出来。"

"他歇息了。"

"你想让我返回罗浮宫回报，说国王传口谕，你们主子却不肯下床？"

"不，先生，请多包涵。"他说着进去了，不一会儿就见到科桑匆忙赶来，看样子他没更衣就睡着了。

皮埃尔说："计划有变。胡格诺派蓄谋挟持国王，篡权谋反，幸好有忠良之士挫败他们的奸计，国王下令逮捕科利尼。"

科桑可没有勒沙朗那么好骗。他将信将疑，大概想到国王不大可能派吉斯公爵的谋士来传口谕。他忧心忡忡地问："可有手谕？"

"你不必逮捕他，国王会派人过来。"

科桑听到不必自己动手，一耸肩说："那好。"

"你待命就是。"皮埃尔说完就催马离开了。

凡是能做的，他都做成了。他用一连串小小的诡计，铺就了通往阿玛革冬之路。眼下能做的，就只有希望这些人会按他预料的行事，上至国王，下至圣日耳曼奥塞尔的神父。

此时夜幕降临，聚集在圣殿旧街的人少了，不过还是有几个怒气冲冲的胡格诺教徒守在门口，皮埃尔和比龙只好走侧门。

第一个疑问是亨利公爵是否召集了人马。他年少气盛，一向跃跃欲试，不过他对皮埃尔不再信任，没准反悔了。

只见内院里五十个士兵整装待发，马已配好鞍鞯，由马夫牵着。皮埃尔的忧虑一扫而光，大喜过望。他认出其中有没鼻子的拉斯托和跟他形影不离的布罗卡尔。火光之下，护胸甲和头盔闪闪烁烁。这五十个人中既有乡绅也有士兵，各个训练有素，一语不发地待命，寂静中透着杀气。

皮埃尔挤到中央，来到亨利公爵面前。亨利一见到他回来，立刻问："如何？"

"万事俱备。咱们的要求，国王通通准了。说话的当儿，行会长就在召集民兵队，部署火炮。"他在心里说，但愿如此。

"科桑呢？"

"我告诉他说，国王正派人去捉拿科利尼。倘若他不相信，那爵爷只有冲进去了。"

"拼了。"亨利面对手下，高声说："走正门。谁敢阻拦，格杀勿论。"

众人上马。一个马夫递过一条佩剑腰带和一把收在鞘中的武器，皮埃尔接过来，绑上腰带，接着翻身上马。不到万不得已，他不会亲自动手，不过还是得防身。

他的目光顺着拱廊望向门口，只见两个下人正缓缓推开宽大的铁门。门外的人群根本没想到吉斯公爵会命人敞开大门，一时不知所错。公爵一踢马腹，骑兵小队朝大门冲去，马蹄声震耳欲聋，仿佛天崩地裂。门口的人急忙散开，有人躲避不及，惊叫声声之间，膘肥体壮的马匹冲进人群，士兵挥舞着长剑，死伤者不下数十人。

杀戮开始了。

骑兵队快马加鞭，在街上飞奔。天色已晚，路上行人寥寥，都匆忙闪避。皮埃尔心里喜忧参半。自从夏尔国王签下那份耻辱的圣日耳曼赦令，皮埃尔就在为这一刻做打算，今天晚上，他要让天下人都知道，法兰西绝不会容忍异端邪说，吉斯家也绝不容轻慢。皮埃尔又是胆战心惊，又是跃跃欲试。

他暗暗担忧科桑。要是能劝动他配合就好了，可他不是傻子。要是他不肯放行，一场恶战在所难免，科利尼可能趁机逃脱。成败与否，就系在这个枝节上。

吉斯府位于城东，科利尼府则在最西面，好在相隔并不远，夜里路上又畅通无阻。不出几分钟，骑兵队就赶到了贝蒂西街。

科桑的手下想必远远听到马蹄声，星光之下，皮埃尔瞧出科利尼府门前的守卫排得整整齐齐，举着长枪火枪，比半个小时前整齐有序，越发叫人望而生畏。

亨利公爵勒住马，大喊道：“我前来逮捕加斯帕尔·德科利尼，国王有令，打开大门！”

科桑走上前来，骑兵队的火把映照下，他的脸狰狞可怖。他说：“我没有接到命令。”

亨利喝道：“科桑，你是规规矩矩的天主教徒，也是夏尔国王陛下忠心耿耿的臣子，但我绝不会心慈手软。我奉了国王之命，定会不辱使命，就算要先杀了你，也不会留情。”

科桑踌躇半晌。皮埃尔料到他进退两难。他受了国王之命保护科利尼，但国王未必不会改变主意，下令拿人。要是他阻拦亨利，两路兵马打起来，不少人要命丧当场，十有八九，他就是其中之一。

不出所料，科桑决定先保住自己的命，其余后果以后再论。他大声命令："开门！"

门开了，吉斯的人马趾高气扬地进了院子。

正房上是一重双扇门，本身就沉重结实，又包了铁皮。皮埃尔骑马进到院子，看见大门紧锁，想必科利尼的护卫正守在门后。吉斯的手下提剑砍砸，有人开枪射击门锁。皮埃尔暗暗后悔没带两把锤子来，真是失策。他一阵心焦，又担心科利尼趁机脱身。谁也没想到事先查看有没有后门。

门撞开了。六七个护卫拼死抵抗吉斯家的士兵，毕竟寡不敌众，不出几分钟，护卫们要么当场毙命，要么奄奄一息。

皮埃尔跳下马，冲上楼梯。几个士兵挨间查看，一个人大喊："在这儿！"皮埃尔顺着声音，走到一间宽敞的卧室。

科利尼跪在床脚。他身穿睡袍，银白的头发上扣着便帽，中枪的手臂打着绷带支架。他正大声祷告。

几个士兵犹豫不决，谁也不敢杀一个祷告之人。

但更恶劣的行径他们也做过。皮埃尔大喊："你们怕什么？杀了他，该死！"

一个叫贝姆的吉斯府随从一剑刺进科利尼的胸口。他猛地拔出剑，一股鲜血喷涌而出。科利尼向前栽倒。

皮埃尔冲到窗前，推开窗子，看见亨利骑着马立在前院，大喊："亨利公爵！我荣幸地报告爵爷，科利尼死了！"

亨利跟着大喊："我要见到尸体！"

皮埃尔扭头吩咐："贝姆，把尸体拖过来。"

贝姆双手架在科利尼胳膊下，把尸体拖到窗前。

皮埃尔吩咐："举到窗前。"

贝姆照办了。

亨利大喊："我看不清他的脸！"

皮埃尔大不耐烦，揪着尸体腰部一推。尸体从窗口跌了出去，砰的一声摔在卵石地上，背部朝天。

亨利跳下马，伸脚将尸体翻转过来，满是轻蔑。

"是他，害死我父亲的凶手。"

众人齐声欢呼。

"大仇得报，"亨利宣布，"吩咐圣日耳曼奥塞尔敲钟。"

西尔维心急如焚：要是有匹马就好了。

她要通知到马棚阁楼的每一个教友，挨家挨户地跑下来，她快要发疯了。她得找对房子，解释一番，让他们相信这绝不是自己异想天开，接着再匆匆赶往下一家。她计划好了：顺着城中央的主路圣马丁街往北走，遇见小巷就抄近路。即便如此，一个小时也只能跑三四家。要是骑马，就能快上一倍。

有马的话，也安全得多。醉汉想把身强体健的女子扯下马可没那么容易。她独自一人走在黑黢黢的巴黎街头，担心各种各样的危险，四下又没人能看见。

拉尼侯爵府快到了，这里离藏书的仓库不远。这时远远传来一阵钟声。她不由皱了皱眉。这是什么意思？出其不意的时候敲钟，通常是出了什么乱子。钟声越来越响，各间教堂接二连三地敲起来。全城戒备，只有一个原因：她和内德发现皮埃尔的簿子没放在家里，立刻预感情况不妙，看来是应验了。

几分钟后，她赶到侯爵府前，大力敲门。应门的是侯爵本人：下人睡了，只有他醒着。他光着头，西尔维发觉还是第一次见到他不戴那顶镶珠宝的帽子。他头顶秃了，四周一圈头发，像个教士。

拉尼开口问："怎么敲起钟来了？"

"因为他们要把咱们通通杀了。"她一边说，一边迈进门。

拉尼领她进了客厅。侯爵夫人已经故世，几个子女长大成人，不在家里住，府上只有些下人。西尔维看出他原来是在借着锻铁铸的树状烛台看书，正是她卖给他的那一本。

椅子旁放着一只长颈瓶，拉尼给她倒了点酒。西尔维这才发觉自己又饿又渴，她已经跑了好几个小时。她大口大口地喝光了，但没有要第二杯。

她说明来意：她料到天主教徒蓄谋动手，一晚上挨家挨户地通知新教徒，但看来对方已经下手，来不及再去通风报信了。她最后说："我得赶回家去。"

"真的？留在这儿或者更安全。"

"我得知道妈妈怎么样了。"

拉尼把她送到门口，才一转门把手，就听见重重的拍门声。西尔维连忙喊："别开门！"可惜她迟了一步。

她站在拉尼身后，看见门口站着一个贵族模样的人，身后还跟着几个手下。拉尼认得这个人，诧异地说："维尔纳夫子爵！"

维尔纳夫穿着一件华贵的红色外套，西尔维瞧见他握着剑，吓得心惊胆战。

拉尼不慌不忙。“子爵深夜造访，不知有何贵干？”

“主基督的使命。”维尔纳夫手一扬，剑刺进拉尼腹部。

西尔维失声惊叫。

拉尼痛苦地尖叫，跪倒在地。

趁着维尔纳夫拔剑，西尔维沿着门厅朝屋后跑去。她慌不择路，冲进一扇门，发现进了宽敞的厨房。

地上躺着不少下人。床铺是有钱人才能享受的，巴黎的下人和全天下的下人一样，只能睡在厨房地上。十一二个下人惊醒了，惊恐地问出了什么事。

西尔维朝对面跑去，一路小心不踩到惊醒的下人。她跑到尽头的门前。门上了锁，周围没看见钥匙。

她看见一扇窗户开着——八月的晚上溽暑蒸人，下人开了窗户通风。她不及细想，从窗户爬了出去。

外面的院子里摆着一处鸡舍和一排鸽笼，院子尽头立着一面高高的石墙，墙上有一扇门。她奔过去，发现这扇门也锁了。她又急又怕，快要哭了。

身后传来阵阵惊叫：维尔纳夫带着手下闯进了厨房。他们自然会想，主人是新教徒，下人当然也是——情况通常如此。他们会先杀了那些下人，再来追她。

西尔维手脚并用，爬到鸡舍顶棚上，里面的鸡受了惊，嘈杂一片。顶棚和院墙间约莫只有一码的距离。她奋力一跃，跳到窄窄的墙头，站立不稳，膝盖狠狠撞在墙上，好在没有摔倒。她跳到墙外，进了一条臭烘烘的巷子。

她拔腿就跑，出了巷子，正是城墙街。她拼命朝仓库跑去，一路上一个人也没遇见。她开了门锁，溜进仓库，关上门，从里面上了锁。

安全了。她倚着木门，脸贴在上面。她有种异样的兴奋之感：自己逃过一劫。脑海里突然闪出一个念头，叫她吃了一惊：我不想死，因为我遇见了内德·威拉德。

沃尔辛厄姆一听说小簿子不见了，立刻明白关系重大，派了内德等几个人去巴黎几个英国新教徒首领家中送口信，请他们来使馆暂避。马匹不够，内德只好步行，虽然夜里暖和，他还是穿上了马靴皮衣，配了一把剑和一把两英尺长的锋利匕首。

他送完信，刚离开最后一家，就听见了钟声。

他担心西尔维有危险。皮埃尔只打算除掉贵族新教徒，但人一旦动了杀机，就收不住了。

两周前，西尔维说不定还不会有事，她行事谨慎，没人知道她暗中售卖禁书，一周前，是内德把皮埃尔引到了她家里，眼下她很可能被记在了皮埃尔的小本子里。内德打算接她们母女到使馆躲一躲。

他赶到塞尔庞特街，重重地敲门。

二楼的一扇窗开了，一个身影探出头来问："是谁？"是伊莎贝拉的声音。

"内德·威拉德。"

"稍等，我就下来。"

窗户关上了，片刻之后，前门打开了。"快进来。"

内德迈进屋子，伊莎贝拉立刻关上门。店里只点了一根蜡烛，照亮了摆着账簿和墨水瓶的架子。内德问："西尔维呢？"

"她去送信还没回来。"

"现在报信太迟了。"

"她可能藏起来了。"

内德又失望又担心。"依您看，她人在哪儿？"

"她沿着圣马丁街往北，最后会是去拉尼侯爵家。她可能留在那儿了。或者……"伊莎贝拉顿了一顿。

内德焦急地问："在哪儿？她可能性命不保！"

"有个秘密地方。你发誓绝不能说出去。"

"我发誓。"

"在城墙街，圣丹尼街拐过去走两百码，有一间破旧的砖砌马厩，只有一扇门，没有窗户。"

"还算安全，"内德犹豫片刻，"您不会有事吧？"

伊莎贝拉拉开一只抽屉，只见里面放着两只簧轮打火的单发小手枪，另外有六颗子弹、一盒火药。"我备着这些东西，是怕对面酒馆里的醉鬼以为抢两个妇人开的铺子是小菜一碟。"

"你开过枪没有？"

"没有，我拿在手里晃一晃，他们就吓跑了。"

内德伸手按住门把手。"把门锁好。"

"自然。"

"检查窗户，每一扇都关严了，从里面插好。"

"好。"

"吹了蜡烛。谁来都不要开门。听见敲门也别出声，假装不在家。"

"好。"

“我找到西尔维就回来，然后咱们一起去英国使馆。”

内德打开门。

伊莎贝拉抓住他胳膊。“照顾好她，”她声音哽咽，“无论如何，照顾好我的宝贝闺女。”

“我就是为这个来的。”内德匆匆走了。

钟声敲个不停。左岸的街面上行人寥寥无几，他穿过圣母桥，来到繁华的右岸，见到街上横着两具尸体，大惊失色。这一男一女穿着睡衣，被人刺死。这家常的一幕叫内德直犯恶心：夫妻二人并排躺着，好像在床上安睡，只是睡衣上浸满了血。

旁边一间珠宝铺子门大开着，内德瞧见两个男子挎着包袱跑出来，想必是趁火打劫来了。两个人虎视眈眈地瞪着他，他急忙往前走。他怕动起手来耽搁，那两个人想必也不想生事，没跟过来。

一伙人围在一间房子门口，咚咚敲门。内德看见他们手臂上都绑着白布条，该是相认的记号。大部分人握着匕首短棒，只有一个提着长剑，看穿着就知道出身高贵，谈吐也不俗：“开门，亵渎神的新教徒！”

这么说这些人是天主教徒，由一名军官指挥。内德猜想是民兵队的。耶柔玛只说他们打算杀光贵族新教徒，但这里是普通人家，要么是手艺人，要么是小商贾。他之前的担忧应验了，一旦大开杀戒，对象就不只是那些贵族。这一次必定惨绝人寰。

他觉得自己像个懦夫，蹑手蹑脚地溜了过去，盼着那些系白布的人没瞧见。这不是逞英雄的时候，即便想救这一家人，他一个人也根本对付不了六个。倘若冲过去，也只是白白送命，他们还是会杀进去。他还要找寻西尔维。

内德沿着宽阔的圣马丁街向北，星光晦暗，他睁大眼睛查看两侧的巷子，盼着那个身材娇小的女子，昂首挺胸、步履轻快地向他走来，脸上挂着释然的微笑。一条小巷里又有一伙系白布的家伙，这次只有三个人，但衣着粗陋，没人佩剑。他正想赶路，随即发觉这一幕有些异样。

三个人都背对着他，低头望着地上，内德仔细一看，不禁心惊肉跳：那好像是一条纤长秀美的大腿。

他停下脚步。巷子里黑黢黢的，好在其中一个人举着火把。内德定睛细看，看见一个少女被按在地上，第四个男人跪坐在她大腿上。少女不住呻吟，内德听出她不断喊："不要，不要……"

他直觉想撒腿就跑，但他不能无动于衷。看样子那人还没有得逞，他现在制止，还能救下这个姑娘。

或者搭上自己一条命。

那几个人都全神贯注盯着地上的女子，谁也没瞧见他，不过随时可能回头张望。内德来不及细想，放下灯笼，拔出长剑。

他轻手轻脚地走过去，来不及害怕，剑尖刺进离他最近的那人的大腿。

对方惨叫一声。

内德拔出剑，第二个男子扭头张望，内德挥出一剑，刚好刺在他脸上，从下巴挑到左眼，疼得他一阵哀号，双手捂着脸，只见血从他指缝间汩汩流出。

第三个男子看到两个同伴受伤，吓得拔腿就跑。

片刻之后，那两个受伤的人也抱头鼠窜。

地上的男人慌忙跳起来，双手提着裤子跑远了。

内德收起血淋淋的长剑，弯下腰，替那女子拉下裙裾。

他这才看清女子面孔，竟是阿弗罗迪特·博利厄。她可不是新教徒。内德暗暗诧异，她一个小姐，三更半夜跑到外面做什么？就算白天，伯爵夫妇也不会放任女儿独自出门。或许是约了人。内德顿时想起她在罗浮宫对着贝尔纳·乌斯嫣然一笑。她本来不会有事，可惜这一夜，有人放出了战争的猛犬四出蹂躏[1]。

阿弗罗迪特望着他："内德·威拉德！谢谢主！你怎么会……"

内德握住她的手，拉她站起身。"来不及解释了。"博利厄府离得不远。"我送你回家。"他提起灯笼，挽着她手臂。

阿弗罗迪特惊魂未定，说不出话来，连哭也没哭一声。

内德一路警觉地四下张望。眼下人人自危。

眼看伯爵府就快到了，突然小巷里冒出四个胳膊上系白布的人，拦住了他们。其中一个喝道："你们是要逃走吗，新教徒？"

内德心头一凉。他想要拔剑，但对方也配了剑，并且有四个人。刚才那伙人被吓走，是他攻其不备，现在这四个人正对着他，手按在剑柄上，蓄势待发，他绝不是对手。

只能智取了。他们自然会怀疑外国人，好在他的法语字正腔圆，足以蒙混过去——巴黎人还以为他是加来出身。不过他偶尔也马虎，像小孩子一样，分不清le和la。他暗暗祈祷，一会儿千万别弄混了，露出马脚。

他冷笑一声。"这位是博利厄小姐，你这笨蛋。她是本本分分的天主教徒，博利厄伯爵府就在你身后。你要是敢碰小姐一根寒毛，看我不把府里人都叫出来。"这并非虚张声势，他要是敞

---

① 莎士比亚《裘力斯·恺撒》第三幕第一场：……发出屠杀的号令，让战争的猛犬四出蹂躏（朱生豪译）。

开喉咙大喊，府里的确听得见。阿弗罗迪特却手上一紧，看样子偷偷溜出府的事她不想让父母知道。

那个领头的半信半疑。“她要是天主教的贵族小姐，那深更半夜，在外面做什么？”

“这个问题就请她父亲回答吧，”内德勉强装出气势汹汹的模样，“然后他也可以问问你，难道你吃了熊心豹子胆，敢骚扰他的女儿。”他深吸一口气，头一扬，做出要喊人的架势。

“好了好了，”对方只好作罢，“胡格诺派起兵造反，民兵队领命到处搜查，见一个杀一个，你们最好马上回府，别再出来。”

内德暗暗松了口气，但脸上不动声色：“你们也最好小心点，对贵族天主教徒不要没上没下。”他挽着阿弗罗迪特走了过去，那个领头的没再言语。

等走到他们听不见了，阿弗罗迪特才开口说：“我得从后门进去。”

内德点点头。他也猜到了。“有一扇门没锁？”

“女仆在等着。”

这是人人耳熟能详的故事了。小姐出去和人私会，女仆帮忙望风。不过内德何必多管闲事？他陪阿弗罗迪特绕到屋后，见她走到一扇高高的木门前敲了敲。门立刻开了，里面站着个小丫头。

阿弗罗迪特激动地抓起内德的手，吻了吻他的手指。“你是我的救命恩人。”她溜进门，门随即关上了。

内德朝拉尼府走去，心里越发警惕。他现在孤身一人，更容易引起怀疑。他紧张地碰了碰剑柄。

许多房舍里都亮起了灯，想必是被钟声惊醒，起来点了蜡烛。不少苍白的脸孔凑在窗前，紧张地张望。

庆幸的是，拉尼府离得不远。他踏上门前台阶，里面既没有光亮，也没有响动。也许拉尼和下人假装不在府上，内德就是这么叮嘱伊莎贝拉的。

他伸手敲门，门却开了，看样子只是虚掩着。只见大厅里一片漆黑。内德闻见一股腥臭，像进了肉铺子。他提起灯笼，不禁倒吸一口冷气。

地上满是尸体，铺砖地板和护墙板上血迹斑斑。拉尼侯爵仰面朝天，腹部胸口尽是刀伤。内德心里一凉，提着灯笼查看每一具尸体，只怕会看到西尔维。

都是不认识的人，看穿着该是下人。

他进了厨房，看到更多的尸体。有扇窗户敞开着，外面是院子，他暗暗希望有人从窗户逃出去了。

他搜了个遍，查看每一张毫无生机的面孔。没有西尔维，他长舒了一口气。

他得去找那间秘密仓库。要是她不在那儿，只怕是凶多吉少了。

出门前，他扯下衬衣的蕾丝领子系在左臂上，假装是民兵队的。这也未必安全，他可能被拦下询问，发现是冒充的。他权衡一番，认为值得冒这个险。

他越发忐忑。认识西尔维短短几周，但在他心里，已经将她视为全部。他暗想，我失去了玛格丽，我不能再没有西尔维。我可如何是好?

他找到城墙街，看见一间简陋的砖砌房舍，没有窗户。他奔到门前，敲了敲木板门。他压低声音，语气迫切：“是我，内德。西尔维，你在吗？”

没有动静。他觉得心跳越来越慢。紧接着，就听见门闩哗啦一响，锁眼里咔嗒一声。门开了，他连忙迈进去。西尔维锁上门，插上门闩，这才转身对着他。内德提起灯笼，望着她的脸。她噙着眼泪，一脸惊慌失措，但还好好地活着，毫发无损。

内德开口说：“我爱你。”

西尔维扑进他怀里。

皮埃尔想不到计划如此顺利。巴黎民兵队大肆屠杀新教徒，其残忍无情，比他料想的更甚。

他明白，这并不是因为自己神机妙算。那场婚礼叫巴黎人心里窝火，布道神父又告诉他们理应如此。仇恨在巴黎城蔓延，一触即发，只待有人引燃火药。皮埃尔不过是擦着了火柴。

到了主日，圣巴托罗缪庆日[①]这天黎明，巴黎城的大街小巷，已经有几百个胡格诺教徒或断了气，或苟延残喘。皮埃尔暗想，一举杀光城里的新教徒，或者真的并非空想。他又是得意又是惊讶：屠杀就是一劳永逸的法子。

皮埃尔叫了几个凶狠之徒跟着，答应他们说，杀人之后，爱拿什么就拿什么。这里面有布罗卡尔和拉斯托、他手下的探子头目比龙，再加上比龙手下的几个地头蛇，平时负责盯梢之类的。

皮埃尔把黑皮本子给了市长勒沙朗，不过不少姓名地址他都

---

① Bartholomew，耶稣十二宗徒之一，又译巴尔多禄茂（天主教）、巴多罗买（新教），庆日为8月24日。本书中按法语发音统一译为巴托罗缪。

熟记于心。毕竟，十四年来，他就在盯着他们的一举一动。

他先领着一群人来到圣马丁街，在裁缝勒内·迪伯夫家门口停下脚步。他吩咐说："没有我的命令，先别杀掉他们夫妻。"

手下破门而入，有几个直奔楼上。

皮埃尔拉开抽屉，翻出裁缝的账本，里面记着客人的姓名地址。他早就惦记着这个本子，今天晚上就能派上用场。

迪伯夫夫妻穿着睡衣，被拖到楼下。

勒内五十岁上下，身材矮小，十三年前，皮埃尔第一次见他时，他就已经没了头发。他妻子倒是年轻标致，现在她满脸惊惶，姿色倒也不减。皮埃尔对她微微一笑："弗朗索瓦丝，我没记错吧。"他扭头吩咐拉斯托："剁掉她一根手指。"

拉斯托咯咯笑了，声音尖利。

那女人哭哭唧唧，裁缝哀声乞怜，一个手下把她左手按在桌面上，拉斯托一刀下去，砍掉了她小指，还有一半戴戒指的无名指。桌子上鲜血淋漓，染红了一卷浅灰色的羊毛料。女人连连尖叫，晕死过去。

皮埃尔问裁缝："钱都放在哪儿？"

"在矮柜子里，夜壶后面。求您放过她吧。"

皮埃尔冲比龙一点头，比龙上楼去了。

皮埃尔瞧见弗朗索瓦丝转醒过来，说道："拉她站起来。"

比龙拎着一只皮袋子回来了，他一提袋子，一堆硬币撒在血泊里。

皮埃尔说："他可不止这点钱。把她衣服扒下来。"

弗朗索瓦丝比丈夫年轻，身材妙曼。一时鸦雀无声。

皮埃尔又问裁缝："剩下的钱在哪儿？"

迪伯夫嗫嚅着不肯说。

拉斯托兴冲冲地问："要不把她奶子切下来？"

迪伯夫松了口："在壁炉里，烟囱上头。求你们别伤她。"

比龙伸手在烟囱道里摸索——八月天没生火。他掏出一只上了锁的木匣子，用剑尖儿挑开锁头，翻倒在桌子上。一大堆金币。

皮埃尔说："两个都割开喉咙，钱你们分了。"说罢就走出了屋子。

他最想报复的人是尼姆侯爵夫妇，他要当着那女人的面杀了她丈夫。想着这一幕，他心里一阵痛快。可惜他们住在城外圣雅克区，城门都已上锁；这次算他们走运。

动不了他们，皮埃尔紧接着想到帕洛母女。

几天前，皮埃尔去到店里，伊莎贝拉·帕洛不止对他破口大骂，还吓得他落荒而逃。西尔维观察入微，都看在眼里。该叫她们吃点苦头了。

皮埃尔等了半天，不见几个人出来。应该是先把那女人玩弄一番再杀掉。他早就察觉到，内战期间，杀戮常常伴着奸淫。破了一条戒，似乎就再无顾忌了。

他们总算出来了。皮埃尔领他们往南走，沿着圣马丁街穿过城岛。他想起伊莎贝拉的羞辱：下贱胚、残花败柳的野种、臭气熏天的行尸走肉。她苟延残喘之时，他要念给她听。

内德暗暗佩服：西尔维的书藏得很隐秘。要是有人进来查看，只能看见一摞摞木桶，一直堆到顶棚。大部分木桶里装的是沙子，西尔维告诉他哪几只是空桶，后面就是装书的箱子。她还说，这个秘密从来没人发现。

两人担心光亮会从门缝透出去，于是吹熄灯笼，手握着手，坐在黑暗中。

钟声响个不停，叫人心烦意乱。耳边传来打斗声：尖叫、打斗的嘶哑呼喊、时不时一声枪响。西尔维担心母亲有危险，内德安慰她说，伊莎贝拉躲在家里，总比他们俩走在街上安全。

就这样，他们听着外面的动静，一坐就是几个小时。门缝透出微弱的光亮，像画框一般：天亮了。外面渐渐没了动静。西尔维说："咱们不能一直躲下去。"

内德把门推开一条缝，小心地探出头去。晨光中，他左右张望。"安全了。"他迈出门。

西尔维跟在他身后，锁了门。"他们可能已经住手了。"

"也许光天化日之下不敢作恶。"

西尔维念道："世人因自己的行为是恶的，不爱光倒爱黑暗。"这是约翰福音里的一句。

两人肩并着肩，加快脚步。保险起见，内德没摘下手臂上的白布条，不过他还是更信任腰间的剑，手一直握在剑柄上。

两人一路向南，朝河边走去。

拐过第一个街角，就见到卖马鞍的铺子外横着两具尸首。

内德心下诧异：这两具尸体衣不蔽体，一个头发灰白的老妇人穿着脏兮兮的衣服，正弯着腰，把尸体遮住了一半。内德愣了一下才明白，这妇人是在偷衣服。

旧衣服能卖上不少钱，毕竟富贵人家才有钱添置新衣。就算是别人穿过的脏内衣，也有造纸商收。这个老太婆是在偷死人的衣服卖钱。只见她从一具尸体上拽下短裤，往胳膊下那堆衣服里一塞，跑走了。地上的尸体刀痕累累，更让人目不忍视。内德瞧见西尔维移开了目光。

笔直的大路上容易暴露，两人只挑狭窄蜿蜒的巷子，穿过大堂区。这些背街的深巷里也横着尸体，大部分被剥光了衣服，有的摞在一起，仿佛给人让路似的。尸体有的面孔黝黑，是做体力活的；有的双手白嫩，是富贵人家的女子；还有的四肢纤细，是小孩子。他记不清一路见了多少。眼前的一幕幕有如天主堂里悬挂的地狱画面，却真真切切地出现在这座远近闻名的都城里。他胆战心惊，直犯恶心，要不是空着肚子，怕真要吐出来。他瞥了一眼西尔维，见她面色苍白，表情肃穆。

这还不是最骇人的景象。

河沿上，民兵队正在清理尸体。死了的，还有只剩一口气的，随随便便往塞纳河里一抛，好像不过是些毒死的老鼠。有些尸体顺着水流漂走，也有些陷在河滩上，堆成一堆。一个人握着长篙，想把尸体拨到河中央，好给岸边腾地方，却久久拨不动，仿佛尸体恋恋不舍。

他们忙得热火朝天，没留意内德和西尔维，两人匆匆朝桥头走去。

塞尔庞特街的文具店近了，皮埃尔兴奋难耐。

他犹豫不定：要不要让他们轮番糟蹋伊莎贝拉？是她活该。他略一思索，想到了更妙的法子：让他们当着伊莎贝拉的面强暴西尔维。父母最见不得孩子受罪，这还是从奥黛特身上明白的。他又想着亲自玩弄西尔维，但恐怕会在手下面前失了威严，于是放弃了这个念头。这些肮脏勾当，就交给他们做吧。

他没有敲门。这会儿巴黎城里没人会应门，而敲门就等于警告，让他们抄起家伙。皮埃尔命手下用大锤破门，片刻后，他们就冲了进去。

皮埃尔听见一声枪响，悚然心惊。他们可没有枪。火器是稀罕玩意儿，通常只有贵族才会佩带。紧接着，他就看见伊莎贝拉站在屋子紧里头，一个手下倒在她脚边，看样子已经断了气。皮埃尔眼见她举起另一只手枪，对准了自己。他还没来得及闪开，一个手下举着长剑向她冲了过去。她没开第二枪就倒下了。

皮埃尔骂了一句；他本打算狠狠折磨她们一番。好在还有一个西尔维。他冲手下大喊："还有一个女人，给我搜。"

屋子不大，片刻之后，比龙奔下楼梯："没人了。"

皮埃尔瞪着伊莎贝拉。光线幽暗，看不清她是死是活。"把她拖到外面。"

只见伊莎贝拉肩膀上一道深深的伤口，血流不止。他弯下腰，气恼地喊："西尔维在哪儿？快说，贱人！"

她忍着剧痛，露出一个扭曲的笑，喃喃地说："魔鬼，下地狱去吧，那才是你该待的地方。"

皮埃尔咆哮一声，站直身子，一脚踢在她伤口上。没用了：她断了气，双眼空洞洞地瞪着他。

她解脱了。

他又回到店里，几个手下正四处翻找值钱东西。店里都是纸张一类的东西，他扯下架子上的账本，又翻箱倒柜，把本子、纸张通通堆在屋子中央，从布罗卡尔手里抢过灯笼，打开了，凑到纸边。火苗立刻蹿了上来。

内德暗暗庆幸，他和西尔维安全到了左岸。民兵队并非见人就杀，他们找的似乎是皮埃尔那个小本子上记下的人家。不过内德还是捏着一把汗，毕竟护送阿弗罗迪特·博利厄回家时就曾被人拦下盘问，再有一次的话，后果不堪设想。总算赶到了塞尔庞特街，内德不由松了口气。两人快步朝小店走去。

街上躺着一具尸体。内德有种不祥的预感。西尔维也一样，她抽噎一声，飞跑过去。尸体周围的卵石路上已被血染红，内德一眼就知道，伊莎贝拉已经不在了。他碰了碰伊莎贝拉的脸，尸体尚有余温，可见死了没多久，难怪衣服没被偷走。

西尔维泪流满面："你能不能背上她？"

"好，帮我一把。"伊莎贝拉身子并不轻，好在使馆离这儿不远，另外他突然想到，如此一来倒像民兵在丢弃尸体，不至于被盘问。

他伸出双手，掩在伊莎贝拉瘫软的双臂下，突然嗅到一股烟味儿，不由停下手。他朝店里一望，里面有人影晃动。好像是着火了？一团火焰蹿起来，借着火光，他看见几个人翻箱倒柜，想必是在找值钱东西。他对西尔维说："他们还没走！"

话音刚落，他就看见两个人走了出来，其中一个破了相，鼻子只剩两个洞，周围一圈皱巴巴的浅白伤疤；另一个人一头浓密的金发，小胡子尖尖的，正是皮埃尔。

内德连忙说："咱们不能带她了——快跑！"

西尔维伤心欲绝，呆立片刻后，拔腿就跑，内德随即跟了上去。他们迟了一步，只听皮埃尔在背后喊："就是她！拉斯托，别让她跑了！”

内德和西尔维肩并着肩，跑到塞尔庞特街尽头，经过圣塞弗兰教堂的大窗时，内德一扭头，看见那个叫拉斯托的人举着长剑，紧追不舍。

两人顺着宽阔的圣雅克街，一直跑到穷苦者圣朱利安教堂墓园，西尔维脚步滞重，眼见拉斯托就要追上来了。内德心急如焚。拉斯托三十多岁，身强力壮，鼻子显然是在打斗中给人削掉的，看样子久经沙场，剑术过人，只怕自己不是对手。要是不能在几秒钟之内制服他，就会让他凭着体力和经验占上风。唯一的法子就是打他个措手不及，三两下就结果他。

内德对这片地方再熟悉不过，上次就是在这儿截住了那个盯梢的。他直奔教堂东面尽头，一闪身，拉斯托暂时看不见了。他猛地停住脚步，一拉西尔维，让她躲进门廊凹处。

两个人都气喘吁吁。内德听见拉斯托沉重的脚步声，他右手持剑，左手握匕首，等待时机：不能让对手从眼前跑过去。说时迟那时快，他听着脚步声近了，立刻从门廊闪出来。

可惜早了一步。拉斯托似乎怀疑有诈，刚才放缓了脚步，离内德还隔着一段距离，但来不及停住脚步，只一闪身，就躲过了内德的剑尖。

内德不及细想，提剑猛刺，刺中了拉斯托侧腰。

拉斯托闪避不及，依旧向前跑去，剑挑破了，拉斯托身子一斜，脚步踉跄，重重跌倒在地。内德麻木地提剑乱刺。拉斯托扬起长剑，画了个大圈子，内德吃不住力，长剑飞了出去，掉在一座坟上。

拉斯托趁机翻身站起，别看他人高马大，手脚却灵便。内德瞥见西尔维从门廊里奔出来，大喊：“快跑，西尔维，快跑！”拉斯托冲过来，左刺由砍。内德连连后退，挥着匕首抵挡，躲开正面的一刺、斜里的一挥、又是正面的一剑。他清楚，自己抵挡不了多久了。

拉斯托虚晃一剑，明明是提剑下砍，突然变成正面一刺，内德措手不及。

眼看剑举在半空，拉斯托突然一动不动，紧接着剑尖从他腹中捅出来。内德连忙向后一跳，闪开他刺来的一剑。其实已无必要，拉斯托手里早松了劲儿，只听他惨叫一声，向前扑倒。只见西尔维那娇小的身影站在他身后，手里握着内德被打飞的剑，从拉斯托背后抽了出来。

两人来不及理会拉斯托是死是活，手握着手跑过莫贝尔广场，跑过绞刑架，来到使馆前。

门外站着两个守卫。他们不是使馆的人，内德从来没见过。其中一个拦下内德：“你不能进去。”

内德说：“我是副使，这位是我夫人。快让开。”

楼上窗前传来沃尔辛厄姆不容置疑的声音：“他们受国王庇护——让他们进来！”

守卫闪在一旁，内德和西尔维迈上台阶，还没走到门前，大门就打开了。

他们迈进了避风港。

我娶了西尔维两次，第一次是在小小的穷苦者圣朱利安天主堂，就是在这间教堂外，西尔维杀了那个没鼻子的人；第二次是在英格兰使馆的小礼拜堂，我们按着新教仪式成婚。

西尔维三十一岁，仍是处子之身，我们像是要弥补损失一般，成婚后的几个月，每晚欢爱，早上亦云雨。我将她压在身下，她紧紧抱着我，仿佛溺水之人，之后常常在我怀里哭泣着睡去。

伊莎贝拉的尸体不知所终，西尔维无法悼念亡母。最后，我们把烧毁的店铺当作她的坟墓，每个礼拜日，都要站在店外哀悼几分钟。我们手握着手，怀念这个英勇无畏的妇人。

圣巴托罗缪纪念日惨案并未将新教徒击垮。巴黎城有三千人遇害，其他各地更有数千人死于残杀，但胡格诺派毫无惧意。新教徒居多的城镇收留了大批逃难者，对国王派去的人马关紧了大门。内战再次爆发，吉斯家族作为拥护王权的天主教徒，再次如日中天。

会众继续在马厩或阁楼礼拜；全国上下，新教徒重新聚在秘密地点。

沃尔辛厄姆受命返回伦敦，我们也一起离开了巴黎。西尔维把城墙街仓库的秘密告诉给纳塔，售卖新教禁书的担子就交给了她。然而，夫人并不愿就此卸下使命，答应还会从日内瓦偷运书籍。为此，她要经由英吉利海峡前往鲁昂，接收运货，送回巴黎，打点关系，将东西运到城墙街。

我担心她遭遇不测，但我也知道，有些女子不会任由男人摆布，伊丽莎白女王就是一例。况且，她也未必会听我劝阻。她肩负着神圣使命，我不能夺走。长此以往，她总有一天会被发现，到那时，她必死无疑。我很清楚。

这是她的宿命。

二十一

罗洛站在小花号货船甲板上；英格兰海岸越来越近，这一刻可谓千钧一发。

货船由瑟堡出发，驶往库姆港，船舱里满载着一桶桶苹果白兰地、圆墩墩的芝士，外加杜埃英格兰学院肄业的八位年轻司铎。

罗洛身穿法衣，胸前挂着十字架。头发越发稀疏，胡子倒是又长又密。他还披了一件白斗篷，这不是神父惯常的装束，而是记号。

他事无巨细地做了安排，但真正实施起来，还是觉得漏洞百出，譬如说，他连船长是否信得过都拿不准。为了买通此人，他出了一大笔钱，但说不定另有人——伊丽莎白女王的手下，譬如内德·威拉德——出了更高的赏钱，叫他出卖自己。

此外，这个计划大半要靠妹妹接应；他真不希望如此。她聪颖、谨慎、无畏，但到底是个妇人。罗洛暂时还不想踏上英格兰土地，所以不得不靠她。

黄昏时分，船老大在一处没名字的海湾下了锚，前面三英里就是目的地了。谢天谢地，海上风平浪静。海湾离岸边不远，那里泊着一条圆艏圆艉的一桅小渔船，备好了船桨。这条船罗洛再熟悉不过，当年父亲担任库姆港司库的时候，还叫作圣阿瓦号，如今改叫阿瓦号。海滩尽头的山坳处，立着一间结实的灰白色石屋，烟囱里炊烟袅袅。

罗洛紧盯着石屋，紧张地等待信号。他满心期待，整个人都绷紧了，万一功亏一篑，他怕自己要吐出来。这是预示结局的先兆。他护送的这几个年轻人是天主派来的密探，只是一支小小的先遣部队，以后还有更多的跟随者。黑暗的岁月终将走向尽头，英格兰会抛下宗教自由的蠢念头，愚昧无知的庄稼汉和苦力会再次欣然敬拜唯一的、真正的教会。菲茨杰拉德一家也会夺回他们应有的荣光，甚至光宗耀祖：罗洛当上主教，妹夫巴特受封为公爵。王桥也将效仿圣巴托罗缪庆日，将清教徒斩尽杀绝——这一步计划他可没有告诉玛格丽，要是妹妹知道他打算动用暴力，一定要断然拒绝。

终于看到信号了：楼上窗前，有人挥舞着白被单，呼应他身上的白斗篷。

这也许是陷阱。石屋的主人马尔·罗珀捕鱼为生，是个热忱的天主教徒，他可能被内德·威拉德擒住拷问，而白床单正是诱饵。就算是圈套，罗洛也束手无策。他们一行人可能性命不保，也都做好了准备。

天色渐渐暗了，罗洛吩咐八位司铎围拢在甲板上，他们每个人都背着包袱，里面除了衣物用品，还藏着圣物：饼、酒、坚振礼用的圣油和圣水，这些将给英格兰千家万户教徒送去慰藉。罗洛低声叮嘱："进门之前，一路上绝不要弄出任何声响。就算低语，水面也能听到。除了渔人一家，这片海湾通常没有外人，但还是小心为上，否则还没踏上英格兰，使命就告终了。"此次前来的司铎中包括开朗热情的伦尼·普赖斯，他是罗洛在杜埃学院遇见的第一张面孔，也是最年长的。“伦尼，上岸之后，就由你来指挥。”

船长放下小船，只听哗啦一声，船落在海面上。几个司铎顺着绳梯依次爬了下去，罗洛是最后一个。两个水手横起船桨，小船静静地劈开海浪。罗洛瞧见岸上依稀有个女子身影，旁边还跟着一条狗。是玛格丽。呼吸畅快多了。

船撞在沙滩缓坡上。几个司铎纷纷跳下船，蹚过浅水。玛格丽和他们一一握手，并不言语。那条狗十分乖巧，叫也不叫一声。

罗洛没有下船。玛格丽和他目光相接，咧嘴一笑，伸手碰了碰下巴，像在抚胡须：她还没见过罗洛这副模样。他心里骂道：傻瓜！连忙转开目光。决不能让他们知道罗洛和玛格丽是兄妹，他们只知道自己叫让·英吉利。

两个水手用力推开船，划回小花号。罗洛坐在船尾，望着玛格丽领着几个司铎，蹒跚地走过卵石滩，走到石屋前，挤进正门，看不见了。

石屋底层唯一的房间内，马尔·罗珀、他妻子佩格和三个人高马大的儿子跪在石地上，听伦尼·普赖斯主持弥撒。玛格丽看见这几个淳朴的教友领受圣餐，不禁热泪盈眶。她暗想，为了这一刻，她死也甘愿。

她时常想起已故的姨奶奶琼修女。十六岁时，她即将嫁为人妇，满心苦恼地来到琼居住的顶楼——她把两个小房间变成了修会小室和小堂。琼告诉她，主自有安排，她必须等待那一天的到来。哎，琼说得不错。玛格丽苦苦等待，果然等到了主给她安排的命运。

英国天主教司铎奇缺。巴特去国会参政时，玛格丽就趁机接触伦敦那些非富即贵的天主教徒。她明敲暗击，很快得知许多人渴望圣餐。在伦敦时，为避免密谋之嫌，玛格丽小心翼翼地避开法西两国使馆，还劝巴特也要小心。巴特赞成她担起这一使命。他对新教恨之入骨，但步入中年后，变得懒散消极，一切都由妻子代劳，功劳却归自己。玛格丽也不以为意。

仪式后，佩格端上了自家做的粗面包，用木碗给每个人盛了满满一碗炖鱼。几个司铎吃得津津有味，玛格丽很是欣慰：日出前，他们还有一段远路要赶。

罗珀一家并不宽裕，但马尔说什么也不肯收钱。“多谢夫人好意，但这是主的旨意，我们绝不会要报酬的。”玛格丽看出他说这话时透着骄傲，也就不再强求。

一行人午夜出发。

玛格丽带了两盏灯笼，自己提了一盏领路，另一盏伦尼拿着，走在最后。她沿着熟路，朝正北走去。每次快到村庄或是农家，她都要叮嘱他们不要发出声响，以防有人听见或是瞧见。九个人连夜赶路，不管谁瞧见都会起疑心的。经过庄园时，玛格丽尤其小心，因为主人家可能派守卫举着火把出来盘问。

夜色和暖，路也不泥泞，但玛格丽还是觉得吃力。生下小儿子罗杰之后，她就得了背痛的毛病，走远路最容易犯。她咬紧牙关，叫自己忍住。

她事先选好了远离人烟的角落，每走两三个小时，就停下来歇息片刻，就着溪水解渴，吃几口佩格给他们准备的面包，方便过后再上路。

玛格丽一路都竖起了耳朵，留意路上的行人。城里总有人在巷子里鬼鬼祟祟，通常是做些罪恶勾当，但乡下人罕有值钱家当，很少有盗匪出没。即便如此，她还是不敢掉以轻心。

听闻圣巴托罗缪庆日屠杀惨剧时，玛格丽哭了一整天。那么多人死于天主教徒之手！战场上是将士厮杀，这可比打仗可恶百倍，巴黎人残害了上千名手无寸铁的妇孺。主为什么袖手旁观？教宗还给法王去信道贺，更是助纣为虐。这不会是主的旨意。纵然是难以置信，但教宗的确是错了。

玛格丽知道内德当时身在巴黎，生怕他遭遇不测，后来听到消息，英国使馆里的人都逃过了这一劫。紧接着，她又听说内德娶了一个法国女子，心里一阵不痛快——她知道这毫无道理。她本可以和内德私奔，是她自己不肯答应，又怎么能指望内德为自己耗上一辈子呢。他渴望娶妻生子，而今如愿以偿，她该欣慰才是。话虽如此，她却高兴不起来。

不知道这位威拉德夫人是什么样的人。都说法国女子高雅不凡，她是不是一身绫罗绸缎、珠光宝气？玛格丽不由得盼着她胸无点墨、轻浮任性，叫内德很快腻烦了。她随即想，这未免太小家子气了，应该祝他夫妻恩爱才是。我希望他快乐。

快到新堡了，这时东边露出了鱼肚白，她借着光亮，分辨出城垛的轮廓。她不由松了口气，想瘫倒在地：走了这么远的路。

小路径直通到门口。墙上的老鸦见了客人，免不了一阵奚落。

玛格丽用力敲门。一张面孔在门楼的弓箭口后一闪而过，紧接着，睡眼惺忪的守卫拉开了沉重的木门。他们鱼贯而入，门随即关上了。玛格丽觉得总算安全了。

她领着一行人穿过庭院，来到小堂。“下人很快会送早膳和床被来。你们尽管歇息，睡上一天一夜也不妨。不过得记着要严守秘密。堡里的人都是天主教徒，即便如此，你们也不要询问他们的姓名，更不可透露自己的姓名。也不要打听这里是什么地方，城堡的主人是谁。不知道的事，就没办法泄露，就算是遭到严刑逼供。”这些罗洛都叮嘱过，不过多说几次总不为过。

第二天，她就要安排他们两两一对，前往不同的地点。其中两个往西去往埃克塞特，两个往北前往威尔斯，两个往东北方向赶往索尔兹伯里，剩下的两个往东赶去阿伦德尔。道别之后，就得看他们的造化了。

她出了小堂，又穿过庭院。下人知道司铎来了，都下床忙活起来。她上了楼，来到两个儿子的睡房。两个孩子各睡一张床，并在一起。她弯腰吻了吻巴特利特的额头；他七岁了，个子比同龄人要高。她又望着罗杰，这孩子还不到两岁，一头金发。她吻了吻儿子柔嫩的脸蛋儿。

罗杰张开眼睛。眼珠是金棕色的，和内德一模一样。

西尔维早就盼着去王桥了。那个镇子造就了她的挚爱。成婚不到一年，她总觉得对内德还是知之甚少。她知道内德英勇、善良、智谋过人；她熟悉他的每一寸肌肤，珍惜两人肌肤相亲的每一刻，欢爱之时，她觉得仿佛融进了他的头脑，知晓他的每一个念头。可是，对他的了解总有空缺，有些事他不愿多谈，有些过往他极少提起。至于王桥，他时刻挂在嘴边，她早就想去一探究竟。她最想认识那些他熟悉的人，不论是好友还是仇敌。而她最好奇的，就是他摆在巴黎书房镜子旁那张小像上的女子。

促成王桥一行的，是内德的哥哥巴尼的一封来信。信里说他回家来了，还带着儿子。

两人在圣保罗主教座堂附近租下一间小房子。内德在客厅里读信，纳闷地说："我不知道他生了儿子呀。"

"她娶亲了吗？"

"看样子是娶了，不然哪儿来的孩子。这倒奇怪了，他没提到妻子。"

"你要离开伦敦，沃尔辛厄姆会答应吗？"西尔维知道，内德和沃尔辛厄姆整日不得空闲，替伊丽莎白女王的情报处招兵买马，凡是有意推翻女王、拥戴玛丽·斯图亚特的人，都一一记录在名册里。

"会。他会让我暗中打探夏陵郡有哪些天主教徒，尤其是巴特伯爵，不过这件事不难办。"

夫妻二人骑着马，优哉游哉地走了五天才到王桥。西尔维并未有孕，骑马也无妨。肚子一直不见动静，她很是失落，幸好内德毫无怨言。

西尔维对都城见怪不怪，她在巴黎长大，婚后跟随内德来到英格兰，一直住在伦敦。省城安全、宁静，没那么匆匆忙忙的。她一下子就喜欢上了王桥。

见到座堂尖顶的天使石像，她大吃一惊。内德告诉她，传说天使是仿照凯瑞丝的容貌雕刻的，是凯瑞丝修女着手兴建了医院。西尔维不以为然。圣徒和天使像都被砍掉了脑袋，何以这一座还留着？内德说："因为够不到嘛，还得搭脚手架。"他一派漫不经心，在这些事上头，他看得很淡。他接着说："有空你真该去塔上看看，从那可以俯瞰全镇，景色美不胜收。"

沿河的码头和镇中央的教堂让她回想起鲁昂，这两个地方都散发着热闹繁荣的气氛。想到鲁昂，她立刻想起偷运新教书籍的打算。纳塔来了一封信给她，是托英国使馆转寄的。纳塔热情高涨，卖书的生意入账不菲，现在还有不少存书，等快卖完的时候，她会再写信来。

除了巴黎的生意，她又生出一个念头。胡格诺教徒大批逃离法国，在伦敦的就有几千之多，许多人正苦学英语，她琢磨可以卖法语书给这些人。内德说，异国人不得在伦敦城内经营书店，因此她打算在城外找个合适地方。她看准了萨瑟克区，那儿聚集了不少逃难过来的胡格诺教徒。

西尔维见到巴尼，立刻生出好感。内德笑着说，大多女子都如此。巴尼穿着水手的宽松短裤，鞋带系得紧紧的，头上戴着一顶皮毛帽子；红胡子乱蓬蓬的一大把，黝黑的脸孔给遮住大半。他笑起来一副吊儿郎当的模样，西尔维暗想，许多姑娘见了不免要膝盖发软。他来开门的时候，先是热情地拥抱内德，接着亲了亲西尔维，吻得稍嫌热烈。

内德和西尔维满以为会见到一个小婴儿，不想阿福都九岁大了。只见他一副水手打扮，和巴尼一模一样，连皮毛帽子也是。阿福生着浅棕色皮肤，一头卷曲的红发，随了巴尼，眉眼也像父亲，但眼珠是绿色的。看得出，他是非洲血统，更加看得出，他是巴尼的孩子。

西尔维蹲下身子问他："你叫什么名字啊？"

"我叫巴纳多·阿方索·威拉德。"

巴尼说："我们都叫他阿福。"

西尔维说："你好啊，阿福，我是西尔维婶婶。"

"幸会。"那孩子一板一眼的。看样子教养得不错。

内德问巴尼："嫂嫂呢？"

巴尼眼圈一红。"她是我这辈子见过的最可爱的女子。"

"她人呢？"

"埋在新西班牙伊斯帕尼奥拉岛。"

"节哀顺变，哥哥。"

阿福说："是艾琳照顾我的。"

家里仍是法夫一家打理。夫妻俩如今上了岁数，女儿艾琳也二十多岁了。

内德笑着说："不久你就要进王桥文法学校念书，像你爸爸和我一样。先生会教你写拉丁文、数钱。"

"我不想念书。我要当水手，和船长一样。"

巴尼说："再说吧。"他对内德解释说，"他知道我是他父亲，不过船上大家都喊我船长，他也跟着叫习惯了。"

翌日，内德带西尔维去拜访福尔内龙一家，他们是王桥最有声望的胡格诺教徒。他们说起了法语。西尔维学英语学得很快，不过能随心所欲地说话，不必字斟句酌，还是备感轻松。福尔内龙夫妇十岁的女儿瓦莱丽像个小大人儿，自告奋勇教了几个实用的英语句子给西尔维，大家都忍俊不禁。

福尔内龙关切圣巴托罗缪纪念日屠杀一事，如今欧洲各地谈起此事，仍然心有余悸。每个人见到西尔维都要询问一番。

第三天，西尔维收到一份昂贵的见面礼，是一匹上好的安特卫普布料，足够裁一件裙子用的。送礼的人是丹·科布利，王桥第一大富贾。西尔维听过这个人，她和内德从巴黎返回伦敦，搭的就是丹的船。内德说："他是想巴结我，以防哪天求我在女王面前替他做人情。"

隔天丹登门造访，西尔维请他在对着教堂的前厅坐了，并吩咐端来了酒和糕点。这个人大腹便便，又自视清高，内德一反常态，对他态度生硬。等丹告辞之后，西尔维问他何以对丹如此反感，他答道："他这个清教徒道貌岸然，一边穿着黑衣服，数落戏剧里的角色当众亲吻，一边又在生意上占人便宜。"

两人应约去苏珊娜·特怀福德夫人家里用饭，西尔维于是知道了内德的一段重要过往。苏珊娜五十多岁，风姿绰约，面见一分钟，西尔维就猜出她同内德有一段旧情。她和内德说话时不拘礼数，只有情人才会这般亲昵。内德和苏珊娜相处融洽，毫无戒心。西尔维很是不知所措。她知道成婚时内德并非童男，但此刻见他对昔日的相好笑逐颜开，一时不是滋味。

苏珊娜看出西尔维大不自在，于是坐到她身边，握起她双手，说道："内德娶了你是这般快乐，西尔维呀，我见了你就明白了。我一直盼着他遇见一个才貌双全又胆识过人的女子，他卓尔不群，就该有一个卓尔不群的女子才配得上。"

"他好像对您十分在意。"

"不错，"苏珊娜大方承认，"我对他也很在意。不过他钟情于你，这可就不同了。我真希望能和你成为朋友。"

"我也一样。我认识内德的时候，他已经三十二岁了，倘若以为他从没动过情，那是自欺欺人。"

"说来也怪，越是爱一个人，就越容易想傻事。"

西尔维看出这位夫人善解人意，心情没那么沉重了。

圣灵降临节这天，西尔维第一次踏进主教座堂。两人走进中殿，西尔维赞叹：“真叫人高兴。”

“的确叫人叹为观止，我是百看不厌。”

“是，但我不是说这个。这里面没有大理石雕像，没有俗丽的画像，也没有盛着老骨头的珠宝匣子。”

“胡格诺派的教堂和会堂也是这样啊。”

西尔维用法语痛快地说：“可这是主教座堂！如此宏伟壮丽，历经百年岁月，正是教堂的意义所在，而且还是新教教堂！在法国，胡格诺礼拜总是临时找个地方，还躲躲藏藏的，总叫人觉得不是正道。能在这个屹立数百年的敬拜之所参加新教礼拜，我真是喜出望外。”

“那就好。你经历的不幸，比随便五个人加起来都多。应该苦尽甘来了。”

两人走到一个高个子男人面前。他和西尔维年纪相仿，相貌堂堂，因为好酒贪杯，皮肤发红，精致的黄色外衣裹着他发福的身材。内德说：“西尔维，这位是夏陵伯爵巴特。”

西尔维想起内德说要探查当地的天主教徒，其中巴特身份最为尊贵。她屈膝行礼。

巴特微微一笑，略一颔首，别有用心地瞟了她一眼。“内德，你可真有办法，带了个标致的法国娘儿回来了。”

西尔维隐约知道“娘儿”这个词有些粗鄙，但决定不加理会。她见伯爵身边有个打扮华贵的小男孩儿，于是问道：“这个年轻人是谁呢？”

“犬子巴特利特子爵。刚满九岁。巴特利特，快握手问安。”

小男孩依言照做。他个子不高，但和父亲一般孔武有力。西尔维瞧见他腰间别着一把木剑，忍俊不禁。

只听内德说："这位是玛格丽伯爵夫人。"

西尔维一抬头，不禁大吃一惊：这正是小像上的女子。她紧接着又是一惊：这女子比小像上还要动人。她眼角嘴边隐约添了皱纹，约莫三十岁，举手投足透出一股活泼俏丽，仿佛风雨交加的天气，夺人心魄。她一头鬈发，梳不妥帖，头上斜斜扣着一顶红色小帽。西尔维不由感叹，难怪他会爱你。

西尔维对玛格丽行礼，对方回礼，接着大方地打量她，随后望向内德；西尔维瞧出她目光中饱含深情。她和内德寒暄，难掩喜悦；西尔维在心里说，你忘不了他。你这辈子也忘不了他，他是你此生挚爱。

西尔维扭头望着内德。他同样是喜形于色。玛格丽占据着他心里的一大块位置，再明显不过。

西尔维郁郁不乐。苏珊娜叫她有些不痛快，但她对内德只是在意。玛格丽却是旧情难忘，西尔维不由起了戒心。她觊觎我的丈夫。

哼，她休想得到。

西尔维随即看到一个小孩子，约莫两岁，还是蹒跚学步的年纪，正躲在母亲红裙宽大的下摆后。玛格丽顺着她的目光一瞧，说道："这是我的小儿子罗杰。"她说着弯下腰，轻松地抱起儿子。"罗杰，这位是内德·威拉德爵士。他可了不得，是替女王办事的。"

罗杰指着西尔维问："她就是女王吗？"

几个人哈哈大笑。

内德答道："她是我的女王。"

西尔维在心里说，谢谢你，内德。

内德问玛格丽："令兄在吗？"

"近来不大见到罗洛。"

"那他在哪儿？"

"他如今给泰恩伯爵做谋士。"

"以他的法学出身，加上经商的经验，想来会是伯爵的得力助手。那他住在泰恩堡吗？"

"是，不过伯爵的产业遍布英格兰北部，罗洛好像经常要出门。"

内德在打探当地的天主教徒，西尔维却仔细盯着小罗杰。她总觉着异样，一分钟后恍然大悟：这孩子瞧着眼熟。

他模样酷似内德。

西尔维扭头望向内德，他微微皱眉，也在打量罗杰。他也有所察觉。西尔维总能猜中他的心思，从那副表情看来，内德还没想明白。在看两人是否相似这一方面，男子总不如女子敏感。西尔维和玛格丽四目相对，两个女子心照不宣，但内德还是一片茫然，巴特伯爵更是不明所以。

开始唱赞美诗了，接着仪式开始，直到结束，都没有说话的机会。晚上他们设宴，忙来忙去，直到上床歇息，西尔维才得以和内德独处。

正是春暖花开的季节，两个人都没穿睡衣。西尔维抚弄内德胸前的毛发。"玛格丽还爱你。"

"她嫁给了伯爵。"

"那也不妨碍她爱你。"

“你怎么说这种话？”

“因为她和你曾有肌肤之亲。”

内德一脸愠怒，但一语不发。

“大概是三年前，你去巴黎不久之前。”

“你怎么会知道？”

“因为罗杰两岁。”

“啊。你瞧出来了。”

“他那双眼睛随了你，”她凝视内德的双眼，“迷人的金棕色。”

“你不气？”

“成婚的时候我就知道，自己不是你爱上的第一个女子。只是……”

“说吧。”

“只是我不知道你对她还是不能忘情，更不知道你们有个孩子。”

内德握住她的双手。“我不能骗你，说对她毫不在意，或者毫不惦念。我只想你知道，有了你，我已别无他求。”

这番话恰如其分，但西尔维拿不准该不该相信。她只知道一件事，自己爱他，也绝不会让他被人抢走。“吻我。”

内德亲了亲她，打趣说：“老天，你可真难伺候。”记着又亲了一下。

但西尔维并不满足。她要的是一样纪念，无论是苏珊娜·特怀福德还是玛格丽·夏陵都不曾体会的。她盘算起来，说道：“你有没有常常想着和一个女子如何亲热？”她从来没有和他、和任何人说过这种话。“你一想起来就热血沸腾，但从来没有做过？”她屏住呼吸。他会怎么回答？

内德沉吟片刻，露出一丝忸怩的神色。

“这就是有了，”她扬扬得意，“看得出来。”他想什么都瞒不过自己，为此她很是欣慰。“是什么？”

“真是难以启齿。”

他一脸窘迫，分外叫人心动。西尔维贴得更近了，低声说：“那悄悄说好了。”

内德凑在她耳边低语。

西尔维望着他，忍不住咧嘴笑了，有几分诧异，也勾起了情欲。“当真？”

他摇摇头。“算了，当我没说过。”

西尔维跃跃欲试，看得出内德也一样。“说不好，不妨试一试。”

他们真的试了。

人物表

但愿你不需要这份参照，不过你也许偶尔会忘了一个人物是否出现过，所以我这里添一笔提示。我知道，有时候读者合上书之后一直抽不出空继续，隔了一周甚至更久——我就有过这种经历——忘得一干二净。以下是出场不止一次的人物，算是以防万一吧……

英格兰

威拉德一家

内德·威拉德

巴尼，其兄

爱丽丝，其母

马尔科姆·法夫，马夫

珍妮特·法夫，管家妇

艾琳·法夫，马尔科姆和珍妮特夫妇之女

菲茨杰拉德一家

玛格丽·菲茨杰拉德

罗洛，其兄

雷金纳德爵士，两兄妹之父

简夫人，两兄妹之母

娜奥米，女佣

琼修女，玛格丽姨奶奶

夏陵一家

巴特，夏陵子爵

斯威森，其父，夏陵伯爵

萨尔·布伦登，管家妇

清教徒

菲尔伯特·科布利，船主

丹·科布利，其子

露丝·科布利，菲尔伯特之女

多纳尔·格洛斯特，书记员

杰里迈亚，洛弗菲尔德圣约翰教堂牧师

寡妇波拉德

其　他

默多修士，游方传道士

苏珊娜，布雷克诺克伯爵夫人，玛格丽和内德的朋友

乔纳斯·培根，飞鹰号船长

乔纳森·格陵兰，飞鹰号大副

斯蒂文·林肯，司铎

罗德尼·蒂尔伯里，法官

真实历史人物

玛丽·都铎，英格兰女王

伊丽莎白·都铎，玛丽异母之妹，后继承王位

威廉·塞西尔爵士，伊丽莎白谋士

罗伯特·塞西尔，威廉之子

威廉·艾伦，英格兰流亡天主教徒首脑

弗朗西斯·沃尔辛厄姆爵士，间谍头目

法兰西

帕洛一家

西尔维·帕洛

伊莎贝拉·帕洛，其母

吉勒·帕洛，其父

其　他

皮埃尔·奥芒德

维尔纳夫子爵，皮埃尔同窗

穆瓦诺神父，皮埃尔大学导师

纳塔，皮埃尔家使唤丫头

日内瓦的纪尧姆，游方牧师

路易丝，尼姆侯爵夫人

吕克·莫里亚克，船货经纪

阿弗罗迪特·博利厄，博利厄伯爵小姐

勒内·迪伯夫，裁缝

弗朗索瓦丝，年轻的裁缝妻子

德拉尼侯爵，贵族新教徒

贝尔纳·乌斯，年轻的朝臣

艾莉森·麦凯，苏格兰女王玛丽的侍从女官

吉斯家族虚构人物

加斯东·勒潘，吉斯家护卫队队长

布罗卡尔、拉斯托，加斯东的打手

韦罗妮克

奥黛特，韦罗妮克的侍女

乔治·比龙，间谍

真实历史人物：吉斯家族

弗朗索瓦，吉斯公爵

亨利，弗朗索瓦之子

夏尔，洛林枢机、弗朗索瓦胞弟

真实历史人物：波旁王族及其盟友

安托万，纳瓦尔国王

亨利，安托万之子

路易，孔代亲王

加斯帕尔·德科利尼，法兰西海军上将

真实历史人物：其他

亨利二世，法兰西国王

卡泰丽娜·德美第奇，法兰西王后

亨利及卡泰丽娜子女：

弗朗索瓦二世，法兰西国王

夏尔九世，法兰西国王

亨利三世，法兰西国王

玛戈，纳瓦尔王后

玛丽·斯图亚特，苏格兰女王

夏尔·德卢维埃，刺客

苏格兰

真实历史人物

詹姆斯·斯图亚特，苏格兰玛丽女王异母之兄、私生子

詹姆斯·斯图亚特，苏格兰玛丽女王之子，后为苏格兰国王詹姆斯六世及英格兰国王詹姆斯一世

西班牙

克鲁兹一家

卡洛斯·克鲁兹

贝琪奶奶

鲁伊斯一家

耶柔玛·鲁伊斯

佩德罗，其父

其　他

罗梅罗总执事

阿朗索神父，宗教裁判官

“铁手”戈麦斯队长

尼德兰

沃尔曼一家

扬·沃尔曼，埃德蒙·威拉德表亲

伊玛可，其女

威廉森一家

艾尔贝特

贝彻，其妻

德丽克，艾尔贝特夫妇之女

艾微，艾尔贝特的寡妞

马图斯，艾微之子

其他地区

埃布里马·达博，曼丁卡族奴隶

贝拉，伊斯帕尼奥拉岛朗姆酒酿造商

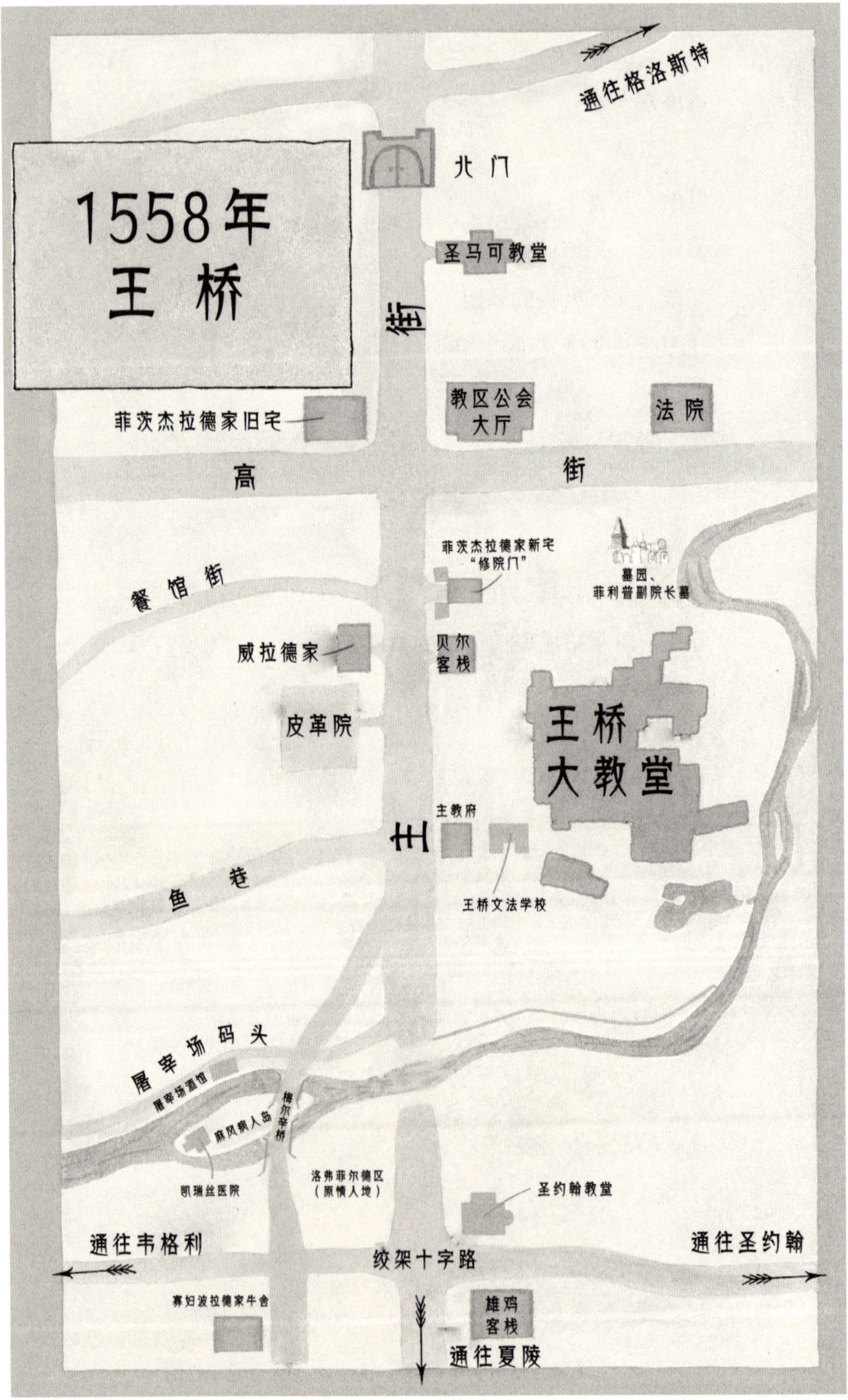
1558年
王桥
通往格洛斯特
北门
圣马可教堂
街
菲茨杰拉德家旧宅
教区公会
大厅
法院
高
街
菲茨杰拉德家新宅
“修院门”
墓园、
菲利普副院长墓
餐馆街
威拉德家
贝尔
客栈
皮革院
王桥
大教堂
主教府
主
王桥文法学校
鱼巷
屠宰场码头
屠宰场酒馆
麻风病人岛
梅尔辛桥
凯瑞丝医院
洛弗菲尔德区
（原情人地）
圣约翰教堂
通往韦格利
绞架十字路
通往圣约翰
寡妇波拉德家牛舍
雄鸡
客栈
通往夏陵

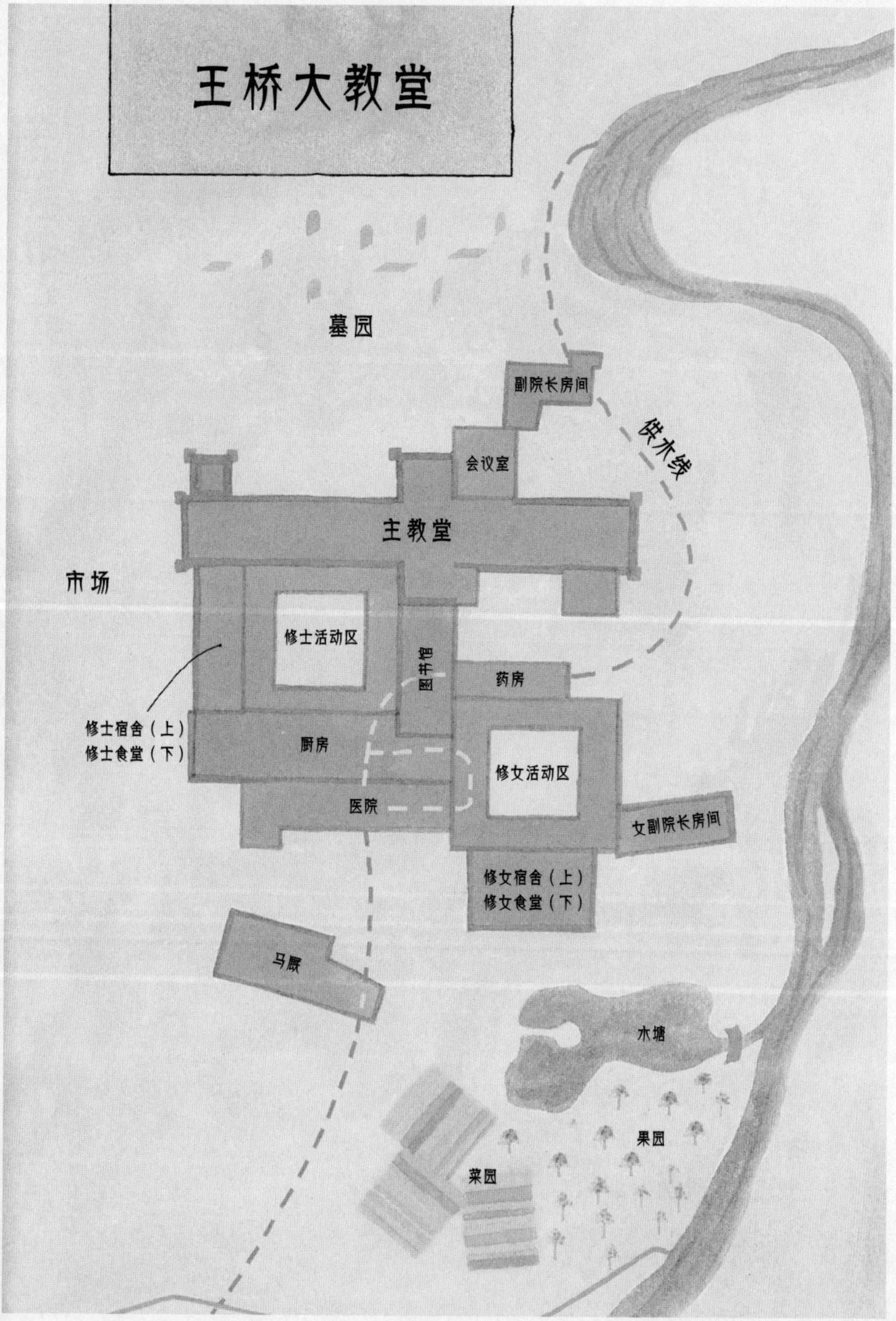
王桥大教堂
墓园
副院长房间
供水线
会议室
主教堂
市场
修士活动区
图书馆
药房
修士宿舍（上）
修士食堂（下）
厨房
修女活动区
医院
女副院长房间
修女宿舍（上）
修女食堂（下）
马厩
水塘
果园
菜园

读客外国小说文库

读客激发个人成长

永恒火焰 Ⅲ

[英]肯·福莱特 著

王林园 译

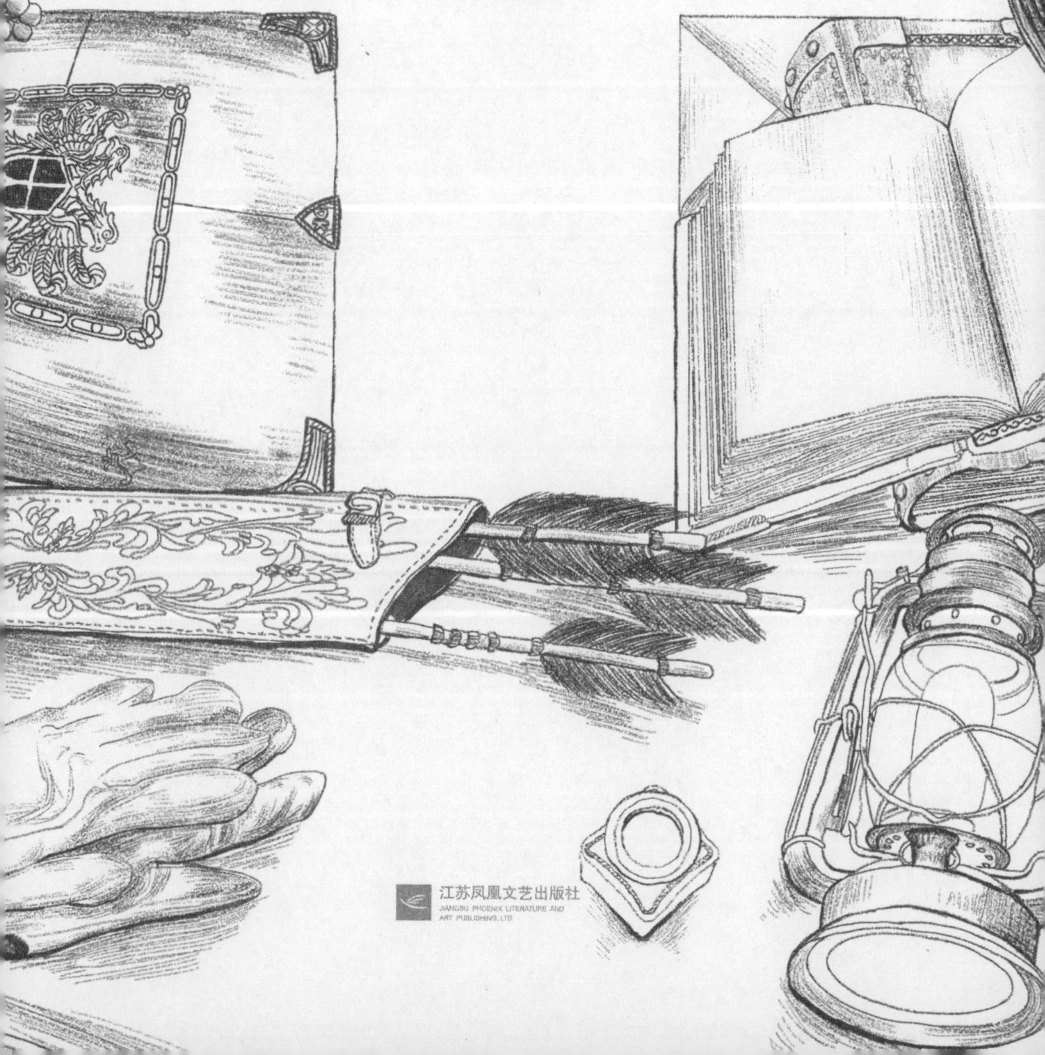

江苏凤凰文艺出版社
JIANGSU PHOENIX LITERATURE AND ART PUBLISHING, LTD

目录

Part 4（1583—1589年）

Part 4

1583—1589年

二十二

内德细细观察儿子罗杰的面孔。他心中五味杂陈，一度哽咽。罗杰快长成少年了，正是长个子的年纪，但脸蛋儿仍然稚嫩，说话也是童音。他一头乌黑的卷发，鬼精灵的神色，和玛格丽一模一样，只有眼睛随了内德，是金棕色的。

主教座堂对面的房子里，两人坐在前厅。巴特伯爵来王桥出席值季法庭的春季庭审，把十八岁的巴特利特和十二岁的罗杰一起带来了——巴特以为两个孩子都是自己亲生的。内德身为王桥市下院议员，这次回来同样是为旁听庭审。

内德婚后无子。十多年来，他和西尔维床第之间热情未减，但西尔维的肚子一直没有动静。夫妻俩都引以为憾，内德也越发疼惜罗杰。

内德想起自己的少年岁月。他望着罗杰，心中说：我明白你的苦恼，我有一腔逆耳忠言，但我像你这般大的时候，“过来人”对我说明白少年人的心思，我从来不以为然，想来你也一样。

罗杰对内德自然没有什么特殊感情。内德是他母亲的朋友，算是半个舅舅。内德关心他，无非是仔细听他抒发意见，拿他的想法当真，斟酌着回答而已。大概因为这个缘故，罗杰有时候会找他吐露心事，这叫他分外欣慰。

只听罗杰问："内德爵士，你了解女王。她为什么痛恨天主教徒？"

内德没料到他会有此一问。其实早该有所预料的。罗杰知道本国信奉新教，他父母却是天主教徒，在他这个年纪不免要疑惑。内德一时措手不及，只好敷衍说："女王并不痛恨天主教徒。"

"父亲不去教堂，要向她交罚款。"

内德看出罗杰心思敏捷，心中一喜，接着又是一阵苦涩。他以罗杰为骄傲，但却不能表露，特别是在这孩子面前。

内德对以一贯的说辞："伊丽莎白还是公主的时候，曾对我说过，倘若她当上女王，绝不会让英格兰人因为信仰而死。"

罗杰马上反驳："她并没有信守这个承诺。"

"她尽力了。"内德搜肠刮肚，不知道该怎么向这个十二岁的孩子解释政治的错综复杂，"一边，国会里的清教徒满腹牢骚，整天怪她心慈手软，呼吁对天主教徒处以火刑，效仿玛丽·都铎女王烧死新教徒。另一边，的确有诺福克公爵等天主教徒犯上作乱，意图行刺女王。"

罗杰不服气："可司铎仅仅因为传播天主教信仰就被判了死刑，不是吗？"

内德瞧出来了，罗杰的困惑由来已久，但不敢对父母提起。内德不由得暗喜，这孩子对自己倾诉心声，足见得是信得过自己。只是他为什么如此在意？内德猜想斯蒂文·林肯还住在新堡，只是人人心照不宣。他给巴特利特和罗杰两兄弟做教书先生，十有八九还为他们一家主持弥撒。罗杰担心先生身份揭穿，被处以死刑。

如今司铎比从前多了许多。斯蒂文是伊丽莎白女王改宗时的遗老，但各地涌现出数十乃至数百个遗少。内德和沃尔辛厄姆已经抓捕了十七个司铎，尽数以叛国罪处死。

这十七个人里，内德亲自审问过大半，可惜并没有问出多少消息，一半因为他们早有防备，受审时守口如瓶，一半因为他们的确知之甚少。那个头目叫作让·英吉利，显然是个化名，对他们所透露的少之又少。在哪里上岸，他们不知道；是什么神秘人物接应他们，送他们前往各地，他们也不知道。

内德答道："那些人在异国给人培养为司铎，再偷偷送回英格兰。他们效忠于教宗，而非女王陛下。其中有些司铎出身于一个叫作'耶稣会'的忠坚天主教宗派。伊丽莎白担心这些人密谋推翻自己。"

"他们果真在密谋？"

倘若问话的是个成年人，内德一定毫不留情，讥笑对方天真愚昧，以为秘密司铎清白无辜。可是他无意驳倒亲生儿子，只希望罗杰明白是非真相。

这些司铎坚称伊丽莎白是私生女，苏格兰女王玛丽·斯图亚特才是英格兰王位的正统继承人，只是他们并未——尚未有所行动。他们既没有想方设法接触被软禁的玛丽·斯图亚特，也没有号召心怀不满的天主教贵族招兵买马，更没有密谋刺杀伊丽莎白。

他答道："没有。据我所知，他们没有密谋加害伊丽莎白。"

"所以被判刑只因为他们是天主教司铎。"

"你说得不错，至少从道义上说。伊丽莎白没能信守年轻时的诺言，这也让我痛心不已。但从政治上说，她不可能纵容王土之上有一群人效忠异邦君主——效忠与自己为敌的教宗。普天之下，没有一位君王会容忍这种行为。”

“这么说，家里窝藏司铎就是死罪。”

原来罗杰担心的是这件事。倘若斯蒂文·林肯主持弥撒时被抓个正着，或者查出新堡里藏匿圣物，巴特和玛格丽都将性命不保。

内德同样担心玛格丽的安危。法不容情，他只怕凭一己之力救不了她。

他答道：“我深信人人有信仰上帝的自由，别人如何选择，不必放在心上。我不痛恨天主教徒，我和你母亲——还有你父亲，做了一辈子朋友。在我看来，同是基督教徒，不该因为观念不同而互相残杀。”

“可用火刑的又不只有天主教徒。日内瓦那些新教徒不也烧死了米格尔·塞尔韦特。”

内德想说，塞尔韦特之所以在欧洲家喻户晓，正是因为新教徒烧死异教徒实属罕见。但转念一想，他不想和罗杰争辩，于是说：“这无可否认，这件事叫约翰·加尔文坏了名誉，直到审判日那一天。但有为数不多的几位一直竭力推行宽容政策——两个宗派都有。法兰西皇太后卡泰丽娜是其一，她是位天主教徒。再就是伊丽莎白女王。”

“可多少人死于两人之手！”

“人非圣贤。罗杰，有一件事你得想明白。政治上没有圣贤。但即使并非完人，也可以造福苍生。”

内德尽力了，但看得出罗杰并不信服。罗杰不想听别人说什么世事纷乱复杂，他才十二岁，只想得到确切的答复。也只能靠他慢慢领悟，这是每个人都必然经历的。

这时阿福回家来了，罗杰马上收口，又坐了片刻，就客气地告辞了。

阿福问："他来做什么？"

"少年人难免有些迷惑，我是他父母的故交，所以来问我。书念得如何？"

阿福坐下来答道："说真的，一年前该教的就都教给我了，现在我是一半时间念书，另一半时间教那些小不点。"阿福十九岁了，和巴尼一样，身材高大，性格随和。

"哦？"看来这一天内德合该开导年轻人，他不过四十三岁，实在担不起这般重任，"那不如去牛津念大学。可以住在王桥学院。"他并非实心实意地教促侄子念大学，他自己就没念过，也不觉得有多少损失。他自认聪敏，不逊于认识的大部分教士。只是他有时候也发现念过大学的人善于雄辩，自己不是对手，听说是辩论之功。

"我可不是当牧师的材料。"

内德忍不住笑了。阿福喜欢围着女孩子打转，女孩子也为他动心。他和父亲一样，天生讨人喜欢。他一副非洲人长相，有些内向的姑娘对他敬而远之，不过大胆外向的则为之着迷。

内德发觉英国人对外邦人的态度不可理喻：对土耳其人恨之入骨，认为犹太人天生邪恶，非洲人则无伤大雅，甚至引以为奇。有些非洲人辗转来到英格兰，通常和当地人通婚，到孙子曾孙辈，长相已和本国人无异。

"念大学不一定非得当牧师嘛。不过看样子你已经有了打算。”

“祖母爱丽丝当初有意把旧修院改成室内市场。”

“她的确有这个打算。”几十年过去了，内德却忘不了陪母亲去破旧的修院查看，计划在回廊搭摊设铺，“现在看来，也不失为好主意。”

“我能不能借船长的积蓄把那块地买下来？”

内德沉吟片刻。巴尼常年在海上，积蓄一向交给弟弟打理。大部分是现款，也有些投了生意，包括王桥的一间果园和伦敦的一家乳品场，都有些收益。他谨慎地说：“价格公道的话，不妨考虑。”

“我要不要去牧师会问一问？”

“先打听一下行情，问问王桥近期土地的出售价格，一英亩卖多少。”

“我去办。”阿福跃跃欲试。

“不要声张，别说你有什么打算，就说是我打算盖房子，正四处看地。等你打听回来，咱们再商量买修院能出多少。”

这时艾琳·法夫拿了包裹进来。见到阿福，她慈爱地一笑，接着把包裹交给内德。“内德爵士，信差从伦敦过来，正在厨房等你吩咐。”

“先招待些酒菜。”

“已经备好了。”艾琳愤愤不平，气内德以为自己礼数不周。

“可不是，怪我不好。”内德打开包裹，一封信是给西尔维的，笔迹稚拙，一看就是纳塔写的，自然是托巴黎英国使馆寄来的。纳塔十有八九是请西尔维再买一些书；十年来，这样的信西尔维总共收到过三次。

从纳塔的来信和西尔维的几次巴黎之行得知，纳塔从西尔维那儿接过去的担子不只是卖书。她依然留在皮埃尔·奥芒德·德吉斯家当用人，借此监视皮埃尔的一举一动，并向巴黎的新教徒通风报信。皮埃尔带着妻儿和女佣搬进了吉斯府；儿子阿兰二十一岁了，在大学念书。进了吉斯府后，纳塔更加方便探听消息，特别是关于流亡巴黎的英国天主教徒。在她的教导下，阿兰也改信新教，这件事奥黛特和皮埃尔都蒙在鼓里。纳塔打探到什么消息，都写信告诉西尔维。

内德把信放在一边，一会儿交给西尔维。

另一封信是给他的。字迹清晰，字母向右倾斜，看得出写信人性格有条不紊，是匆匆写就。细看之下，内德认出是主子弗朗西斯·沃尔辛厄姆的笔迹。这是封密文信，得译出来才能读懂。他于是对艾琳说："我得等一等才回复。请信差留宿一晚。"

阿福见状，起身说："我这就着手咱们的新计划！多谢叔叔。"

内德即刻转译密文。信里只有三句话，让人忍不住写在信纸上，但这万万不可。倘若写着密文和明文的信纸落入恶人之手，敌人就掌握了破译的要诀。伦敦的几位同僚负责扣下的外国使馆信函，不止一次因为对方粗心大意而取得情报。内德用铁笔把内容写在石板上，用湿布一擦就干干净净。

代码他早已熟记于心，很快读出第一句：巴黎传来消息。

内德心跳加快。他和沃尔辛厄姆都焦急地探听法国有什么打算。二十年来，伊丽莎白女王假称有意同天主教国家的王子联姻，以此牵制敌人。上一个被她拒绝的是法王亨利三世的弟弟埃居尔·弗朗索瓦。伊丽莎白要满五十岁了，但仍有手段令男子神魂颠倒。她管二十几岁的埃居尔·弗朗索瓦叫“我的小青蛙”，叫他死心塌地。三年来，她把埃居尔·弗朗索瓦玩弄于股掌之上，最终他和之前的所有求婚者一样幡然醒悟，明白她根本就没有嫁人之念。在内德看来，联姻这个幌子再也行不通了，敌国多年来就盘算着除掉她，只怕这一次要付诸行动了。

内德正要读第二句，这时门“嘭”一声被推开了，只见玛格丽冲了进来。

“你好大胆子，好大胆子！”

内德目瞪口呆。玛格丽要是变了脸，府中下人一向惴惴，但玛格丽从来没冲他发过脾气。两人一向和和气气，彼此爱慕。他莫名其妙：“我做错什么了？”

“你胆敢向我儿子灌输新教邪说？”

内德皱起眉头。“是罗杰问起，”他按捺着一腔不忿，“我不过据实以对。”

“我的孩子要坚持祖祖辈辈的信仰，我不会让你把他们带上邪路。”

“好得很，”内德气不过，“不过早晚有一天，会有人向他们灌输另一套看法。你该庆幸这个人是我，而不是丹·科布利那种顽固不化的清教徒。”内德一边生她的气，一边不由得感叹她模样如此动人，浓密的头发左飘右荡，眸子里精光四射。她四十岁了，风姿犹胜十四岁时的少女模样——那年，他们躲在菲利普院长的坟墓后拥吻。

玛格丽说：“科布利不过是个愚昧无知的渎神者，他们自有分晓。倒是你，摆出一副通情达理的姿态，荼毒他们的思想。”

“啊！原来如此。你之所以不满，不是因为我信奉新教，而是因为我通情达理。你怕两个儿子知道，人和人之间可以心平气和地讨论信仰，各抒己见，不是非得闹个你死我活。”他嘴上这样说，心里却隐隐觉得，玛格丽指责自己荼毒罗杰的思想并不是真心话。她之所以大发雷霆，是不满自己和内德被生生分开，不能一起抚育孩子长大。

她正在气头上，不由分说地嚷：“啊，就只有你聪明过人，是吧？”

“不，我至少不会装傻，像你现在这样。”

“我来不是为了和你吵架，我是要告诉你，不许和我的孩子说话。”

内德压低声音：“罗杰也是我的孩子。”

“是我犯下的罪孽，不该由他承受恶果。”

“那就不要把你的信仰硬塞给他。告诉他你为什么笃信，不信的也不都是恶人。这样他也会更尊重你。”

“我怎么教育我的孩子，你管不着。”

“那我对我的儿子说什么不说什么，你也管不着。”

玛格丽扭头就走，走到门边时说：“我想咒你下地狱，不过你已经离那儿不远了。”她迈出屋子，接着就听前门“嘭”一声被摔上了。

内德望向窗外，这一次，他无心体会教堂之壮美。他后悔和玛格丽吵嘴。

两个人曾约定，不会向罗杰透露他的身世。他们都认为，倘若罗杰发觉自己活在欺骗之中，幼小的他，甚至长大成人之后，都会耿耿于怀。内德不能和唯一的儿子相认，但为了保护他，不得不做出牺牲。和自己是否快乐相比，罗杰的快乐更加重要，这就是为人父母的苦心。

他收起思绪，低头读信。第二句写的是“罗梅罗枢机又来了，还带着情妇”。这可非比寻常。罗梅罗是西班牙国王的心腹，他和法国的忠坚天主教徒一定有所图谋。至于他那位情妇耶柔玛·鲁伊斯，曾在圣巴托罗缪纪念日屠杀时向内德通风报信。说不定她还会透露罗梅罗此行的目的。

他正要读第三句，这时西尔维走了进来。内德把信递给她，她却没有马上打开：“你和玛格丽说的话，我听见一些；声音很大的那些。看来闹得很不愉快。”

内德十分尴尬，握着她的手说：“我并不是要劝罗杰改宗，我只是据实以对。”

“我明白。”

“要是我的旧爱让你觉得难堪，我向你赔不是。”

“我没有难堪。很久以前我就明白，你爱着我们两个人。”

内德大吃一惊。西尔维说中了，是他一直不肯承认。

西尔维看出他的心思，说道：“这种事，怎么瞒得过做妻子的呢。”她说着打开信。

内德也低头看信。他一边咀嚼西尔维的话，一边译出最后一句：耶柔玛说只见你。

他抬头望着西尔维，知道该怎么回答了。“只要你明白我爱你。”

“我明白。信是纳塔写来的，书快卖完了。我得去巴黎一趟。”

“我也是。”

西尔维一直没机会到教堂钟楼上眺望风景。礼拜日这天，祝圣之后，春日的暖阳斜射进彩绘窗，她四处找楼梯。南边耳堂墙上开着一扇小门，门后是一处螺旋楼梯。她正琢磨是找人询问还是偷偷溜进去，就见到玛格丽走过来。

玛格丽开门见山：“那天我冲到府上大吵大闹，实在不该。我惭愧得要命。”

西尔维关上小门。这比看风景要紧多了，况且钟楼也不会跑掉。

西尔维自认比玛格丽有福分，不妨大度一点。“我明白你干吗发那么大的火。我应该没有猜错。我并不怪你。”

“你何出此言？”

“你和内德本该一起抚育罗杰长大。可惜造化弄人，你为此难过，也是人之常情。”

玛格丽震惊不已：“内德发誓说不会告诉任何人。”

“他没有说，是我猜到的，他没法否认。不过你放心，这个秘密我绝不会透露。”

“要是给巴特知道，他非杀了我不可。”

“不会给他知道的。”

“谢谢你。”玛格丽热泪盈眶。

“内德要是娶了你，早儿女满堂了。我生不了孩子。我们不是不想要。”西尔维暗暗奇怪，自己竟然和这个深爱丈夫的女子交起心来。只是何必自欺欺人呢。

“我替你难过……不过我大概猜到了。”

“要是我比内德先走，巴特比你先走，那你就该嫁给内德。”

“你怎么说起这些来？”

“我会在天堂望着你们，祝福你们白头偕老。”

“别胡思乱想了——不过要多谢你好意。你真是好心肠。”

“你也一样，”西尔维微微一笑，“他真有福气不是？”

“你说内德？”

“有咱们两个爱他。”

“我可说不好。是不是福气呢？”

罗洛见吉斯府如此气派，不禁肃然起敬。这宅邸比罗浮宫还要宽敞，加上庭院和花园，占地少说也有两英亩。府上除了下人和守卫，还养了不少远亲、清客，白天要吃饭，晚上要留宿。单是一间牲口棚，就胜过罗洛父亲家业鼎盛时建的居所。

1583年6月，罗洛应约前来同吉斯公爵商议大事。

“疤面”公爵弗朗索瓦去世多年，弟弟夏尔枢机也已作古。弗朗索瓦之子亨利承袭爵位，现年三十二岁。罗洛饶有兴趣地打量亨利公爵。说来也巧，亨利同父亲一样，脸上也受了伤；在大半法国人眼里，这是主的旨意。弗朗索瓦当年被长矛刺中，而亨利是被火绳钩枪击中，父子二人脸上都留了明显的疤痕，亨利也成了“疤面”。

老谋深算的夏尔枢机也有了接班人，那就是出身低微的皮埃尔·奥芒德·德吉斯。他是吉斯家的远亲，由夏尔一手栽培。皮埃尔资助英格兰学院，让·英吉利这个化名就是他取的，方便罗洛执行秘密任务。

罗洛进到一间小客厅，里面陈设奢华，墙上挂满了圣经典故画，但不少人物赤身裸体。客厅里隐隐弥漫着堕落奢靡的气息，叫罗洛有些不自在。

在座各位无不是一言九鼎，罗洛又是荣幸又是惶恐。罗梅罗枢机是西班牙国王派来的；乔瓦尼·卡斯泰利奉的是教宗之命；克劳德·马蒂厄是耶稣会学院院长，耶稣会发愿恪守“贫穷、贞洁、服从”三愿。这几个人在基督教正统中莫不是举足轻重，罗洛能和他们同席而坐，心中错愕。

皮埃尔坐在亨利公爵身边。这些年来，他皮肤的毛病越发严重，双手、颈部、眼角和嘴角都有一块块发红干燥的皮肤，他不住伸手搔痒。

几位要人落座后，吉斯府的三个下人端上酒和点心，随即守在门边等吩咐。想必这三个人都忠心可靠，不过换成罗洛，还是会让他们去门外候着。他如今像着魔似的保守秘密，在场的只有皮埃尔一个人知道他的真实姓名，在英格兰则相反，谁也不知道罗洛·菲茨杰拉德就是让·英吉利，就连妹妹玛格丽也全不知情。罗洛表面上替泰恩伯爵办事，此人胆小怕事，虽然虔诚向主，但怕卷入密谋，只照常给罗洛薪俸，随他来去自由，从不多问。

亨利公爵第一个开口。他宣布：“今天聚集在此，是为商讨入侵英格兰一事。”

这可是罗洛梦寐以求的。这十年来，他不断将司铎暗中送往英格兰，虽然关系重大，毕竟只是缓兵之计，除了延续真信仰，无助于改变局势。他真正的使命就是为这一刻。由亨利公爵率兵攻打英格兰，定能光复天主教会，菲茨杰拉德一家也将再次叱咤风云，夺回应有的威权。

他仿佛看见舰队上旗帜翻飞，披坚执锐的士兵涌上岸边，得胜的大军夺取伦敦，百姓夹道欢迎，玛丽·斯图亚特加冕为女王，而他自己身穿主教法衣，在王桥座堂祝圣弥撒。

罗洛从皮埃尔口中得知，吉斯一家将伊丽莎白女王视为眼中钉。法兰西已是天主教徒的天下，胡格诺教徒大批逃往英格兰，其中能工巧匠备受敬重。这些人生意兴隆，用来资助故土的教友。此外，伊丽莎白还插手西班牙属尼德兰事务，允许英国人前往该地支援叛军。

此外，亨利还另有打算。“教宗早已宣布伊丽莎白并非正统，她却霸占王位，将真正的女王玛丽·斯图亚特囚禁，实在叫人忍无可忍。”

苏格兰女王玛丽·斯图亚特是亨利公爵的表姐，倘若她继承英格兰王位，吉斯家必将权倾欧洲。亨利和皮埃尔野心勃勃。

罗洛想到祖国遭外族统治，心里一阵犹疑。然而，只要能恢复真信仰，这些代价都不值一提。

亨利说：“我认为应该兵分两路。一边派大军——一万两千名士兵从东岸海港上岸，召集当地天主教贵族，从而攻占北部地区。另一边则派精锐部队从南岸登陆，同样是集合天主教人马，进而控制南部。两路大军联合英格兰力量，一起攻入伦敦。”

耶稣会首领说：“计划是不错，只是资金由谁来出？”

罗梅罗枢机答道：“西班牙国王答应出一半。英国海盗猖獗，不断袭击本国往返大西洋的盖伦船，盗窃新西班牙的金银船货，腓力国王已经忍无可忍。”

“那另一半呢？”

卡斯泰利答道："我想教宗会慷慨解囊——倘若战术可行。"

罗洛却明白，虽然国王和教宗信誓旦旦，真正出钱却没那么痛快。不过眼下不比平常，资金只是次要。亨利不久前从祖母手中继承了五十万里弗赫，倘若资金匮乏，他也能担负一些。

亨利说道："大军登陆，需要商定适当的港口。"

罗洛这才醒悟，一切都在皮埃尔计划之中，每个问题他都提前想好了答案。这次会面的目的就是让大家知道，每一方都会尽其所能。

罗洛于是答道："地图就由我来负责。"

亨利瞧着罗洛问："你一个人？"

"并非如此，公爵。我不是孤军奋战。英格兰有权有势的天主教徒大半和我有联络。"这其实是玛格丽的功劳，不过在场的没人知道。罗洛总以确保司铎和庇护者性情相投为由，询问司铎前往何地。

亨利问道："这些人都可以托付？"

"爵爷，他们不只是天主教徒。这十年来，他们收留我送往英格兰的司铎，不惜搭上性命。他们绝对信得过。"

公爵面露钦佩之色。"原来如此。"

"除了会呈上地图，他们也会是起义军的中坚力量。"

"妙极。"

皮埃尔第一次开口："那么还有一个关键问题：苏格兰女王玛丽·斯图亚特。除非有她授意，答应支持起义，下令处死伊丽莎白，继承王位，否则这个计划就无法实施。"

罗洛深吸一口气："这件事，就交给我吧。"他暗暗祈祷，自己夸下海口，可要成功才行。

亨利说：“她被软禁，往来通信都有人监视。”

“这是个障碍，但并非不能克服。”

公爵似乎心满意足。他环视一周，语气轻快，透着不耐烦，一如有权有势之人：“就这些了。多谢诸位前来。”

罗洛朝门口一瞥，不禁吃了一惊：除了那三个下人，又多出一个人来。此人二十二三岁，头发剪短了，是现今学生间时兴的式样。罗洛瞧他有几分眼熟。不管他是什么人，他应该听见自己承诺密谋叛国。罗洛悚然心惊，伸手一指，大声问：“那是什么人？”

皮埃尔答道：“是我养子。阿兰，你搞什么鬼，怎么跑到这儿来了？”

罗洛这才认出来。这些年来，他和这孩子打过几次照面，他一头金发，小胡子尖尖的，一看就是吉斯人。只听他说：“母亲病了。”

罗洛留意皮埃尔的表情变化，看得津津有味。先是期望的神色一闪而过，接着是装模作样的关心，但骗不过罗洛，最后是飞快地打定主意。只听他说：“立刻请大夫。快去罗浮宫请安布鲁瓦兹·帕雷——诊费再多也不打紧。我挚爱的奥黛特一定得得到最好的照料。快去，孩子，别耽搁了！”皮埃尔说完，扭头对公爵说：“爵爷倘若没有别的吩咐……”

“你去吧，皮埃尔。”

皮埃尔出了房间，罗洛暗暗好奇：他唱的这是哪一出？

内德·威拉德这次来巴黎是要见耶柔玛·鲁伊斯，但他必须格外小心。万一有人发现她向内德通风报信，那她必死无疑；内德自己也可能落得同一个下场。

他来到巴黎圣母院阴影笼罩下的书店。这间书店本是西尔维父亲经营的，那时候内德还不认得西尔维；1572年相恋时，西尔维曾带他来过。现如今书店归他人所有，内德在这里是为了打发时间。

他一边逐一研究书脊上印的题目，一边紧张地留意双塔耸立的圣母院西侧。一等大门开了，他急忙出了书店。

最先出来的是亨利三世。九年前，亨利的哥哥夏尔九世驾崩，他继位做了国王。只见他面带微笑，向广场上聚集的巴黎百姓挥手致意。亨利国王今年三十一岁，黑眼睛、黑头发，前额头发微秃，形成小小的发尖，也就是俗称的“寡妇尖”。他就是英国人口中的“政治家”，法文叫“politique”，对于宗教政策，只考虑是否有益长治久安，而不是一意孤行。

皇太后卡泰丽娜紧随其后。六十四岁的皇太后臃肿而衰老，头戴丧帽。皇太后育有五位王子，个个体弱多病，已经有三位夭折。更不幸的是，这三位王子都没有生育，以至于王位只能传给弟弟。不过卡泰丽娜因祸得福，成了欧洲最有权势的妇人。和伊丽莎白女王一样，她运用权术斡旋宗教纷争，以妥协之策代替武力之争；和伊丽莎白女王一样，她的举措收效甚微。

王室一行人穿过圣母桥，踏上右岸，这时一群人从圣母院三处拱门涌出来。不少百姓想来一睹龙颜，内德混在人群中，不想引人注目。

他很快就认出了耶柔玛·鲁伊斯。她照例一身红裙，十分惹眼。耶柔玛四十二三岁了，不复当年妙曼的身段，秀发不再浓密，嘴唇也显干瘪。尽管如此，看她烟视媚行，所有女子中，就数她最叫人神魂颠倒。内德看出，她从前是天生丽质，如今显然费了一番功夫。

耶柔玛也看见了内德。她认出他来，随即别开目光。

内德不敢贸然上前，这次会面要装作偶遇，而且只能长话短说。

他朝耶柔玛那边挤。她是陪罗梅罗枢机来的，但为了掩人耳目，她没有依偎在他身畔，而是跟在他身后不远处。枢机停下脚步，和维尔纳夫子爵说话，内德趁机“碰巧”和她并肩而行。

耶柔玛依然笑靥如花，说道：“我可是搭上了一条命。咱们只有片刻的工夫。”

“好。”内德装作好奇的样子左右查看，留神有没有人注意他们两个。

耶柔玛说：“吉斯公爵打算入侵英格兰。”

“圣体呀！怎么——”

“噤声，听我说，”耶柔玛不客气地打断他，“不然我说不完了。”

“抱歉。”

“兵分两路，从东南两岸登陆。”

内德不得不插嘴：“多少兵马？”

“不知道。”

“请说下去。”

“差不多就这些。两支军队联合当地势力，一起攻入伦敦。”

“这消息无比重要。”内德暗暗感谢上帝，耶柔玛为天主教会折磨父亲一事而怀恨在心。他猛然想到，耶柔玛和自己是出于一般目的：他所以痛恨独断专行的教派，是因为朱利叶斯主教之流害得母亲倾家荡产。每当心灰意冷之际，他就想起母亲的毕生心血被那些人夺走，害得这个坚强又精明的妇人一蹶不振，直到去世才得以解脱。这段痛苦的往事像触破的旧伤口，让内德更加坚定初衷。

他瞥了一眼耶柔玛。离得近了，他看出耶柔玛脸上添了皱纹，察觉这副娇美的面容下深藏着愤恨。她十八岁时委身罗梅罗，到四十多岁依然受宠，想必步步为营。

内德说：“多谢你知会我。”他是由衷地感激。只是还有一件事他不得不问。“吉斯公爵在英国一定有同谋。”

“自然。”

“你可知道是什么人？”

“不知道。别忘了，这些消息都是私房话，我没资格问东问西，不然他会起疑心。”

“我当然明白。”

“巴尼有什么消息？”

内德听出她语气里有一丝留恋。“他在海上讨生活，一直没有娶亲，不过有个儿子，十九岁了。”

“十九了，”她感叹，“弹指一挥间。”

“他叫阿福，看样子和他父亲一样，很有生意头脑。”

“是个机灵鬼——不愧是威拉德家的。”

“他的确机灵。”

“内德，替我问巴尼好。”

"还有一件事。"

"长话短说——罗梅罗过来了。"

内德得有个可靠渠道，方便联络耶柔玛。他飞快转动脑筋："等你回到马德里，会有人上门卖胭脂，让人青春永驻。"他有九成把握，在西班牙总有英国商人办得到。

她怅然一笑："我用得很勤。"

"有什么消息告诉他，我在伦敦会收到。"

"晓得。"她说罢一扭身，对罗梅罗枢机粲然一笑，同时挺起胸脯。两人一起走开，耶柔玛摇晃着腰肢。内德暗暗伤感：一个上了岁数的妓女用尽浑身解数，讨好一个卑鄙无耻、脑满肠肥的老头子神父。

内德有时候觉得这世道糟透了。

比起入侵英格兰，更叫皮埃尔兴奋的是奥黛特卧病。

飞黄腾达之路，只剩奥黛特这一块绊脚石。他如今是公爵的首要谋士，公爵越发重视他的看法，也越发信任他。他带着奥黛特、阿兰母子还有跟了多年的女仆纳塔住在圣殿旧街的吉斯府，当上了香槟一个小村的领主，可以自称梅尼尔阁下，然而，他不过是区区乡绅，还不算贵族。

亨利公爵大概不会答应他封做侯爵，不过法国贵族有权任命高级神职，不必罗马首肯。他希望跟亨利公爵讨一份修院院长的职务，甚至是主教——可惜他娶了太太。

眼下，奥黛特没准会一命呜呼。这个念头叫他简直有苦尽甘来之感。他从此再无阻碍，将平步青云，前途不可限量。

奥黛特的病症包括饭后不适、腹泻、便血、乏力。她一向臃肿，近来因为疼得吃不下东西，消瘦不少。帕雷大夫看过说是肠胃热又加上干火，需要大量饮用淡啤酒和兑了水的葡萄酒。

皮埃尔最担心的就是她病情好转。

倒霉的是，阿兰把她照顾得无微不至。他抛下学业，整天守在她床边，几乎寸步不离。皮埃尔瞧不上这孩子，奇怪的是，阿兰在下人中很有人缘，大家看他母亲病重，都可怜他。他让人把三餐送到房里来，晚上就睡地上。

帕雷嘱咐了一些忌口之物，皮埃尔一有机会就骗奥黛特吃下白兰地、烈酒、辛咸食物。她吃下后抽筋、头痛，口中浊臭。要是他一个人照顾奥黛特，说不定就能送她上路，可惜阿兰总是很快就回来了。

眼看着奥黛特病症减轻，皮埃尔仿佛看到主教之职和自己无缘，不禁暗暗发愁。

帕雷大夫又来看病，说奥黛特有所好转，皮埃尔心里一沉。摆脱这个粗鄙娘们儿的美梦渐渐远去，他大失所望，像受了伤一般真切。

帕雷说："她该喝点滋补的药。"他说要纸、笔、墨，阿兰不一会儿就备好了。"去街对面找意大利药材商吉利奥，不出几分钟就熬好——只需要蜂蜜、甘草、迷迭香和胡椒。"他说着开了方子，交给阿兰。

皮埃尔脑海里猛地跳出一个疯念头。他不及细想，得先把阿兰打发掉。他掏出一枚硬币，对阿兰说："你现在就去买吧。"

阿兰一脸不情愿。他望着母亲，她枕着羽毛枕头睡着了，"我不想留她一个人。"

莫非他猜中了皮埃尔的歹念？不会的。

只听阿兰说："让纳塔去吧。"

"纳塔去鱼市还没回来。你去药材铺，我看着奥黛特，我不走开，你放心吧。"

阿兰还是一脸犹豫。和大多数人一样，他惧怕皮埃尔，不过有时候很是顽固。

帕雷说："去吧，孩子。她早点喝上，就能早点康复。"

大夫的话阿兰不能不听，他这才走了。

皮埃尔准备送客："大夫，多谢您悉心替她诊治，我感激不尽。"

"能替吉斯家效劳，是我的荣幸。"

"我定会转告亨利公爵。"

"公爵身体可好？"

皮埃尔只想趁阿兰回来前赶快把他打发掉。"很康健。"这时奥黛特低低呻吟一声，皮埃尔忙说，"她好像要用夜壶。"

"那我就不打扰了。"帕雷说着就告辞了。

机会来了。他一颗心跳到嗓子眼。不出几分钟，他就可以一劳永逸了。

杀了奥黛特。

之前他迟迟不敢动手，是有两个顾忌：一是她力气惊人，自己未必打得过，二是忌惮夏尔枢机。夏尔曾警告他说，要是奥黛特死了，不管因何而死，他都绝不会放过皮埃尔。

眼下奥黛特四肢无力，夏尔也已离世。

那么，会不会惹人怀疑？他在人前总是装作对太太体贴入微，除了夏尔和阿兰知根知底，其他人都信以为真，连亨利公爵也不例外。阿兰也许会认定是他下的毒手，不过他有办法对付，就说阿兰丧母后神志失常，不肯承认母亲病死，却归咎于养父。亨利不会怀疑。

皮埃尔关上门。

他厌恶地望着熟睡的奥黛特。当初被逼娶了她，是对他至大的侮辱。他激动得不能自已，不觉微微颤抖。他要报仇雪耻了。

他拖过一把沉沉的椅子抵住门，以防有人闯进来。

拖椅子的声音把奥黛特吵醒了。她抬起头，担心地问："出什么事了？"

皮埃尔勉强镇定，安慰她说："阿兰到药铺给你买补药去了。"他说着走到床边。

奥黛特有所警觉，惊恐地问："你干吗挡住门？"

"怕有人打扰你。"说完皮埃尔一把扯过她枕的羽毛枕头，按在她脸上。幸好他手疾眼快，奥黛特刚要尖叫，就被枕头蒙住了。

她竭力挣扎，想不到力气还这么大，居然挣脱枕头，刚喘了口气，皮埃尔马上用枕头蒙住她口鼻。她扭来扭去，皮埃尔只好跳上床，跪在她身上。她双手乱挥，皮埃尔两肋和腹部吃了她不少拳头，只能咬紧牙关，忍着疼，紧紧按住枕头。

他担心敌不过奥黛特，这次要功亏一篑，一惊之下，不由得添了一股劲儿，拼命按着枕头。

她终于没了力气，拳头软软的，接着双臂无力地垂落，双腿又乱蹬了几下，再不动了。皮埃尔不敢松开枕头，怕她又缓过来。但愿阿兰还没往回走——吉利奥配补药，总比这费事吧？

皮埃尔从没杀过人。诚然，是他一手策划，导致上千个异教徒和许许多多的无辜百姓丧命，他至今还会做噩梦，梦见圣巴托罗缪纪念日巴黎街头成堆的赤裸尸体。眼下，他正在谋划同英格兰开战，又将导致上万人送命。然而，他没有亲手杀过人。这是第一次。这次不一样。他叫奥黛特断了气，她的灵魂离开了躯体。真叫人骇然。

等了几分钟，她依然一动不动，皮埃尔这才小心地拿开枕头，望着她的脸。因为这场病，她的面孔瘦削憔悴。她没了呼吸。皮埃尔伸手按在她胸前，感觉不到心跳。

她不在了。

皮埃尔欣喜若狂。不在了！

皮埃尔把枕头垫在她脑袋下。她的模样十分安详，完全看不出死得痛苦。

狂喜过后，皮埃尔冷静地思考怎么座才不会引人怀疑。他先把椅子拖回原位——他记不得原先摆在哪儿了。不会有人注意吧？

他环顾四周，查看可还有可疑的迹象，发觉被褥格外凌乱，于是隔着尸体整了整。他再次四下查看，似乎没什么可做的了。

他想转身离开，又想起答应阿兰会留下来，况且贸然离开显得心里有鬼。还是假装不知情才好蒙混过去。和这具尸体独处，他忐忑不安，虽然他对奥黛特恨之入骨，又庆幸她总算死了，但他到底犯下了弥天大罪。

他心里一惊，想到就算瞒过了天下人，也瞒不过主。他杀死了妻子，这种罪行，如何能得到宽恕？

她死不瞑目。皮埃尔不敢看她，只怕她会盯着自己看。他想替她合上眼睛，可又不敢碰那副尸体。

一定得镇定。穆瓦诺神父总是言之凿凿，说一切都是主的旨意，他会得到宽恕。这一次呢？不会，必定不会。这一次，完全是为一己私欲，他找不到借口开脱。

他心灰意冷，双手不住颤抖——这双手刚才紧紧按着枕头，叫奥黛特窒息而死。他坐在窗前的长凳上，向外张望，不想看奥黛特的尸体，可每隔几秒钟，他又忍不住回头，好知道她还躺在床上，因为他不住幻想她坐了起来，扭过脸，空洞洞的双眼对准了他，一只手指指着他，嘴巴一张一合，无声地说："是他杀了我。"

门终于开了，阿兰走了进来。皮埃尔一时惊慌失措，险些大喊"是我，是我杀了她"。他随即恢复镇定，"嘘。"其实阿兰进来时轻手轻脚的，"她还睡着呢。"

"没啊，她睁着眼睛，"阿兰说着眉头一皱，"你整理过被褥。"

"我看着有点皱。"

阿兰有些诧异。"你真是周到，"他又是眉头一皱，"你动过椅子？"

皮埃尔暗暗发愁，阿兰怎么对这些细枝末节都不放过。他一时想不出恰当理由，干脆否认。"一直就放在那儿啊。"

阿兰一脸困惑，但没再追究。他把药瓶放在小茶几上，把一把硬币交给皮埃尔，接着对尸体说："妈妈，我把药买回来了，现在就可以喝，不过得兑点水或者酒。"

皮埃尔真想大喊：你仔细看啊——她死了！

茶几上正好放着一壶酒、一只杯子，阿兰往杯子里倒了些药剂，又兑了酒，拿着餐刀搅匀了，这才端着杯子朝床边走去——

总算等到了。他说道："我扶你起来。"他定睛望着母亲，皱起眉头。"母亲？"他低声嚷，"圣母马利亚，不要！"杯子掉在地上，油腻腻的药水在地砖上洒得到处都是。

皮埃尔半是惊惧半是好奇，定睛望着阿兰。只见他惊得呆了，片刻后冲到床前，弯腰望着那一动不动的躯体。他大喊一声："妈妈！"好像声音响亮就能唤醒她似的。

皮埃尔故意问："什么不对吗？"

阿兰抓着母亲肩膀，用力把她抱起来。她的脑袋向后仰。

皮埃尔绕到床的另一边，以免阿兰动起手来。他并不怕阿兰会伤着自己——是阿兰怕他才对。尽管如此，还是别打起来才好。"怎么了？"

阿兰恨恨地瞪着他。"你做了什么？"

"就是照看她啊。她好像昏过去了。"

阿兰轻轻地扶母亲躺倒，脑袋枕在要了她命的枕头上。他先伸手按在母亲胸前，试探心跳，接着又按在脖子上，查看脉搏，最后脸凑在她鼻子前，感觉呼吸。他哽咽一声。"她死了。"

"真的？"皮埃尔也伸手放在她胸前，接着肃穆地点点头。"真叫人伤心。咱们都以为她要好起来了。"

"她明明好起来了！是你杀了他，你这魔鬼。"

"阿兰，节哀顺变。"

"我不知道你搞了什么鬼，总之是你杀了她。"

皮埃尔走到门口大喊："出事了！有人吗！快来人！"

阿兰说："我要杀了你。"

皮埃尔几乎失笑："不要说些言不由衷的话。"

"我说到做到。这一次，你叫我忍无可忍。你害死母亲，我要让你一命还一命。只要我还有一口气，我就要亲手杀死你，我要看着你咽气。”

皮埃尔不禁毛骨悚然，但很快镇定下来。阿兰才不会杀人。

他朝走廊张望，看见纳塔提着篮子走过来，显然刚从集市回来。“过来，纳塔，快。出了件叫人伤心的事。”

西尔维戴上黑帽子，拉下厚厚的黑纱，去参加奥黛特·奥芒德·德吉斯的葬礼。

纳塔和阿兰肩并肩站着，两个人都伤心欲绝。她真想走过去，站在他们身边。她觉得自己和奥黛特好像心心相通，因为她们俩都嫁给了皮埃尔。

内德没跟来。他一个人去了圣母院，打探流亡巴黎的英国天主教徒。说不定吉斯公爵那些同党粗心大意，不经意间暴露了身份。

天下着雨，墓园里一片泥泞。西尔维观察前来哀悼的客人，大多是吉斯家的无名小卒和女仆，至于有身份的，一是韦罗妮克，她和奥黛特有多年的主仆情分；再就是皮埃尔，假惺惺地哀悼亡妻。

西尔维心中忐忑。按说皮埃尔不会认出自己。果不其然，他连看都没看她一眼。

只有纳塔和阿兰两个人啜泣不止。

葬礼结束后，皮埃尔跟大多送葬者陆续走了，西尔维、纳塔和阿兰站在橡树荫下说话。

阿兰说：“是他杀了母亲。”

西尔维望着阿兰，他哭红了眼睛，但依然是一副英俊模样，一看就是吉斯家人。“她病了很久。”

“我知道。那天我去药铺配药，留下他照顾母亲，离开几分钟，回来时她已经死了。”

“请节哀。”西尔维不知道阿兰猜得对不对，但她知道，皮埃尔绝对有本事杀人。

阿兰说：“我要从府里搬出去。母亲不在了，我也没理由住下去。”

“你要搬去哪儿？”

“可以住学院。”

纳塔说：“我也得搬走。皮埃尔辞了我，他一向恨我。”

“天啊！那你怎么办？”

“我不需要找活儿，单是卖书，我都要跑断腿了。”纳塔坚韧不拔。多年前，西尔维劝她做了眼线，这些年来，她越发坚强机灵。

西尔维一阵烦恼。“真的非走不可？我们一直倚重你刺探皮埃尔和吉斯家的消息。”

“我也没办法，他把我打发了。”

“不能说说好话？”西尔维一筹莫展。

“你也知道他的为人。”

不错。皮埃尔使坏泄愤，凭你说多少好话也没用。事关重大——幸好西尔维随即想到，办法近在眼前。她对阿兰说：“你可以留在皮埃尔身边，是不是？”

“不行。”

“我们得知道他有什么阴谋！”

阿兰万分为难。“他害死母亲，我怎么能留在他身边！”

“但你笃信新教真信仰。”

“自然。”

“传播真福音，是咱们信徒的使命。”

“我明白。”

“而你要为之奉献，最重要的使命或许就是帮我们揭穿你养父的阴谋。”

阿兰犹豫不决。“真的吗？”

“给他当秘书，让他离了你不行。”

“上礼拜我还发誓说要杀了他报仇。”

“他过后就忘了——发誓要杀了皮埃尔的人数不胜数。你想一想，要为你母亲报仇，最好的法子——得主嘉许的法子，就是挫败他的诡计，让他不得迫害真信仰。”

阿兰若有所思：“母亲在天国也会安慰了。”

“千真万确。”

他再三踌躇。“我得再想想。”

西尔维瞥了一眼纳塔，见她偷偷指着自己，意思是说“交给我吧，包在我身上”。西尔维决定作罢，毕竟阿兰把纳塔当作半个母亲。

她于是说：“我们得知道有哪些英国天主教徒勾结吉斯一家，这比什么都重要。”

阿兰说：“上礼拜他们在府里会面，商量入侵英格兰。”

“太可怕了。”西尔维其实早就知道了，但内德告诉她，决不可让一个眼线知道有其他情报来源，这是首要法则。“在场的可有英国人？”

“有一个，是英格兰学院的司铎。养父跟这个人碰过几次面，他负责和玛丽·斯图亚特取得联络，这次出兵得有她同意。”

这条消息至关重要，而耶柔玛·鲁伊斯并不知情。西尔维只想马上赶回去告诉给内德，不过还有一件事得弄清楚。她问道：“这个司铎是什么人？”她屏住呼吸。

阿兰说：“他自称让·英吉利。”

西尔维心满意足地舒了一口气：“他叫这个名字？啧啧。”

二十三

十五年来，艾莉森和玛丽·斯图亚特一直不得自由，在她们待过的监狱里头，论起最叫人不快，谢菲尔德堡绝对算得上其一。城堡有三百年历史，处处显出古老沧桑。它建在两河交汇处，另外两面由护城河围绕，说它潮气侵人，那还是客气的说法。城堡主人什鲁斯伯里伯爵负责看守玛丽，因为不满伊丽莎白女王给的那点微薄薪俸，饮食都挑最便宜的。

唯一叫人欣慰的，是护城河对面那片四平方英里大小的鹿苑。

玛丽得到准许，可以在鹿苑骑马，不过每次都有佩带武器的守卫跟随。有时候玛丽因为什么理由不想出来，他们就放任艾莉森一个人骑马驰骋，逃跑也没人在意。她的坐骑是一匹黑马驹，叫作加尔松，也就是法语“少年”的意思。加尔松大多时候都很乖巧。

一看到核桃树林立的小径，她就快马加鞭，催加尔松跑出四分之一英里，散掉些体力后，加尔松对她越发顺从。

恣意驰骋时，她仿佛重获自由，但这种感觉转瞬即逝。等吆喝加尔松放缓步子时，她就记起自己仍是阶下囚。她不禁自问，何苦要留在这儿？回苏格兰也好，去法兰西也罢，总之没人阻拦。只是她这个阶下囚心里还抱着一线希望。

她能活下来，全靠这线希望——还有失望。她先是盼着玛丽当上法国王后，可惜好景不长，不到两年国王驾崩；玛丽返回苏格兰，但这个女王无人拥戴，最终被逼退位。现如今她是天下人眼中的正统英格兰女王，独独英格兰人不认账。不过还有成千上万甚至百千万忠诚的天主教徒，愿意为她而战，拥戴她为王。艾莉森等待的、希望的，就是揭竿而起的那一刻。

这一刻姗姗来迟。

她正在小树林里缓缓而行，大橡树后突然闪出一个陌生男子，拦在马前。

加尔松受了惊吓，四蹄乱蹬。艾莉森立刻喝止，但陌生男子飞快地抢上，夺过马缰。

艾莉森厉声说："快放手，不然等着吃鞭子吧。"

对方答道："我绝无恶意。"

"那还不放手。"

男子松开缰绳，后退一步。

艾莉森打量这个陌生人。五十岁不到，头顶头发稀疏，蓄着乱蓬蓬的红胡子。不像是个歹人，刚才握住马缰也许是为了帮忙。

只听他问："你是艾莉森·麦凯？"

艾莉森下巴一扬；众所周知，这是高人一等的表现。"先夫在世时，我是罗斯夫人，一年后，爵士过世，我成了孀居夫人。不过很久之前，我的确是艾莉森·麦凯。你是什么人？"

"让·英吉利。"

艾莉森立刻警觉。"我听说过你。你可不是法国人。"

“我是法国派来的信使。确切地说，是皮埃尔·奥芒德·德吉斯派来的。”

“我认得他。”她眼前浮现出那个年轻男子，一头浓密卷曲的金发，举手投足都透着果决自信。她曾打算和皮埃尔结为盟友，可惜注定今生无缘。自然，他如今也不年轻了。“皮埃尔还好吧？”

“他是吉斯公爵的得力助手。”

“兴许当了主教，甚至是总主教？不对，怎么会呢，他有妻室。”她还记得，他那位太太是个使唤丫头，被吉斯家哪个风流少爷搞大了肚子。艾莉森为此抱憾。

“他不久前死了太太。”

“啊。他要平步青云了，没准能当上教宗呢。他带了什么口信？”

“囚禁的日子快到头了。”

艾莉森大喜过望，心猛地一跳，又忙叫自己镇定。囚禁的日子快到头了——说起来轻松，做起来哪有那么容易。她不动声色地问：“此话怎讲？”

“吉斯公爵计划入侵英格兰，并得到西班牙国王腓力以及教宗额我略十三世支持。名义上这队人马必须由玛丽·斯图亚特统帅，他们会解救她出狱，并拥戴她为王。”

可能吗？艾莉森不敢相信。她一时想不到如何应答，为了拖延时间，她装作出神回想的样子：“记得上次见到亨利·德吉斯，他还是个十岁的金发小孩儿，现在他要出兵英格兰了。”

“在法兰西，吉斯一家是一人之下万人之上。既然他开了口，说要征服英格兰，那就不会食言。不过他得知道表姐玛丽是否有意肩负应有的担子。”

艾莉森打量他。他棱角凸出，相貌英俊，神色中透出决绝冷酷，酷似皮埃尔。她打定主意：“此时此地，我向你保证。”

让·英吉利摇头说：“亨利公爵不会单凭你一句话相信——也不会单凭我一句话。得有玛丽的亲笔信。”

艾莉森心里一沉。那可不好办到。“你得知道，她的往来信件都有人检查。这个人叫内德·威拉德爵士。”艾莉森曾见过他两次，第一次是在多年前，他和玛丽同父异母的哥哥詹姆·斯图亚特来圣迪济耶行宫；第二次是在卡莱尔堡。内德和皮埃尔一样，和当年早不可同日而语。

艾莉森看见英吉利眼光一闪，看来他也认得内德。他说：“得有个秘密的联络渠道。”

“我可以和你在这里碰头。约莫每周我都可以独自骑马出来。”

他又摇摇头。“暂时是可以。我一直暗中观察，玛丽女王的守卫纪律松弛，不过说不定什么时候就会严密起来。得有个不容易让人察觉的法子。”

艾莉森点点头；他言之成理。“你有什么主意？”

“我正要问起。谢菲尔德堡可有下人定期进进出出，愿意替咱们传递信件？”

艾莉森略一沉吟。在利文湖时就办成过一次，不妨旧计重施。堡里每天都有不少人出入，玛丽女王纵使沦为阶下囚，排场却少不得，身边跟着三十个臣仆，这些人的饮食起居都需要人照顾，这还不算什鲁斯伯里伯爵一家及其门客的日常所需。这些人里头，有谁能在威逼利诱之下冒这个险？

艾莉森想到佩格·布拉德福德。佩格十八岁，姿色平平、瘦骨嶙峋，定期来堡里收脏被单带回家洗。她从前无缘见到女王，自然对玛丽·斯图亚特崇拜有加。苏格兰女王如今过了不惑之年，不复盛年的美貌，因为常年被囚，她日渐臃肿，曾经的一头秀发也枯黄稀疏，在人前不得不戴一顶棕色假发。尽管如此，她依然是世人眼中的传奇：女王命运坎坷，遭人所害，但无畏地忍受着残忍不公，可堪怜悯。对待佩格之流，她不自觉就是一副女王风范，既高高在上又和蔼可亲；在这些人眼中，玛丽是个有血有肉的女子，叫人不得不敬服。艾莉森明白，身为女王，受人爱戴是自然而然的事。

她开口说："一个叫佩格·布拉德福德的浣洗丫头。她住在布里克街，紧挨着圣约翰教堂。"

"就由我来和她碰头。不过还需要你先说动她。"

"自然。"这件事好办得很。艾莉森仿佛看到玛丽握起佩格的手，在她耳边低语；佩格能为女王效力，露出欣喜若狂、至死不渝的神色。

英吉利说："告诉她会有一个陌生人上门，带着一袋子金币。"

伦敦东面城墙外是肖迪奇区。屠宰场和饮马池之间夹着一座建筑，叫作"剧场"[①]。

当初兴建的时候，英格兰谁也没见过这种模样的建筑。八角

① 剧场建于1576年。

形木架看台分三层，屋顶铺瓦，中间围起鹅卵石铺就的院子。看台一角凸出，一直延伸到院子里，叫作“舞台”。通常演戏的地方不是客栈庭院就是府宅厅堂，剧场则是专门为演戏而设，方方面面都更加便利。

1583年秋，一日午后，罗洛·菲茨杰拉德尾随弗朗西斯·思罗克莫顿来到剧场。要让吉斯公爵和苏格兰女王取得联络，现在只差一环。

妹妹玛格丽不知道他回英国来了；这样最好。这次的行动，决不能让她起疑心。虽然玛格丽一直帮英格兰学院接应司铎，但她不赞成基督教徒彼此争斗。倘若叫她知道自己在策划谋反，一定要出乱子。以她那种和事佬的性格，说不定要出卖自己。

好在一切顺利。这一行毫无阻碍，他简直不敢相信。这必然是主的旨意。

如艾莉森所料，劝服浣衣女仆佩格·布拉德福德毫不费力。她答应把信件夹藏在衣物里，只为讨得玛丽女王欢心；罗洛给的好处都是多此一举。她哪里晓得自己有朝一日会被送上绞架，罗洛让这个不谙世事的善良姑娘当了叛国贼，不免心怀愧疚。

另一边，皮埃尔·奥芒德·德吉斯已经把寄给玛丽的信交由法国驻伦敦使馆保管。

眼下，罗洛需要一个人在伦敦取了信，前往谢菲尔德，送到佩格手里。他看中了思罗克莫顿。

进剧场要花一便士。思罗克莫顿多花了一便士，得以上到有棚遮的看台长廊，又花了一便士租凳子。罗洛悄悄跟着，站在他身后一排，只等机会一到，悄悄和他搭话，又不引人注意。

思罗克莫顿出身名门望族，祖训是明德惟馨。玛丽·都铎在位时，思罗克莫顿的父亲春风得意，等伊丽莎白·都铎继任之后，立刻风光不再，和罗洛的父亲是一般命运。当初罗洛联络思罗克莫顿的父亲，请他庇护一位秘密司铎，对方也是一口答应。

思罗克莫顿一身华服，绣着宽大招摇的白色飞边。他尚不满三十岁，额前已经露出“寡妇尖”，再配上鹰钩鼻和尖尖的胡子，活像一只鸟儿。他从牛津肄业后去了法国，和流亡的英国天主教徒多有往来，罗洛因此知道他暗中支持天主教。尽管如此，罗洛和他其实并不相识，能不能劝服他铤而走险，他一点把握也没有。

这天的戏目叫作《拉尔夫·罗伊斯特·多伊斯特》，这也是男主人公的名字。此人整日自吹自擂，动不动就夸下海口；促狭鬼马修·梅里希腊设下圈套，害得他出尽洋相。观众个个笑破了肚皮。这出戏叫罗洛想起公元前二世纪的拉丁语剧作家泰伦提乌斯，念书的时候，这位非洲作家的戏剧是必读的。罗洛看得性起，一时忘了自己还有要务在身。

直到换场休息的时候，他才回过神来。

思罗克莫顿下了看台，排队买酒，罗洛一路尾随，站在他身后，接着凑近了低声说：“主保佑你，孩子。”

思罗克莫顿吃了一惊。

罗洛这天没有穿法衣，于是小心地把手伸进衬衣领口，摸出脖子上挂的金十字架，叫思罗克莫顿瞧了一眼，又立刻藏好。十字架是天主教徒才戴的，新教徒斥之为迷信。

思罗克莫顿问：“你是什么人？”

“让·英吉利。”

罗洛本想报上别的化名，这样更容易混淆视线，不过让·英吉利这个名字仿佛罩上了一圈光环，让他成了一个神秘莫测、无所不能的人物，一个潜行于英法之间的魂灵，暗中为复兴天主教奔波。这个名字代表了他的威信。

“你想做什么？”

“主有任务交给你。”

思罗克莫顿猜中八九分，又是激动又是害怕：“什么任务？”

“你得去法国使馆走一趟——等天黑之后，披上斗篷、兜上风帽——取到德吉斯先生的几封信，带到谢菲尔德，交给一个叫佩格·布拉德福德的浣衣丫头，之后等佩格带来回信，再送到使馆。仅此而已。”

思罗克莫顿缓缓点头。“苏格兰女王玛丽就囚禁在谢菲尔德。”

“不错。”

他沉默半晌。“我可能要搭上一条命。”

“那就可以早登天堂。”

“为什么你不去？”

“因为主只选中了你一个。英格兰有千万个年轻人和你一样，期盼时局变化。我的任务是指导这些年轻人为恢复真信仰各尽所能。我想自己也会早登天堂。”

这时候排到他们了。两人端着酒，罗洛引思罗克莫顿来到僻静的角落。他们站在饮马池边，望着一池黑水。思罗克莫顿说：“我得想一想。”

“不行。”这一句是罗洛最不想听到的，思罗克莫顿必须当机立断，“教宗早已将伪君伊丽莎白革除教籍，命令英国百姓不得听命于她。襄助英格兰正统女王光复大业，是你的神圣使命。

你自然明白，是不是？”

思罗克莫顿咽下一口酒。“是，我明白。”

“那么伸出手来，答应我：你会尽好本分。”

思罗克莫顿犹豫良久，接着直视罗洛说：“我答应。”

两人握手成交。

内德花了一周才赶到谢菲尔德。

谢菲尔德远在一百七十英里之外，要想尽早赶到，一天得换几匹马，这就需要沿途各驿站备有马匹。通常只有商人才用这个办法，巴黎、安特卫普等地需要频繁通信；消息即是财富。伦敦和谢菲尔德之间没有开设这种通信驿站。

途中，他有大把时间烦恼。

噩梦成了真。法国的忠坚天主教徒、西班牙国王和教宗三方势力终于结盟，可谓强强联手。无论是兵力还是财力，都足以入侵英格兰。他们已经安排了奸细绘制各处港湾地图，拟订登岸计划。相信巴特伯爵等心怀不满的天主教贵族正厉兵秣马，打磨盔甲。

眼下玛丽·斯图亚特也卷了进来，情况更加不利。

内德收到阿兰·德吉斯从巴黎来的信，是托英国使馆转寄的。阿兰一直留在皮埃尔身边刺探消息，借此为母报仇。皮埃尔把这个养子当成下人呼来喝去，不虞有他，似乎很乐意把他留在身边使唤。

阿兰信里说皮埃尔已经同苏格兰女王取得联络，乐得眉开眼笑。

内德心知不妙。得到玛丽授意，这桩大逆不道的阴谋俨然变得名正言顺、天经地义。在不少人眼里，玛丽才是正统的英格兰女王，是伊丽莎白篡权夺位。一众外国强盗入侵英格兰，打着玛丽的旗号，就成了天下人眼中的正义之师。

内德怒不可遏。伊丽莎白在位二十五年间，英格兰宗教安定、百姓丰衣足食，偏偏有人不依不饶。

内德一心为伊丽莎白的安危打算，可恨朝野间钩心斗角，使得他缚手缚脚。他的主子清教徒沃尔辛厄姆，就被贪图享乐的莱斯特伯爵罗伯特·达德利视为眼中钉。每次在怀特霍尔宫或者汉普顿宫花园碰见，莱斯特伯爵总要出言讥讽："密码、看不见的墨水！保护女王要靠真枪实弹，才不是什么笔头墨水！"他千方百计想叫女王罢免沃尔辛厄姆，好在女王没有听信他一面之词，只是经不住他旁敲侧击，出手愈发吝啬，使得沃尔辛厄姆和手下总是捉襟见肘。

内德本可以在第六天傍晚赶到谢菲尔德，因为不想一身泥泞、满脸疲惫，失了威信，于是宿在镇外两英里处的客栈。第二天，他早早起身，换上干净衬衣，赶到谢菲尔德堡门前，正是八点。

这座堡垒固若金汤，但守卫松弛，叫内德心中不悦。他踏上护城河上的跨桥，同路的还有三个人：一个姑娘挑着两只有盖木桶，装的无疑是牛奶；一个身材结实的小伙子肩上扛着一根长木料，该是个木匠学徒搬运修缮用的材料；还有一个车夫推了一车草料，高得吓人。迎面还有三四个人走来。大门外站着两个佩带兵器的守卫，正津津有味地啃羊排，随手把骨头扔进护城河里，见到有人出入也不盘问。

内德骑着马立在中央庭院，环顾四周。一间角楼，想必玛丽就关在里面。草料车隆隆地驶进一片房舍，自然是牲口棚。另外一处房舍最为破旧，自然是伯爵的住处。

他驱马来到牲口棚前，用他最为傲慢的口气冲一个年轻马夫喊："嘿！说你呢！还不牵马。"他说着翻身下马。

那小子给唬住了，乖乖握住马缰。

内德伸手一指："伯爵是住在那儿吧？"

"是，先生。请问贵姓大名？"

"内德·威拉德爵士，你最好记住了。"内德说完就扬长而去。

他推开木门，里面是间小厅，壁炉里生着火，黑烟呛人。小厅一侧有一扇门开着，进去是间阴沉沉的中世纪大厅，但空无一人。

看门的老头儿可不像马夫那么好对付。他拦在内德面前说："给老爷请安了。"他倒是彬彬有礼，但作为守卫是形同虚设，内德一拳就能把他打倒在地。

"我是内德·威拉德爵士，我有伊丽莎白女王的口谕。什鲁斯伯里伯爵人呢？"

老头儿上下打量内德。他头衔里只有一个"爵士"，论身份不如伯爵尊贵，不过既然是来传女王口谕，那还是少惹为妙。"内德爵士，大驾光临荣幸之至。我这就去通传，问伯爵是否方便见客。"

他打开大厅对面的一扇门，内德瞧出里面是饭厅。

门随即关上了，老头儿的声音传出来："内德·威拉德爵士来传伊丽莎白女王陛下的口谕，大人要不要见？"

内德不等伯爵回答，径直闯了进去，老头儿吓了一跳。这间屋子并不宽敞，里面摆着一张圆桌，壁炉宽大，比大厅暖和舒服。四个人正围在桌前用早饭，内德认出其中两个。那个四十多岁、高人一头的女子是苏格兰女王玛丽，眼前的她多了双下巴，顶着红色假发。上次见到玛丽还是十五年前，内德到卡莱尔城堡宣布伊丽莎白女王将她囚禁。玛丽身边那个年纪稍长的妇人是艾莉森·罗斯夫人，从圣迪济耶行宫到卡莱尔堡，一直陪在玛丽身边。剩下的两位，内德没见过也猜得出来。那个五十多岁、小胡子和络腮胡连成一片的谢顶男子，自然是伯爵，剩下那个妇人和他年纪相仿，不怒而威，自然是伯爵夫人，人称哈德威克的贝丝。

内德越发不满。伯爵夫妇疏忽大意、愚不可及，伊丽莎白苦心经营的一切，说不定就葬送在他们手里。

伯爵大怒："见鬼了……"

内德说："我是法王派来的耶稣会探子，前来绑架玛丽·斯图亚特。我衣服下藏着两把手枪，一把杀掉伯爵，一把打死伯爵夫人。我的六个手下藏在干草车里，个个全副武装。"

两个人看不出内德是不是开玩笑。伯爵问："这是谁的恶作剧吧？"

"这是试探。伊丽莎白女王陛下派我前来，查看大人将玛丽看守得如何。大人，我该怎么回禀陛下？说我一路畅通无阻见到玛丽，无人查问搜身，还可能带了六个手下？"

伯爵傻乎乎地答道："不得不说，还是不要这样回禀陛下的好。"

玛丽一派威仪赫赫："在我面前，你也敢如此放肆？"

内德充耳不闻，对伯爵说："从今天起，让她在塔楼用饭。"

玛丽答道："大胆狂徒，我忍无可忍。"

内德不加理会。这妇人阴谋杀害他所效忠的女王，何必跟她客气。

玛丽站起身，朝门口走去；艾莉森忙不迭跟了过去。

内德对伯爵夫人说："夫人，请陪她们二人回房。此刻院子里并没有耶稣会探子，不过说不准什么时候就进来了，还是时刻防范的好。"

伯爵夫人哪受得惯别人发号施令，但她自知理亏，只犹豫了片刻，就依言跟了过去。

内德搬了把椅子，坐在桌前。"大人，咱们言归正传，商量一下大人该如何着手，才能让我给伊丽莎白女王一个满意的交代。"

内德返回伦敦，来到西兴里的沃尔辛厄姆府，回报说谢菲尔德堡已经加强防守。

沃尔辛厄姆一开口就是最要紧的问题："能否保证玛丽无法同外界联络？"

"不能，"内德满心沮丧，"除非把她身边下人尽数打发，再把她关进地牢。"

"那才是大快人心，"沃尔辛厄姆语气激动，"可惜女王陛下不愿如此绝情。"

"陛下太过心慈手软。"

沃尔辛厄姆却世故得多。"她是担心，要是对王族亲戚冷酷无情，传出去反倒对自己不利。”

内德不想争辩。“无论如何，谢菲尔德那边已经尽力了。”

沃尔辛厄姆捋着胡须说：“那就要从这边着手。法国使馆必然逃不了干系。去查查有哪些本国天主教徒出入使馆。咱们有名单。”

“我这就去查。”

内德来到楼上，沃尔辛厄姆的宝贝名单放在一间屋子里，出入都要上锁。内德进了屋子，静下心来查看名单。

最长的一份名单列的是本国的贵族天主教徒。这不难查证。首要的怀疑对象，是玛丽·都铎在位时大富大贵、伊丽莎白继位后立刻失宠的家族。这些人志趣所在也显而易见，因为他们并不着意隐瞒：或是宁可缴纳罚款也不去礼拜，或是穿着俗丽，嘲笑新教徒一身丧气打扮，不是黑就是灰。另外，天主教徒家里没有英文圣经。凡此种种，都由诸位主教和郡守呈报给沃尔辛厄姆。

巴特伯爵和玛格丽的名字赫然在列。

可这份名单也太长了些。大多数天主教徒无心谋反；内德有时候不禁感慨情报太多，查起来好比大海捞针。他接着翻开字母顺序名单，查看伦敦的天主教徒。除了土生土长的伦敦百姓，每天进出城门的天主教徒也都有据可查。进城来的天主教徒通常借宿在本地教友家里，要么投宿在教友出入频繁的客栈。名单自然不尽完整，毕竟伦敦有十万人口，要在大街小巷都安插眼线也不切实际；好在沃尔辛厄姆和内德掌握了天主教徒经常光顾的场所，并安排了人手日夜盯梢，有什么人出入，大多逃不过他们的视线。

内德逐页翻看。他头脑里装了几百个名字——名单占据了他半生。但他懂得温故知新的道理。他再次看到巴特和玛格丽的名字，每逢国会开会期间，两人就住在斯特兰德大街的夏陵府。

内德开始翻阅法国使馆的访客名单。使馆位于索尔兹伯里广场，路对面的索尔兹伯里酒馆里，日夜有人监视使馆动静；从1573年沃尔辛厄姆从巴黎返回伦敦起，记录就从未间断。内德从前一天查起，逐一对照字母顺序名单。

这一次没见到玛格丽的名字。玛格丽和巴特在伦敦暂住期间，从来没有接触过外国使臣或是可疑人物。两人和其他的天主教徒往来频繁，下人常去夏陵府附近的“爱尔兰小子”酒馆，除此以外，查不出有什么谋逆的举动。

自然，法国使馆的许多访客查不出姓名。名单里有不少记录，都是什么无名送炭男子、身份不明的信使、黑暗中看不清容貌的女子，等等。内德不免泄气，但不肯放弃，盼着能找到些蛛丝马迹。

他一直查到两周前，一条记录让他心里一动：阿弗罗迪特·乌斯夫人，大使副官夫人。

他记起巴黎的那位阿弗罗迪特·博利厄小姐，似乎对一个叫贝尔纳·乌斯的年轻朝臣有意。一定是她。圣巴托罗缪纪念日屠杀当晚，一伙人抓住她意图施暴，被内德撞见，出手相救。

他又翻开字母顺序名单，找到乌斯先生、法国大使副官，家住斯普兰德街。

内德穿上外套，出了门。

他出门向西，脚步匆匆，两个疑问搅得他心乱如麻。阿弗罗迪特可知道去谢菲尔德送信之人的姓名？要是知道，又可会感念内德搭救，向他透露这个秘密？

去了才知道。

他从鲁德门出了伦敦城，穿过臭烘烘的舰队河，来到斯普兰德街北面，这一片没那么显赫。乌斯府朴素而雅致，他敲了敲门，向来应门的女仆报上姓名。他等了几分钟，琢磨贝尔纳·乌斯娶的会不会是另一位阿弗罗迪特。那也太巧了。紧接着，下人引他来到楼上，来到一间舒适惬意的小客厅。

他还记得那位活泼轻浮的十八岁小姐，但眼前这位二十九岁的妇人优雅娴静，看起来不久前做了母亲，孩子尚未断奶。阿弗罗迪特用法语打招呼，语气热络："是你。这么久没见了！"

"你嫁给了贝尔纳。"

"不错。"她露出心满意足的微笑。

"可有子女？"

"有三个——暂时！"

两人坐下叙旧。内德心灰意冷：通常人只有积怨已久、满心愤恨无处排解，才甘愿背叛国家，譬如阿兰·德吉斯和耶柔玛·鲁伊斯。阿弗罗迪特夫妻恩爱、家庭美满，叫她泄露秘密，机会实在渺茫。可内德也不得不试一试。

他说自己娶了一位法国妻子，两人住在伦敦；阿弗罗迪特说很想聚一聚。她接着细数三个孩子，提到名字，内德一一记在心中，这已经成了习惯。说了几分钟，内德将话题转向此行的目的，先铺垫说："在巴黎时，我曾救过你一命。"

阿弗罗迪特正色说："大恩大德，永志不忘。不过求求你——贝尔纳毫不知情。"

"眼下，另一个女子有性命之忧。"

"当真？是谁？"

“伊丽莎白女王。”

阿弗罗迪特面露难色。“内德，你我不该议论国事。”

内德不肯罢休。“吉斯公爵密谋杀害伊丽莎白，好叫表姐玛丽·斯图亚特登上王位。你不会赞成杀人害命吧。”

“这个自然，可是——”

“有一个英国人不时造访贵国使馆，取到亨利·德吉斯的来信，送去谢菲尔德给玛丽。”他不想透露自己掌握的信息，可为了劝服她，不得不出此下策，“之后再带回玛丽的回信。”他一边说一边留心阿弗罗迪特的神色变化：她似乎眼神一闪。他接着说：“你很可能认得这个人。”

“内德，你这是陷我于不义。”

“我得知道他是谁。”他听见自己语气里透着绝望，不禁心烦意乱。

“你为什么非要为难我？”

“我要保护伊丽莎白不受恶人所害，像我当初保护你一样。”

阿弗罗迪特站起身。“倘若你来只是为了向我打探消息，我很遗憾。”

“我是请你搭救女王的性命。”

“你是叫我背叛丈夫、背叛国家，出卖家父府上的客人！”

“我救过你！”

“你救过我的命，并非我的灵魂。”

内德知道自己输了。他满心愧疚，后悔自己不该来。他竟然想利用这个心怀感恩的正派女子，劝诱她踏上邪路。他有时候简直厌恶这份差事。

他起身告辞："那么我不打扰了。"

"只怕你理应如此。"

他隐隐觉得听到她说了一句要紧事，但争执间来不及细想。他想多留一阵，再盘问一番，好叫她再说一遍，可抬头一看，阿弗罗迪特正怒冲冲地瞪视自己，显然是巴不得他马上离开。倘若他还不肯走，她也要拂袖而去了。

他只好告辞，满心沮丧地往城里走。他爬上鲁德门丘，经过威严耸立的哥特式圣保罗教堂；灰色的墙面已被伦敦成千上万家的壁炉熏得黢黑。伦敦塔遥遥在望，那是审讯拷问叛国贼的监狱。他回到了西兴里。

刚迈进沃尔辛厄姆府，他猛地想起阿弗罗迪特说了什么："你是叫我背叛丈夫、背叛国家，出卖家父府上的客人！"

家父府上的客人。

十一年前，内德随同沃尔辛厄姆前往巴黎，记下的第一份名单就是圣丹尼街博利厄伯爵府上的英国天主教徒。

沃尔辛厄姆什么都不扔。

内德奔到楼上，来到上锁的房间。巴黎那本簿子压在一只箱子最底下。他抽出簿子，吹掉上面的灰尘。

她指的自然是父亲在巴黎的府宅吧？伯爵在法国乡下有一处宅院，不过据内德所知，那里并没有英国天主教徒出入。至于伦敦的天主教徒名册，里面从来没见过博利厄的姓氏。

但什么也不能做准。

内德急切地打开簿子，仔细地逐个查看。这是他十年前的笔迹。他叫自己不可心急，逐个回想这些人的容貌：都是些满腹怨气的年轻人，因为在本国不得志，故而流亡法国。巴黎的种种浮现在眼前：窗明几净的店铺、雍容华贵的服装、臭气熏天的街道、奢华铺张的御宴、惨绝人寰的屠杀。

眼前的名字仿佛当头一棒。内德没见过这个人，但记得这个名字。

一颗心好像不跳了。他又翻开记录伦敦天主教徒的名册。不错，在巴黎造访博利厄伯爵府的客人里头，有一个人就在伦敦。

此人叫作弗朗西斯·思罗克莫顿爵士。

内德喃喃自语："逮到你了，你这魔鬼。"

沃尔辛厄姆叮嘱："无论如何，决不可逮捕他。"

内德吃了一惊。"我以为就是要抓他。"

"好好想想。思罗克莫顿之流层出不穷，咱们为保护伊丽莎白女王，自然是鞠躬尽瘁，但总有漏网之鱼。"

内德暗暗佩服，沃尔辛厄姆考虑的并不是眼下，而是快人一步。他还是不明白沃尔辛厄姆有什么打算。"除了时刻提防，还能有什么对策？"

"拿到玛丽·斯图亚特阴谋篡位的证据。"

"既然思罗克莫顿图谋大逆，伊丽莎白大概会准许对他用刑，他自然会如实供认。不过人人都知道，供认不足取信。"

"正是。咱们必须拿到铁证。"

"然后将玛丽·斯图亚特定罪？"

"一点不错。"

内德听入了迷，但还是猜不透沃尔辛厄姆这只老狐狸究竟有什么打算："这有什么用意？"

“最最不济，玛丽会遭百姓唾弃。她意图推翻咱们深受爱戴的女王，除了那些死硬派天主教徒，谁还会支持她？”

“那也阻止不了暗杀。”

“但会削弱他们的力量。还有，咱们要求减少对玛丽的优待，也理直气壮得多。”

内德点点头。“伊丽莎白也不必担心有人指责她对待亲戚冷酷无情。尽管如此……”

“要是能证明玛丽不只想推翻伊丽莎白，还意图杀害她，那就更加有利。”

内德这才明白沃尔辛厄姆的打算；如此狠辣，他不由心惊。“你希望处死玛丽？”

“不错。”

内德不寒而栗。处决一位君主，其罪仅次于亵渎神明。

“可伊丽莎白女王绝不会处死玛丽。”

“就算玛丽密谋刺杀她，证据确凿？”

内德答道：“说不准。”

“我也说不准。”

内德派人日夜跟踪思罗克莫顿。

阿弗罗迪特应该把内德上门的事跟丈夫说了；法国使馆必定提醒思罗克莫顿小心行事。据此推测，思罗克莫顿应该知道，内德怀疑玛丽同外界取得了联络。不过，他大概以为内德还不知道送信的人是谁。

盯梢的人分两班轮换，不过还是可能被他发现。幸好他毫无察觉。内德猜测思罗克莫顿并不熟悉秘密任务，压根想不到有人跟梢。

阿兰·德吉斯从巴黎写信来说，皮埃尔派信使给玛丽寄了一封要紧信件，自然要通过思罗克莫顿送到玛丽手中。倘若趁思罗克莫顿拿到这封信后将他逮捕，那就等于人赃并获，有望作为他叛国卖主的铁证。

不过沃尔辛厄姆的目标不是思罗克莫顿，而是玛丽。内德决定缓一缓，看思罗克莫顿能不能拿到玛丽的回信。倘若玛丽同意这个阴谋，甚至予以嘉许，那就是证据确凿了。

10月的这天，内德正焦急地等待思罗克莫顿的消息，西兴里却来了一个叫拉尔夫·文特诺的侍臣，说伊丽莎白传沃尔辛厄姆和内德即刻入宫。至于原因，文特诺摇头不知。

两人于是披上外套出了门。不远处就是伦敦塔，他们步行前往；文特诺在码头备好了驳船，将两人送往怀特霍尔宫。

船向上游划去，内德心神不宁：传召而不说明缘由，想来不会是好消息。伊丽莎白性情反复无常，这一刻还是万里无云、频频赞许，下一刻就黑云压顶——眨眼间又云开日出。

到了怀特霍尔宫，文特诺引他们经由重兵把守的守卫室，穿过群臣候召的召见室，穿过一段走廊，进了女王的私室。

伊丽莎白坐在镀金雕花木椅上，一袭红白相间的长裙，外面套着银纱罩衣，衣袖开衩，露出塔夫绸做的红里子。这身鲜艳的打扮朝气十足，却掩饰不了时间的流逝。伊丽莎白刚满五十岁，虽然脸上扑着厚厚的白色面脂，依然看得出皱纹。她说话的时候，露出参差不齐的棕黄色牙齿，有几颗已经掉了。

莱斯特公爵也在。他和女王年龄相仿，却是一身贵族少爷的打扮。只见他那身淡蓝色的丝绸衣服上绣着金线，衬衣领口和袖口都缝着飞边。内德猜想这身行头一定价值不菲，暗暗感叹荒唐。

莱斯特一副得意扬扬的架势，叫内德心中忐忑。十有八九是拿到了沃尔辛厄姆的短处。

内德和沃尔辛厄姆并肩而立，一齐鞠躬行礼。

女王的语气一如寒风刺骨的二月天："他们在牛津一家酒馆里抓到一个人，此人声称要来伦敦射杀女王。"

内德暗暗叫苦。该死，漏掉一个。他想起沃尔辛厄姆的话：总有漏网之鱼。

莱斯特阴阳怪气，好像对这件事嗤之以鼻："那人带着一把重型手枪，说女王如蛇如虺，要取她首级，安在长矛上。"

内德暗想，莱斯特自然要煽风点火。听起来这个刺客不足为惧，和女王隔了六十英里就走漏风声，被捉拿归案。

伊丽莎白喝问："花了我这么些钱，却不能阻止这种人加害我？"

这话太不公道。他们每年只有七百五十镑的花销，这笔钱远远不够，沃尔辛厄姆自己垫了大半。不过女王不需要讲公道。

沃尔辛厄姆问："此人姓甚名谁？"

莱斯特答道："约翰·索莫菲尔德。"

内德知道这个名字：名单上有。"陛下，我们知道索莫菲尔德这个人，是沃里克郡的天主教徒。他是个疯子。"

莱斯特伯爵冷笑一声。"你的意思是，他不会伤害陛下喽？"

内德气不过："意思是他不会参与重大阴谋，大人。"

“啊，妙啊！也就是说，他那些弹药杀不死人，是不是？”

“我没有说——”

莱斯特不由他解释：“陛下，保护陛下安危的重任，还是交给他人为好。”他接着又谄媚地说：“毕竟，这是本国的首要任务。”

莱斯特最懂得溜须拍马，可惜伊丽莎白就吃这一套。

沃尔辛厄姆这才开口：“我有负陛下所托，没有察觉索莫菲尔德这个威胁。英格兰人才辈出，无疑有许多能人更能担此重任。我祈求陛下择贤才用之。至于微臣，这副担子担了这么久，自然欣然卸下，也好歇一歇这把老骨头。”

这自然不是真心话，不过此时此刻，也许只有这番话才能平复女王的怒气。内德后悔自己不该据理力争。女王正在气头上，还劝她放心，只会惹她愈发不悦；虚心下气、卑以自牧才是应对的法子。

女王反驳说：“你和我是一般年纪。”看样子，她听了沃尔辛厄姆一番道歉，气消了大半。或者经沃尔辛厄姆点醒，她明白英格兰再找不出第二个人，为保护女王，像他一样尽职尽责、兢兢业业，揪出那数不清的刺客，不管是神志异常还是健全的人。尽管如此，她却不肯就此罢休，责问道：“你说要保护我，整天都忙些什么？”

“陛下，我探查到一个精心策划的阴谋，幕后指使绝非约翰·索莫菲尔德之流可比。这些人绝不会握着凶器到处招摇、在酒馆里吹嘘。他们串通教宗以及西班牙国王，而这个索莫菲尔德绝没有，我可以保证。这伙逆贼铁心铁意，财路广泛，并且狡猾隐秘。尽管如此，我有望在几天之内捉住这伙人的头目。”

这一番话足以叫莱斯特哑口无言，但内德不免沮丧。时机尚未成熟，现在拿人的话，自然会挫败这场阴谋，但玛丽·斯图亚特意图不轨的证据，也只能不了了之。这一次又是争权夺利坏了事。

女王问："都是什么人？"

"陛下，为免打草惊蛇，我不想贸然透露姓名——"沃尔辛厄姆故意瞥了莱斯特一眼，"当着众人。"

莱斯特正要气冲冲地回嘴，女王先开口了："不错，怪我多此一问。那好，弗朗西斯爵士，你还有要事在身，先退下吧。"

"多谢陛下。"

罗洛·菲茨杰拉德不放心弗朗西斯·思罗克莫顿。

他和英格兰学院的学生不同。他们发誓效忠教会，以服从和奉献为己任。他们去国离家，苦读数载，立下誓言，之后返回故土，对各自的任务，他们已有多年的准备。他们明白此事关乎生死：学院将沃尔辛厄姆逮捕处决之人视为殉教者，每次都加以褒扬。

思罗克莫顿可没有立过誓，他是个纨绔子弟，对天主教抱有一腔浪漫思想。他讨好的是自己，而非上主；他的勇气、决心都未经试炼，说不定要打退堂鼓。

就算他没有反悔，也一样叫人担心。他是否小心谨慎？他可没担任过秘密任务。他会不会哪天喝醉了酒，跟狐朋狗友吹嘘起来，说漏了嘴？

佩格·布拉德福德也叫罗洛担心。艾莉森说，只要是苏格兰女王玛丽开口，佩格什么事都会答应；不过谁知道艾莉森是不是看走了眼。

最叫他心神不宁的还是玛丽。她会不会答应？要是没有她授意，这个计划根本是一场空。

他劝自己，兵来将挡，水来土掩。先办妥思罗克莫顿。

为了安全着想，罗洛不该再次接触思罗克莫顿，可惜别无他法。他必须当面问他一切是否顺利。因此，他再不情愿，也只好去思罗克莫顿家走一趟。因为不想被人认出，这天，他等到暮色四合，经由圣保罗主教座堂下坡，来到圣保罗码头。

罗洛扑了个空；仆役说思罗克莫顿不在家。他琢磨要不要改天再来，但等不及问他消息，于是说自己要等一等。

下人引他进了一间小客厅，一扇窗户正对着街面。客厅尽头有一扇双开门，没有关严，罗洛从门缝张望，看见一间宽敞屋子，陈设奢华舒适，但传出一股呛鼻的烟味，原来是仆役在后院烧杂物。

下人给他端了酒，罗洛一边等一边沉思。等帮助巴黎的皮埃尔和谢菲尔德的玛丽取得联络，他就要即刻动身，寻访遍布各地的秘密司铎，让他们或是庇护者收集地图，并让他们保证召集人马，和入侵大军里应外合。时间充裕——入侵定在明年春；不过任务繁重。

思罗克莫顿入夜才回来。罗洛听见仆役给他开了门，说道：“少爷，客厅里有位客人——他不肯透露姓名。”思罗克莫顿见到罗洛，笑容满面，从衣服口袋里摸出一个小包裹，兴致昂扬地往桌子上一拍。

“玛丽女王的信！”他兴高采烈，“我刚从法国使馆回来。”

“好样的！”罗洛立刻站起身，逐一审视。信上除了吉斯公爵的封印，还有约翰·莱斯利的封印，他是玛丽在巴黎的支持者。罗洛真想一窥究竟，但弄坏了封印可就麻烦了。“你什么时候送去谢菲尔德？”

“明天。”

“好极了。”

这时敲门声响起，两个人不由身子一僵，凝神细听。朋友登门拜访时只会礼貌地叩门，门外的人却来势汹汹，不怀好意。罗洛走到窗边，借着门上的灯笼，看到两个衣着讲究的男人，其中一个朝着光亮一扭头，罗洛立刻认出是内德·威拉德。

“该死，”他咒骂一声，“是沃尔辛厄姆的人。”

他顿时想到，思罗克莫顿被内德的人跟踪了。内德知道他去了法国使馆，不难猜出他去做什么。只是不知道内德怎么会识破思罗克莫顿的身份？罗洛醒悟道，沃尔辛厄姆的情报处远比众人想象的厉害。

不出一分钟，罗洛就要落网了。

思罗克莫顿说：“我去吩咐下人说我不在。”他打开客厅门，可惜已经迟了。罗洛听见正门打开，双方针锋相对。事情太过仓促。

罗洛说：“去拖延一阵。”

思罗克莫顿走进门廊，扬声问：“行了行了，什么事这么吵？”

罗洛低头看着桌上的信件。无疑是罪证。要是信中内容和他料想的一样，那么他和思罗克莫顿都难逃一死。

罗洛只有几秒钟的时间，要是想不出对策，那就是全盘皆输。

他当机立断，拿起信，穿过半开半掩的双扇门，进到里屋。有一扇窗户正对着后院。他立刻打开窗户，跳到院子里，这时就听见内德·威拉德熟悉的声音从客厅传来。

院子中央拢着火堆，烧的是枯叶、厨房垃圾和牲口棚的脏干草。罗洛向远处张望，借着篝火闪烁的红光，看见树丛间一个男人的身影，正朝自己这边走来。这第三个人一定是内德的手下：内德行事一丝不苟，自然不会放过房子后门。

只听来人大喊："嘿，你！"

罗洛来不及考虑了。

思罗克莫顿必死无疑。他被捕之后会遭到刑讯逼供，把计划和盘托出。好在他不知道让·英吉利的真实身份，受牵连的只有一个浣衣女仆佩格·布拉德福德。那不过是个愚昧无知的下等人，一辈子庸庸碌碌，只会留下更多无知愚昧的下等人。最要紧的是，思罗克莫顿没办法指认玛丽·斯图亚特；唯一对她不利的证据，只有罗洛手里的信件。

他把信团成一团，扔进明黄色的焰心。

那人影朝他飞奔而来。

罗洛耽搁几秒，望着信纸烧着了，渐渐变黑，最后化成灰烬。

证据销毁之后，他出其不意，朝对方跑去，猛地出拳，把对方打倒在地，头也不回地往前跑。

他跑到院子尽头，眼前是泰晤士河淤泥堆积的河滩。他沿着水滨，越跑越远。

1584年春，皮埃尔赶到尼姆侯爵夫人家，旁观她被扫地出门。

侯爵是新教徒，侥幸活了几十年；皮埃尔有的是耐心。1559年，皮埃尔设计将圣雅克区的会众一网打尽，然而，异教徒依然聚在那里。今时不同往日，到了1584年，一个自称天主教同盟的民间组织席卷巴黎，发誓要根除新教，皮埃尔借机把侯爵押到巴黎高等法院，总算叫他被判了死罪。

但他的目标并非老侯爵。他恨的是路易丝侯爵夫人，这个四十多岁、风姿绰约的寡妇。异教徒的财产一律充公，侯爵被处死后，路易丝一无所有。

为了这一刻，皮埃尔足足等了二十五年。

皮埃尔赶到的时候，侯爵夫人正在门厅和执达吏交涉。他和执达吏的几个手下站在一起，冷眼旁观；路易丝没瞧见他。

周围是不再属于她的财富：镶了嵌板的墙上挂着一幅幅田园场景的油画，雕花椅子闪闪发亮，脚下铺着大理石，头顶吊着枝形烛台。路易丝身穿绿色丝裙，料子垂在她宽大的臀部，好像水波荡漾。她年轻的时候，凡是男子都觊觎她那丰满的胸脯，如今也是风韵犹存。

她呵斥执达吏："你好大胆子！居然强逼一位命妇离开自己的府宅。"

执达吏显然见过这种场面。他说话客气，但语气坚定："奉劝夫人还是乖乖离开吧，倘若不然，只能叫人抬出去，未免失了体面。"

她走到他面前，打开双肩，衬得胸脯愈发丰满。她放缓语气："你是聪明人。一周后再来，那时我会做好安排。"

"法院已经给了夫人准备的时间，现在是时候了。"

傲慢和魅力都不管用，她露出茫然无助的神色。她哭道：“我不能走，我没有地方可去！我租不起房子，因为我没有钱，一个子也没有。我父母双亡，没有哪个朋友愿意帮我，他们都怕被当成异教徒！”

皮埃尔打量她，见她满脸泪痕，语气充满无助，心里十分痛快。这个侯爵夫人在二十五年前曾数落过年轻的皮埃尔。那时西尔维骄傲地把他引荐给路易丝，他说了句玩笑话，不想开罪了她。她说：“就算香槟也该叫年轻人懂得尊卑有别。”说完故意转过身子不理他。如今想来，他还是忍不住皱起面孔。

眼下两人身份对调；皮埃尔刚接手圣橡树修院，在香槟有几千英亩的田地。薪俸他一个人收入囊中，让那些修士过着清贫的生活，也算得偿所愿。他如今大富大贵，路易丝则身无分文、走投无路。

执达吏说：“天气暖和，不妨露宿森林。要是下雨呢，十字街的圣玛丽亚·玛德莱娜修会收容无家可归的女子。”

路易丝大惊失色。“那是妓女才去的！”

执达吏一耸肩。

路易丝嘤嘤而泣，肩膀耷拉着，脸埋在手里，胸脯一起一伏。

皮埃尔看她受苦，不由得起了色心。

该他出面了。

他上前一步，站在执达吏和侯爵夫人之间，开口说：“夫人不必惊慌，吉斯家怎么会看着命妇风餐露宿呢。”

她仰起脸，泪眼迷蒙地望着他。“皮埃尔·奥芒德。你是来看我笑话的？”

她甚至不肯叫皮埃尔·奥芒德·德吉斯。等着受罪吧。“我是来替夫人解围的。请夫人跟我来，我带您去安全的地方。”

她一步不动。“去哪儿？”

“在一片安静的宅院，已经选好了住处，缴了租金，还有女仆。虽然陈设简陋，至少还惬意。去看上一看吧。相信能替您一解燃眉之急。”

她一脸犹豫，不知该不该相信。吉斯一家对新教徒恨之入骨，怎么会善待她？她踌躇半晌，知道别无出路，只好说：“我去收拾些东西。”

执达吏说：“不许带珠宝。我要检查。”

路易丝没有答话，一转身，昂首挺胸地出去了。

皮埃尔急不可待。这个女人很快要受自己摆布了。

侯爵夫人和吉斯家并无亲缘，在宗教战争中还站在敌方一边，但皮埃尔总觉得和她是一类人。他虽是吉斯家的谋士兼刽子手，却因为出身低微，一直遭受冷眼。论权势、论赏赐，府上下人没人能和他相比，可他毕竟只是下人，作战会议上少不了他，但家宴上从来没有他。他无处泄恨，但可以在路易丝身上出出气。

路易丝回来了，她手里拎着一只皮包，塞得鼓鼓囊囊。执达吏说到做到，打开皮包，把东西全倒了出来。她带了几十件华美内衣，有丝质的也有亚麻的，都绣了花样子，打着丝带。皮埃尔不由得猜想她绿裙子底下穿了什么。

她改不了盛气凌人，把皮包递给皮埃尔，好像当他是脚夫。皮埃尔没有点醒她。时候还不到。

皮埃尔领着她出了门，比龙和布罗卡尔在外面候着，牵了四匹马，其中一匹是给侯爵夫人的。四人骑马出了尼姆府，经圣雅克门进到巴黎城，沿着圣雅克街上了小桥，再穿过城岛，一直来到一栋朴素的联排房子前。这里离吉斯府不远。皮埃尔吩咐比龙和布罗卡尔牵马先回府，接着带路易丝进了门，说道："夫人住顶层。"

她紧张地问："这儿住的都是什么人？"

他据实以对："每层都有住客，大多都为吉斯家效过力：一个上了年纪的先生，一个眼力不济的缝衣妇，一个偶尔翻译东西的西班牙妇人，都是体面人。"而且谁也不想因为得罪皮埃尔被扫地出门。

路易丝好像放了心。

两个人来到楼上，路易丝气喘吁吁，发起牢骚："这么高，要累死人了。"

皮埃尔暗暗高兴。她答应要住下来了。

女仆对两人鞠躬行礼，皮埃尔带路易丝看过客厅、厨房、洗涤室，最后轮到卧室。她又惊又喜。皮埃尔先前说陈设简陋，其实他早精心布置过：他打算常来。

路易丝大惑不解。她眼里的敌人竟然为自己慷慨解囊。看她的表情就知道，她根本摸不着头脑。妙。

皮埃尔关上房门，路易丝如梦初醒。

"我还记得当年看得眼也不眨。"他双手按在她胸前。

她后退一步，不屑地说："你以为我会做你的情妇？"

皮埃尔微微一笑。"你就是我的情妇，"他品味着这句话，"把裙子脱了。"

"休想。"

"那我要动手了。"

“当心我叫人。”

“随便叫。女仆正等着呢。”他用力一推，路易丝跌倒在床上。

她开始求饶：“求你放过我。”

“你竟然不记得了，”他大吼，“就算香槟也该叫年轻人懂得尊卑有别。二十五年前，你这么说过。”

她惊恐地瞪着他，仿佛不敢相信：“就因为这个，你就要这样报复我？”

“叉开腿，好戏还在后头呢。”

有时候宴饮之后，皮埃尔觉得酒足饭饱，微微犯恶心。他事后返回吉斯府，就是这种感觉。他最乐于见到贵族受辱，但这一次似乎过了头。他当然还要回去的，不过得歇上几天；她这一餐可不好消化。

他回到家，一进客厅，就看见罗洛·菲茨杰拉德在等他。是他给这个英国人取了让·英吉利的化名。

皮埃尔心中恼怒。他想清静一会儿，将刚才发生的事梳理一番，好叫纷繁的思绪归于平静。倒霉的是，有正事等着他处理。

罗洛打开手里的帆布袋，露出一沓地图，骄傲地说：“英国南部和东部海岸的所有重要港口。”他把地图放在写字桌上。

皮埃尔一一翻看。这些地图出自不同人之手，有些尤其美观，每一张都详尽清晰，仔细地标出了泊处、码头、险滩，叫皮埃尔暗暗赞叹。“很好，只是耗得太久了。”

“我也知道，很抱歉。因为思罗克莫顿被捕，把事情耽搁了。”

“他如何了？”

“以叛国罪处死了。”

“又是一位殉教者。”

罗洛尖锐地说：“但愿他不是枉死。”

“这话是什么意思？”

“吉斯公爵还决心入侵英格兰吗？”

“千真万确。爵爷希望玛丽·斯图亚特登上英格兰王位，欧洲各重要君主无不如此。”

“那就好。玛丽身边的守卫比从前严密，但我会想到办法，重新取得联络。”

“那么，现在就可以着手策划明年——1585年入侵？”

“不错。”

这时皮埃尔的养子进来说：“皮卡第传来消息，埃居尔·弗朗索瓦故世。”

皮埃尔惊叹：“主啊！”埃居尔·弗朗索瓦是亨利国王同卡泰丽娜王后的小儿子。他对罗洛解释：“大事不妙，他本是王位的继承人。”

罗洛一皱眉。“可亨利三世国王身体无恙，何必担心继承人？”

“亨利三兄弟先后即位，前两位国王都是早夭无子，亨利或是一般命运。”

“那如今埃居尔·弗朗索瓦故去，王位由谁来继承？”

“麻烦就在这儿：纳瓦尔国王。他是个新教徒。”

罗洛愤愤不平：“法兰西决不能奉新教徒为国王！”

“说得不错。”况且纳瓦尔国王是姓波旁的，世代与吉斯家为敌，因为这一层原因，更不能让他染指王位，“必须让教宗否决纳瓦尔国王的继承权。”皮埃尔不觉把心里的谋划说了出来。亨利公爵可以在明天之前召集作战会议，皮埃尔必须筹划妥当。“内战近在眼前，吉斯公爵将统领天主教军队。我得即刻去见公爵。”他说着站起身。

罗洛指着那沓地图：“那入侵英格兰的事呢？”

“英格兰只好再等等。”

二十四

玛丽·斯图亚特四十三岁寿辰这天，艾莉森陪她出门骑马。早上寒气逼人，呼出的气化作团团迷雾，艾莉森庆幸有小马加尔松给她取暖。一队守卫跟在她们身后；玛丽及其侍从决不许同外人说话，要是有哪个孩子递给女王一个苹果，士兵会一把夺过。

负责看守她们的换成了埃米亚斯·波利特爵士，此人是个清教徒，恪守教规，和他相比，沃尔辛厄姆都像个浪荡子了。艾莉森第一次见到有人对玛丽的魅力无动于衷。无论是玛丽轻触他的手臂，对他露出迷人的微笑，或是漫不经心地提起亲吻、胸脯、床笫，波利特只会瞪着她，好像当她发疯了似的，一语不发。

凡是玛丽的信件，波利特都要过目，并且毫不顾忌。他呈上的时候，信件都是拆开的，他也不道歉。女王得以同法兰西和苏格兰的亲友通信；不消说，信里不可能提及入侵英格兰、救出女王、处决伊丽莎白、拥戴玛丽为王。

驰骋一番，艾莉森心情舒畅，可返程的时候，情绪又恢复了低沉。二十年来，玛丽的每个寿辰都是在软禁中度过的。艾莉森四十五岁了，每一次她都陪在玛丽身边，每一次都企盼明年不再是囚徒。艾莉森觉得，她们这辈子就在等待、盼望。曾几何时，她们是巴黎衣着最讲究的女子。

玛丽的儿子苏格兰国王詹姆斯今年二十一岁了。母子分别时，詹姆斯才一岁大，从那以后他们一直没见过面，詹姆斯对母亲毫不关心，也从不为她出力。不过也怪不得他，毕竟对他而言，母亲根本是个陌生人。詹姆斯是玛丽的独生子，孩子几乎一出生就没了母亲，玛丽归咎于伊丽莎白女王，对她恨得牙痒痒。

快到牢房了。查特里庄园围着护城河和城垛，除此以外也算不得城堡，不过是间木头大宅，屋里盖了不少舒适的壁炉，墙上开着一排排窗户，屋里十分亮堂。波利特一家再加上玛丽及其臣仆，地方就住满了，守卫只能住在附近人家。身边不再总有守卫虎视眈眈，但到底还是阶下囚。

一行人骑马穿过护城河上的小桥，进到宽敞的院子，在院子中央的水井前勒马。艾莉森下了马，任加尔松在马槽里饮水。啤酒商的马车停在一边，几个高大结实的男人推着啤酒桶，穿过厨房门，送往女王的住所。艾莉森瞧见一群妇人聚在大门边，是玛格丽特·波利特夫人和几个女仆，她们围在一个风尘仆仆的男子身边。玛格丽特夫人比丈夫和气些，艾莉森于是穿过院子，过去凑热闹。

只见那男子捧着一只出门用的箱子，装的尽是些丝带、纽扣、廉价珠宝之类。玛丽见状也跟了过来，站在艾莉森身后。几个女仆一边翻看一边问价钱，叽叽喳喳地评价哪一样好，其中一个顽皮地问："有迷魂药没有？"

这显然是打情骂俏；货郎通常都是口齿伶俐，愿意讨好女客人。不过这个小贩脸皮薄，咕哝着"丝带比药水好"。

埃米亚斯·波利特爵士从正门走出来查看。这个小贩五十多岁，已经谢顶，脑袋上只剩一圈灰白头发，红胡子乱蓬蓬的。波利特问："怎么回事？"

玛格丽特夫人心虚地说："啊，没什么。"

波利特对货郎说："玛格丽特夫人不屑这些华而不实的玩意儿。"玛格丽特和几个女仆只好不情愿地走开了。波利特又轻蔑地说："拿给那位苏格兰女王吧，这些虚浮玩意儿正合她的意。"

波利特一贯粗鲁无礼，玛丽和众位侍女都见怪不怪。她们个个百无聊赖，看到波利特的女仆怏怏然散开，马上围拢在小贩身边。

艾莉森仔细打量小贩，险些失声惊呼。是他：稀疏的头发，浓密的红棕胡子。是在谢菲尔德堡鹿苑见到的那个人，叫作让·英吉利。

她望向玛丽，随即想起女王没有见过他，只有自己和他说过话。她一阵激动，心里燃起了希望。他这次来，无疑还是来找她的。

她又是一阵兴奋。那次在鹿苑见面之后，她忍不住想着和他结为夫妻，等玛丽夺回王位之后，英格兰重归天主教会，二人就是女王的左膀右臂。她也知道自己犯傻，毕竟她跟此人见面不过几分钟，可话说回来，犯人总有白日做梦的资格吧。

院子里人多口杂，得想办法把英吉利带到安全地方，好让他卸下伪装，畅所欲言。

她于是说："好冷，咱们进屋去吧。"

玛丽却说："我骑马回来还热呢。"

艾莉森说："夫人，您脾肺虚弱，还是进屋吧。"

玛丽一脸恼怒，气艾莉森不依不饶，不过似乎也听出她语气急切，奇怪地挑起眉头，最后直直望着她。艾莉森睁圆了眼睛。

玛丽明白了：“转念一想，还是你说得对，咱们进去吧。”

她们引着英吉利，直接回到玛丽的房间，艾莉森吩咐下人都出去。她用法语说：“陛下，这位就是让·英吉利，吉斯公爵的信使。”

玛丽精神一振，急急地问：“公爵有什么话对我说？”

“总算有惊无险，”英吉利的法语带着明显的英国口音，“国王签下《内穆尔条约》，法国再次取缔新教。”

玛丽不耐烦地一挥手：“这是旧闻了。”

女王不屑，英吉利却依然故我，接着说：“这份条约可谓是一场胜利，对教会、对吉斯公爵以及对陛下在法国的亲人。”

“是，我晓得。”

“这就是说，陛下的表弟亨利公爵可以重拾大业，实现夙愿——辅佐陛下登上英格兰王座，夺回应有的权力。”

艾莉森却没有欢欣雀跃；多少次，她都是空欢喜一场。尽管如此，她心里又浮现出希望。她看到玛丽面露喜色。

英吉利接着说：“和之前一样，咱们的首要任务，是想办法让公爵和陛下取得联络。我物色了一个年轻天主教徒，忠厚可靠，负责传递信件，现在的难题是避过波利特的检查，从这里把信件带进带出。”

艾莉森说：“之前办成过，不过一次比一次难办。这次不能靠浣衣女仆了，沃尔辛厄姆已经有所防范。”

英吉利点头说：“思罗克莫顿死前，十有八九把咱们的秘密抖了出去。”

艾莉森暗暗吃惊：他说起弗朗西斯·思罗克莫顿殉教，语气冷冰冰的。不知道英吉利的同谋还有多少遭受酷刑，丢了性命。

她把这个念头抛开。“再说波利特也不许我们把衣物送到外面洗，现在都是陛下的下人在护城河边搓洗。”

英吉利说：“得另想办法。”

“没有守卫陪着，我们谁也不得和外人接触，”艾莉森语气黯然，“波利特居然没把你赶出去，真是奇怪。”

“我瞧见有人送啤酒桶进来。”

“啊，是个办法。你真是才思敏捷。”

“从哪里送来的？”

“伯顿镇狮头客栈，就在邻镇。”

“波利特检查吗？”

“检查啤酒？不会。”

“很好。”

“可是信怎么好放在啤酒桶里？信纸会弄湿，墨迹也化开了……”

“倘若放在瓶子里，瓶口封好？”

艾莉森缓缓点头。“女王回信也用一个办法。”

“就着送来的瓶子，装了回信再封上——你们有封蜡。”

“可瓶子在空桶里会晃来晃去，引人怀疑。”

“那也好办。在桶里填满稻草，或者把瓶子用布包好，钉在木桶上，就不会晃动了。”

艾莉森越发激动。“我们再想过。不过得说服酿酒商。”

“不错。包在我身上。”

内德打量吉尔伯特·吉福德。别看他模样天真无辜，却是居心叵测。吉福德二十四岁，样子却显稚气，嘴唇上下只淡淡一抹茸毛，大概还不需要剃。阿兰·德吉斯托英国驻巴黎使馆给西尔维来信说，吉福德不久前在巴黎和皮埃尔·奥芒德见过面。依内德看，吉福德给伊丽莎白女王的对手效命，是头号危险分子。

与此同时，他做起事来却大意草率。1585年12月，吉福德离开法国，经由海峡返回英国，在赖伊上岸。英国人去国外需要经王室批准，他自然没有，于是想买通赖伊港司务。放在从前，他大概能蒙混过去，但今时不同往日，要是港口司务放走了可疑人物，按律当斩。就这样，吉福德被港口司务拿下，内德派人把他押到伦敦审问。

西兴里沃尔辛厄姆府上，内德和沃尔辛厄姆坐在写字桌前，一起审讯吉福德。内德望着对面的吉福德，心里犯琢磨。只听沃尔辛厄姆问："你竟然以为能蒙混过去？你父亲是个臭名昭著的天主教徒，伊丽莎白女王待他不薄，还任命他为斯塔福德郡守，可他呢，明知女王陛下驾到堂区教堂，竟然还不肯露面！"

吉福德神色紧张，但不至于惊慌失措——要知道，许多天主教徒可都死在他面前这个审讯官手里。内德猜想，这年轻人还不晓得自己惹了多大麻烦。只听吉福德说："擅自离开英格兰是我不对，我自然知错。"听他的语气，仿佛只是犯了个小过错而已。"请大人体谅，我当年不过十九岁，"他挤出一个微笑，好像心照不宣，"弗朗西斯爵士，您难道没有少不更事的时候吗？"

沃尔辛厄姆却没笑，干脆地说："没有。"

内德险些笑出来。八成是真的。他开口问："你为什么回来？有什么目的？"

“我快五年没见过父亲了。”

“偏挑这个时候？为什么不是去年，不是明年？”

吉福德一耸肩：“我看什么时候都一样。”

内德换了一套问题：“要是我们不把你关到塔里，你到了伦敦，打算在哪儿借宿？”

“去‘犁头’。”

犁头是城西的一间客栈，一出坦普尔栅门就是，客人多是天主教徒。马夫长是沃尔辛厄姆的眼线，有什么动静都如实呈报。

内德又问：“你还要去什么地方？”

“自然是奇灵顿喽。”

吉福德的父亲住在斯塔福德郡奇灵顿公馆，从那儿前往查特里，骑马只要半天——玛丽·斯图亚特就囚禁在那儿。难道只是巧合？内德不相信天下有什么巧合。

“你上一次见到让·英吉利司铎是什么时候？”

吉福德没说话。

内德由着他沉默。他一直想方设法打探这个神秘人物的消息。1572年，西尔维在巴黎曾见过此人一面，只知道他是英国人。之后的几年间，纳塔和阿兰见过他几次，说他个子比一般人略高，一把红棕色的大胡子，头发稀疏，法语流利，但夹着明显的英国口音。他们逮捕的秘密司铎中，有两个人供认偷偷潜回英国是此人安排。内德只知道这么多。谁也不知道他的真实身份，也不知道他是哪里人。

内德问道：“想得怎么样？”

“我想来想去，好像不认得谁叫这个名字。”

沃尔辛厄姆说：“就到这儿吧。”

内德起身走到门口，吩咐管家："把吉福德先生带到客厅，请看好他。"

吉福德出去了，沃尔辛厄姆问："你怎么想？"

"他在说谎。"

"我也这么想。吩咐下去，时刻盯着他。"

"是。还有，看样子我得去查特里走一趟了。"

艾莉森简直迷上了内德·威拉德爵士。他在查特里庄园住了有一周了。如今他上了四十岁，总是彬彬有礼、风度翩翩，即使所作所为令人至为厌恶。他无处不在，无所不晓。早上艾莉森站在窗前，就见到内德在院子水井旁坐了，一边嚼面包，一边观察周围的动静，什么都逃不过他那双眼睛。他从来不敲门，总是径直走进别人的卧室，也不管里面住的是男是女，然后客气地说："希望没打扰你。"要是对方针锋相对，说他打扰到了，他只会歉意地说："我只留片刻。"然后想留多久就留多久。要是你在写信，他就大大方方地站在你身后，看你写什么。玛丽女王和随从用膳时，他就走进来听大家聊天。说法语也没用，他的法语流利着呢。要是谁有意见，他会说："抱歉得很——不过说起来呢，囚犯没有私密可言。"众位侍女都说他讨人喜欢，有一个还坦白说在屋里故意不穿衣服，巴不得他闯进去。

眼看内德如此一丝不苟，艾莉森暗暗心焦。这几周以来，玛丽一直通过伯顿镇狮头客栈送来的酒桶和法国通信；从思罗克莫顿被捕之后这一年多来，大批信件只好积压在法国驻伦敦使馆。信件如雪片般地涌进来，玛丽和跟了她多年的秘书克劳德·诺每天忙个不停，和苏格兰、法兰西、西班牙以及罗马四地有权有势的支持者巩固联系。事关重大，艾莉森和玛丽都清楚，英雄人物销声匿迹后，转眼就被世人淡忘。眼下，玛丽的信件提醒欧洲诸国，她尚在人世，打算夺回属于她的王位。

内德·威拉德爵士一来，通信的事只能缓一缓，因为内德随时会走过来，要是信写到一半，或是转译密文时被他撞个正着，那就糟糕了。数不清的信已经在瓶子里封好，都藏在一只空酒桶里，等着装上狮头客栈的货车。艾莉森和玛丽商量许久，认为打开酒桶取回瓶子容易引人注意，再放新瓶子也一样，因此决定暂时按兵不动。

艾莉森暗暗祈祷，但愿内德会在下次送啤酒前离开。那个自称让·英吉利的人正巧看见送啤酒，立刻想到通过酒桶传递消息，以内德的机敏，会不会马上动起同一个念头？她的祈祷并没有应验。

艾莉森和玛丽站在窗前，望见内德站在院子里，这时就看见沉甸甸的货车驶进来了。车上装了三只酒桶，每只三十二加仑的容量。

玛丽急道："去和他说话，让他分心。"

艾莉森匆匆下到院子，走到内德面前，装作闲话家常的样子："怎么样，内德爵士，你对埃米亚斯·波利特爵士安排的防守还满意吗？"

"比起什鲁斯伯里伯爵，他仔细得多了。"

艾莉森咯咯轻笑，如银铃一般。"你趁我们用早饭的时候闯进谢菲尔德堡，我可一辈子也忘不了呢。你那样子像个复仇天使，吓死人了！"

内德会意地一笑，艾莉森看出他明白自己有意讨好他。他似乎不以为意，不过看来也没有上当。

艾莉森接着说："那是我第三次见到你，之前可没见你发那么大的火儿。我倒想问，你怎么气成那个样子？"

他没有答话，而是望着她身后。几个伙计从车上卸下装满啤酒的木桶，推往玛丽的住处。艾莉森一颗心跳到了嗓子眼：酒桶里应该装有谋划除掉伊丽莎白的密信，要是内德拦下他们，以他客客气气又不容回绝的一贯态度，要他们打开酒桶给他查看，那秘密就要揭穿，又一个叛党要遭到酷刑审问，继而处死。

好在内德没有察觉。那张英俊迷人的面孔上并无异样的表情，好像运酒和运煤也没有两样。他收回目光，说道："我先问你一个问题吧。"

"请说。"

"你为什么留在这儿？"

"怎么？"

"玛丽·斯图亚特是犯人，但你不是。你威胁不到英格兰女王，也不觊觎王位，没有权倾朝野的法国亲戚，也不会写信联系教宗和西班牙国王。就算你大摇大摆地走出查特里庄园也没人在意。你为什么不走？"

她有时候也这么问自己。"玛丽女王和我从小一起长大。我比她年长几岁，总是像姐姐一样照顾她。后来她长成了貌若天仙的动人女子，我就爱上了她——可以这么说吧。返回苏格兰之后，我嫁了人，但没多久就死了丈夫，似乎注定了我要追随玛丽女王一辈子。"

"我懂。"

“真的？”

艾莉森用余光扫到那几个伙计抱着空桶回来了，其中一只桶里就装着秘密信件。他们把木桶装上车。要是内德此时命他们打开木桶，秘密也要暴露。好在内德无意喝止几个车夫，只回答说：“我懂，因为我对伊丽莎白女王抱有同样的感情。我之所以动怒，就是因为看到什鲁斯伯里伯爵有负女王所托。”

几个伙计进了厨房，出发前要先填填肚子。总算有惊无险，艾莉森呼吸起来畅快许多。

内德说：“我要告辞了。得赶回伦敦去。后会有期，罗斯夫人。”

艾莉森没听说他要走。“后会有期，内德爵士。”

内德进屋去了。

艾莉森回到玛丽女王房中，两人站在窗前，看到内德提着一对鞍囊走到院子里，看样子就只有这件行李。他叫过一个马夫，对方随即把他的马牵了过来。

内德跨上马背走了，这时送货的还没吃完饭。

玛丽叹道：“总算松了口气，感谢主。”

“是啊，看样子瞒过去了。”

内德没有返回伦敦。他骑马赶到伯顿镇，投宿在狮头客栈。

他吩咐马夫照料坐骑，安顿好行李后，就在客栈里到处查看。正对街面的是一间酒馆，另有一道拱门供车马出入，通往院子，一边是马棚，另一边是客房。后院是一片酿酒厂房，飘出刺鼻的发酵味儿。这是殷实生意，酒馆里总是坐满了人，再加上路过的客人，院子里的货车进进出出，往来不绝。

内德看见送回来的空桶都堆到角落里。一个小童撬开桶盖，用刷子蘸了水把桶刷干净，之后倒扣过来，等着桶晾干。

老板生得五大三粗，看他大腹便便的样子，就知道很照顾自家生意。内德听见伙计管他叫哈尔。此人忙个不停，不时从厂房走到马棚，对伙计呼呼喝喝。

内德看清客栈的地形，在院子里挑了张凳子坐了，一边喝啤酒一边等。院子里人来人往，没人在意他。

他差不多拿准了，查特里庄园就是借酒桶和外面联络。他在庄园住了一周，方方面面都看了个仔细，在他看来，酒桶是唯一的法子。送啤酒的时候，他要应付艾莉森，没办法一心一意地查看。艾莉森偏偏在那个时候过来搭讪，也许是巧合。但内德不相信有什么巧合。

内德估计车夫应该比自己慢，毕竟他的马精力充沛，拉车的马必定疲累。他一直等到傍晚，才看见马车驶进院子。他坐着不动，留神观察。一个车夫径直走开，之后和哈尔一起出来了；剩下的几个忙着给马解套具。空桶都堆到角落里，交给那个小童清洗。

小童拿着撬棍撬开桶盖，哈尔倚着墙望着他干活，神色平静。也许他确实不在乎。不过更可能是因为他盘算过，要是自己偷偷打开酒桶，伙计就会猜出他有什么不可告人的勾当，并且事关重大，但要是装出漫不经心的样子，伙计就不会怀疑有什么特别。

桶盖被撬开后，哈尔逐个桶查看，接着弯下腰，手伸进一只桶里，掏出两个瓶子形状的东西，外面裹着布，还用绳子系了。

内德心满意足地叹了口气。

哈尔冲小童一点头，穿过院子，来到一扇门前，迈了进去——内德没见他进去过。

他马上跟了上去。

门后是一连串房间，看样子是老板的住处。内德穿过客厅，进了卧室。只见哈尔站在敞开的柜子前，显然是要把酒桶里那两件东西藏进去。他听见脚步声，猛地一回头，气冲冲地嚷："出去，这是私人住所！"

内德轻声说："你离绞刑架只差一步。"

哈尔神色大变，面如土色，嘴巴合不拢，可见是惊惧交加。这个牛高马大、气势汹汹的家伙居然变成这副模样，可见是明知故犯，和可怜的佩格·布拉德福德不同。他踌躇良久，忐忑地问："你是什么人？"

"天下唯一能保你不死的人。"

"啊，上帝保佑我。"

"或许会，只要你答应帮我。"

"我该怎么做？"

"如实告诉我，是谁从查特里过来取瓶子，并把新瓶子带过来，让你送过去。"

"我不知道他叫什么——我不扯谎！我发誓！"

"他下次什么时候来？"

"不知道——他从来不知会我，时不常地就过来。"

内德暗想，这也难怪。这个人行事仔细。

哈尔哼哼唧唧："唉，上帝，我真是个蠢货。"

"可不是。你为什么明知故犯？你是天主教徒？"

“人家说我是什么，我就是什么。”

“那就是贪财。”

“上帝宽恕我。”

“再恶劣的行径，上帝也宽恕过。你听仔细了。我要你和往常一样，把瓶子交给送信的人，收下他送来的，送到查特里，再把回信带回来，就是老样子。不许跟任何人、在任何地方提起我。”

“我不明白。”

“不需要你明白。就当作没见过我。听懂没有？”

“懂，多谢大人慈悲。”

内德心里骂道，你这个见钱眼开的叛徒，你不配。他答道：“我会一直住下去，直到送信的出现。不管等到什么时候。”

两天后，那个人就出现了。内德一眼就认出他来。

是吉尔伯特·吉福德。

物色刺杀女王的志同道合之人，此事危险至极。罗洛不得不千般小心，一旦看错了人，就是万劫不复。

关键是看眼神：既饱含不凡之志，又透出视死如归。这不等于神志失常，但的确不合常理。罗洛有时候不禁要想，自己是否就是这般眼神。不会：他如此谨慎，简直像着了魔。或者年轻的时候有过，但如今已经消磨掉了，不然他早就被绞死、开肠破肚、五马分尸——弗朗西斯·思罗克莫顿还有那些年轻天真的天主教徒，被内德·威拉德抓住后就是这般下场。倘若如此，他已经和那些殉道者一样，往生天堂；不过这一程何时上路，由不得你做主。

罗洛在安东尼·巴宾顿的眼睛里看出这种神色。

罗洛跟了他三周，但只是远远观察，一直没有搭话。巴宾顿常去的戏院和酒馆，罗洛也不敢靠近，他知道附近有内德·威拉德的眼线。要接近巴宾顿，只能挑不是天主教徒聚集的场所，并且要趁人多的时候，这样才不会引人注意，譬如滚木球、斗鸡、斗熊的地方，再就是观看行刑。然而，他总不能谨慎个没完，是时候冒险一试了。

巴宾顿出身于德比郡一个天主教家庭，家境富庶，罗洛手下的一位司铎就安顿在他家里。巴宾顿曾见过玛丽·斯图亚特，他幼年时曾在什鲁斯伯里伯爵家当侍童，那时玛丽就囚禁在伯爵府。巴宾顿小小年纪，被身陷囹圄的女王所折服。但仅凭这一点，他会不会答应？要知道答案，只有一个办法。

罗洛趁他去看斗牛，终于和他搭上了话。

斗牛场设在河南岸萨瑟克区的巴黎园林。进去要交一便士，巴宾顿多花了一便士，上到长廊看台；围栏外人挤人，充斥着平头百姓的酸臭。

斗牛拴在圆形场地里，除此以外活动自如。六条高大的猎犬给放了出来，一见到斗牛，立刻飞扑上去，对着腿撕咬。公牛十分矫健，结实的脖子上脑袋转来转去，顶着牛角抵御狗群；狗群不断闪躲，但不免被牛角顶中，走运的被挑飞了，倒霉的扎死在牛角上，又被甩开。血的腥臭飘满全场。

观众不断喊叫助威，纷纷下注，赌公牛死前能否把狗杀光。大家都盯紧了场上，无心四顾。

和往常一样，罗洛先表明自己是天主教司铎。他凑近巴宾顿，低声说："保佑你，孩子。"巴宾顿吓了一跳，扭头望着他，他飞快地摸出金十字架。

巴宾顿又惊又喜："你是谁？"

"让·英吉利。"

"找我有什么事？"

"玛丽·斯图亚特的时候到了。"

巴宾顿瞪圆了眼睛："此话怎讲？"

罗洛心说，你这是明知故问。他答道："吉斯公爵已筹备妥当，召集了六万兵马。"这话是夸大其词——公爵尚未筹备妥当，也未必能召集六万人马，但罗洛必须骗取他的信任。"公爵掌握了东南沿岸各重要港口的地图，以便大军登陆。另外，他还得到了一众天主教贵族的许诺，其中就有你养父，届时他们和入侵大军里应外合，为光复真信仰而战。"这话倒是确切。

"真有此事？"巴宾顿巴不得相信。

"现在万事俱备，只缺一个忠厚可靠的人。"

"接着说。"

"一个出身名门、潜心向教的天主教徒，联合几位志同道合之士，在危机之时救出玛丽女王。你，安东尼·巴宾顿，就是蒙主拣选之人。"

罗洛故意转过头，任巴宾顿慢慢咀嚼。场上的斗牛和狗群已经给拖下去了；狗有的断了气，有的奄奄一息。好戏才刚刚开场。一匹老马驮着一只猴子来到场上，观众鼓掌叫好，这是他们最期待的节目。六条幼犬蹿上场，对老马又抓又咬，老马死命躲闪；狗群还冲马背上的猴子猛扑，猴子越是躲闪，狗群越是兴奋。最后猴子吓得发疯，拼了命要逃走，沿着马背窜来窜去，还想站在马头上，逗得场上哄笑连连。

罗洛细看巴宾顿的表情。他早把消遣忘在了脑后，神色间混合了骄傲、兴奋和恐惧。罗洛猜中了他的心思。他二十三岁，将大展拳脚。

罗洛说："玛丽女王被囚禁在斯塔福德郡查特里庄园。你要前往此地，打探清楚，但不可和她接触，以免打草惊蛇。等谋划妥当，再写信知会女王，信中要面面俱到。你把信交给我，我有办法送到女王手里，神不知鬼不觉。"

巴宾顿双目放光，那是宿命之光。"我答应，荣幸之至。"

场上，老马摔倒在地，狗群一拥而上，把猴子撕烂了。

罗洛和巴宾顿握了手。

巴宾顿问："我怎么找你？"

"不必，我会找你。"

内德把吉福德押到伦敦塔，吉福德的右手和侍卫的左手用一条绳子绑了。内德带他沿着石头楼梯上楼，像闲话家常一样说："叛徒就在这儿受刑。"吉福德吓坏了。内德带他进了一间屋子，里面只有一张写字桌和一处壁炉，夏天也是阴森森的。内德和他面对面坐了；守卫站在吉福德身后，绳子没有解开。

隔壁传来一阵尖叫。

吉福德吓得脸色煞白。"是什么人？"

"朗斯洛特，一个叛徒。他打算趁伊丽莎白女王在圣詹姆斯公园骑马出游时开枪将陛下杀死，还策动了另一个天主教徒，而此人恰好对女王忠心耿耿。"这个人也恰好是内德的眼线，"看样子朗斯洛特是个疯子，并无同党，不过弗朗西斯·思罗克莫顿爵士吩咐，务必审个明白。”

吉福德那张稚气的脸上毫无人色，双手不住颤抖。

内德说：“要是你想免了朗斯洛特这番苦头，只需要照我的吩咐办。不难做到。”

“休想。”吉福德声音发颤。

“你从法国使馆取了信，就送到我这儿，我好找人誊抄，然后你再把信送到查特里。”

“你看不懂，”吉福德答道，“我都看不懂。是用密文写的。”

“这就让我来操心吧，”内德手下有个破译密码的天才，姓菲利普斯，“而且玛丽女王看到封印动过，准会怀疑我。”

“封印会完好如初。”菲利普斯还擅长仿造，“谁也分辨不出真假。”

吉福德目瞪口呆。他没想到伊丽莎白的情报处如此缜密、如此面面俱到。内德从一开始就把他看透了：他低估了对手。

内德接着说：“从查特里取了回信也是一样，先拿来交给我，我叫人誊抄过之后，你再把信送到法国使馆。”

“我绝不会背叛玛丽女王。”

这时朗斯洛特又是一阵哀号，声音越来越弱，最后抽泣起来，不住求饶。

内德对吉福德说：“算你走运。”

吉福德不屑地哼了一声。

“啊，不要不信。你瞧，你知道得太少了，连在巴黎指使你的那个英国人，你都不知道他是谁。”

吉福德一语不发，但从神色看来，他知道那人的姓名。

内德说：“他自称让·英吉利。”

吉福德不擅长掩饰，露出诧异的神色。

“显然是个化名，但他没有跟你透露真实姓名。”

吉福德发觉什么都瞒不过他，神色沮丧。

“说你走运，是因为你派得上用场。只要你按我吩咐的办，就可以免了皮肉之苦。”

“我绝不答应。”

朗斯洛特喊得撕心裂肺，像在地狱中受苦一般。

吉福德头一扭，吐在石板地上。狭小的房间蔓延着一股酸臭。

内德站起身。“我吩咐过了，下午就对你用刑。我明天再来看你，那时候你就会松口了。”

只听朗斯洛特哭着求饶：“不要，不要，求你了，饶了我吧。”

吉福德擦了擦嘴，咕哝着说：“我答应。”

“我听不清。”

吉福德大声说：“我答应，你活该下地狱！”

“很好，”内德吩咐守卫，“给他松绑，放了他。”

吉福德吃了一惊。“我能走了？”

“只要你按我吩咐的办。我会派人盯着你，别耍小聪明。”

朗斯洛特不住喊娘亲。

内德说：“下次要是再进来，就别想出去了。”

“我明白。”

“走吧。”

吉福德出了房门，内德听见他脚步匆匆，顺着石头台阶踢踢踏踏地下去了。内德冲守卫一点头，对方也出去了。他跌坐在椅子上，觉得筋疲力尽。他闭上眼睛；朗斯洛特又是一阵尖叫，他只好也走了。

内德出了伦敦塔，沿着河岸漫步。河面微风阵阵，带走了他鼻端的酸臭。他四下张望：船夫、渔人、小贩，有的行色匆匆，有的无所事事，几百张面孔，攀谈，叫喊，大笑，打着哈欠，哼着小曲，没有人痛苦地尖叫，没有人怕得冷汗淋淋。普普通通的生活。

他穿过伦敦桥，来到南岸。胡格诺教徒大多住在这一片；他们来自尼德兰和法兰西，纺织技术高超，在伦敦很快发家致富。他们是西尔维的可靠客人。

西尔维的铺子开在底层。他们的房子是伦敦常见的联排木架结构房舍，上层比下层依次凸出一截。前门敞开着，内德迈了进去。成排的书籍和纸墨的幽香像一贴清凉剂。

西尔维刚收到日内瓦寄来的书箱，正在整理。听见内德的脚步声，她抬起头。内德凝视她那双蓝眼睛，吻了吻她柔软的嘴唇。

她仰着头，打量他的神色，问道："这是怎么了？"她一直改不掉淡淡的法语口音。

"有件不愉快的差事。一会儿讲给你听，我得先去洗把脸。"他走到后院，用脸盆在接雨水的桶里舀了水，借着冷水洗了手和脸。

他走回房子，直接上了楼，瘫在他最爱的椅子里。他闭上眼睛，听见朗斯洛特喊妈妈。

西尔维也上楼来了。她走到食物柜前，拿出一瓶酒，倒了两杯，一杯递到他手里，亲了亲他的额头，然后坐在他对面，膝盖贴着他膝盖。他品着酒，握过她的手。

西尔维说：“说吧。”

“今天塔里一个犯人受了刑。他图谋加害女王。用刑的不是我——我办不到，那种事我下不了手。我特地把另一个犯人带到隔壁审问，好让他听见尖叫。”

“真骇人。”

“奏效了。我让敌人的奸细成了双重奸细，他成了我的人。可我这会儿还能听见阵阵尖叫。”西尔维捏了捏他的手，没有说话。过了一会儿，内德说：“有时候，我真厌恶这个活儿。”

“可正因为你，吉斯公爵和皮埃尔·奥芒德之流才不能在英格兰横行霸道，像在法国一样，以信仰为由将人活活烧死。”

“为了不让他们得逞，我变得和他们一样，惨无人道。”

“不，不一样。他们要将天主教强加于人，但你的目的不是把新教强加于人。你为的是宽容。”

“起初的确如此，可如今呢，一抓到秘密司铎，不管他们是否对女王图谋不轨，都一律处死。你可知道玛格丽特·克利瑟罗是怎么死的？”

“就是她因为庇护天主教司铎，在约克被处死了？”

“不错。她被剥光了衣服，五花大绑，扔在地上，接着用她家的大门压住，不断往上面加石块，最后她活活给压死了。”

“上帝啊，我不知道是这样。”

“叫人作呕。”

“但这从来不是你的本意！你只盼望持不同信仰的人可以和

睦相处。”

“是，但也许只是白日做梦罢了。”

“罗杰跟我说，你曾跟他说过一句话。那次他问你女王为什么痛恨天主教徒，你还记得吗？”

内德微微一笑。“记得。”

“你说的话，他一直没忘记。”

“看来我也做过好事。我跟罗杰说了什么？”

“你说政治上没有圣贤。但即使并非完人，也可以造福苍生。”

“是我说的？”

“罗杰是这么跟我说的。”

“不错，但愿是真的。”

入夏了，天气晴好，艾莉森也有了盼头。查特里庄园里，知道玛丽和安东尼·巴宾顿秘密通信的只有她和几个心腹，但见到玛丽神采奕奕，人人为之振奋。

艾莉森并没有盲目乐观。要是对巴宾顿知根知底就好了。他生在虔诚的天主教家庭，除此以外，艾莉森对他一无所知。他才二十四岁，是不是真有本事率领起义，推翻这个霸占英国二十七年之久的女王？得知道他的计划才行。

1586年7月，她终于如愿以偿。

最初几封书信往来，目的是取得联络，试探通信渠道是否畅通。确定之后，巴宾顿分条列项地概述了计划。信是藏在啤酒桶里送来的，交由玛丽的秘书克劳德·诺解译。艾莉森、玛丽和诺坐在玛丽的寝室，一字一句地通读。

他们为之兴奋。

“巴宾顿写道，‘这次伟大光荣之举’‘光复先祖信仰的最后希望’，”诺边看译出的明文边说，“他还说，要确保起义成功，必须有六个条件。第一，外国军队入侵英格兰。第二，人马足以克敌制胜。”

玛丽说：“消息说吉斯公爵召集了六万士兵。”

艾莉森盼望消息属实。

“第三，择定大军登陆及补给港口。”

“应该早就办妥了，地图已经交到表弟亨利公爵手里。不过巴宾顿可能不知道。”

“第四，军队抵达时，必须由兵力雄厚的本地军队接应，以免即刻遭到抗击。”

“百姓自然会揭竿而起。”

艾莉森暗想，百姓也许需要动员，不过此事不成问题。

“看来巴宾顿下过一番功夫，”诺说道，“他挑选了多名‘队长’，分别来自西部、北部、南威尔士、北威尔士以及兰卡斯特、德比和斯塔福德等郡。”

艾莉森暗暗佩服，看起来计划周密。

“‘第五，必须救出玛丽女王。”诺大声念道，“本人将同十位绅士以及百名追随者，将陛下解救于敌手。”

“好。埃米亚斯·波利特爵士绝没有一百个守卫，而且大半住在附近村镇，并不住在庄园。等他们赶到时，早已人去楼空。”

艾莉森越发振奋。

“第六，当然是处死伊丽莎白。巴宾顿写道：‘为除掉篡位者——其人早被革除教籍，我等不必顺从；将有六位绅士，均为本人密友，一心效忠天主教大业及陛下，愿肩负此项壮烈的重任。’我看都说得再清楚不过了。”

艾莉森暗暗赞同。想到弑君，她一时不寒而栗。

玛丽说：“我得马上回信。”

诺紧张地说：“咱们笔下得十分小心。”

“我只有一件事要说，就是允诺。”

“倘若这封信落入恶人之手……”

“送信的都是可信赖之人，况且写的是密文。”

“可天有不测风云……”

玛丽涨红了面孔，艾莉森瞧出，二十年来的愤怒和无助让她忍无可忍。“这个机会我必须牢牢抓住，否则再也没有希望了。”

“陛下给巴宾顿的回信可是叛国的罪证。”

“由他去吧。”

1586年7月，内德反思刺探情报一事，感叹这份差事需要不少耐性。他本以为1583年抓到弗朗西斯·思罗克莫顿，就能顺藤摸瓜，拿到玛丽·斯图亚特图谋不轨的铁证，可惜莱斯特伯爵不怀好意，逼得内德没有办法，虽然时机尚未成熟，也只能将思罗克莫顿逮捕。直到1585年，才出现第二个思罗克莫顿，也就是吉尔伯特·吉福德。这回莱斯特伯爵不在英格兰，没法兴风作浪了；伊丽莎白女王命他领兵前往西班牙属尼德兰，支援当地新教徒反叛军，抗击西班牙天主教领主。莱斯特是甜言蜜语、巴结讨好的行家，对领兵杀敌却一窍不通，搞得一塌糊涂，好处是无暇给沃尔辛厄姆添乱了。

总之，这次情势十分有利。玛丽自以为通信无人知晓，其实所有往来都经内德过目。

监视足有六个月了，如今已是7月，内德却还是没拿到他需要的罪证。

玛丽和皮埃尔·奥芒德以及西班牙国王通信频繁，她收到和送出的每封信都流露出图谋不轨之意，但内德需要的是叫人无从狡辩的铁证。巴宾顿6月初写给玛丽的那封信就是确凿证据，他必死无疑。内德忐忑地等着玛丽的回信。这一次，她不得不在信里表明心迹了吧？说不定这封信就是她的罪证。

7月19日，内德拿到了这封回信。足有七页纸。

信又是玛丽的秘书克劳德·诺代笔，自然还是密文。内德吩咐菲利普斯破译，自己焦灼地等着。他没法集中心思想别的事。耶柔玛·鲁伊斯从马德里写来了一封长信，讲述西班牙朝中内务，他读了三遍，还是一个字也不懂。无奈之下，他出了西兴里沃尔辛厄姆府，穿过小桥，回到萨瑟克区家里用午饭。西尔维总能让他安定心神。

西尔维关了店，用酒和迷迭香炖了三文鱼。两人坐在楼上的餐厅，边吃边说巴宾顿的去信和玛丽的回信。他什么事都不瞒着西尔维，夫妻俩是共谋。

刚吃饭完，一个副手把译成明文的回信送来了。

信是用法语写的。内德的法语听说流利，读写却吃力，需要西尔维帮忙。

玛丽开篇褒扬巴宾顿其志可嘉。内德心满意足："单凭这几句，就能落实她叛国的罪名。"

西尔维却说："真叫人伤心。"

内德挑起眉毛，诧异地望着她。西尔维可是英勇无畏的新教徒，为了信仰多次以身犯险，想不到她竟然同情玛丽·斯图亚特。

西尔维看内德瞪着自己，说："我还记得她大婚那天。她不过是个少女，有倾国倾城之貌，并且前程似锦。她是未来的法兰西王后，也许是天底下最好命的女子。可看她落得什么下场。"

"只能怪她自作自受。"

"你十七岁的时候，做的决定都是正确的吗？"

"未必。"

"我十九岁时嫁给了皮埃尔·奥芒德。这叫不叫自作自受？"

"你的意思我明白了。"

内德低头看信。玛丽信中不只有褒奖。她逐条回应巴宾顿的计划，敦促他仔细筹划，接应入侵大军，号召当地反抗军响应，并储备武器粮草。她还叫巴宾顿详述将自己救出查特里庄园的计划。

"越来越妙了。"

还有更重要的，玛丽督促巴宾顿仔细斟酌如何刺杀伊丽莎白女王。

内德读到这一句，觉得好像突然卸下了背上的包袱。证据确凿。玛丽密谋弑君夺位。她罪无可恕，和她亲手杀人一样。

无论如何，玛丽·斯图亚特难逃一死。

罗洛找到安东尼·巴宾顿的时候，他正大肆庆祝。

巴宾顿和几个同谋聚在罗伯特·普利的伦敦大宅，围着桌子大吃大喝。桌子上摆着烤鸡、热腾腾的黄油洋葱、刚烤好的面包，还有几壶雪莉酒。

如此轻浮草率，叫罗洛大惊失色。密谋造反之人岂能白天就喝得酩酊大醉？然而，他们和罗洛不一样，并非久经考验的阴谋家，只是些好高骛远的外行人，准备大干一番。年少轻狂的纨绔子弟视生死为无物。

罗洛这次来普利府，已经坏了他给自己定下的规矩。他平常故意避开天主教徒常去的场所，因为那些地方都有内德·威拉德的眼线。但他一星期都没见过巴宾顿，必须探明情况。

他站在屋外，见巴宾顿看见自己了，就示意他跟过来。普利一家信仰天主教，这是人所皆知的，为稳妥起见，罗洛领着巴宾顿出了府门。毗邻的是座宽敞的花园，一排排桑树和无花果树枝叶繁茂，遮挡了8月的烈日。罗洛还是觉得不安全，花园只有一道矮墙，外面是一条熙熙攘攘的街道，车轮声、叫卖声不绝于耳，路对面正在盖房子，一阵叮咣喊叫。罗洛把巴宾顿带出花园，来到旁边教堂，站在阴凉的门廊下，这才开口问："情况如何？一直没有动静。"

"英吉利先生，别愁眉不展啦，"巴宾顿得意扬扬，"好消息。"他从口袋里掏出一捆纸，夸张地晃了一晃，交在罗洛手中。

是一封密信，还有巴宾顿译好的明文。罗洛走到拱门边，借着光亮读起来。信是用法语写的，是玛丽·斯图亚特给巴宾顿的回信，信中赞成他的各项计划，并敦促他详细安排。

罗洛的忧虑一扫而空。他日盼夜盼的就是这封信，有了它，计划终于完满了。等他把信送到吉斯公爵手上，公爵就会即刻召集入侵部队。伊丽莎白长达二十八年的邪恶暴政要到头了。

“干得好，”罗洛把信收好，“我明天就动身去法国。我会和主的自由大军一道归来。”

巴宾顿在他背上拍了一下。“好样的。好了，回去跟我们用餐吧。”

罗洛正要谢绝，话还没出口，就察觉出异样。他皱起眉头。不对头。街面上悄无声息，车轮声止住了，小贩不再叫卖，连盖房子那伙人也没了动静。怎么回事？

他抓着巴宾顿的手肘。“咱们得赶快离开。”

巴宾顿哈哈大笑。“干吗要走？普利家的餐厅里还有一桶佳酿，还剩一半没喝呢！”

“闭嘴，你这蠢货，不想死的话快跟我走。”罗洛走进幽暗肃静的教堂，快步穿过中殿，走到尽头的小门前，撞开门锁，外面就是街面。他偷偷向外张望。

他担心得不错，普利府被搜查了。

几个守卫围在街道两侧，那些泥瓦匠、小贩和行人大气不敢喘，驻足旁观。两个高大魁梧的佩剑守卫站在花园门前，离罗洛只隔了几码，显然是提防有人逃走。只见内德·威拉德走到普利府正门前，重重拍门。

“该死，”罗洛骂了一句，他见到一个守卫扭头朝这边张望，连忙关上门，“咱们被发现了。”

巴宾顿一脸惊慌。“是谁？”

“威拉德，沃尔辛厄姆的心腹。”

“咱们躲在这儿，不会被发现。”

“躲不了多久，这个威拉德心思缜密，一定会过来搜。”

“那如何是好？”

“不知道。”罗洛又向外望去。普利府正门已经打开，威拉德看不见了，应该是进门去了。守卫个个严阵以待，不时警惕地四下查看。罗洛关上门。“你跑得动吗？”

巴宾顿打了个响嗝，脸色发青。“我和他们奋战到底。”显然底气不足。他伸手摸剑，这才发觉并没有佩剑；罗洛猜测他那柄剑正挂在普利家门廊。

罗洛突然听到一头羊在咩咩叫。

罗洛皱起眉头。他再凝神听去，才发觉不是一只羊，而是一群羊。他随即想起这条路上有家肉铺，自然是农人赶着羊群去宰杀，这在天底下每个镇子里都再平常不过。

羊群声越来越近。

罗洛第三次向外张望。他看见了，也闻到了。看样子有一百头，把街面堵了个水泄不通，行人一边咒骂，一边闪进门廊让路；头羊刚好走到普利府门前。罗洛灵光一闪，有了脱身的法子。

“准备。”他对巴宾顿说。

那些守卫被羊群冲撞，虽然不忿，却也无计可施。换作百姓的话，他们早就扬起了武器，但受了惊的羊群被人再一吓，只会一个接一个地送死而已。要不是大难临头，罗洛早笑出来了。

头羊经过花园门前的两个守卫，这时卫兵全部被羊群包围了。罗洛喝道：“走！”一把推开门。

他迈到门外，巴宾顿紧随其后。再过两秒，路面就要被羊群堵死了。罗洛沿着街道狂奔，听见巴宾顿跟在身后。

身后响起守卫的呼喝：“站住！站住！”罗洛一扭头，看见几个守卫奋力推开羊群，就要追赶过来。

罗洛斜着穿过街面，从酒馆前跑过。一个闲汉捧着麦芽酒坛子，伸脚要绊他，罗洛闪过了。剩下的人冷眼旁观。伦敦市民对守卫并无好感，那些守卫平日横行霸道，喝醉了尤其讨厌。有几个路人冲着两个逃犯叫好。

罗洛听见一声枪响，但感到没有中弹，巴宾顿也没有放缓步子，看来是打偏了。接着又是一声枪响，还是没打中，不过这会儿路人都赶紧躲了起来，谁都知道子弹不长眼睛。

罗洛拐进一条小巷，一个提着棍子的男人伸手拦住他，口中喝道：“城守！站住！”城守有权力拦住可疑人物盘问。罗洛想直接冲过去，但对方扬起棍子，罗洛感到肩上一麻，脚下一个趔趄，跌倒在地。他就地翻过身，见到巴宾顿手臂挥出半弧，对着守卫的脑袋狠狠一捶，把他撂倒了。

守卫挣扎着起身，似乎一阵眩晕，接着瘫倒在地。

巴宾顿拉起罗洛，两人一路狂奔。

他们转过街角，拐进小巷，尽头是一处街市，两人放缓脚步，在客人堆里挤来挤去。一个小贩举着小册子冲罗洛叫卖，宣讲教宗的种种罪行；一个妓女迎上来说买一送一。罗洛扭头张望，没人追上来。他们逃出来了。也许趁乱逃掉的不只他们俩。

罗洛肃穆地说：“主派了天使来帮助我们。”

“天使化作羊群。”巴宾顿开怀大笑。

艾莉森好不诧异：性情暴躁的埃米亚斯·波利特爵士竟然请玛丽·斯图亚特同自己和几个乡绅去猎鹿。玛丽爱骑马，也爱人多，一口答应。

艾莉森替她更衣打扮。玛丽想打扮得又漂亮又贵气，毕竟这些人不久就是她的臣民了。她用假发盖住灰白的头发，最后扣上帽子。

艾莉森和秘书诺陪玛丽同去。一行人骑马出了查特里庄园庭院，穿过护城河，踏上沼泽地；大家相约在对面的村子碰面。

艾莉森沐浴着阳光清风，憧憬着将来，心情为之振奋。之前有几次解救玛丽的计划，可惜努力都付诸东流，叫艾莉森一次次地失望。但这一次不同，计划毫无破绽。

距玛丽给安东尼·巴宾顿回信，三周过去了。还要等多久？艾莉森算计着吉斯公爵集结军队的时间：两周？一个月？也许会先听到入侵的传言。消息随时可能传来：法国北海岸一支舰队整装待发，数千名士兵披坚执锐，牵马登船。或者公爵不想打草惊蛇，先将战舰分散在各处河岸港口，好打得对手措手不及。

她正想得入神，就见到远远一队人马朝她们疾驰而来。她一颗心跳到嗓子眼。莫非是解救她们来了？

马匹驶近了，总共六个人。艾莉森一颗心狂跳。波利特会不会反抗？他只带了两个守卫，寡不敌众。

艾莉森不认得为首的那个人。她心神不定，但也注意到此人衣着华贵，一身绿色哔叽衣裤，绣工精细。一定是安东尼·巴宾顿了。

艾莉森一瞥波利特，发现他神色毫无异样，心下奇怪。旷野中一队人马疾驰而来，按常理是该警惕的，可看他那副样子，似乎早有准备。

她再放眼一看，不由得大惊失色，队伍最后那个颀长的身影竟是内德·威拉德。那么这根本不是来营救她们的人。二十五年来，威拉德一直同玛丽作对。他如今已近不惑之年，黑发里添了银丝，皱纹也爬到脸上。虽然他跟在最后，但艾莉森知道，他才是首领。

波利特替她们引见。穿绿哔叽衣裤的人是托马斯·戈杰斯爵士，伊丽莎白女王密使。艾莉森突然有种不祥之感，浑身冰冷。

戈杰斯显然打好了草稿。他对玛丽说："夫人，我的主人女王陛下大惑不解：夫人和她二人早有约定，夫人却密谋推翻陛下及其政权，若不是亲眼见过证据，知道此事绝无虚假，她无论如何也不会相信。"

艾莉森这才醒悟，根本没有什么猎鹿，不过是波利特的幌子，只为遣开玛丽的大部分手下。

玛丽惊惧不已，仪态尽失。她语无伦次："我绝没有……我一直是她的好姐妹……我是伊丽莎白的朋友……"

戈杰斯充耳不闻。"下人都是从犯，也要带走。"

艾莉森急道："我要留在她身边！"

戈杰斯看了一眼威拉德，对方微微一摇头。戈杰斯对艾莉森说："你和其他下人关在一起。"

玛丽扭头对诺说："别让他们得逞！"

诺一脸慌张，艾莉森心有戚戚。区区一个秘书又能做得了什么？

玛丽翻身下马，干脆坐在地上。“我不走！”

威拉德终于开口了。他吩咐身边一个下人：“去那间房舍问一问。”他伸手一指，只见一英里外，树丛掩映之后有座农家大宅，“家里一定有推车，借来一用。要是没办法，就把玛丽·斯图亚特绑起来，用车推走。”

玛丽只好站起身，沮丧地说：“我骑马去。”她又爬上马背。

戈杰斯递给波利特一纸文书，看样子是逮捕令。波利特读过后点点头，没有把文书交还，或者是留作证明——以防情势有变——他奉命不再负责看守玛丽。

玛丽脸上苍白，瑟瑟发抖，颤巍巍地问：“是不是要处死我？”

艾莉森鼻子一酸。

波利特不屑地看着她，残忍地沉默许久才回答：“今天不会。”

负责逮捕的六人准备动身。其中一个冲玛丽的坐骑屁股就是一脚，马儿受了惊，险些把玛丽掀倒，好在她精通骑术，一直稳稳地坐在鞍上。几个人把她围在中间，跟着走了。

艾莉森望着玛丽渐渐远去，终于泪如雨下。她被押到另一座监狱去了。怎么会这样？只有一个原因：巴宾顿计划败露，被内德·威拉德发现了。

艾莉森问波利特：“会如何处置她？”

“以叛国罪受审。”

“之后呢？”

“绳之以法。听凭上帝的旨意。”

巴宾顿竟然销声匿迹了。凡是这个阴谋分子待过的地方，内德都搜遍了，但一点蛛丝马迹也没有。他下令全国通缉，吩咐各郡郡长、码头司务及郡守留意巴宾顿以及同党，还派了两个下属去巴宾顿父母在德比郡的住所监视。每次去信，都申明窝藏叛贼者一律处死。

其实内德并没有把巴宾顿放在心上。此人大势已去，阴谋败露后，玛丽已经被押走，大部分叛贼正在伦敦塔里受审，巴宾顿成了逃犯。那些准备响应入侵大军的天主教贵族，应该把古旧的盔甲束之高阁了。

不过，根据这些年来的经验，内德知道也许有人已经在筹划另一场阴谋了。得想个办法斩草除根。在他看来，玛丽·斯图亚特以叛国罪受审，除了那些狂热的追随者，再也不会有人拥戴她了。

还有一个人，他非捉住不可。每个受审的犯人都提到这个人：让·英吉利。每个人都说他不是法国人，而是英国人，有些说是在英格兰学院认识他的。据他们供认，此人个子略高，约莫五十岁，已经谢顶，样貌并无特别之处。谁也不知道他的真实姓名，也不知道他是哪里人。

在内德看来，这个人关系重大，但外人却对他知之甚少，这就说明他极为精明，也极为危险。

罗伯特·普利供认说，搜捕之前的几分钟，英吉利和巴宾顿就在普利家里。很可能就是守卫看见的那两个人：他们从隔壁教堂逃走，正巧有人赶着羊群经过，让他们趁乱跑了。内德这一次与他失之交臂。这两个人十有八九还在一起，和几个跑掉的同伙会合了。

十天后，内德终于收到消息。

8月14日，一个神色慌张的年轻男子骑着汗津津的马匹赶到西兴里。此人姓贝拉米，一家都是天主教徒，但并无谋逆之意。巴宾顿等逃犯敲开贝拉米家的大门，地点是山上哈罗村附近的阿克森顿公馆，在伦敦往西十二英里处。他们又饿又累，请求主人收留。贝拉米一家施舍了饭菜——声称对方扬言不然就杀了他们——但不肯让他们留下，只求他们快走，之后担心被判成同谋而绞死，为表忠心，急忙赶来报信。

内德立刻吩咐备马。

他带着手下快马加鞭，不到两小时就赶到了山上哈罗。听名字就知道，小村坐落在一座小丘之上，周围都是田地，不久前有位农户兴办了一间学堂。内德在村里的客栈打听，得知有一伙衣衫不整的可疑陌生人步行经过，往北去了。

一行人由年轻的贝拉米领路，沿着大路，来到哈罗边界，这里立着一块古老的砂森砾岩[①]。据贝拉米说，邻村叫作林地哈罗。出了村子，在野兔旅店，他们追上了这伙逃犯。

内德和手下拔出长剑，准备一场恶战，走进去才发现，巴宾顿等人正等着束手就擒。

内德挨个瞧去。几个人都是邋遢相，头发胡乱剪过，脸上涂了什么汁液，妄图掩盖身份。这些人都是年轻贵族，睡惯了舒服床铺，十天来风餐露宿，眼下被抓，都一副解脱的表情。

内德问："你们谁是让·英吉利？"

---

① sarsen stone，是巨石阵的部分材料。

半晌没人回答。

最后巴宾顿答道："他不在。"

内德满腹无奈，忍无可忍。1587年2月1日，他跟西尔维说打算告老还乡，不再参与朝中事务，只挂个王桥下院议员的头衔，专心帮西尔维打理书店。日子是乏味了些，但无忧无虑。

叫他如此沮丧的，是伊丽莎白。

为了替伊丽莎白除掉玛丽·斯图亚特这个威胁，内德使出了浑身解数。眼下玛丽关在北安普顿郡福瑟林盖城堡，最后还是答应她和侍从关在一起；为了加强戒备，内德派去了铁面无情的埃米亚斯·波利特爵士。十月，玛丽受审时呈上证据，叛国罪名成立。十一月，国会判处玛丽死罪。十二月初，判决的消息传遍各地，举国欢庆。沃尔辛厄姆立刻起草了死刑令，以呈给伊丽莎白签字御准。死刑令交给内德的恩师威廉·塞西尔、如今的伯利勋爵过目，认为措辞妥当。

两个月快过去了，伊丽莎白迟迟不肯签字。

叫内德诧异的是，西尔维却为她开脱。"她不想处死一位女王，不然就成了始作俑者。毕竟她就是女王。况且有这份顾忌的人也不止她一个。要是她处死玛丽，必定在欧洲各国引起轩然大波。谁知道各国君主会怎么报复？"

内德却不以为然。他为保护伊丽莎白鞠躬尽瘁，只觉得女王不领情。

像为了印证西尔维的看法似的，2月1日，法兰西和苏格兰两国大使一同赶到格林尼治宫求见伊丽莎白，请她饶玛丽不死。这两个国家伊丽莎白都不想开罪；不久前，她已和玛丽之子苏格兰国王詹姆斯六世签署了和约。可另一方面，依然有人对女王图谋不轨。1月里，一个叫威廉·斯塔福德的人供认密谋毒害女王。沃尔辛厄姆借机大肆宣传，称歹徒险些得逞，使处决玛丽成为民心所向。虽然是夸大其词，但也叫他们意识到一个可怕的事实：只要玛丽尚在人世，伊丽莎白就不可能高枕无忧。

两位大使退下之后，内德决定再次呈上死刑令。说不定这天她会愿意签字。

这次和他共事的是威廉·戴维森；沃尔辛厄姆抱恙，由戴维森暂代国务大臣之职。戴维森认为可行——伊丽莎白的谋臣都一心盼着她尽快将此事了结。戴维森和内德把死刑令夹在一摞文书中间，呈给女王签字。

内德清楚，这个小伎俩骗不过女王，不过她或者愿意将计就计。内德隐隐觉得，女王想要一个两全其美的法子，既签了字，又是无心之举。倘若这是她的心计，那就顺水推舟好了。

两人进到召见厅，内德看见女王心情正好，不由得松了口气。女王开口说："二月天气真好。"女王常抱怨燥热。西尔维说是岁数到了——女王已经五十有三。她殷殷问道："戴维森，你身子可好？可有锻炼？你太操劳啦。"

"我身体康健，多谢陛下关怀。"

女王没有和内德闲话家常。她晓得内德为自己搪塞其词心中不满；他想什么都瞒不过她。她太了解内德了，也许有西尔维那般了解。

女王一向明察秋毫，眼下就是一例。她又对戴维森说："你胸前捂着那一沓文书，像抱着宝贝儿子似的——其中是不是夹着死刑令啊？”

内德羞愧难当，想不通女王怎么会看穿。

戴维森老老实实地说：“是。”

“拿来吧。”

戴维森抽出死刑令，弓着身子呈给女王。内德满以为女王会大发雷霆，骂他们胆敢瞒天过海，但她只是默读起来，因为眼神不济，举到手臂那么远。读完后，她吩咐：“笔墨伺候。”

内德吃了一惊，忙走到墙边小桌前，拿了笔墨。

她真的要签？抑或只是欲拒还迎，一如对那些求婚的欧洲王侯？女王一直没有嫁人，也许她也绝不会签下玛丽·斯图亚特的死刑令。

女王接过内德递上的羽毛笔，在他手捧的墨水瓶里蘸了蘸，迟疑着没有动笔，对着他微微一笑，叫内德摸不着头脑。接着她大笔一挥，签了字。

内德惊疑不定，接过文书，交给戴维森。

女王神色黯然。“你见到这一幕，难道不为之抱憾？”

戴维森答道：“臣宁愿陛下安然无恙，即便要牺牲另一位女王。”

内德暗暗佩服，这是提醒伊丽莎白，玛丽会不惜一切杀掉她。

女王下令：“把文书交给大法官，加盖国玺。”

内德暗暗心喜，女王看来下了决心。

戴维森答道：“是，陛下。”

女王接着说：“越少人知道越好。”

“是，陛下。”

内德听戴维森一口一句“是，陛下”，答得倒是痛快，可女王吩咐越少人知道越好，到底有何用意？还是不问为妙。

只听女王对他说："去告诉沃尔辛厄姆吧。"她又揶揄说："他一定大喜过望，说不定一命呜呼了。"

内德答道："感谢上帝，他病得没那么重。"

"告诉他，行刑务必要在福瑟林盖城堡内，不要选在草坪上——不是公开行刑。"

"遵命。"

女王沉吟说："倘若哪一位忠诚之士悄悄地替我分忧。"她声音很轻，眼神避开了两位臣子，"那么法兰西和苏格兰的两位大使就不会怪罪我了。"

内德大惊失色。言外之意是暗杀。他当即决定，绝不蹚这摊浑水，也不向别人提起。女王过后完全可以矢口否认，将刺客绞死，以证清白。

她直视内德，似乎看出他不肯从命，接着又直视戴维森，对方也是一语不发。她叹了口气。"给埃米亚斯爵士写信，送到福瑟林盖堡。说女王听说他没有想到法子叫玛丽·斯图亚特早早归西，十分抱憾，毕竟伊丽莎白朝不保夕。"

即便依照伊丽莎白的原则，也未免太无情了。"早早归西"，如此直白。但内德了解波利特为人。此人循规蹈矩，对犯人苛刻是因为恪守道义，正因此，也不会动用私刑。他无论如何也不会相信杀人是上帝的旨意。他会拒不从命——伊丽莎白极可能会叫他吃些苦头。谁敢拂她的意，她绝不轻饶。

她吩咐戴维森和内德退下。

两人站在候召厅，内德压低声音，对戴维森说："加盖国玺后，建议大人把文书呈给伯利勋爵。勋爵很可能会在枢密院召开紧急会议，相信会一致同意直接将文书送到福瑟林盖，无须禀告伊丽莎白女王。大家都盼着早早了结此事。”

“那你去做什么？”

“我嘛，我这就去找刽子手。”

玛丽·斯图亚特狭小的宫殿里，唯独她自己没有流泪。

几个侍女彻夜守在她床边。大厅里传来木匠的敲打声，无疑是在搭断头台。大家挤在玛丽的房间里，整夜都听见走廊里靴子咚咚地踱来踱去。波利特担心有人劫狱，一直提心吊胆，故而加派了守卫巡逻。

玛丽六点钟起了床，这时天还没亮。艾莉森借着烛光替她更衣。玛丽挑了一件深红色衬裙，配了件低领的红缎子胸衣，套上黑缎子短裙，最后披上缎面罩衫，衣服上绣着金线图案，袖子开衩，露出紫色里子。福瑟林盖是阴冷之地，她围了一条毛皮领子，抵御风寒。艾莉森替她戴上白色头饰，长长的蕾丝后襟一直拖到地上。艾莉森不由得想起玛丽巴黎大婚时，她亲手捧着那条华贵的蓝灰色丝绒长裙。多么久远。

玛丽穿戴完毕，走进小堂祷告。艾莉森和众侍女守在门外。天亮了。艾莉森隔着窗户望去，这一天阳光明媚。她莫名地为这点琐事生气起来。

八点的钟声敲响，片刻之后，就听见有人重重敲门，大喊道：“各位大人在等着女王！”

艾莉森一直不肯相信玛丽真的会死。她当这是一场骗局，是波利特心怀叵测，故意演戏吓唬她们。又或者伊丽莎白想做做样子，临了会赦免玛丽。她想起威廉·阿普尔特里，此人趁伊丽莎白坐船游览泰晤士河时向女王开枪，被送上了断头台，就在千钧一发之际，传来了赦免令。可要是大臣都到了，那只能是真的了。艾莉森一颗心像灌了铅，沉沉地压在胸口，两腿发软，只想躺在床上，闭上双眼，一睡不醒。

但她得服侍女王。

她举起手，在小堂门上敲了敲，探头向里面张望。玛丽跪在祭坛前，手捧拉丁祷告书，说道："再等一会儿，等我做完祈祷。"

艾莉森隔着紧闭的大门，转达玛丽的意思，但外面的人没心思迁就。大门一下子敞开，司法官走了进来："但愿不用我们把她拖过去。"艾莉森听他语气里有一丝惧意，一股同情感油然而生，连自己都吃了一惊。原来他也是有苦难言。

他走到小堂前，没敲门就进去了。玛丽立刻站起身。她面无血色，但镇定自若，艾莉森不由得放了心。她了解玛丽的个性，玛丽会以一国之君的威严面对这个劫难。要是玛丽不仅丢了性命，还丢了尊严，那艾莉森一定抱憾终生。

司法官说："跟我走。"

玛丽一回身，把祭坛后墙上挂的象牙十字苦像取了下来，一手把苦像紧紧按在臃肿的胸前，一手拿着祷告书，跟上了司法官。艾莉森跟在她身后。

玛丽个子比司法官高。患病加上常年遭软禁，她变得臃肿、佝偻，但艾莉森见她昂首挺胸，神色坚毅，步伐沉稳，不由得悲喜交加。

司法官带她们走到大厅外的小室，说道："女王只能一个人进去。”

玛丽的下人不服气，但司法官不为所动。“伊丽莎白女王有令。”

玛丽朗声说：“我不相信。伊丽莎白女王冰清玉洁，绝不会让一个女子独自赴死，不准侍女陪伴。”

司法官充耳不闻，打开大厅门。

艾莉森瞥见一个临时搭起的架子，约莫两英尺高，罩着黑布，周围站着一群大臣。

玛丽走到门廊，突然停下脚步，免得大门关上。她高声说：“请求各位大人，让我的人送我这一程，也好让人知道我是如何赴死。”

有人回敬：“她们大概要拿手帕蘸了血，好给迷信愚昧之徒供起来，当作亵渎圣物。”

艾莉森听出早有人担心处死玛丽会引得民意沸腾。她恨恨地想，不管他们如何掩饰，参与这场暴行的人将永世背负骂名。

玛丽答道：“她们不会，我可以保证。”

众大臣聚在一起，艾莉森听见他们交头接耳，最后那个声音说：“也好，但只能叫六个人。”

玛丽答应了。她点了六个人，第一个就是艾莉森，点完就走了进去。

艾莉森走进大厅，环顾四周。断头台立在中央，上面两个人坐在凳子上，艾莉森认出是肯特伯爵和什鲁斯伯里伯爵。另外一张凳子上垫了软垫，自然是给玛丽预备的。凳子正对着砧板，上面也蒙着黑布，地上放着一把砍树用的巨斧，看得出新近磨过。

断头台正前方坐着两个人，一个是波利特，另一个人艾莉森没见过。一个高大魁梧的男子站在台子一侧，看穿着是下等人，这副打扮的屋子里只有他一个。艾莉森一时不解，随即想到他就是刽子手了。一队佩带武器的护卫把断头台围在中央，护卫身后聚了一群人：处决时必须有证人在场。

艾莉森看见内德·威拉德就在人群中。他就是酿成今天这出惨剧的罪魁祸首。每一次，他都棋高一着。可他非但没有得意扬扬，反而神色悚然，望着断头台、斧头和在劫难逃的女王。艾莉森宁可他幸灾乐祸，好更加痛恨他。

巨大的壁炉里火焰熊熊，但大厅里毫无暖意，艾莉森觉得还不如窗外阳光普照的院子暖和。

玛丽走到断头台前。波利特见状站起身，伸手扶她迈上台阶。玛丽说："多谢好意。"他这份礼貌尤其讽刺，玛丽自然察觉了，冷冷地说："这是最后一次，以后再不会给你添麻烦了。"

她昂着头，迈上三级台阶。

她从容地坐在凳子上，面对砧板。

宣读处决令的时候，她一动不动、面无表情地听着。接着牧师开始念祷词，声如洪钟，语调激昂，他请上帝在玛丽临死前让她改信新教。玛丽不忿："我信仰古老的罗马公教，根深蒂固。"这句话掷地有声，一派女王威严，"我愿用我的血来见证。"

牧师充耳不闻，继续祈祷。

玛丽转向一侧，背对着牧师，打开拉丁祷告书，静静地诵读祷文，牧师也还喋喋不休。艾莉森心中骄傲，论从容不迫，玛丽无疑更胜一筹。片刻之后，玛丽顺势跪在台上，正对着砧板祈祷，好像面对的是祭台。

祈祷终了，玛丽要脱下外衣，艾莉森上去服侍。玛丽好像急不可待，似乎想早点了事。艾莉森麻利地替她脱下罩衫和短裙，最后摘下头饰。

玛丽穿着血红色衬裙，宛如天主教殉道者，艾莉森这才明白她选这件衣服的用意。

几个下人一边抽泣，一边大声祷告，玛丽用法语劝道："不要为我哭泣。"

刽子手举起了斧头。

一个侍女捧着白布，替女王蒙上眼睛。

玛丽跪在断头台上，伸手摸索砧板，接着低头俯在上面，露出洁白的后颈。斧头马上就要啮咬那温软的肌肤。艾莉森吓得魂飞魄散。

玛丽用拉丁语高喊："父啊！我把我的灵魂交托在你手中。"①

斧子高高举起，又重重落下。

刽子手砍偏了。这一下没有砍断玛丽的头颅，只砍在后脑。艾莉森不能自已，大声呜咽。这漫长的一生中，这是她见过的最悲惨的一幕。

玛丽一动不动，看不出是否已昏死过去。她没有出声。

刽子手又扬起斧头，这一次瞄准了。利刃切进脖子里，但力道还差一点，头连着最后一丝筋肉，没有砍断。

刽子手像拉锯似的按着斧子头，锯段了筋肉，场面可怖至极。

玛丽的头颅从砧子滚落在下面的草地上。

---

① 耶稣大声呼喊说："父啊！我把我的灵魂交托在你手中。"说完这话，便断了气。（《路加福音》23：46）

剑子手揪着头发，举起头颅示众，喊道：“上帝保佑女王！”

可玛丽这天戴了假发，艾莉森惊恐地看到，玛丽的头颅跌落在断头台上，刽子手只抓住了那顶卷曲的棕色假发；玛丽的头上露出花白的短发。

这是最后的屈辱。艾莉森无能为力，只有闭上眼睛。

二十五

西尔维一想到西班牙大军入侵，胸口就恶泛泛的。她怕这是另一场圣巴托罗缪纪念日惨案，眼前又浮现出巴黎街头堆积的赤裸尸体，暴露着骇人的伤口。她本以为自己逃过一劫；不会发生第二次了吧？

伊丽莎白女王的劲敌改变了策略，不再暗中捣鬼，如今光明正大地宣战了。西班牙国王腓力公然召集无敌舰队；他早就蠢蠢欲动，而玛丽·斯图亚特被斩首之后，欧洲各国君主将这次入侵视为天经地义。教宗西斯笃惊闻玛丽被处决，一向一毛不拔的他竟许诺出资一百万达克特金币。

内德对无敌舰队早有耳闻，如今这可谓是欧洲人尽皆知的秘密了。西尔维在伦敦的胡格诺教堂也听见议论。百余艘舰船、千余名士兵赶到里斯本港内和外海，腓力国王无法掩藏。他手下的海军需要几百万吨补给：食物、火药、弹丸以及储存各种补给必不可少的木桶，为此，军需官不得不寻遍欧洲各地。西尔维知道西班牙人甚至还和英格兰人做生意，因为王桥商人以利亚·科德魏纳就因为里通外国被绞死了。

内德千方百计探听西班牙国王的作战计划；西尔维向巴黎的眼线求救，请他们留意一切蛛丝马迹。这期间，他们收到了巴尼的消息。爱丽丝号即将返抵库姆港，暂时在多佛港停锚，巴尼给弟弟写信，说自己几天后到王桥，有个特别原因，盼望和他一聚。

西尔维有个能干的伙计，放心把书店交给他打理；内德也告了几日假。夫妻俩离开伦敦，到王桥的时候，巴尼还没回来。因为说不好他哪天到，两人每天一早就赶到码头，等待库姆港驶来的早船。巴尼的儿子阿福如今二十三岁了，也天天跟来。他还带着瓦莱丽·福尔内龙。

阿福和瓦莱丽成了一对儿。瓦莱丽娇美动人，父亲是胡格诺教徒麻纱商纪尧姆·福尔内龙。阿福继承了巴尼的魅力，加上充满异域风情的俊朗外表，迷倒了王桥数不清的少女；瓦莱丽就是其中之一。西尔维暗暗好奇，不知道纪尧姆会不会放心把女儿嫁给这个模样如此与众不同的女婿。不过看样子纪尧姆只关心一点：阿福是新教徒。倘若女儿迷上了天主教徒，家里肯定闹翻了。

阿福告诉西尔维，他和瓦莱丽偷偷立下了婚约。他紧张地问："你说船长会不会不高兴？因为我没问他同不同意。"

西尔维沉思片刻，回答说："先赔个不是，说没征得他同意，因为你们三年没见了；不过你知道他一定会满意。我看他不会不高兴的。"

巴尼第三天才到，还让大伙吃了一惊。他走下驳船，身边伴着一个约莫四十岁的妇人，只见她面色红润、卷发如云，笑容可掬。巴尼一脸得意："这位是海尔格，我太太。"

海尔格立即对阿福示好。她握起他一只手，另一只手按在上面："你父亲把你母亲的事都告诉我了，我知道自己永远没办法取代她，不过我盼着能和你好好相处，我不会像故事里那些可恶的继母。”海尔格说英语带着浓重的德国口音。

西尔维暗想，这番话说得恰如其分。

他们从只言片语中了解了两人相识的经过。海尔格家住汉堡，死了丈夫，又没有子女，经营卖酒的生意，家境殷实。她卖的是德国当地的白葡萄酒，呈金黄色，英国人称之为莱茵酒。巴尼最初是个客人，接着变成追求者，最后成了未婚夫。海尔格卖掉了生意，随丈夫来王桥定居，还打算重操旧业，进莱茵酒来卖。

阿福给父亲介绍瓦莱丽，支吾半天，想说已经和她订婚，巴尼打断他说：“阿福，这位小姐是万里挑一，赶快娶回家！”

大伙都笑了，阿福答道：“船长，我正有此意。”

西尔维兴高采烈，看大家拥抱握手，互诉见闻，几张嘴同时说话，个个喜笑颜开。每逢这个时候，她就忍不住想起家人。她家里只有三口人，后来就剩母女俩相依为命。内德这一大家子人，最初让她无所适从，如今她乐在其中，遗憾自己家缺了点什么。

一行人终于寒暄完毕，沿着主路上坡，不一会儿就走到家了。巴尼望着对面的集市广场，吃惊地说：“咦！旧修院是怎么了？”

阿福说：“我带你去瞧瞧。”

他领着大家穿过修院西墙新修的入口，进到四方院子里。院子里铺了路，以免人来人往，踩得脏兮兮的。拱廊和穹顶重新刷过，回廊凹壁被改成一个个摊铺，到处挤满了客人。

巴尼诧异地说：“哎呀，母亲的愿望成了真！是谁做的？”

“是你啊，船长。”阿福答道。

内德解释说：“我用你的积蓄买下这块地，阿福按照母亲三十年前的计划，把这儿改成了室内集市。”

“了不起。”巴尼叹道。

阿福引以为傲：“并且替你赚了不少钱。”

西尔维最懂得客人所需，集市的事上她替阿福出了不少点子。阿福年少气盛，并不去提有人相帮，而西尔维作为热心的婶婶，也不想邀功。

不过说句公道话，阿福天生就有生意头脑。想必是母亲传给他的：听闻她酿的朗姆酒是新西班牙一绝。

巴尼感叹：“人可真多啊。”

阿福说：“我想把旧餐厅也买下来。”他急忙补充说：“前提是你同意，船长。”

“听着是个好主意，”巴尼答道，“过后咱们算一算，不急于一时。”

一家人穿过广场，这才迈进家门，围坐在餐桌旁用午饭，不可避免地谈起了西班牙入侵一事。

“我们辛辛苦苦，”内德语气沉郁，西尔维不由得难过起来，“我们只不过希望国土上的每个人可以自由信仰上帝，而不是鹦鹉学舌一样念祷词。他们偏偏不放过。”

阿福问巴尼：“船长，西班牙有奴隶吗？”

西尔维奇怪他有此一问。她随即想起阿福第一次明白奴隶的意思，那时他十三四岁。他曾听母亲说过，外祖母是个奴隶，大多奴隶都是黑皮肤，和他一样。大人告诉他，英格兰法律不准豢养奴隶，他这才安了心，从那以后，就没有再提起过。此刻西尔维才知道，这件事一直压在他心头。在他看来，英格兰等于自由，而眼下西班牙入侵在即，让他再次忧心忡忡。

“有，西班牙有。我原先在塞维利亚住过，有钱人家里都有奴隶。”

“那奴隶都是黑皮肤吗？”

巴尼叹了口气。“是啊。一小部分是俘虏，通常要在船上划桨，非洲人和土耳其人占大半。”

“要是西班牙侵占了咱们，会不会改变律法？”

“一定会。他们会逼着咱们都改信天主教，这正是该担忧的。”

“也会允许养奴隶？”

“可能。”

阿福严肃地点点头；西尔维琢磨他也许会终生担心自己沦为奴隶。她开口问：“难道就没有办法阻止他们入侵？”

“有，”巴尼答道，“咱们不该束手待毙，先下手为强。”

内德说：“我们已经向女王谏言——出其不意，先发制人。”

“趁他们还没出手，就把他们一举消灭。”

内德要谨慎一些。“趁他们起航前发起突袭，给他们造成损失，至少足以让腓力国王三思。”

巴尼急切地问：“伊丽莎白女王准了没有？”

“女王决定派出六艘船，四艘战舰和两艘轻快帆船。”轻快船船身小巧、船速快，常用作侦察和传信，不适合作战。

“四艘战舰——对付当今最富有、最强大的国家？”巴尼气哄哄地说，“那可不够！”

“毕竟不能出动全部海军！不然英格兰毫无防守之力。不过眼下正号召武装商船加入舰队，倘若大败敌军，有战利品可分。”

“我加入。”巴尼当机立断。

“呀！”海尔格一直没怎么开口，她一脸失望，“这么快？”

西尔维心有戚戚。可她嫁给了水手，而水手的日子注定朝不保夕。

“两条船都带上。”巴尼接着说，他如今有两条船，爱丽丝号和贝拉号，“统帅是谁？”

内德答道：“弗朗西斯·德雷克爵士。”

阿福热切地说：“再合适不过！”德雷克是英国青年人眼中的英雄人物：他曾环游地球，有史以来，只有两位船长做到过，他就是第二个。西尔维暗想，在年少气盛之时，最向往的就是这种不畏艰险的壮举。阿福说：“你跟着德雷克，就可以放心了。”

西尔维说：“有道理，不过我也会祈祷上帝保佑你一帆风顺。”

“阿门。”海尔格接口。

按说谁也不该爱上大海，但巴尼却身不由己。乘风破浪、风满帆张、浮光跃金，这些总让他兴奋不已。

能这么想，必定有点疯劲儿。海上危机四伏。英国舰队尚未遇见敌人，已经折损了一条船——比斯开湾的一场暴风骤雨夺走了马伦戈号。即便天公作美，也要时刻提防敌国船只攻击，甚至有海盗假装是友非敌，最后一刻才露出真面目。做水手的很少长命。

巴尼的儿子阿福也想跟来。他一心要保家卫国，因为他热爱英格兰，尤其眷恋王桥。巴尼坚决不许。阿福爱好经商，这一点父子俩不一样，巴尼最烦账目。还有一点：巴尼自己不怕死，但宝贝儿子绝不能有事。

舰队即将驶入温暖的地中海，此刻变幻莫测的大西洋风平浪静。舰队靠近西班牙西南犄角直布罗陀，巴尼估算离加的斯港约莫还有十英里。这时信号枪响起，旗舰伊丽莎白·博纳文彻号升起信号三角旗，海军中将弗朗西斯·德雷克爵士召唤各船船长集合，参与作战会议。

1587年4月29日，周三，下午四点，天气晴好，西南风推着二十六艘船，以五节航速轻快地驶向目的地。巴尼不情愿地收起爱丽丝号上的风帆，船速渐渐减缓，最后随着海浪颠簸起伏；有些新水手最受不了这种摇晃。

船队中，只有六艘是女王麾下的战舰，其余的二十艘，包括巴尼的两艘在内都是武装商船。腓力国王无疑要指责他们比海盗好不了多少，对此巴尼也不否认。伊丽莎白自然不比腓力，她没有新西班牙取之不竭的银矿资助海军开销，要组成作战舰队，也只有这一个法子。

巴尼命令船员放下小船，朝伊丽莎白·博纳文彻号划去。他放眼一望，其余各船船长也是一样做法。划了几分钟，小船撞在旗舰船身，巴尼顺着绳梯爬到甲板。

这艘大船长一百英尺，配备了重型火力：四十七门火炮，其中包括两尊足尺寸加农炮，用的是六十磅弹。船上哪间卧舱也容不下这么多船长，大家只有站在甲板上。众人中间摆着一把雕椅，谁也没胆量坐上去。

有几艘船掉了队，至少隔了一英里。焦躁的德雷克现身时，还有几位船长没赶到。

德雷克四十开外，身材魁伟，一头卷曲的红发配一双绿眼睛，皮肤白里透粉，就是一些人口中的“好气色”。和壮硕的身子一比，脑袋似乎嫌小。

巴尼脱帽致敬，其余船长也纷纷摘下帽子。德雷克是出了名地傲慢，这种性格或许是身世所致：他生在德文郡贫苦的农户家，后来扬名立业。一众船长也是由衷地敬佩他。德雷克用三年环游世界的历险，每个人都耳熟能详。

德雷克坐在椅子上，抬头看了看天色，说道：“不到日落就能抵达加的斯。”

西班牙舰队在里斯本集结，但德雷克的目标却是加的斯。他从不放过任何消息，这一点和巴尼的母亲一样。他向两位从里斯本来的荷兰商船船长打听过，得知入侵舰队的补给船停在加的斯装货，于是计上心来。补给船更容易战胜，而且货物更值钱；德雷克一向贪婪，也许他看中的是后一点。

德雷克的副将威廉·伯勒是有名的航海家，曾以罗盘为题著书立说。他说道：“可咱们数目不齐，有几艘船还在数英里外。”

巴尼不由得想，德雷克和伯勒这两个人可谓是天差地别。伯勒学识渊博、谨小慎微，擅长记录、文书、图表；德雷克则爱意气用事，看不惯谁畏首畏尾，是个实干家。只听德雷克答道：“现在风向和天气有力，机会不容错过。”

“加的斯湾虽大，但入口极险。”伯勒据理力争，说着晃了晃手里的地图，但德雷克看都懒得看。伯勒并不气馁："只有一条深水航道，靠近半岛犄角——而且有要塞火炮把守。"

"驶进时不升旗，等他们发现是敌船，为时已晚。"

"港口里泊的究竟是什么船，咱们根本一无所知。"伯勒针锋相对。

"那两个荷兰船长说了，都是商船。"

"说不定也有战舰。"

"战舰都在里斯本——所以咱们才取道加的斯。"

伯勒见德雷克满不在乎，气冲冲地问："那作战计划呢？"

"作战计划？"德雷克不屑一顾，"跟我来！"

他随即大声号令。巴尼等船长匆忙跳上各自的小船，被德雷克的胆色逗得哈哈大笑，每个人都跃跃欲试。巴尼内心深处有个不安的声音提醒他说，伯勒的谨慎无可厚非，但德雷克这股闯劲儿感染了每个人。

巴尼一返回爱丽丝号，立刻命令船员升帆。船上共有六面帆，每根桅杆挂两面，都是方形帆。几个水手爬上桅杆，矫健得像猴子，不到一分钟，风鼓起了风帆，船首破浪而行，巴尼身心畅快。

他眺望前方，只见海平线上露出一个黑点，驶近了看，原来是一座要塞。

巴尼熟悉加的斯。它靠近瓜达基维尔河河口，逆流而上八十英里就到了塞维利亚，他和卡洛斯还有埃布里马住过的地方——一晃快三十年了。陆上几英里外是赫雷斯，那里盛产一种烈性白葡萄酒，英国人称之为雪莉萨克。加的斯市及其要塞守在长长的半岛尖端，围起一处广阔的天然港。两条河流汇入广袤的海湾，两侧遍布着村落人家。

各艘船只敏捷地列成纵队，跟上了德雷克的旗舰；战舰打头，商船尾随。他们无须命令，自动排成“纵阵”，也就是纵列成一线，这样正前方的敌军开火只能击中一个目标——此时西班牙人的位置就在他们前方。同时，一旦德雷克找到正确的航线渡过浅滩，后面各船也就畅通无阻了。

巴尼提心吊胆，但说来奇怪，这种不安反倒叫他血脉贲张，比喝雪梨酒还痛快。越是命悬一线的时候，他越觉得活力十足。他不是犯傻，他尝过受伤时痛不欲生的滋味，也亲眼见过沉船时落水之人的拼死挣扎。尽管如此，他一想到两军对战，奋勇杀敌、慷慨就义，依然激动不已。

伊丽莎白·博纳文彻号驶入加的斯港，巴尼估计还有一个小时日落。

他审视眼前的要塞。火炮周围没有动静：没人将弹丸填进炮口，没人匆匆提来火药桶、清水桶，也没人拿着螺杆准备清理炮管。他瞧见几个士兵倚着城垛，略带好奇地注视不明舰队驶进。显然没人起疑心。

爱丽丝号驶进港口，巴尼扭头观察镇子。眼前是一处四方广场，挤满了人。镇子里没有配备火炮，原因一目了然：水边密密地泊着船只，开火的话必然会被击中。

巴尼发现有几艘船没挂风帆，桅杆光溜溜地立着，一时摸不着头脑。怎么把帆卸掉了？风帆有时候的确要修补，但不会几张帆全坏了吧。他随即想起内德说过，腓力国王强征了几十艘外国舰船编入无敌战队，船主叫苦不迭。据此推测，也许卸下风帆是为了防止他们偷偷逃跑。眼下这些船寸步难移，躲不开英国的炮弹，可谓是雪上加霜了。

暮色中，巴尼瞧出广场上的人大多背对水面。这些人聚成两拨，等舰队驶近，巴尼才瞧出一拨人似乎围在戏台前看戏，另一群人在看杂要。从巴尼出生以来，加的斯就没打过仗，据他所知，之前几十年也是歌舞升平，难怪当地人会掉以轻心。船只入港不足为奇，他们也懒得扭头张望。

再过几分钟，他们要大吃一惊了。

巴尼放眼海湾，估计共有六十艘船，一半是大型货船，剩下的是各式小船，有的泊在码头周围，有的在近海处下锚。船员应该大多在岸上，在酒馆里享用新鲜饭菜，和女伴把盏言欢，估计不少混在广场上看戏。英国船宛如狐狸溜进鸡舍，准备一跃而起。巴尼精神为之一振：要是舰队把这些船一举消灭，那对腓力国王的入侵计划该是致命的一击！

他把四周几乎打量个遍，这时往北面一看，只见排桨战舰朝他们驶来。

总共有两艘，刚驶出瓜达莱特河口处的圣玛利亚港。排桨船十分容易辨认：船身狭长，两侧各挂着一排桨，齐刷刷地在水面一起一落。这种船容易倾覆，不适合风暴肆虐的大西洋，但地中海通常风平浪静，因此使用频繁。划桨的都是奴隶，船速极快，容易操控，又不需要借助风力，比帆船有利得多。

巴尼注视着两条船快速驶过港湾。火炮装在船首，只能瞄准正前方的目标。船首通常还装有铁制或铜制撞角，直接撞击敌船，之后由长矛手和火枪手登上受损的敌船，将船员尽数制伏。巴尼暗想，对付二十六艘船总不会只派两艘排桨船，估计是来查看究竟的，他们要盘问舰队的首领。

他们没机会开口了。

德雷克命令伊丽莎白·博纳文彻号掉转方向，利落地对准了两艘排桨船。倘若港湾里一丝风也没有，或者只刮着微风，他怕就要有麻烦了。风平浪静时，帆船寸步难移，而排桨船无须借助风力。这次是德雷克得了天时。

几艘战舰纷纷掉头，分毫不差。

商船鱼贯通过深水航道，在海港里呈扇形排列。

巴尼注视着排桨船。看来每条船约有二十四只桨，五个奴隶操纵一只桨。划桨的奴隶不会长命：他们身上锁着铁链，忍着太阳炙烤，身上又脏又臭，还常常染上各种恶疾。身子弱的只能活几周，就算身强力壮的也顶多熬一两年。奴隶死了，尸体随随便便往海里一扔了事。

排桨船离伊丽莎白·博纳文彻号越来越近，巴尼等着德雷克开火。他刚担心中将拖得太久了，就见旗舰上腾起一股青烟，片刻后，就听见海湾上轰然一声炮响。第一颗弹丸落进海里，目标毫无损伤，这是炮手在估算射程。巴尼当过炮手，深知炮术远非精准学问。第二第三枚接连射偏，巴尼不由得怀疑德雷克这个下属本领不到家。

排桨船没有回击；他们装的火炮较小，目标在射程之外。

德雷克的炮手并非本领不到家。第四颗弹丸击在一只排桨船当腰，第五颗正中船首。

这两炮重火力弹丸都打在致命部位，排桨船即刻沉了下去。巴尼听见一阵呼喊：受伤的水手哀号阵阵，那些侥幸躲过弹丸的则连连惊呼。士兵纷纷丢下武器，跳下船，朝另一艘排桨船游去；那些游不动的攀着浮木。划桨的奴隶哀声乞怜，求士兵替他们解开锁链，但此时人人忙着逃命，哪顾得上这些奴隶？只听一阵撕心裂肺的哭喊，奴隶同船缓缓沉到海中。

第二艘排桨船放慢速度，救起海里的士兵。德雷克不再开火，也许是对水里无助的敌人动了恻隐之心，不过更可能是为了节省弹药。

片刻之后，圣玛利亚港又驶来几艘排桨船，只见船桨整齐地起落，宛如赛马四蹄翻飞的从容。巴尼看出共有六艘船疾速划过平静的港湾。他暗暗佩服这位敌方将领：以六敌二十六，必定胆色过人。

六艘船并驾齐驱，这是他们常用的战术，排桨船没有侧舷火力，可以借此相互守卫。

战船再次掉头，一等排桨船进入射程，四艘船同时开火。

双方展开交战，这时巴尼发现港湾里有几艘船正起锚升帆。看来这几只船上的水手还没来得及下船，船长反应机敏，发觉加的斯遇袭，打算趁乱逃跑。除此以外，大多数船都动弹不得：船员还在花天酒地，一时人手不齐；船上没有船员，想跑也跑不了。

镇子广场上的百姓乱作一团，有些朝家里跑，更多人跑到要塞避难。

巴尼对港湾里没能起锚的船动起了心思。船上顶多有一两个看守。他挨个打量，最后盯上了一艘小巧的三桅圆船，看样子不是战船，而是条货船。甲板上看不见动静。

他吩咐水手收帆，爱丽丝号速度减缓，朝货船驶去。巴尼看见两个身影弃船而逃：他们顺着绳索跳到一只小船上，解开绳子，奋力朝岸边划去。看来他预料得不错，这会儿船上空无一人。

他眺望战舰，只见六艘排桨船不敌火力，开始撤退。

几分钟后，爱丽丝号快要接近货船，于是降下风帆，几乎静止在海面上。水手用钩头篙和绳索将两条船连接固定，跳上货船。船上果然没人。

大副乔纳森·格陵兰下到底舱，查看货物。

他愁眉苦脸地走回甲板，一只手臂下夹着一堆木条，一只手里拎着几条金属箍。只听他厌恶地说："木桶板，还有铁环。"

巴尼一样扫兴。这些战利品值不了多少钱。不过，毁了这条船就削减了无敌舰队的木桶，也等于断了入侵大军的补给。他命令："放火烧船。"

水手从爱丽丝号上提来松节油，泼在货船甲板和船底，在各处点了火，匆匆跳上爱丽丝号。

天黑了，烧着的货船照亮了近旁的船只，巴尼又看中一个目标。爱丽丝号朝货船驶近，守夜的同样弃船逃跑。爱丽丝号的水手顺利登船，这次乔纳森·格陵兰从底舱上来时喜滋滋的。"酒，赫雷斯产的。汪洋大海般的雪莉酒。"

英国水手只能喝啤酒，但好命的西班牙佬却有葡萄酒喝，这次入侵舰队得需要成千上万加仑的补给。无敌舰队收不到这批船货了。巴尼吩咐："通通搬走。"

船员点了火把，把一桶桶酒从底舱搬上爱丽丝号。这活儿可不轻松，但人人兴高采烈。这可是值钱货，卖了钱每个人都有分成。

这艘敌船看来整装待发，腌肉、芝士、饼干也尽数运回爱丽丝号。这也是条武装商船，巴尼缴了火药。巴尼看弹丸大小不对，直接扔进水里，省得用来瞄准英国水手。

底舱清空了，他再次放火烧船。

他环顾海港，看见五六条船都点着了。岸上水边点起了火把，巴尼看见马匹从要塞拖来了火炮。码头和英国掠夺船隔得太远，也许只是为了警告袭击者不要上岸。广场上好像在列队，应该是镇民警觉，猜出船只遇袭是大军入侵的先兆，立即召集了民兵队。他们哪里知道，德雷克的命令是损毁西班牙船队，并不是占领城镇。

这一次几乎不费一兵一卒。巴尼看见一艘巨型战舰朝几艘英国船只开火，但这只是例外，开火的船只再就寥寥无几。大部分掠夺船抢了船货后纵火烧船，如入无人之境。

巴尼四下环顾，寻找下一个目标。

德雷克奇袭加的斯的消息传来，英格兰举国欢庆，玛格丽的丈夫巴特伯爵却闷闷不乐。

各路消息略有不同，不过一致说约二十四艘主力船被毁，几千吨补给或被缴获，或沉入海底。西班牙无敌舰队尚未出征就遭到重挫；至于英格兰一方，除了一只排桨船不幸伤了一名水手，再无一人伤亡。伊丽莎白女王此次出师获利颇丰。

巴特在新堡家中用饭时怒不可遏。“真是厚颜无耻。不提醒，也不宣战，根本是一群海盗烧杀抢掠。”

玛格丽暗暗难过：五十岁的巴特越发像强暴她的公公，而他面色发红、大腹便便，比起父亲是有过之而无不及。玛格丽不客气地回敬：“那些船要是来了，咱们通通得死，包括我这两个儿子。沉了我倒高兴。”

巴特利特替父亲说话，一贯如此。大儿子二十三岁了，长得像外公，身材修长、满脸雀斑，可惜脾气和巴特一模一样。玛格丽自然疼爱儿子，可他的确不讨人喜欢，这叫玛格丽心中有愧。只听巴特利特说："腓力国王的目的是让英格兰回归天主教，这正是大多人的心愿。"

玛格丽反驳："不错，可代价绝不是受外国奴役。"

斯蒂文·林肯大吃一惊。"夫人何出此言？西班牙国王可是得了教宗授意的。"

斯蒂文为人可鄙，但玛格丽还是对他心有戚戚。斯蒂文当了三十年秘密司铎，在天黑后偷偷摸摸地主持仪式，把圣物藏在隐秘角落，好像东西见不得人似的。他一心为主奉献，但却像个罪人一般，日子久了，他一张脸显得苍老瘦削，满心恨意。玛格丽知道，他这次想错了，教宗也错了。她干脆地回答："我看这只会适得其反。入侵只会让百姓背弃天主教，因为他们痛恨受外国奴役。"

"你怎么知道？"斯蒂文的意思是你一个女流之辈，只是他不敢直说。

玛格丽答道："我知道，因为尼德兰就是一个例子。当地的仁人志士为新教而战，但他们在乎的不是教义，只是不想再受西班牙欺压。"

罗杰开口了。玛格丽遗憾地想，他小时候可爱极了，如今都十七岁了，蓄起了卷曲的黑胡子。母亲的俏皮在他身上变成一种咄咄逼人的自信，让人忍俊不禁。罗杰生了一对金棕色的眼珠，随了生父内德。幸好巴特这种人从来不注意谁的眼珠长什么颜色，至于旁人，就算怀疑罗杰不是他所生，因为怕他动怒拔剑，也从不敢提起。只听罗杰说：“那依母亲看，如何才能让本国回归天主教？”

儿子能问出这种严肃问题，足见心思沉稳，玛格丽不禁引以为傲。罗杰天资聪颖，打算去牛津王桥学院念书；他笃信天主教，一直热心地帮助母亲接应司铎。尽管如此，罗杰很有主见，这一点也随了内德，虽然有斯蒂文谆谆教导，也没能压抑住这种天性。

玛格丽答道：“只要没人干涉，英国百姓就会在潜移默化间逐渐回归从前的信仰。”

可惜英国百姓注定了要受干涉。

1587年再没见到西班牙无敌舰队的影子，但到了夏末秋初，玛格丽等人终于明白，她们高兴得太早了。本以为德雷克击退了西班牙大军，哪里想到加的斯奇袭只是拖延了入侵计划而已。腓力国王财大气粗，一声令下，就开始建造新船、充足补给。英国上下一片惊慌失措。

伊丽莎白女王和朝臣预备和敌军决一死战。

这年冬天，英格兰沿岸各地紧张地筹备防事。城堡纷纷修补加固，几百年没经历过战事的镇子垒起了土城垛。王桥重新修葺围墙——旧围墙年久失修，不知不觉都建起了房舍。库姆港锈迹斑斑的旧炮清洁一新，点火试射。沿海到伦敦间的山头盖起了一串灯塔，准备传达盖伦船在望的可怕消息。

玛格丽骇然心惊。天主教徒和新教徒要拼个你死我活，可耶稣基督的追随者不应诉诸长剑火炮、砍砍杀杀。福音里写得清清楚楚，嗜血成性的只有主基督的敌人。

玛格丽不由得想起内德，他们两个人都坚信基督徒不应因为教义而互相残杀。内德说伊丽莎白女王对此也深信不疑，不过他也承认，女王并没有说到做到。

1588年初的几个月，新组建的无敌舰队的消息陆续传来，规模之大、武力之壮，令玛格丽心急如焚。听闻这次有一百余艘舰船，这个数目令英人心惊胆战，要知道，英国海军总共也只有三十八条战舰。

朝廷为以防万一，开始拘捕顽固的天主教徒。玛格丽宁愿一家人被关进大牢，至少不必送死。可惜巴特不是朝廷眼中的危险分子。他从来没卷入什么密谋；至于玛格丽，她才是新堡的密探，但她一向谨慎，没人怀疑到她头上。

哪想到堡里竟运来了武器。

这天两架干草车隆隆驶进城堡，拨开草料一看，底下藏着六柄战斧、约莫四十把长剑、十杆火枪、一袋弹丸和一小桶火药。下人把军火抬进房子里，藏进废弃的面包烤炉。玛格丽望着他们来来去去，问巴特说："这是要做什么？"

她的确不明白。丈夫是要保护女王、保卫国家，还是要为天主教会而战？

巴特毫不掩饰："我要召集忠诚的天主教贵族和乡民组成军队，兵分两路，一支由我带领，前往库姆港迎接西班牙自由之军；一支由巴特利特率领，一举攻下王桥镇，然后在座堂里庆祝弥撒——拉丁弥撒。"

玛格丽大惊失色，就要反对，又急忙掩饰。要是让巴特知道她的心思，就不会再对她透露计划了。

巴特以为玛格丽只不过厌恶流血，并不晓得她另有打算。她决不能袖手旁观，得想个办法阻止这个计划。

她于是试探地说：“你一个人哪里应付得来。”

“不止我一个，还有各地的天主教贵族。”

“你怎么知道？”

“他们都听你哥哥号令。”

“罗洛？”玛格丽头一次听说这件事，“他人在法国啊。”

“回来了。他正召集天主教贵族。”

“可他怎么知道召集哪些人？”话一出口，她就猜出了答案，又是一惊。

巴特的回答印证了她的猜想。“凡是冒死庇护秘密司铎的贵族，都愿意为推翻伊丽莎白·都铎而战。”

玛格丽觉得胸口像挨了一拳，喘不过气来。她勉强掩饰，不想让巴特看穿，好在巴特并非观察入微之人。“这么说……”她咽一口唾沫，深吸一口气，接着说，“这么说，罗洛利用我派往各地的秘密司铎，正筹划武装叛乱，要推翻伊丽莎白女王。”

“不错。我们都觉着还是不告诉你的好。”

玛格丽恨恨地想，那还用说。

巴特又说：“女人不爱听打仗流血的事。”听他的口气，好像最懂女人心思似的，“不过你迟早要知道的。”

玛格丽心里又气又恨，但不想在巴特面前流露。她问了个平常问题：“你要把武器藏在哪儿？”

“废弃的烤炉。”

“这些给一支军队可不够。”

“剩下的还没运到。烤炉后面的地方足够用。”巴特转身吩咐下人，玛格丽借机走了。

是不是她太傻了？她清楚得很，有事故意瞒着她，罗洛不会犹豫，巴特也一样。她以为罗洛和自己一样，只是为了帮潜心向主的教徒领圣餐。是不是早该猜出他另有所图？

要是能和他说上话，或许就能看穿他的心思了。多年来，她只有在罗洛护送英格兰学院司铎的时候才能见他一面，站在沙滩上远远冲他挥手。因为断了往来，罗洛骗她更是易如反掌。

她想通一件事：以后再不会帮罗洛接应秘密司铎。她之前被蒙在鼓里，不知道这些司铎的另一重使命，如今既然知道了，就要和他们撇清关系，她也不会再替哥哥做任何事。一有机会，她就要给罗洛送一封密信，表明心意。罗洛自然要大发雷霆，玛格丽也就聊以自慰了。

当天夜里，她辗转反侧，之后接连几天都夜不能寐。她打定主意，这么自责下去无济于事，得想个对策。她不必替罗洛和巴特保守秘密。有什么办法能制止这场杀戮，保住两个儿子？

思来想去，她决定去找内德·威拉德。

再过几天就是复活节，按照惯例，玛格丽一家要回王桥赶复活节市集，也会阖家前往主教座堂参加庆祝仪式。巴特如今不敢不去新教礼拜，一怕惹人怀疑，二是承担不起——现在不去教堂的罚款涨到二十镑了。

快到王桥了，树梢之上现出主教座堂的高塔。玛格丽心里一阵愧疚。西班牙入侵，和天主教徒里应外合，难道不该拥护？毕竟英格兰有望回归天主教，这必然是上主的旨意。

自改奉新教之后，复活节变得索然无味。王桥再见不到身着彩衣的仪仗队捧着圣阿道福斯的骸骨走遍大街小巷，教堂里也不再上演圣史剧。如今贝尔客栈的院子里每天下午都有一班演员演出，剧目叫作《世人》[1]。新教徒压根不明白，百姓渴望在教堂里看到灿烂夺目的色彩和扣人心弦的传奇。

玛格丽活到四十五岁，不再认为新教等于异端邪说，天主教毫无瑕疵。在她心里，是非善恶的区别在于是暴政还是宽容，是将想法强加于人，还是尊重持不同信仰之人。罗洛和巴特都是独断专行之人，是她所厌弃的。内德则奉行信仰自由，这种人世所罕见。玛格丽信得过他。

第一天她没见到内德，第二天也没有。可能今年复活节他没回来。她遇见了内德的侄子阿福，风光地娶了瓦莱丽·福尔内龙。她还看见内德的德国嫂嫂海尔格，但没见到巴尼；巴尼从加的斯回来，掠来的财物又让他发了一笔财，但他在家里待了没几天，又出海去了。玛格丽不想跟他们打听内德的消息，担心他们以为自己有急事找他。她的确心急如焚。

圣周六这天，玛格丽到旧修院逛集市。如今回廊修了屋顶。她挑中了一匹深酒红色的布料，想自己已经不是少女，也许穿得这个颜色。她朝四方院子一瞥，看到了一个娇小而挺拔的身影，是内德的太太西尔维。

西尔维和玛格丽有很多相似之处，她们俩都清楚。玛格丽不必自谦，她明白自己和西尔维都天资聪慧、性格坚毅又讨人喜欢，说起来，颇像内德那位叫人敬畏的母亲。不错，西尔维信仰新教，还是个勇士，不过这一点也和玛格丽相似：两个人为信仰都不惜铤而走险。

玛格丽想见的不是西尔维，而是内德，但西尔维瞧见她了。

---

① Everyman，创作于15世纪下半叶的道德剧，作者不详。

只见西尔维面露微笑，朝她走来。

玛格丽灵机一动，不如叫西尔维传口信给内德。她一琢磨，这个法子更好，免得有人跟巴特打小报告，说看见她和内德窃窃私语。

“帽子真漂亮。”西尔维说话带着柔柔的法国口音。

“多谢称赞。”玛格丽戴了顶天蓝色的丝绒帽，她扯过布料问，“你看这颜色怎么样？”

“你还年轻呐，怎么好穿暗红色。”西尔维笑着说。

“真会说话。”

“我看见两位公子了。罗杰都有胡子了！”

“一晃就长大了。”

“真羡慕你。我一直怀不上。我知道内德心里失望，虽然他嘴上不说。”

西尔维无意中透露出和内德心心相印，玛格丽不由得妒火攻心。她心里说，你没有孩子，可你得到了他。她开口说：“这两个孩子可叫我担心。要是西班牙人打来，他们俩都得上战场。”

“内德说女王会派舰队抵御，严防西班牙士兵登陆。”

“咱们的舰船怕不够。”

“也许上帝会庇佑我们这边。”

“我如今不像从前笃定，说不准主会庇佑哪一边。”

西尔维黯然一笑。“我也是。”

玛格丽用余光看见巴特走进集市来了。她必须当机立断。“能不能替我传个口信给内德？”

“当然了。不过他也来了——”

“抱歉，来不及了。告诉他搜查新堡，逮捕巴特、巴特利特和罗杰。废弃烤炉里藏着武器——他们打算和入侵大军里应外合。”她明白这个主意欠考虑，不过她信任内德。

“我会转达，”西尔维瞪圆了眼睛，“可你怎么想让人逮捕两个儿子？”

“这么一来他们就不用上战场了。关在大牢里总好过躺在墓地里。”

西尔维好像吃了一惊。也许她没想过，孩子除了为父母带来喜悦，也会带来痛苦。

玛格丽瞥了一眼巴特；他没瞧见自己。现在和西尔维分开的话，巴特不会知道她们说过话。玛格丽道了声“谢谢”，转身走了。

翌日，她在教堂参加复活节仪式，这次见到了内德。这么多年了，再看到那熟悉的修长身影，玛格丽依然心动。她觉得心跳得很慢，眷恋中夹杂着悔恨，一阵悲喜交加。她庆幸早上穿了新做的蓝外衣。她没有过去和他说话，虽然她很想凝视他的双眼，听他说句揶揄的话，看他眼角卷起皱纹。诱惑强烈，但她抵住了。

复活节后的周二，玛格丽一家离开王桥，返回新堡。周三这天，内德·威拉德上门了。

玛格丽正在院子里，听见城垛上的看守大喊：“王桥方向出现骑兵！十二……十五……约二十人！”

她匆匆进屋，看见巴特跟两个儿子巴特利特和罗杰都在大厅里，纷纷佩剑。巴特说：“应该是王桥郡长。”

斯蒂文·林肯奔出来，惊恐地问：“秘密地点堆满了武器！我可怎么办啊？”

玛格丽早有准备。“带上圣物箱，从后门走。暂时留在村酒馆，等安全了我们会送消息过去。”村民都是天主教徒，不会出卖他。

斯蒂文连忙走了。

玛格丽对两个儿子说：“你们俩不许说话，不许轻举妄动，听到没有？让父亲和他们交涉，你们就好好坐着。”

巴特接口：“除非我另有吩咐。”

玛格丽跟着重复：“除非父亲另有吩咐。”

这两个孩子都不是巴特亲生，玛格丽一直守着秘密。

她不由得想起内德从加来回到故乡之后，他们就是在这间大厅里重逢，一晃都三十年了。那天那出戏叫什么来着？《玛利亚·玛达肋纳》。和内德亲吻之后，她满心兴奋，戏里演了什么，她根本心不在焉。那时她一心憧憬着和内德白头偕老。她黯然想，要是当时就知道日后的命运，说不定就从城垛上跳下去了。

她听见马队奔进院子，片刻之后，就见到郡长走进大厅。老郡长马修森已经过世，由儿子罗布·马修森接任；他和父亲一般高大，也一般固执，除了女王，谁都休想对他呼来喝去。

马修森身后跟着一群护卫，内德·威拉德也在其中。凑近了看，玛格丽看出他鼻端嘴角添了皱纹，黑发也染了一丝灰白。

内德不言不语，交由郡长领头。马修森说：“巴特伯爵，我要搜查这屋子。”

巴特答道：“你他妈的想搜什么，你这不通礼数的走狗？”

“我收到消息，这里住了一个天主教司铎，叫作斯蒂文·林肯。我要捉拿此人，你们一家留在这间屋子里，不得离开。”

“我才不离开，这是我家。”

郡长走出大厅，手下也跟着出去了。内德在门口停下脚步，说道：“玛格丽伯爵夫人，这件事我十分遗憾。”

玛格丽跟他一唱一和，装作愠怒的样子说：“少惺惺作态了。”

内德接着说：“如今西班牙国王派大军入侵，忠心与否，可不能想当然。”

巴特厌恶地哼了一声。内德没再说话，走出了大厅。

等了几分钟，就听见厅外传来一阵欢呼，想必是内德带马修森到了秘密地点。

玛格丽扭头望着巴特，看样子他也猜出来了。只见他一副又惊又怒的神色，玛格丽心知要有麻烦了。

郡长的手下把武器拖进大厅。马修森说：“长剑，有数十柄！火枪和弹药。战斧、弓箭。都藏在一间小密室。巴特伯爵，你被捕了。”

巴特眼见秘密败露，大发雷霆。他腾地站起身，大喊大叫：“你好大胆子！我可是夏陵伯爵。你是不想活了。”他面红耳赤，敞开喉咙：“守卫！进来！”说着拔出长剑。

巴特利特和罗杰也拔出剑来。

玛格丽惊叫：“不要！”她本是要保住两个儿子性命，想不到却将他们置于险境，“住手！”

郡长和手下也纷纷拔剑在手。

内德没有拔剑，他举起双手喝道：“各位少安毋躁！动手解决不了问题，而且谁敢伤郡长，都是死罪一条。”

两队人在大厅里僵持，巴特的护卫纷纷赶来，立在伯爵身后，郡长的手下也赶来支援。变故如此之快，玛格丽简直不敢相信。一旦出手，只怕后果不堪设想。

巴特大喊一声："一个不留！"

他倒下去了。

他宛如一棵树，先是缓缓倒下，最后轰然栽倒在石板地上。

玛格丽见惯了他醉倒，这一次不同，场面骇人。

众人吓得一动不动。

玛格丽跪在巴特身边，伸手按在他胸前，又依次在手腕和脖子上试探。毫无生机。

她凝视着丈夫。这个娇生惯养的男子，一生五十载，只图享乐，从不把别人放在心上。她说："他死了。"

她只觉得如释重负。

皮埃尔来找路易丝·德尼姆，他这十四年来的情妇。他见到路易丝穿着华丽的裙子，头发盘成复杂式样，似乎要去宫里；自然，宫里绝不会允许她的。皮埃尔总命令她仔细穿着打扮，这样羞辱她就更痛快。教训下人的事谁都做得到，但路易丝可是侯爵夫人。

这个游戏他乐此不疲，也许这辈子也不会厌倦。他不太对她动手，免得手疼；他也不常逼她上床；要让她痛苦，还有更美妙的法子。他最爱看她尊严丧尽的样子。

她逃走过一次。他哈哈一笑，因为知道她的下场。她的亲人朋友只剩那么几个，都怕被冠上异端的罪名不敢收留她，她没人可以投奔。因为从小娇生惯养，她根本不懂谋生之道。和大多走投无路的女子一样，为了填饱肚子只好卖身。她在窑子里待了一晚，就求他把自己带回去。

皮埃尔装作不情愿的样子，看路易丝跪在地上苦苦哀求，只图个乐子。自然，他可舍不得她。

他赶到的时候，微微吃了一惊：养子阿兰坐在沙发上，和路易丝凑得很近，两人正窃窃私语。他喝道：“阿兰和路易丝！”

两个人急忙站起身。

他质问阿兰：“你跑到这儿来干什么？”

阿兰一指椅子上搭的长裙：“是您叫我给她送来的。”

皮埃尔想起来了，自己的确吩咐过。“我可没叫你在这儿扯一下午闲话。快回府去。禀告亨利公爵，说我要去见他，我得到了西班牙国王入侵英格兰的作战计划。”

阿兰扬起眉毛。“您从谁那儿听说的？”

“你别管。在府里公爵屋外等着我。到时候你要记录。”

皮埃尔走到路易丝面前，漫不经心地揉捏她的胸脯。

阿兰走了。

阿兰和路易丝都怕他。他偶尔自省，明白这才是把两人留在身边的原因。他自然不是看中阿兰能替自己跑腿，也不是贪图路易丝的风姿；这都是次要的，他享受的是两人对他的畏惧。这种感觉让他飘飘然。

这两个人有私交，他在乎吗？他觉着无妨，甚至明白阿兰为何亲近路易丝。她是个中年妇人，让阿兰想起母亲。

他手上加了劲。“这一向是你最大的优点。”

路易丝露出厌恶的神色；表情一闪而过，她即刻掩饰过去，但还是叫皮埃尔捕捉到了。他抬手就是一巴掌：“那副表情给我收起来。”

路易丝低声下气："是我不好。要不要替你吹箫？"

"我没那工夫。我是来告诉你，明天请了客人过来。这个人跟我说了西班牙的作战计划，得嘉奖一番。你伺候我们用饭。"

"是。"

"一丝不挂。"

路易丝瞪着他。"一丝不挂，当着一个陌生男子？"

"你要做出若无其事的样子，只不过没穿衣服。我觉着会博他一笑。"

她噙着眼泪。"什么也不穿？"

"可以穿鞋子。"

她勉强憋住眼泪。"还有别的吩咐吗？"

"没有。就是伺候我们用饭。"

"是。"

瞧她煎熬的样子，皮埃尔不禁欲火焚身，很想多留一会儿，但他急着见亨利公爵，于是转身出了门。关门的时候，他听见路易丝轻轻抽泣。他一边下楼，一边满足地笑了。

内德欢欣振奋：他接到阿兰·德吉斯从巴黎寄来的信，信中详述了西班牙国王的作战计划。

西班牙无敌舰队将取道英吉利海峡，在敦刻尔克海域下锚停泊，并同从尼德兰赶来的西班牙陆军部队会师。领兵的是帕尔马公爵亚历桑德罗·法尔内塞，西班牙国王派往尼德兰的历任统帅中，数他功勋卓著。会师之后，无敌舰队将掉转方向，朝正西航行，径直驶入泰晤士河口。

内德还收到耶柔玛·鲁伊斯的来信，信中说西班牙无敌舰队共有一百二十九艘船。

耶柔玛身在里斯本，她在港口亲眼所见，亲自点数。她此次是陪同枢机前去；一众神父共同前往里斯本，为战舰赐福，并一一赦免两万六千水手和士兵即将在英格兰犯下的罪行。

伊丽莎白女王大惊失色。她麾下的海军总共只有三十八条船。如何打败入侵大军，她毫无头绪，内德也束手无策。伊丽莎白大势将去，腓力国王将统治英格兰，欧洲又是天主教徒的天下。

内德心中惶然，只怕一切是因自己而起，后悔不该怂恿女王处死玛丽·斯图亚特。

耶柔玛的消息得到证实，其他探子纷纷回报，只是具体数目不尽相同。

伊丽莎白吩咐查明帕尔马公爵在尼德兰的兵力以及帅军渡过海峡的打算。内德接到几份情报，但各有各的说法，他决定亲自走一趟。

他做好了赴死的打算。一旦被逮捕，暴露了英国探子的身份，绞死都算是幸运的结局。但这场祸事多少因他而起，竭尽所能扭转局面是责任所在，搭上性命也在所不惜。

他搭船来到安特卫普。这个城市生气勃勃，来者不拒，想必只要按时还债，人人都可以有立足之地。卡洛斯·克鲁兹说："也不信取利是罪那通鬼话。"

内德对卡洛斯十分好奇。他听说了卡洛斯的不少轶事，但还是第一次见到这位远房亲戚。卡洛斯五十一岁，身材魁梧，蓄着乱蓬蓬的灰白胡子。内德觉得他颇像荷兰画里尽情欢乐的快活乡民，很难相信他和巴尼当年因为赌牌而失手杀了一位军官。

卡洛斯住在码头附近，地方宽敞，后院的炼铁作坊规模惊人。女主人伊玛可端庄秀美，笑容可掬地招待他。除了夫妻俩，家里还住着女儿女婿和两个外孙。男子衣着朴素，女子却穿鲜艳的颜色，像亮蓝、鲜红、浅粉、淡紫。屋子里摆满了昂贵的装饰品：装裱的油画、乐器、镜子、摆设用的壶碗和玻璃器皿、皮革装订的书籍、地毯、窗帘。尼德兰人似乎颇重视居舍，喜好在家中各处彰显富贵，内德引以为奇，他在别处从没见过。

这次一行，内德需要卡洛斯帮忙，至于对方会不会答应，内德没有把握。卡洛斯生在西班牙，又信仰天主教，同时他也受到教会欺压，去国离家。他会不会帮忙对付无敌战舰？很快就会见分晓了。

内德到来当晚，卡洛斯多年的搭档埃布里马·达博和太太艾微也来用晚饭。埃布里马七十岁了，一头花白的卷发。艾微戴了一条金项链，挂着钻石吊坠。内德想起巴尼说过，埃布里马做奴隶的时候，曾和贝琪奶奶有一段情。他的经历真是精彩：本是西非的农人，被抓了壮丁，成了战俘，被运到塞维利亚当奴隶，在尼德兰再次当兵，最后成了安特卫普富甲一方的铁匠。

卡洛斯慷慨地给众人倒酒，自己也开怀畅饮。大家边吃边聊，卡洛斯和埃布里马提起西班牙无敌舰队，内德听出两人也不无担忧。

“西班牙没能平复尼德兰之乱，部分也归咎于伊丽莎白女王，”卡洛斯说的是法语，大家都能听懂，“西班牙国王一旦攻克英格兰，就不用担心女王插手这儿的事了。”

埃布里马说：“司铎当权，生意就要遭殃。”

卡洛斯跟着说："要是独立军被击溃，宗教裁判庭就肆无忌惮了。"

内德心中暗喜。他们的担心对他有利。他觉得时机成熟，决定就此说明来意。

他反复筹划过。安全起见，最好和卡洛斯同去，因为对方通荷兰语，熟悉路线，并且人脉广泛。问题是卡洛斯也有性命之忧。

内德深吸一口气，说道："要是你们想助英格兰一臂之力，倒是有一个法子。"

"说来听听。"卡洛斯说。

"我这次来，是为了探查西班牙派往英格兰的兵力。"

"啊，"埃布里马似乎恍然大悟，"我正奇怪。"

卡洛斯说："西班牙军队主要驻扎在敦刻尔克和尼乌波特两地。"

"我在想，你们可愿意卖一批炮弹给西班牙人。出兵在即，他们一定需要几千颗。要是我和你们带着几车弹药过去，不但不会引人怀疑，还会畅通无阻。"

埃布里马说："别指望我了。我祝你顺利，只是我一把年纪，不想冒险了。"

内德心里一沉，这可不是好兆头。说不定卡洛斯也会推辞。

只见卡洛斯咧嘴一笑。"那就跟从前一样。"

内德放下一颗心，多喝了几杯。

翌日，卡洛斯把所有的炮弹都装上马车，又在安特卫普四处联系，最后总共装了八车。两辆车挂在一起，由两头牛拉着。第三天，两个人出发了。

去往尼乌波特的路沿着海边，内德此次为侦察敌情而来，很快就见识到了。岸边到处泊着崭新的平底船；每间船坞都忙着赶造新船。这些船工艺粗糙、船身笨重，只可能有一个用处：搭载大批人员。有几百艘船，每艘能装载五十到一百个士兵。帕尔马公爵手下有几千人马？内德知道，国家的命运就系在这个答案上。

很快，他们遇见了士兵。他们在岸上扎营，围坐在篝火堆旁，掷骰子、玩纸牌，百无聊赖，和一般士兵无异。一群士兵和他们打个照面，瞧见车里的东西，冲他们叫好。打着运送炮弹的幌子果然畅通无阻，内德不由得松了口气。

他暗暗查点人数，但营帐总望不到头。八头牛拉着沉沉的大车，在土路上缓缓而行，接连几英里都是部队。

他们绕过尼乌波特，赶往敦刻尔克，一路上还是同一番景象。

到了敦刻尔克要塞，两人毫无阻碍地进了城，朝码头边的集市走去。卡洛斯和一个队长讨价还价，内德趁机来到海滩，对着海水沉思。

看来当地的士兵人数和里斯本的兵力应该相差无几。此次入侵英格兰的士兵，加起来有五万余人。这支军队声势浩大，欧洲几十年都没见过如此阵仗。内德知道最大规模的一次出兵是马耳他之围，当时土耳其派了三四万人马。想到一支战无不胜的军队一心要吞并故土，内德心下张皇。

不过敌军还没打到英格兰。

这些平底船能否载着士兵漂洋过海，抵达英格兰？这要看运气——一旦遇到风浪，平底船必定倾覆。更可能是将士兵送到海岸附近下锚停泊的大船，而盖伦船要一一平安入港，得耗上几个礼拜。

内德眺望海港，仿佛看见成千上万的士兵坐船驶向近海停泊的盖伦船，蓦地悟到，这是西班牙国王作战计划中的疏漏。一旦大军登陆，必定势不可当。

这个结论让人沮丧。要是入侵大军战胜，又将有人活活烧死。菲尔伯特·科布利在王桥教堂前葬身火海时凄厉的叫喊，内德这辈子也忘不了。这一幕不至于在英格兰重演吧？

唯一的希望就是在海峡击退无敌舰队，阻止大军登陆。伊丽莎白的海军以寡敌众，机会渺茫。但他们别无他法。

二十六

1588年7月29日，周五，下午四点，罗洛·菲茨杰拉德再一次见到了英格兰，顿时心旷神怡。

他站在西班牙旗舰圣马丁号甲板上，双腿自然地适应海浪起伏。此时此刻，英格兰只不过是北面地平线上的小黑点，不过水手自有办法确定所在位置。测探手站在船尾，拿一根绑着铅块的绳子，一边下放一边测算。绳子距海底只有二百英尺，再加上小桶里舀上的白沙，有经验的领航员一看就知道，舰船已经驶入英吉利海峡西端入口。

解救玛丽·斯图亚特的计划败露后，罗洛从英格兰出逃。内德·威拉德对他紧追不舍，好在他熬过了那几天焦灼的日子，顺利逃走，没落在内德手里。

他直奔马德里，因为英格兰的命运就握在西班牙手里。他仍然以让·英吉利自称，孜孜不倦地协助、怂恿西班牙出兵。他声名在外。先后派驻伦敦和巴黎的大使唐贝纳迪诺·德门多萨向腓力国王呈报，天主教信仰得以在新教英格兰的土地上延续，英吉利厥功至伟，论身份仅次于即将出任坎特伯雷总主教的威廉·艾伦。

无敌舰队出征的日期一拖再拖，总算在1588年5月28日这天起航了。罗洛随同舰队出征。

西班牙将此次出兵称为以攻为守：英国海盗屡屡侵犯大西洋船队，伊丽莎白女王协助尼德兰叛军，德雷克突袭加的斯。罗洛却自认是十字军。他即将从异教徒手中夺回祖国，结束这三十年的暴政。此次随无敌舰队回国的有不少天主教徒，船上还有一百八十位司铎。罗洛坚信，凡是对传统信仰始终如一的英国人，都会欢迎这支自由之师。至于他本人，多年来不畏艰险，在内德·威拉德眼皮底下为信仰奔波，他的回报是王桥主教之职。王桥主教座堂将恢复真正的天主教仪式，以十字苦像和焚香祝圣弥撒，而罗洛将身披与身份相符的华丽法衣，主持弥撒。

无敌舰队的统帅梅迪纳·西多尼亚公爵年仅三十八岁，却早早谢顶。他是西班牙陆地上最富有的庄园主，对于大海却知之甚少。他的座右铭是小心驶得万年船。

确定方位之后，梅迪纳·西多尼亚命令主桅上升起特殊旗帜——这面旗由教宗亲自赐福，并由仪仗队捧入里斯本主教座堂。他接着又在前桅上升起X形红十字王旗。其他舰船纷纷升起旗帜：卡斯提尔的城堡、葡萄牙的龙、众贵族的三角旗、主保圣人的徽章。各面旗帜迎风招展，飒飒有声，彰显着舰队的勇猛与威力。

圣马丁号连发三枪，示意众人祈祷上主保佑，随后卷帆下锚；梅迪纳·西多尼亚召集作战会议。

罗洛也围拢过来。他在西班牙住了两年，也算粗通西班牙语，听人说话毫不费力，必要的话也可以交流。

梅迪纳·西多尼亚的副手是俊朗的胡安·马丁内斯·德·李卡尔德，葡萄牙的圣胡安号指挥。李卡尔德当了一辈子海军军官，已是六十二岁高龄，舰队中数他经验最丰富。当天早前，他俘虏了一条英国渔船，审问过船员，得知英格兰舰队窝在普利姆河口，即南部沿岸第一个大港口。此时李卡尔德说："要是立刻赶往普利茅斯，攻其不备，就能歼灭一半英国海军，也算是报了德雷克偷袭加的斯之仇。"

罗洛大喜，一颗心怦怦直跳。这么快就胜利在望？

梅迪纳·西多尼亚踌躇不定："腓力国王陛下明令指示，此行目的是同帕尔马公爵及其驻扎在敦刻尔克的尼德兰大军会合，不得有误。国王打算派军入侵，不是打海战。"

"话虽如此，咱们都知道途中早晚要和英格兰舰队狭路相逢。敌军必然要阻止咱们前去会师。既然能趁机击溃敌方，错过了岂不是傻子。"

梅迪纳·西多尼亚转身问罗洛："你可熟悉此地？"

"熟悉。"

在许多英国人眼里，罗洛无疑是个叛徒。要是让他们看见他坐在入侵大军的旗舰上，替敌军出谋划策，必定会治他死罪。这些人不明白他的苦心。凡人没资格评判他，唯有交给主。

他说："普利茅斯港入口狭窄，只容两三条船并行通过。此外，入口还有火炮防御。不过一旦驶入港口，用不了几条盖伦船，就能打得他们落花流水。异教徒无处可躲。"

西班牙船装配的是短炮管的重型加农炮，不适合远距离对射，但接舷战中火力无敌。此外，无敌舰队的甲板上多是跃跃欲试的士兵，英格兰战舰上则以水手居多。罗洛翘首以盼，这次必是一场屠杀。

他最后说："普利茅斯镇约有两千人口，不足我们的十分之一。他们只有束手待毙。”

梅迪纳·西多尼亚陷入沉思，静默半晌说：“不。我们按兵不动，在这里等掉队的舰船赶上。”

罗洛灰心丧气，不过也许梅迪纳·西多尼亚的决定是正确的。西班牙兵力远胜英国，他没必要冒险。何时何地同伊丽莎白的海军交战根本无所谓：无敌舰队必胜无疑。

巴尼·威拉德等人在普利茅斯高地待命。这处园地位于一片低矮山崖之巅，正对着港口入口。英国舰队人数不多，由霍华德勋爵担任司令。从高地眺望，整支舰队尽收眼底，只见不少船只正在装运淡水和食物。皇家海军只有寥寥几艘战舰，剩下的都是较小的武装商船，其中就有巴尼的爱丽丝号和贝拉号；港口里的泊船约有九十艘。

西南方向徐徐吹来微风。咸咸的海风总让巴尼神清气爽，但此时的风向不尽如人意，正适合西班牙无敌舰队从大西洋驶入海峡，一路向东进发。

伊丽莎白女王这一次好比孤注一掷。她召集霍华德勋爵、弗朗西斯·德雷克爵士和约翰·霍金斯爵士三位海军将领商讨对策，决定将大部分海军兵力派往海峡西端，迎战西班牙无敌舰队。这样一来，守卫东端“窄海”的只余几艘战舰，兵力空虚，而这却是帕尔马公爵预备率陆军攻入的地点。他们都明白此次是兵行险着。

普利茅斯高地上，人人如绷紧的弦。英格兰的命运握在他们手中，而敌我实力又如此悬殊。巴尼知道，海战中胜负全凭变幻无常的天气。眼看风向不利，人人心中忐忑，唯独一个人例外，那就是德雷克中将。德雷克总是满不在乎的样子，这是出了名的；他正和一群当地人玩木球。

巴尼紧张地眺望水面，见到港湾中驶来一条轻快帆船。这艘小船重约五十吨，风帆全部扬起，像只鸟儿般掠过水面。巴尼认得这条船："是金鹿号。"

众人一阵窃窃私语。此次英军派了几艘快船巡逻英国西面水域，监视入侵大军的迹象，金鹿号是巡逻船之一。巴尼寻思，金鹿号疾驰而来只有一个原因。他紧张得寒毛直竖。

他注视着金鹿号驶入海港，降下风帆，泊在岸边。没等缆绳系好，就有两个人影跳上岸，朝镇里赶来。几分钟之后，两匹马踩着轻快的步子停在坡前。德雷克撂下木球戏，一瘸一拐地穿过草地——他从前右小腿中过弹。

年纪稍长的那个人报上姓名：托马斯·弗莱明，金鹿号舰长。他气喘吁吁地报告："黎明时见到了西班牙人，我们立刻乘着顺风一路赶来报信。"

查尔斯·霍华德上将五十二岁，蓄着银灰色的胡子，精力充沛。他对弗莱明先是赞赏一句："好样的。"接着又说，"说说你们见到的情况。"

"五十艘西班牙船，在锡利群岛附近。"

"什么船？"

"大多是大型盖伦船，一些补给船，外加几艘加莱塞桨帆炮舰。"

突然间，巴尼莫名觉得心如止水。这个威胁时时悬在头上，让他们日夜担惊受怕，如今终于成真了。这个所向披靡的国家即将入侵英格兰。疑惧不再，他有种奇异的解脱感。如今只有一条路可走，就是和敌军决一死战。

霍华德问："西班牙佬朝哪个方向进发？"

"他们寸步未动，勋爵。他们收了帆，看样子是在等掉队的船只。"

前来出征的贵族帕明特勋爵问："伙计，数目你可确定？"

"我们不敢靠近，万一被擒，就没办法赶来报信了。"

霍华德勋爵予以赞许："做得对，弗莱明。"

巴尼心里一算，锡利群岛和普利茅斯相隔一百英里，而弗莱明赶过来用了不到一天。他紧张地计算，无敌舰队速度没这么快，但如果抛下速度缓慢的补给船，那天黑前赶到应该不成问题。

帕明特和他想到一块去了。只听他说："得立刻起航！必须迎战无敌舰队，阻止他们登陆。"

帕明特不是水手出身；巴尼知道英国人最不希望的就是硬碰硬。

霍华德勋爵客气而耐心地解释："要涨潮了，现在刮的又是西南风。船要逆着风浪驶出港口实非易事，出动整支舰队更是难如登天。不过等到晚上十点退潮时分，就是出海的好时机。"

"可那时候西班牙佬已经杀过来了！"

"也许吧。幸好他们的指挥官看样子打算休整。"

德雷克第一次开口。"我可不会等，"他从不羞于自夸，"当断不断，必受其患。"

霍华德微微一笑。德雷克大言不惭，但有这位战友能振奋士气。"西班牙人当断不断，但尚未受患，不幸得很。"

德雷克说："无论如何，咱们情况不利。无敌舰队在咱们逆风向，他们占优势。"

巴尼阴郁地点头。以他的经验，海战中胜败全取决于风向。

霍华德问："要是咱们处在敌方的逆风向，可否做得到？"

巴尼深知顶风航行困难重重。要是想叫船偏着风向行驶，只要调整风帆角度，就可以朝着和风向垂直的方向迅速前进，譬如刮的是北风，船除了朝南顺风航行，朝东西两个方向也是轻轻松松。倘若舰船制造精妙，配上经验老到的船员，那么朝东北、西北行驶也不成问题，这需要拉紧缭绳、收小帆角。这就是所谓的"迎风航向"，十分危险，稍有不慎，船就可能向上偏转到顶风，继而减慢速度甚至停滞不前。眼下，倘若英国舰队想顶着西南风朝西南方向前进，那就需要走之字形航线，先向南、再向西，这个技巧叫作迎风转向，既耗时又费力。

德雷克犹豫不决。"那不仅要迎风转向，还不能叫敌人察觉，否则他们会改变航向，把咱们拦腰截住。"

"我问的不是难度如何，而是可否能做得到。"

德雷克咧嘴笑了，他爱听这种话。"可能。"

德雷克这种举重若轻的态度让巴尼备受鼓舞。除此之外，他们一无所有。

霍华德勋爵说："那就来吧。"

星期六，罗洛几乎一整天都站在圣马丁号左舷，凭栏远眺。圣马丁号顺风顺水，沿着英吉利海峡驶向普利茅斯。无敌舰队浩浩荡荡，由战舰领航断后，保护中间的补给船。

罗洛望着康沃尔怪石嶙峋的海滩，狂喜中夹着愧疚。这是他的故土，而他则是入侵大军的一员。他清楚这是主的旨意，但隐隐觉得此举未必会光耀门楣。他不在乎谁战死，这种事他从来不放在心上——生死有命，这是世道常情。他怕的是万一战败，他将被斥为千古罪人，这种想法挥之不去，让他深深不安。

英格兰瞭望台等待的一刻终于来临，只见远山上相继燃起烽火，火焰的警钟迅速传遍海岸，船速远不能及。罗洛担心英国海军收到警报后会驶出普利茅斯港，向东航行，以免在港口中无处可躲。梅迪纳·西多尼亚太过谨慎，这一耽搁就坐失良机。

无敌舰队偶尔贴近岸边，罗洛看见山崖上挤满了人，一个个目瞪口呆，动也不动，好像惊得呆了：有史以来，谁也没有目睹过这般庞大的舰队。

天色近晚，西班牙水手发现浅滩以及黑黢黢的狰狞礁石，知道埃迪斯通暗礁到了，于是掉转航向。这片水域位于普利茅斯正南，是出了名地危险。没过多久，罗洛看见东面远远地有几面帆反射着余晖，心中一紧，这是英国舰队首次露面。

梅迪纳·西多尼亚命令无敌舰队下锚，保证己方舰队守住上风面。明天一战在所难免，不能让敌方占据优势。

这天晚上，圣马丁号上几乎无人成眠。士兵们磨快武器，反复检查手枪和火药筒，把盔甲擦得锃亮。炮手在库房里堆满弹丸，绑紧了固定火炮的绳索，提了海水灌满木桶，预备灭火。两侧船舷的绊脚物一律挪走，方便木匠迅速抢修受损船体。

凌晨两点，月亮升起来了。罗洛立在甲板上眺望远方，想观察英国海军，可惜只看到朦胧的轮廓，是雾气也说不定。他祈祷主保佑无敌战舰和自己活过明天这一仗，活到当上王桥主教那一天。

夏天天亮得早，经确认，前方有五艘英国船。天色大亮，罗洛回头张望，不禁大吃一惊：英国海军竟然在无敌舰队背后。怎么如此神出鬼没？

前方的五条船必然是诱饵；主力战舰悄无声息地迎风转向，从后面包抄无敌舰队；此时此刻，英军占据有利位置，蓄势待发。

西班牙水手无不诧异，谁也没料到英国人改良出的这种低窄帆船如此灵活。罗洛心中沮丧。真是出师不利！

他往北一看，只见英国舰队最末一条船沿着海岸行驶，水面狭窄，船只不断迎风转向，忽而向南，忽而向北，十分吃力。罗洛吃惊地看到打头的舰船行驶到最南端拐点，突然向无敌舰队北翼开火，射光了炮弹之后迅速迎风向北。所幸炮弹都射偏了，白白浪费了弹药。西班牙人越发诧异，先是折服于敌方的航海技术，继而佩服起这位英国舰长的勇敢无畏。

炮声已然打响。

梅迪纳·西多尼亚鸣炮升旗，号令无敌舰队迎战。

这下轮到英国人大吃一惊了。西班牙舰队向东航行，和霍华德率领的主力舰队拉开距离，继而摆出防御队形，论严密细致，英国海军望尘莫及。仿佛冥冥中有手在指引，无敌舰队在海面排出一道完美的弧线，覆盖数英里，宛如一轮新月，月牙尖儿凶狠地对准英军。

内德·威拉德站在皇家方舟号甲板上，代替沃尔辛厄姆随旗舰迎敌。方舟号是艘四桅盖伦船，船身长逾一百英尺，本是探险家沃尔特·罗利爵士所造，之后由伊丽莎白女王买下；以女王锱铢必较的性格，罗利没有拿到钱，只从所谓的欠债里扣掉了五千镑。这艘船配有三十二尊加农炮，分别装在两层炮甲板和艄楼，火力威猛。内德没有分得自己的船舱，得和另外四个人挤一张铺。这已经算享受了：水手一律睡在甲板上，另外还有三百船员、百余士兵，挤在这条最宽处也只有三十七英尺的船上。

内德注视着西班牙舰队列队，像看法术一般。他发现补给船夹在中间，战船要么列在前排中央位置，要么守在尖端。他立即看出，能攻击的位置只有月牙尖儿；要是冲进新月弧，不仅无风借力，而且腹背受敌。除了最末一条船，每艘船都由后方船只掩护；这个阵型着实精妙。

西班牙无敌舰队叫内德心惊，不只有阵型这一个原因。每条舰船都漆得五颜六色，隔得老远也能看到甲板上的士兵盛装丽服：深红、品蓝、紫、金色的紧身衣裤，就连加莱塞桨帆炮舰上的划桨奴隶也穿着鲜艳的红外套。这究竟是打仗还是赴宴来了？至于英军，只有贵族才一身华服，就连德雷克和霍金斯两位副司令，穿的也不过是普通的灰黄色羊毛紧身裤和皮外套。

霍华德勋爵站在方舟号艉楼甲板。艉楼位于主桅之后，高于甲板，舰队的大部分船只以及敌船都尽收眼底。内德站在他不远处。后方的英国舰队排成歪歪斜斜的一条线，丝毫不显军威。

内德看见一个水手在主甲板上撒锯末子，一阵纳闷，半晌才明白，这是免得流血滑脚。

霍华德大喝一声，方舟号率舰队出战。

霍华德直取新月北端尖角；远远的南部水面，德雷克的复仇号直逼另一端尖角。

方舟号从后方接近西班牙舰队尾端船只，这是一艘盖伦大帆船，霍华德料定是拉塔·科罗纳达号。眼看着方舟号就要撞上拉塔号船尾，西班牙舰长立即掉转方向，两艘船并着舷侧交错而过，同时开火。

内德听见耳边炮声隆隆，好像挨着拳打脚踢一般。火药腾起的烟幕比大雾还要浓厚，等硝烟散去，他才看清两条船均未受损。霍华德清楚，西班牙人一心要靠接舷战抢船，他必须小心和敌船保持距离，结果没能造成损伤。至于西班牙一方，因为船上装配的都是短射程的重型火炮，同样没有射中。

内德就这样经历了生平第一场海战，没想到双方毫发无损。

跟在方舟号后面的几艘舰船对准拉塔号和近旁的三四艘盖伦船开火，同样收效甚微，仅仅打中了帆索。这次交战，双方均未受到严重损失。

内德向南眺望，看样子德雷克分舰队在月牙南角的攻击也并无成效。

阵地不断东移，等到西班牙舰队失掉了攻击普利茅斯的机会，英国舰队功德圆满，开始撤退。

内德心情沉重。此次战果寥寥，无敌舰队几乎毫无损伤，依旧驶向敦刻尔克，预备同尼德兰的西班牙陆军会师。英格兰的险情丝毫没有缓和。

这个星期，罗洛一天比一天乐观。

无敌舰队浩浩荡荡地向东航行，虽然有英国海军追击滋扰，但航线并未阻断，行程也没有延误。这好比一条狗对着拉车的马吠叫不休，迟早要给踢中狗头。西班牙舰队因为意外损失了两条船，德雷克擅自离队——这也在众人意料之中；他把其中一艘罗萨里奥号盖伦船拖了回去，船上货物价值不菲。尽管如此，无敌舰队依然势不可当。

8月6日星期六，罗洛的目光掠过圣马丁号船首斜桅，看见了一个熟悉的轮廓：法国加来港。

梅迪纳·西多尼亚下令在此下锚。此时此刻，无敌舰队距离敦刻尔克还有二十四英里；帕尔马公爵率领陆军和运输船在那里准备同他们会合。可眼下有个难题。加来以东，近海处的浅滩沙洲绵延十五英里，除非领航员对这片水域了如指掌，否则就有全军覆没的危险。此外，要是刮起西风，再加上涨潮，舰队可能被风浪打到东面。梅迪纳·西多尼亚一向主张小心为上，再一次决定不去冒险。

圣马丁号上信号枪一响，舰队各船同时降帆，整整齐齐地停船下锚。

英国舰队跟在半英里之后停船，动作七零八落。

舰队沿着海峡航行，罗洛恨恨地望见英国海岸不断有小船驶向英国舰队，送去一桶桶火药、一块块熏肉。西班牙舰队上一次得到补给还是在科鲁尼亚；英西之战中，法王主张两不相帮，命令商人不得同无敌舰队做生意。虽然君命如此，但罗洛多次路过加来，知道当地人对英国人恨之入骨；三十年前收复加来一战中，镇长没了一条腿。罗洛当即建议梅迪纳·西多尼亚派几个手下上岸，好言好语再加上小小心意，果不其然，无敌舰队获准购入所需。不幸的是，这里的补给远远不够，找遍加来，也不足上星期消耗火药的十分之一。

随后梅迪纳·西多尼亚接到消息，大发雷霆：帕尔马公爵尚未准备就绪。他的补给船都是空空如也，士兵也尚未登船。要准备妥当、向加来进发，还需要几天时间。

在罗洛看来，统帅这通火未必是有的放矢。帕尔马不可能让军队早早登上小船，漫无限期地等下去；相反，按兵不动，等接到舰队赶到的消息才行动，这才合情合理。

天色近晚，罗洛看见又有一支英国舰队从东北方向朝加来驶来，暗暗吃惊。他猜测这该是伊丽莎白寒酸的海军舰队，但没有派去普利茅斯抵御无敌战舰。看得出，大多数舰船都并非战舰，而是小型武装商船，火力不强，和威武的西班牙盖伦船相比，根本不是对手。

无敌战舰依然占尽上风，这次耽搁也并无大碍。一周以来，他们逼得英国舰队无法靠近，现在只要等待帕尔马赶来会师。这不成问题。胜利唾手可得。

内德清楚，英国舰队御敌失利；西班牙无敌舰队几乎毫发无损，如今又得到补给，即将和帕尔马公爵率领的尼德兰陆军部队会合。届时，敌军离英国海岸只有不到一天的航程。

礼拜日早上，霍华德勋爵在皇家方舟号甲板上召开作战会议。要阻止西班牙入侵，这是最后的机会了。

眼下，正面攻击无异于送死。无敌舰队船多炮多，英国舰队本来在灵活性上占据些微优势，但派不上用场。在海上交战，西班牙部队的新月阵型又似乎毫无破绽。

还有什么法子？

几个人异口同声，提议用纵火船。

在内德听来，这实在是下下策。这需要牺牲造价高昂的船只，将其点燃后冲向敌方。风向变幻莫测，加上水流不定，很可能导致火船偏离目标方向，此外敌船也可能灵活地躲开。总而言之，火船能否驶近目标，完成引燃敌船的目的，根本是未知之数。

可谁也想不出更好的办法。

于是舰队中选出八条旧船，修缮过后，拖到舰队中央，不想打草惊蛇。船舱里塞满沥青、布头、柴火等易燃物，桅杆上则涂抹焦油。

内德想起曾和卡洛斯说起安特卫普之围，当时荷兰起义军采用了类似战术，于是建议霍华德将火炮装填弹药；火药受热会自动引燃发射，走运的话，那时火船已经驶入敌军阵营。霍华德认为主意不错，命手下照办。

内德监督装填，按照卡洛斯描述的办法，弹丸以外又装填小包弹药，将火力提升一倍。

火船船尾各系一条小船，以便几个英勇的骨干船员在最后关头逃生。

内德失望地发现，他们的举动没能逃过敌军的眼线。西班牙人可不傻，他们很快猜出英军的意图，随即派出几艘轻快帆船和小艇，在两军之间隔出了一道屏障。看来梅迪纳·西多尼亚想好了对策，但内德猜不透他有什么主意。

夜幕降临，风力大增，潮头掉转；到了午夜，正是天时地利，几个骨干船员升起风帆，乘着一片漆黑的火船驶向无敌舰队的点点灯火。内德纵目眺望，可惜月亮尚未升起，黑黢黢的海面上，只能看到几个模糊的黑影。两支舰队相隔仅半英里，但感觉总等不到头似的。内德一颗心狂跳。胜负在此一举。他不常祈祷，这一次忍不住热烈地求上天庇佑。

猛然间，火光大作。八条火船接连腾起火焰。借着彤红的火光，内德看见水手们纷纷跳上逃生艇。八颗火球似乎汇成一团，宛如地狱；燃烧弹借着风势，无情地向敌舰漂去。

罗洛一颗心怦怦直跳，喘不过气来。眼看火船逼近，木头和焦油烟味儿扑鼻而来，甚至能感觉到一股热浪。

梅迪纳·西多尼亚已派出几条小船组成屏护舰队，其中两条轻快帆船分别驶向两侧的火船，船员拼死抛出抓钩，钩住后立刻将火船拖开。罗洛只怕性命不保，不由自主地颤抖，但也不由得佩服西班牙水手的过人胆色和高超技术。火船被带向远海，将徒然地烧成灰烬。

还剩下六条火船。两条轻快船故伎重施，驶向火船两侧。罗洛寻思，照这个法子，这六条船可能被两两带离，无法发挥作用。梅迪纳·西多尼亚的办法奏效了。罗洛情绪高涨。

这时轰然一声炮响，他悚然心惊。

此时火船上不可能有人生还，但火炮却魔法般地发射了。难道是撒旦在飞舞的火舌之中装填炮弹，和那群异教徒狼狈为奸？罗洛随即猜出，弹药提前装好了，火药遇热燃烧，引爆了火炮。

这景象惨不忍睹。只见橙黄色的火光之中，轻快船上一个个黢黑的轮廓猝然扭曲，宛若地狱中群魔乱舞。他们身中数弹，看来炮筒里塞了弹丸或是石块。受伤的船员似乎在哭喊，但烈火咆哮、炮声隆隆中，别的声音都听不见了。

船员或死或伤，有的倒在甲板上，有的跌入大海；将火船拖离的计划宣告失败。火船顺着浪潮，气势汹汹地驶来。

此时此刻，无敌舰队除了出航躲避，别无选择。

圣马丁号上，梅迪纳·西多尼亚打响信号枪，命令各船起锚开船。这其实是多此一举。罗洛借着橙黄的火光，看见每条船上的船员都涌向桅杆，匆忙升帆起航，情急之中，不少人顾不得起锚，直接提起短斧，砍断手臂粗细的锚索，把锚留在了海床中。

圣马丁号慢得急死人。舰船都是顶风下锚，以求稳固，圣马丁号也不例外，因此需要先利用小帆掉头，操作起来十分吃力。罗洛认定了圣马丁号来不及驶开就要着火，打算跳船逃生，尽力游向岸边。

梅迪纳·西多尼亚指挥若定，他派出一条轻快船向各船传达命令：向北撤离，等待重新集结。罗洛担心各船未必会乖乖听命。熊熊燃烧的火船已经把大部分水手吓得魂飞魄散，除了逃命，也无暇他顾。

舰队掉头完毕，风帆总算张满，眼下的难题是避免相互碰撞。通行无阻之后，大部分舰船借着风浪全速驶离，也顾不得方向。

这时一条火船朝圣马丁号漂来，间不容发，火星儿点燃了前桅帆。

罗洛低头望着黢黑的海水，犹豫着不敢跳。

好在船上早有准备，甲板上备了一桶桶海水，还有一摞摞空桶。一个水手抓起一只木桶，泼向烧着的风帆。罗洛见状也抓过一只桶，依样照做。其余船员纷纷赶过来，不一会儿火就扑灭了。

盖伦船终于鼓满风，逃离了危险。

船驶出一英里，不再前进。罗洛望向船尾，看见远处的英国舰队按兵不动。他们处在上风向，不必担心着火，可以冷眼旁观。无敌舰队依然乱作一团，人人心有余悸。虽然舰船均未着火，但险情历历在目，大家只想着逃命，容不下别的念头。

此时此刻，圣马丁号落了单，难以防守。但天还没亮，他们无计可施。好在舰队保住了。明天梅迪纳·西多尼亚要面对重新集结的艰巨任务，但事在人为。入侵依然是大势所趋。

加来上空，天色破晓。巴尼·威拉德站在爱丽丝号甲板上，看见火船计失败了。加来沿岸，几条火船的骨架还冒着黑烟，但没有一条敌船烧着。视线所及，只有圣洛伦佐号受损，无助地漂向峭壁。

他看见西班牙旗舰圣马丁号和另外四艘盖伦船的轮廓，停在北面约一英里之外，除此之外，浩浩荡荡的无敌舰队都不见踪影。敌军七零八落，乱了阵脚，但实力丝毫未损。巴尼注视着那五艘盖伦船掉头向东，加速前进。梅迪纳·西多尼亚去集结走散的船队了；重整旗鼓之后，他将雄赳赳地杀回加来，按原计划同帕尔马公爵会师。

尽管如此，巴尼认为英国人还有一线希望。眼下无敌舰队士气低落，舰船分散，无力还击，或者可以围攻一两条船，分而破之。

此外，如果将敌军逼向尼德兰沙洲，那更添了几分胜算。巴尼频繁经过安特卫普，走得熟了，德雷克对这片沙洲同样了如指掌，但对大部分西班牙领航员来说，那里是未知的风险。他们眼前摆着一个机会，而这个机会稍纵即逝。好在霍华德勋爵和他所见略同，叫他深感欣慰。

皇家方舟号响起信号枪，德雷克的复仇号起锚升帆。巴尼大声喊醒船员，他们揉着惺忪的睡眼，立即各就各位，好比一支久经训练的唱诗班唱起牧歌。

英格兰舰队对五艘西班牙盖伦船紧追不舍。

巴尼站在甲板上，海浪固然汹涌，他毫不费力就站稳了身子。8月风暴频繁，风力风向都是瞬息万变，时不时暴雨大作，视野一会儿清晰一会儿模糊，这在海峡中再平常不过。巴尼享受着乘风破浪之感，呼吸着咸咸的空气，任凭冰冷的雨点打在脸上，盼着这一天以得到战利品收尾，一时心旷神怡。

英军仗着船速，不断逼近盖伦船，不过西班牙撤走的计划奏效了，一穿过海峡，进入北海，就有不少走散的战舰赶来集合。尽管如此，现在敌弱我强，并且相隔越来越近。

上午九点，巴尼估计七英里外就是尼德兰小镇格拉沃利讷。这时梅迪纳·西多尼亚认为再逃无益，于是掉头迎敌。

巴尼下到炮甲板。炮手长比尔·库里皮肤黝黑，是北非人。巴尼对他倾囊相授，如今比尔和师傅相比只会有过之而无不及。巴尼命令比尔吩咐爱丽丝号上的炮手准备迎敌。

他看见德雷克的复仇号逼近了圣马丁号，两条船分别抢近对方舷侧。这九天以来，这种境况发生了数百次，但损害都微不足道。但这一次不同。巴尼看见复仇号竟然铤而走险，太过靠近敌船，心中愈发忐忑。德雷克嗅到了血腥，或者嗅到了金子，和敌船相隔不足一百码，巴尼不由得担心这位英格兰的英雄性命不保。要是德雷克在第一次交锋中阵亡，那么英军必然大挫锐气。

两艘船对射船首炮，这种火炮威力甚小，至多能扰乱敌方阵脚，但无法击沉敌船。接着，两艘巨船齐头并进，这时就要看风向优势了。西班牙船处于下风向，因此船身向后倾斜，炮管垫得再低也指向半空。英国船处于上风向，船身向敌船倾斜，距离如此之近，炮管自然而然地对准了敌船甲板和薄弱的船体。

双方交火。两条船的炮声各有特点。复仇号的火炮有如鼓点，缓慢而有节奏，每尊炮调整到最佳角度才开火，这种井然有序，叫当过炮手的巴尼心驰神往。圣马丁号的炮声更为深沉，但毫无规律，似乎炮手想节约弹药。

两条船随着海浪起伏，好像软木塞一般。但距离如此之近，纵然海面波涛汹涌，射偏的可能也微乎其微。

复仇号接连被大颗弹丸击中。因为对方炮管角度偏高，炮弹只击中帆索，可一旦桅杆折断，船也就瘫痪了。圣马丁号的损伤则不同：德雷克用的是各种不寻常的弹药，有的是一包包铁块，也就是所谓的“骰子弹”，能削去皮肉；还有的是两颗弹丸用铁链相连，击中帆索后旋转而下，可以击落桁端；甚至还有废金属片，能割裂风帆。

硝烟漫天，什么都看不见了。巴尼听见炮响的间隙伤员连连惨叫，鼻端嘴里都是火药味。

两条船各自撤开，同时发射船尾炮。两条船驶出烟雾团，巴尼看见德雷克没有减速掉头，继续攻击圣马丁号，而是直奔近处的另一艘西班牙舰船。这样看来，复仇号受损并不严重，巴尼这才松了口气。

英国舰队的第二主力无双号随即对圣马丁号发起猛攻。其主帅效仿德雷克的战术，逼近敌船，令人不禁捏一把汗；好在距离仍不够对方用多爪锚钩住登船。又是一阵炮声隆隆，这一次巴尼听出敌船炮弹数目比上次少，想必是重装速度慢。

旁观了这么久，该参战了。得叫人看见爱丽丝号攻击西班牙船，这一点至关重要：巴尼和船员能否分得一份战利品就取决于此。

下一艘圣费利佩号已被英国舰船团团围住，毫不留情地猛攻。巴尼不由得想起英国人的一大乐趣就是欣赏狗群扑咬熊。英国船和敌船极为接近，巴尼看见一个英国士兵发了狂，竟然一跃跳上敌船甲板，随即在西班牙一支支利剑下身首异处。他随即想到，九天来，这是第一次有人登上敌船；这足以证明英国人成功打乱了西班牙最擅长的接舷战术。

爱丽丝号紧随羚羊号战舰，逼近圣费利佩号，发起攻势。巴尼向海平线处投去一瞥，惊愕地发现一支西班牙船队疾速赶来加入战斗。敌强我弱之时，能前来支援勇气可嘉，看来西班牙佬的确勇气过人。

巴尼把心一横，扯着嗓子吩咐舵手驶进距圣费利佩号一百码之内。

敌船上的士兵端着滑膛枪和火绳枪不断射击，两船相隔太近，爱丽丝号甲板上又挤满了人，不免有人中枪。巴尼急忙跪倒，这才幸免于难；六个船员不幸受伤，血溅甲板。这时比尔·库里开炮了，爱丽丝号上炮声震耳。小型弹丸擦过敌方盖伦船甲板，击倒一排水手和士兵，大型炮弹在船体木板上砸出一个个窟窿。

爱丽丝号连发八枚小型弹丸，盖伦船以一枚大炮弹回击，击中了船尾；巴尼觉得腹中咚的一声。守在甲板上的木匠等的就是这一刻，他立即冲到甲板下抢修。

巴尼上过战场。他并非无所畏惧——无畏之人在海上总不长命；只是一旦打起来，忙都忙不过来，压根顾不得是否危险，过后想来才会心有余悸。他浑身是劲儿，扯着嗓子指挥船员，从这头奔到那头观察，每隔几分钟就冲到炮甲板，对汗流浃背的炮手喊命令、鼓劲儿。烟雾呛得他直咳嗽，洒在甲板上的血叫他脚下打滑，不时给死伤者绊倒。

他命令爱丽丝号掉头，跟随羚羊号，这一次下令左舷开火。后桅被敌船一枚炮弹击中，巴尼忍不住咒骂一声。紧接着，他觉得头皮剧痛，一伸手，从头发里摘出一根细木条，随即觉得又暖又湿。好在流血不多，只是皮肉伤。

桅杆没有折断，木匠急忙抢过去，用支杆加固。

等充满硫黄臭的浓烟散去，巴尼看到无敌舰队正缓缓回归新月阵型，不由得佩服敌方将领和船员，在炮火猛攻之下仍然纪律严明。西班牙舰船难以击沉，叫人忧心，眼下又有援军全速赶来。

巴尼再次命令爱丽丝号掉头，且战且走。

激战持续了一整天，到了下午三点左右，罗洛满心绝望。

圣马丁号上弹洞累累，三口重炮脱离炮架，无法发射，好在还有不少完好的火炮。几个船员潜到水中，冒着枪林弹雨用铅板和麻絮填补漏洞，称得上是勇士中的勇士。罗洛环顾四周，船员或死或伤，不少伤者祈求上主或是偏爱的圣徒，让他们解脱。血腥和硝烟弥漫在空气中。

玛利亚·胡安号严重受损，无力支撑，罗洛绝望地注视那条威武的大船缓慢而无助地沉入北海冰冷的灰浪中，再也看不见了。圣马特奥号苦苦挣扎，为了避免沉没，船员把能扔的通通扔到水里：枪支、格栅、折断的木料，甚至是战友的尸体。圣费利佩号残破不堪，无法控制方向，不由自主地脱离阵线，漂向海滩。

西班牙舰队以寡敌众，但战败还另有原因。虽然士兵勇敢无畏，水手精通航海，但他们一向凭借接舷登船取胜，而英国人琢磨出克制的法子，令他们无法靠近，并逼得他们展开炮战，这样一来就占了下风。英国人琢磨出一种速射的技巧，令西班牙人无力还击。无敌舰队的大型火炮装填困难，有时候为了填塞炮弹，炮手得攀着绳索悬在船外，激战之中，这几乎是不可能的。

总而言之，无敌舰队被打得落花流水。

战败似乎在所难免，偏偏风也来添乱，突然转向北，断了往北的退路。东南两个方向都是沙洲，英军又从西面步步紧逼。西班牙军队逃无可逃，依然拼死抵抗，但这样耗下去，要么被击沉，要么搁浅。

无敌舰队走到了绝路。

下午四点，天色大变。

西南方向刮来了风暴，内德站在霍华德勋爵的皇家方舟号甲板上，被狂风吹得摇摇晃晃，浑身都湿透了。风吹雨淋他都无所谓，他担心的是西班牙无敌舰队被隔在雨帘之后了。英国舰队试探地追到敌军位置，但扑了个空。

怎么会这么快就撤走了？

半个小时后，风停雨住，可谓来去匆匆。突如其来的阳光洒满海面，内德失望地看见西班牙舰队退到两英里以北，正全速驶离。

方舟号扯起风帆，全力追击，其余各船紧随其后。但一时半刻追赶不上，内德知道，入夜前不会再战了。

两支舰队都贴近了英格兰东海岸。

夜幕降临。内德筋疲力尽，和衣倒在铺位上睡了。第二天黎明时分，他来到甲板上张望，看见西班牙舰队依然在两英里之外，全速向北航行。

霍华德勋爵站在艉楼甲板的老位置，端着淡啤酒喝。内德礼貌地问："大人，情况如何？咱们似乎追赶不上。"

"不用追，"霍华德答道，"瞧啊，他们逃走了。"

"逃去哪儿？"

"问得好。据我揣测，他们只能绕过苏格兰北端岬角，掉头向南，穿过爱尔兰海——那是片未知海域，你也晓得。"

内德并不晓得。"这十一天以来，我每时每刻都紧随大人左右，可我还是不明白这场仗怎么会如此收场。"

"内德爵士，根本原因在于岛屿难以夺取，入侵大军处在劣势。一来补给匮乏，二来军队登船和上岸时防守虚弱，第三是不熟悉地形海域，容易迷失方向。我们的主要策略就是不断骚扰敌军，对方迟早会陷入上述困境。”

内德点头说：“看来伊丽莎白女王出资筹备海军是明智之举。”

“不错。”

内德的目光掠过水面，注视着西班牙无敌舰队越撤越远。“这么说，咱们赢了。”难以置信。他知道自己该欢腾雀跃；等他缓过神来，八成的确会手舞足蹈。此时此刻，他只有震惊的份儿。

霍华德微笑着说：“不错，咱们赢了。”

“嘿，活见鬼了。”

二十七

皮埃尔·奥芒德被养子阿兰叫醒了。阿兰告诉他："枢密院召开紧急会议。"阿兰看起来紧张兮兮的，自然是怕打扰了主子休息被呵斥。

皮埃尔坐起身，眉头一皱。这次会议是个意外，而他最讨厌意外。怎么他一无所知？出了什么"紧急"情况？他一边沉思一边在手臂上抓痒，皮屑纷纷，落在绣花床单上。"还有什么别的消息？"

"奥传话过来。"顶着"奥"这个怪姓的弗朗索瓦是亨利三世国王的财务总管，"他要我转告您，务必请吉斯公爵前去。"

皮埃尔望着窗外。天还没亮，外面什么也看不见，只听见倾盆大雨敲击着房顶，在窗户上溅得噼啪响。躺在床上是打听不出消息的。他起身更衣。

离1588年圣诞节还有两天，皮埃尔等人住在布卢瓦行宫。这座王室城堡在巴黎西南方向一百多英里外，规模宏大，至少有一百个房间。皮埃尔独占一处奢华的套间，和主子吉斯公爵的房间一般大小，仅次于国王的住处。

皮埃尔效仿国王和公爵，运来了自己的名贵家具，包括华贵而舒适的大床，还有那张大得惊人的写字桌——不为实用，更为摆设。此外，他还有一件珍藏品，一对御赐的银质簧轮式点火手枪。这是他第一次也是唯一一次得到国王赏赐；他把手枪摆在床头，随时能开枪。

阿兰总管他的一众仆婢。他二十八岁了，经过皮埃尔这些年的调教，对他俯首帖耳、忠心耿耿。此外皮埃尔还带上了畏畏缩缩、讨他欢心的情妇：路易丝·德尼姆。

在皮埃尔的辅佐之下，吉斯公爵亨利已成为欧洲举足轻重的人物，权倾法国朝野。皮埃尔跟着主人如日中天。

亨利国王和皇太后卡泰丽娜一样，是个和事佬，总想纵容法国那群信奉新教的异教徒，就是所谓的胡格诺派。皮埃尔从一开始就看出苗头不对，于是建议公爵组织天主教同盟，联合所有天主教忠坚力量，防止异教趋势蔓延。但皮埃尔做梦也想不到，同盟势力会如此庞大。如今天主教同盟已掌握了法国朝廷，控制了巴黎等几大城市，甚至凭借其威权逼得亨利国王撤离巴黎，迁宫布卢瓦。皮埃尔又用计让公爵当上了王室军队中将，这等于让国王交出了兵权。

自10月起，法国国家议会三级会议开始在布卢瓦行宫议政。皮埃尔建议吉斯公爵以百姓代表的身份同国王谈判，实际上他是国王的反对派之首；皮埃尔的真正目的是逼迫国王妥协，答应同盟的一切要求。

眼看主子妄尊自大，皮埃尔不免有些担心。一周前的吉斯家宴上，亨利公爵的弟弟洛林枢机路易举杯致敬“我的长兄，法国新国王”。如此大逆不道之言自然立刻传到国王耳中。皮埃尔料定亨利国王没胆量报复，尽管如此，公爵如此招摇，只怕要吃苦头。

皮埃尔套上昂贵的白色紧身上衣，衣服袖子开衩，露出金色丝绸里衬。他头皮干痒，白屑时时掉落，这个颜色看不明显。

时值仲冬，白昼姗姗来迟，这天乌云压顶，大雨如注。皮埃尔叫一个侍从举着蜡烛，穿过一处处昏暗的走廊门厅，七拐八拐地来到亨利公爵的住处。

替公爵守夜的侍卫首领姓科利，是瑞士人；皮埃尔谨慎地买通了此人。科利见他来了，和气地寒暄，说道：“他在索芙夫人那儿留了大半夜，三点才回来。”

夏洛特·德索芙生性放荡，是公爵现在的情妇；公爵想必希望睡个懒觉。皮埃尔说：“我得叫他起床。叫人端一杯麦芽酒来；他没空用早饭了。”

皮埃尔进了寝室。里面只有公爵一个人；公爵夫人留在巴黎待产，这是夫妻俩第十四个孩子了。皮埃尔摇了摇公爵的肩膀，亨利公爵很快醒了。他不到四十岁，精力充沛。

“什么事这么要紧，枢密院连早饭都不让人吃了。”公爵没好气；他直接抓起灰色缎子外衣，套在睡衣上。

皮埃尔不愿承认自己一无所知。“国王为三级会议烦恼。”

“要不是怕那些家伙可能趁我不在合谋害我，我真想装病。”

“不是‘可能’，是‘一定’。”这就是胜利的代价。三十年前亨利二世早逝，自那时起，法国王室就一蹶不振，这给了吉斯家绝佳的机会。然而，每当他们的权势滋长，就有人妄图夺权。

一个下人端来麦芽酒，公爵接过来一饮而尽，打了个响亮的酒嗝，说道：“这下好多了。”

缎子外衣单薄，走廊里又冷飕飕的，皮埃尔于是替公爵披上斗篷，免得去会议厅的路上受寒。公爵拿起帽子手套，两个人出了门。

科利在前面带路。公爵不论去哪儿都带着护卫，就算在宫里走动也不例外。三人爬上宏伟的楼梯，公爵和皮埃尔迈进会议厅；因为护卫不得入内，科利就在楼梯平台候着。

壁炉里火烧得正旺。亨利公爵脱下斗篷，和众位议员在长桌前落座。他吩咐下人："去给我端些大马士革葡萄干来。我空着肚子呢。"

皮埃尔和一众谋士贴墙站着，听议员讨论赋税。

国王召集三级会议，原因是入不敷出。所谓三级，包括教士、贵族和富贾，作为第三级代表，商人不愿把辛苦赚来的钱上交国家，为此百般阻挠，甚至胆大包天，派了账房核查王室财政支出，最后宣布，国王无须加高赋税，只要量入为出就行了。

财务总管弗朗索瓦·奥开门见山："第三级代表必须向国王妥协。"他把目光对准了亨利公爵。

公爵答道："会的，假以时日。他们碍于面子，不会马上让步。"

皮埃尔暗想，这样好得很。等商人最终屈服，功劳簿上又添了公爵一笔。

"这也不算马上了吧？"奥咄咄逼人。"这都两个月了，他们还在跟国王作对。"

"让他们慢慢来。"

皮埃尔伸手在腋下搔痒。何必要紧急开会？这件事已经讨论很久了，看起来也没有什么新进展。

下人端着盘子回来了。“阁下，没有葡萄干了，只有普罗旺斯的李子干。”

“放下吧，”公爵说，“我饿得羊眼也吃得下。”

奥不依不饶。“我们每次叫第三级代表讲讲理，你猜他们怎么回答？”他自顾自地说下去，“他们说，他们不用妥协，因为有吉斯公爵撑腰。”他顿了一顿，环顾长桌一周。

公爵摘下手套，往嘴里塞李子干。

奥冲着他说：“阁下自称斡旋于国王与百姓之间，实际上却百般阻挠双方和解。”

皮埃尔暗叫不妙。这句话好似宣判。

亨利公爵咽下一颗李子干，看样子无言以对。

就在他犹豫的当儿，门开了，只见国务大臣雷沃尔从隔壁套间走了进来，那正是国王的住处。雷沃尔走到亨利公爵面前，声音低微而清晰：“阁下，国王传您说话。”

皮埃尔大惑不解。一早起来，遇到两个意外了。一定有什么事，但他给蒙在鼓里。他预感凶多吉少。

公爵听到国王传召，还是不紧不慢，十分放肆。他先是从口袋里掏出一只贝壳形状的镀银果盒，装了几颗李子干，又放回口袋，看样子是想边听国王说话边嚼零食。他站起身，披上斗篷，冲着皮埃尔一晃脑袋，示意他跟过去。

他们进到隔壁，里面有一队侍卫把守。侍卫长蒙泽里凶狠地瞪着公爵。这队护卫叫作“四十五人卫队”，个个经过精挑细选，享受极高的俸禄。之前亨利公爵依照皮埃尔的建议，奏请国王解散侍卫队，以节省开支——自然，也会进一步削弱国王势力。可惜这次皮埃尔算错了，国王断然拒绝，结果是这四十五名卫士对公爵怀恨在心。

亨利公爵吩咐皮埃尔：“在这儿等着，说不定一会儿要叫你。”

蒙泽里过去替公爵开门。

亨利公爵朝门口走去，没走几步又转身对皮埃尔说：“我想了一想，你还是去听枢密院议事吧，也好知道他们背着我说了什么。”

“遵命，阁下。”

蒙泽里打开房门，只见亨利国王站在殿上。亨利即位十五年，如今三十七岁，脸颊肥厚，但镇定自若、不怒而威。国王望着亨利公爵说：“总算来了，这就是众人口中的法国新国王。”他随即面向蒙泽里略一点头，动作虽轻，但绝没有看错。

皮埃尔这才意识到大难临头。

说时迟那时快，蒙泽里利落地拔出长匕首，刺向公爵。

锋利的刀刃刺破公爵单薄的缎子外衣，深深嵌进他健硕的胸膛。

皮埃尔呆若木鸡。

公爵张开了嘴，似乎要叫喊，却发不出声音。皮埃尔立刻明白，蒙泽里一刀致命。

但侍卫们不肯罢休，他们把公爵团团围住，用刀剑连连砍刺。公爵口鼻流血，身上也全是血窟窿。

皮埃尔吓得动弹不得。亨利公爵瘫倒在地，各处伤口流血不止。

皮埃尔朝国王望去。国王冷眼旁观。

皮埃尔如梦初醒。主子被杀，他说不定是下一个。他一声不响，急忙转身穿过护卫厅大门，回到议事厅。

桌子旁的枢密院议员全都盯着他，一语不发；皮埃尔一下子明白他们都是知情人。所谓的紧急会议不过是个幌子，好叫吉斯公爵不加防备。他们早有预谋。

这些人在等他开口，因为他们还不知道侍卫动手了没有，就在他们犹豫的片刻，皮埃尔抓住机会，快步穿过房间，一语不发地迈出房门。他听见背后一阵哗然，接着房门嘭地关上了。

皮埃尔看见公爵的护卫科利吃惊地瞪着自己，但来不及理他，径直跑下楼梯。一路没人阻拦。

他惊魂未定，一路气喘吁吁；天气寒冷，他却发觉自己出了一身汗。公爵死了，被人刺杀而死，显然是国王的命令。亨利公爵变得自高自大。皮埃尔也一样，他料定了亨利国王软弱无能，绝不会有这般大胆果决，结果他棋错一着，满盘皆输。

皮埃尔保住一条命，实在是侥幸。他在行宫中匆匆穿行。国王和那些同谋极可能只计划除掉公爵，下一步如何还没有打算。现在公爵死了，他们正该筹划如何巩固这场胜利。第一是要除掉公爵的两个弟弟——路易枢机和里昂总主教，然后才会对付公爵最依赖的谋士——皮埃尔。

接下来的几分钟必然一团混乱，这就是他自保的机会。

皮埃尔跑过走廊，想到眼下亨利公爵的长子夏尔是新公爵了。夏尔十七岁了，足够担起大任——亨利当上公爵的时候不过十二岁。要是能顺利逃出去，皮埃尔要故伎重施：百般讨好公爵遗孀，成为小公爵倚重的谋士，劝服母子二人以报仇为己任，假以时日，这位新公爵就会如老公爵一般大权在握。

他不是没遭遇过挫折，总是越挫越勇。

他喘着粗气，赶回房间，看见养子阿兰在客厅里。

他喝道："备三匹马，只带钱和武器。务必在十分钟内离开。"

阿兰问："往哪儿走？"

真是蠢材。不问为什么走，却问往哪儿走。他厉声说："我还没想好，你照办就是了。"

皮埃尔进到卧室，看见路易丝穿着睡衣，正跪在祈祷台上拨着念珠祷告。他命令道："赶快换好衣服，不然小心我扔下你。"

路易丝站起身，双手合十走到他面前，好像还在祈祷。她开口说："你惹上麻烦了。"

"可不是惹上麻烦了，不然我干吗要走，"皮埃尔大不耐烦，"快穿衣服。"

路易丝张开双手，露出一柄短匕首，对着皮埃尔的脸就是一刀。

"主啊！"皮埃尔大喊一声，但痛还在其次，他实在吃惊。就算这匕首跳起来刺他，他都不会这般诧异。这可是路易丝，整天担惊受怕、走投无路、任他羞辱玩弄的妇人；她竟然用匕首刺他，还不是轻轻一划，而是在他脸颊上划了一道深深的口子。血喷涌而出，顺着下巴流到脖子。"贱人，看我不割开你的喉咙！"他气得尖叫，向她猛扑过去，想抢过匕首。

路易丝敏捷地向后一闪。"魔鬼，你的死期到了，我解脱了！"她一边大喊，一边匕首一挥，刺在他脖子里。

他感觉到利刃吃进肉里，痛彻心扉，依然想不明白。怎么回事？她怎么自以为解脱了？软弱的国王杀了公爵，软弱的妇人又刺伤了皮埃尔。他想不通。

路易丝是个拙劣的刺客，她不知道一刀毙命的道理，给了对方可乘之机。她等着受死吧。

皮埃尔怒火攻心，右手捂住脖子上的伤口，左手挡开她的匕首。他受了伤，但死不了，他要杀了路易丝。他朝路易丝猛扑过去，她来不及出手，站立不稳，跌倒在地，匕首也从手中滑落。

皮埃尔捡起匕首，一时打不定主意：刺哪里好呢？脸蛋？胸脯？喉咙？小腹？

突然间，他右肩横里挨了重重一下，身子向左一斜，右臂一阵酸麻，匕首从手中滑落。他重重跌在路易丝身上，随即滚落在地，仰面朝天。

他一抬头，看见是阿兰。

这小子举着那两把御赐的簧轮点火手枪，对准了皮埃尔。

皮埃尔瞪着枪口，一时间不知所措。这两把枪他开过几次，一向好用。虽然不清楚阿兰枪法如何，但隔着两步距离，几乎不可能射偏。

一时间，屋子里寂然无声，皮埃尔听见雨声噼啪。他随即意识到，公爵被杀一事，阿兰是知情人，所以他问的是往哪儿走，而不是为什么。路易丝同样是知情人。这么说，两人谋划好了，趁皮埃尔心慌意乱之时对他下手。他们还能逍遥法外，人人都会以为皮埃尔的死和公爵一样，都是国王的命令。

怎么可能？他可是皮埃尔·奥芒德·德吉斯，三十年来翻云覆雨。

他望向路易丝，又望向阿兰，只见两个人的表情一模一样：憎恶中夹着一丝喜悦。他们的出头之日来了，两人心满意足。

只听阿兰开口说：“你对我没有利用价值了。”他的手指钩住了枪管下方长长的蛇杆。

这话是什么意思？明明是他利用阿兰，不是吗？他漏掉了什么？皮埃尔还是想不通。

他张开嘴想喊救命，但喉咙受了伤，喊不出声。

簧轮咔嗒一转，两点火星一闪，枪声同时响起。

皮埃尔感觉胸口被大锤砸中，痛彻骨髓。

他听见路易丝的声音，仿佛从遥远的地方传来。“你从地狱来，该回地狱去了。”

他眼前一黑。

巴特利特伯爵给长子取名叫斯威森，随孩子的曾祖，二儿子取名罗洛，随舅祖父。斯威森和罗洛不畏强权对抗新教，巴特利特也坚定不移地信奉天主教。

这两个名字玛格丽都不满意。斯威森为人可憎，罗洛更是骗子、叛徒。好在两个孩子渐渐表露出个性，名字也跟着变了。斯威森爱爬来爬去，小名叫小迅；罗洛胖嘟嘟的，家里都管他叫伦伦。

玛格丽白天喜欢帮巴特利特的妻子塞西莉亚带孩子。这天，塞西莉亚抱着伦伦喂奶，玛格丽喂炒蛋给小迅吃。塞西莉亚总爱着急，好在玛格丽从容不迫。玛格丽暗地里想，大概当祖母的都是这样吧。

小儿子罗杰来婴儿房逗侄子。他说：“等到了牛津，我准要想念这两个小家伙。”

玛格丽注意到，罗杰一来，年轻的保姆多特就爱搔首弄姿。

罗杰性格沉稳，讨人喜欢，似笑非笑的表情也叫人着迷。多特无疑想嫁得这么个金龟婿。这么看来，他去念大学倒是好事；多特人品虽好，又懂得照顾孩子，但眼界狭窄，怕耽误了罗杰。

想到这里，玛格丽不禁好奇罗杰眼界如何，于是问道："你想过没有，从牛津毕业后有什么打算？"

"我想学法律。"

玛格丽来了兴趣。"为什么？"

"因为法律太重要了。法律造就国家。"

"那么你感兴趣的其实是治国。"

"也许吧。记得父亲从国会回来，讲起议员如何纵横捭阖、从中斡旋，为某种观点口若悬河，我总是听得津津有味。"

巴特伯爵对国会并不感兴趣，在上议院开会只是碍于职责；罗杰的生父内德·威拉德才精于政治。血缘这东西真是奇妙。

玛格丽说："说不定你能当上王桥议员，在下议院参政。"

"不少伯爵家的小儿子就是这个出路。不过王桥已经有议员了，内德爵士。"

"他迟早要告老还乡的。"玛格丽猜想，内德自然乐意把这份差事交给儿子。

这时楼下一阵喧嚷；罗杰出去查看，回来说："罗洛舅舅到了。"

玛格丽大吃一惊。"罗洛？"她以为听错了，"他多少年都没到新堡来了！"

"呐，这不就来了。"

巴特利特在楼下大厅里大声欢迎心目中的英雄，抑制不住喜悦。

塞西莉亚高兴地对两个孩子说：“来见见舅爷爷。”

玛格丽可不急着见罗洛。她让罗杰抱着小迅，说道：“我待会儿再下去。”

她出了婴儿室，沿着走廊回到卧室；大獒马克西穆斯乖乖跟在她身后。最舒服的房间自然腾给了巴特利特和塞西莉亚，不过伯爵遗孀的住处也十分可心，包括卧室和梳妆室。玛格丽走进梳妆室，关上房门。

她满腔愤恨，但发不出火来。当年她得知罗洛偷偷利用自己的天主教徒人脉策动暴乱，当即用密文修书一封，言简意赅地说自己不会再帮他接应偷回英国的司铎。罗洛没有回信，兄妹俩从此就断了联系。她曾费尽心思，想重逢之时如何将他痛斥一番，如今他回来了，可玛格丽一时间不知该对他说什么。

马克西穆斯伏在壁炉前烤火。玛格丽站在窗前张望。12月了，下人裹着厚重的斗篷在院子里穿梭。城堡围墙外，庄稼地又冷又硬，光秃秃的树枝丫杈指向铁灰色的天空。她本想借此镇定心神，却发觉久久不能平静，于是拿起念珠，叫自己冷静。

她听见门外走廊里下人提着沉重的行李走近，看来罗洛要住在他从前的房间，正对着她的新居。不一会儿，敲门声响起，罗洛随即进来了。他快活地嚷：“我回来了！”

罗洛如今掉光了头发，胡子一片灰白。玛格丽面无表情地看着他：“你为什么回来？”

“我见到你也很高兴。”他语带讽刺。

马克西穆斯轻声吠叫。

“你到底指望些什么？你骗了我那么多年。你明知道我最不愿见到基督徒因为教义而互相残杀，可你偏偏为了这个目的而利用我。是你毁了我一生。”

“我只是履行上主的旨意。”

“我不信。想想你的阴谋害死了多少性命——包括苏格兰女王玛丽！”

“她如今是升天的圣人。”

“无论如何，我绝不会再帮你，你也休想利用新堡。”

“我觉着以后也犯不着密谋了。苏格兰女王玛丽已死，西班牙无敌舰队战败，不过呢，要是又出现别的机会，也不只有新堡一个地方。”

“全英格兰唯有我知道你就是让·英吉利。我可以向内德·威拉德揭发你。”

罗洛微微一笑。“但你不会那么做，”他胸有成竹，“你揭发我，我也能揭发你。就算我不想把你牵扯进来，严刑拷打之下，我十有八九会交代。你多年来庇护司铎，这可是死罪。你会被处死，大概和玛格丽特·克利瑟罗一般死法——让石头一点一点压死。”

玛格丽惊恐地瞪着他。她没想到这一层。

罗洛接着说：“而且不只你一个，帮着接应司铎的还有巴特利特和罗杰。看吧，倘若你揭发我，那就等于害死两个儿子。”

他料得不错。玛格丽左右为难。罗洛纵然十恶不赦，玛格丽却只能替他保守秘密。她无奈又恼火，却束手无策。她瞪着他那得意扬扬的嘴脸，沉默半晌才说：“你罪该万死，活该下地狱。”

圣诞假期的第十二天，王桥的威拉德一家欢聚一堂。

本来新堡年年请戏班子演戏，但这个传统已经被打破了。多年来天主教徒备受排挤，英格兰伯爵的薪俸一年不如一年，夏陵伯爵无力大摆筵席。这一年，威拉德一家就在自家庆祝。

一家六口围坐在桌前。巴尼回家来了，因为击退西班牙无敌舰队而意气风发。他坐在桌首，太太海尔格坐在他右边，儿子阿福坐左边。西尔维瞧阿福已经发福了。阿福的太太瓦莱丽抱着小女婴。内德的座位正对着巴尼，西尔维挨着丈夫坐。艾琳·法夫端上一大盘苹果烤猪肉，配的是海尔格卖的金黄色莱茵白葡萄酒。

巴尼和内德两兄弟不住回忆海战的一幕幕；西尔维则和瓦莱丽用法语聊天。瓦莱丽一边吃烤肉一边奶孩子。巴尼说这孩子将来准像她奶奶贝拉；西尔维却不以为然，因为小丫头只有八分之一的非洲血统，眼下皮肤只透着一点粉黑。阿福跟父亲说打算翻新室内市场。

西尔维听着一家人七嘴八舌，看着桌子上摆满酒菜，感觉着炉火的温暖，心中很安定。英格兰打败强敌——纵然日后总还会有敌人，但暂时可以高枕无忧了。内德收到情报，皮埃尔·奥芒德死了，和主子吉斯公爵在同一天被人杀死。天下自有公道。

她环视一张张笑脸，感到心满意足。

饭后，一家人披上厚重的外套，去了贝尔客栈。新堡不再摆戏台之后，客栈雇了戏班子，在宽敞的院子里搭起临时戏台。威拉德一家付了钱，挤在人群中看戏。

这天这出戏叫作《葛顿老太太的针》，讲一位老妇人把唯一一根针弄丢了，没办法缝衣服，是一出风俗喜剧。剧里还有一个叫迪悬的丑角，装模作样地召唤魔鬼，把下人霍奇吓得尿湿了裤子。观众简直笑破了肚皮。

内德心情正好，于是和巴尼出了院子，去前院酒铺买葡萄酒。

戏台上，老太太和邻居查夫人打作一团，观众给逗得合不拢嘴。偏有一个人没笑，西尔维不由得多瞧了一眼。她觉得这人似曾相识。他脸颊瘦削，神色间透着狂热，她见过就忘不了。

对方发觉她瞧着自己，但看样子并不认得她。

她猛地想起当日在巴黎，看见皮埃尔·奥芒德站在自家门口，给一个司铎指路；那人额前头发稀疏、蓄着红胡子。她喃喃地说："让·英吉利？"她不敢相信。莫非这就是内德苦苦要找的人？

她见到对方转过身，头也不回地走出院子。

她拿不准是不是他，但她知道，绝不能让他这么走了。决不能让他又消失得无影无踪。让·英吉利既是新教的死敌，也是丈夫的对头。

她想到此人或许心狠手辣。她四下找内德，但他买酒还没回来。要是等他回来，这个可能是英吉利的人说不定就找不到了。她不能等。

为了信仰以身犯险，西尔维从来不曾犹豫。

她跟了上去。

罗洛打算回泰恩堡去。他清楚，以后没办法借新堡做掩护了。玛格丽怕连累她两个儿子，不会有意出卖他，但说不定她一时大意，说漏了嘴，那就危险了。还是让她什么也不知道的好。

他还领着泰恩伯爵的薪俸，为掩人耳目，时不时地替伯爵打理法律事务。他想不出以后还能有什么秘密任务可做。天主教叛乱失败，但他热切盼望天主教徒东山再起，使英格兰回归真信仰，而他一定要出一份力。

去泰恩堡途中，他在王桥留宿，遇见一队去伦敦的旅客，于是相约同行。这天正巧是圣诞第十二日，贝尔客栈庭院里有一出剧目，大家就来看戏打发时间，第二天一早启程。

罗洛才看了一分钟，就嫌内容粗俗不堪。观众捧腹大笑的时候，他发觉一个身材瘦小的中年妇人怔怔望着自己，似乎看他面熟。

他没见过这个妇人，也想不出她会是什么人，但瞧她双眉紧锁，就觉得心中不安，于是掀起斗篷风帽，转身出了庭院。

走到集市广场，他抬头望着主教座堂西墙，恨恨地想，我本该当上主教的。

他踱进教堂，心中失落。新教徒把这里弄得枯燥黯淡，石龛中的圣徒和天使像被砍掉了脑袋，以防偶像崇拜。透过墙上薄薄的白漆，依稀看得出从前的壁画。奇怪的是，美轮美奂的彩绘窗却完好无损，或者因为换玻璃太破费。可惜正是冬日午后，彩绘的色彩不算上佳。

罗洛暗想，我本有机会改变这一切。我会给百姓带来色彩、华服、珠宝，才不是这种冷冰冰、没有一丝人情味的清教东西。想到失去的机会，他胃里一阵火辣辣的刺痛。

教堂里空无一人，想必牧师都去看戏了。他转过身，看见中殿尽头站着一个妇人，正是之前那个盯着他瞧的人，竟然跟到教堂里来了。两人四目相对，妇人开口了，声音在拱顶下回响，宛如末日审判。她说的是法语："C' est bien toi——Jean Langlais？果然是你——让·英吉利？”

他急忙转身，飞快思考对策。现在命悬一线。对方认出他是英吉利了。看样子她不认得罗洛·菲茨杰拉德，但也用不了多久，她随时可以跟认得罗洛的人指认他就是英吉利，譬如内德·威拉德——那他只有死路一条。

得甩开她。

他匆匆穿过南面侧廊。墙上有一扇门，进去就是回廊。他一扳把手，才发现打不开，随即想到，四方院子让阿福·威拉德改成了集市，门自然是堵死了。

他听见轻盈的脚步声，知道那妇人沿着中殿跑过来。看样子她想凑近了打量自己，好确定没有认错人。不能让她得逞。

他沿着侧廊，匆忙走到交叉甬道，四下张望，寻找出路；得在她看清自己的样貌前混进人群。南侧耳堂墙上开了一扇小门，通往高塔。他担心门后又连着新集市，推开门一看，只有一座窄窄的螺旋楼梯。他当机立断，迈到门后，带上门，沿着台阶上楼。

他一路张望，盼着有门通向正南面侧廊上方的长廊，爬着爬着才发现这天不走运。他听见身后传来脚步声，只能接着往上爬。

爬了一阵，他开始气喘。他五十三岁了，爬台阶比从前吃力。不过话说回来，后面那个紧追不舍的妇人并没有比自己年轻多少。

她是什么人？又怎么会认得自己？

显然是法国人。她对自己直呼“toi”，而没有用“vous”，要么因为她对自己十分熟悉——但情况并非如此，那只能说明她以为自己不配用敬称“您”来称呼。她一定是见过自己，要么在巴黎，要么在杜埃。

既然是法国人，又住在王桥，那十有八九是胡格诺教徒。倒是有一家姓福尔内龙的，不过老家在里尔市，而罗洛从来没去过里尔。

对了，内德·威拉德娶的是法国太太。

那么身后那个气喘吁吁、紧追不舍的，就该是她了。罗洛想起来了，她叫西尔维。

他时刻希望下一个转弯处连着拱道，巨大的石雕下也许藏着许多条走廊。螺旋楼梯没有尽头似的，宛如一场噩梦。

总算走到台阶尽头，他气喘吁吁、筋疲力尽。面前是一扇低矮的木门，罗洛一把推开，寒风扑面。他弯着腰从过梁下钻过，劲风之下，门砰地关上了。他发觉自己站在交叉甬道位置的中央塔楼，脚下是石头铺的走道，自己和几百英尺下的地面只隔着一道墙，高度不及膝盖。他低头查看，下面正对着唱经班的屋顶，左边是墓园，右边是旧回廊围成的四方院子，改成室内市场后也盖了屋顶。背面的集市被宽大的尖塔挡住了，看不见。风猛烈地掀动他的斗篷。

走道环绕尖塔一周，塔尖上矗立着那座巨大的天使石像；从地面上看，却和真人一般大小。罗洛快步沿着走道查看，寻找另一处楼梯，梯子，或是什么台阶。他绕了半圈，俯视脚下的集市。都去“贝尔”看戏了，集市里没几个人。

他没找到别的出口。他绕了一圈，看到那妇人从门洞里走出来。

狂风呼啸，她被头发遮住了眼睛。她撩开头发，直视着他。

“是你，你就是我在皮埃尔·奥芒德家门口看见的司铎。我得确定没认错。”

“你是威拉德夫人？”

“他这么多年来一直在找让·英吉利。你来王桥做什么？”

他猜得不错，妇人不知道他是罗洛·菲茨杰拉德。两个人在英格兰从没有见过面。

直到今天。现在秘密被她发现了，他会被逮捕、受严刑拷打，最后以叛国罪绞死。

他随即想到，还有一个简单的出路。

罗洛向她逼近：“你这傻瓜，你难道不知道自己有危险？”

“我不怕你。”她说着就朝他扑过来。

罗洛死死抓住她双臂，她尖叫着奋力挣扎。罗洛生得高大，但她也不好对付，又扭又踢，最终抽出一只手，朝他脸上抓来。罗洛躲开了。

罗洛把她推到角落，背贴着矮墙，但扭打之下，不知怎么被她绕到身后，最后是他自己背对着地面。她使出全身力气，猛力一推，好在他力气大，又把她按在墙边。她尖声喊救命，但声音被风声吹散，谁也听不见。他用力一扯，叫她向一侧歪倒，紧接着绕到另一侧，眼看要把她推下去了，不料她双腿一软，瘫倒在地上，随即挣脱了，手脚并用地爬了两步，站起身，拔腿就跑。

罗洛忙追过去，沿着走道狂奔，小心地绕过拐角，生怕踏错一步就要跌下深渊。眼看她就要跑掉了——她已经奔到门前，这时门又被风带上，她只好停下脚步去开门。就在这千钧一发之际，罗洛一把抓住她的衣领，另一只手攥住她外衣下摆，把她拽回走道上。

罗洛拖着她后退，她双手乱挥，脚跟拖在石路上。她故伎重施，双腿一软，但这次行不通了，反倒叫罗洛省了力气。他退到了角落。

罗洛一只脚踩在墙沿上，想把她拽上去。墙根凿了排水孔，她一只手死死抠住孔眼，接着抓住墙沿。罗洛对着她胳膊就是一脚，她松开了手。

她半个身体悬在墙外，脸朝地面，吓得失声尖叫。罗洛放开她的衣领，想抓住她两只脚腕往下推，但只抓住一边脚腕，另一只却够不着，只好作罢，把手高高抬起。她就快翻下去了，但双手还紧抓着墙沿不放。

罗洛于是抓着她一只胳膊；她松开了手，身子栽了下去，但最后一刻却抓住了罗洛的手腕，险些把他也带下去，好在她体力不支，手还是松开了。

他一时脚下不稳，双手乱摆，连忙站回走道上。

她身子向反方向跌去，仿佛噩梦一般，缓缓地从护墙跌落。他半是满足半是害怕，望着她慢慢地向下掉落，身子不断转圈，尖叫声消散在风中。

罗洛听见咚的一声，见她跌在唱经班屋顶，身子向上弹起，又向下滚落，脑袋古怪地歪向一边，看样子是扭断了脖子。她软绵绵地顺着屋顶斜坡滚落，摔下屋檐，撞在一条飞扶壁顶上，又落在北面侧廊的单坡屋顶，顺着屋檐滑落，最终掉在墓地里，再也不动了，只剩毫无生气的躯壳。

墓地里没有人。罗洛朝对面张望，只看见一重重屋顶。没人看见两人扭打。

他弯腰穿过低矮的门洞，把门关好，以最快的速度顺着陡峭的螺旋台阶下了楼。他脚下踩空了两次，险些摔倒，但他必须抓紧时间。

他走完楼梯，停下脚步，站在门后探听动静。四下静悄悄的。他把门打开一条缝。没有说话声，也没有脚步声。他向外窥探。看样子教堂里空无一人。

他迈进耳堂，带上门。

他沿着南面侧廊，掀起斗篷的风帽，匆匆走到教堂西门前，轻轻推开门。集市广场上有几个人，但谁也没往他这边看。他迈出门，脚不点地地往南走，穿过室内集市入口，刻意没有四下张望——他不想被人认出来。

他一直走到主教府后，拐上了主街。

脑海里念头一闪：马上离开镇子，再也不回来。可好几个人知道他在镇里，况且他和一队旅客约好了第二天一同上路。要是他突然离开，反倒会惹人怀疑。城守说不定还会派骑兵追赶，把他缉捕归案。还是该留下来，假装什么也不知道。

他朝集市广场走去。

戏散场了，观众三三两两地涌出“贝尔”院子。罗洛看见理查德·格赖姆斯，他是个家境富裕的建筑工匠，也是王桥议会一员。罗洛彬彬有礼地寒暄说：“午安，议员阁下。”格赖姆斯会记得看见罗洛是背着河边方向走上主街的，绝没有去过教堂。

格赖姆斯和他多年不见，十分诧异，正要开口攀谈，这时就听见墓地那边传来一阵阵惊叫。格赖姆斯赶过去查看，罗洛也跟上了。

一群人围在尸体周围。西尔维显然摔断了四肢，一侧脑袋血肉模糊，叫人不忍直视。有人跪在她身边试探心跳，其实一看就知道她死了。格赖姆斯议员推开人群，说道："她是西尔维·威拉德。怎么回事？"

"她从屋顶摔下来了。"说话的人是苏珊·怀特，罗洛从前的相好。当年她是个动人的姑娘，生着一张心形面孔，如今也五十多岁了，头发已经斑白。

格赖姆斯问她："你看见她摔下来了？"

罗洛浑身一僵。他本来以为没人看见，可要是苏珊在那一刻抬头张望，十有八九会认出是他。

苏珊答道："没，我没看见，不过很明显，是吧？"

人群中分开一条路，是内德·威拉德赶来了。

他先是瞪着地上的尸体，随即纵声咆哮，宛如受伤的公牛："不要！"他颓然跪在西尔维身旁，轻轻扶起她的脑袋，看到她一半脸面目全非。他啜泣起来，口中一直念着"不要，不要"，但声音很轻，还发出一声声深沉的抽咽。

格赖姆斯望着众人问："有谁看见她摔下来吗？"

罗洛准备好了逃跑，但没人答话。没人看到他杀人。

他逃脱了法网。

玛格丽站在坟旁，望着西尔维的棺材沉到地下。天气又干又冷，微弱的光线在云层后时隐时现，玛格丽却觉得被卷进了旋风。

她替内德心碎。内德捂着手帕泪流不止，说不出话来；巴尼和阿福一右一左，站在他身边。玛格丽了解内德，知道他和西尔维情比金坚，他痛失知音。

谁也想不出西尔维为什么要去塔楼。玛格丽知道罗洛那天在镇里，心念一动，想他也许知道，不过西尔维死后第二天他就动身离开了。玛格丽装作漫不经心的样子跟人打听，问他们可在罗洛动身前见过他，有三个人回答得差不多：“见了，看戏的时候，他就站在我旁边。”听内德说，西尔维一直想去塔楼欣赏风景，或许她觉着那出戏没意思，得空去了结这个心愿。玛格丽思来想去，觉着这个原因最合情合理。

玛格丽为内德感伤，其实还有另一个原因：西尔维不幸离世，也许终于成全了她这三十年来的渴望。这个念头叫她羞愧不已，但事实摆在眼前：内德是自由身，可以娶她了。

可就算如愿以偿，她又能否不再受煎熬？她得对内德守着秘密。要是揭穿罗洛的身份，也就害了两个儿子。她能不能守住秘密？是欺骗她深爱的人，还是叫两个孩子去送死？

牧师开始念祷词，玛格丽向主许愿：永不要让她做这个选择。

失去西尔维，仿佛砍断了手足一般。有一部分永远地随她去了。好比断了腿的人走路，我总觉得少了什么东西，空空荡荡的。我的生命里有一个裂口，一个深渊巨口，永远填不上了。

但死去的人还活在我们的想念中。我想这就是所谓的鬼魂吧。西尔维从尘世上离开了，但她的音容笑貌每天都浮现在我的脑海里。她会提醒我哪个同僚不可不防，取笑我觊觎哪个年轻女子的身姿，和我一起嘲笑自以为是的议员，为小孩子生病而流泪。

悲愤的暴风渐渐止息，我的心绪平静下来，无奈地接受了现实。玛格丽回到了我身边，仿佛一位故友从海外归来。到了夏天，她搬到伦敦，住在斯特兰德街夏陵府，很快，我们每天都要见上一面。我开始懂得了“苦乐参半”这个词的含义，一颗灿烂的果子，既带着失去的酸涩，又饱含希望的甜蜜。我们两人结伴看戏剧，骑马驰骋在威斯敏斯特田野，乘舟游玩，在里士满野餐。我们耳鬓厮磨，时而早上欢爱，时而午后缠绵，时而晚上云雨，偶尔不分时候。

沃尔辛厄姆最初对她抱有戒心，但玛格丽以她的风情万种和非凡智慧，叫他甘拜下风。

秋天，西尔维的幽魂叫我向玛格丽求婚。她说：“我自然不介意。我在世时得到了你的爱，现在你可以把爱交给玛格丽了。我只希望在天堂里看到你快乐。”

圣诞节那天，我们在王桥主教座堂结为夫妻，这时西尔维离开快一年了。仪式很简单；婚礼通常是一对年轻人携手迈向新生活，但我们的结合仿佛意味着结束。我和沃尔辛厄姆联手保住了伊丽莎白女王，捍卫了她所坚信的宗教自由；我和巴尼以及英格兰水手击退了西班牙无敌舰队；我和玛格丽最终走到了一起。我们的生命线终于接起来了。

可我想错了。事情还没有结束，还差一段。

Part 5

1602—1606年

二十八

罗洛·菲茨杰拉德走过16世纪的最后十年，备感失望与无奈。他每一次的努力都以失败告终；新教信仰在英格兰已然根深蒂固，他这一生一事无成。

但就在世纪之交，他看到了最后一线希望。

新世纪伊始，伊丽莎白已经是六十六岁高寿。她垂垂老矣，终日苍白憔悴、郁郁寡欢。她执意不肯为将来计划，谁敢提王位继承，就要以叛国罪处死。她说："人总是膜拜旭日，而非夕阳。"这话不假。虽然有明令禁止，可朝野上下都在议论女王驾崩后该如何是好。

1602年夏末，泰恩堡迎来了罗马的一位客人。此人是伦尼·普赖斯，二十几年前和罗洛在英格兰学院相识；当年那位面孔粉红、生气勃勃的年轻人已经五十五岁，头发斑白。伦尼告诉他说："教会有一项任务交给你。我们想叫你去爱丁堡跑一趟。"

两人站在塔楼屋檐上，脚下是广袤的农田，一直延伸到北海。罗洛听到这话，胸中怦怦直跳。苏格兰国王詹姆斯六世是玛丽·斯图亚特之子。他重复："任务？"

"伊丽莎白女王没有子嗣。亨利八世的三位子女都没有生育，因此英格兰王位最有可能传给詹姆斯国王。"

罗洛点头说："他印了一本书，论述自己有权继承王位。"詹姆斯深信书本最令人信服；苏格兰地域窄小、国困民穷，这倒不失为良策。

"他显然在为自己造势，四处拉拢人心，因此罗马考虑该趁机叫他做出许诺。"

罗洛听得热血沸腾，同时劝自己面对现实。"詹姆斯的母亲是天主教徒，可他不是。他从一岁起就不由母亲抚养，打那以后，日日受到新教思想荼毒。"

"有一件事你不知道，"伦尼说道，"这件事几乎无人知晓，你绝不能外传。"他压低声音，好像旁边有外人似的，"詹姆斯的王后是天主教徒。"

罗洛大吃一惊。"丹麦的安妮、苏格兰王后，竟然是天主教徒？可她生在新教家庭啊！"

"上主派了虔诚之人到她身边，她得见光明。"

"你是说有人劝服她改宗了？"

伦尼的声音几乎低不可闻："她已经加入教会了。"

"感谢上主！这样一来，情况就完全不同了。"

伦尼做了个且慢的手势。"但据我们看，她未必能劝丈夫改宗。"

"难道国王不爱她？"

"难说。据苏格兰的眼线回报，夫妻二人相敬如宾，还育有三名子女。不过他们还说，詹姆斯是堕落者。"

罗洛诧异地挑起眉毛。

"和年轻男子。"伦尼解释说。

同性之癖是大罪之一，不过不少神父有这种癖好，罗洛见怪不怪。

伦尼接着说："詹姆斯知道王后改信天主教，也默许了。倘若不能指望他带领英格兰恢复天主信仰，也许可以劝他奉行宽容。"

罗洛听到宽容这个词，不由得有些踌躇。在他心中，这等于不义、不信、罪过、堕落。天主教会如今怎么也呼吁宽容了？

伦尼没有察觉出他神色异样。"这个机会不可错过，所以我来找你。你负责代表英格兰天主教会去爱丁堡传口信。倘若詹姆斯答应给我们信仰自由，我们就不会阻挠他争夺英格兰王位。"

罗洛立刻明白这是明智之举，心情不由得振奋起来。可有个障碍。"我身份低微，苏格兰国王怎么会接见我。"

"有王后在。她是自己人，可以安排。"

"这些情况她都知晓？"

"不错。"

"那太好了。我一定不辱使命。"

"好样的。"

六星期后，罗洛赶到了爱丁堡荷里路德宫。王宫坐落在亚瑟王座山脚下，西面的大路延绵至一英里外的另一座山，也就是爱丁堡城堡所在。古堡远不及荷里路德宫舒适惬意，詹姆斯国王和安妮王后常住在这儿。

罗洛身穿法衣，胸前挂着十字苦像。他来到王宫西翼，劳烦一个下人通传让·英吉利来拜见，自然也给了好处。他随后被引到一间舒适雅致的小客厅，墙上开着高窗，壁炉里火烧得正旺。他暗想，看来苏格兰也不差，只要是有钱人。倘若生在穷人家里，那自然是另一番光景了——他在镇里看到不少孩子，顶着刺骨的寒风，光着脚跑来跑去。

他足等了一个小时。谁都知道，宫里的下人为了索要贿赂都爱拿派头，至于有没有实权可不一定。好在罗洛依赖的不只是好处；按说那位劝安妮王后改信天主教的司铎也会提醒她召见罗洛。尽管如此，还是得先通传进去，让她知道让·英吉利到了。

有人进来了，却不是二十七岁的王后，而是个六十开外的端庄妇人。罗洛觉得似曾相识。只听妇人说："英吉利神父，欢迎你来苏格兰。还记得我吗？上次一别，快二十年啦。"

罗洛认出来了：她是玛丽·斯图亚特那位形影不离的侍从女官艾莉森。她如今头发灰白，蓝眼睛却和当年一般洞察一切。罗洛起身和她握手。"罗斯夫人！"

"现在是瑟斯顿夫人。"

"没想到会遇见你。"

"安妮王后待我极好。"

罗洛立刻会意。玛丽·斯图亚特被处决之后，艾莉森返回苏格兰再嫁，为安妮王后出谋划策，做了女官。将安妮王后引荐给天主教司铎的人，无疑就是她了。罗洛说："想来促成我此行的人就是你喽。"

"也许吧。"

这可是好消息。罗洛的胜算多了几分。"多谢相助。"

"我欠你良多。"艾莉森语气亲昵，罗洛突然悟出她或者对自己有意。他从来不向往男女之情；爱情似乎和他擦身而过了。他正掂量该如何回答，这时安妮王后到了。

安妮生着一张鹅蛋脸，额头凸出，一头浅棕色的卷发。她身姿迷人，还穿了件低领裙子，展示丰满的胸脯。她亲切地寒暄：

“英吉利神父，很高兴见到你。”

罗洛深鞠一躬：“殿下召见，是我莫大的荣幸。”

王后更正说：“我是尊敬你所代表的教会。”

“自然，”王室礼节真不好琢磨，“恕我失言。”

“还是坐下来说话吧。”王后说着落座了，罗洛和艾莉森也跟着坐下。王后向罗洛投来探询的目光，示意他说明来意。

罗洛开门见山：“克雷芒宗座认为，殿下不日将成为英格兰王后。”

“这个自然，国王是英格兰王位继承人，这无可置疑。”

这并非无可置疑。玛丽·斯图亚特以叛国罪被处死，按理叛徒的子女无权继承王位。罗洛圆滑地说：“然而仍然可能有人反对。”

王后点点头。她心知肚明。

罗洛接着说：“宗座吩咐英格兰天主教徒拥戴詹姆斯国王，但有一个条件：国王要许诺我们信仰自由。”

“我的夫君国王陛下向来秉持宽容的原则。”

罗洛听到“宽容”这可恶的字眼，忍不住轻蔑地哼了一声，急忙咳嗽掩饰。

安妮王后似乎没有察觉。“我回归真信仰一事，詹姆斯国王已经认可。”

“好极了。”罗洛喃喃地说。

“詹姆斯国王允许天主教学者入宫，还常常和他们讨论切磋。”

罗洛瞧见艾莉森微微点头，看来王后所言不虚。

“我向你保证，请放心，”安妮王后的话掷地有声，“国王继承英格兰王位后，会予以我等天主教徒敬礼的自由。”

“那我真是大喜过望。”这话情真意切。然而，他仿佛听见伦尼·普赖斯在问：此话可当真？罗洛得听国王詹姆斯亲口许诺。

这时门开了，詹姆斯驾到。

罗洛急忙站起身，深鞠一躬。

詹姆斯国王三十六岁，只见他脸颊肥厚，显然是纵情享乐；眼皮下垂，像是城府极深。他深情地吻了吻妻子的脸颊。

安妮王后对他说：“这位是英吉利神父，他带来口信，说宗座支持陛下争夺英格兰王位。”

詹姆斯对罗洛微笑着说：“有劳你为我们带来这个好消息，神父。”他说话带着浓重的苏格兰口音，嘴角还流出几星唾沫，好像舌头太大，在嘴里伸展不开似的。

安妮说：“我刚才向他保证，陛下会予以英格兰天主教徒敬礼的自由。”

“妙极了，”国王说道，“我的母亲是天主教徒，英吉利神父该知道吧。”

“Requiescat in pace[①]。”罗洛用拉丁语说了一句“安息”；天主教徒偏爱这样说。

“阿门。”詹姆斯国王接口。

伊丽莎白女王驾崩，内德·威拉德痛哭流涕。

① 原文为拉丁语，意为“息止安所”，是一种简短的碑铭，或是希望逝者永享安宁的短句。

1603年3月24日，星期四，凌晨，天下着雨，女王在里士满宫与世长辞。廷臣、牧师、女官挤了一屋子，内德也在其中。女王是如此举足轻重，就连死也不得安宁。

内德六十三岁了，两位恩师威廉·塞西尔和弗朗西斯·沃尔辛厄姆已先后辞世，但国君依然依赖情报处，内德也一直尽忠职守。站在内德身边的是国务大臣罗伯特·塞西尔，威廉幼子，他正是不惑之年，身材矮小、脊背佝偻。伊丽莎白曾称呼罗伯特是“我的小矮人”，透露出国君不经意的残忍。尽管如此，所谓虎父无犬子，罗伯特备受倚重。威廉谈起两个儿子时曾说：“托马斯连打理网球场都很勉强，罗伯特却有能力打理英格兰。”

内德郁郁地想，如今我们都是小矮人了；伊丽莎白是巨人，我们只是她的仆从罢了。

伊丽莎白一连三天卧床不起，基本说不出话来。前一天晚上十点左右，她昏昏睡去，到了凌晨三点，她没了呼吸。

内德止不住地啜泣。这个占据他大半辈子的女子不在了。时隔多年，他第一次回忆起无意间瞥见伊丽莎白公主出浴的情景，想到当年那可爱的少女变成面前这副毫无生机的皮囊，一时像被什么刺中，痛彻心扉。

医生宣布女王驾崩，罗伯特·塞西尔退出房间，内德一边抬起袖子擦眼泪一边跟了出去。此刻容不得他们哀悼，还有很多事要办。

天还没亮，两人搭上驳船返回伦敦；船速慢得急人。虽然女王下令禁止议论继承一事，但枢密院早已商量妥当，拥护苏格兰的詹姆斯继承英格兰王位。事不宜迟。顽固的天主教徒知道女王日薄西山，很可能在密谋夺位。

王位除了传给詹姆斯，再没有其他合理的人选，但天主教徒总有办法阻挠顺位，最可能的办法就是劫持詹姆斯及其长子亨利王子，之后要么将詹姆斯杀掉，要么逼他放弃王位并传给儿子——当年襁褓中的詹姆斯就是这样继承苏格兰王位的。亨利王子年仅九岁，显然得有一位摄政王，这个人必然是位天主教贵族首领，甚至可能是内德的继子：夏陵伯爵巴特利特。

之后新教徒将派兵讨伐，内战爆发，英格兰的土地上将尸横遍野，重蹈法兰西宗教战争的覆辙。

这三个月来，内德和塞西尔反复斟酌，以期阻止这一可怕的变故。内德将有权有势的天主教徒列成名单，经塞西尔点头，将这些人悉数关进大牢。国库派了重兵把手。怀特霍尔宫的几尊加农炮一一试射。

内德沉思，16世纪三位伟大的女性如今都已离世：伊丽莎白、法兰西皇太后卡泰丽娜、尼德兰总督帕尔马的玛格丽塔。这三个女人都竭力阻止基督徒以信仰为由互相残杀。内德回顾往事，只觉得她们的苦心收效甚微。和平的使者永远败给恶人，宗教战争在法兰西和尼德兰肆虐数十年，导致死伤无数。唯独英格兰勉强维持了太平。

内德余生的愿望就是竭尽所能维系太平。

黎明时分，驳船还没有驶到目的地。一赶到怀特霍尔宫，塞西尔立刻召集枢密院开会。

众议员商议拟定了一份宣言，由罗伯特·塞西尔执笔，之后众议员来到比武场对面的绿地。不少人围在这里，自然是听到了传言。传令官宣读布告：伊丽莎白驾崩，苏格兰的詹姆斯继承王位。

之后，一行人骑马进城，凡是公布宣言的地点都挤满了人。

传令官在圣保罗主教座堂前宣读布告，而后来到齐普赛十字像前再次宣读。

最后，枢密院大臣来到伦敦塔，以英格兰国王詹姆斯一世的名义，正式接管这座要塞。

内德留心查看，伦敦市民对公告并无异议，不由得松了口气。伊丽莎白生前深受爱戴，百姓无不悲痛。伊丽莎白在位时，伦敦商人生意兴隆，他们最大的愿望就是不要有变化。他们对詹姆斯一无所知：异国来的国王，不过苏格兰人总好过西班牙佬；信奉新教，但王后是天主教徒；一个男子，但听闻有些脂粉气。

伊丽莎白女王出殡时，詹姆斯还在从爱丁堡赶来的漫漫长路上。

棺椁被送往不远处的威斯敏斯特隐修院，送葬队伍中共有一千名亲友臣子，内德估计夹道默哀的百姓少说也有十万。棺材上盖着紫色丝绒，上面横放着伊丽莎白身着礼服的蜡像。

送葬队伍的顺序是排好的，但进到教堂之后，内德悄悄离开，来到玛格丽身边。哀悼仪式上，他握着玛格丽的手汲取力量，一如在火前烘暖了身子。玛格丽也哀恸不已，她和内德一样，深信基督各宗派应和睦相处，不该为教义争个你死我活，而伊丽莎白正象征了这个可贵的信条。

棺材缓缓沉入圣母堂中的墓穴，内德又一次潸然泪下。

他反思自己为什么流泪。一半是为伊丽莎白的宏愿——同样也是他的理想。他黯然神伤，因为这些雄心大志时常屈服于日常生活的政治，到头来，伊丽莎白处死的天主教徒几乎不下于“血腥玛丽”玛丽·都铎女王所害死的新教徒。区别在于，玛丽处死的教徒犯了异端罪，而伊丽莎白则将天主教徒冠以叛国的罪名，但说到底，这两者之间实难分辨。伊丽莎白毕竟是凡人，岂能无过？她的政策也未能始终如一。尽管如此，她仍是天底下内德最敬重的人。

玛格丽递过一条手帕，给他拭泪。内德看见手帕上绣着橡子，诧异地认出这是自己给她擦眼泪的那条手帕，一晃快五十年了。他抹了抹眼泪，这好比要排干库姆港海滩一般徒然，泪水如涨潮，汹涌澎湃。

几位王室重臣折断白色权杖，扔进墓穴，象征卸下先王重任。

哀悼者鱼贯离开，内德突然悟到，这辈子不至于白活一场，正是因为有人爱着他，其中他最珍视的有四个女子：母亲爱丽丝、伊丽莎白女王、西尔维和玛格丽。如今伊丽莎白离开，他已经失去了三个。想到这里，他不由得握紧了玛格丽的手，和她一起走出宏伟的教堂。现在只剩她一个了。

伊丽莎白女王驾崩一年之后，罗洛·菲茨杰拉德发誓要除掉詹姆斯国王。

詹姆斯没有兑现对天主教徒的诺言。他恢复了伊丽莎白针对天主教的律法，并且变本加厉，仿佛宽容、敬礼自由的许诺他根本没说过。安妮王后的保证是否出自真心，罗洛是没办法知道了，他只怀疑詹姆斯和安妮合起来骗了他，骗了英格兰天主教众，骗了教宗。一想到自己受到蒙骗，还被当成欺骗他人的工具，他就怒火中烧。

他不会就此放弃。他绝不会拱手认输，放过满口谎话的詹姆斯、睚眦必报的清教徒、渎神分子、真教会的叛徒。好戏还在后头。

要除掉詹姆斯，用枪用刀都太冒险：得先接近国王，但往往还没得手，就被侍卫或是朝臣察觉了。罗洛站在泰恩堡塔楼顶，反复琢磨这次暗杀该如何下手，他越想越觉得此仇非报不可，计划也越发膨胀。要是连安妮王后也一起除去，岂不更妙。还有他们的后代：亨利、伊丽莎白和查尔斯。再加上几个重臣，特别是内德·威拉德。他巴不得用链球弹把这些人一起炸死，当年他们就是这么对付无敌舰队的。他接着想到纵火船，心念一动：最好趁他们聚在一起的时候，一把火烧了大殿。

渐渐地，计划在脑海里成形了。

他赶到新堡，将计划一五一十地交代给巴特利特伯爵和伯爵长子、十八岁的小迅。巴特利特小时候就把罗洛舅舅当成英雄一般敬仰，一直对他言听计从。小迅自懂事起，就知道夏陵府家道中落是拜伊丽莎白所赐。詹姆斯即位后继续迫害天主教徒，令父子二人心灰意冷。

巴特利特的弟弟罗杰不在堡中。他如今在伦敦替罗伯特·塞西尔办事，已经搬出新堡，这倒好办了。罗杰的思想深受母亲和继父内德·威拉德荼毒，大概不会赞成这个计划。

饭后，下人退下了，屋里只剩他们三个。罗洛开口说："国会开会时，他们都会到场：詹姆斯国王、安妮王后、国务大臣罗伯特·塞西尔、内德·威拉德爵士，还有国会那些信奉异端邪说之徒——我们趁机一举把他们除掉。"

巴特利特神色犹疑。"这自然是大快人心，可我想不出怎么才能办到。"

"我能。"罗洛答道。

二十九

内德格外警觉。他紧张地环顾礼拜堂，打量来观礼的宾客，查找一切危险迹象。詹姆斯国王也要来观礼，内德担心他遭遇不测，一如当年担心伊丽莎白的安危。做惯了情报的人永远放不下戒心。

这天是1604年圣诞节后第三天。

内德并不太赞许詹姆斯国王。这位新国王不像伊丽莎白那般持宽容态度，而且针对的不仅是天主教徒。他对女巫抱有成见，曾著书立说，如今更是颁布了一套严酷的律法。在内德看来，大部分女巫都是些无伤大雅的老太婆。尽管意见相左，内德还是以保护国王为己任。决不能让内战爆发。

今天的新郎是菲利普·赫伯特，二十一岁，是彭布罗克伯爵之子。说来尴尬，菲利普得到詹姆斯国王青睐；常有英俊的青年受到这位三十八岁的国王宠爱。朝中有位才子打趣说：“先主伊丽莎白是国王，如今詹姆斯是女王。”这句话在伦敦传得无人不晓。詹姆斯催促菲利普娶亲，似乎想表明自己只是单纯地赏识这位年轻人，可惜也没能服众。

新娘苏珊·德韦尔是威廉·塞西尔的外孙女，也就是内德的好友兼同僚国务大臣罗伯特·塞西尔的外甥女。一对新人知道詹姆斯国王要来观礼，因此在祭台前恭候国王驾到；国王自然是最后一位到场的。婚礼地点选在怀特霍尔宫的一间礼拜堂，要是有人想趁机刺杀国王，就太容易得手了。

内德在各国的眼线都听到传闻：巴黎、罗马、布鲁塞尔和马德里，都盛传流亡欧洲各地的英国天主教徒密谋除掉詹姆斯国王，以报背叛之仇。内德苦于打探不到详情，暂时也只有小心戒备。

要是年轻时曾畅想六十五岁时的情景，他准以为自己该告老还乡了。要么他和伊丽莎白得偿所愿，使英格兰成为天下第一个奉行宗教自由的国度；要么他一败涂地，英国百姓再次因为信仰而被活活烧死。他绝不会想到，待自己年老力衰之时、伊丽莎白寿终正寝之后，这场争斗依然如火如荼，国会仍不放过天主教徒，天主教徒也还在绞尽脑汁刺杀君主。究竟何时是尽头？

他扭头凝视身边的玛格丽；她满头银丝上斜扣着一顶天蓝色的帽子。玛格丽见他望着自己，问道："怎么了？"

"我可不想叫新郎瞧见你，"内德喃喃打趣，"他怕要撇下新娘娶你了。"

玛格丽咯咯浅笑："我都是个老太婆了。"

"那也是全伦敦最动人的老太婆。"这话不假。

内德不安地四下张望。到场的客人他大都认得。他和塞西尔一家相识近半个世纪，对新郎一家也知根知底。坐在后排的几个年轻人只是眼熟，想必是这对新人的朋友。内德发觉，随着岁数见长，年轻人里头越发分不清谁是谁。

他和玛格丽坐在靠前的位子，但坐不安稳，时不时就要回头张望，最后干脆撇下玛格丽，独自站到后排去了。从这个位置方便观察到每一个人，好比鸽妈妈打量周围的鸟雀，提防着喜鹊叼走鸽雏儿。

男子一律佩剑，这是习俗，也就是说谁都可能是刺客。要是觉得每个人都有嫌疑，那也于情况无益；内德苦苦思索如何探查出更多的线索。

国王和王后终于安然驾到，内德看到那十二名侍卫，总算松了口气。刺客要想靠近国王可并非易事。他这才入座，没刚才那么紧张了。

国王夫妇不紧不慢地走过侧廊，不时同朋友及宠臣寒暄，向其他客人客气地颔首。两人来到前排，詹姆斯向牧师一点头，仪式这才开始。

仪式进行到一半，内德发现一个客人悄悄进了礼拜堂，直觉此人有些异样。

这位迟到的客人站在后排；内德大方地打量他，也不怕对方察觉。只见此人年纪在三十开外，身材高大，像是当过兵的。看他的神色，并不像心事重重，甚至不见慌张。他斜倚着墙壁，一边观礼一边捋着长长的小胡子，一看就知道他自视甚高。

内德决定和他套一套话，于是站起身走到后排。那位迟到的客人见他走近，漫不经心地点头致意，说道：“日安，内德爵士。”

“阁下认得我——”

“谁会不认得呢，内德爵士。”这话是恭维，但透着一丝嘲讽。

“——但我并不认得阁下。”内德把话说完。

“福克斯，”男子自报家门，“盖伊·福克斯，听候您吩咐。”

“是谁请你来的？”

“鄙人是新郎的朋友，既然您问起。”

倘若他打算刺杀国王，就不可能如此谈笑风生。尽管如此，内德总觉得福克斯不可不防。他态度冷淡、玩世不恭，说话阴阳怪气，绝非安分守己之人。内德接着试探说：“我倒没有见过你。”

“鄙人家住约克，家父原先是当地主教法庭的代诉人。”

“啊。”代诉人也就是律师，主教法庭则属于教务法庭。既然福克斯的父亲以此为生，那就是新教徒无疑，也必然发过为天主教徒所不齿的效忠誓言[①]。看样子福克斯不会图谋不轨。

内德走回座位，同时决定派人盯着这个盖伊·福克斯。

罗洛·菲茨杰拉德来到威斯敏斯特四处查看，寻找可乘之机。

附近有一座院子，叫作威斯敏斯特宫院，周围建筑林立，高低不等。罗洛怕惹人耳目，好在没人留意他。这是一处幽暗的四方院子，不少妓女走来走去招揽生意，想必入夜之后还有各种各样见不得人的勾当。院子有围墙隔开，墙上开了几扇门，但夜里也很少关上。周围全是国会大厦，另外有几间酒馆、一间面包店和一间酒商的铺子，地下有好几间酒窖。

国王将在上议院出席国会开幕；这座建筑的设计如同平放的字母H，豪华的上议院大厅是最大的一间，正好是中间那一横；

① 效忠誓言（Oath of Supremacy），《1558至尊法案》规定，英格兰凡出任公职和神职的人员必须宣誓效忠并承认英王为圣公会最高领袖；《1562王权至尊法案》（Supremacy of the Crown Act）规定拒绝宣誓为叛国罪。

其中一竖是王子厅，用作礼服室；另一竖是壁画厅，给委员会议事。不过这三间大厅都设在楼上，罗洛更想查看的是一楼房间。

王子厅下面正对着门房，再就是国王衣帽总管的住处。与之平行的是一条窄巷子，叫作国会坊，通往泰晤士河左岸的国会阶梯码头。

罗洛来到附近的船夫酒馆，自称是卖薪柴的，想打听附近哪儿有仓库，还说请能帮忙的人喝酒。他淘到了两块金屑，一是衣帽总管的住处闲置，愿意租出去，二是这房间配有地窖。不过他还听说房间只租给朝臣，平头百姓是不许的。罗洛面露失望之色，说只好再找找看。酒客们谢过他请客，祝他好运。

其实罗洛已经招揽了一个同谋。此人叫托马斯·珀西，是当朝臣子，因为是天主教徒，不受重用，只挂了个御前侍卫的名头，负责典礼事宜。得到珀西相助，可谓好坏参半。说不好，是因为此人性情反复无常，时而热情高涨，时而郁郁寡欢，叫人想起那出讲少年亨利五世的通俗剧目，珀西和剧里的那位先祖“飞将军”倒有几分相似。说好呢，此人倒是派得上用场。珀西按着罗洛的意思，说想租下衣帽总管的住处，方便自己上朝时安顿夫人，几番讨价还价之后，总算租到手了。

总算有了些眉目。

罗洛此次来伦敦，名义上是替泰恩伯爵处理和邻居的官司；两家为一座水磨争执不下，已有多年。这只是幌子，他真正的目的是刺杀国王。为此，他需要人手。

盖伊·福克斯正是他想找的人。福克斯的父亲是个执迷不悟的新教徒，他八岁时就死了父亲，由信奉天主教的母亲和继父抚养长大。他家境富裕，但不愿坐享其成，于是卖掉父亲留给他的产业，到处冒险。他曾在西班牙参军，镇压尼德兰的新教徒叛军，并在参与围剿时学会了工程技艺。他如今来到伦敦，正愁没事做，巴不得大展拳脚。

倒霉的是，福克斯有人盯梢。

这天下午，福克斯来到泰晤士河南岸的环球剧院。这天演的是一出新戏，叫作《一报还一报》。和福克斯坐同一排、隔着两个座位的人叫作尼克·贝洛斯，打扮朴素，毫不引人注目，但罗洛认得此人，他是内德·威拉德手下负责盯梢的。

罗洛买的是站票，和一群人挤在戏台前。这出戏看得他直皱眉，讲的是一位铁腕国君，却虚伪地违反自己定的律法，公然怂恿百姓反抗权威。罗洛想和福克斯搭上话，又怕引起贝洛斯怀疑，苦于一直没有机会。中间福克斯出去了两回，一次去买酒，一次去河边小解，贝洛斯都小心地跟在他身后。

戏演完了，罗洛还是没和他说上话。观众纷纷离场，都堵在出口前，挪得极慢。罗洛趁机挤到福克斯身后，凑在他耳边低声说："无论如何别回头，听我说就是了。"

看样子福克斯从前执行过秘密任务，他依着吩咐，只微微一点头，表示听懂了。

"宗座有任务交给你，"罗洛继续对他耳语，"不过詹姆斯国王派了人跟踪你，你得先把这个尾巴甩掉。你找一间酒馆，喝一杯葡萄酒，让我有机会赶在你前面。等你出了酒馆，就沿着河往西走，背对桥的方向。在河边等着，等到只剩下一条船，就叫船家载你过河，这样就把盯梢的甩开了。等到了对岸，尽快赶到舰队街，到约克酒馆和我碰头。"

福克斯又点了一下头。

罗洛先走一步。他穿过伦敦桥，穿街走巷，快步出了城门，来到舰队街。他站在约克酒馆对面，琢磨着福克斯会不会出现。看起来福克斯听到要冒险必定忍不住。他料得不错。福克斯如约来了，他走起路来大摇大摆，叫罗洛想到拳击手。罗洛又观察了一两分钟，没见到贝洛斯跟来，也没看见别的什么人跟踪。

他这才进去。

福克斯坐在角落的位子，桌子上摆了一壶酒和两只酒杯。罗洛坐在他对面，背对着门；他早已养成不露脸的习惯。福克斯开口问："跟踪我的是什么人？"

"尼克·贝洛斯。一个矮个子，一身棕色衣服，和你只隔了两个座位。"

"我没发现。"

"他为了不让人发现，可是大费周章。"

"自然。你找我有何贵干？"

"我有一个简单的问题要问你。你可有胆量杀掉国王？"

福克斯狠狠盯着他，掂量他的为人。在这种目光下，许多人都会不自在，但罗洛同样是自视甚高之人，也直直盯着他，毫不畏缩。

过了好一会儿，福克斯答道："有。"

罗洛满意地点点头。他要的就是这份坦率。"你当过兵，懂得令出必行。"

福克斯的回答还是只有一个字："是。"

"你的新名字叫约翰·约翰逊。"

"这太假了吧？"

"别顶嘴。你负责打理我们租下的一处小房间。我这就带你过去。你不能回住处，那里可能有人盯着。”

“屋里有一对手枪，丢下太可惜了。”

“等探查过后，确定安全了，我会叫人去给你收拾东西。”

“那好。”

“该走了。”

“这间房在哪儿？”

“在威斯敏斯特，上议院。”

傍晚时天下着雨，酒馆商铺的灯笼火把却把伦敦城映得灯火通明，玛格丽隔着街面认出哥哥罗洛，知道没有看错。他站在白天鹅酒馆门外，和一个高个子男人道别，玛格丽也认得那个人。

她好些年没见过哥哥了。这样倒好，她不愿总想着他就是让·英吉利。就因为这个可怕的秘密，十五年前内德求婚的时候，她险些拒绝。可要是不嫁给他，那这辈子就绝不能跟他解释原因。她爱内德，但最终叫她打定主意的，并非是对他的爱，而是因为内德爱她。她知道内德对自己一片痴情，倘若拒绝他，又没有合情合理的解释，他这辈子都要苦思不解、引以为憾。内德的快乐握在她手里，而她抗拒不了这个诱惑。

她揣着这个秘密，总是忐忑不安，但就像生罗杰落下的背痛病，虽然时时发作，但渐渐就习以为常了。

她朝街对面走去；那个男子离开了，罗洛刚转身要进酒馆去。她喊住他：“罗洛！”

罗洛在门口突然停下脚步，一瞬间露出惊惧的神色，玛格丽不由得担心起来。他随即认出是妹妹，警惕地说：“是你啊。”

“我不知道你也在伦敦！刚才和你说话的是托马斯·珀西吧？”

“不错，是他。”

“我看着像。就冲他年纪轻轻就一头灰发。”玛格丽不清楚珀西信奉哪一宗，不过他生在名门望族，家里出了几位天主教徒，是众所周知的。玛格丽心生怀疑。“罗洛，你不是又在打什么主意吧？”

“怎么会。都时过境迁了。”

“但愿如此，”玛格丽依然半信半疑，“你怎么到伦敦来了？”

“我替泰恩伯爵打官司，拖了很久了。他和一个邻居为一座水磨争执不下。”

玛格丽知道这件事，她听小儿子罗杰提起过。“听罗杰说，法律费用和贿赂加起来，能买三座水磨不止了。”

“我这外甥果然聪明。可惜伯爵不肯罢手。进来说吧。”

兄妹俩在酒馆里坐了，一个生着大红鼻子的男人立刻给罗洛端来一杯葡萄酒，问也没问，看他那副派头，该是这儿的东家了。罗洛说：“有劳了，霍奇金森。”

对方问：“夫人要点什么？”

玛格丽答道：“一小杯麦芽酒，有劳。”

霍奇金森去忙活了，玛格丽问罗洛：“你在这儿落脚？”

“不错。”

她觉着奇怪：“泰恩伯爵在伦敦没有房产吗？”

“没有，国会开会的时候他都是租房子住。”

“那你该去夏陵府啊。你一上门，巴特利特准高兴呢。”

“那儿没有下人，只有一个看门的。除非巴特利特来伦敦住。”

“只要你开口，巴特利特会欣然从新堡派几个人过来伺候你。”

罗洛一脸愤愤然：“他们会把钱拿去买牛肉葡萄酒，自己享受，只拿培根啤酒打发我；我要是数落他们，他们又要跟巴特利特抱怨我专横无礼、吹毛求疵。说真的，我宁愿住客栈。”

玛格丽分不清罗洛是气她还是气下人阳奉阴违，决定就此作罢。既然他愿意住客栈，那就随他的便。她转开话题：“你还好吧？”

“还是老样子。泰恩伯爵待我不薄。说说你吧。内德好吗？”

“他去了巴黎。”

“真的？”罗洛大感兴趣，“去做什么？”

“公事，”玛格丽一语带过，“我也弄不清。”

罗洛知道她在撒谎。“想必是监视天主教徒吧。人人都知道，这就是他的公事。”

“行了，罗洛，是你密谋要杀掉他的女王。别一副愤愤不平的样子。”

“你嫁给内德，可还心满意足？”

“是啊。智慧的上主为我安排了奇妙的际遇，不过过去这十五年，我才真正过得心满意足。”她瞧见罗洛鞋袜上沾满泥泞，“你怎么弄得脏兮兮的？”

“我沿着海滩上走了一路。”

“怎么回事？”

“说来话长了，而且我约了人。”罗洛说着站起身。

玛格丽知道这是叫她告辞的意思。她在哥哥的脸颊上吻了一下，转身走了。她没有问他约了什么人，回家的路上，她不禁琢磨自己为什么不问，随即就明白了：罗洛不会说实话。

罗洛命令衣帽总管室严加防范。所有人都要在天亮前赶来，以免进门时被人看见。每个人自备食物，这样白天就不必出门。每天天黑再离开。

罗洛年近七十，重活都交给福克斯和珀西那些年轻人，不过他们虽然身强力壮，也有些吃不消。他们出身非富即贵，之前很少动铲子。

他们先是砸掉地窖的砖墙，之后动手在墙后挖地道，宽窄要容纳几十只三十二加仑的火药桶。为了省时，他们没有往宽了挖，缺点是干活的时候要么得弯着腰，要么得躺下；空间狭小而闷热。

白天，他们用腌鱼、干肉和葡萄干填肚子。他们想叫人送平常吃惯了的酒菜来，但罗洛担心引人注意，不肯答应。

这活儿脏得很，因此罗洛被玛格丽撞见时鞋袜脏兮兮的，叫他很是难堪。隧道里挖出来的土得先拖到一层，趁夜色顺着国会坊抬出去，再沿着国会阶梯码头下到河边，把土倾倒在河里。玛格丽问起鞋袜的时候，罗洛慌了神，好在她似乎没起疑心。

挖隧道的几个人虽然谨慎，但做到悄无影踪是不可能的。虽然总在夜里外出，也不时遇上提着灯笼的行人。为免多生事端，福克斯放话说女主人要改几处装饰，他雇了几个泥水匠。小改动的话不至于挖出那么多土；罗洛只能希望没人留意。

他们随即遇到了大麻烦，罗洛不由得担心计划要告吹了。通道挖了几英尺，结果挖到了一堵石墙。罗洛立刻明白，上面的两层大厦自然打了牢固的地基，他早该想到的。这下挖起来愈发困难缓慢，但他们不能停手，这儿离辩论厅还有一段距离，爆炸未必能将那些人一网打尽。

石头地基足有几英尺厚。罗洛生怕赶不上国会开幕，幸好伦敦暴发瘟疫，导致开幕延期，他们得以顺延几日。

尽管如此，罗洛还是寝食难安。眼看进展缓慢，而耽搁得越久，也就越容易被发现。另外还有一个问题。他们挖得越深，地基就越脆弱，罗洛真怕顶棚会塌下来。福克斯用粗壮的木料当作立柱，他说围攻尼德兰时在城墙下挖隧道用过这个法子；但罗洛并不放心，他拿不准这个战士究竟有多少挖隧道的真本事。万一地道塌陷，他们都得送命。要是整栋大厦倒塌了，国王人却不在，那也无济于事。

他们每天只歇息一回，这时就讨论爆炸的时候大厅里会有哪些人。詹姆斯国王有三位子女，长子亨利王子十一岁，次子查尔斯王子四岁，国王夫妇十有八九会带上两位王子。珀西说："倘若他们都死了，那伊丽莎白公主就是王储。她快满九岁了。"

罗洛早有打算。"我们一定要筹划妥当，将她挟持。得到她就得到了王位。"

珀西说："她住在沃里克郡库姆修院。"

"届时得有一位护国公，朝政自然是由此人把持。"

"我的同族亲戚诺森伯兰伯爵正是合适的人选。"

罗洛点点头。这的确是个恰当人选；诺森伯兰出身名门望族，并且同情天主教徒。不过，他有个更好的人选。"我推举夏陵伯爵。”

其他人反应冷淡。罗洛猜得出他们在想什么：巴特利特·夏陵虽是热忱的天主教徒，但不如诺森伯兰德高望重。

珀西知道巴特利特是罗洛的外甥，出于礼貌，不想说不好，只说：“我们必须在天主教徒人多势众的地点策动起义。绝不能让新教徒有机会推举出另一个继承人。”

“夏陵郡自然会响应，我可以保证。”罗洛说道。

有个人说：“会死很多人。”

想到流血就动摇，罗洛最不耐烦这种人。英格兰将在内战中得以净化。他说道：“新教徒罪该万死，天主教徒会往生天国。”

他们突然听见一阵奇怪的声响。起先像是头顶上有水流过，接着是一阵隆隆作响，仿佛石块滚落。罗洛以为屋顶要塌了；众人都想到一块去了，立刻一窝蜂地朝楼梯跑去，顺着狭窄的石头台阶冲上一层房间。

他们停下脚步，侧耳细听。那动静时有时无，但地面没有摇晃；罗洛马上明白这是虚惊一场。大厦稳固得很。那能是什么声音？

罗洛一指福克斯。“你跟我来，咱们出去查看。剩下的人，一律不要出声。”

他出了门，绕到大厦背面；福克斯跟在他身后。这会儿已经听不见动静了，不过听上去声音约莫来自地道的方向。

从背面看，二楼开着一排窗户，辩论厅光线充足。窗户正中间开着一扇小门，连着外墙的木楼梯；气派的正门开在另一侧，很少有人从这里出入。楼梯下面对着一层的一扇双开木门，罗洛还是第一次注意。要是之前见到，他会料想这是园丁堆放铁锹的杂物间。

这会儿两扇门板都大开着，门外静静站着一匹拖货车的马。

罗洛和福克斯走进门洞。

的确是间储物室，但地方大得惊人。楼上正对着辩论厅，想必长宽都一致。墙上没开窗户，主要借门洞射来的光照亮。罗洛看不大清楚，依稀觉得这里像教堂墓穴，粗重的拱柱支撑着低矮的木头顶棚，应该就是二楼地板。罗洛沮丧地想到，他们挖的想必就是其中一根石柱的底座，看来塌方的危险比料想的还严重。

屋子里空荡荡的，只散落着几根木料、几只麻袋，另外有一张四方桌，桌面上破了洞。罗洛立刻明白声音从何而来：一个满脸黑灰的男人站在煤堆前，往马车上铲煤。怪不得是那种动静。

罗洛瞧了一眼福克斯，看出两人动起了同一个念头。要是把这个房间搞到手，那火药的位置就更接近国王，他们也不用挖隧道了。

一个中年妇人站在一旁，看着车夫装货。车夫装满之后，用脏兮兮的手数了几枚硬币交给妇人，显然是在付煤钱。妇人走到门口，借着光亮查看后才跟车夫道谢。车夫套马的时候，妇人转身招呼罗洛和福克斯，客气地说："两位绅士日安。有什么需要帮忙的？"

罗洛问："这屋子是做什么用的？"

"据我所知，从前是厨房，那会儿楼上大厅还是宴会厅。现如今是我的煤窖。应该说曾经是：快开春了，我忙着把货出手。您也许有兴趣，这可是泰恩河畔上好的硬煤，烧起来可暖和——"

福克斯打断她说："我们不想买煤炭，只是有一大堆木料，想找个地方存放。鄙人叫约翰·约翰逊，替衣帽总管看管房间的。"

“埃伦·斯金纳，卖煤炭为生的寡妇。”

“斯金纳太太，认识您真是三生有幸。这地方租出去没有？”

“我租了一整年。”

“您刚刚说要开春了，正忙着出手。等暖和起来，就没什么人买煤了。”

她一脸精明。“说不定我还有别的用场。”

罗洛看出她眼中的贪婪之色，知道她是故作为难，这么说不过是要讨价还价。他觉得有眉目。

福克斯说：“我这位东家不会亏您的。”

“您要是肯出三镑的话，我愿意让给你用，此外您还要付钱给房主，他一年收我四镑。”

罗洛险些冲口而出：成交。其实价钱再多也无所谓，但千万不可胡乱挥霍，不然可能引人议论，甚至引人怀疑。

福克斯装模作样地和她讲价。“啊，夫人，这也太贵了。您的租金顶多也就一镑吧。”

“那不如我自己留着用。到了9月，我反正要找地方放煤。”

“一人让一步，一镑十先令吧。”

“两镑的话，咱们就握手成交。”

“哎，那好吧。”福克斯说着伸出手。

妇人说：“约翰逊先生，多谢了。”

福克斯答道：“斯金纳太太，我向您保证，是我多谢您才对。”

内德无计可施，只好来到巴黎，探听有关伦敦的消息。

内德不断听到风声，说天主教徒正密谋对付詹姆斯国王；盖伊·福克斯又狡猾地甩掉了跟梢的，从此销声匿迹，这叫内德愈发起了疑心。可惜的是，传言里找不到一点蛛丝马迹。

巴黎是不少王室暗杀阴谋的滋生地，而天主教忠坚势力吉斯家通常参与其中。好在西尔维当初的新教徒人脉一直延续至今，内德指望能从中探听到一些消息，而阿兰·德吉斯是最可靠的眼线。

亨利公爵和皮埃尔·奥芒德同时遇害之后，内德一时担心阿兰不会再监视流亡的英国天主教徒。好在阿兰跟养父耳濡目染，也学了些手腕，成了公爵遗孀依仗的左膀右臂、小公爵的良师益友，一直住在巴黎吉斯府，替吉斯家效力。因为吉斯家是天主教的忠坚力量，备受那些英格兰阴谋家信赖，阿兰总能听到不少计划，并写成密信，通过由来已久的秘密渠道交到内德手中。不少只是空谈，最终不了了之，不过这些年来，靠阿兰通风报信而逮捕的叛党也有几个。

阿兰的信内德一封都不漏下，但这一次，他打算当面打听。说不定对方无意间说起什么细微琐事，正是破解阴谋的关键。

内德虽然忧心忡忡，这次故地重游，不免睹物思人。他想起青年岁月，想起卓尔不群的沃尔辛厄姆，自己有幸在他手下效力二十年。而他最怀念的还是西尔维。去见阿兰的路上，他来到塞尔庞特街，在西尔维家当年的书店外驻足片刻，想起那天他来做客，在里间和西尔维拥吻，接着又想起伊莎贝拉的惨死。

书店已经变成肉铺了。

内德穿过小桥，上了城岛，先到圣母院祷告，为西尔维感谢上帝的恩惠。圣母院是天主堂，内德信奉新教，不过他多年前就想通了，上帝不会在意这些。

法王也是所见略同。亨利四世颁布《南特赦令》，给予新教徒信仰自由。吉斯公爵尚年幼，这一次吉斯家没能阻挠和平，延续四十年的内战终于结束了。内德也为亨利四世感谢上帝的恩惠。或许法兰西也和英格兰一样，正摸索着走向宽容。

新教徒礼拜时依然小心谨慎，地点一般选在城外，以免触怒天主教徒。内德沿着圣雅克街向南，出了城门，来到郊区。有个男子坐在路边看书，这是个暗号，沿着小径穿过树林，就到了狩猎小屋。当年内德还不认得西尔维的时候，她就是这个秘密教堂的教友。后来这个地点因为皮埃尔·奥芒德而暴露，会众只好解散，不过如今教徒又重新聚在这里礼拜。

阿兰和妻儿坐在一起，身边是和他相识多年的尼姆侯爵遗孀路易丝夫人。亨利公爵和皮埃尔遇害时，阿兰和路易丝也在布卢瓦行宫，内德猜测两人都是同谋，只因为暗杀似乎是国王授意，谁也不敢深究。内德还看见了纳塔；西尔维当年把售卖禁书的生意交给了纳塔，她如今也垂垂老矣，但生活富足，戴了一顶皮毛帽子。

内德在阿兰身边坐下，因为怕人偷听，两人一直等到众人高声齐唱赞美诗的时候才开口交谈。阿兰用法语喃喃地说："他们对这个詹姆斯恨之入骨，都说他言而无信。"

"的确，"内德不得不承认，"但我不能任由他们刺杀国王，否则伊丽莎白呕心沥血才换来的太平繁荣就要毁于内战。你还听到什么消息？"

"他们打算杀掉国王一家，只留下小公主，拥立她做女王。"

"国王一家，"内德胆战心惊，"这些畜生真是心狠手辣。"

"同时一举除掉所有王公重臣。"

“看样子他们打算火烧王宫，应该是诸如此类的计划。要么趁宴饮，要么就是看戏。”内德也位列重臣，这下不只是要保护国王，也是为了自保，“他们要在哪里动手？”

“这一点我一直打探不出。”

“你有没有听过盖伊·福克斯这个名字？”

阿兰摇头答道：“没有。有一群客人来见公爵，但我一个也不认得。”

“没有提起哪个名字吗？”

“都不是真名。”

“此话怎讲？”

“我只听到提起一个名字，不过是化名。”

“叫什么？”

“让·英吉利。”

玛格丽为罗洛的事一直心烦意乱。他的回答都合情合理，但玛格丽就是信不过他，可又想不出探查的办法。当然，她可以告诉内德罗洛就是让·英吉利，但仅凭鞋袜沾满泥泞就把亲哥哥送上绞刑架，她又于心不忍。

趁内德去了巴黎，玛格丽决定带罗杰的儿子杰克去新堡探亲。她把这当成是分内事。无论杰克日后做哪一行，贵族亲戚总能借上力。杰克不必认同他们的观念，但不能不认识他们。有一位伯爵做伯父，有时候比钱财管用。另外，巴特利特过世之后，爵位将由儿子小迅继承，杰克和他可是堂兄弟。

杰克十二岁了，喜欢刨根问底，和人唱反调。他总起劲地和罗杰还有内德争论，不管大人持什么观点他都要反驳。内德说杰克和玛格丽年轻的时候一模一样，玛格丽却不信自己会如此自命不凡。杰克个子不高，一头乌黑的卷发，这两点也随了玛格丽；现在的他样貌清秀，不过再过一两年，他就要长成小小的男子汉，五官也没这般细致了。玛格丽步入暮年，看着儿孙长大成人，渐渐变了模样，一边欣喜，一边暗暗称奇。

杰克自然反对跟奶奶去探亲。“我将来要去历险，像巴尼爷爷一样。贵族才不懂做生意，他们往那儿一坐，等着收租就是了。”

“维系和平、实施律法的正是贵族。没有法律准绳，可没法做生意。一便士等于多少银子？一码布料宽多少？欠债不还该如何处置？”

“他们定这些规矩，都是为自己方便。何况负责度量衡的是王桥行会，不是伯爵。”

玛格丽微微一笑。“你与其去冒险，倒不如从政，像内德爵士一样。”

“为什么？”

“你说起政务振振有词，何不成为其中一员？不少朝廷重臣当年就是聪颖过人的学生，和你一样。”

杰克一副若有所思的表情。他这个年纪最可爱，总有千般想法、无可限量。

玛格丽想叫杰克在新堡规规矩矩的。快到的时候，她叮嘱说：“你不要和巴特利特伯父顶嘴。这次来是要交朋友，不是树敌人。”

“知道了，奶奶。”

也不知道杰克有没有往心里去，但玛格丽已经尽力了。她暗想，孩子有自己的性格，不是大人能强求的。

巴特利特伯爵热情欢迎。他四十开外，和玛格丽的父亲一样满脸雀斑，为人处世却效仿父亲巴特——他不知道自己是玛格丽遭斯威森伯爵奸污所生，只当巴特是父亲；玛格丽并没有因此嫌恶儿子，不得不说是个奇迹。

杰克出去查看城堡，剩下玛格丽母子俩坐在大厅里，一边饮酒一边说话。玛格丽说："希望小迅和杰克能多熟悉熟悉。"

"我看他们未必合得来，一个十二,一个二十，差不少呢。"

"我在伦敦碰巧遇见你罗洛舅舅来着。他在客栈投宿，不知道他怎么不去夏陵府住。"

巴特利特一耸肩："他想去住的话，我自然欢迎，也好让那个看家的懒骨头有点事做。"

管家替玛格丽满上酒。"年底国会开会，你就要去伦敦了。"

"不一定。"

玛格丽吃了一惊。"为什么？"

"我就说抱病在身。"伯爵一律要列席国会会议，倘若想脱身，只能以身体不适、不能出远门为由。

"那实际上呢？"

"我手头的事忙不过来。"

玛格丽觉得莫名其妙。"自打你做了伯爵，哪一次国会开会都不肯错过。你父亲和祖父也一样。在伦敦置产业就是为了方便开会。"

"这位国王不屑夏陵伯爵有什么看法。"

这可不像他。巴特利特一向畅所欲言，并且是理直气壮，才不管别人想不想听，这也是巴特和斯威森的作风。

“你难道不想继续反对限制天主教徒的立法？”

“依我看，咱们这一仗已经输了。”

“你竟然甘愿认输，我从没见过你这副语气。”

“得审时度势，什么时候该坚持——什么时候该放弃，”巴特利特说着站起身，“用饭前先回房安顿一下吧。不缺什么东西吧？”

“应该都全了。”玛格丽吻了吻儿子，上楼回房。她暗暗诧异。这么看来，巴特利特倒不像巴特和斯威森。那对父子傲慢无比，死都不会说什么“这一仗已经输了”，更不会承认错在自己。

或许是巴特利特成熟了。

罗洛这个计划中，最艰险的一步就是买下三十六桶火药，再运到威斯敏斯特。

他带着两个年轻同伙来到对岸，步行来到满布码头船坞的罗瑟希德区。三人找到一间马厩，跟马夫说想租一辆结实的平板货车，外加两匹马拉车。罗洛说：“有条旧船拆了，我们要拉一批木料，我打算盖一间谷仓。”废船的木料常常是这个用途。

马夫并不在意罗洛租车做什么用。他马上找了一辆车、两匹骏马，罗洛查看之后说：“好，正合我意。”

这时马夫却说：“我叫韦斯顿赶车。”

罗洛眉头一皱。这可不行；车夫要是跟着，那阴谋就要败露。“我自己赶车好了，”他极力装作镇定的口气，“我有两个帮手。”

马夫摇头说："要是不让韦斯顿跟去，那你就得交一笔押金，不然我哪知道你会不会把车送回来？"

"那要多少？"罗洛只是做个样子，再多他都愿意付。

"一匹马五镑，货车一镑。"

"得立字为据。"

成交之后，一行三人驾着马车驶出马厩院子，去见一个姓皮尔斯的薪柴商。罗洛买了两种柴火，一种是柴把，将长短粗细不等的枝条捆成捆；另一种叫粗柴，是劈好的树干，大小形状相对平均，也是用绳子捆好的。他们把木柴装到车上；罗洛千叮咛万嘱咐，要把柴火摆成中空的四方形，皮尔斯大感兴趣："想必您还有东西要装，又不想惹人耳目吧。"

"不是什么值钱东西。"这是防贼的说辞。

皮尔斯狡黠地点了点鼻翼。"无须多言。"

三人驾着马车来到格林尼治，罗洛约了拉德克利夫队长见面。

盖伊·福克斯算过火药数量：要将上议院炸成平地，并且不留一个活口。倘若有一把手枪或是火绳枪，买一箱火药自己用，并不显得蹊跷，但要买足他们所需要的火药，想通过正路而又不引人怀疑是办不到的。

那只能用见不得人的手段了。

拉德克利夫是位军需官，职务是为皇家海军置办补给，平时贪赃枉法。他进购的物资只有一半运上舰船，剩下那一半私下转手，如此中饱私囊。他平时最头疼的就是隐瞒家财。

在罗洛看来，此人的好处是不会把私售火药一事跟人炫耀，那可是偷盗国库，罪当绞死。他为了保命，只能守口如瓶。

罗洛和拉德克利夫约在酒馆院子里碰面。他们把八桶火药装到车上，两只摞在一起，正好填满薪柴围成的四方形。只要不仔细看，只会以为桶里装的是麦芽酒。

拉德克利夫说："你们这是准备打仗了吧。"

罗洛早有准备："我们是商船船员，这是有备无患。"

"可不是嘛。"

"我们不是海盗。"

"不错，自然不是。"

拉德克利夫和皮尔斯一样，罗洛否认的事，他们欣然接受。

装好之后，他们填好空隙，顶上也盖了柴火，这样一来，就算有人从楼上张望，也看不出车里装的是木桶。

罗洛驾车返回威斯敏斯特。一路上，他千般小心；车辆相撞是常有的事，赶车的常常为此大打出手，有时候闹得乱成一片，伦敦市民一向手疾眼快，经常浑水摸鱼，把车上的货物抢个精光。要是闹出这种事，那计划也就告吹了。他一路警惕，一遇到车就勒马让路，惹得那些车夫一脸狐疑。

总算平安地回到威斯敏斯特宫院。

福克斯早在等着了，看见他们驾着车驶来，立刻打开双开门，方便罗洛直接驾车驶进仓库，不必勒马。福克斯随后关好门，罗洛这才松一口气，瘫在座位上。一切顺利。

再跑三趟，就大功告成了。

福克斯指着墙上新开的一扇门；灯笼的光亮下，只隐约可见。"我把衣帽总管的房间和仓库接通了，以后两边走不用出门，不会被人看见。"

"做得好，"罗洛称赞道，"那地窖呢？"

"我把地道封死了。"

“带我去瞧瞧。”

两个人通过新辟的通道回到房间，接着下楼来到地窖。福克斯的确把墙上的洞堵上了，但烛光之下依然看得出补过的痕迹。罗洛说：“弄些泥灰之类的，把新砖弄脏，再用镐头什么的凿几下，弄成年久失修的样子。”

“好主意。”

“这一块墙要完全看不出异样。”

“晓得。不过也不会有人下来查看。”

“以防万一。再小心也不为过。”

两个人返回仓库。

那两个同伴正从车上卸货，把火药桶推到房间紧里边。罗洛吩咐他们木桶前用柴火掩盖，并且要小心堆叠，以免倾倒。其中一个人站在破桌子上，小心地绕开桌面的窟窿，接过同伴递来的柴捆，盖在木桶顶上。

完事之后，罗洛仔细地审视一番。要是有人来查看，准以为只是一摞薪柴，不会起疑心。他心满意足，得意地说：“就算有人来搜查，十有八九也搜不出火药。”

内德和玛格丽住在圣保罗教堂庭院一栋雅致的排房，后院里长了一棵梨树。屋子不算富丽堂皇，玛格丽用毯子和油画装点一番，住着十分惬意，冬天烧炭火取暖。内德心满意足，因为从窗户能看见教堂，和王桥老家一样。

内德从巴黎回到家的时候，夜已经深了，他疲惫不堪又忧心忡忡。玛格丽替他拾掇了简单的饭菜，饭后两人回房歇息，尽云雨之欢。第二天，内德讲起这一行经历，玛格丽惊得目瞪口呆，极力掩饰。好在他赶着去见罗伯特·塞西尔，用过早饭就匆匆出了门，玛格丽得以安静地想心事。

据内德说，有人策划刺杀国王一家，只留伊丽莎白公主一人，同时将朝廷重臣一并除掉，看来是要放火烧掉王宫。但玛格丽此前得知巴特利特不会列席国会开幕，这是他继承夏陵伯爵之位后的头一遭。她当时捉摸不透，这会儿才恍然大悟。叛贼的目标是威斯敏斯特。

离国会开幕还有十天。

巴特利特怎么会知道？内德打探出让·英吉利是主谋，而玛格丽知道英吉利正是罗洛的化名。巴特利特自然是得到舅舅的提醒。

她知晓了来龙去脉，但如何是好？把罗洛的秘密告诉给内德——或者她迟早要告诉内德的，但一想到要出卖亲生哥哥，她不由得打了个寒战。也许有更好的办法。去见罗洛。她知道罗洛落脚的地方，去跟他说自己什么都知道了，威胁说要告诉内德。而内德一旦知道，那阴谋就败露了。罗洛无计可施，只能罢手。

她披上厚重的斗篷，蹬上结实的靴子，出了家门，走进伦敦的深秋。

她走到“白天鹅”，找那位红鼻子东家说：“日安，霍奇金森先生，我几周前来过。”

东家性情暴躁，也许是前天晚上灌了不少自家的葡萄酒。他瞟了玛格丽一眼说：“在这儿买酒的人那么多，我哪能每个都记得。”

“不要紧，我想找罗洛·菲茨杰拉德。”

“没这号人。”他干脆地说。

"他明明住在这儿！"

对方恶狠狠地瞪着她。"敢问尊驾是？"

玛格丽摆出傲慢的神气。"夏陵伯爵遗孀。也请你注意礼貌。"

对方立刻态度大变，贵族可惹不起。"夫人请见谅。小的确实想不起有这么个客人。"

"不知道他有没有朋友住这儿？比如让·英吉利？"

"啊，有！法国名字，不过操着英国口音。他已经走了。"

"去了哪里，你知道吗？"

"不知道。英吉利先生从来不多说话，夫人。嘴巴严得很。"

这是自然。

玛格丽出了酒馆。这下怎么办？她想不出罗洛能去哪儿。向内德坦白也无益，想来内德也找不到他。她绞尽脑汁。有人策划了一场暴行，她不能让那些恶人得逞。

能不能通风报信？这样一来，罗洛也许不至于被判死罪。不如写一封匿名信。就以密谋者的口气写给内德，但要掩盖笔迹，以免暴露身份。不必提到罗洛，只提醒内德说，倘若珍惜性命，那就避开国会开幕。

可这根本说不通。一个信仰天主教的叛徒怎么会去提醒一个德高望重的新教徒大臣？

可要是写给天主教徒，对方或许会赞同这个阴谋，不会揭发。

收信人须是一个中庸之人：既效忠国王，又善待天主教徒，因此写信人不愿他送死。这样的人朝廷上的确有几个，玛格丽想到了蒙蒂格尔勋爵。此人信奉天主教，但一向主张同新教徒和睦相处。罗洛和巴特利特会骂他是墙头草，但玛格丽却认为他是识时务者。他要是接到警告信，一定会上报。

她打定主意，就写信给蒙蒂格尔勋爵。

圣保罗教堂庭院遍地是文具铺子，她进了其中一间，挑了一种平常很少用的信纸。回到家里，她用小折刀把羽毛笔削尖，为了掩盖笔迹，用左手握笔：

> 阁下，出于对阁下一些友人的敬意，我愿您得到保全。

不错，她暗想，这一句不漏痕迹。

> 故此，请听我一言，倘若阁下珍重性命，不妨借故缺席此届国会。

这一句清清楚楚：他有性命之忧。

如果写信的是罗洛，他会说什么？大概是虔诚之语。

> 因为当世之邪恶引得人神共愤，必受惩罚。

这句正好有几分默示录的气息。

> 请勿不以为意；退居故里，安然静待此事。

暗杀的办法还要添一笔。内德猜想他们打算放火，此外她也一无所知。不妨隐晦地提一句。

虽然表面风平浪静，但听我一言，本届国会将遭受可怕的毁灭。但他们看不到行事之人。

密谋者还会考虑什么？销毁证据？

这份提醒不应受到诅咒，因为它或许对您有益，而不会加害于您；请将此信烧毁，届时危险也将烟消云散。

结尾呢？就写一句吉言吧。

愿上主降恩惠于阁下，将此信善加利用：愿您得到神圣庇佑。

玛格丽折好信，用蜡封口，拿了一枚硬币按在上面，故意轻轻一扭，花纹模糊了，好像写信人按印章戒指的时候不小心印花了。

该去送信了。

蒙蒂格尔勋爵府上应该有人会看见她，勋爵本人也可能看见她，并且认出来。她得乔装打扮一番。

家里雇了一个女仆，打理各类家务杂事。她正在后院洗被单。玛格丽让她告假半天，打赏了六便士，让她去看纵狗斗熊。

她打开内德的衣柜，选了一条短裤套在身上，把衬裙塞在裤子里，显得壮实一些。她又挑了一件破旧的外衣；内德身材修长，可她穿起来还是太大。好在送信的穿不合身的旧衣服也是常情。她接着选了一双他穿旧的鞋子，用布条塞了塞，这才合脚。她瞧出自己脚腕纤细，不像男子。她把头发盘好，扣上内德三等的帽子。

要是内德这会儿回家来，那可不好解释了。不过他极可能要忙上一整天；不在的这几天，案头准垒了厚厚一沓。而且他说了要去塞西尔家里用晚饭。总之，他不大可能突然回来——但愿如此。

她对着镜子，瞧出自己实在不像男子。她的样貌太娇俏，手也太小。她拿起煤铲，伸在烟囱里一掏，掏下不少炭灰，把手和脸都涂了。又对着镜子一瞧，这次好多了。她可以装作一个脏兮兮的矮个子老头儿，正适合替人送信。

她从后门离开，一路步履匆匆，希望不会有哪个邻居看见认出来。她一路往东走，从阿尔德门出了伦敦城，一路穿过田间，来到霍克斯顿村。蒙蒂格尔勋爵的乡下府宅坐落在一大片花园之间，她绕到后门；衣衫褴褛的信差自然该走后门。

来应门的人刚塞了一嘴饭菜。玛格丽把信递给他，竭力把嗓音压得又低又粗："请蒙蒂格尔勋爵亲启，十分要紧。"

下人咽下饭菜问："谁叫你送来的？"

"一位绅士，给了我一便士。"

"好吧，老伙计，再给你一便士。"

她伸出脏兮兮的小手，接过硬币，转身走了。

罗伯特·塞西尔府上，内德和众多枢密院大臣正在用饭，这时一个下人进来通传，说蒙蒂格尔勋爵有要事求见。

塞西尔道了声失陪，叫内德一起去偏厅见客人。只见蒙蒂格尔勋爵神色焦灼，手里握着一张纸，看他那姿势，好像东西要爆炸似的。他显然打好了腹稿，只听他说："写这封信的人似乎把我当成了叛国贼；我收到此信不到一个小时，就带来呈给国务大臣，以证清白。"

蒙蒂格尔勋爵高大魁梧、正当盛年，在矮小的塞西尔面前却吓得六神无主，内德暗暗好笑。

"没人怀疑你一片忠心。"塞西尔低声安慰。

内德暗想，这可未必属实，塞西尔只是出于礼貌。

蒙蒂格尔递过信件，塞西尔接在手中，一读之下，凸出的前额上渐渐布满了皱纹："老天，这字迹真是邋遢。"他读完信，把信交给内德。塞西尔手指纤长，像高挑女子的手。

塞西尔问蒙蒂格尔："信是怎么送到你手上的？"

"仆役在晚饭时送进来的。说是一个男子从厨房门送来的，这个下人打赏了那人一便士。"

"你读过信之后，有没有叫人去追那个送信的？"

"自然，可那人连个影都不见了。老实说，我怀疑下人吃完晚饭才把信交给我，但他起誓说没有耽搁。总之，等派人去追的时候，那个送信的已经找不到了。我于是立刻吩咐备马，径直来见您。"

"勋爵这么做是对的。"

"多谢大人。"

"内德，你怎么想？"

"这显然是个什么骗局。"

蒙蒂格尔吃了一惊。“真的？”

“看。写信人愿您得到保全，还说是因为出于对阁下一些友人的敬意。有点不可思议吧。”

“此话怎讲？”

“这封信可是叛国的证据。倘若一个人得知有人密谋刺杀国王，那就该呈报给枢密院，否则罪当绞死。一个人为了朋友的朋友而不惜一死，这说得通吗？”

蒙蒂格尔不知所措。“这我倒没想过，我没有考虑字句以外的意思。”

塞西尔会心一笑。“内德爵士从来不放过字里行间的意思。”

内德接着说：“说起来，我怀疑写信的人您也认识，或者说，可能读信的人中有人认识。”

蒙蒂格尔又是摸不着头脑。“何以见得？”

“看此人的笔迹，只能是一个连笔都握不好的学生。再看遣词造句，却是成人的思维。这就是说，写信人故意掩盖笔迹，这说明读信的人中有人和他相熟，足以凭笔迹知道他的身份。”

“骇人听闻，”蒙蒂格尔叹道，“那会是谁呢？”

“这句当世之邪恶云云，只是掩人耳目罢了，”内德边思索边说，“重点在接下来这一句。倘若蒙蒂格尔出席国会，就可能送命。这一句应该并非虚言，这和我在巴黎掌握的消息一致。”

塞西尔问：“至于如何动手呢？”

“这也是关键。依我看，写信人也不知道。看他含糊其词：‘将遭受可怕的毁灭……但他们看不到行事之人。’也就是说密谋者会在远处动手，有可能是火炮，但不确切。”

塞西尔点头说："要么就是一个疯子在胡思乱想。"

内德说："我看不然。"

塞西尔一耸肩。"现在没有确凿证据，也没办法查证。匿名信根本是废纸一张。"

塞西尔说得不错，这点证据不足为信，可内德有种直觉，这封信不是空穴来风。他紧张地说："不管咱们怎么看，这封信必须呈给国王过目。"

"这是自然，"塞西尔答道，"陛下去了赫德福德郡狩猎，他一返回伦敦，见到的第一件东西就是这封信。"

玛格丽知道，这可怕的一天迟早要来。她曾把这件事抛在脑后，甚至多年不曾想起，过着心满意足的日子，但在心底里，她知道该来的总会来。她骗了内德几十年，说谎终究要遭报应，只是时间早晚罢了。这一刻终于来了。

"我知道让·英吉利意图杀害国王，"内德一筹莫展，神情沮丧，"可我无计可施，因为我既不知道英吉利是谁，也不知道到哪儿去找他。"

玛格丽饱受愧疚折磨。她早知道内德耗费大半生找寻的这个人就是罗洛，而她一直守着这个秘密。

这一次，罗洛计划杀死国王、王后和两位王子，并连同朝中重臣一并除掉，内德也在其中。她不能袖手旁观。尽管如此，她依然不知如何是好。就算她揭开这个秘密，也未必能救人。她知道英吉利的身份，但不知道他身在何处，也想不出他计划如何杀掉这么多人。

这天早上，玛格丽和内德在圣保罗教堂庭院的家里，吃了鸡蛋和淡啤酒当早饭，内德戴好帽子，准备去罗伯特·塞西尔府。他每天并不急着出门，而要站在炉火前，和玛格丽讲一讲烦心事。只听他说："英吉利非常非常小心，他从来如此。"

内德说得不错，玛格丽清楚得很。从接应秘密司铎时她就知道，每个人都只知道他姓英吉利，并且谁也不知道他和玛格丽是兄妹。密谋解救玛丽·斯图亚特并拥戴她为女王的那些同伙也一样：大家都只知道英吉利，没人知道他叫作罗洛·菲茨杰拉德。他行事谨慎，这和大部分密谋者不一样。那些人抱着不成功便成仁的气概，但罗洛清楚敌人不可小觑，尤其是内德，因此从来不去冒无谓的危险。

玛格丽问："不能取消开会吗？"

"不行。也许可以改日期、改地点，不过这样一来容易招致非议，反对詹姆斯的那些人会说国王不得民心，甚至担心遇刺，不敢为国会开幕。总之，还要由国王来定夺。但无论如何，就算改了日期或是地点，开会是一定的。国事不能不理。"

玛格丽再也忍不住了："内德，我做了一件天大的坏事。"

内德一时不知所措："什么事？"

"我没有说谎骗你，但我有个秘密一直瞒着你。当时是因为不得已。现在我也这样想。你一定会很气我。"

"你说的究竟是什么事？"

"我知道让·英吉利是谁。"

内德一反常态地语无伦次："什么？你怎么会——是谁？"

"罗洛。"

看内德的表情，仿佛听到死讯一般。他脸色煞白，嘴巴合不拢，脚步踉跄，重重地跌在椅子上。过了好一会儿他才开口：“你知道？”

玛格丽说不出话来，像被人掐住了咽喉似的。她感觉到泪水扑簌簌地滚落。她默默地点头。

“多久了？”

她喘不过气来，大声抽噎，好不容易才发出声音：“从一开始。”

“你却瞒了我这么久？”

她一口气地说下去：“我当时以为他只是偷偷送司铎回英格兰，为天主教徒领圣餐，此外别无恶意，后来你查出他密谋解救玛丽·斯图亚特还有伊丽莎白女王然后他就去了外国，西班牙无敌舰队战败后他才回来，但他说大局已定他不会再密谋造反了，还说要是我出卖他，他就会揭穿巴特利特和罗杰帮着接应司铎的事。”

“蒙蒂格尔那封信是你写的。”

玛格丽点点头。“我想提醒你们，但又不想牵涉罗洛。”

“你是怎么知道的？”

“巴特利特说国会开幕他不来。他之前从来没有缺席过，一定是罗洛提醒过他。”

“出了这么多事，我却一直给蒙在鼓里。我一个堂堂的间谍头目，竟然被自己的夫人骗了。”

“啊，内德。”

内德瞪着她，好像她是十恶不赦的罪人。“西尔维出事那天，罗洛也在王桥。”

玛格丽听到这一句，仿佛中了一枪，再也支撑不住，跪倒在地。“你想杀了我，我看得出。来吧，动手吧，我也活不下去了。”

“那会儿他们都说，我娶了一个天主教徒，再不能替伊丽莎白女王尽忠，那时我还气得要命，暗骂他们通通是傻瓜。哪知道我才是傻瓜。”

“别这样说，你不是。”

内德气冲冲地瞥了她一眼，玛格丽心都碎了。“哼，没错，我就是傻瓜。”

他撂下这句话，拂袖而去。

11月第一天，内德和塞西尔面见詹姆斯国王。两人来到怀特霍尔宫长廊。这条长廊连通了国王私人房间和果树林，墙壁上挂满了画像，还装饰有价值连城的金银织锦，正合詹姆斯的喜好。

内德知道塞西尔怀疑蒙蒂格尔那封信是无中生有，不过是有人想借此兴风作浪。内德告诉他，天主教徒巴特利特伯爵打算缺席国会开幕，并且理由十分牵强，十有八九是听到风声，但塞西尔依然不当真。

塞西尔的计划是严加防范，国会如期开幕；内德却另有主张。

内德的打算不只是阻止这场阴谋。多少次，他紧追不舍，结果却被那些叛国贼逃脱，躲起来策划下一场阴谋。这一次，他要将这些密谋者一网打尽，不会再让罗洛跑了。

塞西尔把蒙蒂格尔那封信呈给詹姆斯，说道：“事关重大，自然要交由陛下过目。话虽如此，这封信未必可信。毕竟查无实据。”

内德跟着说："陛下，虽然查无实据，但可以和一些迹象相互印证。我在巴黎听到了类似的传闻。"

詹姆斯一耸肩："传闻。"

内德说："传闻不足为信，但也不可充耳不闻。"

"一点不错。"冬日光线微弱，詹姆斯把信纸举到灯笼前，借着光亮读信。

詹姆斯不疾不徐，内德的思绪不由得飘到玛格丽身上。从她吐露秘密之后，内德就没见过她。他搬到一间酒馆住，不想见到她，也不想和她说话：他承受不了。他甚至分不清自己的感情，是愤怒、痛恨还是难过。他只能把这些搁在一边，埋头其他事务。

国王那只持信的戴满戒指的手垂在身子一侧，一动不动地站了一分钟左右，其间什么也没看，只默默思索。内德见他目光中闪着智慧，嘴角透出坚毅，但皮肤上的黑斑和浮肿的双眼又表明他耽于享乐。内德暗想，一个人大权独揽，要做到节制有度、适可而止，的确是太难了。

国王又读了一遍信，接着问塞西尔："你有什么看法？"

"不妨立即加派侍卫并部署火炮，防守威斯敏斯特宫院。之后关闭所有大门，彻底搜查各间屋子。再之后，排查并监视每一个进出宫院的人，直到国会开幕仪式结束。"

塞西尔倾向这个计划，但他和内德都清楚，国王要听的不是指示，而是选择。

詹姆斯虽然总宣扬君权神授，却一向重视民意。"千万小心，不可因为子虚乌有之事闹得人心惶惶。否则，百姓准以为国王意志薄弱、胆小怕事。"

“陛下平安才是最要紧的。不过内德爵士还有一个建议。”

詹姆斯示意内德开口。

内德早已做好打算。“请陛下这样考虑：倘若这个阴谋是真的，那么这群叛徒可能尚未准备就绪。倘若立刻动手，可能什么也查不到。或者查到他们只筹划到一半，那就更加糟糕，因为审讯时拿不出确凿证据。那样一来，天主教的喉舌准会煽风点火，说我们伪造证据，迫害天主教徒。”

詹姆斯听得莫名其妙：“可总不能放任不管吧。”

“是。要把这些密谋者一网打尽，拿到他们犯罪的铁证，就要等到最后一刻再收网。这样一来，不仅保护陛下免于此次的危害，更重要的是，可以一劳永逸。”内德屏住呼吸：胜负在此一举。

詹姆斯望着塞西尔：“我看他说得有理。”

“一切由陛下定夺。”

国王扭头望着内德。“那好。11月4日再动手。”

“多谢陛下。”内德松了口气。

内德和塞西尔弯腰退出长廊，国王这才想起来问：“可知道如此歹毒的阴谋是何人主使？”

对玛格丽的狂怒涌上心头，仿佛一个大浪打来，内德不由自主地颤抖。他掩饰不住语气中的恨意：“此人名叫罗洛·菲茨杰拉德，出身夏陵郡。说来惭愧，此人正是我的大舅子。”

“既然如此，”詹姆斯的语气充满威胁，“圣血啊，你最好逮住这个卑鄙小人。”

三十

11月3日主日，密谋者听闻蒙蒂格尔那封信，纷纷指责彼此背信弃义，衣帽总管的房间里一片剑拔弩张。盖伊·福克斯怒冲冲地说："总之咱们中间出了个叛徒！"

罗洛怕这些人年轻气盛，真的动起手来。他急忙息事宁人："别管是谁了，写信人与其说是叛徒，不如说是蠢材。"

"此话怎讲？"

"如果是叛徒，那早把咱们全供出去了。这个笨蛋只是要提醒蒙蒂格尔。"

福克斯火气消了。"听着有道理。"

"关键是对计划影响如何。"

"一点不错，"托马斯·珀西接口，"咱们是继续还是放弃？"

"那不是功亏一篑了？不行。"

"可要是塞西尔和威拉德知道了……"

"听说信中措辞含糊，塞西尔也拿不定主意，"罗洛答道，"所以咱们胜算很大。不可轻易放弃——胜利唾手可得！"

"有什么办法打探打探？"

"你可以，"罗洛对珀西说，"明天一早，我要你出去探探风声。去你那位亲戚诺森伯兰伯爵家走一趟。编个借口——譬如找他借钱。”

“为什么？”

“这不过是个幌子，免得他怀疑你是去探听枢密院对此事了解多少。”

“那我如何知道？”

“看他对你的态度。倘若枢密院怀疑你密谋叛国，那伯爵这会儿应该听到风声了。他见到你，一定坐立不安，急着送客，为了打发你，说不定一口答应借钱给你。”

珀西一耸肩：“那好。”

众人纷纷离开，留下福克斯看守。翌日一早，珀西依计赶去见诺森伯兰，回来时，约了罗洛在主教门附近的酒馆碰头。只见他喜气洋洋的。“我赶到塞恩府，找见了他。”罗洛知道伯爵的乡下府宅坐落在伦敦西郊，“他一听说我要借钱，一口回绝，骂我无可救药，然后请我留下用饭。”

“这么说，他没有怀疑你。”

“不然他就是天生的演员，理查德·伯比奇都要自叹弗如。”

“做得好。”

“其实还不能下定论。”

“八九不离十。我这就去找福克斯，把这个好消息告诉他。”

罗洛只身进城。他不敢大意，内德·威拉德跟得太近了。好在公鹿领先猎鹿犬一步，他只要再坚持一会儿——几个小时。等到明天这个时候，就大功告成了。

他看见上议院了，随即大吃一惊。

只见大厦背面，也就是仓库入口那一侧，几个衣着华丽的男子出了楼上的辩论厅，从后门出来，顺着外部的木楼梯下楼。罗洛从没见过有人走过这扇门。

他认出为首那人是萨福克伯爵。他是宫务大臣，安排国会开幕之事是他的责任。

他身后跟着蒙蒂格尔勋爵。

罗洛诅咒一声。情况不妙。

他急忙闪身躲在拐角。他想转身逃跑，但压下了冲动。得看看他们来干什么。但无论如何，他的计划可能要败露。他探出半个头观察，做好了逃命的准备。

只见一行人下了楼梯，来到双开木门前。火药就藏在这间仓库里。罗洛瞧出他们一语不发，神色警惕。萨福克推了推门，发现门锁着。众人交谈几句后，他吩咐下人撞门。

罗洛心一沉：看样子是搜查队。他急得发疯。计划这么轻易就败露了？

下人拿来撬棍。门没有加固，毕竟这是间仓库，又不是金库，要是安了铁条，或是装了几重锁，只怕要惹人怀疑。门很容易就撬开了。

那伙人走了进去。

罗洛急忙回到衣帽总管的房间，顺着福克斯新辟的那条通道绕到仓库前，把暗门开了一条缝，向里面张望。仓库里一贯地幽暗，萨福克的搜查队提着灯笼，但空旷的仓库依然十分昏暗。

他们看见了盖伊·福克斯。

罗洛默默祷告天主保佑，不然就是死路一条。

福克斯站在墙边，身披斗篷、头戴礼帽，手里提着灯笼。萨福克似乎才发觉有人；罗洛听见他声音里透着诧异：“你是什么人？”

罗洛气也不敢喘。

“大人，鄙人约翰·约翰逊。”福克斯声音平静，他当过兵，也曾历经艰险。

罗洛后悔给他取了这个名字：一听就是化名。

“约翰逊，你在这儿搞什么鬼？”

“我家主子租了这间仓库，还有隔壁的房间。主人不在的时候，我呢，可以说就是替他看门的。”

这个回答合情合理；罗洛不由得满怀希望。萨福克没有理由不信吧？

“那么你家主子租这间仓库用来做什么？”

“存薪柴的，大人一看便知。”

那几个人这才抬头望着木柴堆，好像才看见似的——光线昏暗，这倒是可能。

萨福克又问：“这么多柴火，只供一个房间？”

这个问题无须回答，福克斯没有开口。罗洛心中忐忑，他忘了考虑这一点。

萨福克又问：“对了，你家主子是谁？”

“托马斯·珀西。”

只听一阵交头接耳。他们应该知道珀西是御前侍卫，也知道他有些天主教徒亲戚。

罗洛惊慌失措，一阵恶心。这是千钧一发的关头。会不会有人想到搬开柴堆查看？他想起当时轻描淡写地说：“就算有人来搜查，十有八九也搜不出火药。”一会儿就知道是真是假了。他觉得自己如绷紧的弦。

萨福克把蒙蒂格尔勋爵带到一边，离罗洛藏身的暗门不远。罗洛听见蒙蒂格尔紧张地说：“这可牵涉到诺森伯兰伯爵！”

“小声点，”萨福克比他镇定，“咱们不能单凭用不完的木柴就给数一数二的贵族定罪。”

“总不能坐视不理吧！”

“在报告枢密院之前，咱们不能轻举妄动。”

听萨福克的意思，他还没有想到移开柴堆搜查——暂时还没有。蒙蒂格尔冷静下来：“是，不错，大人说得对，恕我失言。我是怕自己担上罪名，因为那封匿名信是写给我的。”

蒙蒂格尔紧张兮兮的，罗洛盼望萨福克因此分心。萨福克拍了拍蒙蒂格尔的肩膀：“我明白。”

两个人走开了。

罗洛听见不时有人交谈，搜查无果，他们走了。福克斯把撬坏的门尽量关严。

罗洛迈进仓库。“我都听见了，我就站在门后。”

福克斯望着他说：“基督保佑我们。好在有惊无险。”

玛格丽生不如死，仿佛活在深渊之中。内德一去不返；接连一周，她茶饭不思，想不出起床还有什么意义。偶尔逼着自己起来，一整天坐在壁炉旁边流泪，坐到天黑，又躺回床上去了。她再没指望了。她很可以去儿子罗杰家里住，可那样一来她又得解释一番，她受不了。

还有两天就是国会开幕的日子，她坐不安稳。内德抓到罗洛没有？开幕仪式会照常举行吗？内德会不会到场？他们会不会一起送命？

她披上外套，沿着斯特兰德大街来到怀特霍尔宫。她没有进去，只守在门外，笼罩在冬日午后的黯淡中，等丈夫现身。朝臣戴着皮毛帽子进进出出。玛格丽饿得发昏，只好倚在墙上。河边飘来冷冷的雾气，但她心如死灰，浑不在意。

她后悔万分，真不该替罗洛守这么久的秘密。她早该告诉内德的。其实不管什么时候坦白，都免不了一场折磨，而如今却是最坏的时机；这些年来，她和内德不分彼此，没了内德，她是活不下去的了。

总算看见他了。他走在一群人中间，也许是枢密院大臣；每个人都披着厚厚的外衣。内德神色凝重。一周不见，玛格丽觉得他老了几岁，皱纹满布，脸颊苍白，灰白的胡茬也没打理。

玛格丽走到他面前，他停下脚步。玛格丽望着他的脸，猜测他的心思。他起初吃了一惊，接着神色一变，怒气冲冲。玛格丽凭直觉知道内德故意把她和她的所作所为抛在脑后，不愿想起。他可有心软，可曾原谅自己？她看不出。

玛格丽说明来意："找到罗洛没有？"

"没有。"内德不再理她，径直进去了。

玛格丽悲从中来。她爱他那么深。

她慢吞吞地走开了。恍惚间，她来到泰晤士河泥泞的河畔。河面涨高了，一股激流向下奔涌，搅得水面波澜不断。

她想投河自尽。天快黑了，应该没人看见她。她不通水性，不出几分钟就了结了。水一定冰冷刺骨，她会挣扎，但熬过那漫长的一刻，也就从痛苦中解脱了。

这是罪，是不可宽恕的大罪，可就算下地狱，也不会比活着痛苦。她想起看过一出戏剧，里面的少女遭丹麦王子抛弃后投河自尽，之后一对滑稽的掘墓人争论该不该让她按基督徒下葬。要是玛格丽这样去了，她不会有葬礼。急流会把她冲走，也许一直冲到大海里，她缓缓地沉到幽深的海底，和英西海战中丧生的船员同眠。

谁会替她的灵魂举祭呢？新教徒不信亡者需要祷告，天主教徒不会为轻生者祈祷。她死之后，灵魂永不得解脱。

她在河边伫立良久，一面向往死的宁静，一面担心触怒天主，就这样痛苦地挣扎。到最后，她依稀见到姨奶奶琼修女踩着淤泥走来，但没拄拐杖，不是生前的模样。天色昏暗，但玛格丽看清了琼的面孔：她青春焕发，微笑不语，挽起了玛格丽的手臂，轻轻地带着她背着河面走去。走到怀特霍尔宫附近的时候，玛格丽看见两个年轻男子并肩而行，正为某件事哈哈大笑。玛格丽想问琼，这两个人能不能看见你？她一扭头才发现，只剩下她一个人了。

11月4日周一下午，罗洛和盖伊·福克斯在仓库中央席地而坐，对他最后叮嘱一番。

罗洛拿出一根长长的火柴——这是晒干的腐木做成的引火木，极易燃烧；接着又拿出火绒盒。他掏出小刀，在引火木上削出一个个拇指宽的凹口，然后说：“福克斯，把火绒点了，然后念天主经，别太快，也别太慢，就当自己在教堂。”

福克斯点着了火柴，接着由“我们的天父”起，用拉丁语颂念。

他念完一遍，火柴刚好要烧到第一个刻痕。罗洛吹灭火柴，问道：“好了，你从这儿离开，躲到安全的地方，要多少遍天主经？”

福克斯皱着眉说：“从这儿出去，关好门，走到河边，要两遍天主经。跳上船，解开缆绳，拿起船桨，又是两遍。划到不至于受伤的安全地方，也许要六遍。总共呢，约莫十遍。”

“那火柴就要削成十个拇指宽那么长。”

福克斯点点头。

罗洛站起身。“该去布置火药了。”

福克斯搬过桌子，站了上去，挪开盖在顶层的柴火，但没有直接扔在地上，而是递给罗洛。过后还要用这些柴捆来遮盖火药桶，以防再次有人来搜查。

罗洛觉得腹中有种异样的感觉。这一次总算办到了。他们要杀掉国王。

几分钟之后，两人挪出一条通道，露出火药桶。

罗洛带来两样工具，一是撬棍，二是小铲子一般的园丁用具。他撬开一只火药桶盖，把桶身一斜，撒了些火药在地上，接着用铲子把药粉铺成一条线，从木桶延伸到柴堆之前；这就是引信了。他特意挑了一把木铲；铁铲很容易在石板地上擦出火花，那样一来，他们两人还来不及反应就给炸飞了。

眼看就要大功告成，罗洛一想到这里，不觉血脉贲张。火药和火柴都备好了，上面是辩论厅，明天就是大日子。这场爆炸将动摇英格兰之根本，结束新教的统治。为这一刻，罗洛辛苦奔波了半个世纪。再过几个小时，他毕生的使命就要圆满了。

他说："得把柴捆小心地摆回去，最前面的柴捆要刚好盖住火药引信的一端。"

两人合力摞好柴捆，反复堆叠，直到罗洛满意为止。

他对福克斯说："今天晚上，除了你留下，剩下的人将分头前往各郡，准备起义。"

福克斯点点头。

"明天早上，一打听准国王到了头上的辩论厅，你就点着火柴，放在地上，没烧着的那一端埋在引信之间，然后立刻离开。"

"是。"

"你在河上会听见爆炸声。"

"是，"福克斯还是这一个字，"巴黎都听得见。"

内德站在怀特霍尔宫的长廊。从这儿去威斯敏斯特宫院，步行只要几分钟。气氛平静，但内德却有种不祥的预感，挥之不去。

罗伯特·塞西尔认为托马斯·珀西行为不端，一堆薪柴倒无伤大雅。萨福克伯爵担心无端指责诺森伯兰伯爵会惹得朝野动荡。内德则知道有人密谋杀害国王，而这个人还没捉拿归案。

幸好詹姆斯国王和内德一样，认为情势危急。国王有一件铁衬衣，担心安全时就穿在身上，这次他打算翌日国会开幕时要穿了去。但内德并不满足，傍晚时，他总算得到御准，再次搜查上议院。

一些枢密院大臣依然担心此举惹得人心惶惶，于是叫了威斯敏斯特治安法官托马斯·内维特带队，假称国王有件礼服不见了。内德才不管用什么幌子，只要他能同去就行。

众人提着灯笼，只有内德举着火把，惹得那些担心扰民的大臣纷纷皱眉摇头。内德不甘示弱："搜查就得有个搜查的样子。看都看不见，还能找到什么。"

一行人出了怀特霍尔宫，步行前往不远处的威斯敏斯特宫院。灯笼投下晃悠悠的影子，内德的思绪飘到了玛格丽身上。即便他绞尽脑汁，阻止有人对国王图谋不轨，玛格丽也一直在他脑海里。他一边怒不可遏，一边又苦苦思念。他讨厌每天晚上回那间乱哄哄的酒馆，在陌生的床上独自入睡。他有很多事想告诉玛格丽，和她商量。一想到玛格丽，他就一阵心痛。他暗暗庆幸现在是紧要关头，时刻不得空闲，才不至于陷在苦海里。

一行人从正门进了上议院，挨着搜查大厅、毗邻的王子厅和壁画厅。

难就难在内德也不知道要找什么。是隐匿在密室的刺客，还是藏好的加农炮？什么也没搜到。

内德暗想，倘若这次真是虚惊一场，那该如何收场？我不免招人嘲笑，但国王并无性命之忧，这才要紧。

一层有不少房间。他们依次搜查了门房和托马斯·珀西租用的衣帽总管房间，然后来到仓库，走的是上次萨福克撬开的大门。内德见到仓库如此宽敞，不由得吃了一惊。但除此之外，里面和萨福克说的一模一样，连看守的那个下人也不差：身披斗篷、头戴礼帽。

内德对他说："你就是约翰逊吧。"

“听候您吩咐，先生。”

内德皱起眉头。这个约翰逊似曾相识。“我认识你吗？”

“不，先生。”

内德半信半疑。火光闪烁，他看不清楚。

他转身望着柴堆。

竟然存了这么多。莫非托马斯·珀西打算纵火？要是点着了，不消多久就能烧到仓库的木头顶棚，也就是上议院大厅的地板。不过靠纵火杀人未免行不通。总该有人闻到烟味儿，还没等火势蔓延，国王一家早护送到安全的地方了。要想害人性命，火势得迅速蔓延，像纵火船一样洒上焦油、松节油，趁大家还来不及逃命，就把整栋建筑变成地狱火海。屋子里有焦油、松节油吗？看样子没有。

内德凑近柴堆查看，这时就听见约翰逊低声惊呼。内德转身盯着他问：“出了什么事？”

“先生见谅，您的火把有火星溅出来。请您留神别把木柴点着了。”

约翰逊真是小题大做。内德不耐烦地说：“要是木柴点着了，你过来踩灭不就行了。”他又往前迈了几步。

木柴堆得未免太整齐了。内德隐约想起了什么。好像很久之前到过类似的地方，但一时想不起来。他依稀记得从前曾站在一间黑黢黢的仓库里，审视一摞什么东西，可就是想不起是什么时候、什么地方。

他转身走开了，同时发觉众人一语不发，目光都聚集在自己身上。他们准当他是疯子。他才不在乎。

内德又一次打量珀西的管家，这次发现他靴子上绑了马刺，于是开口问：“约翰逊，你要出门？”

“没有，先生。”

“那怎么绑着马刺？”

“之前骑马来着。”

“嗯。你脚上的靴子干净得很，倒不像在十一月天骑过马的样子。”内德不等他回答，又转身对着柴堆。

他瞧见柴堆旁放着一张旧桌，桌面上破了洞，看样子有人站在桌子上，小心地摆放最顶层的木柴。

一瞬间，他想起来了。

是巴黎圣巴托罗缪纪念日屠杀那惨绝人寰的一夜。他和西尔维躲在城墙街的仓库，那是西尔维用来藏禁书的地方。两个人不敢出声，听着门外城里暴乱的嘈杂、打斗的嘶喊和伤者的尖叫，还有砰砰的枪声，几百口教堂大钟叫人发狂的鸣响。内德曾借着灯笼，打量那些一直摞到天棚的木桶。

只要将其中几只木桶挪开，就会看到装禁书的箱子。

“老天爷啊。”内德轻叹一声。

他把火把递给旁边的人，爬到桌子上，小心避开桌面的窟窿。

站稳之后，他伸手取下最顶上的一捆柴把，往地上一扔，又去够另一捆。

身后一阵慌乱的脚步声，内德急忙扭头。

约翰·约翰逊正要逃跑，只见他朝仓库尽头跑去。

内德大喊一声，好在有人同时警觉。只见埃德蒙·道布尔迪紧追不舍。

约翰逊跑到侧墙前，那里有一扇暗门；光线昏暗，根本看不出。

约翰逊刚推开门，道布尔迪一跃而起，像弹丸一样扑在他身上，只听嘭的一声响。两个人摔倒在地。

约翰逊挣扎着想跑，道布尔迪揪住他一条腿，约翰逊则一脚踢在他脸上。众人将他们团团围住，约翰逊刚要爬起来，立刻就被按倒了。有人直接骑在他身上，另一个人扭住他双臂，第三个人坐在他腿上。

约翰逊再也动弹不得。

内德走过来，仔细打量他。借着几只灯笼的光亮，内德看得一清二楚。“我认得你，你是盖伊·福克斯。”

“下地狱去吧。”福克斯赌咒。

内德吩咐：“把他双手在背后绑了，再打伤脚腕，让他能走路，但跑不了。”

不知谁说了一句：“没有绳子啊。”

“把他裤子脱了，撕开做绳子。”没穿裤子的人可跑不远。

约翰逊刚才突然想逃，必定事出有因。内德沉吟着问：“你在害怕什么？”

对方没有回答。

内德回想，刚才我正要扔第二捆柴火。这说明什么？

“搜他口袋。”

道布尔迪跪下来搜身。他刚才脸上挨了一脚，这会儿出了一大块红印子，有些肿胀，但他好像浑然不觉。

他从约翰逊的斗篷里搜出一只火绒盒、一根引火木做的火柴。

内德看出这是要点火。火柴上刻了标记，看来是算好了燃烧的时间，方便点火的人及时逃走，以防……

以防什么呢？

内德扭头瞧着柴堆，又瞧了一眼刚才从他手中接过火把的人，顿时大惊失色。

“立即把火把拿到外面熄灭了，”他极力维持镇定，“马上。”

持火把的人机灵地出去了。内德听见一阵哧哧声，应该是火把伸在近旁的饮马槽里熄灭了。他这才缓了口气。

众人提着灯笼，但屋里还是十分阴暗。内德说：“好了，咱们来瞧瞧柴堆后面藏着什么，看我猜得对不对。”

几个年轻人动手挪开柴捆，内德一下子看见地上散落着黑灰色粉末，颜色和石头地面十分接近。看起来是火药。

他想起刚才就站在火药前，还举着火星四射的火把，不由得一阵后怕。难怪约翰逊那么慌张。

柴堆后面果然藏着东西，和西尔维那间仓库一样，不过不是圣经，而是木桶——看样子有几十桶。其中一只木桶倾斜过，在地上撒了一小堆火药。内德举着灯笼凑近一看，不禁目瞪口呆：至少有三十桶，大小不一，这些火药足以将上议院夷为平地，里面的人全都必死无疑。

包括他内德·威拉德。

想到罗洛计划杀掉国王一家、枢密院一众大臣和国会大半议员，他一时怒从心起，连自己都觉得诧异。

怒不可遏的不止他一个。只听道布尔迪嚷：“他们要把咱们全都杀了！”几个人随声附和。

站在福克斯身边的一个人对着他胯下狠狠就是一脚。福克斯疼得一阵乱扭。

虽然是情有可原，内德还是出言制止：“不能让他昏过去，还要审问他，让他把同谋者全都供出来。”

“可惜了，”一个人恨恨地说，“我恨不得打死他。”

“不用担心，”内德说，“几个小时之后，他就要被绑在拉肢架上，痛不欲生，然后背叛他那群朋友。等他交代之后，等着他的是吊死、开膛破肚、五马分尸。”他盯着地上的男子，半晌才说：“这么处罚应该够了。”

罗洛连夜赶回新堡，一路快马加鞭，在驿站更换马匹，赶到的时候已经是11月5日周二早上。他和巴特利特伯爵紧张地等待信使从伦敦带来国王驾崩的喜讯。

城堡设有一间小圣堂，里面藏着几十套长剑、火枪、盔甲。一接到国王驾崩的消息，巴特利特就会号召坚贞的天主教徒，披坚执锐，夺取王桥；届时罗洛将在主教座堂主持拉丁弥撒。

倘若出了岔子，伦敦的计划没有成功，罗洛也想好了脱身之计。他已经备了一匹快马，打好了几件必不可少的东西，装了一对鞍囊。他预备骑马赶到库姆港，搭上第一条去法国的船。运气好的话，在内德·威拉德下令关闭港口、捉拿火药案叛贼的时候，他已经逃之夭夭。

看样子周二不大可能收到消息了，尽管如此，罗洛和巴特利特还是等到深夜。这一晚，罗洛辗转反侧，周三天一亮，他立刻翻身下床。是不是天翻地覆了？英格兰要改朝换代了吗？今天日落之前定会见分晓。

他们没有等到日落。

罗洛和巴特利特一家正在用早饭，就听见院子里一阵马蹄杂沓，立刻从椅子上跳起来，匆匆穿过城堡，跑出大门，迫不及待地去听消息。院子里乱哄哄的，来了十几个人，一时间看不出谁是领队。罗洛逐个望去，想找一个熟面孔。这些人个个全副武装，有的佩长剑和匕首，有的扛着火枪。

罗洛看见了内德·威拉德。

他身子一僵。怎么回事？莫非计划败露？抑或大功告成，内德领了新教政府的残兵败将，还在负隅顽抗？

内德没等他开口问。“我发现了你的火药。”

罗洛觉得字字如同子弹打在身上，仿佛心口中了一枪。计划败露。想到这些年来次次败在内德手上，不由得怒火攻心。此时此刻，他只有一个念头：掐住内德的咽喉，看着他气绝毙命。

罗洛勉强定下心神思考。内德发现了火药——那他又怎么知道是罗洛安排的？“是不是我那妹子把我出卖了？”

“她早在三十年前就该把你的秘密告诉我。”

到底栽在一个妇人手上。一开始就不该信任她。

他已经备好了马。甩掉这些身强力壮的年轻人，赶到马房，上马逃走——胜算如何？

内德好像看穿了他的心思。他一指罗洛：“看紧他。我追了他三十年，都让他跑了。”

一个士兵端起长管火绳枪，对准了罗洛的鼻子。这是把旧式火绳枪，火绳已经点燃，随时要推进火药盘。

罗洛终于知道，这次在劫难逃。

巴特利特伯爵还在叫嚣，罗洛却等不及了。他已经七十岁了，并且此生再无指望。他这一辈子只为了结束英格兰的异教统治，但终究功亏一篑。再没有机会了。

现任郡长马修森是当年那位郡长的孙子。只听他对巴特利特说："大人，还是不要多生事端吧，不然对谁都没好处。"他的语气镇定而坚决。

郡长晓之以理，巴特利特则虚张声势，但罗洛却听不见他们说了什么，只觉得像在做梦，又像在看戏，他恍惚地伸出手，掏出衣服里的匕首。

瞄准他的副郡长惊慌失措："放下匕首！"他双手哆嗦，勉强瞄准了罗洛的脑袋。

一片鸦雀无声，人人紧张地望着罗洛。

罗洛冲副郡长说："我要杀了你。"

他绝无此意，但作势扬起匕首，脑袋却一动不动，怕对方射偏了。

"受死吧。"

站在副郡长身后的内德突然出手了。

副郡长一扣扳机，引燃的火绳瞬间点着了火药盘上的火药。罗洛只见火光一闪，接着听见砰的一声响，随即知道只求速死的愿望落空了。内德手疾眼快，把枪口撞偏了。罗洛只觉得脑袋一侧火辣辣地疼，耳朵一阵湿热，看来弹丸擦着头皮飞过去了。

内德一把抓住他手臂，夺走了匕首。他说："我跟你的账还没算完。"

玛格丽受国王传召。

她曾见过国王。詹姆斯在位两年，玛格丽陪内德参加过几场宫里的盛事，譬如宴席、庆典、戏剧。内德说詹姆斯是酒色之徒，纵情享乐，玛格丽却看出国王不乏心狠手辣的一面。

哥哥罗洛受不住严刑拷打，想必把一切都招了，也供出玛格丽接应司铎潜回英格兰一事。她自知会被捕，想必要和他一道问斩。

玛格丽想到玛丽·斯图亚特，宁死不屈的天主教殉道者。她想效仿玛丽女王，视死如归。可玛丽毕竟是女王，以砍头处死，死也死得痛快。叛国的妇人可是要受火刑的。烈火焚身之时，她是会从容面对，为折磨她的人祈祷，抑或哭天抢地，诅咒教宗，连声求饶？她不知道。

更令她痛苦的是，巴特利特和罗杰也会是一般下场。

她一身盛装，来到怀特霍尔宫。

她吃惊地看到内德在候见厅等她。内德说："咱们一起进去。"

"为什么？"

"一会儿就知道了。"

内德神色紧张，动作拘谨，玛格丽看不出他气消了没有。她问道："是不是要判我死罪？"

"我不知道。"

玛格丽一阵头晕目眩，就要跌倒。内德见她步履蹒跚，一把搀住。她瘫倒在内德怀里，任由自己依偎着他，但马上又咬牙挣脱了。她不配享受内德的怀抱。"我没事。"

内德搂着她，犹豫片刻才松手；玛格丽站稳了。内德皱着眉头望着她。这是什么意思？

玛格丽来不及细想；宫里的一个侍从对内德一点头，示意两人进去。

他们肩并着肩，来到长廊。玛格丽听说詹姆斯国王常在这儿接见臣子，不耐烦的时候就靠欣赏画作解闷。

内德鞠躬，玛格丽行屈膝礼，詹姆斯开口说："我的救命恩人！"他说话的时候嘴角微微流涎，似乎是纵情声色落下的毛病。

内德答道："陛下过誉了。陛下应该认得玛格丽夫人，她是夏陵伯爵遗孀、和我相伴十五年的妻子。"

詹姆斯一语不发地点头，看他态度淡漠，应该知道玛格丽信仰天主教。

内德说："我有一个不情之请。"

詹姆斯答道："我想说'就是我国的一半，我也必给你'，不过这句话可不大吉利。"这是莎乐美的典故，此女要国王把施洗约翰的头放在盘子里给她。

"我从来没有开口向陛下要求什么，望陛下念在我救主有功。"

"你抓住了火药阴谋那伙恶贼，不仅救了我一家，还保住了国会。好了，别吞吞吐吐了——你想要什么？"

"罗洛·菲茨杰拉德受审时，指认了多年前的几桩罪行，是在一五七几至八几年间，伊丽莎白女王在位时犯下的。"

"都是些什么罪？"

"他供认护送天主教司铎秘密潜入英格兰。"

"反正是要绞死他的。"

"他声称有同谋接应。"

"是些什么人？"

“已故夏陵伯爵巴特、伯爵夫人玛格丽——也就是我的妻子；以及伯爵夫妇的两个儿子，如今的巴特利特伯爵和罗杰勋爵。”

国王脸色一沉：“罪名可不轻啊。”

“请国王念在这位女子不得不屈从于夫君之命，屈从于长兄之言，她和孩子犯下大错，实在是因为迫于男子淫威。”

玛格丽清楚这并非实情。她才是主犯，并非迫不得已。她本该据实以对，但此事不只牵涉她一条命。她一语不发。

内德接着说：“请陛下开恩，饶了她母子三人的性命。请陛下念在我救主有功，答应这唯一的请求。”

“你这个请求，我无法欣然应允。”

内德没有接口。

“不过听你说，接应司铎一事，已经是陈年旧事了。”

“自西班牙无敌舰队一役之后就断了。那之后，罗洛·菲茨杰拉德所犯之罪，他的亲人均不知情。”

“倘若不是你多年来为英格兰君王屡立奇功，我连想都不会想。”

“陛下，是我一辈子。”

国王神色不悦，最后还是点头答应了。“那好。他的同谋就不追究了。”

“多谢陛下。”

“下去吧。”

内德再次鞠躬，玛格丽行屈膝礼，两人退下了。

他们一路无话，穿过重重大厅，出了宫门，来到街面，向东走去。两人路过圣马田教堂，上了斯特兰德大街。玛格丽只觉得解脱了，以后再不必闪烁其词、口是心非。

两人经过泰晤士河畔的一座座宫殿，走上舰队街；这里没那么繁华了。玛格丽猜不出内德在想些什么，不过看样子他是要回家了。这是不是奢望?

他们从鲁德门进了城，前面是一段上坡路。远处的圣保罗主教座堂盘踞在山顶，俯视着一排排低矮的茅屋，仿佛母狮守护着一群幼崽。内德一路上一语不发，但玛格丽看出他心绪变了。他的表情逐渐放松，紧张和气恼的纹路抚平了，甚至又隐约露出从前那似笑非笑的模样。玛格丽壮着胆子，握起了他的手。

内德任由她握着自己的手，许久没有反应。渐渐地，玛格丽感觉到他攥着自己的手指，温柔却坚定，她于是知道，事情会好起来的。

我们在王桥主教座堂前给他执行绞刑。

我和玛格丽不想站在人群中围观，但又不能避开，于是就留在老房子里，站在窗前张望。看到罗洛的时候，玛格丽落下泪来。他们把罗洛从会馆押出来，沿着主街走到集市广场，押送到绞刑架上。

他身子凌空的时候，玛格丽开始为他的灵魂祈祷。新教徒不为亡灵祈祷，但为了让她好过些，我也祷告起来。为了让她好过些，我另有安排。按惯例，犯人还剩一口气时，要从绞架上放下来，受开膛和凌迟之刑；我买通了行刑官，让罗洛窒息后再受肢解——围观百姓要大失所望了，他们巴不得叛徒受尽折磨。

我从此告老还乡，和玛格丽搬回王桥，安享晚年。王桥下院议员的职务交给了罗杰，而他一直不知道我才是他的亲生父亲。侄儿阿福成了王桥首富。我依旧当着韦格利领主，和这个小村的百姓亲如一家。

我把许许多多的人送上绞架，罗洛是最后一个。不过这个故事还有一段要讲……

尾　声

1620年

内德已是八十高寿，大多时候都在睡觉。他午后要打个盹，晚上早早歇息，有时候用过早饭，就坐在王桥老宅的前厅瞌睡。

家里儿孙成群。巴尼的儿子阿福和内德的儿子罗杰都做了爷爷。罗杰买下了隔壁的房子，两家的小孩子像一家人一样。

都说内德无所不知，曾孙辈的小孩子常跑到前厅来问东问西。问题千奇百怪，让内德着迷：去埃及要走多少天？耶稣有没有姐妹？最大的数是多少？

孩子们让他分外快乐。从他们身上，内德分辨出亲人的模样：一个孩子像巴尼，一副玩世不恭的迷人模样；一个孩子像爱丽丝，坚韧不拔；还有一个小姑娘，笑起来和玛格丽一模一样，总惹得他热泪盈眶。

除了样貌性格，孩子们和祖辈还另有相似之处。阿福当上了王桥市长，和祖父埃德蒙一样。罗杰进了枢密院，为詹姆斯国王效力。新堡那边的亲戚则叫人扼腕，小迅伯爵横行霸道，一如斯威森、巴特和巴特利特祖孙。

内德和玛格丽一起看着一家开枝散叶，一直到三年前，玛格丽安详地去了。内德独自一人的时候，偶尔还会和她说说话。晚上上床休息，内德就告诉她：“阿福买下了屠宰场酒馆。”“小艾迪都跟我一般高喽。”她不答话也不要紧，内德知道她会怎么说：“阿福交了财运，像蜜糖粘在手上似的。”“艾迪过不了两天就要追着女孩子跑了。”

内德好些年没回伦敦了，以后也不会去。说来也怪，他并不渴望追查奸细和叛徒的兴奋，也不怀念朝中争权的斗智斗勇。他只是怀念剧院。多年之前的圣诞第十二日，他在新堡看了《玛利亚·玛达肋纳》，从此就迷上了看戏。可惜王桥很少有戏看，除了走江湖的戏班子一年路过一两回，在贝尔客栈的院子搭台。幸好他手头有本书，他最爱看的几个剧本都收在里面，可以读来解闷。有一个剧作者是他特别欣赏的，可惜他总记不住那人叫什么。如今他好些事都记不住了。

书摊在膝头，他盹着了。他不知道被什么惊醒，抬头看见一个小伙子，一头乌黑的卷发，和玛格丽一模一样。是孙子杰克，罗杰的儿子。内德满脸笑意。杰克不只头发随了玛格丽，他样貌英俊、性格讨人喜欢、爱争强好胜，另外对信仰也极为热忱。但和玛格丽恰恰相反，他有几分清教徒的气质，为此和他那位讲求务实的父亲大吵过几次。

杰克二十七岁了，尚未娶亲。出乎意料的是，他当了建筑工匠，生活宽裕。祖上倒是出过有名的建筑匠师，也许又是一脉相承吧。

杰克坐在内德对面说：“爷爷，我有个重要的消息。我要走了。”

“怎么？王桥的生意蒸蒸日上呢。”

“我们一丝不苟地遵循圣经的训诫，但国王总是百般刁难。”

他的意思是，他和一众清教徒一再反对圣公会的数条教义，而詹姆斯国王对天主教徒和清教徒一律不肯轻饶。

“杰克呀，我真不愿意你离开，一看到你，我就想起你奶奶。”

“我也不愿意和您告别。但我们想去一个自由的地方，尊奉上帝的旨意，不受干涉。”

“我努力一辈子，就是要让英格兰成为这样的国家。”

“但没有成功，是吧？”

“据我所知，这儿已经是天底下最宽容的国家了。你还要上哪里去找更自由的地方？”

“新大陆。”

“圣体呀！”内德大吃一惊，“没想到你要去那么远的地方。原谅我出言不逊，我叫你吓了一跳。”

杰克点点头，表示谅解；内德跟着伊丽莎白女王耳濡目染，学了不少亵渎之语，杰克对此十分介意，和天主教徒相差无几。但他没有说什么。“我们一伙人打算好了，坐船去往新大陆，开疆辟土。”

“好一场历险！你奶奶一定跃跃欲试。”看杰克年轻力强、无所畏惧，内德不由得心生嫉妒。他是没法再出远门了。好在他还有大把的回忆：加来、巴黎、阿姆斯特丹。他记不起今天星期几，但这些经历却记得清清楚楚。

只听杰克说：“詹姆斯依然是我们的国王，不过我们希望他会放松钳制，任我们自由敬礼，毕竟山高水远，他鞭长莫及。”

“你说得不错。愿你们得偿所愿。”

“请为我们祷告。”

“我会的。跟我说说你们坐哪条船，我会求上帝保佑。”

“五月花号。”

“五月花号。我可得记住了。”

杰克走到写字桌前：“我给您写下来。我希望您在祷告中念着我们。”

“谢谢你。”听到杰克如此看重他的祷告，内德莫名地感动。

杰克写好后，放下笔说：“我得走了——还有好多事要准备。”

“去忙吧。反正我也累了，可能要小睡一会儿。”

“爷爷，祝您睡个好觉。”

“上帝保佑你，亲爱的孩子。”

杰克出去了。内德望向窗外，注视教堂壮丽的西墙。他刚好也能看到墓园的入口；西尔维和玛格丽都在那里长眠。他没有再看书。回忆的时候他很快活。如今，他常常靠回忆就够了。

回忆就像一所房子，他用一辈子来装点。桌椅床铺是他学过的歌儿，看过的戏，敬拜过的教堂，读过的英语、法语和拉丁语书本。这所想象的房子里住着他的亲人，有在世的，也有故去的：父母、哥哥、所爱的女子、儿孙后辈。他给贵客都准备了客房：弗朗西斯·沃尔辛厄姆、威廉和罗伯特·塞西尔父子、弗朗西斯·德雷克，自然还有伊丽莎白女王。他的对头也在——罗洛·菲茨杰拉德、皮埃尔·奥芒德·德吉斯、盖伊·福克斯，不过他们都被关在地窖里，再也无法作恶了。

墙上挂的画，是纪念他勇敢、机智、善良的种种举动。房子因此而一片祥和。而他的种种卑鄙之举，他说过的谎、背叛过的人、胆小怯懦的时候，都歪歪扭扭地刻在茅厕墙上。

他的记忆砌成了书房。他随便挑出一本书，转眼就回到了那个时间场景：孩提时的王桥文法学校、哈特菲尔德宫那激动人心的1558年、圣巴托罗缪之夜血染的塞纳河畔、抗击西班牙无敌舰队时的海峡。说来也怪，这些场景中的内德总不尽相同，有时候他依稀觉得学拉丁文的是一个人，为年轻的伊丽莎白公主倾心的是另一个人，在穷苦者圣朱利安教堂墓地刺中那个没鼻子家伙的是一个人，注视纵火船驱散加来那些盖伦船的又是一个人了。其实这都是他自己，合起来就是房子的主人。

不久之后，这所房子就要倾塌，和所有古旧的建筑一样，用不了许久，就将化作尘土。

想到这儿，内德迷迷糊糊地睡着了。

感谢读完“中世纪三部曲”——《圣殿春秋》《无尽世界》《永恒火焰》

致　谢

感谢为《永恒火焰》提供史料的人士：西班牙史学者梅塞德斯·加西亚·阿雷纳尔、已故苏格兰史学者罗德里克·格雷厄姆、英国史学者罗伯特·哈钦森、法国史学者居伊·勒蒂耶克、尼德兰史学者杰弗里·帕克。

也感谢以下人士提供帮助：巴黎罗浮宫的安·洛尔·贝娅特丽克丝和贝亚特丽斯·文特里尼耶；哈特菲尔德庄园的德莫特·伯克；伦敦博物馆的理查德·达布和蒂莫西·朗；利文湖城堡的西蒙·伦诺克斯、特丽莎·缪尔和理查德·沃特斯；卡莱尔城堡的萨拉·帕廷森；16世纪英国戏剧学者莱斯·里德；伦敦国家肖像美术馆的伊丽莎白·泰勒。

我的编辑有：雪妮丝·费希尔、莱斯利·格尔布曼、菲莉丝·格兰、尼尔·奈伦、布赖恩·塔特和杰里米·特累瓦森。

感谢为本书提供意见的亲友：约翰·克莱尔、芭芭拉·福莱特、埃马努埃莱·福莱特、托尼·麦克沃尔特、克里斯·曼纳斯、夏洛特·奎尔奇、约翰·斯图津斯基、詹恩·特纳和金姆·特纳。

本书的完善离不开众位的帮助，在此致以衷心的感谢。

人物表

但愿你不需要这份参照，不过你也许偶尔会忘了一个人物是否出现过，所以我这里添一笔提示。我知道，有时候读者合上书之后一直抽不出空继续，隔了一周甚至更久——我就有过这种经历——忘得一干二净。以下是出场不止一次的人物，算是以防万一吧……

英格兰

威拉德一家

内德·威拉德

巴尼，其兄

爱丽丝，其母

马尔科姆·法夫，马夫

珍妮特·法夫，管家妇

艾琳·法夫，马尔科姆和珍妮特夫妇之女

菲茨杰拉德一家

玛格丽·菲茨杰拉德

罗洛，其兄

雷金纳德爵士，两兄妹之父

简夫人，两兄妹之母

娜奥米，女佣

琼修女，玛格丽姨奶奶

夏陵一家

巴特，夏陵子爵

斯威森，其父，夏陵伯爵

萨尔·布伦登，管家妇

清教徒

菲尔伯特·科布利，船主

丹·科布利，其子

露丝·科布利，菲尔伯特之女

多纳尔·格洛斯特，书记员

杰里迈亚，洛弗菲尔德圣约翰教堂牧师

寡妇波拉德

其　他

默多修士，游方传道士

苏珊娜，布雷克诺克伯爵夫人，玛格丽和内德的朋友

乔纳斯·培根，飞鹰号船长

乔纳森·格陵兰，飞鹰号大副

斯蒂文·林肯，司铎

罗德尼·蒂尔伯里，法官

真实历史人物

玛丽·都铎，英格兰女王

伊丽莎白·都铎，玛丽异母之妹，后继承王位

威廉·塞西尔爵士，伊丽莎白谋士

罗伯特·塞西尔，威廉之子

威廉·艾伦，英格兰流亡天主教徒首脑

弗朗西斯·沃尔辛厄姆爵士，间谍头目

法兰西

帕洛一家

西尔维·帕洛

伊莎贝拉·帕洛，其母

吉勒·帕洛，其父

其　他

皮埃尔·奥芒德

维尔纳夫子爵，皮埃尔同窗

穆瓦诺神父，皮埃尔大学导师

纳塔，皮埃尔家使唤丫头

日内瓦的纪尧姆，游方牧师

路易丝，尼姆侯爵夫人

吕克·莫里亚克，船货经纪

阿弗罗迪特·博利厄，博利厄伯爵小姐

勒内·迪伯夫，裁缝

弗朗索瓦丝，年轻的裁缝妻子

德拉尼侯爵，贵族新教徒

贝尔纳·乌斯，年轻的朝臣

艾莉森·麦凯，苏格兰女王玛丽的侍从女官

吉斯家族虚构人物

加斯东·勒潘，吉斯家护卫队队长

布罗卡尔、拉斯托，加斯东的打手

韦罗妮克

奥黛特，韦罗妮克的侍女

乔治·比龙，间谍

真实历史人物：吉斯家族

弗朗索瓦，吉斯公爵

亨利，弗朗索瓦之子

夏尔，洛林枢机、弗朗索瓦胞弟

真实历史人物：波旁王族及其盟友

安托万，纳瓦尔国王

亨利，安托万之子

路易，孔代亲王

加斯帕尔·德科利尼，法兰西海军上将

真实历史人物：其他

亨利二世，法兰西国王

卡泰丽娜·德美第奇，法兰西王后

亨利及卡泰丽娜子女：

弗朗索瓦二世，法兰西国王

夏尔九世，法兰西国王

亨利三世，法兰西国王

玛戈，纳瓦尔王后

玛丽·斯图亚特，苏格兰女王

夏尔·德卢维埃，刺客

苏格兰

真实历史人物

詹姆斯·斯图亚特，苏格兰玛丽女王异母之兄、私生子

詹姆斯·斯图亚特，苏格兰玛丽女王之子，后为苏格兰国王詹姆斯六世及英格兰国王詹姆斯一世

西班牙

克鲁兹一家

卡洛斯·克鲁兹

贝琪奶奶

鲁伊斯一家

耶柔玛·鲁伊斯

佩德罗，其父

其　他

罗梅罗总执事

阿朗索神父，宗教裁判官

“铁手”戈麦斯队长

尼德兰

沃尔曼一家

扬·沃尔曼，埃德蒙·威拉德表亲

伊玛可，其女

威廉森一家

艾尔贝特

贝彻，其妻

德丽克，艾尔贝特夫妇之女

艾微，艾尔贝特的寡姐

马图斯，艾微之子

其他地区

埃布里马·达博，曼丁卡族奴隶

贝拉，伊斯帕尼奥拉岛朗姆酒酿造商

哪些是确有其人？

不时有读者问及小说里哪些人物是确有其人、哪些出自虚构。以下是《永恒火焰》中涉及的历史人物，供好奇的读者参考。

英格兰

玛丽·都铎，英格兰女王

伊丽莎白·都铎，玛丽同父异母之妹，后继承王位

汤姆·帕里，伊丽莎白的账目总管

威廉·塞西尔爵士，伊丽莎白的谋士

罗伯特·塞西尔，威廉之子

弗朗西斯·沃尔辛厄姆爵士，间谍头目

罗伯特·达德利，莱斯特伯爵

尼古拉斯·思罗克莫顿爵士

尼古拉斯·希思，大法官

弗朗西斯·德雷克爵士，船长

约翰·霍金斯爵士，海军指挥，据传为海盗

弗朗西斯·思罗克莫顿爵士

乔治·塔尔博特，什鲁斯伯里伯爵

哈德威克的贝丝

埃米亚斯·波利特爵士

吉尔伯特·吉福德，奸细

威廉·戴维森，暂代伊丽莎白女王国务大臣

安东尼·巴宾顿，叛徒

玛格丽特·克利瑟罗，天主教殉道圣人

埃芬厄姆的霍华德，海军大臣

菲利普·赫伯特，彭布罗克伯爵、蒙哥马利伯爵

艾德蒙·道布尔迪

盖伊·福克斯

托马斯·珀西

法兰西

弗朗索瓦，吉斯公爵

亨利，弗朗索瓦之子

夏尔，洛林枢机、弗朗索瓦胞弟

玛丽·德吉斯，弗朗索瓦胞姐，苏格兰女王玛丽之母

“酒瓶”路易，吉斯枢机

安娜·埃斯特，吉斯公爵夫人

亨利二世，法兰西国王

卡泰丽娜·德美第奇，法兰西王后

迪安娜·德普瓦捷，国王亨利二世情妇

亨利与卡泰丽娜子嗣：

弗朗索瓦二世，法兰西国王

夏尔九世，法兰西国王

亨利三世，法兰西国王

玛戈，纳瓦尔王后

玛丽·斯图亚特，苏格兰女王、法兰西王后

安托万，纳瓦尔国王

亨利，安托万之子，后为法兰西国王亨利四世

路易，孔代亲王

加斯帕尔·德科利尼，法兰西海军上将

夏尔·德卢维埃，刺客

威廉·艾伦，英格兰流亡天主教徒首脑

安布鲁瓦兹·帕雷，医生

让·德波尔托，刺客

让·德昂日

让·勒沙朗，巴黎行会长

苏格兰

詹姆斯·斯图亚特，苏格兰女王玛丽同父异母之兄、私生子

詹姆斯·斯图亚特，苏格兰女王玛丽之子，后为苏格兰国王詹姆斯六世及英格兰国王詹姆斯一世

丹麦的安妮，苏格兰王后

约翰·莱斯利，罗斯主教

威廉·道格拉斯爵士

艾格尼丝夫人，其妻

乔治“美男子乔第”，威廉爵士夫妇之子

威利·道格拉斯，威廉爵士私生子

西班牙

腓力二世国王

费里亚伯爵，外交大臣

阿尔瓦罗·德拉夸德拉主教

贝纳迪诺·德门多萨，驻伦敦大使

阿朗索·佩雷斯·德古兹曼，梅迪纳·西多尼亚公爵七世，西班牙无敌舰队司令

尼德兰

帕尔玛的玛格丽塔，总督，腓力二世国王同父异母之姐、私生女

彼得·蒂特尔曼斯，宗教裁判官

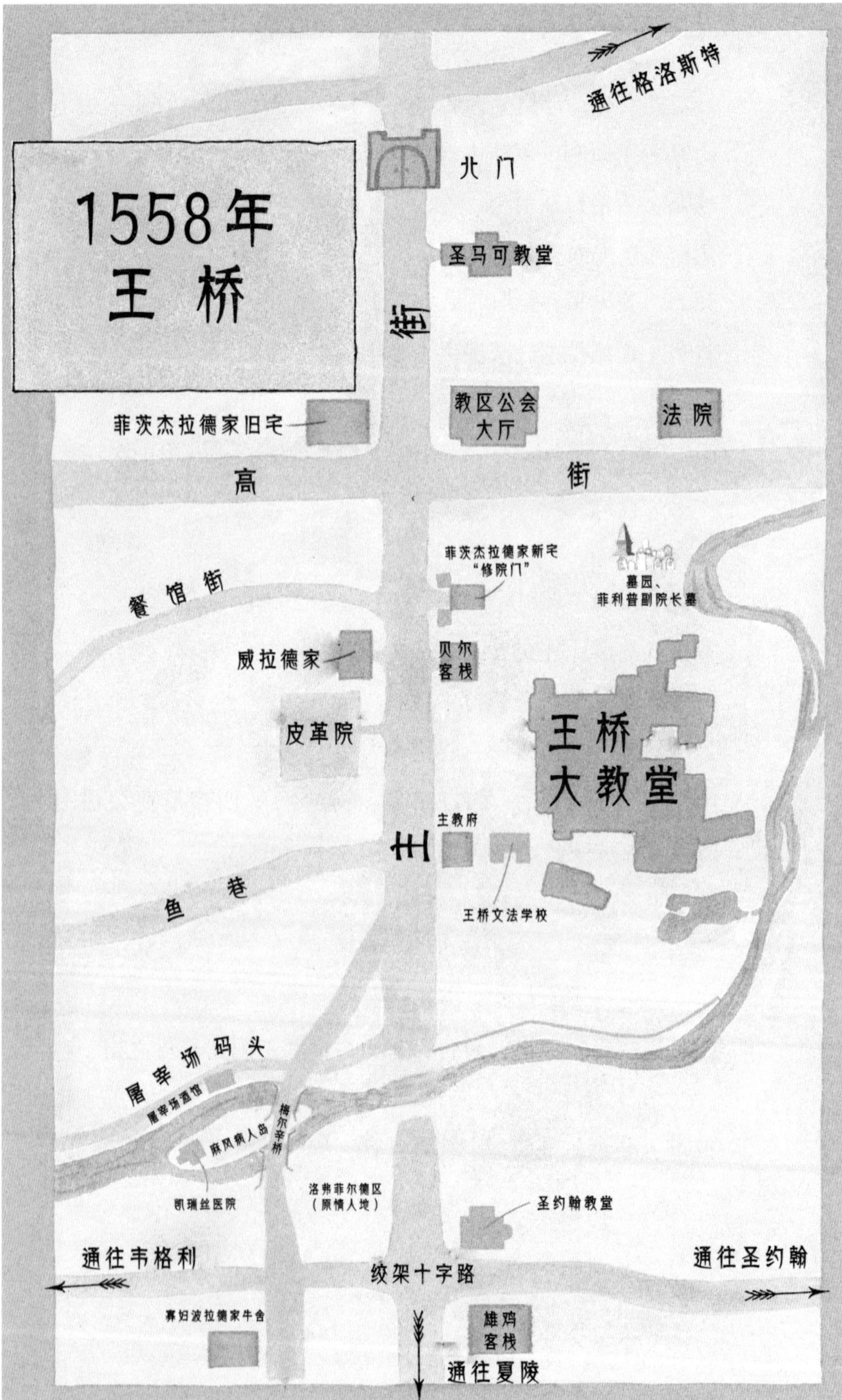
1558年
王桥
通往格洛斯特
北门
圣马可教堂
街
菲茨杰拉德家旧宅
教区公会
大厅
法院
高
街
菲茨杰拉德家新宅
“修院门”
墓园、
菲利普副院长墓
餐馆街
威拉德家
贝尔
客栈
皮革院
王桥
大教堂
主教府
主
王桥文法学校
鱼
巷
屠宰场码头
屠宰场酒馆
梅尔辛桥
麻风病人岛
凯瑞丝医院
洛弗菲尔德区
（原情人地）
圣约翰教堂
通往韦格利
绞架十字路
通往圣约翰
寡妇波拉德家牛舍
雄鸡
客栈
通往夏陵

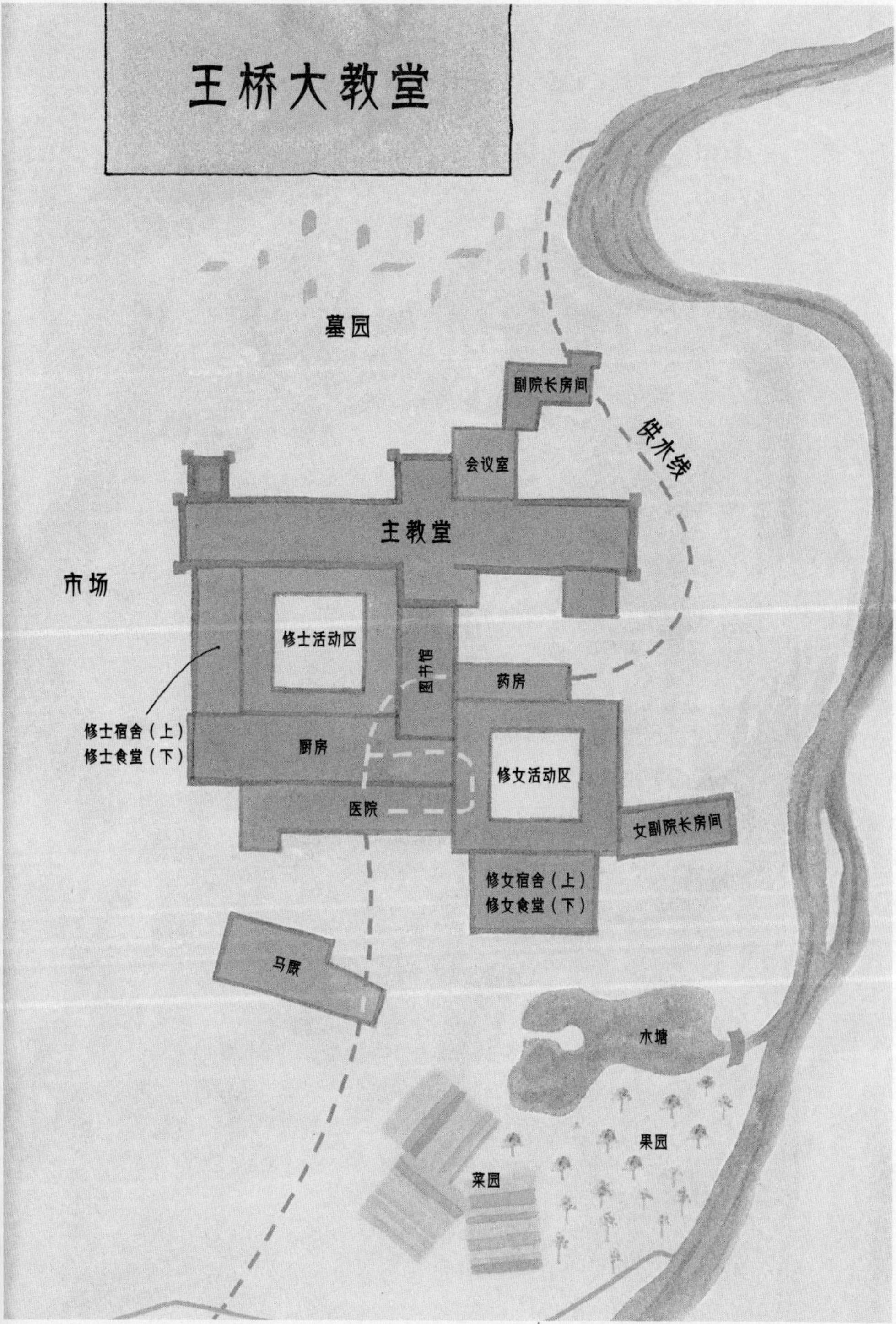
王桥大教堂
墓园
副院长房间
供水线
会议室
主教堂
市场
修士活动区
图书馆
药房
修士宿舍（上）
修士食堂（下）
厨房
修女活动区
医院
女副院长房间
修女宿舍（上）
修女食堂（下）
马厩
水塘
果园
菜园

肯·福莱特里程碑式代表作

中世纪三部曲　欧美读者平均3个通宵读完

《圣殿春秋》

一个贫困的建筑匠，一心只想建造一座美丽的大教堂。但大教堂的建造过程是各方势力的角力，每一种声音都有可能成就他，也有可能毁灭他。在那个风云诡谲的时代，一个普通建筑匠的信念能否改变世界……

《无尽世界》

一个旧时代即将落幕，一个新时代即将到来。王桥镇上，建筑匠师的后代有着自己的烦恼。而成长的痛苦背后，伴随着一个时代的阵痛。他们的命运将何去何从？一个比《圣殿春秋》格局更为开阔的故事！

《永恒火焰》

1558年，年轻而雄心勃勃的内德回到了王桥镇的家中。这一年不仅是他人生的转折点，也是整个欧洲历史的转折点。年轻的伊丽莎白女王登基后，成立了英国第一个秘密间谍机构。一个崭新的挑战即将开始……

肯·福莱特经典作品

世纪三部曲　各国读者平均3个通宵读完

《巨人的陨落》

从危险的煤矿到华丽的宫殿，从代表着权力的走廊到爱恨纠缠的卧室，五个家族迥然不同又纠葛不断的命运，将展现一个我们自认为了解，但从未如此真切感受过的20世纪。

《世界的凛冬》

时代的剧变，让一群处于人生黄金时代的少男少女困惑不已。父辈的命运因一战而变，如今世界再次破碎，但这就是他们的时代！在时间永恒的流动中，每个人都在创造历史。

《永恒的边缘》

如果说《巨人的陨落》是祖辈的传奇，《世界的凛冬》是父辈的人生，那么，《永恒的边缘》就是新一代的奋斗。世上只有一种英雄，就是在认清生活真相之后，依然热爱生活。

悬疑经典　各国读者平均1个通宵读完

《针眼》

获爱伦·坡优秀小说奖，美国《出版人周刊》《时代杂志》等媒体强烈推荐的畅销小说。

《危险的财富》

一部维多利亚时代浮华糜烂的家族史诗，交织着贪婪和仇恨、自私与残忍、冷血的谋杀和虚幻的爱情。

《寒鸦行动》

一群代号为“寒鸦”的女人，在拼命抗击纳粹的同时，却被出卖。一张天罗地网正等待着“寒鸦”们……

《大黄蜂奇航》

一名少年无意间闯入了德军秘密基地，发现了纳粹的秘密。翻看本书，直面二战的现场与真相。

《鹰翼行动》

奥斯卡获奖影片《逃离德黑兰》前传！没有任何一个好莱坞编辑能像肯·福莱特一样完美地讲述这场著名的冒险。

《突然亡命天涯》

致命的三角关系、危险的秘密任务、异国的场景、巧妙的情节……在这条亡命之路上，幸福与和平能否最终来临？

《燃烧的密码》

在尼罗河上的船屋里，充满了阴谋与血腥、欲望与爱情。紧张的局势就像不停收紧的绳索，每一个意想不到的反转都让人尖叫！

《飞剪号奇航》

33小时的致命旅程，19个人的绝境求生，紧张地让人头皮发麻！不要害怕改变，去折腾，去受伤，去热烈地生活！

《军方的怪物》

到底我是一个什么样的人？到底是什么决定了我是谁？一次突如其来的栽赃嫁祸，揭开了身世之谜背后的滔天阴谋。

《边缘人的战争》

为了守护自己生存的地方，以神甫为代表的一帮离群索居的老嬉皮士，向整个外部世界发起威胁，与FBI特工展开一场惊险刺激的较量。